累

韩喜凯 著

作家出版社

引　子

20 世纪 80 年代的一个 6 月天，京城一所著名高等学府里，又一批莘莘学子从老师手里接过了硕士学位证书，他们头戴硕士帽，身披硕士服，三三两两，说说笑笑，难以抑制的激动与兴奋，映红了一张张青春的脸庞。午后，天无纤云，阳光纯净而透明。经济管理专业的应届研究生张立人，手握一本卷起来的书，坐在校门口的老柳树下沉思着。斑驳的柳荫里，几只麻雀在脚边杂乱地啄着什么，张立人竟然丝毫没有察觉。

张立人一直是学习尖子，是本届本专业里仅有的三名学生党员之一，加上小伙子长得帅气又阳光，中等偏上的个头，头发乌黑油亮，眼睛炯炯有神，五官搭配匀称，如果不是一副宽边近视眼镜架在那浓眉下高高的鼻梁上，简直从电影明星中也找不大出如此英俊标致的男人。

那时的研究生由国家统招统配，多数同学都渴望能分到一个专业对口的理想单位，也有的正做着继续深造的准备。而张立人却处在两难之中。父母希望他先留校工作一段，积累些社会经验后再读博士，而导师则希望爱徒直接读自己的博士。张立人正为这个伤脑筋。他用手中卷起的书本轻轻敲了敲额头，不料，这个不经意的动作，却惊飞了啄食的麻雀，他抬头看着隐藏在柳条枝里的飞鸟，微笑着摇了摇头。继而，心事重重地又远望着进出校门的一个个青春背影。这时，一声清脆的喊声响在耳畔：“立人，你的信!”

这是老同学田玉跃的来信。他俩是在大学认识的，田玉跃是哲学系大专班的学生。那个年代，刚恢复高考不几年，不用说考上大本，就是上个大专或中专，也相当不容易。田玉跃一毕业，便分配到泉滨县工作。从来信中得知，田玉跃现在已是泉滨县边河镇的党委书记了。来信盛情邀请张立人加盟边河，并许诺了若干优惠条件，包括两室一厅的住房，择机安排相应的职务等。信中言词亲和，恳切，急迫，看起来倒是诚心诚意请他去帮忙干一番事业。而信中的两个关键词，最让他为之心动：一个是“平台”，是成就事业的“创业板”；一个是“基层”，也就是踏上社会大舞台的“起跳板”。这俩词，促使他深深思考：到底要把根扎在哪里？

张立人眼前幻化出一条通向远方的路，尽管不甚清晰，可大方向应该没有错。但为人处事一向谨慎的张立人，还是不想独自决定如此重要的人生大事。于是，他揣上老同学的信，连夜跳上火车，直接回家找父母商量。

没想到父母的态度非常明确：“书是永远读不完的，知识要靠多方面的积累。实践出真知，这可是一切成功者的经验之谈。”母亲还借用《后汉书》的话启发他：“大丈夫处世，当扫除天下，安事一室乎！”在张立人的心目中，父母是自己终生受益的最好的老师。二老是过来人，他们的话句句都有分量。现在他心里有了底，一路皱着的眉头，也慢慢舒展开来。

而一心想把张立人培养成学科带头人的导师，仍希望他能继续读博士。张立人坦承了父母的希望和自己的想法，导师沉思良久，最后松了口：“用时方觉知识之不足啊！你的选择我能理解，但要记住，参加工作后也不能放弃继续深造啊！”

父母的实践出真知，导师的用后知不足，老同学的真情召唤……张立人下决心走出一条既不辜负父母的期望，不冷落同学的盛情，又不让导师失望的求知之路。

那时，正时兴从有学历的知识分子中挑选人才，充实地方党政领导班子，难得的机遇，恰好被张立人赶上了。于是，他依依不舍地告别了老师同学，告别了温馨宁静的校园，一头扎进了基层。自此，他便在这条很难适应又必须适应的路上，艰难地跋涉着……

一

秋天的原野到处弥漫着成熟的气息，大片的玉米地闪烁着金黄，微风吹过，“刷拉刷拉”带起一片愉快的声音，此起彼伏，如切如磋。张立人走在这种气息和声音中有一种抑制不住的兴奋，沉重的行李反倒成了他助行的羽翼。他张开了臂膀，把自己想象成一株向上蹿的玉米，根深深地扎入沃土，结出饱满的籽实。

满脸汗珠子的张立人突然站在了田玉跃面前。田玉跃一愣："哎呀，怎么这么快就到了？办公室的人没接着你？"说着赶紧吩咐身边工作人员倒水，递毛巾。"这就是我给你们天天念叨的张立人，大才子！"正忙不迭地介绍着，办公室负责接待的小刘气喘吁吁地跑来报告说，派去接站的车在路上抛锚了，耽误了时间。

田玉跃的眼睛狠狠地瞅了小刘一眼，瞬间又变戏法似的换成笑脸，说："好在火车站离这儿不是太远，正好让咱们的大才子顺便欣赏欣赏咱这乡村风景……"

田玉跃潇洒自如地指挥着这，指挥着那。张立人心中暗自佩服，觉得他真不简单，已全然没有了在校时的腼腆和木讷，每句话，从他嘴里蹦出来，都觉得是那么熨帖，那么得体。

洗过脸，张立人坐到吱嘎直响的椅子上，由衷地说："玉跃，想不到这几年你进步得这样快，处事又想得那么周到。"

田玉跃哑然而笑："哪里哪里。不过，在基层确实锻炼人啊，上面千条线，下面一根针，你不干谁干？所以啊，像你这样的人才能到我的镇上工作，那不仅是财神，我看就是活神仙。"

这句话，数年后张立人才明白了其中的含义。他憨笑着，说："你把我想得那么重要，当心会失望的哟。不过，既然以后在你手下工作，还请多多关照才是。"田玉跃轻轻地捅了张立人一拳，说："看，你见外了不是？什么手上手下的？咱是一起干哪！走，看看你的宿舍去。"田玉跃拉着张立人的手，来到早已为他腾空的两室一厅的住房，五十来个平方，桌椅、被褥一应俱全。

报到后的第一顿饭，自然是田玉跃做东。为表达主人的热情，他特地把接风宴安排在自己家里。张立人不好推辞，嘴上说别客气别破费，也只好客随主便。

办公室的小刘将张立人引领到田玉跃的宿舍。一敲开门，张立人愣住了，田玉跃的妻子梅芫，竟然是张立人的中学同学，学校里有名的"大美人"啊。太巧了！他至今还记得，那时学校倘有内外宾参观，或与友校联欢，她从来都是学生代表或主持人。梅芫可谓才貌双全，高中毕业报考了沿海城市里的一所医学院，主攻心脑血管专业。

无论如何也不会想到，他们能在此时此地以此种方式相遇。两人对视，弄得田玉跃有些不知所措。蓦地，两人几乎同时开了口：原来是你呀！

是啊，快十年了，都变了。梅芫由学生到医生，又成了书记的妻子；张立人的鼻梁上多了一副近视镜，现在又在田书记手下工作。无意中的巧合？还是造化弄人？目前还说不清楚。现在只能说，田玉跃，是这个方圆十几里的当家人、主心骨；梅芫是县医院下派到镇卫生院作业务骨干的唯一的大学生；张立人呢，则是镇上学历最高的一个。他们这三人组合，是这个边河小镇的骄傲，是智慧的高地，也是全镇三万多人的希望所系。

橘黄色的柔和的灯光泻下来，照着满桌的美食佳肴。梅芫告诉张立人，这都是她亲手做的特色菜，厨艺水平不高，但心是诚的。张立人信以为真。他并不知道，这是机关食堂的厨师精心做好了端过来的，梅芫只不过是把饭菜摆在了餐桌上而已。这时，梅芫解下围裙端起酒杯，先行声明：本人酒精过敏，只能以水代酒，望老同学谅解。张立人自知不胜酒力，喜出望外，便说："我基本上是滴酒不沾，也以水代酒，咱们以谈为乐。"两人碰了碰杯，各自呷了一口水，便落座叙旧。张立人一时感到和乐惬意的同学相聚的欢情，似乎要溢出来充满这整个宽敞的屋子，进而弥漫到夜的世界。

张立人看着梅芫，又看一眼她做的菜品，特别是肉丝切得很是均匀，就说："老同学，你刀功不错呀！我想起一个故事。从前，有一个人犯了事坐了牢，家属把饭菜送进去，这犯人一看饭菜就落了泪，说这是家母亲手做的。那狱卒好生奇怪，问：何以见得？犯人说：母亲做菜，切肉未尝不方，断葱以寸为度……"

梅芫说："立人不愧是名校的硕士，真有学问啊。我是瞎做，你凑合着吃吧。"而田玉跃则始终处于亢奋之中，他端起酒杯，忘情地说："刚才立人是表扬梅芫，也是在提醒我啊。我们当官的不能犯事，要廉洁勤政，体恤百姓啊！"张立人一愣，想解释一下，把话题岔开，但田玉跃没给他机会。田玉跃又道："你们两个可谓我的左膀右臂，家里没有梅芫不行，镇里没有立人不行，一个贤内助，一个强外援，不愁我田玉跃今后工作上不去。"说着，吱溜一声一饮而尽。紧接着，又为三人相聚干一杯，为爱妻干一杯，为好友张立人干一杯。这田玉跃真是海量，四杯下肚，少说也有半斤多白酒，可他仍谈笑风生，毫无醉意。还是张立人觉得不好意思了：

“玉跃，不，田书记，酒喝多了会伤身子，还是不喝了吧，我也陪不了你。”梅芫赶紧打圆场，说：“老田，行了，吃点饭我要回妈那里去看孩子呢。”

“孩子?”张立人吃惊不小。没等梅芫回话，田玉跃便抢先答道：“我们的儿子已上幼儿园了。”

张立人连连感叹：“时间过得真快啊!”

挑灯把酒对知己，不觉已夜深人静。在回宿舍的路上，张立人的心情畅快极了，暗暗庆幸自己抉择的正确，笑叹自己当年只知书本的重要，没想到实践这本厚厚的大书，更需要一生一世去潜心研读。

褒奖的话语，赞许的目光，美妙的感受，使张立人铁了心要在这个小镇，施展一下自己的才华，竭心尽智助田玉跃成就一番事业。

环顾着陌生而属于自己的两室一厅，张立人恍如梦中。正准备拾掇一下行李，几声清脆的敲门声响起，赶忙起身敞开门。来人是田玉跃。沾了酒的田玉跃红光满面，比白天显得更加精神。

田玉跃说：“有些话我本来想在吃饭时向你说一说，没想到你也不喝酒，结束的时间就早了，还是到你宿舍来聊聊吧。”

张立人心里一阵感动，随即说：“你给我那封邀请信，最打动我的一个是‘平台’，一个是‘基层’。现在又被你的快节奏所感染，你可真是个事业狂啊！看你争分夺秒的劲头，我已预感到来你这里工作的分量。说心里话，我已感受到了压力。”

张立人的这句话，让田玉跃高兴得起身紧紧握住他的手，使劲地摇着，连声说：“知我者，立人也。那封信就是发自我内心的话。如今你已有了压力，我引进你这位高级人才就瞎不了。希望你能把自己的聪明才智献给这个小镇，献给这里的三万多老百姓。”

张立人顺着田玉跃的话题，一边倾听，一边倾吐。所谓“快意之事莫若友，快友之事莫若谈”。瞥一眼窗外，一轮明月衔住楼角，星光熠熠，虫儿唧唧，时钟已指向午夜十二点，田玉跃却依然谈兴正酣。这时，镇委办公室秘书小王轻手轻脚地进来报告田玉跃事情，谈话才算结束。

送走田玉跃，张立人睡意全消。第一天报到，第一顿家宴，第一次乡间夜话。一连串的第一，搅得他辗转难眠，浮想联翩。实在躺不住了，索性拧开台灯，翻开笔记本，写起了自己的工作打算。直到东方既白，他才躺在床上眯了一会儿。蒙蒙眬眬，听到楼上有脚步声，知道是该起床了，急忙跑进洗手间，洗把脸，就匆匆下楼，直奔镇机关……

张立人以最快的速度进入了工作状态。每天都如同写字台上那个上紧了发条的马蹄表，不停地嗒嗒嗒嗒……他一会儿要镇里近三年的各种经济数据，一会儿要各行业的发展规划；一会儿要劳动力统计表，一会儿要土地、水资源调查报告。总之，不管是这个镇的地理、历史、风土人情，还是经济、社会、文化等发展情况，甚至连光照时间的长短、降雨量的多寡都要一一查阅。有些资料根本就没有，只能找几个熟悉情况的人，不厌其烦地了解些大概。张立人的智商也真是够用的了，听一遍，看一遍，就记得清清楚楚。凡是被他了解过情况的人，都佩服他的水平：张立人，见识不一般，能人啊！

不觉冬天已到，风声凛凛，雪花霏霏。走在白皑皑的镇委大院里，张立人回首看自己踩下的深深浅浅的脚印，觉得这半年过得很快，也很充实。经过这半年的工作，他几乎把镇里存档的文件、材料、报表全看了，并且骑着自行车跑遍了全镇三十多个自然村和若干个村办、户办的小工厂、小作坊，还到几家养殖大户那里住了一段时间，向他们深入了解家禽、水产养殖的流程和盈亏情况。他像海绵吸水一样，一点点地吮吸着来自方方面面的信息，唯恐漏掉一星半点。他现在感到自己脑子里充实多了，基本掌握了全镇经济发展的鲜活、翔实的第一手材料，觉得自己正一点一点地融入这个小镇，客居的感觉一天天淡去。

做完了这一切，张立人似乎完成了博士毕业论文素材的积累。于是，闭门谢客，奋笔疾书，草就了全镇经济加快发展的几大设想，诸如：如何拓宽农民增收渠道，加快农民增收步伐；如何改造现有乡镇企业，提高经济效益；如何调整产业结构，加快发展第三产业；如何利用湖泊资源开发养殖业，变资源优势为经济优势；如何通过培训提升农村管理者素质，从根儿上解决乡镇层面发展瓶颈……由点到面，逐一论之，有情况分析，有对策措施，条分缕析，前瞻性强，适用性强。推敲了多次，修改了多遍，开了若干个座谈会，又请来许多厂长、村干部和分管经管工作的镇委干部帮助“会诊”。尽管有些名词术语他们听不懂，但好多设想都被认为是可行的和必需的，他这才送给田玉跃审阅。

对于张立人来后的工作态度和工作作风，这位年轻的书记简直无话可说，除了感动、感谢，再也找不到更合适的词了。

两人交谈正欢，田玉跃接到县委办公室的电话，要求镇里迅速做好准备，三天后县委书记潘晓升要来边河召开专题座谈会，探讨如何加快改革步伐，发挥当地资源优势加快商品经济发展的问题。只听田玉跃在电话这头不停地点头：“好好好，是是是，一定照办。”一只手放下话筒，另一只手已兴奋地拉住张立人，连声说：“太好了，太好了。立人你是真正的及时雨啊！”

田玉跃把县委办公室在电话里交代的事情一五一十说给张立人听，并以镇党委书记的口吻说：“老张，把你写的调研报告抓紧改成座谈会发言的口气，写成咱边河镇党委的发言稿。”

说完，起身就走。刚走几步马上又停下来，对着陷入沉思的张立人说：“发言人就是我，改成我的口气。改好后就直接打印，我就不看了，你全权代表吧，我马上去安排一下会议的接待工作。”

张立人愣了一下，想说什么，欲言又止，只是说：“好，我抓紧准备，改好后你还是看一下为好，因为对这样的事我现在心里还没大有数。”

田玉跃边走边说：“现在的稿子就很好。县委这次开的座谈会，就是讲思路、讲办法，因为潘书记这个人是名牌大学毕业，很有点理论水平。我实在没时间看了，县委书记经过的路线，我要亲自看看；走访的单位我要逐个亲自安排；可能与领导碰面的人，我要亲自叮嘱该讲什么，不该讲什么；参观的点儿，现场情况我要亲自察看；休息的地方，室内室外我要亲自检查，等等。上面一把手来了，这些事也就成了下面的一把手工程。”说着，又凑到张立人的耳朵上说：“尽管忙点，可谁都盼着上级主要领导来，只要汇报好，再把看的地方筛选好，领导人的脑子里就挂上号了，我们的希望也就来了。”

不听则已，听着田玉跃一个个“亲自”，张立人不由得浑身冒汗，原本他只想把学到的知识能在实践中发挥作用，没想到一开始就与上级主要领导的关系紧紧联系在了一起。汇报稿竟然如此重要，那不是说这次座谈会成也萧何，败也萧何吗？初入仕途的张立人感受到了巨大的压力。于是，他把署着田玉跃名字的发言稿改了又改，推敲了再推敲，生怕因自己的疏漏给田玉跃带来哪怕一丁点儿的负面效应。直到改得头昏脑涨了，他才走到院子里清醒清醒。他仰起脸来，任雪花入颈，脑子却一刻也不闲着，搜索着更恰当的词语，仔细揣摩着田玉跃的口气。然后又来回在雪地里走，小声嘟囔着那些句子。猛然间一回头，看到自己踩过的地方，鞋上的泥巴让白雪变黑了，他脑子里想起唐朝大诗人孟浩然踏雪寻梅的故事，嘴里念叨着：我本来可以不踏那白雪……又发小知识分子矫情了，念头一出来，他就用拳头砸一下脑袋，告诫自己。于是，又快步回到房间，埋头修改。

眼看会期就要到了，张立人也没有见到田玉跃的影子，拨了几次他宿舍的电话，梅芫总是说他没有回来。

张立人心中不由得感叹：在乡镇当个一把手真不容易，两眼一睁，忙到关灯。但他也纳闷：是不是所有的一把手都是这么个干法？他问梅芫，梅芫在电话里笑着告诉他："只有干的人才知道。"张立人觉得这样的回答，尽管是丈二和尚摸不着头脑，倒也不乏哲理。

明天就要开会了，还是没见到田玉跃，张立人确实有些急了。不觉间一天又要过去了，他把稿子不知看了多少遍，连标点符号也都斟酌再三。坐着看一会儿，又走着看，躺着看，有时躺下昏昏欲睡时，忽然又想起一个地方不妥，就又拧开灯，披衣下床，再作润色。书记没审之前他总是不放心，毕竟他这是第一次干这么重要的大活儿。

这几天，特别的冷，张立人有点感冒，老是咳嗽，流鼻涕。他在床上摞了两床被子，准备捂捂汗。突然，门铃响起，张立人一骨碌爬起来，拖拉着鞋跑去开门，来人正是田玉跃。"你真把我急死了！"张立人说着，把稿子放到田玉跃的面前，又赶紧倒上杯开水，递给田玉跃。

田玉跃一脸疲惫，眼珠发红，裤脚上还沾着泥巴。看到田玉跃累成这个样子，张立人马上又把稿子拿回自己手里，说："你先喝口水，歇一歇，我读给你听怎么样？"田玉跃高兴地说："好啊！你是高家庄的吧，智商高的人出的点子就是高，这样一举两得，太好了！"于是，田玉跃端着茶杯侧耳细听，双眼微闭，两个指头优雅地轻敲着茶杯盖。张立人则站立着，煞有介事地读着稿子。尽管感冒了，偶尔咳嗽，一定程度上影响了效果，但张立人带有磁性的普通话仍将发言稿读得抑扬顿挫，字字生根。

田玉跃听着，不时插上一两句。插话时，睁开眼，稍作停顿，仿佛在深思。听完最后一句，兴奋不已："好极了，好极了，我寻思这一炮肯定能打响！"说完，就在稿子首页上龙飞凤舞地写下"速印。田玉跃"几个字。尔后站起来，道："老张，受累了。你是不是感冒了？该打针打针、该吃药吃药……不行，叫你老同学梅芫给你熬点姜汤喝了发发汗。"张立人推辞说："没那么娇贵，歇歇就好了。"

材料得到田玉跃充分肯定，仿佛论文得到导师表扬一样。是啊，如今的田玉跃不正是张立人的实践导师吗？这样想着，好像感冒一下子轻了许多。重新躺下，随手拿起美国作家德莱塞的《金融家》来。这是他换脑子的习惯做法，读小说，也是读经济。德莱塞是个了不起的人，小时候光着脚丫在铁道两旁拣过煤渣，他热爱着终生贫苦但勤劳的农家出身的母亲，深知下层人们的悲苦，所以他终生把目光投向弱势群体……

正式开会这一天，没有通知张立人参加，因为与会人员都是各乡镇和县里部委办局的一把手。别看张立人刚来不久，却懂得开会是要讲级别的，不管人多少，职务和级别上不去，是不能随便进会场的。连坐哪个位置，都有明确的规定，一点都乱不得。乱一点儿，就有人不舒服，就有人尴尬。每人胸前都挂着个红底黑字的“出席证”，脸上挂着笑容，很神圣似的。许多人包括张立人，只能等会后逐级传达时再去学习领会领导同志的重要讲话精神。

座谈会按时开场。会议主持人自然就是县委书记潘晓升了。尽管年龄五十不到，可在县委书记的岗位上已经有六、七个年头了，说话的语气和平时的做派，老道得很，俨然一个久经政坛的高手。只见他甫一落座，目光扫视全场，先是抬起右手，向下压了几下，示意站起来鼓掌欢迎的与会者坐下，随即郑重地说道：“这次把大家召集到边河镇来，是为下个月召开的全县领导干部大会做点儿准备。这既是一次座谈会，也是一次现场会。就请田玉跃同志先发个言，大家先听听他的想法。”

田玉跃接着县委书记的话茬，先是说了几句感谢的话，又谦虚了一番，随后话锋一转，直奔正题，侃侃而谈。他从理论与实践的结合上，讲得丝丝入扣，有情况介绍，有数据分析，有理论升华，既从当时当地的实际出发，又深入浅出地讲明未来发展需要调整的工作思路和应当着力解决的问题。汇报如行云流水，一气呵成，思路开阔，切合现实，不仅与会者听了暗暗佩服，就连县委书记潘晓升也频频点头，面露喜色。

田玉跃明显感受到了会场的气氛，讲得越发来劲，妙语连珠。话音刚落，潘书记就带头鼓掌。这样的场景，在泉滨县是很少见的。以往都是在讲话人最后“谢谢大家”时，才能听到礼节性的零乱的掌声，这次是县委书记带头鼓掌，而且持续了足有一分多钟。田玉跃激动得脸都有些发红发烫了。

对掌声，领导干部大都看得很重，尤其是新来乍到的领导人，为了博得些许掌声，有时真是煞费苦心，甚至绞尽脑汁。要么请文坛高手捉刀，要么请节目主持人伴读，啥时候抬头，啥时候停顿，啥时候微笑，一招一式，都要暗记在心并熟读成诵。到了当众亮相的时刻，发型须精心梳理，衣服要绝对合体，面对讲台上早已摆放好的一排话筒，伴随着摄像机的推拉摇移，一字一句，慷慨激昂，不时抬高嗓门，不时挥动手臂，不时点头鞠躬，精心设计的排比句式，配以精心设计的肢体语言，引来全场阵阵掌声。末了再来个“谢谢大家”，深鞠一躬，又是掌声一片。演艺行当有句经验之谈：台上三分钟，台下多日工。掌声是信任，掌声是认同，掌声是支持。掌声不容易得到，得到需要下工夫。而今天田玉跃得到的掌声，本人却没费丁点儿工夫，他的唯一的工夫就是把张立人这位高手延请而来，又放手放心地让他工作，自己又特别认真地极其诚恳地读了他写的稿子而已。田玉跃用热毛巾擦一把脸，又朝潘书记微笑着点点头，尽量把内心深处的得意之色压下来，咽下去……

且说县委书记带头鼓掌后，当着与会者的面立马就亮明了自己的也是县委的态度：“田玉跃同志的发言，是动了脑筋的，对上级精神吃得透，对下面情况摸得透，两头结合得很好。我看，这不仅仅是为边河镇今后的发展提供了良方，也为全县的社会主义商品经济发展提供了重要的启示。”与会者望着县委书记喜出望外的神态，自发地再次鼓掌，以示对书记讲话的赞同。而田玉跃此时的心情甭提有多惬了。只见他一个劲地埋头在笔记本上飞速记录着潘晓升的讲话，生怕丢掉一句话一个字，恨不得连潘书记的语气、神态也捕捉下来，刻印在心。

记着，记着，忽听潘书记说：“准备好发言的同志可以把稿子留下我看看，下面主要是针对田玉跃同志的发言，讲讲各自的看法。”

众人一听，明白自己原来准备的那一套没用了，临时讲什么又没有材料班子帮忙，个个大眼瞪小眼，望着潘书记，一时谁也说不出个新词来，只是众口一词地说：“好，很好。”随后你一言，我一语，都在变着角度，搜肠刮肚地寻找词汇夸奖田玉跃同志讲得有的放矢，全面深刻。与会者中有的虽然不情愿夸奖田玉跃，但他们明白，说是夸奖田玉跃，其实是在变相地从各自的角度各自的位置，印证着县委书记的正确。

潘晓升早已料到这个结局，于是说：“既然大家没有新话说了，会议就开到这里。会后，愿意留在这里看看就待上半天，不愿意留的也可以回去抓抓各自的工作。快到年底了，大家都抓紧点，啊?”

潘书记起身拍着田玉跃的肩膀说：“干得不错，小田，长进很快。从刚才的发言看，你的理论功底也很厚实啊!”

田玉跃第一次听到潘书记这样表扬他、肯定他，一时简直不知说什么才好，只是一个劲儿地说：“都是组织的培养，都是潘书记的栽培。”

潘晓升说：“改革以来，大家都说要透过现象看本质，可哪有那么容易！现象有那么好看吗？你只有摸透了上下两头才能透，摸透了，还得理论研究透了，才能真透啊！”田玉跃马上又掏出本子来，一边记一边说：“书记说得太对了！”潘书记说完，兴奋地带着田玉跃的稿子，坐车回县委了。

送走了县委书记，田玉跃又马不停蹄地赶去陪兄弟乡镇和县直部门的负责同志。结果赶到住地时，已是人去房空。没有赶上送送大家，自己心里觉得很不踏实。于是，他又分别给那些有些分量的负责人一一打去电话，表达了自己的歉意。尤其对县委组织部的常务副部长和县委驻地的镇党委书记，道歉的话就更多了一点，不仅说了若干个“对不起”，还真诚地提出要听听对自己发言的意见和对镇上工作的看法。对方自然又是一番恭维的话，因为县委书记都明确表示了看法，他们又能说什么呢！田玉跃呢，脑子里又开始回放着潘书记临走时对他说的一番暖心窝子的鼓励话，大有大功告成、功成名就之感。

该应酬的都应酬到了，时间已到深夜。田玉跃这时才想起了张立人，便径直朝张立人的办公室走去，还没推开门，先是听到张立人剧烈的咳嗽声。

其实，会上潘书记的讲话早已不胫而走，张立人已经听说了。听了田玉跃绘声绘色地讲起会场的气氛，县委书记带头鼓掌的情形和与会者褒奖的话，甚至连一些带有不同地方的方言都惟妙惟肖地学出来了，真使张立人如临其境，如闻其声，自然也是兴奋不已，好像会上发言的是自己。

张立人走上前去，伸开双臂紧紧搂着田玉跃热泪盈眶，喃喃地说：“太谢谢你了，太谢谢你了。”

田玉跃心想：该说谢谢的应当是我啊，我要说的话倒被他先说了。

田玉跃难以理解张立人此刻的心情。一个寒窗苦读近二十年的学子，今天第一次见到优秀的学习成绩落地了。“英雄有了用武之地”，“天生我才必有用”，自己虽然称不上“英雄”和“有才”，但不到一年的时间就将储备的知识派上了用场，怎能不使他激动难捺！查阅了多少资料，走访了多少群众，跑了多少路，熬了多少夜，都不在话下，关键是没有白忙活！在学校做论文，最多是导师说几句好话，然后是孤芳自赏，哪能像这次这么庄重，这么多人当“真经”听。他盯着书桌上那一摞摞散放的材料，盯着床头上摊开的书籍，双手抹一把脸，长长地舒了一口气。

这一天，张立人过得很是惬意，大有点“洞房花烛夜，金榜题名时”的兴奋。兴奋之余，他想起了外地的父母，赶快拨通了家里的电话，把这一喜讯传递给双亲。二位老人自然是为儿子的成就高兴，也免不了嘱咐几句注意照顾好自己、有空儿多回来看看之类的话。

二

时间过得真快，转眼进入腊月，大家都忙活着总结、评比。改革的座谈会已开过了一个多月了，张立人也被镇党委任命为党委办公室主任，虽然只是个股级干部，但名称好听了，大家也由此把老张改口为张主任了。当然，这一头衔是经田玉跃一再提议，才由镇党委正式下文公布的。一开始，别人喊“张主任”，张立人很不习惯，有时一愣一愣的，总觉得不是叫自己而是在喊别人。

别看镇党办主任这个官芝麻大小，想当的人还有几个。据说，王秘书、李干事，还有镇政府资深的苗助理，甚至负责接待的小刘，都有此想法，有的找镇领导表白个人业绩，有的通过各种关系拐个弯把话传到镇领导的耳朵里。但不管来自何方的意见，田玉跃和党委的其他领导同志都一致认为，张立人是应当优先考虑的人选。张立人就这样坐上了相当于股级干部的党办主任这把交椅，官位尽管不高，但他还是有点受宠若惊。田玉跃找他谈话时，他明确表示，自己不在乎当什么官，只是想认真踏实地做点事，把学到的东西用到实践中去，别无他求。

窗外，寒风刮着电线啁啁作响，一只寒雀颤抖着身子站在上面，尾巴上的羽毛，被风掀得一翘一翘的。窗下几棵叶片早已发黄的竹子，也刷拉刷拉地随风晃荡。此情此景，张立人不由地吟出郑板桥在潍县当知县时留下的千古名句：“衙斋卧听萧萧竹，疑是民间疾苦声。些小吾曹州县吏，一枝一叶总关情。”但他马上又哑然失笑了，人家郑板桥是七品县令，咱才是个股级干部，还差得远呢，咱还没有发此感慨的资格啊。可张立人再一想，大小咱也是个官了，是官就要关心民瘼，不能尸位素餐！

田玉跃一面赞赏张立人的淡泊名利，一面又忠告他，要想更好地发挥作用，实现人生价值，没有一定的职位是很难实现的。他用了一个非常贴切的比方：假如你是一位高水平的演员，如果不给你提供一个像样的舞台，又不给你演出机会，更不让你当主演，而是一直让你拉大幕，即使你手拉出茧拉出血来，又有谁知道你是个优秀演员呢！舞台、角色和机会，对一个艺术家重要，对一个从政者来说更重要。必要的客观条件与个人的主观努力必须结合起来，才有成绩可言，来了机会，才能接住。田玉跃不愧是学哲学的，一番话说得张立人哑口无言，喃喃着：明白了，明白了。

至于镇里几位想干党办主任没有干上的同志，早就被田玉跃几句话给打发了。田玉跃对王秘书、李干事和小刘说："镇党办主任同秘书、干事级别一样，都是镇管干部，只不过是伙夫改称炊事员，名称似乎好听点，其实什么都没变，你们还是各干各的事，张立人只管写他的材料。你们还是我身边的要员，缺了谁，离了谁也不行。"

书记既然把话说到这个份上，显然心里没有把他们当作外人，王秘书、李干事和小刘也就释然了。大家相安无事，镇机关仍平静如初。

一切处理得是那样快捷，一切安排得是那样得体。田玉跃在张立人眼里，简直就是个大能人，由开始的暗自佩服到现在的敬重有加。他们已经不是昔日的校友同学关系，而是今天名副其实的上下级关系，领导和被领导的关系，而田书记是一位有能力、有魄力、有办法的领导。张立人过去佩服的是自己导师的教学科研水平，但知识渊博的教师不是一个人，而是一群人。而在边河镇，田玉跃是唯一的，是无人与之争锋的主心骨。他庆幸自己又寻觅到了一位实践的导师。

正在张立人思前想后的时候，田玉跃特地过来告诉他，明天一早跟他一起到县里开会，并要他带上有关改革开放的材料，住到靠近会议驻地不远的东方宾馆，便于随时保持联系。

一大早两人坐上北京吉普，直奔县委驻地。张立人很知趣地坐在副驾驶的位置上，田玉跃直接坐到后座上，还客气了一番："立人你也坐后面吧？"张立人忙说："不用，田书记，我坐前面方便。"途中，田玉跃随口说起自己的一些同学，谁在哪，谁在哪，有当老师的，有当技术员的，当然，绝大多数同学因没机会进大学门，所以还在农村。说来说去，最后张立人说，田书记，你的位置目前是最高的。田玉跃会心一笑："哪里哪里，咱都是干活的。"他伸一伸懒腰，说一声"真累"，一会儿就打起鼾来。

吉普车在一所别致的平房门前停下，迎上前来的竟是王秘书。原来，凡是县里召开重要会议，乡镇的领导都带着一个工作班子住在会外的宾馆里，随时听从乡镇书记的调遣。大会讲话，小会发言，分组讨论，汇报情况，经验介绍，都由工作班子起草，主要负责同志过目后，即刻打印，为书记会上备用。张立人头一次接受这个任务，有些诚惶诚恐，担心自己那点“墨水”应付不了如今多变的会场需要。他正想跟田书记请教请教，可待他下车后，田书记车没下就直接到会议驻地报到去了。

张立人走进宽敞明亮的房间，放下手里提着的公文包，水没顾上喝一口就取出有关改革开放的文件材料仔细研读起来，并不时在稿纸上写下自己认为重点的句子和新的提法新的精神。此时，张立人已完全处于临战状态，随时听候田玉跃的命令。看呀看，写呀写，一天倏忽而过，没有听到任何动静，他真有点耐不住性子了。这时想起了王秘书，找了几次也没有找着，后来听服务员说，王秘书当天就回到镇上去了。既然书记不来找，自己又不便去见，只好在房间里坐等消息。在来县城的路上，田玉跃曾说过，县里开会一般不允许带工作人员，可没有哪一个乡镇听的，都把带来的工作人员放在各自预订的小宾馆里，每个乡镇带来的人都是尽量找个条件好一点的住处，反正也花不了几个钱，对工作有好处，不仅可以为开会的领导即时提供服务，还可为会议的贯彻写好领导讲话稿。这样领导同志在会议期间，就可以跑跑要害部门，串串领导的门，请有关同志吃吃饭，疏通疏通关系，交流交流感情，如此，关键时刻若求人帮忙，人家才肯伸出援手。平时大家都在忙工作，找谁都难，只有利用开会的时间，想找的人都在县城里。

张立人第一次知道开会还有这么多道道儿。实践真是丰富多彩，我一定尽快补上这一课。因此，自己是吃完饭就进房间，连散步也不敢，甚至在洗澡间冲澡，也支棱着耳朵，留神着电话或敲门声。说来也巧，就在他六神无主的时候，骤然响起了电话铃声。张立人抓起话筒就听到田玉跃的兴奋之声：“老张啊！一切都很顺利，县委潘书记让我用座谈会上的发言稿，今天在大会上第一个发了言。市委的领导和市直有关部门的领导也都来参会了，会后市委王副书记还专门找我交谈了将近一个小时。据县委办的同志讲，王副书记很少与人交谈那么长时间。对了，他还准备以市委办公室的名义转发我的发言稿，还要加上市委的重要批示。”

田玉跃越说越激动，语速越来越快，竟然忘记接话人是谁了。末了，只听他提高了嗓门，一字一句地说："我们一定不辜负领导的期望，加快改革步伐，再创辉煌!"说完，"啪"的一声把电话扣死了。

电话这头的张立人却急得直冒汗，不知需要自己写什么稿子，以及什么时候回到镇上。于是，他壮了壮胆子，拨通了田玉跃的房间电话，田玉跃一听是他，大笑不止，压根儿就没有听清张立人在说什么，只是一个劲儿地笑。张立人也跟着傻笑了几声，说："田书记，还用我干什么事吗?"

田玉跃带着自责的口吻说："老张啊，俗话说，人逢喜事精神爽，今天被市委领导这一夸奖，我还真有点晕了。实在是对不起，本来我是告诉你这个消息，好让你高兴高兴，同时也想通知你，一切情报解除，不需要写什么了，你可以放松放松。明天待我听了上级领导的讲话后，咱就一起打道回府。"

田玉跃又啰嗦了许多赞赏和关心的话，张立人有些不知所措，再一想，反正人家是对自己好，听着呗。张立人哪里知道，如今用"好话"打发人，这样的领导哪里都有，要不怎能笼络人心，怎能扩大自己的小圈子呢!

最使张立人难以理解的是，县里市里都把他写的那个发言稿看得那么重，那只不过是讲了个为什么要那么做和准备怎么做，根本就没有付诸实施的"纸上文章"。边河镇还是个穷镇，群众的生活水平还比较低，农民人均纯收入满打满算还不到两千元。如果说有个好的开端的话，那只是如今认识到了改革的重要性，看到了当地的优势和发展的潜力。或许就是因为这一点，给了人们以启迪。张立人思前想后，终于想通了。思想是行动的先导，认识上去了，就有了前进的动力和发展的基础。田玉跃这步棋走得好，下步棋该如何走呢?是抓住农业经济结构调整大做文章，还是力促镇办企业上水平出效益?总之，田书记要实施他的跨越式发展的第一着棋，这第一个棋子会往哪里投呢?

没等张立人看清田玉跃的下步棋路，市委组织部已经在考察田玉跃了。不久，田玉跃经市委批准，擢升为县委副书记，并提名为副县长人选，马上就要到县里工作，镇上的事情暂由镇长负全责。张立人看着这突如其来的一切，听着大家争先恐后地赶来向田书记祝贺，他有点搞不明白了，他的心像一颗棋子被两个指头夹着悬在了半空，没了着落……

田玉跃提得这么快，走得这么急，镇上的人都傻眼了。有的说，肯定人家上面有人，而这个人肯定说话算数，不然不会一下子拔得那么高。也有的说，可能是哪家有钱的企业资助了他，用钱铺了路，要不怎么会这么不正常呢！还有的说，田玉跃是某位市领导的亲戚，甚至有人说他是上头某高官的私生子。反正说什么的都有。

种种议论，不足为怪。如今官场生态确实有恶化之虞，报纸揭发的假干部，就是靠关系制造假档案，以假党员、假学历、假履历入仕，这类事情群众知道的多了，“怀疑”就成了时髦病，自己只要遇到认为不正常的事，就这也不对那也不是，疑神疑鬼。可你要说这些人是以偏概全，一叶障目，他们非但听不进去，还会脱口讲出若干个鲜活的事例，让你无言以对。

晚上，张立人一个人出去散步。逼仄的传达室里，看大门的王大爷在跟另一个上了年纪的人就着一小碟花生米喝白酒，没有酒杯，他们用的是碗口粗的搪瓷缸子。两人正聊到田书记的升迁，就听王大爷说：“这年头，有门子的，谁不想往上爬呀！”话刚出口，见张立人过来，王大爷赶紧站起来：“张主任，不来喝口？”张立人摆摆手，笑着走开了。

在张立人看来，田玉跃的提拔正常得很，尽管有些破格，但不破格又等到猴年马月才能让优秀人才脱颖而出！张立人虽然也感到有些突然，但他当时打心眼儿里认为田玉跃确实是个人才，一个领导人才。那时他跟田玉跃的关系是最为默契、最为融洽的时期，田玉跃想到的，张立人已想到了，田玉跃没想到的，张立人也替他想到了。那真是同学加兄弟的关系，无论是关于工作，关于生活，甚至一些情感的私密事情都能坦诚相待，无所不谈。张立人以碰到田玉跃为幸，他从田玉跃身上看到了自己的价值，他准备一直追随田玉跃……

田玉跃离开县委书记潘晓升的办公室，当即驱车回到镇上，按照潘书记的要求，抓紧把工作交接完结，立即到县里上班。

时间紧，担子重，田玉跃有几分欢悦，也有几分眷恋，心情难以平静。边河镇是个不大起眼的地方，自己在这里工作了将近四年，被人们寄予了厚望，镇里的干部，村里的群众，一心一意支持自己的工作，没有这块热土，没有这么多热心的干部群众，自己就是有三头六臂也不会有这么大的变化，更总结不出改革开放的好经验，规划不出今后发展的美好蓝图。他留恋这块热土，眷恋这里的父老乡亲。

是啊，田玉跃从到这里工作那天起，处处看到的是欢迎他的笑脸，没有人因为他是外地人而制造什么难题，说什么不中听的话。而这个地方前几年却是有名的“窝里斗”，你捣鼓我，我捅鼓你，没完没了。上级调查组来了一拨又一拨，这帮调查违纪违规，那帮又查涉嫌犯罪。那一阵子，有那么一帮子人专门搅浑水，闹得鸡犬不宁，人心惶惶。在群众的呼声中，县委派了年轻干部田玉跃来整顿边河、发展边河。不到四年，这里不仅改革上路了，经济发展了，社会稳定了，更重要的是人心齐了，班子团结了。俗话说，人非草木，孰能无情！此时此刻，田玉跃真正感受到离别时的复杂心情。他走到刚来边河履新时自己在院子里亲手栽下的一排白杨树前，刚栽的时候只有小拇指粗，现在都有碗口粗了。

尽管时间很紧，田玉跃还是一应如仪，一一登门看望了退休在家的几位老同志，分别同班子成员个别谈了话，在镇干部会上激情告别并提出希望和要求。

场面上的事办完后，他又与张立人促膝长谈，谈得那么投机，那么情真意切。最后，张立人泪眼婆娑，攥着田玉跃的手，说：“太谢谢你了田书记，请你放心地使用吧，我只不过是会说话的工具，你要我写什么只管吩咐，我不就是那么点特长吗？在机关工作我只能干这个活了。”田玉跃盯着张立人，说：“谁叫咱们是老同学呢，感谢的话就不说了！”

张立人一度担心田玉跃离开后自己的工作走向，经田玉跃这么一讲，一颗悬着的心落了地。他愿意跟着田书记到县里工作。县委书记潘晓升得知田玉跃的发言稿是张立人执的笔，又是名牌大学的经管专业硕士研究生，一向爱才的他即时将张立人推荐给了组织部。那时，正时兴从学历高的知识分子中挑选人才，充实地方党政领导班子，这种天上掉馅饼的好事，恰好被张立人赶上了。一把手赏识的人才，组织部便即刻落实当时引进人才的规定，张立人官升两级，顺利当上了正科级干部，被安排到新建的经济技术开发区工作，被委任为副主任，不仅成了县里的中层干部，更有了一块属于试验田性质的创业园区。作为一个涉世未深的年轻知识分子来说，真正有了用武之地，有了实现人生价值的地方，这怎能不使他心生感激呢。他乡遇故知啊，遇到了能使自己尽情发挥、学有所用的伯乐。

张立人打小就从父母那里，学了许多做人的道理，他讲诚信，知感恩，此时，他已把自己紧紧地拴在了田玉跃的战车上，尽已所能，奋力向前，保证做到来之能战，战之能胜。他的真诚使田玉跃感念不已，他的能力使田玉跃如获至宝。

本来田玉跃想让张立人直接去县政府办公室，放在自己身边工作，潘晓升觉得这样难得的人才最好放到实践中去磨炼。就这样，张立人被派往了经济技术开发区。

黎明时分，云似幕，月如钩，河面上弥漫着一层重重的雾气。张立人早早醒来，随意地转着，露水溅在裤腿上他也没有察觉。来边河镇虽然时间不长，但这里却是他事业的起点，突然间离开，让他感到有些莫名的失落和紧张。初出茅庐，立足未稳，又要更换工作岗位，唯一熟知自己的田玉跃同志当上了县里的领导人，管的事多了，与自己的联系必定就少了，更何况开发区是副县级单位，又相对独立。开发区主任是从工厂选调来的，还有一位副主任是从县直部门挑选来的，这两个人他都不熟悉。同不熟悉的人在一起工作，需要一个彼此了解的过程。工作上一般都要有个磨合期。新组建的单位，新搭配的班子，尚不知从何处着手开展工作。陌生的人，陌生的事，陌生的环境，使他在欣喜之中又感到忧心忡忡。

浓雾渐渐散去。太阳一拱出来，就像点燃了地平线上的那片模糊的柳树林，火红的霞光，让张立人精神为之一振。

人为什么不能像树一样在一个地方扎下根来，而偏偏要不停地往上走，不停地换地方扎根呢？不停地换地方，这人还能健康地长吗？可是人不是树，不是草木，人有欲望，要实现抱负，就要不停地走，匆匆忙忙地走，一刻不停地走，也许走着走着，就迷失了，就走丢了，那个本来的我就没有了。

三

张立人告别边河镇的那天忽然下起了雨夹雪。这是一个容易让人感伤的天气。他没有惊动任何人，只是把他认为是镇上需要的资料打捆留下，带上属于自己的东西悄悄走出了那座已经熟悉的小楼。雨夹雪在空中弥洒，复杂得有些像他的心情。曾几何时，他踌躇满志来到这块土地，实实在在地说，自己并没有做出什么事业来，这种离开是褒奖还是意外，抑或其他？他想不明白，准确地说，他还没来得及细想，就已来到新的任上。

开发区主任叫吴云韬，看上去不到四十岁的样子，略有发福。张立人与他相处了几天，就感到这位吴主任待人诚恳，尊重班子里的每个成员，而且有着很强的决策能力，知识面也很广。按年龄吴主任比张立人大几岁，论学历也是名牌高校的硕士生，但经历却比张立人丰富得多，从工厂的科室主任、副厂长到厂长，一步一个台阶。去年开发区筹组时，他的国际经济与贸易专业的学术背景派上了用场，被县委选中到开发区干主任。不论比哪个条件，张立人都自愧弗如，因而他真心实意把吴主任看作是兄长、班长。

还有位叫文林的副主任，县委公布张立人的职务时，标明排在文林的后面。张立人尽管在政界没待多久，但前后的关系也还是懂的。无论大小会议，没有摆名签时，自己的位置是吴主任的右边，左边当然为文副主任留着。

张立人习惯早到会场，这个习惯是长期当学生养成的，与早到教室等候教师来上课一样。为了避免不必要的麻烦，他特地同秘书科杨科长商量好，只要有不摆名签的场合，都请杨科长提醒自己，是否坐错了位置。

之所以这样谨慎，是因为第一次召开主任扩大会议，也就是让五个科的科长参加的会议，吴主任把三位主任的分管工作讲了讲，让各科室注意与新来的副主任接上头，保证工作的正常有序开展。会议内容比较简单，会前吴主任分别要张立人和文副主任，当着大家的面表表态，同时也给大家鼓鼓劲。入场时，吴主任边走边与张立人交谈，进会场时两人也就同时落座了，没有注意去分左和右，杨科长也忘了提醒。会后为这事，文副主任直接找到秘书科，把杨科长训了一顿。后来杨科长把文副主任的话变成自己的话告诉张立人入座的规矩，使张立人大为震惊，也为自己的“无知”而懊恼。本来想亲自找文副主任解释几句，又担心把人家杨科长牵扯进去，这样对同事对他人都不是善意之举，以后注意就是了。

张立人一心扑在工作上，与他共事的科室干部，感到这位新来的副主任思路敏捷，作风踏实，待人也很谦和。业务上，张立人更是没说的，他经常与分管科室的人一起跑项目，下工地，归来后又一起交流情况和体会。特别是，他还常向大家推荐看一些全国开发区的数据比较方面的资料，以及报刊上的重要言论等，这些信息资料大都是他平时从书刊上摘录收集来，读过受益匪浅，才推荐给大家的，所以大家都打心眼儿里佩服他的细心。尽管副主任与科长是同级干部，但属于重用，是开发区的领导成员，科长只不过是部门负责人。因此，科长们都懂得个大小，虽然有的科长年龄比副主任甚至比主任还大，但他们懂得领导与被领导应当是尊重、服从的关系，不管领导对自己如何，尊重领导、服从领导那是不成文的规矩，属于天经地义的事情。正因为这些科级干部的良好素质，开发区的工作可谓顺风顺水，张立人更是深得吴主任和大家的信任。

有一天，县政府通知，近几天要就加大改革力度加快吸引外资步伐等方面听取有关部门和开发区的工作汇报。因为时间紧，吴主任便把撰写汇报稿的任务交给了“大笔杆子”张立人。他依据各方面提供的材料，按照主任会议讨论的汇报提纲，夜里加班，共写了三大部分，第一部分写开发区正式启动后的基本情况，第二部分写的是正在筛选、论证和拟引进的几个投资额在千万元以上的大项目的进展，第三部分则是目前亟须解决的问题和需要政府出面加快推进的有关配套政策方面的建议。每一部分都写得有血有肉，言简意赅。吴主任只在个别语气上稍作改动。秘书科又送文副主任审阅，文副主任只在送审稿他的名字上画了个圈，即退回秘书科。

秘书科杨科长见文副主任已圈阅，又翻了翻每一页稿纸，知道没有做任何修改，随即按要求复印二十份急送县政府办公室。到了汇报这天，吴主任同文、张两位副主任一起走进县政府的小会议室。

因县长外出考察，主持会议的是县委副书记、常务副县长田玉跃。田玉跃首先把县委书记潘晓升介绍给大家，并预告与会者，潘书记最后要作重要讲话。接着，来了个开宗明义，讲明县委、县政府就加快对外开放步伐听取有关部门和开发区的工作汇报，目的在于“心中有数”，这样，县里的工作才能全面推进，重点突破，协调发展。最后要求汇报的同志，尽量把情况讲具体，提出的措施针对性操作性要强。

发言没有预设先后顺序，谁举手谁发言。第一个发言的是工业局，第二个发言的是外经贸委，第三个发言的是工商局。吴主任想举手，又不敢贸然行事。尽管发言者都要举手，但看起来好像是事先安排好了。工商局的同志讲完后，吴主任也没有举手，供销社的负责同志举手要求发言。这时，县委书记潘晓升开了腔：“我看是不是先叫开发区讲讲，让大家听听他们这一段的工作。开发区可是我们县对外开放的主力军，是县委县政府抓改革促发展着力培植的一个新的经济增长点啊！”

田玉跃马上表示赞同，一边看着吴云韬，一边又朝着供销社的那位负责同志说：“等老吴讲完后，你再讲，好吧？”既然被书记点了将，吴云韬也就放开了来讲，讲了足有半个钟头。

吴主任话音刚落，潘书记拉过话筒随即进行了点评："老吴的发言，站得高，看得远，想得深。开发区已初步成为了推动全县外向型经济增长的领头雁，一个亮点啊！"潘书记评点完后，供销社的那位同志接着发言。此时，潘书记已经站起，来到吴云韬面前，悄声问了几个数字，离不了招商引资今年能真正落实多少，哪些项目今年能进开发区，哪些企业年内能够投产达产，如此，等等。吴云韬如实相告。

潘书记的举动，让主持会议的田玉跃始料未及。发言的同志见书记听得没兴趣，说话的劲头自然也就不足了。这时，田玉跃侧着身子，同刚回到座位上的潘书记说："时间有限，是不是后面的就不再发言了，您作总结讲话好不好？"

潘书记点头应允，挨到供销社的同志发言结束，开口便说："改革开放浪潮汹涌。摆在全县干部面前最急迫的问题是抢抓机遇。机会是均等的，竞争是激烈的，不进则退，小进也是退。我们必须像开发区吴云韬同志刚才讲的那样，要树立'泉滨之外都是外'的观念，举全县之力，大力招商引资。不能再按部就班了，要超常规发展，跨越式发展。"接着讲了几条县里准备推出的政策措施，鼓励大家吃透政策，用足用活政策，振奋精神，开拓创新，为全县外向型经济的发展做出新的贡献。

潘书记大约讲了近一个小时的话，半天的会议时间也就所剩无几了。田玉跃抬腕看了看手表，清了清嗓子，开始作会议小结。按照习惯做法，他先高度评价潘书记的讲话既符合上级精神，又切合县里的实际，针对性很强，指导性很强，希望全县各级各部门认真贯彻落实，一抓到底，抓出成效。接着又评点了几位同志的发言，特别点到了开发区，点开发区的时候，目光还在张立人脸上扫了一下。

参加会议多了，张立人就有些感慨。如今大小会议，主持会议的人最后总是用类似的语言作总结，不了解情况的人，乍听起来挺别扭，这不全是套话吗？这不是逢场作戏、"相互吹捧"吗？可时间长了，谁都是这么个讲法，也就习惯成自然了。所谓开会三要点：直接对下级讲话要说"我强调几点"，听平级讲话后发言要说"我补充几点"，听完上级领导讲话后发言必须要说"我的领会有这样几点"。假若遇上哪个不这样讲的主持人，就觉得是离经叛道。所以，你也这样说，我也这样说，虽然几乎没有人用耳朵听，但耳朵始终竖在那里，又有谁能说他没有听呢！反正张立人现在已经开始习惯了，说得更恰切一点是见怪不怪了。他知道这就是一种庸俗的官场文化，说者言不由衷，听者如风过耳。

从县政府回到开发区，吴主任喜不自禁。这一次汇报，不仅引起了县委的高度重视，而且让他真正认识了张立人驾驭文字的能力。不仅笔杆子棒，善于归纳提炼，又有着创新的思维和敢于探索的勇气。这样的人来到他的名下，自然就成了务虚少不了、实践更需要的人才了。

吴主任是个快节奏的人，立说立行，干脆利落。开发区认真学习讨论潘书记的讲话精神后，立即兵分三路，分别由吴、文和张立人三人带队，去南方经济发达的苏沪浙三个省市推介优惠政策，实地招商引资。他们认为，本县以外都是外，外县外市外省，还有海外国外。十多天的时间，三路都是满载而归。不少经济发达地区的国有或民营企业甚至个私大户，都愿意来泉滨投资办厂，异地创业，意向合同签了不少。

开发区顿时热闹起来。今天接待浙江温州、广东东莞的，明天招待江苏苏州的，后天又有上海、宁波来参观的。南方五、六个省市都先后有人前来洽谈合作。客商对这里的投资软硬环境还算满意，不仅交通方便，社会治安状况良好，而且资源丰富，劳动力便宜。开发区基础设施先行，早已经做到了“三通一平”，客商一来，即可办理企业注册、税收登记等有关手续，进区建厂。项目报批等一切手续简办。客商们争相划地块，不到三年时间，这里已是厂房林立，机声轰鸣。开发区也名声显赫。

这天中午，吴主任刚去餐厅吃过午饭，同大家边走边聊，人事科长跑来报告，县委组织部的王部长要他赶快去一趟。到了那里，才知道是商量他去市委党校学习的事。他陷入两难之中：有心说不去吧，可这是市委组织部的意见，担心王部长不高兴；真的去脱产学习三个月，又不忍心把那么多事情丢下不管。学习这事儿，不重视不行，尤其是现在强调领导干部必须讲政治，进党校培训便成了题中应有之义。

只有两周的时间了，吴云韬便抓紧安排开发区的后续工作，协调会、调度会不知开了多少个，从早忙到晚。临走的前四天，又特地把文副主任和张立人叫到自己屋里，讲明王部长转达的市委组织部的意见，明确在三个月的学习期间，开发区的工作由文副主任暂时主持。之后，三人又商量将这一段招商引资及重点项目建设进展情况给县委写个总结报告，写哪些内容，写到何种分寸，三人议得清清楚楚，委托张立人执笔。

张立人对吴主任进党校学习感到意外，对文副主任暂时主持工作，感到那在情理之中，排名也排上他了啊。张立人只关心材料写好后，由谁审阅、签发。他的意思是，如果由吴主任签发，就抓紧这三两天的时间赶出来，交吴主任把关。如果是由文副主任负责，待稿子印好后交文副主任同时寄一份给吴主任指教。倒是文副主任反应快：“请吴主任签发，因为这一段的工作全是吴主任抓的嘛!”说完看看吴主任，又瞅瞅张立人。但谁也没有马上表态。

片刻，吴主任说：“工作是我和大家一起干的，情况都了解，汇报的大体路数刚才也议了，如果我来不及看就由老文签发吧!”这时的文副主任，显得异常沉着，既未答应，也没推辞，只是不经意地扫了张立人一眼。

“尽量让吴主任看看。”张立人边想边匆匆回到办公室，赶写汇报稿去了。一写材料，张立人就什么都顾不得了，吃不香，睡不好，满脑子是材料，是观点，遇到材料和观点打架，他就自己给自己调解，仿佛一个人成了两个人甚至三个人。好的文字材料，是心血和智慧浇灌出来的思想之花，其中的甘苦，只有张立人这些写过大材料的人知晓。

没等张立人写完稿子，吴主任已接到了提前报到的通知，说是市委主要领导要先召集这批区县学员开一个座谈会。张立人一听吴主任后天一早就要走，便连夜突击，夜里饿了，就泡碗方便面。待他把稿子誊清，已是第三天凌晨五点钟了，他脸也没洗，便匆匆赶到吴主任的宿舍。吴主任的司机已候在楼下。

吴云韬接过稿子，又见张立人那疲惫的样子，关心地说：“老张啊，这件事没有必要赶这么急。再说，我估计已来不及签发，昨天就把这件事交代给老文了。”说着，又顺手将稿子递给了前来送行的秘书科杨科长，让其转交给文副主任。

张立人只是笑着说：“我总觉得还是让您先看看好。”说着，两人会意一笑。

看着吴主任的小车开走了，他才匆匆交代杨科长，这几天太辛苦，打算好好睡上一个回笼觉。

专心写稿的时候，一点不觉得累，但一旦完成，放下笔，浑身就如散了架，难受不堪。张立人刚脱下衣服，电话铃响了。是文副主任亲自打来的，通知他饭后要开个碰头会，商量一下吴主任走后的工作安排。张立人无奈，一边穿衣下床，一边在寻思：吴主任临走不是把工作都安排妥了吗?不知道还要安排什么?

文副主任严肃地干咳了几声，用茶杯盖子打着漂上来的茶叶，慢条斯理地说："吴主任不在，咱更应该好好工作，是吧？汇报稿我大体翻了一下，下了不少工夫。但我觉得需要重写。"

重写？张立人听到这两个字，头都快炸了！他这个人从来不怵熬夜加班，也从来不怕推翻重来。这次却真叫他想不开了：文副主任要推翻吴主任同他们一起敲定的思路，自己要另起炉灶！这个异常举动确实使他想不通，更不用说对原稿几无道理的指责。

张立人一开始忍着，但思来想去，觉得不对劲儿，实在忍不住了，"腾"一下子站起来，对文副主任说："原来的汇报稿是吴主任领着我们一起商定的，你也是同意的，怎么吴主任还没有说什么，你就要重写呢！这样做合适吗？"

大概文副主任早就料到张立人会说这样的话，张立人刚一说完，他就不假思索地说："吴主任已经来不及看了，他人已经走了，现在是他交给我来把关。这个稿子层次太浅，高度太低，我们开发区是县里对外开放的领头雁，必须把这个头雁的地位和作用写出来，只有这方面写得生动深刻，才像是咱开发区的报告。"张立人听出文副主任说话的时候将"我来把关"几个字"咬"得语气很重，而且用中指在桌子上重重地敲了敲。

说到这里，文副主任又打开那个精致的高级香烟盒，抽出一支大中华叼在嘴上，摁动烟盒上的打火机，用力地吸了一口，又徐徐地从口鼻中喷出，烟雾霎时遮住了他的面目。

一个怪里怪气的声音从烟雾中穿过来，射向张立人："我嘛，尽管眼下是个副主任，但上面的领导对我很好。我老婆的一个亲戚，在市委组织部当副部长，分工的工作就是管县级干部，咱们县的哪个领导不是他一手提拔的？我今天能主持工作，除了我的资历和能力外，就是他的作用。我看你老张是个老实人，才把这个底儿亮给你。"说到这里，两眼直勾勾地瞅着张立人，又轻轻地弹了弹烟灰。

不用再说了，也勿需多说了。张立人不笨，此时他已经听出了弦外之音，只是不得不追问文副主任这样一句："这件事是不是与吴主任电话汇报一下？"

没等张立人再往下说，立即被文副主任堵了回去："汇报不汇报由我来定。你上学时间太久，读书读多了，工作时间又短了一些，组织原则你不太明白。今天我主持工作，同上级的联系、与领导打交道自然都是我的事，其他人可以做，但必须受我的委托，明白吗？"

张立人已经听烦了，起身便走：“我明白了。时间不短了，我该走了。”

文副主任没有强留，随口说：“跟着我好好干吧，肯定有你的好果子吃的。”说完，又习惯性地干咳了几声。

回到办公室，张立人一头趴在了办公桌上，心里像打翻了五味瓶，什么滋味都有。只见他两手抱着脑袋，一会儿左，一会儿右，转来转去，显得痛苦不堪。趴了一会儿，又坐起来，两眼直直地望着窗外，一会儿又没精打采地踱来踱去，重重地喘着粗气。

张立人从来没有遇到过这样的难题，课本上没有，文件上没有，眼前却硬梆梆地存在着，堵得慌。思来想去，还是不向吴主任汇报的好，眼下要按照文副主任说的去写，人家是主持工作的副主任嘛。于是，他又提起了那支熟悉的笔，可这支笔今天有点不大听使唤，显得很干涩，很生硬，他使劲在纸上划，甚至把纸都划破了……这叫力透纸背？他自嘲着，继续写着，按照规定的时间送给了文副主任。

文副主任接到张立人送来的稿子，怔了一下。他本想用这一手给张立人点颜色瞧瞧，估计他那个脾气不会改这份稿子，那就借此机会狠狠训一训这位仕途畅达的研究生！没想到他竟像一只小绵羊，乖乖地服从了。原来准备好的训词，已排不上用场，所以，便弄了个措手不及，张了张嘴却没有词儿了，只好勉强地站起来，用那只粗大的手拍了拍张立人的肩膀，操着半拉子普通话说：“这么快啊，才子，名副其实啊！哈哈，今后有我文某在，保证你在仕途上一路绿灯。”

虽然只比张立人大两岁，却摆出了一副老领导、权威者的架势。张立人很木然，没有任何反应，便告辞了。他只觉得两只眼睛又肿又痛，就骑上自行车赶到县医院。医生确诊，系疲劳过度，眼底充血，除药物治疗外，必须闭目休息。

张立人带着药剂和医嘱回到开发区。没想到刚准备掏钥匙开门，文副主任就站到了面前，一开口便训开了：“你出去为什么不请假，老张？现在是我主持工作，出了事怎么办？开发区是全县经济发展的龙头和示范，你我的担子都很重，一举一动都要考虑影响的！”说着，又干咳了几声，并从国际国内形势，讲到个人的责任。

张立人手里攥着钥匙，一声不吭地等他发泄完。文副主任有个干咳的毛病，平时走到哪儿都有个人给他带着水杯，今天不知为什么，站在他一旁的人事科刘科长也没有给他递上水杯。足足说了有十多分钟，由于干咳不止，不得不停下了。

此时的张立人仍面无表情地站在那里。待文副主任把威风耍完了，他把眼镜摘下来，对着文副主任说："你看看我的两只眼睛。何况我们这里到县医院不到两三里路，我来回还不到半个小时。谢谢你的提醒。"说完，打开办公室，"嘭"地关上了门。

晚饭时，张立人完全没有了食欲，只是一个劲地喝白开水，一杯接一杯。白天的一幕幕，像过电影，文副主任的口气和嘴脸不时地在眼前叠现。喝着喝着，他心头豁然一亮，好像许多苦恼都被这杯白开水冲淡了也冲走了似的。

张立人想起了一位伟人讲过的韬光养晦的话。一个人要站在这个世界上，必须学会修身养性，要能沉默，要能忍耐，善于同任何人相处。有人喜欢表现自己，就让人家表现去。大凡浅薄的人，不都爱装腔作势吗？既然文副主任想在众人面前摆摆架子，树树权威，愿摆愿树由他去。大事讲原则，小事讲风格。同装腔作势的人打交道，最好的办法就是凡事不要往心里去，任其自由表演可矣。

一杯，一杯，原来白开水最有味道啊，它的味道就藏在无色无味之中，是味外之味。张立人想通了，他在当天的日记中写下了这样的话："政治是妥协的艺术。生活中，理性的妥协有利于自我意识的矫正，有利于自我心态的调整。"

文副主任整天都在不停地召集主持各种会议，强调团结，强调统一思想，强调服从。动不动就吆喝下属：请张立人同志到我这里来一下。张立人一叫就到，而且习惯地带个小本子，看看文主持有什么重要吩咐，以便随时记下。一次，两次，次次都是这个对待法。

张立人分管科室的科长们，看到张立人这样委屈，都替他鸣不平。但每次听到这样的话，张立人都会纠正说："请不要这样说，我们要维护文主任，吴主任不在家，更得维护文主任，这就是开发区的大局。我们要做的，就是努力把份内的事办好。"

大家都说张立人有度量。而文副主任却误认为张立人这个副主任被他彻底镇住了，驯服了，心里特别舒坦，认为自己的驾驭能力又有了新的提高。

可这几天文副主任坐卧不安。一晃两个多月过去了，眼看吴主任学习的时间也快结束了。他知道吴主任一回来，不仅主持的位置没了，就连这一段的工作也不知从哪里说起了。自吴主任走后，自己想的是如何坐稳“主持”这把交椅，工作的事情几乎就没真正考虑过，别说是全面工作，就连自己原先分管的工作也没认真研究一次。尽管自己没闲着，整天坐着开发区唯一的小轿车，不是回乡省亲，就是外出跑门子，路没少跑，酒没少喝，期间还特意带着老婆去市里，面见了那位管县级干部的魏副部长，虽然是老婆的姨夫那头的亲戚的哥哥，也亲切地称呼其为姨夫。管县级干部的副部长，别说是文副主任喊姨夫，如果允许叫亲爹，文副主任保证也会毫不迟疑地脆生生地喊出来。

吴主任的归期一天一天逼近，文副主任更加心神不宁。极少回家吃晚饭的他，这天突然不打招呼就径直回了家。老婆见他有些慌里慌张的样子，还以为外面发生了什么事情，刚要去厨房准备饭菜，文副主任喊住了她，恳求地说：“你赶快给姨夫部长打个电话，问问我那职务的事有没有个眉目。这事比吃饭重要。”

老婆笑眯眯地看着他，没有直接回话，抛来媚眼说：“这事你就不用管了，该吃饭就吃饭。如果身体垮了，到时候那官帽子真的送来了，还怕你撑不起那个架了。”说着，娇柔地用食指点了一下文副主任的脑门，转身走进厨房里。

文副主任见此情景，知道事情已办得八九不离十了。他对自己的老婆最了解，别看只是邮局的一名电话员，很少抛头露面，可凭她那张伶俐的小嘴和方便的通信条件，办事的能力那真没说的，尤其又有那么一位大权在握的呼作姨夫的副部长，虽然不是直系血亲，但实际上他们的关系比血亲还亲。平常的频繁走动且不说，就连逢年过节，爹妈家可以不去，但副部长的家那是必须去的。不知内情的人，还认为文副主任真有个姨夫是副部长呢。

人越走越熟，关系越走越近，感情越走越深。深度的走动，让魏副部长还真把文林夫妇当成了自家的亲戚看待。

俗语说，朝里有人好做官，厨房有人好吃饭。就在吴主任从党校常务副校长手里接过结业证书的时候，一纸干部任命通知书已打印好，等着他了。

文副主任被任命为泉滨县经济技术开发区管委会主任、工委书记，吴云韬调到邻县任县委副书记，属于平职重用性安排。张立人调到县报社担任总编辑，仍是正科级，也属于重用性安排。唯一提拔的就是文副主任了，由正科提成了副县。

张立人是最早从田玉跃口中获此消息的，他觉得事有蹊跷，但还是说了感谢田书记的话。田玉跃呢，则还是那句老话："谁叫咱是老同学呢！"

晚饭后，他躺在办公室的行军床上翻看《泉滨县志》，这是他每晚必修的功课。翻了几页，就心烦地把书扔在一边，趁着夜色，来到开发区的主干道，没想到晚上车还这么多。路旁一个捡垃圾的老人好像看透他的心思，说：这都是大货车，超载，白天不敢跑，查得紧！等了好长时间，才插空到了对面。那是一个游乐园，刚刚开工，晚风吹动着场地上的衰草。他刚迈步进去，突然从草丛里惊起一群野兔，有白的，有黑的，还有花的，一个黑衣壮汉在后面撵，壮汉个头高大，满脸疙瘩，露着眼白。张立人定睛细看，呀！哪里是什么壮汉？原来是条狗，呲着一排白牙。张立人正欲弯腰作捡石头状，没想到恶狗已就势猛地扑了上来，那毛茸茸的爪子，即将触到他的鼻尖了，他撒开腿就跑，可怎么也跑不动，跑啊，跑啊，两条腿像踩在了棉花垛上抬不起来。恶狗的獠牙大张着，张立人的拳头攥紧了，又松开，松开了又攥紧，攥出了一手心的水，眼看着狗爪子掏到了他的心窝，他的心一阵剧痛，殷红的鲜血，喷涌而出，他大喊一声：妈啊……

"张主任，张主任！"是办公室小王的声音。张立人一骨碌爬起来，刚才的场景已杳无踪影，原来是自己睡着了，做了个梦，《泉滨县志》敞开着掉到了地上。张立人揉揉眼睛，坐了起来。

小王颇为神秘地小声说："张主任，听说您提拔了，祝贺您呀。"

张立人笑了。组织上没谈话，他是不能透露半点消息的。于是他挺直了身子，含糊道："谁说的？我刚做了个梦，让一只狗撵着跑，多亏你来解了围呢。"

小王说："大家都这么说，已经传开了……"小王手里还拿着亚当·斯密的《国富论》，伯恩斯的《领袖们》，都是前些日子借张立人的，现在是来还书的。

对于突如其来的人事变动，吴云韬事前连点风声也没听到，只是刚到党校报到时，跟着那位魏副部长来党校作报告的市委组织部的一位科长，随便问了问文副主任干得怎么样，那是在会场的台阶上碰上的，既非正式场合了解情况，也不是正式走组织程序。忠厚老道的吴云韬，这时也有些沉不住气了。他正准备抓起电话询问县委潘书记时，突然有人来敲门。他放下电话，开门迎客，竟是文副主任。

文林一见吴主任的脸色，就明白了他此时此刻是个啥心情。他索性来了个单刀直入，免得让吴主任抢了先，再费口舌，说："我刚刚从魏部长那里来，也是来接你的。临走，魏部长嘱咐我一定尽早见见吴主任，也多向你学学，好把开发区的工作尽快抓起来。"说着，自己就拉了把椅子坐下，从铁盒里抽出一支香烟，在烟盒上敲了几下，点着了，吸起来。

吴主任没有表现出什么异常，仍像往常一样回答他的话："我刚刚看到了公布令，你就推门进来，一点思想准备都没有。但有一点请你放心，也请魏副部长放心，只要是组织的决定，我吴云韬从来都是服从的。至于向我学习，那就不必客气了，咱们相处那么长时间，谁还不了解谁呀。"说完，开始收拾起桌上的书籍，准备同文林一起回开发区。

车子在路上飞奔，两人膀挨膀地坐着，司机旁边坐着秘书科杨科长。吴主任偶尔问问开发区的情况，文副主任也心不在焉的敷衍几句。吴云韬想的是开发区今后的发展，文林想的是尽早坐上开发区的第一把交椅，不再当那个有责无权的"主持"。两人都各怀心事，车里静悄悄的，尽管夏季的北方到处郁郁葱葱，花香柳绿，可谁也没有心思去看窗外的景色。

本想听听吴主任交接工作的具体时间，可吴主任始终不提这个茬。文副主任实在憋不住了，自己先提了出来："吴主任，咱们下午到家，晚上开个干部会，公布一下任免名单，咱俩马上交接，也好抓紧开展工作啊。"

吴云韬早就料到文林心里是猴急猴急的，于是就来了个顺水推舟，说："现在主动权在你手里，你已是开发区的一把手了。在其位，谋其政嘛！不过，我因为要到外县工作，还是先听听县委的。再说了，还有张立人的调动，咱们的班子变动很大呀！组织上要求一周内到各自岗位报到，我看就按组织的要求安排吧！"说完，又把头扭向了窗子，似在欣赏窗外的景色，实则是在为这次的重大变动揣摩个中缘由。

回到县里，吴云韬首先找到县委书记潘晓升，谁知没等他开口汇报学习情况，潘书记就说："还是先谈谈工作变动吧！"潘晓升接着说："你的这次工作变动没有征求县里的意见，是市委组织部直接通知的，我们只能表示尊重市里的决定。文林的提拔是市委组织部的魏副部长直接告知的，我表示服从。张立人同志的任用是市委组织部建议另行安排一个合适的工作，正巧报社的总编辑提到县委宣传部工作，我们便安排立人同志去担任这一职务。我知道立人同志是非常优秀的年轻干部，多岗位锻炼一下，对他今后的成长还是有益处的。”

潘书记短短几句话，把这次开发区领导班子人事变动的来龙去脉，说得一清二楚，甚至连不该讲的话都和盘托给了吴云韬。他还有什么话可说呢，又怎么好意思给这位如此信任自己的领导再添麻烦呢！事到如今，只能如此。“服从”对谁都好，服从者给组织留下有组织性纪律性的印象，作为“组织”的化身，领导者会认为服从者是听话的人。即使你不情愿，不理解，甚至气愤，又有何用？如今这里的干部任用，就是个别领导者说了算，要不，怎么还叫任命干部呢？被任命的干部就得“认命”啊！

好汉不吃眼前亏，能忍则忍吧，小胳膊怎能扭过大腿呢？现成的套话，选几句中听的说说算了，聪明者就说“组织的决定是正确的，我完全服从”。这样，作为组织的代表人士，本来是有备而来的，结果由于服从者这一忍，忍出了个高姿态，于是评价的好话随之而来：该同志非常顾全大局，通情达理。甚至还会把忍者的政绩添油加醋地赞扬一番。忍者得到这样的评价后，心情自然也会慢慢平静下来，因为那可是组织的话呀！今后再遇到类似情况，起码懂得怎样应对了。这就叫做吃一堑长一智，来到矮檐下，该低头时还是要低头的。如果此时你还昂首挺胸，看似英雄豪杰，实则是匹夫之勇，鲁莽之为，直到碰得头破血流，方知不该意气用事，但此时已于事无补。组织已经有了坏印象，任凭怎样埋头苦干，任凭百般表白，一旦有了“印象病”，一切作为，一切业绩，都可以说那是瞎子点灯——白费蜡。须知，代表组织的领导确定的“印象病”才是最可怕的病，基本上可以定性为不治之症。用句老百姓的话说，那是“要命的病”。

吴云韬对此明白得很。因为他已经是第三次调整工作岗位了，每次他都是听从组织安排，不管那位代表组织的人是好是坏，他都不去深究，不去怀疑。对上级领导，只能想正确的一面，公正的一面，廉洁的一面，哪还能想其他呢！如果真要疑神疑鬼，甚至受一些小道消息的影响，那仕途的路基本上已经走到了尽头。既然人无完人，难道对领导者还能求全责备吗？这是明摆着的理儿，一个人又怎么能去突破已被社会约定俗成被大家公认且遵从的道理呢！更何况自己又是重用性的安排，该感谢组织、感谢领导才是。

不过，作为开发区的一把手，总应当为其他同志说几句公道话吧！如果连这样的话都不肯说，这样的领导者那才真正称得上是：只管自己过得去，不管别人没法过。吴云韬不是这样的人，他还是开口了：“潘书记，对我的安排，很感激组织的信任，我就怕干不好，辜负了领导同志的一片心。”潘书记只是静静地听着，因为类似这样的话，他不知听过多少次了，凡是被提拔或重用者，几乎都要这么说。潘晓升是在耐心等待着吴主任的下文。

人说官当得时间长了，都快成神仙了：如何应酬上级，如何对付下级，如何凑付同级，不分时间地点，都会应对自如，料事如神。果不出所料，吴云韬说：“潘书记，开发区的干部这么个安排法，可有悖于您的初衷啊！现在的工作刚刚打开局面，就来了个走马换将。我离开了不要紧，又把张立人调走，人家可是经济管理专业的高材生，经过这三年多的锻炼，实践经验已很丰富，同外商打交道直接不用翻译，英语讲得那叫一个溜道。文林除了会拉大旗作虎皮，会吹吹拍拍，还会干什么！我们应该对开发区的工作负责！”说着说着竟然激动起来，嗓门自然也抬高了。

潘书记还是一声不吭，只是静静地端着杯子喝水。这时吴云韬也意识到自己有些失态了，说了不符合自己身份的话，也说了自己应该说又不该说的话。于是急忙作了一番表白：“我也没有别的意思，就是对张立人的使用觉得有些惋惜，对继任开发区的负责人有些担心。”

潘书记一听吴云韬掏出了心里话，就站起身来，扯着吴云韬的手说：“老吴啊！我该说的话，一开始就讲了。你的话我也听明白了，希望到新岗位把工作干好，为咱们县的干部增增光吧！”潘书记的话很简短，看似套话，可仔细一想，还真有点琢磨头。于是，两人相互信任地握手告别。上下级在人事调整问题上的谈话，从来都是这么简单，没有添枝加叶，没有任何的自选动作，能少说一句是一句。

按照组织规定的时间，吴云韬在开发区交接了工作，文林正式接任管委会主任职务。没等吴云韬离开，文林就派人把自己的办公用品搬到了吴的办公室，还嘱咐把窗帘换成天蓝色的。

等吴云韬走了，他又让人把自己的办公桌摆弄来摆弄去，怎么也觉得不称心，最后，还是找来一个会看风水的大胡子。大胡子眯缝着小眼问了他的生辰八字，最后确定把桌子放在东南角，还在桌子下面贴上自己亲手画的镇邪符。

张立人却出乎文林的意料，高兴地离开了开发区，到县报社报到去了。至于开发区群众对这次人事变动的反应，只简单地从交接的全体干部会上就可以了解个大概。当县委组织部的负责同志宣布吴云韬同志调到外县任职时，全场一片静默，片刻，大家齐刷刷地站起来，异口同声地喊："吴主任，不能走！"使主持会议的文林颇为尴尬。当公布文林任开发区主任时，除了几个人拍了拍手掌外，会场里嘘声一片，几个老资格的干部，竟愤然离场。当公布张立人的职务变动时，又是一片"张主任，不能走"的喊声。吴云韬的告别讲话，几句话，好不容易在掌声中讲完。文林最后尽管像读朗诵诗一样念完那份自己请市里高手拟就的就职演说稿，但没有人认真去听，会场里的人大都在交头接耳，文林事先安排好的带头鼓掌的人，也没有起到太大的作用。

县委组织部的同志没想到，一个小小的开发区的人事变动，会是如此的反响，竟与决策者的看法大相径庭。到底相信什么人，依靠什么人呢？凡是有脑袋的人不应当想一想吗？组织部门到底在为谁工作啊？

对这次工作调整，张立人起初心里也不是滋味。他舍不得离开开发区，他认为那是真正能施展自己才干的地方。但吴主任一走，文副主任干了主任，他又十分愿意离开。他觉得对待官气十足的文林，再好的修养也难以与其相处。文林喜欢加班加点打扑克牌，需要几个人陪着，不会玩牌的人，就被认为不和他一条心。于是，一批好玩的人，都聚在其手下，或安排在人事科，或安排在秘书科、行政科。张立人不会玩牌，但他把玩牌看成是一种娱乐，只是告诫他分管的部门的同志，凡事都要有个"度"，休息的时间不要玩过头，工作的时间要聚精会神，年轻的同志尽量多挤出点时间学点知识。这样的要求，本来无可非议，但话传到文林的耳朵里，竟引得他大动肝火，骂咧咧地说："张立人他算老几，他才出校门几天？市场经济就是玩出来的，玩纸牌、搓麻将、玩老虎机，没有玩的本事，休想搞改革开放。"玩风越刮越盛的开发区，确实给张立人出了个不大不小的难题，一个难以同文林这类人相处的难题。

这次组织决定调张立人到县报工作，他心里也有些打怵，觉得自己虽然会写点文章，可从来没有办过报纸。况且写文章与搞新闻还有一段不小的专业距离。但此时的张立人，宁可去那个不熟悉的地方干不熟悉的工作，也不愿意留在熟悉的地方与道不同、志不合的人共事。他非常感谢组织，当然，组织上并不完全了解他的心理活动，只知道张立人愉快地服从了组织的决定，没有提任何个人要求。

经过魏树吾副部长周密策划的开发区人事调整，就这样非常顺利地收场了。县委组织部高兴，没有因工作不力给市委组织部添麻烦。市委组织部高兴，写了这一段的工作总结，高度评价了经过各级党校培训过的干部素质就是同过去不一样。至于开发区交接会议现场群众的情绪和反应，台上的人不会去讲，也不会去考虑。台下群众这个大多数，有时还真是微不足道啊！

更重要的是，这次人事调整，下级是在实现上级某个领导者的意图，上级个别领导者满意了，一切就万事大吉了。不是说干部要讲政治吗？这里讲政治的标准，就是让领导者满意，哪怕这个领导者腐败透顶，昏庸至极，只要官衔还在，就代表组织，就代表正确。如果再节外生枝，那才是没事找事，是真正的唯恐天下不乱了！用魏树吾的话说，下面的干部群众的情绪不一定是正确的信号，他们更需要教育和引导嘛。

傍晚，一场骤雨不期而至，平添了些凉爽，但南风刮过来依然有些燥热。张立人望着窗外树枝上滴答着的雨水珠，那雨珠似落非落，由圆到椭圆再到逐渐拉长，拉长，终于滴了下去。然后又一个雨水珠形成了，然后由圆到椭圆再到逐渐拉长，坠落……

四

张立人原本就有剪报的习惯。看到报上的好文章总要多瞅上两眼，特别是那些抒写人生感悟的随笔、针砭时弊的杂文什么的，他都有选择地剪下来，贴到本子上。二十世纪七八十年代，了解信息的途径，主要靠那么几张报纸。张立人家当时还住平房，父亲糊顶棚，用的就是报纸。有一天，父亲回家，看到顶棚上怎么出了个四四方方的窟窿，就纳闷地问母亲，母亲朝儿子努努嘴，父亲始才明白，原来是儿子立人中午仰躺着睡觉，看到顶棚上的文章可用，就用剪刀给抠了下来。参加工作后，酷爱学习的张立人，更是对报纸情有独钟。他最感兴趣的是报纸的社论或评论员文章，好多他都分门别类地整理，装订成册，写材料需参考时，翻起来省事。

看来，张立人跟报纸缘分不浅哪。但是他从来没设想过，有一天自己能去办报纸。

幸好他在开发区这几年的工作情况，报社的许多同志都有所了解。县委决定张立人来报社干一把手，合乎报社职工的心愿，大家都觉得这是县委对报社工作的高度重视。谁不希望本单位有一个能力强、水平高、公道正派的同志来担任领导？社会竞争越激烈，越需要这种开拓型的领导者。

上任不久，张立人就搞了一次民意测验，开了几个座谈会，职工都表达了强烈的改革愿望。如此旺盛的士气，深深感染了他。他也从大家的言行里捕捉到了一个个期待的眼神。报社需要改革，需要发展，需要同开发区一样把改革发展搞好。

张立人心里明白，干报社总编，必须明确：党报是党和人民的喉舌。党的意志、主张，群众的需求、意愿，都应该而且必须在报纸上得到充分体现，党报姓“党”，传递的是党的声音，是为公平正义鼓与呼，必须时刻牢记人民的利益，因为党除了人民的利益，没有自己的利益，所以把人民的疾苦冷暖和政府的体恤关心体现在报纸上，就显得尤为重要。

报社的改革方案得到了县委书记潘晓升的鼎力支持。他鼓励张立人，只要把握好正确舆论导向，处理好社会效益与经济效益的关系，带好报社这支队伍，完全可以放开手脚，大胆改革。同时，张立人也得到了田玉跃的理解与支持。

县报，是县委的机关报，有了县委潘书记的明确表态和田玉跃的支持，张立人经过一个多月精心准备的报社改革方案出台了。首先实施的是版面改革，尤其是第一版，也是大家习惯称呼的头版。原来的头版，主要是刊登县委、县人大、县政府、县政协主要领导同志的开会讲话、调查研究、迎来送往等活动，因为是四开小报，版面有限，有时因活动太多一版放不下，就转到其他版面。领导同志的讲话发在哪个位置，多少字数，标题多大字号，都要根据领导的排列顺序巧妙安排。字多了或字少了，字号大了或字号小了，放在上面还是下面，左面还是右面，横题还是竖题，是否配发照片等，都有明确的要求。稍有不慎，轻则是宣传部的电话批评，如果是引起了个别领导同志不悦，那报社相关负责同志不仅要写出书面检讨送县委宣传部，报社的一把手还要亲自跑到提出意见的领导同志那里去诚恳认错，接受批评并保证下不为例，甚至还要拿个别责任人开刀。

所以，不管是谁来报社干一把手，第一要务是抓头版。这既是权威的象征，也是责任的体现。

张立人真有点初生牛犊不怕虎的劲头，上来就改革第一版。他要求压缩会议报道，改革领导人争报纸版面的现状，把更多的版面让给群众，让给基层，让给读者。还鼓励记者到基层抓“活鱼”，搞舆论监督。然后，开展业务练兵，搞原稿展览，搞异地采访，搞现场短新闻竞赛，业务研究氛围越来越浓。

县委潘书记亲自在改革方案上批示：“这样做有利于克服官僚主义、形式主义，我完全支持。”有了尚方宝剑，张立人立说立行，报纸一版和其他版面目焕然一新。职工高兴，读者称赞，同行关注。

报社新闻改革一炮打响。紧接着一系列配套改革陆续出台，报社面貌大为改观，发行量不断增加，广告收入也越来越多。张立人可谓春风得意，工作的劲头更足了。随着改革的深入人心和不断深化，用人和分配制度的改革，也在多数职工的呼唤声中浮出水面。

前些年，报社中层干部是由报社党总支考察任命。这里的中层干部，实际就是个股级。但不管级别大小，都有一定的职权。这次改革要改为群众推荐和个人自荐，然后竞争上岗，最后由群众代表、专家和报社领导同志一同评议确定。中层一共六个科室单位，先拿出经济采编室和广告科进行竞争，结果是原来的主任和科长统统落选。群众推荐上来的两位人选都借此推开了分配改革办法，不再吃大锅饭。由此，大家似乎看到了报社的希望和潜力，都拍手叫好。张立人从中也悟出了这样的道理：这改革，那改革，最根本的是人事和分配制度的改革。只有把用人权交给群众，才能真正把德才兼备的人才选拔出来，才能真正贯彻任人唯贤的用人原则，也才能真正搞五湖四海。否则，不是用人失察，就是任人唯亲、拉帮结伙。这既是许多地方事业成功的经验，也是个别单位群众离心离德的教训。

报社的事业发展如日中天，生机盎然。张立人也好像对自己的人生归宿又找到了感觉。他正在总结这一段改革的经验，最根本的一条是：作为一个领导者，不管到哪个地方，都要注意那个地方的风气，要树正气，刹歪风，公道正派，不徇私情，不谋私利，不做表面文章，唯此才能真正形成风清气顺，想干事、能干事、会干事、干成事的既竞争又和谐的局面。这才是关乎事业成败的关键。

然而世上从来没有一帆风顺的事。还没等张立人的总结报告出手，县委宣传部贾部长一个气咻咻的电话，把他拽到了部长办公室。

贾林是从报社提到宣传部任部长的。张立人虽然来报社时间不算太长，但听到过报社同仁的不少反映，说这个人平时阴阳怪气，善于左右逢源，喜欢上推下卸。坊间传说他就是靠着阴阴阳阳，左左右右，上上下下这十二字真经，在官场上顺风顺水。别看他刚及一米六的个头，但说起话来却声如洪钟，是县里有名的“高音喇叭”。

张立人经常找贾部长汇报工作，包括新闻改革的每一步，都是经宣传部同意后报社才组织具体实施的。因此，这次部长请他，不用问，不是部署任务，就是传达上级重要指示精神。于是他带着笔记本，急匆匆地跑到贾部长那里。

一见面，没等张立人开口，贾部长便劈头盖脸扔过一句话来：“你干得好得意啊！”

见他那鼻子不是鼻子脸不是脸的样子，张立人预感事情有些不妙，所以，他没有吱声。果然，贾部长从自己的文件包里拿出一封信，轻轻晃了晃，又放进包里，提高了嗓门：“有人告你。”一只手正在拉着公文包拉锁，但拉锁好像坏了，拉了半天拉不动，包就那么敞开着，就跟一个人大张着嘴巴一样。

张立人忙问：“告我什么？”

“告你胡来。”

至于“胡来”的是什么，贾部长只字不提，用他的话说，这叫保护告状人。

张立人再老实厚道，遇到这种情况也不会转身离去，一定要问个水落石出。他索性坐到沙发上，想方设法问个究竟。但不管你怎么急，贾部长就是不露半点口风。张立人一看再问也没有用了，于是自己来汇报，看看贾部长听还是不听。

张立人讲报社改革的第一步不仅得到宣传部的支持，更得到了县委潘书记的支持。于是，他把潘书记的两次批示，又原原本本地重述了一遍。其实潘书记的批示，贾部长不仅脑子里装着，还在宣传会议上传达过。

可这次就不同了，一提潘书记的批示，竟然使贾部长勃然大怒。没容张立人表白完，就忽地站起来，指着张立人的鼻子，厉声喝道：“你休想拿潘某的话来唬我。”说完，用手使劲擂了一下桌子，桌上的公文包歪倒了。本来嗓门就高，这么一喊，真把毫无思想准备的张立人弄懵了，后脊梁上汗津津的。

“这是怎么回事？怎么回事呢？潘书记在贾部长口里，怎么成了潘某人？”张立人心里在打着鼓，暗暗地问着自己。他盯着贾部长桌上的鼓鼓囊囊的公文包，公文包上不知什么时候，落上了一只苍蝇。

看着张立人那副窘相，贾部长心里乐了。“对付这些书生气十足的人就得软硬兼施，今天我只提了提嗓门，就把他吓成这个样子，如果再厉害点，恐怕早就晕过去了。”

紧接着贾部长又踱过来，凑到张立人面前说：“刚才的话，我不是冲着你说的，只是你提了那个人的名字，我就火冒三丈。你知道不？告你状的人，就是他的亲信。”贾部长夸张的动作，把公文包上的那只苍蝇惊起来，飞到玻璃窗上。但那只苍蝇刚落脚，竟然又盘旋着飞回来，飞到张立人的脸上，张立人用手狠搧了一下，但没有轰走。嘤嘤叫的苍蝇干扰着他的思路。

越听越不明白，越想越糊涂。“他提的潘某不就是潘书记吗？一位堂堂的县委书记怎么能让人干这种事呢？”

张立人越寻思越觉得潘书记绝对不会做这种下三烂的事情，绝对不会！在他的印象中，潘书记是位有水平、有修养的领导人。

谁知贾部长一改刚才那种训人的架势，竟附在张立人的耳朵上说：“你想办法写个内参送上去，告他不抓改革、阻碍改革甚至站在改革的对立面。”说到这里顿了顿，又说：“据说上面正在抓这方面的典型，以扫除改革的障碍，推动改革的顺利进行。”最后又用威胁的口吻说：“如果你不抓紧把内参送上去，你这改革者就休想当下去了。”

张立人始终沉默不语。他简直不敢相信贾部长能说出这样的话来，更不会相信潘书记会是那样的人。退一步讲，如果潘书记真有点观念滞后，那也用不着采用如此卑鄙的手法，一把手完全可以光明正大地做自己想做的事，完全可以在会上亮明自己的观点。再说，你贾部长作为一名县委常委，同书记交流的机会总是多一些吧？为什么不当面同潘书记谈？任张立人怎么想，也找不出答案在哪里。

谈话结束了。张立人终于看到贾部长的苍蝇拍子就在文件筐边上，他拿过来，“啪”地将落在白墙上的那只苍蝇拍死了。

贾部长看了看掉在地上的苍蝇，没说话。

张立人却像吃了只苍蝇一样，心情沉重地回到报社。从贾部长那里他感受到了内参的作用，也知道了报社存有上级批复的内参复印件。他一回到报社办公室，马上从保管文件的文书那里，取来内参一一翻阅。突然，他发现在印有“机密”字样的内参复印件中，有一份是写县开发区的！

他仔细一看，不禁心中一颤，冒出一身冷汗……

原来，这件内参的内容正是吴云韬去党校学习后，文林安排自己写的那份材料，只是来了个掐头去尾，前面增写了文林主持工作这一个多月来干部群众是如何的称赞，最后补写的又是干部群众强烈呼吁要思想解放、工作魄力大的文林同志来领导开发区。落款是开发区广大干部群众，执笔人竟然是他张立人！

这一看不打紧，张立人一屁股瘫坐在沙发上，两手捂着脑袋，神经似乎有些错乱，一会儿说："这如何是好？如何是好啊！"一会儿又说："阴谋啊，阴谋！我完全被人利用了、栽赃了。"就这样语无伦次地自说自话，任眼泪尽情涌流。四周空寂，自鸣钟"嗒、嗒、嗒"走得冷漠且坚定。张立人很快意识到必须控制自己的情绪，尽快冷静下来。

"都是我不好，当初不听文林的话就好了！"张立人明白现在自责已没有用，世上从来就没有治后悔的药，过去的事只能靠总结经验教训了。问题的关键是目前怎么办？今后怎么办？

张立人啊张立人，你是如此的懦弱，如此的委曲求全啊！如今有些人，连亲戚朋友都敢算计，何况一个普通的同事。为了个人名利，他们什么龌龊事都干得出来。

一连几日，张立人陷入苦苦的思索之中，有时竟彻夜难眠，好容易睡着，恶梦又一个接着一个，梦见自己陷入一个无底深渊，孤立无援的他怎么也爬不出来。

有一天，张立人很沮丧地醒来后，想起了田玉跃，自己从政的引路人。自从来到县里工作，虽然向田县长交谈请示过几次工作，包括报社的改革，但很少坐下来彼此谈谈心。这次，非找他不可了。贾部长布置的这件事也必须告诉他，也好当面听听他的意见。

想到了田玉跃，张立人的心情好多了。起码彼此都比较了解，更何况县长调走后，人家现在又是县委副书记兼县长了。作为县委的二号人物，政府的一把手，不论从哪个位置上讲，他说话都是有分量的。再说了，还有自己的老同学梅芫这层关系。

县政府大门前，有一小拨人站在那里吵吵嚷嚷，脸上带着悲戚，其中有一个人手里还扯着一个横幅，上面的字不靠近看不清楚。他们要往里面进，门卫坚决不允许，不停地用棍子往外拨拉着。

张立人心里一阵酸楚。人民的政府，怎么就不允许人民进去呢？他盯着那些老百姓无奈而凄楚的面容，真想上去问个究竟，但还是放弃了。

张立人见到田玉跃，上来先说："门口有来上访的……"

田县长笑了笑："穷山恶水，泼妇刁民，整天来闹，很不省心啊……"

听着堂堂的一县之长口里吐出"刁民"二字，张立人心里有一种很不舒服的感觉。上访的人，怎么成了刁民呢？没有冤屈，没有窝心的事，谁能出工破日地来干耗着？他朝田县长笑了笑，开始打量起田县长那两大间宽敞明亮的办公室。

张立人被一幅放大了的照片惊呆了，那是田县长与贾部长的合影。田县长的右臂搭在贾部长的左肩膀上，显得很亲热，背景是绿树掩映的某山庄。盯着墙上两个人的笑脸，张立人到嘴边的话硬生生地咽了回去。

还是田玉跃会来事，开口说："政府这边的工作过于忙乱，我也没来得及去看看你。光用你给我修改重要的讲话稿了，也不知工作适应不适应？"

听县长这么一说，张立人有些不好意思，搪塞说："知道您忙，我也没好意思来打扰，想为您出点力也没有下手的地方，只不过是润色了两份讲话稿。到报社已两年了，早该来向您正式汇报汇报工作，看田县长还有什么吩咐没有？"

张立人在官场历练了这么几年，已经习惯了同领导同志说话时所用的语言。田县长高度赞扬了报社紧紧围绕经济建设这个中心，对于凝聚各方力量建设泉滨发展泉滨，作了大量富有成效的宣传，"喉舌"作用发挥得很好："我就知道你立人有这么两下子，就得这样，就得这样！"

这次，不再是老同学与老同学之间的漫谈，也不是老同事与老同事之间的交流，而是一场领导与被领导者之间的谈话，因而显得生硬、刻板，了无趣味。两人之间不觉在心灵上已隔了一道看不见的墙。

张立人脑海里重又浮现出初到边河镇那天，自己拖着行李走在土路上的情景：无边的玉米地，沿路两旁的麦草垛，家家门前的土粪堆，歇在地头抽旱烟的老农，悠闲啃草的黄牛犊，无忧无虑玩泥巴的孩童，还有刚刚犁过的土地散发着泥土的芳香。对了，还有第一天晚上，在田玉跃家里吃到的梅芫说是自己亲手做的可口饭菜……

再讲那些陈芝麻烂谷子的事，田县长肯定不愿听。张立人憋在心里的话始终找不着宣泄的出口。于是，他起身准备告辞。忽地又把目光集中到那幅彩色照片上，随即上前两步站到相框前，仔细端详了一番，笑着对田县长说：“县长与贾部长亲密无间，说明政府高度重视精神文明建设，真正做到‘两手抓，两手都要硬’了。”

张立人能把话说到这个份上，说明官场文化对他的熏陶作用还是蛮大的啊！

略显沉闷的空气立时被张立人这句话打破了。田县长乐呵呵地说：“没想到几日不见，你老张也变得幽默起来了。”

张立人随即回敬了一句：“这不都是跟您学的嘛！”说完两人相视一笑。

田玉跃指着照片一本正经地告诉张立人，贾部长跟梅芫家的一个亲戚有点亲戚关系，原来是个工人，由于勤奋上进，提成了团县委的副书记，后来又按照他的亲戚也是他的靠山的要求，先是在县报工作，后来又提拔到县委宣传部担任领导职务。

听着听着，张立人有点沉不住气了，便问：“他的亲戚，不，他的靠山是谁？”

田玉跃吃了一惊：“全县都知道的事，你还不知道？市委组织部副部长魏树吾啊！”

说完贾部长的情况，田玉跃又神秘兮兮地对张立人说：“你所以能顺利调到报社工作，是梅芫给老贾打了招呼，让他好好关照你。你看，关键时刻还是你那同学关心你呀！”说完，朗声而笑。

原来如此！鬼使神差地，自己竟然也成了同一个利益链条上的人。张立人赶紧送上了谢意：“感谢梅芫，更得感谢您替我操心哪！”

提起老同学梅芫来，张立人这两年根本就没见到她的踪影。“梅芫最近忙啥呢？”张立人问。

“立人啊，你的老同学，现在美国呐，镀金去了，专攻心脑血管。”

张立人于是半开玩笑地说：“你们两口子，一个是政治上的新星，一个是业务上的尖子，一中一洋，真可谓比翼双飞呀！”

田县长正细心品茶，神态怡然，闻此，笑着还了他一句：“谁像你那样，找了个工人老婆，你是为父母选保姆吧。”

张立人谦和地笑笑，自嘲地说：“是是是，哪能跟您比啊！”心里却在嘀咕，我是找伴侣，过日子。再说，不在于她干什么工作，什么身份，关键是人要好啊！

田县长又问：“干了这两年，有什么感想没有？”

张立人答："感想颇多啊，一时不知从哪里说起。"

"是啊，我们从学校到社会，社会上的事不是一句能说清楚的。但当了领导，看问题的角度就跟老百姓不一样了。不是有人这样说吗，开会没有不隆重的，闭幕没有不胜利的；讲话没有不重要的，决议没有不通过的；鼓掌没有不热烈的，人心没有不鼓舞的；领导没有不重视的，进展没有不顺利的；问题没有不解决的，完成没有不超额的；成就没有不巨大的……"

张立人插言道："人心没有不凉的，群众没有不满意的。"

"哈哈……"

"哈哈……"

"反正好话、孬话如今都是一套套的，咱俩今天的对话多像两个相声演员。"田玉跃笑道。

这次见田县长，使张立人又长了不少见识。但让他看不懂的是，在这个县的领导层中，有个精心编织的关系网。这个网不是所有的人都能上的，更不是所有的人都愿意上的。这个网靠的是一个主事人，也就是官居要职的人。这样，有人就往前凑，往上挂，一旦凑上了，挂上了，仕途不仅安全，而且还会飞黄腾达。

让张立人深感意外的是，他竟然也不知不觉地被拉到了网旁。

张立人佩服田玉跃，认为他是个敢作敢为的人，不管在哪个岗位上，都干得得心应手，但从来不知道他有后台，而这个后台又是梅芫给搭成的。也就是说，田玉跃一步入政界，就开始寻找关系网，而且又顺利地挂上了这张网。现在，这张网已悄悄地向张立人张开了，怎么办？张立人在认真地思索。

第二天，张立人正跟搞评论的同志研究题目，听完同志们七嘴八舌的发言，他说："评论的本质是见识，缺乏见识的评论无法让人入脑入心。"这时，贾部长来电话，询问内参的事做得怎么样了。张立人只好用早已编造好的话应付他："我从来没写过内参，报社存的那份内参复印件，是别人盗用了我的名义。再说，我也不了解那个人的真实情况，更不知从哪儿着笔，想找找上面的大记者，又没有真正熟悉的，考虑再三，不知怎么做好。"

奇怪的是，贾部长这次不仅没有发火，还心平气和地说："既然不好写，以后再说吧。要注意多结交结交上级新闻单位的朋友。这次的事你也不要告诉别人了。”对于张立人提到的那份内参复印件，却未露一个字，好像是在有意回避。

张立人为了回复贾部长的话，这两天是饭也吃不好，觉也睡不香，急得他经常在屋里捶胸顿足。写别人的黑信，那是缺德损寿的事，宁肯不当这个总编辑，也要做人哪！不忠不信，何以立于天地之间？我张立人，是以诚立人，以忠立人，以正立人！

人家潘书记整天辛辛苦苦地工作，别有用心的人怎么能这样没良心呢！这件事，不论从做人的角度、从对待领导者和同志的角度去思考，还是从对待党和人民的事业来考虑，都不应当有那样的邪念，即使有一丝一毫的念头，都是一种亵渎。

不能跟着坏人去整好人，不能跟着邪恶势力跑，哪怕如今他们的权力热得发烫，仕途红得发紫，也不能踩着别人的肩膀往上爬，用别人的鲜血来染红自己的官帽子。思来想去，张立人打定主意：不听他们的摆布，更不能被有靠山的顶头上司所左右。这是做人起码的原则。

官场如树林。林子大了，什么鸟儿都有；官场上缺德的人更是比比皆是。张立人必须与这些人共事，但绝不能跟着缺德的人走，也没有必要去得罪缺德的人，更不能明明白白地跳进别人设置的陷阱里。若要做到既不被利用，又不做他们的对立面，必须有个两全其美的办法。这些天来，张立人苦苦思索的就是这个。他想到自己看到过一个材料。东德西德没统一的时候，好多东德的年轻人就偷着越过柏林墙往西德跑，东德的警察就开枪打死了不少青年。后来，柏林墙推倒了。审判东德警察，一个警察曾奉命开枪杀死越墙青年。其辩护律师认为，开枪是服从和执行东德政府的法令，罪不在己。而法官则指出：“作为警察，不执行上级命令是有罪的，但是打不准是无罪的。作为一个心智健全的人，此时此刻，你有把枪口抬高一厘米的主权（即只开枪而故意打不中），这是你应主动承担的良心义务。”这个法官的话，给了张立人以启发：在不得不执行恶法恶令的时候，当事者应坚守自己的道德底线，坚持“一厘米主权”的道德义务。

窗台上花盆里的土已经干得裂了纹，那带刺的仙人掌却还活得很滋润，生命力真是顽强啊！张立人用茶杯舀了水浇上去。

正在这时，田县长电话通知张立人马上过去。张立人赶到时，出来开门的不是田县长，而是贾部长，而且非常热情地同张立人打着哈哈。“田书记，我们的大秀才到了！”张立人真有点丈二和尚摸不着头脑，忐忑地垂着两手往里走，只见田玉跃一边拿着红机子讲话，一面示意他两人说话小点声。

“好好好，请部长放心，我一定会把工作做好，一定！一定！”田玉跃放下电话，满脸堆着笑容。张立人愣愣地望着田玉跃，望着贾部长。

原来，他们是在按照魏树吾的安排，提前准备诬陷潘晓升的上告材料，一旦泉滨的班子配备得不到决策者的批准，立即将上告信抛出去。现在已顺利如愿了，上告信也不用写了。贾部长似乎看出了张立人纳闷的样子，便开门见山地说：“昨天夜里，从市委组织部内部透出个消息，咱们的潘书记要调任市政府秘书长，玉跃县长接任县委书记，我可能要接任县长。我们俩觉着你既忠诚又有本事，人缘又好，想让你干县委常委、办公室主任。”

贾部长讲到这里，田玉跃适时接过话茬：“上面基本定了，现在不要往外声张，估计潘书记还不知情。明天一早市委组织部要派两位同志来考察，立人同志回去把我干县长这一年多在报上发表的东西凑凑齐，再给我写份不超过两千字的就职演讲稿，尽量写得有深度、有高度、有感染力，多给大家留点鼓掌的地方。”未等张立人表态，田玉跃又与贾部长耳语起来。

张立人这位非亲非故的人，今天竟遇到此等好事，天上真的掉下了馅饼。如果换了别人，肯定会欣喜若狂，受宠若惊哪！可张立人却像挨了一记闷棍，一下子被打得晕头转向。随着田书记、贾部长表情的神秘变化，张立人的命运就像坐上了过山车，天旋地转，他却被结实地捆绑在座位上，对自己的一切都无法左右，仿佛一个乖乖的玩偶。他想挣脱，却感到彻底的无助。许多年后，张立人走过了许多路，许多桥，还在为当初差点当面要表示不听摆布而心惊肉跳。他已经知道过山车上的自由动作风险系数是很大的。

张立人回到自己的办公室，一个劲地喘粗气，好像大祸临头似的。他真的不明白，如今这里的组织，竟会是这个样子。在他的心目中，共产党的组织不管是哪一级，都应当是很神圣、很伟大的。为什么上级的文件写得那么好，领导同志讲话讲得那么好，怎么到这里就变味了呢？这和他在大学听到的、学到的，绝对不是一个概念。

张立人在入党前，就把《党的章程》学习了多遍，有些条款都能熟读成诵。入党后，他总是觉着自己比起那些党龄长的同志、尤其是那些奋斗在各条战线的模范人物来，欠缺得很多很多。可来到此地，所遇到的这几位党的领导干部为什么又是这般模样？干部的提拔任用那是有明文规定的，不仅条件规定得很具体，任用的程序也规定得清清楚楚，怎么到了这里竟变成了领导者之间的私相授受，好像农贸市场里的交易？

纯粹的张立人，清高的张立人，刻板的张立人，竟伤心地伏案抽泣起来。已经内定被提拔的他，竟然觉得受了委屈，感觉这是一种侮辱，甚至是一种不幸。

哭过以后，心中的郁闷似乎排解了许多。他拧干毛巾擦了把脸，觉得稍许清醒了些。这才静下心来，思考田玉跃交给他的任务。

眼镜什么时候不见了？没了眼镜，让他感到天旋地转身体失重，眼前重叠着模糊的影子；脑子也好像晕晕乎乎的，眼前飘浮着好多线条状的图案。放哪里了呢？原来洗脸时，忘在洗手间了。

每当处于困惑的时候，母亲总是能给他智慧和勇气，这次也不例外。当他又把困惑抛给母亲的时候，老人家用郑重的口吻对张立人道出了自己的肺腑之言：“党永远是伟大光荣正确的，个别人的问题不能代表党组织，更何况你也未必了解内情，千万不要胡思乱想。我们自己不做亏心事，一切顺其自然好了。”

可能这次的话题分量太重，他一时竟忘了询问父亲的身体和妻子的情况，母亲也没顾得上说。

母亲的话，在张立人脑子里一言九鼎，凭她多年的党龄和党校执教生涯，足可看穿问题的症结。张立人按照母亲的嘱咐，努力去做自己应该做的事情。

报纸凑齐了，演讲稿写好了，整整齐齐地弄好摆到了田玉跃的办公桌上。田玉跃和贾部长看后都很满意，少不了一番夸奖。

贾部长翻看着厚厚的报纸，又抽出其中泛黄的几张，感慨道：“报纸是最真实的历史啊。你看看，你看看，田书记啊，你干了这么多事情啊，那可真是：体恤民众，日理万机，席不暇暖，公仆楷模！”

田玉跃听着心里十分受用，这种有点露骨的拍马，此时正是他心理上最需要的。他笑着踱步到办公室东南角的发财树前，捋了捋那肥厚的绿叶，说：“哪里哪里，还有好多事情需要干哪！全靠大家嘛。”

盯着报纸，田玉跃眼前浮现出自己干县长以来的忙碌景象：一摞摞等待批阅的文件，大大小小头头脑脑的汇报和请示，各种各样应接不暇的会议，包括各种庆典剪彩仪式。还有一个个重大决策的烦琐程序和不可与外人言的内幕……累啊，真累啊！是该提拔了。想到这里，他心里涌起一丝舒坦。

而此时的张立人则真的是累了，靠在椅子上开始打盹。他把眼镜摘下来，左手捏着眼镜腿，右手揉着发红的眼睛。为写这篇就职演说稿，昨天又熬到下半夜。

市委组织部来的两个人，一个三十刚冒头，一个也就二十来岁。三十冒头的是个小个子，鼻翼两侧生满雀斑，一个习惯动作是老爱挖鼻孔，小指头老伸进鼻子里去剜；二十来岁的是个瘦高个儿，一双小眼睛频率极高地眨着。别看年龄都不大，派头可不小，住着县宾馆最高级的套间，陪同的人一大群，连晚上睡觉，县里还特意安排了保卫人员。

半天的所谓考察，总共找了二十几个人，谈了不到两小时，工作效率可真够高了。约请谈话的人在接待室候着，一个个分别由县委组织部的副部长和一名干事陪送进去，几分钟出来一个，再送进一个。县政协主席刚进厕所欲小解，就听陪同的干事喊："宋主席，轮到你了！"

宋吉生接近五十岁，在县里也算个老资格了，特点是组织原则性强，善讲大局。一听喊他的名字，赶忙拉上裤子拉链，跑步进了考察组的房间。刚一落座，三十来岁的那位把小指头又伸进了鼻孔。宋主席瞅着这个动作，就有些恶心，但竭力克制着。只听三十多岁的开口了："县里的班子市委准备作些调整。您看田玉跃同志干得怎么样？"

"不错，工作很卖力。"

又问："贾林同志怎么样？"宋主席又说："也不错，年轻人都有个培养锻炼的过程。"二十来岁的那位不动声色地做着记录，眼睛仍然不停地眨呀眨。

宋主席还想说点什么，刚欲开口，就听那位负责问话的组长开腔了："谢谢您了宋主席，这次咱就谈到这里。如果以后想起了什么，可以直接找我们。"说罢伸出手来。宋主席看到他伸出的手，正是刚才挖鼻孔的那只，便灵机一动，双手合十，作了个揖，勉强挤出一点笑容说："对不起，我感冒了。"

那只挖鼻孔的手悬在空中足有几秒钟，只好又缩了回去。

宋主席也松了口气。他接受的考察谈话有多少次，连他自己也数不清，可像今天这么个谈法，还是头一次。屁股还没坐热，谈话就结束了。

这叫谈话吗？这是走过场，这是在耍弄谈话人！不过，老宋还是个有自知之明的人，每当碰到来自上级、来自领导同志的讲话和做法与自己的看法相矛盾时，他总是先审视自己，看是自己认识不到位，还是步伐跟不上，从来没有怀疑过领导同志，更不用说是组织了。这次还是那样，凭自己多年的经验判断，这次谈话绝对不是考察，而是投石问路，真正的考察是放在后头的。

宋主席自觉判断正确，于是，翘首盼望下一次的到来。果然，第二天晚上就召开了县委常委扩大会议，宋主席按惯例参加了扩大会。

这一去不打紧，可把老宋气坏了。会上考察组长竟大言不惭地说："经过与二十多位同志的谈话，大家一致推荐田玉跃同志接任县委书记，贾林同志为县长。县长还需要走走法定程序。这是民意，也是组织的意见，经过我们的谈话，完全统一了起来，统一起来了。"

听到这里，宋主席的脑袋嗡地一声就像炸开了一样，至于县委书记潘晓升讲的什么，其他同志讲的什么，他根本就没听。实在是坐不住了，索性提前离席回家。

宋主席坐在椅子上，双眉紧蹙，目光呆滞，一句话不说。他感觉头顶上的灯泡射出的光烤得难受，客厅里的花碍眼，墙上挂的画别扭。家养的那只大灰猫，刚爬到他的膝盖上，被他一胳膊拐到沙发上，猫大叫着离去，他的额头上沁出了一层细密的汗珠。

老伴见老宋这个样子，以为高血压又犯了，赶忙拉开抽屉取药，又倒了杯白开水，递过来。

老宋看都不看递过来的药："吃吃吃，就知道吃啊？烦不烦人！"

老两口从来是相敬如宾，老伴知书达理，为人贤惠，对老宋的照顾那真是无微不至！老宋尽管嘴上不说，可心中有数，如果不是摊上这么一位贤妻，哪会有今天这个家呀！可今儿个他听着老伴催促吃药的话，心里竟莫名地烦躁起来了。

老伴知道老头子不是冲着自己来的，肯定心里有什么疙瘩解不开。于是，一声不响地坐在旁边，把大灰猫抱在怀里，梳理着毛发，陪着老头子发呆。

宋主席站起来，走到书房里，然后站到阳台上。从来不吸烟的他，又返回客厅，点上一支烟，猛吸了两口，剧烈的咳嗽声随之响起。老伴赶紧过去给他捶背，她发觉老头子捏着香烟的手一直在发抖。

过了一会儿，咳嗽声歇了，他突然回过头对老伴说："我要申请提前退休，也好在家陪陪你。"不一会儿又轻轻地重复了一遍，"我要申请提前退休，这样也是个很好的解脱呀！眼不见为净。"这个时候，老伴似乎嗅出点味儿来了。

"那敢情好！我早就盼着你那一天了。"老伴顺着他说。老伴心里明白，他这不是在征求自己的意见，而是在释放心里的怒气。退也罢，干也罢，对她来说都是无所谓的事，只要老头子顺心了，健康地活着，怎么样都行。

正在宋主席自说自话的当儿，县检察院的刘检察长推门进来了。"一看你离开会场，就猜你一准儿是回家了。散了会我就来这看看你老兄。"一边往沙发上坐，一边看到了宋主席手里的烟："哈哈，老伙计，你也吸上烟了？不要吸。别看我吸了大半辈子烟，但我不主张你吸，我吸是没办法，戒不了！"说着，把宋主席手里的烟夺过来，送到自己嘴边。

宋主席长叹一口气，指着客厅悬挂的一幅书法作品说："老刘啊！我已打定主意了，准备提前退休。"只见条幅上写着：海到无边天作岸，山登绝顶人为峰。隐喻了主人的豁达与高洁。

刘检察长满以为宋主席会打听一下会场的情况，没想到他只字不提，只管叨叨自己提前退休的理由。

"宋主席，不能那样说。这人哪，在矮屋檐下，不能不低头，不低头，就要碰头啊！碰头的事咱不干。"

"我不进那矮檐的屋行不行？"

"别说气话了！大家都想开了，怎么还不是过？人家能忍，咱就能忍，是不是？再说了，在位不在位，只要有头脑，那还不是一样吗？你退了，你那脑袋可一时半会儿退不了啊。唉……"

"关键是我不愿意受那个窝囊气……"

老刘好说歹说不见效果，看来他退意已定。此时，一切宽慰的话对宋主席来说都无济于事，他要在潘书记离任之前，抓紧把辞职报告递上去。

接下来，两人只是闲谈，谁也没提这次县里班子调整的事，更没有再谈今天的会议。

次日一上班，宋主席便亲手将辞职报告送到了县委书记潘晓升手中。

潘书记一再劝其打消此念头，语重心长道："老宋啊，咱俩在班子共事多年，虽然你比我大个一两岁，工作时间也比我长，但你积极主动配合我的工作，我永远忘不了。这次在县里班子调整之际，作为一个老同志千万要沉住气，一切听从组织的安排。”说着，视线早已模糊。

看着潘书记难过的样子，老宋只得暂时收回了辞呈。临别，他紧握着潘书记的双手：“潘书记，我知道你比我还难受，你也要放宽心。咱问心无愧。可我活到这个岁数了，却越活越不明白啊……”

“难得糊涂嘛!”潘书记苦笑一声。

不到一周，市委的公布令下来了。县里隆重召开领导干部会议，股以上干部全部到会，加上有关工作人员，礼堂坐得满满当当。宣布决定的还是那位考察组长。认识他的人说：那是省里一个厅长的儿子，原本是工厂的门卫，靠他爸爸的关系，当上了副调研员，大字识不了几个，因好拉帮结伙打架斗殴，一只耳朵被另一团伙的人打聋了。后经其父下上海、上北京求医问诊，才恢复了部分听力，怪不得有人喊他郭聋子。别看这位市委组织部副部长级干部其貌不扬，可那官架子却比他爸爸大多了。你看他嘴巴紧贴着扩音器，还在声嘶力竭地读着市委的决定，把个会场震得回声四起，有的年轻人受不了，索性用双手堵起了耳朵。

轮到被调整的同志表态了。潘晓升一上来就拿出只有一页的讲话稿，表示坚决拥护市委决定，然后又对全县广大干部提出了希望和要求。三分钟的讲话，掌声却比讲话时间还长。

早有准备的田玉跃，精神抖擞地走到讲台前，不慌不忙地背诵着张立人为他撰写的那篇演讲稿。声音每高上一次，台下都会有人从不同的方向，带头鼓掌。这些带头鼓掌的人，都是贾部长，不，贾县长提前安排好了的。因为这个县开会有个习惯，只要领导讲话，只要有人带头鼓掌，就会掌声四起，就像乐队的指挥一样。不过开会鼓掌的指挥不只是一个，贾部长安排了二十多个，是按座席号布置的，保证每一片都有一个带头的，时髦的称号叫“掌托”，只要他们的掌声先响起来，就会带起各自一方的掌声，整个会场掌声就会连成一片。

良苦的用心，果然收到了显著的效果。田玉跃一刻多钟的讲话，掌声响起了二十多次，而且有两三次是报以长时间的热烈的掌声。待田玉跃讲完话，道声“谢谢大家”的时候，整个会场几乎被掌声淹没了。这一盛况，郭副调研员当即用手机报告了市委组织部分管县级干部的副部长魏树吾，也通过带头鼓掌的那二十多名掌托在干部群众中绘声绘色的宣传，田玉跃担任县委书记简直是大得人心，贾林担任县长也是民众所盼。虽然班子中有五、六位同志原来是排在贾部长前面的，有的甚至是他的直接领导，但事到如今，生米已煮成熟饭，大家只能顺从了，而且个个都在会上强装笑脸的说一些“拥护”、“支持”的话，背后却散布着强烈的不满情绪。一次又一次，早已成了这里的习惯。

台下坐在最后排的胖子是县文化馆的王馆长。王馆长是师范大学中文系毕业的，年逾半百，平时喜欢写点讽刺诗，自言凑凑热闹。他在听会的工夫，草就一段，递给身旁的县科协主席老李，老李看完，会心地笑着。那纸条写的是：

《父亲的官箴》

儿子将赴任县长，曾身居高位的老父亲以八字相赠：“不说假话，不说真话”。

儿子百思不得其解，请教父亲。父亲说：“不说假话，可以赢得民众的心；不说真话，可以赢得上司的心。来日擢升岂不容易?”

儿子更加疑惑：“既非真话，又非假话，莫非鬼话不成?”

老父亲眉头一皱，口中蹦出两个字：“空话”。

儿子大悟，得为官之道而去。后屡屡应验。

老李看完，示意王馆长赶紧撕掉。王馆长却摇摇头，折叠好放进口袋里，小声说：“不怕。过去的故事，今天的事实啊!”

“谁有靠山谁上，没有靠山能保住现有的职务就不错了。”如今在泉滨县为官的，不少人是这样想这样说的，也是这样做这样忙活的。所以，有的领导者初次到此地为官都有点打怵，因为这里对外声誉欠佳，“窝里斗”的水平很高，如果没有降龙伏虎的本事，工作确实不好开展。但是，如果在这里当上几天一把手，就会发现这里的干部大多官欲很盛，只要听到人事变动的一丝半点儿风声，大家立即会瞪大眼睛，竖起耳朵。行官势，摆官架，打官腔，以官为轴心的社会，搭起了一个令人垂涎三尺而又威风八面的大舞台——官场!

张立人稀里糊涂地当上了县委常委、办公室主任，一切都如贾部长安排得那样。但是，好事者也在猜测张立人的发迹，大家也说到了田玉跃，因为他和张立人是老同学、老同事，肯定会帮忙的！

张立人的主要工作是围着田玉跃转。田书记的大小活动，田书记的出行计划，田书记的迎来送往，所有活动都由他亲自安排；田书记的讲话稿，田书记的报道稿，田书记的署名文章等，所有文字都由他亲自把关。田书记下去调研，他跟随；田书记外出开会，他陪伴；从县委报出去的所有文字材料都由他过目定夺。里里外外，忙忙碌碌，半年倏忽而过。看来田书记很满意，张立人也觉得一切都比预想的好，心情也还算舒畅。

一天，田玉跃把张立人叫到面前，关心地说："趁这次机关分宿舍，你把家搬来吧，咱们这样的人，既然走上了领导岗位，就要以四海为家了。"一个县的最高领导者，能关心一下班子成员的家庭生活，确实是件令人感动的事。张立人欣喜地把这个消息告诉了家里人。

儿子一人在外，是退了休的老两口无时无刻的牵挂，尤其是儿子成婚以后，至今还没有个孩子，老人心里时常有些着急。闻听此讯，老两口一合计，立马通知儿媳妇准备搬家。

不久，一家四口，住进了泉滨县委宿舍一套三室一厅的住房。老两口高兴，儿媳妇更是喜上眉梢。当天晚上，张家的餐桌上，破例摆了一瓶红葡萄酒。张立人给父母和妻子每人都倒了一点儿，自己倒得略多些。品着清茶，饮着红酒，吃着可口的菜肴，畅谈着美好的前景，享受着天伦之乐，张立人几乎忘记了烦恼。酒至酣处，父母双亲还一人一句吟起了唐朝边塞诗人王翰的《凉州词》："葡萄美酒夜光杯，欲饮琵琶马上催。醉卧沙场君莫笑，古来征战几人回。"当了半辈子党校教师的母亲说："王翰非常有才气，二十三岁赴京赶考，金榜题名。进士及第后，唐朝宰相张说很赏识他，推荐他入朝，后提升为员外郎，掌管车马。他发言立意，自比王侯，同僚多嫉恨之。因此张说罢相后，王翰也被贬到岭南一带，死在赴任的路上。王翰吃亏就吃在他豪放不羁的性格上。"母亲说王翰，略带悲凉，在立人听来，却是对自己为官之路含蓄的提醒。

厨房里，煤球炉上的铝壶正吱吱响着，邻居家阳台上的鸽子咕咕叫着，声音有些凌乱，但在张立人听来，这多像一首优美的生活交响曲！只可惜，生活不仅仅有交响曲……

五

张立人的爱人把家安顿下来不到一个月，到新单位上班也还不及两周，很快就适应了这个陌生的环境，跟左邻右舍已经显得非常熟络、亲热。

张立人的角色转换却没那么快。他一下子成了县委领导了，迎面的笑脸多了，问候多了，目光里多是谦恭、敬慕，还有人来人往的汇报、签字。他的办公室比原来大了足足两倍。在乡镇时，是几人在一个大间办公，大家说说笑笑的，很亲切，很随意。后来到了开发区，只有一间狭小的办公室，叫职务的就多了，来串门的却不多。到了报社，他倒是独享一间大办公室，墙角处还放了一张钢丝床，有时夜班改稿子签版样，累了就躺躺。而现在，当了县委办公室主任，成了县委常委，办公室比原来更大了。空间的微妙变化，显示着张立人仕途的变迁。但这仅仅是表面的变化，他难以适应的，是怎么伺候好县委书记。

一天晚上，他审阅县报呈送的一个重要言论，一直修改到深夜。刚躺下，办公室的小刘打来电话说，有个乡镇突遭龙卷风袭击，农民辛辛苦苦种的大棚菜和培育的水果新品种，被刮了个精光，许多房屋也被揭了盖。田书记要连夜去灾区。

张立人赶紧爬了起来，一看表，快四点半了。妻子闻听，要给他做荷包蛋。张立人说："来不及了，田书记等着呢。"

披着夜色，张立人陪着田书记一行急匆匆地往灾区赶。赶到乡镇，天已放亮了。乡镇的书记、镇长和镇干部们早已在几个重灾村忙起来了。

受灾的群众得到了及时安置，被损毁的农作物却无法挽回。幸好农村改革这些年农民的日子过得还算殷实，吃饭没有问题，尽管损失惨重，但情绪还比较稳定。经过几天紧张地工作，灾区群众的生产生活已渐渐恢复正常。正准备陪同田书记回城时，发生了令张立人恼火的一幕。

张立人的工作习惯，是每当书记离开之前，自己总要先看看准备工作做得怎么样了。这次刚一出门，就见镇上的人正起劲地往书记轿车的后备厢里塞东西，一箱一箱，一盒一盒，搬个不停。向来说话都是慢声细语的张立人，见此情景，厉声喝斥道：“你们这是干什么！书记是来救灾的，不是来收礼的。搬下去，马上！”

见几个人愣着不动，张立人便冲过去，要亲自动手，弄得搬东西的几个人不知所措。

张立人的喝斥声，惊动了田玉跃。田书记披着风衣走过来，也拉下脸来，连连摆手：“搬走，统统搬走！”

汽车沿着回县城的公路疾驶，车队正在上一个陡坡。突然，跑在前面的张立人命令停车，车队相继靠边停下，大家都不知道发生了什么事情。

张立人快步来到田书记的车旁，司机赶快摇下车窗。张立人腼腆一笑，说：“田书记，忘了一件事情。报道稿上写着您掏出自己的两千元捐给灾民，可这钱是镇上拿的。我的意思这个钱应该我们自己拿，可我身上只有一千多，还差几百元，是不是咱们凑凑钱还给他们？因为今天晚上的电视要报道出去。新闻是讲真实性的。”

田玉跃显然有点不耐烦，摆了摆手，阴沉着脸说：“那你赶快凑吧，回到县里我再还给你！”

送行的镇委书记急了：“不用，不用。过去都是这么弄的。”

张立人硬是凑齐了两千元，塞给了那位镇党委书记：“那可不行。过去是过去，咱得实事求是。”说着，快步上了车。

这一段时间，不知为什么，田玉跃出发，很少让张立人陪着。用田玉跃的话说，就是办公室主任的工作离不开。书记不在县里，需要个看家的人，以做好上承下达、协调各方的工作。不管田玉跃说的是不是真正的理由，张立人觉得倒挺好。现在通信条件那么便利，有什么急事，只要打一个电话过来，他马上就可以按书记的意图进行工作，不会误事。

埋头于事务性的工作，一天到晚，张立人没有个清闲的时候，这事那事，大事小事，摁下葫芦起来瓢，哪还有节假日，哪还有星期天。妻子有时也埋怨。一天晚上，妻子说：“星期天你陪我去理发店烫个头吧，同事说我太土气，换个发型，精神精神。”张立人说：“这样挺好的，烫什么烫？”妻子说：“人家都说烫了更好。”张立人也就随口应了。

到了星期天，妻子收拾好了，等着张立人。没想到，他夹着个包就往外走。妻子追上去：“不是陪我去烫头吗？”

“什么？哦哦……忘了。”张立人摸摸自己的头笑了笑，“你看，我忙昏了头，对不起，对不起啊。你还是自己去吧，要不找六楼小孙的家属陪着?”

“什么也指望不上你!”妻子一脸不高兴地走了。张立人则风风火火地来到办公室，他要抓紧修改一个等待上报的材料。

刚冲好一杯茶，办公室一位副主任敲门进来，悄悄告诉他，据市委组织部的一个熟人说，田书记要推荐他到外县工作，并说是担任县委宣传部长的最佳人选。有这事?

张立人听罢，并没明显的反应。等那位副主任走后，他在办公室里踱着步子，心不在焉地大口喝着茶，竟忘了茶是刚刚泡上的，热茶水含在嘴里，烫得他吐又吐不出来，咽又咽不下去，好生难受，遂自嘲道：茶啊茶，只有投入沸腾的生活，才会发现自己的价值。

这位副主任说的那个熟人姓苏，市委组织部副部长，恰巧张立人接待过。不善交际的张立人，那一次竟同苏副部长攀上了校友关系，苏副部长临走还特地留下办公室和家中的电话号码，这次可派上用场了。

几年的官场熏陶，张立人确实长进不少。他拨通了苏副部长的电话，电话证实了消息不仅属实，而且要安排他到一个偏僻的山区县担任宣传部长，市委组织部还没有正式研究，只是初步考虑了个意向。

苏副部长还透露说：“市委组织部目前没有调动你工作的想法，况且那个县的宣传部长人选，人家县委早就汇报过，原则意见市委组织部也有了。现在的关键问题是，田玉跃同志提出要交流你。”

张立人手握电话机，怔住了。他听明白了，但又更不明白了。

“田书记为什么要送我走呢?”张立人反复地想，怎么也想不出有对不住田书记的地方。从到镇里和开发区工作，直至现在的县委办公室主任，都是田书记的引荐，可以说，没有田书记，张立人怎么也不会走到今天这一步，充当这样的重要角色。对田书记安排的事情，自己从来都是认认真真去做，尽着自己最大的努力，而且每次工作完成以后，得到的都是田书记满意和肯定的评价。即使自己不理解的事情，也是煞费苦心地去做好。再说，自己一家人刚刚搬到泉滨来，这也是田书记亲自安排的呀。他越想越不对劲儿，越想越觉得不可能，怎么也猜不透田玉跃的心思。

“难道是这次下乡救灾，自己有对不住田书记的地方?”张立人琢磨来琢磨去，也没有琢磨出个眉目来。突然，他想起了拒收礼品和凑齐二千元钱的事儿。但他马上就否定了自己的想法：不可能，尽管当时田书记有点不高兴，但那肯定不是对自己，而是不满意镇上干部那样的处事方式。一个县委书记，不至于那么计较……

“这也不是，那也不是，可苏部长的话肯定假不了。难道田书记听了什么人的调唆？”张立人不时地在叩问自己，又像是在询问田玉跃。如今就有这么一帮人，专门从事挑拨离间的勾当，而这帮人往往还会得逞于一时。这时，他忽然想起了一个人来，这个人就是县宾馆的服务员小裴。

那还是半年前的事了。县委组织部的同志提出要把小裴提拔成副经理，在县委正式研究之前，田玉跃征求张立人的意见，没想到张立人表示坚决不同意。主要理由是小裴的传闻太多，人缘太差，宾馆的经理老崔曾几次气得找过张立人辞职。办公室主任直接分管接待工作，宾馆自然就属于他的辖区了。不是说县官不如现管吗，这下可真的被现管的管住了。

田书记一听，心中不禁一怔。既然分管领导不同意，这次会议就不好讨论了，于是小裴提拔的事就被搁置一旁。

这小裴可不是省油的灯，别看她只有二十岁，从事服务工作已经四、五年了。凡是称得起领导人的住进县宾馆，她就是服务队伍的领衔人，屋里屋外，餐厅客房，全由她来操持。她不仅脸蛋长得好，个头适中，还有张能说会道的嘴巴。上面曾有领导人提出要带她到更大的宾馆工作，不知为什么始终没有走成。田玉跃自从当了县长，出入宾馆的次数多了，小裴为县长直接服务的机会就多了，时间一长，关系也更加密切了。偏偏这小裴秉性又好卖弄，宾馆有需要找上面办的事时，她总是当众自告奋勇：“我找田县长去。”开始大家还当成笑话听，当她把事情利利索索地办成后，大家又有点不知说什么好了。

田玉跃在宾馆里有固定的房间，开会时在那里休息，平时有应酬，那也是个落脚的地方。自从田玉跃当了县长，就有了这个房间，更不用说现在又当了书记，所以谁也没有议论什么。既然是按惯例办的，非议不就成了没事找事吗？

如果说最近有议论，那就是宾馆那么多服务员，唯独小裴一人转成干部身份了，田玉跃还通过做有关同志的工作，把她发展成了党员。步子走得快了些，自然引起了一些骨干力量的不满。

小裴对大家也毫不客气：“过去你们办不了的事都由我去跑，宿舍没有钱盖，如果不是我亲自找田县长，哪来的几百万？你们不能过了河就拆桥啊！”把大家数落得没有一人敢吭声的。因为大家心里明白，昔日给钱盖宿舍楼的田县长，如今就是说话算数的田书记。不看僧面看佛面，得让人时且让人。小裴对宾馆有贡献，宾馆还离不开小裴。

俗话说，常穿袍子不愁不遇见亲家。小裴与田书记来往频繁，自然会被一些人撞见。尤其是梅芫去美国学习以后，小裴成了田玉跃家里的座上客，有人碰上两人在家共进烛光晚餐，也有人碰上天还没亮小裴从田家出来。分管行政工作的林一通副主任，曾两次向张立人反映此事，都是在刚提起话头时，就挨了张立人的剋，批评林副主任心有旁骛，不该听那些闲话，不该传播有损领导人形象的小道消息。碰了几次钉子，林副主任也知趣了，从此再也没有说什么，当然张立人也不会知道什么。其实关于田书记和小裴的桃色传言一直在县城的空气中弥漫着，而传播的速度又快得惊人。

"想起来了，想起来了。"刚刚想起点眉目，张立人又马上否定了。"这不可能，不可能。"

浮想联翩，又颠三倒四，他自己也不知道应当如何排解。"不就是到山区县吗？没有什么了不起，哪里还不是干革命工作？树挪易死，人挪好活，既然走了这条路，还想这想那干啥？是不是有点神经过敏？"

张立人在问自己，也在否定自己的多疑。

不知为什么，思想的波澜一旦掀起，就难以平静下来。张立人此时虽然不愿深思，可又难以从思虑中拔出来，既理不出个头绪，也找不到下手的地方。怪不得人们常说，聪明人也常有糊涂的时候，这时的张立人，可以说是糊涂得不能再糊涂了，想了那么多不该想的事，弄得自己苦恼至极。

说巧也真巧，这一天刚出办公室的门，迎面却碰上了宾馆服务员小裴。还没等他开口，小裴就拉着张立人的手来到门旁的柳树下，悄声问："有人告诉我，是你不同意提拔我当副经理，因为我不相信，才来找你。是不是他们传你的瞎话？"小裴说话连个弯也不拐，给了张立人一个措手不及。

张立人连忙摆手："千万不要听小道消息，提拔不提拔那是组织的事。"本想用这句话就可以打发小裴，谁知小裴却不吃那一套，非问个水落石出不可。

张立人担心被下班的同志看见了再说三道四，便对小裴说："你干得很好，还有什么话明天再说吧。"小裴觉着对这个书呆子再说也是多余，他已说了我干得很好，这就行了。

小裴笑眯眯地走了，张立人的心事却愈加沉重了，他怕回去让家里人看到自己难以控制的情绪，索性又转身回到了办公室，开始琢磨小裴的话。

“除了田书记问过我，再没有任何人知道，小裴的消息是从哪里来的?”谨慎的张立人被小裴的一句质问，搅得坐卧不宁，他一会儿想田书记的话，一会儿想小裴的话，当把这两人的话联系在一起，又回忆起两人的关系，他彻底明白了：“绝对有事，绝对有事。”

上个星期天的早晨，本来安排的是休息，田玉跃也说要好好歇一天。头一天晚上，张立人就安排好了，除了自己值班外，大家都休息。

可是，上面却不管下面休不休息。一大早，市里来了通知，说是因为有上级领导下来调研，市委决定要临时召开一个党建工作座谈会，县委一把手必须出席，会上各县都要有个表态发言，时间不超过五分钟。会议上午九点半就要开始，还要准备表态发言，必须尽快把这个情况向田书记汇报。

张立人看着手表，想尽量让田书记多休息一会儿，他知道，在县里干一把手太累了，什么责任最后都要落到他头上，什么人都想找书记解决问题。等啊等，时间快到六点半了，他只身来到田书记的宿舍前，又不忍心敲门，只好在门外的芙蓉树下来回走动着。一会儿，门开了，出来的竟是小裴！他赶快背过身去，足足等了一刻多钟，才忐忑着去敲田书记的门。

田书记从洗漱间出来，嘴里还含着冒白沫的牙刷。张立人边递电报边说：“时间太急了，不得不打扰了。”

田书记非常客气，说：“没什么，你没敲门我就起床了，想多睡也睡不着啊!”

张立人正准备去安排上午的座谈会需要准备的材料时，田书记却又冷不丁地问了他一句：“刚才你来，没见到什么人吗?”

张立人似乎早有准备：“今天星期日，都在睡大觉，除了你我还有谁起这么早呢?”

“什么人也没看见?”

“是啊！什么人也没看见。”

“好，好，刚才我好像听到有敲门声。没人找就行，我怕耽误事。那就这样吧，你回去抓紧安排一下，我们县的表态，必须有内容有高度，这是党建会议，是非常非常重要的会议。”

忆及这个情节，张立人似乎真的彻底地明白了。反正是天知地知你知我知。但转念一想，说不定是小裴又去求田书记办事呢？不能恶意揣测啊，男女之间走得近了就向坏处想这想那，这可不好。如果排除了这一层原因，那么就剩下一个原因：有人栽赃陷害。但这个原因又如何能让田书记讲给小裴听呢？这时的张立人，脑袋完全乱了。

回到县委宿舍大院，张立人仿佛感到有一双眼睛在窥视着他，耳朵里还有嗡嗡的声音，好像是窃窃私语，一会儿远了，一会儿又近了，一会儿又远了，但他回过头去，却什么也没有。他推开家门，见妻子烫了头，正在镜子前照来照去，看到丈夫回来，微笑着问：“怎么样？”

张立人本来脑子乱着，听到妻子这样问，又想到早晨没有陪着去，就笑着说：“好看，很好看……”妻子追着问：“真好看吗？”

“乱得像个鸡窝一样，但很好看！”张立人笑着打趣，妻子用指头戳了戳他的额头。

张立人的脑子里的确有点像妻子刚烫的头发，弯弯勾勾，乱极了。

他来到厨房，习惯性地盯着那一堆杏核，用左手的拇指和食指夹住其中的一个，然后扬起羊角锤子使劲地往下砸去，一下，一下，一下，一下……

最后，他下了决心，还是跟田书记谈开吧。

张立人思量再三，走进了田玉跃的办公室。以往办公室主任进书记的办公室，不是主动来报告事情，就是被书记叫来听候工作安排。这次，张立人既不是来请示又不是书记召见，而是为自己工作调动的事。可人进来了，又变成了哑巴，神色严肃，一声不吭地坐在了书记对面的椅子上。那把桌前椅是专门供汇报请示问题的人坐的，张立人坐的次数最多。

田书记没正眼看他，仰在椅子上看什么文件，眉头紧锁。见张立人坐在那里不说话，还以为是家庭发生了什么矛盾。便说：“老张，怎么今天脸色这么黄啊！是不是昨晚没睡好觉？”

“不是，不是，”张立人始才开口，“田书记，我是为自己的工作来问问您！”

田玉跃一时没有反应过来：“工作？什么工作？”

但他脑子一转弯，心里一下子明白了：“看来又有人给泄了密，组织部的一些人怎么让人相信啊！”心里的话，只能闷在自己心里了。

如今的张立人已不是随便就能捏巴的人了。你看他一会儿讲自己跟着田书记是如何有长进，一会儿又讲县里的工作如何富有创造性。这类的话，田玉跃听别人讲得太多了，下级拍，同事拍，大会小会谁还不是见缝插针争分夺秒夸领导？下基层那更是给下面干部奉承上司的好机会。该拍的拍，不该拍的也拍，这一点田玉跃心里有数，从来还没有被人拍晕了的时候。他有一句名言，那就是：当了主要领导后，身子变成马屁股，任人拍打。拍也是为了拍者的利益，打还是为了打者的利益。张立人现在也学乖了，这可是田书记没有料到的。

张立人讲着讲着，陡然话锋一转："田书记，请您放心，不能因为我的存在，而影响别人的进步，那样的话我情愿回到报社工作。"田玉跃不动声色地听着，知道这是话中有话。

田书记的沉稳，让张立人有些耐不住了，便直截了当地讲了自己工作变动的传闻。没想到田玉跃竟脱口而出："不是还没最后定吗？"

"既然这样，就请田书记直接给苏副部长通个电话，我留还是去，他们说就等您一句话。"

说着，没等田书记做出任何反应，张立人便站了起来，用田书记桌上的直拨电话，拨通了苏副部长的座机："您好，苏部长，田书记有话对您讲。"张立人故意把副字去掉了，随手把话机送到田玉跃的耳边。

田玉跃像俘虏似的，乖乖地也是极不情愿地接过话机，同苏副部长寒暄几句后，主动说："张立人同志的工作，如果部里还没最后定，就不要调了，我们这里也很需要他。"

苏副部长说："魏树吾同志因公外出了，他分管的事暂由我代管，正巧碰上了这件事。好吧，就按你说的办吧。立人同志确实很优秀。"

放下电话，田玉跃指着张立人说："你呀！你呀！今天我才真正了解了你。"说着，两人都笑了。他们笑啥，只有两人心里明白。真可谓：心门一入深似海啊！

这个关键的电话，让张立人明白了一个关键道理：官场之中，一个人要掌握自己的命运，必须打通向上反映问题的通道，必须掌握重要的信息资源，有了这个资源，才不至于任人宰割。但说归说，这费心劳神的事，又不是为了工作，这不是内耗吗？一个领导干部把所有的精力都用在为民办实事上都嫌不够，还要分出大量精力保护自己，这真是勉为其难啊！

眼看秋去冬来，县委大院里的那两排法桐树的叶子已经落尽，干树枝在寒风中抖动着。天空灰蒙蒙的，看门的老王头说："看样子要变天了。"

老王头要用黏土泥砌火炉。他缩着脖子，双手抄在袄袖筒里，弓腰走到东北角的理发室门口，敲门进去要头发茬子。

理发的小张是个圆脸小姑娘，问："大爷要头发茬子干什么?"

老王头说："和泥，掺上头发茬子砌炉子不裂纹啊，我们农村都是用麦糠和泥，没有麦糠，用头发茬子凑合凑合。"

小张姑娘打趣地说："哎呀，俺的王大爷啊，这头发茬子可都是领导头上的啊!"

"哈哈哈哈！那俺今年的炉子肯定暖和，它也有了级别啊，哈哈。"

话音刚落，见田书记挺着胸过来要理发，老王头赶紧笑着嗫嚅了一声："田书记……"

…………

贾县长这几天一直在开发区现场办公，连续几天，报纸天天有视察的讲话，电视上有深入基层的形象，广播上有慷慨激昂的声音。一时间开发区在全县炒得火热。文林主任自然也成了媒体追踪的对象，不是在专题采访时频频出镜，就是在报纸上发表个人文章。开发区的经验也是之一、之二地连篇累牍。

张立人被这突如其来的宣传攻势搞懵了。县委正在着力抓农村灾后的互助自救工作，没有研究开发区的事，田书记也没有安排，贾县长自己就搞起这么大的宣传攻势，让人费解。他想问问田书记，又怕引来不快。党政两个一把手的团结，在哪个地方都非常重要。他们俩本来很团结，不要为这件事产生猜疑，反正都是为了县里的工作，突出一下县长也是好事，宣传一下开发区也有利于发展。尽管开发区这一段的工作反映比较差，尽管自己对文主任有些看法，但作为县长，抓强项是为了使其更强，扶弱项是为了促其变强。他想了想这些一般性的道理，也就把这事放下了。

一天晚饭后，张立人正同一家人围坐在一起看电视，田书记突然电话通知他马上到办公室一趟。平时，晚饭后都是看完新闻联播再到办公室，今天新闻节目还没看完，就催着到办公室。不用问，张立人也知道肯定有重要的事情。

踏着月色，张立人不觉抬头看了看那轮明月，真想放慢脚步，欣赏一会儿，但田书记的电话，又催他疾步而行。果然不出所料，田书记、贾县长两人早已坐在那里，可见事情非同一般。

田书记乐呵呵地说："从上次换班子到今天差几天不到一年。那时，是咱们三人秘密商谈。今天，又要个别调整班子，又是咱们仨在一起商量。不过，上次是秘密进行，现在用不着了，我和老贾的工作暂时都不会动，只是县委缺职，想尽快补齐。魏树吾部长专门把我叫过去，希望我们能配得理想一些，我和贾县长都想听听你这办公室主任的意见。"说完，拿眼瞟了瞟贾县长。贾县长会意地点了点头。

张立人一时不知怎样回答。人事问题无小事啊，在当权者那里，一个暗示，一句问话，甚至是摇摇头，点点头，皱皱眉头，一个人的命运或许就会随之改变，一个人的政治生命或许就决定在一刹那间。摸不清深浅，怎能乱开口？他便试探性地打起了官腔："我们县的优秀干部有一大批，不知选哪种类型的，是男是女还是民主党派干部、少数民族干部？"

贾县长倒是个急性子，见张立人离题太远，就直截了当地说："这也不是选人大代表、政协委员，就是增加一名副书记、一名常委和检察长，检察长是外县交流来的，其他都不动。"

"按惯例，增加一名副书记是要从副县级领导干部中挑选，常委一般就要从正科级后备干部中选拔了？"张立人小心地问了一句。

"没错，没错，还是按规定办。个别优秀的，也可以有所突破。"田书记、贾县长讲了同样的话。

张立人拍了拍脑袋，从乡镇党委书记，到部委办局的主要负责人，一一过了筛子。忽地眼前一亮，有了两个人选，一个是贾县长着力在打造新形象的开发区管委会主任文林，一个是田书记视为掌上明珠的原宾馆服务员、现妇联主席裴尚蕊。

"我要先试探试探，不能重复上次的失策了！"张立人暗暗叮嘱自己。

看他那个认真劲，像是在真动脑筋的样子。田书记在坐着静静等待，贾县长却坐不住了，站起来，在办公室里来回地转，右手的指头还放在嘴唇上，轻轻磨擦着。本来贾县长就不同意听取张立人的意见，可这次田玉跃不知为什么来了股邪劲，非要再听一下他的意见，估计可能是为的那个小裴。张立人是办公室主任，曾经直接分管过宾馆，第一次提副经理他不同意，后来提升妇联主席他竟然双手赞成。

这一次真是被田书记言中了。张立人略微思考了一会儿，又冲着他们笑了笑，说："我觉得文林同志应当提为副书记，只是群众基础稍稍差了那么一点点……”

贾县长微笑着插话：“人无完人嘛！工作肯努力就行了。”

贾县长的意思已经很清楚了。张立人于是又说：“我看妇联的裴尚蕊同志应当提为常委，只是还不是后备干部，任职时间又稍稍短了那么一点点……”

没容张立人再往下说，田书记赶紧把话茬接了过去，一本正经地说：“如果都按部就班，年轻干部尤其是女干部，何时才能走上领导岗位?”张立人的想法，正好说到两位领导同志的心坎上。他如释重负，但说了违心的话又马上使他陷入了痛苦和自责之中。

只见田书记看看贾县长，贾县长又朝田书记挤挤眼，两人几乎同时说道：“英雄所见略同，略同啊！”

经过了这一关，张立人似乎又成了圈内人。这个地方的领导层存在无形的圈，别看几大班子的头头脑脑不少，但真正进入小圈子的人并不多。小圈子的人不是组织选人，而是主要负责人自己确定人选，最知己的是小圈内的，一切重要事情都由圈内人先商量，包括先放风试探。小圈外的，就是外观上看到的贴近主要负责人的那些人，当然包括像张立人这样的办公室主任了。这部分人一般来说具有一定的工作能力，干事要靠这部分人，但核心机密，也就是暗箱操作的事情，他们是绝对不会事前知道的。但比起圈外的人，他们还是了解一些内情的，知道的事情比别人还是多一些。张立人这次自己感觉好像同过去不一样了，经常能听到些悄悄话，有些人还神秘兮兮地向他传递一些小道消息，比如对这位领导同志的看法，对那位领导同志的评价。尽管张立人不大愿意听那些东西，但那却是受到信任的体现，对他而言那又是难得的人际环境。

不久，张立人的分工又增加了不少，虽然他本人向田书记提出过多次，尽量维持原先的分工，但都被田玉跃以“以后再说”拖下去了。

田玉跃的政绩一度成了省市新闻媒体报道的重点。省报曾以“硬梆梆的两手”为题，详尽报道了田玉跃坚持经济建设这个中心不动摇，在大灾之年夺取两个文明双丰收的煌煌业绩。市级媒体更是紧随其后，接二连三，有的还专门配发了位置突出、篇幅适中、包框处理的评论员文章。一时间，田玉跃成了灿然升起的一颗新星。

在信息化时代，舆论的力量无疑是巨大的，它可以瞬间把一个人扮靓，也可以即时把一个人搞臭。田玉跃被媒体捧红了。重量级的宣传报道一般都是经过有关领导同志同意后，才会安排的，而这样的安排，往往带有一定的政治背景，这次当然也不例外。

不到一个月，田玉跃被任命为市委常委，继续兼任县委书记。在泉滨县的历史上，他是第一位如此大红大紫的人。

人一顺了，一顺百顺。田玉跃这一年真是好戏连台。别看老天没有帮忙，刮了阵龙卷风，可正因为有了灾，才有开展救灾那生动的一幕，才有了大灾之年夺取大丰收的政绩。田玉跃是学哲学的，他善于辩证思维，懂得坏事处理好了，就可以变成好事。而能不能做到，就看领导者的应变能力和运筹帷幄的方略了。领导者最大的本事，就在于处理难题险关、突发事件和错综复杂关系的能力。田玉跃就是具有这种本事的人。他能迎难而上，喜欢挑战，敢冒风险。每一次他都赢了，对人，对事，至今他还未尝过输的滋味。

而经过调走风波的考验，张立人在从政的路上，显得越来越老练，但他的皱纹却越来越深了。早上起床，枕头上总是掉下一些头发。妻子一根一根捡起的时候，总是心疼地看着丈夫那疲惫的身影。

六

梅芫揣着洋人发的毕业证书，从大洋彼岸回来了。一晃两年多，这一回来，白净了许多，也洋气了许多，说话还时不时地夹带上一两句英文。

书记夫人学成归来，一时间，成了县城的头号新闻。亲朋好友、同事同学，争先恐后登门拜望，一批批想套近乎的干部正好也有了借口，这位来，那位走，这位进，那位等，络绎不绝。田书记的家门口，小汽车、摩托车、自行车，排了一行又一行。县委常委兼妇联主席裴尚蕊自从梅芫回来，自己便主动在那里值班，里里外外，全靠她一人张罗。

张立人想安排林副主任去帮个忙，却被裴尚蕊撵了回来，强调机关工作重要，家庭的事就不必麻烦办公室的同志了，还是女同志更方便一些。张立人一想，也是这么个理儿。

作为老同学，张立人和爱人专门找了个晚上，礼节性地看望了梅芫。梅芫讲起在美国的经历来滔滔不绝，讲到兴奋处更眉飞色舞，时而夹带着对国内一些所谓不良生活习惯和落后生活方式的嘲弄与批判。让张立人印象最深的一句话是：在美国，你吸一口气都是香的啊。回来的路上，张立人的爱人说："外国真那么好吗？"张立人说："也许，我又没去过。"爱人说："可我总觉得外国再好，也是人家的，咱再差也是自己的。金窝银窝不如自己的土窝……"

过了不到两个周，又是那位裴尚蕊亲自打电话，约请林一通副主任到田书记家，并说，张立人主任如果有时间最好也来坐坐。老林放下电话，当即转告了张立人。张立人二话没说，放下手头的事，同老林一起来到田书记家。

裴尚蕊没等梅芫说什么，便快言快语地说："这房子太小了，来看望梅大姐的人连站立的地方都没有，你们是不是商量一下给田书记盖个宿舍？"停了停，又接着说："县委的新领导大都住得比较紧巴，也应当改善一下居住条件了。"

梅芫听到这句话时，脸上现出一丝不易觉察的不快："看来其他领导同志都需要改善住房，那我们老田就跟着大家沾个光吧！"

裴尚蕊一听脸就红了："还是先给田书记选个好宅基，干什么事不都要有个主次、有个轻重吗？"说着，用手轻轻拍了一下梅芫的膝盖。

如今，这两个女人，一个不是省油的灯，一个不是好劈的柴。张立人想了想，对林副主任说："盖房的事，非同一般，也不是我们能决定得了的，咱们回去商量个意见，然后再跟领导汇报。"

"你不就是领导嘛……"小裴有点娇滴滴地朝着张立人说。

张立人正色道："我仅仅是个办公室主任，盖宿舍这样的大事，需要书记、县长来决定。"小裴怎么这么多事呢，这又是张立人的心里话。

回到办公室，张立人和林一通却坐在那里为难了。建新宿舍，书记从来没说，县长也没有安排。再说前年刚建了一批宿舍，田书记坚决不搬，说住在平房里习惯了。现在夫人出国回来了，又要盖新的，是问问书记、县长好？还是不问就先拿意见好呢？

见张立人愁眉苦脸的样子，林副主任脑瓜儿转动开了："咱们还是先拿个建房意见，送给田书记、贾县长看看，到时他俩是个啥意见，事情的真相不就明了了吗？"

张立人琢磨了一下，觉得这是个好主意，于是便安排林一通具体负责这件事情。

林副主任不愧是干行政出身，很快就把意见拿出来了，连效果图都找人绘制出来了。张立人看了觉得比较满意，便趁向田书记汇报工作的时候，插上了这件事。

没想到田书记竟对张立人说："是啊，领导干部的住房条件也该改善改善了。大家都拖家带口的，孩子又都大了，太挤巴了也住不好啊，住不好就会影响工作不是？安居才能乐业嘛！"看来，田书记是同意的。张立人刚要起身准备离开，田书记又叫住他，说："如果方便的话，是不是叫你老同学也参谋参谋？你老同学在国外待了一段时间，还有点洋眼光呢。"田书记一口一个"老同学"，一开始，张立人没有反应过来，后来才明白，田书记指的是梅芫。

张立人回过神来，连声道："方便，方便。梅芫同志这次出去，肯定长进很大，水平不知又高了多少呢。"说到这里，便把刚刚展开的图纸又重新卷了起来，回办公室找林副主任商量去了。田书记的态度，让张立人的脚步有些踟蹰。

张立人把田书记的话原汁原味地学给了林副主任听。老道的林一通这时竟开心地笑了。张立人有些惊诧地问："这有什么好笑的呢？"

"我不是笑别的，是笑你张主任是个名副其实的书呆子，是笑田书记多么会说话，当然也笑我自己越干越糊涂了。"

老林说到这里，不禁叹了口气。张立人觉得林一通又把话题扯远了，更不应该说对田书记不利的话，于是把话题接过来说："你不要把意思弄错了，可能是我自己没有表达清楚，多听听意见总是有好处的。不过话又说回来，新建宿舍的事田书记肯定是同意了。"

这一说不打紧，可把林副主任气恼了，他竟像训斥小孩一样，怒声说道："叫我怎么说你！难道天下就你知道为好人？就你懂得维护领导人形象？你把我当成什么人了你！"

老林这是头一次没给张立人留面子，也是头一次在张立人面前，透露出了自己的一点真心思。

张立人眼睛定定地看着林一通，一时竟不知如何回答。

林副主任是公认的"老滑头"，此刻竟然也后悔自己不该如此对待老实人。

"张主任，刚才是我一时冲动，请你不要往心里去，千万千万啊！"

林一通是真心向张立人道歉，张立人仍是一声不吭。突然间，张立人站起来拉着老林的手，非常动情地说："谢谢你老林！你说得对啊，我是应当好好审视一下自己。"老林看着张主任那恳切的目光，也不好意思地低下了头。正、副主任第一次觉得心扉打开了，因为面对的是同一件事情同一个难题。

不管心里怎么想，领导人交办的事情还是要办的。张立人又同林一通一起走进了田书记的家门，悉心倾听梅芫的意见。梅芫稍微客气了一下，就开始畅谈自己的想法。这一听，可真使他俩吃惊不小。梅芫已经把自行设计的图纸拿出来了，地点选的是南山园林的旁边，紧靠着风景秀丽的螺丝顶和龙水潭。

林一通傻了眼，张立人更是一动不动地塑在那里。还是人家梅芫大方，看着他俩那副窘态，打趣地说："我是替两位主任做事，你们要酬谢我呀！也顺便请你们二位看看我留洋的水平如何。"说完，大笑不止。

"很好很好，不错不错。"两人不约而同地表了态。

梅芫颇懂得官场的套路。只要是主要领导同志的意见，就不会有人出来说相反的话，哪个还不是迫不急待地打顺风旗的。这些年她跟着田玉跃，从乡镇党委书记到县委副书记，从县长又到如今的县委书记，还从来没有见过丈夫说的话、定的事，有人敢私下打折扣的，甚至有不少事情都是作为夫人的她提出的要求，只是借田玉跃的口说出罢了，左右的人全都是按指示执行的，而且件件得到了落实。表哥年龄超了，组织部照样提拔不误；表弟连个干部身份也没有，组织部先是转了干又提成副科长还分了新房。如今建个宿舍，看来标准是高了点，可现在连老百姓的住宅都更新换代了，难道堂堂的县委书记又是市委的常委，还不应当改善改善？现在哪有像老田这样廉洁的好干部！

梅芫见张立人和林一通在那里呆坐着，不免又来了句"谦虚"话："这张图纸和建房的那个地点，是我们家老田亲自定的，我只不过是帮着看了看。我是学医的，哪里懂得什么建筑，都是贾县长和小裴主席操的心。"这么一说，他俩还有什么可讲的，抓紧落实就是了。

建房用地顺利征下来了，该办的手续也一应俱全了，林一通正准备挑选施工队时，张立人却在这一天的深夜，来到了林副主任的家。

从来都是老林找张立人请示汇报，哪有主任到自己门上的道理。林一通似乎预感到了什么，连忙检讨："这两天忙于建房的事，没来得及去向你请示。"

张立人知趣地说：“你那么忙我还不知道吗？咱俩谁跟谁呀，你找我，我找你，都是为了工作嘛!”说着说着，就扯到了正题上了。“我听别人说，这次建房的标准太高了，面积超得太多，真假我也不清楚，但有一条，我们不能给领导同志帮倒忙，要把好事办好。这一点你比我懂得多，我只是提个醒罢了。”

林一通一听，就知道这话中有话。但他认为有必要让这个书呆子明白，领导同志已经研究同意了的事情，即使违反规定最好也不要再说三道四。于是撇了撇嘴，说：“张主任，你尽管放心就是了，我想田书记和贾县长考虑得会比我们周到得多。我搞这一套也不是一天了，知道该怎样做。不管怎么说，也应该谢谢你深夜亲自登门提醒我。”话已说到这个份上，张立人只好起身告辞。

送走张立人，林一通怎么也睡不着。用公家的钱，打发领导人满意，是自己从事行政工作的经验，可上次建宿舍，本打算借机巴结上田玉跃，没想到自己费了那么大心思装修好的四室一厅的房子，不知田玉跃是为了表现自己，还是因梅芫准备出国，竟然提出让给老同志。这次，说什么也要把这个机会抓到手。怎么办？他想到了张立人的话，“这次建房的标准太高了，面积超得太多了。”他这是什么意思？是不是有人在借题找事？这个情况我可得让主要领导知道……一不做，二不休，就从张立人今晚的举动下手。“张立人啊张立人，谁叫你自动送上门来呢?”林一通想到这里，不由得嘟噜了这么一声。

林一通索性打开灯，从床上爬起来，拿起笔，一条一条地写起来，开了头就刹不住笔，而且越写越生气，最后手都打哆嗦了。他先写张立人是个书呆子，不适宜办公室的工作，又写张立人听信谣言，有损领导人的形象。不一会儿写满了两页纸，仔细看了看，又静思片刻，才躺下睡了。

吃完早饭，林一通跑到田玉跃家，向梅芫汇报建房进展情况，这一段她关心的就是这件事了。林副主任转动他那三寸不烂之舌，海阔天空地描绘了一番，直说得梅芫笑逐颜开，连声说好。

就在这时，林一通突然冒出一句：“咱们到底建多大面积的，是建别墅楼还是建高层?”

到了这个节骨眼儿，还问这个问题，一下子又惹恼了梅芫。只见她两眼一瞪，右手指着林副主任的脸，厉声道：“你们这是在糊弄谁呢！事到如今连房子盖个什么样、多大的面积还没定下来，你们就这么对待我们家老田吗？田玉跃大小还是个县委书记，你们眼里究竟还有没有他！”说完，两脚一跺地，愤然坐到了沙发上。

这一招可把林一通吓坏了，赶紧解释：“我的话不是那个意思，是有人在背后借机生事。”梅芫寸步不让，非要林一通说出谁在背后捣鼓田玉跃不可。

林一通心中暗自高兴，他抓住这个机会，把昨晚的情况添油加醋地说给梅芫听。梅芫一听，气得歇斯底里地发作起来：“是张立人？张立人？这个忘恩负义的东西！大米干饭喂出贼来了。”

梅芫被张立人气糊涂了，一时竟不知用什么言语指责张立人了。只道他是榆木疙瘩，不开窍，没有我们家玉跃，你现在不还是个只知啃书本的书呆子吗？不知好歹，瞎驴牵到了槽上，喂你不知是谁喂你。这次，梅芫留过洋的痕迹一点没有了，俨然成了一个泼妇。

善于顺着杆儿爬又早有准备的林副主任，替梅芫大骂起张立人来了，什么狼心狗肺，呆头呆脑，意识太坏，除了能写几篇臭文章再会干啥等，反正什么难听骂什么。

梅芫气得来回在客厅里踱步。眼里有活儿的林副主任，赶快递上了茶杯，劝解说：“您千万别生气，张立人也好，其他人也好，不会影响我们要干的事，只是需要更加谨慎一些就是了。您放心梅大姐，有我在，保证会把建房这件事办好。还是按原来咱们商量的意见办，我马上去挑选施工队去。”说完，拔脚就走。

梅芫喊住了他，说：“施工队的事，你去问裴尚蕊，看她选得怎么样了？”

原来裴尚蕊早同梅芫商量好了，建房工程由她的丈夫承包，建筑队用不着林副主任操心了。在山坡上建房，只要把规划搞好了，土建工程快得很。

林一通“告状”的事，张立人做梦也不会想到。张立人只觉得林一通在盖房问题上，表现得异常积极，也很卖力。而林一通见了张立人，没有半点不好意思，若无其事。

不到半年，宿舍的框架起来了，八座园林式小别墅建好了。其中一座，院落大，与花园融为一体，经过一段时间的装修和周边环境的美化，谁看了谁说好。

梅芫待别墅装修完工后，经常陪同田玉跃在夜深人静的时候，去属于她的那座花园洋房转转。一切都是按照梅芫的要求办的，自然她是满意的，田玉跃也觉得住上这样背倚螺丝顶、面朝龙水潭的房子，才符合市委常委的级别，嘴里不说心里也是恣悠悠的。有一天，察看完别墅的精装修，留洋后动辄指责中国这也不是那也不行的梅芫改了口："老田啊，在中国很好嘛！你看，速度也蛮快的！你只要发了话，大家都当圣旨听呢。"

可唯独那个张立人，整天为这事提心吊胆，就怕为这点小事给领导同志招惹是非。他也悄悄去了几趟工地，几乎每次都遇上裴尚蕊在那里监工。张立人知道裴尚蕊是田书记的"红人"，却不知道这建房工程还与她有着密不可分的关系。

自从梅芫同林一通一起骂过张立人以来，田玉跃对张立人又一次冷淡起来，别说不同他商量什么事情，就连经常性的工作，也是由林一通代为转告。

张立人再次被从圈内打到了外围，大小事情都不需要他过问，领导同志只给他出了个调查研究的题目，让他了解如何加快非公有制经济发展问题。

张立人也没多想，有事干就好。他高兴地去查阅有关的文件和资料，做着调查研究的各种准备。对于调查研究来说，他一直记得导师给他说的话，要获得对中国农村、中国社会更为深刻、更为系统、更为真实的认识，就必须下大气力去搞调查研究。作为现代知识分子和管理者，应该具有济世之心。

张立人按照县政府提供的情况，径直来到非公有制经济搞得比较好的惠兴乡，准备在那里蹲上一段时间，深入调查了解个私经济发展的真实情况。他不喜欢前呼后拥，对摆官架子打心眼里反感，这次下来搞调研，更是只身一人，司机把他放下以后，就把车开走了，据说这是林副主任的安排。张立人觉着司机回去也好，反正乡与乡的距离也不太远，自己下去找辆自行车就行了，并没把这事儿放在心上。

张立人曾经结交了好多农民朋友，常听他们来聊一些农村里的家长里短，每次张立人都听不够。他发现，原先脑海里的七十年代的乡村风景，不过都是遥远的模糊的田园牧歌，或者说是城里人的一种单相思式的留恋和向往。现实的农村远远不是过去的样子，他庆幸这次来到了农村，靠近了土地，才能真正体味到农民的生活，把闲情逸致都抛在脑后，挖掘出真正的东西来。

恰巧县政协的宋主席也在这个乡搞调研，他带了一个视察组，其中有两个老镇长和三个老科局长，现在都是政协常委。这些人虽然名义上算是在职干部，可一个个的乐观劲儿，真有点无官一身轻的舒坦。他们走到哪里，哪里就是一片欢声笑语，吃饭的时候更是乐不可支，吃菜有吃菜的笑话，喝酒有喝酒的段子，反正不是说笑话，就是讲歇后语，不管谁来到这个人堆里，都会变得笑口常开。

张立人感到和这些同志在一起，周身通泰。尤其使他不能忘怀的，就是被视察组的同志称为资深镇长的梁恩忠了。老梁是在饭后散步时和他碰到了一起的，彼此虽都认识，但从来没有单独交谈过。这次是老梁主动与他打招呼，喊他张主任时，张立人自己反觉得怪不好意思，因为吃午饭时已经攀谈过，论年龄老梁与他爸爸差不多，属于长辈，可论职务自己是副县级，老梁干了三十多年，才弄了个正科级。别看老梁年纪比他大，人家可不管这个，“对领导同志必须尊重”这是梁恩忠的口头禅，这次路遇张立人，自然就喊起了“张主任”。

张立人的为人，老梁知道得很多，所以，这次碰面，就像久别重逢的老熟人，有说不完的话。

“我说张主任啊！在县里为官到你这个份上就不算小了，你看咱这四十多万人口的县里，县级干部屈指可数呀！依我的看法，大小无所谓，关键是看群众心里有没有你。你看咱那宋主席，县长干得好好的，为了把位子让给能吹会拍的，说拿就拿了，被安排到了政协。这年头这类让人看不惯的事太多了。可再一想，自己看不惯有啥用？只要决策者看得惯就行。咱是老脑筋跟不上，就得认输，就得服气。你看，不管谁干，地球不是照常转吗？那可真是四时行焉，百物生焉。时间长了，也就习惯了。”

老梁真不愧是个话匣子，没等张立人开口，就咕嘟咕嘟冒出了这么多话。张立人最怕的是背后非议领导，当即岔开道：“您就给我介绍介绍宋主席吧，别人的事就让别人去说吧。”老梁一听，明白张立人是在有意回避，就转而聊起了宋主席的经历。

听老梁这么一讲，张立人始才知道宋主席是从外县交流到这个县来的，大学毕业就到了基层，从乡镇的一般干部到担任乡镇长和党委书记，直到县委副书记和县长，每一岗位都干得扎扎实实，每一步都干得有声有色。

“人家老宋，那才真正是为官一任，造福一方啊！工作从来就是推碾子拉磨——实打实，老百姓都喊他是‘实县长’。”

听到这里，张立人禁不住问了一句：“那他怎么没在咱们县干上书记呢?”

老梁见张立人有了兴致，便佯作糊涂，摇了摇头，摆了摆手，用张立人刚刚说过的话回答道：“这就不好说了，别人的事就让别人去说吧!”

张立人不便再问。他明白，再说下去，这位老梁还不知会冒出什么话来，自己也不便掺和进来。于是，赶紧把话题转到调查研究上来。

回到乡里的接待室，出于礼貌考虑，张立人主动到宋主席房间看望。正巧老梁还有另外两位政协常委也在，大家互相寒暄几句后，便向张立人介绍起政协来了。没想到大家竟把政协这个组织夸成了一朵花，连宋主席也说：“不到政协不知道，一到政协才清楚，这真是个好地方。”老梁插话道：“不是有幅对联吗？上联是：没权没钱没人找，下联是：无忧无虑无烦恼，横批是：还是政协好。”说得大家捧腹大笑。

宋主席担心大家说过了头，看了一眼张立人，忙勒住话头：“任何时候不要忘了这是统一战线的重要组织，政治协商、民主监督、参政议政是我们的重要职责啊!”

老梁风趣地说：“宋主席是三句话不离本行啊！咱们政协的职能就是三句话，多亏就三句，如果多几句，恐怕咱这些老家伙还记不住了呢。”逗得大家又是一片笑声。

如此达观的气度，如此欢乐的气氛，张立人步入政界以来，还是第一次遇到。当晚他在日记上写下这样几句话：“今天有幸同几位老同志在一起闲聊，他们那富于人生哲理的话语和那爽朗的笑声，使我净化了心灵，这些乐观豁达的老同志正是我立身做人的楷模。”

宋主席在惠兴乡的视察行将结束，张立人对这个群体产生了深厚的感情。宋主席他们视察的是非公有制经济发展，自己调研的也是这个题目，更重要的是这些老同志不正是最有价值的调研对象吗？张立人希望能同他们一起再到另外的乡镇转一转。

老梁了解到张立人这个想法后，便趁张立人到宋主席那里道别时，冲着宋主席说：“干脆带着张主任一起转吧，这样我们的建言献策也能很快进入县委的决策，一举两得。”说完，又纠正自己的话：“张主任，不是带着，应该是你领导着我们……”张立人笑着说：“我希望让老领导们带着……”宋主席只是“这个……这个……”。

张立人料想宋主席觉得中途插上个县委常委不大方便，便说：“咱们调查的内容都是相同的，我跟着您会完成得更好，反正调研也不搞新闻报道。”宋主席一看是张立人的想法，便欣然同意。

张立人加入到这个视察组，使他的调研内容更加丰富和精彩。不仅有基层群众的创造性探索，也有干部认识层面的真实思想状况，更有那几位老同志不同寻常的见解。天南海北，哪里的经验也能说上一阵子，存在的问题也梳理得一清二楚，加上他们的经验与见识，应当说对自己的这次调查研究实在是帮助太大了。

张立人主动加入到这个视察组，为的不仅仅是自己那份调查报告，更重要的是，好像从宋主席他们那里寻找到了人生的真谛。调研之余，他把目光更多地聚焦到感悟人生，把更多的时间用到探求从政的奥秘上。宋主席和老梁无疑已经成了他从政的老师。他想借此机会多了解一些对自己从政有用的东西。

“当好干部的关键是适应。首先声明我没干好。这个体会是我到政协工作以后。”宋主席一本正经地说给张立人听。

“按理说，人是最能适应的，冷天热天，孬天好天。适应冷天就要想法保暖，就要寻求应对之策。应当说只要是一个头脑健全的人都会去适应环境、适应生活、适应人群。”说到这儿，宋主席不由得长吁了一口气：“唉！说起来容易做起来难呐！咱想象一下，那巨大威猛的恐龙为什么最终遭受灭顶之灾，不能存活下来？它无法适应气候的变化嘛！对不对？”张立人见宋主席若有所思的样子，也不再问了。

这时老梁又把话匣子打开了，竟讲起了自己“过五关斩六将”的故事，屋里的人都乐了。有的说：“真正的英雄是老梁，二十多年的乡镇长级干部，那才是没有功劳也有苦劳啊！”老梁自我评价倒也实在：“尽管我不是什么英雄，可我干了二十多年的乡镇党政一把手，每年我都是实实在在地干，每年民主评议我都是优秀，每年我都受到上级的表彰。我得到的回报是，直到现在那里的老百姓还念叨我。上个月，我又回去，在庄头上遇到当年跟我干的一位老支书，他说，梁书记，俺想你，恨不得把你再请回来啊！喊，咱可不像有些人还在台上干着，老百姓就骂声不绝！”

“好你个老梁，有点‘王婆卖瓜’了。”宋主席笑着扔出这么一句，老梁连忙转移话题：“不讲这些了，要不，我给大家讲个故事吧，也正是这个故事，帮我想开了许多事理，也能正确对待和评价自己遇到的那些难以相处的人。”

“事情发生在前五年，班长找到副班长，说是要推荐提拔个同志。副班长一看班长这样尊重自己，就不假思索地推荐了小刘，并讲明了小刘的优点。班长说，咱两人的想法不谋而合，便又问了小李如何，副班长讲了小李也不错，但如果只提拔一个人，还是小刘比较成熟一些。就这么一次简单的谈话，结果害得这位副班长五年没翻过身来，原因是班长决定推荐的是小李，而把没有提小刘的理由归结于副班长不同意，并暗示小刘有人说你不成熟。本来副班长同意的人被说成了不同意，暂不同意的人反而变成了同意。这一下子可捅了马蜂窝，小刘的亲戚就是当时市委组织部的副部长。恰好一个月后上级来考察县里的班子，副班长当然就不会在考察之列了，班长反而装得非常难过的样子对副班长说：实在是没有办法，组织部没有安排，以后看机会吧！实际上那位班长此举正是为了阻止副班长上，因为副班长的能力比他强，群众基础比他好，就要了这一套。你说这还叫正常人吗？要两面派，而且要得貌似天衣无缝。跟这样的人共事，真让人畏惧啊！”

大家屏住呼吸在听老梁继续讲，都想知道后来的结果，这时老梁却像说大鼓书似的，戛然而止，问：“你们知道这位副班长是谁？这个人，远在天边，近在眼前，他就是当时的县委副书记、县长宋吉生同志。”

大家一听，“啊”了一声。宋主席却笑着说：“老梁啊！都是过去的事了，你还在这里鼓捣它干吗？”老梁的眼睛却湿润了，大家见话题如此凝重，纷纷自动离去。张立人却站起来动情地说道：“人事内耗加大了执政成本啊。内耗，耗的是人的精气神，耗没了干事创业的激情……”像是对宋主席说，又像是在自言自语。

老梁赞同地点点头。他看着张立人，又接着介绍：有人告他的黑状，背后搞阴谋诡计，使他没能接任县委书记，把他调到另一个县继续干县长。组织部找他谈话征求意见时，人家老宋张口就说：“组织上考虑问题从来都是正确的，我现在担心的是到外县适应不了新的环境，辜负了组织和人民的期望。组织不管怎样安排，我都会尽最大努力干好工作。”

老梁言及此处，简直有些愤怒了，声音也有些哽咽：“到另一个县还是没白没黑地干，经济发展那是明摆着的，干部夸他是位好领导，群众夸他是个好官儿。谁也没有料到，又被组织部那个副部长暗箱操作，把老宋的县长免掉了，调到咱们县当了政协主席，而接任者的年龄比宋主席还大，既没学历，更没做过经济工作。现在咱们市的用人导向，真叫人揣摸不透。有人曾对我说：要花钱买进步，我根本就不相信，现在碰到这么些个实事，你不信也得信了。”看老梁那无可奈何的神态，张立人只觉得浑身透凉，仕途原来如此险恶！他越发佩服起这位宋主席了。

而老宋则说：“不要发牢骚了。不管怎么说，我们也比这里的农民生活好吧？我们这些当过领导的，到了哪里，人家还人五人六的，笑脸迎着咱们，欢语送着咱们。农民那是真苦啊！他们到哪里去诉苦？贴着地皮发呆，仰起头来叹气！我们下去看看，有些地方简直是触目惊心，这么多年了，有些农民仍家徒四壁，一贫如洗，我们对得起他们吗？还有，因病致贫、因病返贫的家庭有多少？有的农民得了病无钱医治，只能抬回家里等死啊！那是条命啊！想想这些，怎不让人忧心如焚！”

老梁说：“但是，我们的好多领导干部，却忘记了这些处在弱势的贫苦群众，有些干部故意隐瞒百姓的苦和穷，用一些所谓的富裕户代表整个农村，上级领导下来的时候，看的都是富裕村、富裕户，真正的贫困户却成了被遗忘的角落，他们无可奈何啊!？我有个观点，平均数，不能代表大多数。比如说，有十个人，其中两个人是百万富翁，另外八个年收入不到一万，那么十个人一平均，每人是二十点八万，这个平均数，很明显只是个数字嘛。大多数还是那每人一万！我们的老百姓，真是天底下最好的。他们最听话，最勤劳，只要能填饱肚子，手头再有点零花钱，就感恩戴德。”宋主席也慷慨激昂起来：“咱们千万别忘了，工人农民是我们的衣食父母啊！忘了他们就是失职，就是犯罪！”

“不要在人民疾苦面前闭上眼睛，在任何时候，在任何场合，尤其是在这改革的年代里。我们这里还没有到歌舞升平的时候，我们还有很多困难群众需要帮扶救助。”张立人在日记上记下了这样一段话。

七

晚饭后，张立人陪着宋主席他们在镇驻地散步。时值仲秋，清风拂面，备觉惬意，宋主席还哼起了京剧，摇头晃脑的老梁用嘴给他伴奏。刚溜达到街角拐弯处，突然听到有人高喊：“大盖帽来了！大盖帽来了！”那喊声急促得有点刺耳。

在路边摆小摊的，卖水果的，爆米花的，一个个慌慌张张，四下逃散，有的往人堆里蹿，有的往树顶上爬，一个个都惊恐地瞪大眼睛，大气也不敢喘。有个往树上爬的小孩子，把篮子里的炒花生刚藏在树杈上，被一个“大盖帽”看见，只听“大盖帽”大喊一声：“给我滚下来！”吓得那孩子打了个激灵，磨蹭着下来了。那“大盖帽”又说：“怎么下来的再给我怎么上去，把篮子给我取下来。”小孩子哆嗦着不肯去，“大盖帽”一脚踢到孩子的屁股上，小孩子又痛又怕，眼泪在眼眶里打转，忍痛又爬回树上，把柳条篮子交给那“大盖帽”。“大盖帽”把炒花生没收到摩托车上，睥睨着眼，紧咬着牙，两手将一杆小秤往膝盖上一碰一弯，小秤应声断为两截，小孩子吓得没敢哭，倒是站在孩子旁边的娘哭出了声。

还有一个卖鞋的五十多岁的妇女没来得及跑，被另外两个“大盖帽”逮了个正着。俩“大盖帽”一个有三十多岁，从摩托车上下来，另一个只有二十多岁从车斗里也跳下来，每人手里还拿着一根粗硕光滑的棍棒。

两个“大盖帽”把妇女刚装好的一纸箱布鞋往摩托车斗里扔，那妇女用力护着鞋子。二十多岁的“大盖帽”上去一脚将其踹倒，妇女爬起来跪在地上，一把鼻涕一把泪地向他们求饶，“大盖帽”根本不听。妇女的哭声像锥子一样扎向围观的人群。

“你们怎么这么执法！”张立人一个箭步冲上去，站在了二十多岁“大盖帽”面前，“她可以当你的娘了，你怎么好这样对待她。”

二十多岁的“大盖帽”看了看张立人，翘了翘下巴：“关你屁事？你想找娘，你把她领了家去！”

张立人压住心头之火：“小同志，你怎么这么说话呢？”

“我就这么说，你怎么着吧！”小青年歪着头，头上的大盖帽也歪斜着。

怒火在往上冒，往上冲，但还需要忍着，忍着。张立人弯腰去扶那中年妇女，妇女哭着站起来，又扑向已经被放在摩托车上的鞋箱子。这时，小“大盖帽”又飞起一脚，被张立人抬腿挡住了。小青年没踢着妇女，怒气冲天地把拳头朝着张立人打过来：“叫你妨碍老子的公务！”

“干什么！这是县委常委、办公室张立人主任！这还是人民的天下吗！”老梁断喝一声，那小青年的拳头凝固在半空，张大了嘴巴。

妇女扑通跪在了张立人面前，张立人眼泪哗地流了下来。他再次扶起她："起来，起来！谁再敢欺负你，我们给你做主！"

…………

一夜没睡好，张立人翻来覆去是晚上亲历的那一幕。"大盖帽"，多大点权力，但给他们点颜色，他们就敢开染坊！在乡镇街头，摆个小摊，还被撵来撵去，非公有制经济怎么能发展起来呢？老百姓上哪儿说理去？老百姓太善良，太宽容，面对社会上任何一点力量，都脆弱得不堪一击，所有欺压之事，他们都默默承受着……

天快亮的时候，张立人还没有入睡，朦胧中有人敲门，早晨六点了，县上通知张立人马上回机关，县委书记田玉跃有要事相商。

张立人不由得暗暗纳闷："刚派我下来搞调查，怎么立马又要我回去呢？任务还没完呢。"

吃完早饭要告别。镇上领导来请示，说对野蛮执法的两个"大盖帽"要开除。张立人说："不要动不动就用开除的办法，他们也是从庄稼地里走出来的，有个饭碗不容易，关键是要严肃批评教育，不能不教而诛。再者，我们不是口口声声讲改革吗？群众摆个小摊，是活跃市场，满足人民需求，作为乡镇党委和政府要多为群众着想，多为他们排忧解难！我们作为管理者，就是服务，这绝不是唱高调，你们抓改革，就必须研究这些现实问题。"

镇领导点头称是。张立人上车前又一次嘱咐，要教育好管理人员，不要开除他们，但要他们登门向群众赔礼道歉，教育他们好好做人，别忘本。

田玉跃请张立人回来，没有谈及调查研究的事，好像从来就没有那回事似的，只是莫名其妙地讲起宋吉生的能力、水平和政绩，并加重语气地说："那真是个人才呀！"

张立人心里明白，自己与宋主席接触的事，肯定有人向田玉跃打小报告了，不然，不会平白无故介绍起宋主席来。于是，他也直言不讳地对田玉跃说："自从来这个县工作，我是首次与宋主席面对面交谈，也是第一次了解了他的一些情况，我的初步看法同您刚才讲的完全一样，确实是位忠诚于事业的好同志！"

张立人担心自己的情绪激动起来，于是赶快询问田玉跃："田书记，您要我回来有事吗？"

田玉跃像走了神似的，结结巴巴地说："有事……有事。"

所谓有事，是田书记安排张立人抓一抓新房和新车的分配。按分工，类似这样的事，都是由林副主任负责，他把把舵，不知为何这次竟要张立人亲自抓。

田书记说：“我看这事，还是你亲自出面抓抓吧。你办事一向稳妥。”

张立人说：“其实林一通同志负责就很好。如果您要我抓，那我就好好抓一抓。”

他领受了任务后，电话找来了林副主任。张立人刚一开口，谁知这位林副主任竟脱口而出：“还抓什么？不是梅芫同志都已分好了吗？”

听了这句话，张立人大惑不解：梅芫不是很信得过林副主任吗？怎么他也发起了牢骚？难道他与她是在演双簧戏？张立人既不随声附和，也没有再往下问。因为张立人现在已非常了解他们之间的特殊关系。惹不起，我还躲不起吗？自己万万不能再陷进他们设好的圈套了。张立人稍微一顿，说：“咱还是按田书记说的办吧。”

不出所料，没等张立人做工作，小裴的电话便追来了，一上来就给张主任戴起高帽来，说什么“只有您才能办好这件事，让老干部说好，叫新领导满意。”

张立人听后如同嚼蜡，但仔细一品味，还真是话中有味了。反正县里的大小事情，只要是田玉跃知道的，小裴都会知道。过去梅芫不在家时，她有这个本事，如今梅芫回来，她仍然是田书记家的常客，该吃醋的梅芫，却没有闻到醋味，反而与她亲如姐妹，不能不说是个本事。

张立人心里实在瞧不起这种人，但表面上还需要应酬好，宋主席“学会适应”的忠告，他铭记在心。于是他长舒一口气说：“有田书记和你们这些领导同志的理解和支持，一般不会出问题。”

坐在沙发上，张立人头有点疼，可能是晚上没睡好的缘故。他想在沙发上打个盹，没想到小裴来敲门。张立人很不情愿地把她让进来，然后把门敞开。他有个习惯，只要是女同志来，他都会这么做。小裴笑嘻嘻地说：“张主任，我又不是老虎……”

张立人知趣地一笑，说：“我也没把你当成老虎啊！有何吩咐？”

小裴单刀直入，询问电话中讲的“理解和支持”是什么意思，并说：“是不是这次分房没有我的份？”

张立人一时不知说什么才好，只是说：“领导同志的住房分配恐怕需要征求一下田书记的意见。”

小裴一听，毫不客气地回敬了一句："你不能拿田书记作挡箭牌，意见还是得你先拿。"小裴歪坐在沙发上翘着腿，高跟鞋很随意地晃着，窗外的阳光直射在她的鞋尖上，反光的鞋尖刺眼地直冲着张立人的办公桌。坐没坐相，站没站姿，张立人感觉很不舒服。面前坐着的仿佛不是妇联主席裴尚蕊，而是田书记的影子。

张立人也学乖了，便学起了打太极拳，说："田书记大事就够他忙活的了，我们只是向他口头汇报汇报，至于有关的具体事，我们办公室还是会做好的，尤其是林副主任在这方面经验很多，我只不过是挂个名而已。"

"好吧，反正我的房子你记住，别人的我就不管了。"话是笑着说出口的，但却是硬梆梆的口气。张立人没有表态，裴尚蕊扭着屁股走了。

分房方案送到了田书记面前，共八套房子，老同志四套，新领导四套。书记、县长不用说了，小裴的自然列在其中。按住房面积，应当有张立人，可他以父母不愿搬家为由不再要新房了。只要没有张立人的，其他的就全都照顾到了。至于每家分到哪个位置，就按领导者的排列顺序来。他们计划好的楼号，正好一号与八号前后相接，一号自然是田书记的，八号就属于小裴的。

经过张立人之手的分房方案，正是田玉跃他们所设想的，自然在他们那里顺利过关了。梅芫夸林副主任主意出得好，小裴称赞田书记关键时刻会用关键人。

本来他们使了个暗招，想通过分房这件事治一下张立人，没想到被张立人以牺牲自己为代价，没费吹灰之力就化解了，想找茬也没抓到下手的地方。于是又把分车号的事，交给了张立人。

"人世间为什么有的人这么坏，做个好人为什么又这么难?"谁也不能回答的问题，谁都只能对此发出几声喟叹，张立人也不过如此。

谁也没有想到，张立人更不会想到，自己还没有来得及商量的事，林副主任竟抢先动手了。

一大早，机关后院就挤满了人，一位老书记的司机拿着扳手气势汹汹地对着林一通，声称要与他决一雌雄。看两人衣服撕扯成那个样子，估计是两人扭打了一阵被人拉开了。看热闹的人中，既有劝架的，也有说风凉话的，而大多数人都是站在司机一边的。

有的话说得很难听："你看姓林的那个熊样，想咬谁就咬谁，人家老书记的车牌子挂了多少年了，非得摘下给田玉跃，如果遇到我，不打折他那条狗腿才怪呢！”

也有的说：“给他6号能顺吗？他那个缺德劲儿，恐怕想顺也顺不了。”反正说什么的都有，就是没有支持林一通的。

那两个劝架的小伙子更会说，他们一个抓着林副主任的胳膊，说：“你这么大的官，还用得着同一个小司机争吵，你一句话不就办了吗？还显得文明点，你有权不用，用拳头显得多粗俗啊！你别忘了，你早已不是当年的司机了，你现在是管司机的官了。”

另一位夺下司机小孙的扳手握在手里说：“你这当司机的也没看看自己有几两重，别说台上领导人用个车牌号，就是用钱用人，最好还是乖乖地送去。说你没出息就没出息，还不赶快把车牌摘下来，还给林副主任，这点小事还要人家亲自动手。过去他当司机时干过这活儿，如今怎么能让人家干这种活呢？”说得林副主任红了脸，说得司机小孙乱了方寸，说得看热闹的人暗自发笑。

还是那劝架的小伙子拽着司机小孙的手，摘下了车牌递给了窘在那里的林副主任，这时的林一通简直有点气急败坏：“你们有意见找张立人去，是他要我干的。”围观者中发出阵阵嘘声，因为张立人的为人，机关干部职工是清楚的。

早饭后，张立人刚到办公室，几个工作人员告诉他刚才发生的事情，张立人不听则已，一听简直把肺都气炸了。他立刻找来了林副主任，了解事情的来龙去脉。

可能是他问得急了点，抑或是林副主任怒气未消，一上来就像吃了枪药似的，冲着张立人就开了连珠炮：“给你个棒槌当真（针）了，我用不着你教训，我都是为田书记干的，奈何不了田书记，还想奈何我？不管是谁，哪个小子敢动我一根毫毛试试？车牌子是我摘的，分车号是你的任务，你张立人能把老子怎么的？”说完，攥起拳头狠狠捶了一下办公桌，把张立人桌上的茶杯盖震了起来，滚落到地上，“啪”的一声，摔成几瓣。

张立人弯腰去捡，一瓣、一瓣，待抬起头来的时候，他那张脸，早已气得发紫了，只听他哆嗦着嘴唇说：“你太过分了，太过分了。你再把刚才的话说一遍！”

张立人把捡起的碎杯盖茬子托在掌心里，迎着林副主任而来。如果再听到姓林的口出狂言，张立人将会无所顾忌地把碎杯茬子摔到他脸上！但他咬住嘴唇，忍着，忍着……

话说到这个份上，林副主任应当走开了，可这个人不知从哪里来了股子邪劲，一根筋地追问张立人："我哪里过分，哪里过分了?"声音大得可怕。办公室几位秘书见事不妙，赶紧跑来把林副主任拉走。

张立人的心，被林一通这突然而沉重的一击，完全碎了。他不理解，有的人为什么有话不直说，偏偏这样没事找事。车号还没分，林一通却来了个提前行动，还说我让干的，这不是恶意挑事吗？这不是想着法儿治你、气你吗？他们是想要你失去理智，要你走进他们早已设计好的圈套，最后束手就擒。到头来，还得感谢治你的人，因为能从陷阱里把你拽出来拖上岸，还得靠权力。大权在握的人或许就是这样，今天敲打敲打这边的人，让你知道点厉害，明天又敲打敲打那边的人，叫他赶快夹起尾巴，否则的话，就找茬拾掇拾掇你。地盘那么大，怎么还找不到点问题？分管的事那么多，怎能件件事都办得那么完美？属下的人又那么杂，怎么还找不出几个反对派来？就是敬业守法的人，找出点问题、挑出点毛病甚至小错误，都是不难的，有形的不好找，无形的什么意识、观念啊总可以找到吧。田玉跃一伙正在逼迫张立人就范。

张立人把门闭上，把手掌里托的碎杯碴子狠狠地扔进垃圾桶。他盯着那垃圾桶里的方便面盒、废纸屑还有擦钢笔的黑糊糊的纸，觉得这些废弃物件躺在垃圾桶里也蛮般配，于是苦笑了：自己怎么跟这样的垃圾混在了一起呢！

君子处世，遇治则仕，遇乱则隐。思来想去，还是走为上。躲开这是非旋涡，离开这伙当面说人话、背后做鬼事的人，或许是自己最好的解脱。张立人越想越认为这个地方不是自己的久留之地，如果再继续待下去，别说学到的知识被葬送，就连精神恐怕也要崩溃。

决心已定，他趴在桌子上，秉笔写起了辞职报告。脑海里，唐代高僧布袋和尚的插秧诗映现出来："手把青秧插满田，低头便见水中天。心地清净方为道，退步原来是向前。"

回到家里，父母见儿子闷闷不乐的样子，便问起端详。在父母面前，张立人从来都是诚实得很，一五一十地告诉了父母最近发生的事情和自己的想法。本来认为父母会同情自己，没想到父母谈的是与自己完全不同的意见。父亲说："你怎么老是长不大呢！碰到这么点事就打退堂鼓了？看来你真是屋檐下的麻雀没见到大世面了，连个贵州驴那两下都看不出来，怎么能为百姓解难呢！"

母亲见老伴奚落儿子太厉害了，马上把话接了过去，说："人啊！其实干什么都一样，最重要的是自身的素质，政治上要硬，原则性要强，这应当是为官者最重要的素质，而这个硬和强并不是说几句套话，喊几句口号，最重要的是心里装着国家、装着群众。连封建官吏都懂得社稷安危、百姓疾苦，你不会连这个都不懂吧？"

张立人赶紧回答："这个我怎么能不懂。就是遇到这一伙人，让你里外不好做人，整天找你的茬，我确实不知怎样应对啊！我仿佛就是在一个身阔口窄的水井里，拼命地求着生存。"说着说着，眼泪不禁夺眶而出。他仰起头，本想把泪水倒逼回去，泪水却顺着眼角恣肆横流，不可遏止。

张立人的爸爸觉得如果这样继续谈下去，不但解决不了多少思想问题，恐怕全家连饭也难吃好。于是，他对老伴说："我看大道理也不用讲了，我给你们讲个当年从老师那里听来的故事吧。"

说的是当年不知哪个朝代的一个县官，断案的本事远近有名，可这次他却断了使许多人不理解的案子。一天，在县衙外面的街道上，因为买卖双方算账的结果不一样，争论得不可开交，围观的人也越聚越多。买布的大个子买了块布，每尺三文钱，大个子随口就说三七二十一，共是二十一文钱。没等卖布的开价，当街有名的横哥竟大声说，不对！明明是三七二十七，怎么能是三七二十一呢？两个人争得面红耳赤，凑热闹的人也跟着起哄，"三七二十七！""三七二十一！"嗓门都特别大，谁也不肯相让。

吵着吵着，坚持"三七二十一"的大个子抓着横哥到县衙门评理去，谁知喊"三七二十七"的人，拍着胸脯说："你还以为我怕你，老子自小到大都是三七二十七！"说话时，口水不断，鼻涕横流。尽管样子窝窝囊囊，但这个人从来就没怯过谁，什么人都敢见，见什么人都想说几句。今天一听要见县官评理，不用说心里有多恣。只见他紧拽着大个子的衣襟，不一会儿就来到了县衙门前。擂鼓、下跪、见县太爷，惯有的那套程序免不了，到了大堂之上，两人还争个不休。

县太爷厉声问道：哪来的鲁莽，竟敢到大堂上喧哗，还不快快跪下！

两个人都是头一次进县衙门，看到两旁站着拿杀威棒的那些兵勇还真有点胆怯。当县太爷问为何争吵时，坚持"三七二十一"的大个子战战兢兢地说：本来是三七二十一，他非说是三七二十七，小人就与他争辩起来，想请老爷公断。

没等县太爷追问，那横哥儿便扯着嗓子喊：三七就是二十七，那家伙非说是二十一，我不能让他在咱这里胡说八道。

县太爷没再多问，也没发火，捋着那几根稀疏的白胡子问：谁说的三七二十七？横哥说：是我！县太爷说：你走吧！这里没你的事了。一见横哥走了，这一下可急坏了大个子，没等他说什么，县太爷即令左右兵勇狠狠地打他二十大板。只见那大个子被强壮的兵勇摁倒在地，举棍便打。大个子不服，连声喊：县太老爷，三七就是二十一，你怎么能打我呢！

县太爷说：那横哥连三七二十一都不知道，你还与他争吵不休，影响市井，喧闹公堂，打得就是你这样无事生非的人。

父亲讲的这段故事发人深省，听过之后，张立人好像几天来郁结在心头的疙瘩霍然解开了，觉得周身舒坦多了，饭嚼起来也有味道了。

张立人像往常一样早早地来到了办公室，还悠闲地哼起了小曲，这让林一通很是纳闷。张立人今天是怎么了？

没有激起张立人的对立情绪，这是林一通、梅芫和裴尚蕊都没有想到的，他们满以为知识分子固有的虚荣和自尊，定能让张立人失去理智，提出辞职。否则，很难腾出主任这个位子，因为他们知道，不仅是张立人的能力出众，为人正派也是有口皆碑，清正廉洁又闻名遐迩。县委还需要这样的人装装门面，还需要能干事的人来干事。但为了林一通，他们又有了田书记的暗示，只要能制造出点事来，就不怕上面有人再为他说话，完全可以让张立人卷铺盖走人。

“怎么办？这个书呆子好像是块榆木疙瘩。”梅芫在为林副主任着急。

“梅大姐，要不是你从国外回来，我的事没人提。如今田书记重视了，不管成不成我都感谢你。”林副主任尽管年龄比梅芫大若干，但现在都习惯称首长的夫人为“大姐”，他也这么称呼。

裴尚蕊想出了一个点子，故作神秘状，急得林副主任一个劲地喊“裴主席，快说呀！”

别看这女人年龄不大，但同官场之人打交道的时间却够长了，她初进常委班子时曾说过：“别看我进班子时间短，可论资历我比哪个常委也不短，数一数县委书记县长我伺候了多少任。”尽管谁也不明白她这话的意思，反正她同几位县委的领导同志混得很熟，这可是真的。在别人眼里她不算个什么人物，可她自己从来都感到比别人高出一头。

人家背后戳她脊梁的事，她早有耳闻，但她毫不在乎，依然挺着颤巍巍的高高的胸脯，睥睨一切。有时甚至冲着议论她的人大喊：“有本事你照着办啊！恐怕你那个小样还没人理呢！”就是这么个横竖不要脸皮的人，现在成了田书记的智囊人物，如今又合伙来整治张立人。张立人却浑然不知。

裴尚蕊终于说出自己的想法：“当前，只有两个办法来得快：一是把张立人调走。”

这一条刚一说出口，就被林副主任否定了：“你不知道，田书记已经试过一次没有调成，上面有人为他说话。再说，他本来就是从外地调进来的嘛！这一条恐怕不成。”

裴尚蕊一听愣了，说：“这个呆小子，上面还有人吗？”

“他工作了这么多年，又在要害部门，接待的都是有头有脸的，这没有什么奇怪的。”林副主任解释道。

梅芫想听裴尚蕊的下文，结果只讲了个一，那个“二”就没再出口，便催促着裴尚蕊：“快说说另一条。”

“第二个办法，就是写信告他，可听林副主任这么一讲，他上面有人，写信也白搭。我看咱们三人如果想不出好办法，就让梅大姐请教田书记吧，他比咱们不知聪明多少倍了。”三个人你看我，我瞅你，相视许久，也没有想出更绝的办法。

为什么这么急着撤换张立人？主要为的是要如期结算新建宿舍费用。按以往的做法，必须由办公室主任会同各方，由审计部门出具审计报告后方能付款。这次因为是裴尚蕊为她丈夫承揽的工程，是由财政拨付建房款，计委拨付设计款和装修款。这三笔款，已在田书记的关照下筹措到位，只等主任签字了。林副主任提出要变主任签字为分管副主任签字，可他们商量来商量去，觉得此法不妥。因为单据上本来就设计了分管副主任签字的栏目。再说，果真那样做也太显眼，那才是此地无银三百两了。

“不知道会遇到这种事，过去定的做法早些时候改了就好了。”林副主任长叹一声，有点悔不当初的意思。

据他们三人打的小算盘，修建别墅这一笔生意，通过多报预算、重复报销等办法，每家少说可分个百八十万。有田书记这杆大旗树着，料谁也奈何不得。现在唯一的障碍就是张立人。做这种见不得人的事，谁都怵他，就连田玉跃也不得不防他。张立人的命运，就与他们这一伙的贪婪与无耻牵扯在一起，真有点要么鱼死要么网破的情势。

说来也巧，正在林副主任他们紧锣密鼓地整治张立人时，省纪委调查组进驻了开发区，说是调查“非法集资问题”。县委紧急召开常委会，亮明态度，全力支持调查组的工作。

田玉跃与贾林，一时成了热锅上的蚂蚁，两人几乎是天天在一起，头碰头琢磨对策。

贾林不解地问田玉跃：“怎么咱们这么个小开发区，还惊动了省纪委，那市纪委干什么去了？”

“可能是有人告到省里去了，也可能是这件事由市纪委来办不超脱，要不然就是省纪委要抓个典型。横竖出不了这三方面的原因。”

省里面是在一位分管干部的省委副书记的直接过问下，才临时组织了一个调查组，直接插到县里。田玉跃夜里睡不踏实，总感觉有无边无际的忧惧。

现在老百姓不是常说嘛，警车一响，坏人躲藏；纪委一查，贪官害怕。平时不大廉洁的人，这个时候收敛了不少，就连宾馆酒楼，公款消费，也突然降温了。趾高气扬的梅芫、林一通和裴尚蕊，如今也个个变得异常温和，见了张立人老远就喊“张主任”，林一通还专门跑到张立人的办公室赔礼：“以前的事，您千万别往心里去，要不是听了田书记他两口子的话，我不会去惹您生气。”说着说着，竟啪嗒啪嗒掉下了眼泪。

张立人连忙说：“什么事啊？我早就忘了。田书记是有能力的书记，咱们都在他领导之下，好好工作就是了，千万不要说别的话。咱们本来就是好搭档嘛！”林一通刚想表白，张立人又接着说：“再说，我这个人从学校门到机关门，尽管干了这么些年，可总感到自己还是不太适应，以后还请你多提醒着点，什么方式都行，我从不计较言词。咱们这些人，哪个还有害人之心呢？不都是为了工作、为了同志好吗？”说得林一通也不知再说什么好了，反正自己担心的隔膜解除了，也就放心地走了。

调查组经过一段工作后，又与县领导班子的有关同志接触，每天谈两三个人，不管找谁谈，只要你前脚走，后面就有人说某某肯定与“集资案”有关，真真假假，莫衷一是。随着谈话的人逐渐增多，“腐败分子”的头衔也落到了更多人的头上，街谈巷议的话题也集中了，有的讲得活龙活现，说田书记的老婆昨晚被纪委带走了，家也被抄了，光首饰、存折和购物卡就装了一大提包。还有的说得绘声绘色，县长夫人的首饰上千件，还都是从外国弄来的。一时传闻四起，简直是洪洞县里没好人了。

张立人像往常一样走进了田书记的办公室，只见田玉跃两眼红肿，双手托腮，心事沉重地枯坐在那里。书记如此神态他还是第一次见，自己心里没有底，不知是去问问情况好，还是避而不谈好。反正人已经进来了，躲是躲不了，只好说：“田书记，昨晚又熬夜了吧？看您，眼睛都有些红肿了。”

田玉跃这才慢慢地放下两只胳膊，像是对自己又像是对张立人说：“这人嘛，不成家当光棍觉得不完整，成了家有了老婆难题也就多了。”听得出来，是家务事害得书记没有休息好。张立人说：“怎么？是我老同学惹您生气了吗？您得多理解她。”田玉跃无奈地摇摇头，张立人也没有多在意，便向田书记汇报起全县经济工作会议的准备情况。

当讲到开发区的大会发言材料时，田书记嘱咐道：“老张啊，这次会议你负责全面把关，尤其是有可能被集资案牵扯进去的人，要取消发言资格，最好是不让他们到会。这是个原则问题，务必！”

一听这话，张立人坐不住了：“田书记，现在谁牵涉集资案还不清楚，调查组没有向我们交底，这个关可不好把，弄不好，挫伤了一些同志的积极性，那对今后的工作就太不利了。”

他见田书记不断点头，估计这番话起了作用，又进一步说：“如果会议按期举行，我看可以把会议发言名单送给调查组看看，请他们帮助把把关。如有必要，可以把准备的部分会议材料送给他们审审，这样，让我们也大体有个数。”

听到这里，田玉跃两只红肿的眼睛，骤然放出了光芒，一扫刚才那副哭相，咧嘴笑了：“立人啊，没想到这几年你进步这么快，我看你很会处理问题。这件事就按你说的去办。越是在谣言四起的时候，越要加大正面的声音，我们一定要把这次会议开好，用改革的力度证明我们的正确。”说完，脸上露出了县委书记惯有的刚毅与果敢。

如今张立人的耳朵，早已成了储藏柜了，好话孬话各种话都是分开储存，什么话都能听得进，什么话也分得清，绝对不会放错地方。有人说他再干几年快成仙了，他却说：我这是在感悟人生啊，人生多姿多彩，少一点多一点，那都是不完整的。

刚要准备走，田玉跃又把他喊住了，俯身贴在张立人的耳朵上私语了几句。

张立人不听则已，一听惊出一身冷汗。他瞪大了眼睛，紧张地说：“田书记不要……往坏处想得太多，梅芫同志是位很好的同志，她留过洋，现在又改行当了县税务局副局长，也很称职，我想她不会……”张立人越来越觉得自己跟田玉跃、跟梅芫的距离远了，已经没有半点同学情谊，真真假假的。

听到这里，田玉跃打断张立人的话，很不耐烦地摆摆手说：“不要说了，我心中有数，你就按我说的去做吧，关键时刻你必须帮我一把。”

帮什么？怎么帮？一个办公室主任又怎么帮得了市委常委、县委书记呢？张立人为难了。但转而又想，越是在这个时候，在书记需要自己的时候，无论是从领导与被领导的关系来说，还是从朋友、同志的感情来说，张立人认为都不能袖手旁观。可这件事到底该怎么办呢？毕竟他对政界的事研究得还不是太透啊！

回家草草吃完晚饭，吃的时候，也心不在焉，吃了两个馒头，又两眼直勾勾地向妻子。妻子很疑惑地说：“今天怎么了你？已经吃了俩馒头。”他哦哦了两声，其实，他的心思根本不在吃上，晚上吃的什么菜，他根本就没尝出什么滋味。放下碗筷，又急匆匆地往外走。

月光如水。道路两旁的树木被漂洗成一片银白，冷寂挺拔。张立人脚下赶得挺急，心中却漫无目标。脚下不知被什么绊了一下，打了个趔趄。借着月光一看，竟然是撒在路上的建筑垃圾，黑黢黢的，面目狰狞。

张立人会心一笑，真是急躁容易栽跟头呀！他回到传达室那里找把铁锨，适巧看门的王老头正在一个人玩扑克牌。张立人跟王老头一说，王老头放下扑克，同张立人一起扛着铁锨把那些砖头瓦块清理了。

清理了路上的垃圾，张立人心底涌出一阵酸楚。他想去请教宋主席，但一转念，又觉得不妥，“田书记只对我一个人说的事，怎能找别人说呢？”可全县经济工作会议的期限马上就到了，田玉跃要求会前争取有个眉目，怎么办呢？

想着想着，又来到了办公室。无奈中，他信手翻开一本机密电话本，仔细寻找能够帮忙的人。翻着翻着，苏部长的名字使他心中隐约看到了一线希望。踌躇再三，拨通了苏部长的电话。苏部长听出了张立人的声音，问候了几句后，张立人请求今天晚上去趟市委组织部，亲自向苏部长请示个事。苏部长了解张立人，估计又是遇上难以自我排解的事了。

将近晚上十点钟，张立人敲开了苏部长的办公室。

原来，田玉跃为避嫌，想把爱人梅芫调往市税务局。只是平职调动，又是一个垂直管理的系统，干部管理权限属于市局，应当说不是个什么难事。可苏部长听后，反而觉着不太好办，他说：“主要是担心动了田玉跃的爱人，容易给人一个错觉，是不是田玉跃的工作又要有什么变动？眼下市里正酝酿常务副市长人选，担心产生一些不必要的猜测，这是其一；其二，梅芫的调动只是田玉跃一个人的意见，还不知道梅芫是怎么想的，他们两口子关系不睦有一点传闻，如果借助组织的力量造成一些不必要的影响，那还不如维持现状。”

苏部长讲了这两条意见后，便对张立人笑了笑说：“好人难当啊！”张立人这才明白，自己又上当了。真是人心隔肚皮，任你怎么猜也猜不出个究竟。

星夜回到家里，爸爸妈妈和妻子都在看电视等着他。他冲着家人笑了笑，一句话没说就钻进了卧室。

这一夜他怎么也睡不着，想着田玉跃那表情丰富的面孔和那充满信任的谈话，想着苏部长一针见血的分析，他真感到自己是既不会在陆地工作也不会在水乡办事的干部，陆上不会见风说雨，水上不会看风使舵，光一个实心眼的本事，如今不就是白痴一个吗！他越想越觉得自己的无能，自己的不成熟。爸爸妈妈尽管要自己修身养性，可遇到这种情况怎么个修法、怎么个养法？面对着这样的人，已经不是什么“三七二十七”那些头脑简单的人了，而是电脑了，连我这读过研究生又实践了这么多年的人都被耍弄成这个样子，还有什么办法呢？越想越恨自己无能，越想越觉得自己不适应。想了一夜，自责了一宿，最后还是一点办法也没想出来。

“饭不能不吃，事不能不办，一年三百六十五天，哪天还不是这样打发的，顺心不顺心就看个人怎样来对待了。”张立人的爸爸用这样的话劝告儿子。这次也怪了，似乎谁的话也听不进去了，张立人的心情已沉重到了极点。

张立人无精打采地走进了办公室，没想到裴尚蕊已经坐在沙发上等候。没等张立人开口，裴尚蕊就神经兮兮地快步上去闩了门。这一举动，把个张立人吓了一跳，他说：“开着门说话，又没有什么怕人的事！关着门我不习惯。”还是裴尚蕊来得快：“张主任，你不用害怕，我吃不了你。我是来告诉你一个秘密，免得被人家卖了还不知道呢！”

她告诉张立人，田玉跃和梅芫是如何策划调动工作的事，让张立人亲自去办，说什么调查组在这里容易被流言蜚语迷惑，影响了田书记和梅芫的声誉，只有让市里欲调梅芫到市局工作的消息传出去传开来，才会让人联想到田玉跃又要升迁了，这样，就没人敢去怀疑他们一家了。

说到这里，她看张立人像走了神，又追问了一句："我说的你听明白了吗?"张立人只是"啊啊"了几声，也没再说什么。他木木的，呆呆的，显得心不在焉。

裴尚蕊又滔滔不绝地讲起田玉跃这个人心眼怎么坏心胸怎么小，梅芫这个人如何势利眼，怎么会算计人。

张立人见她说起来没完没了，就说："谢谢你的提醒。不过，我一直认为田书记是位好领导，咱们的好班长，梅芫同志是个好同志，她还是我的老同学。你指责他们的话，我确实没用耳朵听，更不会往心里去。但我也不会在别人面前讲出对你不利的话，这一点也请你放心。你能到我的办公室讲出这么一番话来，我也谢谢你了。"说完，便起身送客。

裴尚蕊走后，张立人觉得这件事情太蹊跷了，简直就是一台自编自演的活报剧，不过是想拿自己当个垫背。这裴尚蕊可是田书记的座上客，关系非同一般，为什么这个时候跑到我这里败坏田书记一家呢？是担心田书记抛弃了她，还是既得利益受到了什么损害？想到这里，张立人又马上否定："这不可能，不可能。难道还用得着我为她说好话？我说话的分量有多重她还不清楚？再说她用得着我说吗?"

这也不是，那也不可能，裴尚蕊的到来到底是为了什么呢？张立人心中又留下了谜团。但有一条是铁定了的，那就是，有人在面前说些不利于团结的话，宁肯信其无，不可信其有。这样，便会使挑拨离间的人无空可钻，无处下手。

快到中午了，张立人还在同六七个人开小会，听取有关方面关于全县经济工作会议的筹备情况，一位工作人员跑来，让他到办公室接个电话，说是调查组组长打来的。

张立人安排另一位同志主持，自己接了电话，便往县宾馆跑。调查组的组长就在县宾馆办公。

那位姓郑的组长年届花甲，据他下车伊始讲的，再过三个月就要办理退休手续了，这是省委的一位领导交给自己的最后一个任务。他对张立人说："来了这么一段时间，了解了一些与集资案有关的情况，无意中一些同志讲到了你，肯定了你的工作能力和人品，尤其是在廉政方面一尘不染，我们听了很高兴。今天，我想请你随便谈谈，县里几大班子，尤其是县委、县政府班子的廉政建设情况。"

张立人一点思想准备也没有。县委没有安排自己向调查组汇报，一时真不知道从何处谈起，便说："郑组长，这个话题我还真的不知道怎么谈。不过，您刚才评价我本人的话，我会向这个方面去努力。"

郑组长担心张立人有顾虑，便说："有啥说啥，有经验谈经验，有教训谈教训。咱俩随便聊聊，我主要想交交像你这样的年轻朋友嘛！"说得张立人怪不好意思。

看来，是必须开口了。于是，他略一思考，抬起头说道："郑组长，我个人在县委工作，只有三年多一点时间，给我的感觉是几大班子都很团结，不管大会小会，意见都很好统一，没有听到还有什么不同声音。县里的工作这几年可以说是年年都有新变化。几大班子都有廉洁自律的规定，每个成员人手一份。包括迎来送往都是严格按标准按规定办的。说经验吧，我看还不到总结的时候，只能说是正在实践中。说教训吧，只能说个别问题还很严重，揭露出的集资案就说明了这个问题。"

郑组长马上插话："从这一段的调查情况看，这里的集资案涉及的干部层次比较低，最大的不过是正科级干部。"

张立人只知道集资案，根本不知道案情，听郑组长这么一说，主任是副县级干部，那只能是开发区副主任以下的人了。几大班子那百分之百没问题了。张立人高兴地说："原来还不知多深多浅了，这样出席全县经济工作会议的同志就不用把关了。那真该好好谢谢您了郑组长。"

郑组长同意地点了点头，又板起了面孔严肃地问道："我想听听你对田玉跃同志和贾林同志的评价，希望来个实话实说。"

这个问法，更是张立人没有料到的，谈话的气氛马上变了。问题问得如此具体，而且牵扯到的还是主要领导！但张立人对自己的言行有铁定的一条，那就是，时时处处都要维护好领导人的形象。所以，他表现得十分镇定。

"我个人认为田书记和贾县长都是好领导，他们两个人非常团结，驾驭全局的能力都很强，工作都很有思路，全县这几年的变化摆在那里，这就是我的心里话，当然也是实话了。"张立人坦然说道。

"你认为他两个人，哪个更出色些?"郑组长又来了个不同寻常的追问。

张立人连犹豫也不犹豫，干脆利落地回答："依我看两个人都很出色。组织安排田玉跃同志目前在县委书记的岗位上，非常合适。安排贾林同志在县长的位置上，同样非常恰当。”张立人觉得这个问法，有失郑组长这个层次干部的水准，也就不假思索地讲了出来。

没想到郑组长这时突然爆发出“哈哈哈哈”的笑声，一场严肃的谈话，竟在这一串莫名其妙的笑声中结束了。

张立人不知所措地坐在那里，静等郑组长笑声渐逝。万万没有想到，这时，郑组长起身打开了里屋的房门，走出来的，正是满脸堆笑的田玉跃和贾林！

张立人一下子惊呆了！他竟然不由自主地站了起来，嘴里喃喃着：“田书记、贾县长，你们俩早……”他不禁倒吸了一口冷气，刚才倘若说了一句哪怕是半点不合适的话……他简直不敢想象其后果，太可怕了！

郑组长以领导者的口吻对田书记和贾县长说：“你们二位推荐的这位张主任，真是人才难得，人品难得。刚才他的话不知你们听见没有？把你们夸成了一朵花啊！不管怎么说，你们县里的工作确实不错，廉政建设方面经验也不少。今天下午我就回省里了，那个案子已向省委分管干部的领导同志汇报过，就由市里全权负责吧，省里撤案了。”

听到这里，田玉跃立即表态：“感谢郑组长对我们的关心、支持，我们一定以做好工作的实际行动来报答。”贾林也讲了类似的话，对郑组长都表示了感激之情。

两位主要领导还想说什么，正好宾馆经理来请他们用午饭，谈话到此也就结束了。

田玉跃、贾林陪同郑组长向餐厅走去，也招呼张立人一同前往。原来他们两人是一起来给郑组长送行的。

席间，郑组长笑着说道：“我在省里的企业政治部分管国企干部人事工作，这次抽调到这里来，经过这一段的工作，我是服了，服省委那位领导人的预见性，也服你们班子团结，服你们彼此情同手足，亲密无间。今天，我先用主人的酒敬你们三位一杯。”说着，仰起脖子一饮而尽。书记、县长岂肯落后，也来了个一口闷，只有张立人以水代酒，但心里已经不是水的滋味，吃到嘴里的菜肴，他也分不出咸淡。他感觉头有点晕，有点沉，听着郑组长和田书记、贾县长的话似乎觉得很遥远很缥缈，看着他们的面容也有些模糊，手心里不知怎么竟渗出了汗。

宾主彼此互敬之后，田玉跃走到张立人面前，斟了满满一杯酒说：“老张啊！所谓路遥知马力，日久见人心啊，我十分感谢你对我工作的全力的无私的支持和公正的评价。”说着，把一杯酒喝得精光。

张立人不敢怠慢，赶紧迎上前去，说：“如果说感谢的话，我真得感谢您了，是您使我学会了许多，明白了许多。”

吃罢午饭，郑组长就离开了，临别时一再嘱咐县里要好好配合市里把那个案子尽快了结。

送走了郑组长，又目送着田玉跃、贾林的身影远去，张立人的心里仿佛结满了冰茬子，这冰茬子扎得他肚子难受，疼得他弯下腰来，额头上渗出一粒粒的汗珠子……

时隔不久，魏树吾亲自带队来泉滨，考察了田玉跃。自然把田玉跃说成了一朵花，田玉跃清正廉洁，田玉跃有能力，田玉跃有水平，政绩突出云云。

这样，田玉跃便顺利地坐上了市委副书记、政府常务副市长的宝座。贾林接任县委书记。离任之前，田玉跃又与贾林一起深谈了泉滨的人事安排。这也是当今不少提拔或交流的党内干部的通常做法，局外人也觉得这是习以为常的事，尽管有非议，但依然是我行我素。

晚上，田玉跃约贾林在他的办公室对如何使用张立人，进行了较长时间的商谈。

田玉跃说：“把张立人提为副书记吧？这样做对你对我都好。”

贾林不解地问：“不是准备交流吗？”

“就是因为要调走，才给他戴上这顶官帽。”

“有这个必要吗？”

“有，因为在泉滨他有群众基础，在领导层，也包括市里面，赏识他的人也大有人在。”

“既然那样，只能这么办了。”

“是的，我们这样做不仅是给张立人看的，更是给大家看的。”

“我算服你了。县里抓紧报就是了。你也早点给魏部长打个招呼。”

田玉跃只是点了点头，又看了看手表，交谈的时间不短了，该安排的人也都有了着落。于是，两人便起身准备休息。刚出大门，贾林又回头问了一句：“那办公室主任还换不换？”田玉跃随口答道：“我离开了就换我身边的人，容易引起外界猜疑，反正不差那么几天了。再说，是身边的人，但不一定让他知道身边的事啊！这几年我不就是这样对待张立人的嘛！”贾林佩服地向田玉跃伸出了大拇指，若有所思地说：“是啊，是啊！我太清楚了！”

就这样，田玉跃调到市里担任市委副书记、政府的常务副市长，梅芫随调到市税务局工作。从外县调来一位叫张方平的县长。张立人被提拔为县委副书记，暂时还兼任办公室主任，县委书记贾林特意安排他陪送田书记上任。

路上，张立人坐在中巴车的前排，与田玉跃隔一个座位。他悄悄地问田书记：“我怎么能当副书记呢？事先一点思想准备都没有。谢谢您啊！说句实在话，按个人的看法，是不大可能这样安排的。”

田玉跃侧身对张立人说：“不要乱猜了，我和老贾对你印象都很好，还有梅芫，都是投你的赞成票。我也对你说实话，你这样的干部谁也不能不用。老同学，在你这个位置上，维护好领导，尊重一把手非常重要，你为班子其他同志做出了样子，好好干吧。”张立人习惯地点了点头。

最近这段时间，张立人明显觉得累，经常打不起精神，还常常头晕。晚上时常失眠，恶梦不断。把田书记送到任上后，他想抽空到医院去查一查。

八

市郊外的“双豹”山上，有一座漂亮的别墅式建筑，坐落在茂密的丛林中，这是所在县的县委副书记、常务副县长，专门为市委组织部分管区县级领导干部的副部长魏树吾建造的。别墅里的一切设备、高档用品和服务人员全是这个县配备的，专供魏树吾一人享用。只要魏树吾来到这里，服务员上岗、厨房开灶、设备运转。如果魏副部长不来这里，便留专人守候。

今天晚上，魏树吾早已坐在别墅的客厅里，漂亮的女服务员，一个忙着摆果盘，一个忙着泡红茶，厨房里隐约传出抽油烟机的声音，不用问，那是炊事员在忙着煎炒烹炸。

魏树吾懒洋洋地斜躺在沙发上，晃动着两只粗壮的短腿，嘴里还在用假嗓儿哼着京剧：“苏三离了洪洞县，将身来在大街前……”，一副身心俱闲、得意洋洋、惬意无比的样子。

不一会儿，外面传来汽车引擎的声音，这是在告知魏树吾约请的田玉跃、贾林和文林来到了。当文林将车停好推开车门时，魏树吾已在女服务员的陪同下，走出了客厅。

只见田玉跃快步跑上前去，亲切而恭敬地喊道：“姨夫，您好呀！”

魏树吾笑着说：“好，好。你也很好呀！”

贾林和文林也用同样的称呼，同样的话，向魏树吾致意问候。

几人进入客厅。魏树吾由服务员引领，坐到宽大的意大利真皮沙发上，他们三人也非常客气地依次坐下。魏树吾见服务员把茶水、香烟、水果等摆放好后，便摆摆手：“你们忙去吧，这里没你们的事了。”

客厅的门被牢牢地关严。魏树吾慢条斯理地开腔了：“今天请你们三位一起来，主要是玉跃已来到市里工作，而且是市里的主要领导，今后市里的事，包括你二位的事，”魏树吾用手先是指了指贾林，又指了指文林，“就交给玉跃了。我呢，已向省委那位领导同志汇报过，希望交流到别的市去，这样会更超脱些，玉跃也可以放开手脚工作了。”说到这里，伸手从茶几的烟盒里抽出一支烟叼在嘴上。田玉跃抢先燃起了打火机。

在魏树吾慢吞吞地喷出第一口烟，田玉跃手里的打火机还没放下时，贾林开口了：“我说姨夫，您千万不能离开这里！玉跃虽然提拔了，可他只管政府的工作，不管干部呀，是不是等玉跃能管干部了，您再考虑……”

魏树吾没容他把话说完，心里有锣也有鼓：“你知道个啥，别人管同他管是一样的。今后你们考虑问题可不能这么简单化。用别人的权，做我们的事，不是比自己亲自出马更好吗？”

贾林被魏树吾说得晕头转向，他只知道在这个市除了魏树吾是自己能靠上去的有实权的官，还能靠谁呀？他左思右想也弄不明白魏树吾说的话。

还是田玉跃脑子转得快：“姨夫的话，一听就是真经。凭我这么多年一步一步往上走的经验，证明了姨夫的话绝对是智慧之语。”

魏树吾又徐徐吐出一口烟圈，说道：“话可不能那么说，我再怎么卖力为你们说好话，最终还得靠你们个人发挥呀。依我看，干部提拔，首先是自己行，其次是推荐你的人行，第三呢，推荐你的人在关键时刻说你行。这样你才行啊！”

“玉跃到乡镇任书记，正好赶上改革开放需要人才的时候，引进高水平的人才成了当时很紧迫的任务。我只给他稍稍地提示了一下，他马上选中了张立人。”说到这里，又看了看贾林和文林。

贾林一见魏树吾的目光向他投来，向前倾了倾身子说：“对张立人这种人只能用，不能重用。”

魏树吾说：“不错，不过也不是像你说的那么轻巧，越是对这种类型的干部，越要注意社会影响。改革越深入，这种人的力量越大，但绝对不能让这些人形成合力。”

因为有了同田玉跃的那次夜谈，贾林这次也赞同地点了点头。

魏树吾正准备要同田玉跃交谈看法时，服务员悄声敲门而入，轻轻走到魏树吾面前说：“魏部长，饭菜都已经准备好了，是不是……”

没等魏树吾开口，田玉跃便抢先说道：“还是边吃边谈吧，您说呢，姨夫？”

“不，今儿个我高兴！咱们还是边喝边谈。今天咱们四人倒要比试比试，看看谁的酒量大。”魏树吾兴致盎然地挥手让服务员去准备。

四人落座，服务员按照魏树吾的安排，每人面前摆放一瓶标有“50”年字样的茅台和一支容量三两三的酒杯，并已斟满，柔和的灯光下，如同玉碗盛了琥珀。

“怎么样？这叫不偏不倚，一视同仁。”魏树吾高兴地指着茅台酒瓶说道。

“谁还不知道姨夫您的海量，我可喝不了一瓶酒。咱们是不是来个能者多劳啊？”田玉跃抢先说出了奉承魏树吾的话，可没想到魏树吾听后把脸拉了下来。

贾林一见魏树吾有些扫兴的样子，便赶快打了个圆场说：“酒逢知己千杯少啊！今天能同姨夫在一起喝酒，别说一瓶，再多也得喝呀，高兴嘛，是不是？”

文林也赶快附和：“一醉方休，一醉方休。”

“这就对了。总不能像玉跃那样，酒还没喝，就说自己不行呢！是不是当了副书记、副市长有架子了？我看你呀，如果这么个状态，仕途的路也算走到头了。”魏树吾毫无顾忌地对田玉跃开头的话表示了不满。

“对不起姨夫，没有您，哪有我的今天？每次的提拔考察，您不是亲自派人，就是亲自出马，我还不清楚吗？本意我是想说您不论在哪个方面都比我们强，您既然这么看得起我，我还怵一瓶酒吗！”田玉跃说完仰脖一口喝干了杯中酒。

“哎哎，哎！你也用不着那么急，咱们还没吃菜呢！先吃菜，再喝酒。先垫一垫，不伤身子嘛。”魏树吾挥动着手中的筷子。

餐厅里交替响起咀嚼声和碰杯声，两杯酒下肚，魏树吾的兴奋点也激起来了，说话声音也高了八度：“我们喝了两杯，玉跃已喝了三杯，他这个人就是这样，什么事都尊重我，听我的。小姑娘，再拿一瓶！”

田玉跃又给自己斟了满满一杯，谦恭地说道：“姨夫呀姨夫，我不尊重您，还尊重谁？在这个市又有谁能像您这样为我着想。我在此用姨夫的酒，诚心实意再敬姨夫一杯！”说罢，一饮而尽。

贾林、文林也不肯示弱，都把酒杯喝得嗞嗞响。

魏树吾没有端杯，只是想说说自己想说的话，为这几句话，他早已打好了腹稿。

“这次，我特意安排你们三人一起到我这里来，主要是想交待交待我离开这个市以后，你们自身的事情。”魏树吾有些傲慢地摆出了姨夫的架势。那架势就像老子教训儿子。

“怎么？姨夫，您真的要走啊？”三人不约而同问道。

“是的。开始我就说了，玉跃已上来了，在这个市我的作用也就这么大了。趁这次全省在换届前干部调整面比较大的机会，我已把我的想法向省委的一位领导汇报过，他完全支持。这样，不会过多久，我将到另一个市担任组织部长，也可能挂上常委。”魏树吾说到这里，一看三人都在支棱着耳朵听他讲话，自己便用筷子夹了一块烤鹿肉放到嘴里，一边嚼一边说：“你们吃菜，你们吃菜。”

“一听说您要走，我这菜可吃不下了。”文林哭丧着脸说。

“对你我早想好了，因为在泉滨你的人缘不行，只要不任命，不论是党代会还是人代会，恐怕你都很难通过。如果再搞什么选人用人制度的改革，那你的麻烦就更大了。所以，要抢在换届之前，把你带到我那个市。”魏树吾要对得起这个把姨夫挂在嘴头放在心里隔三差五往家里跑的人。

喝得满脸紫红的文林被感动得掉下了眼泪，站起来，双手擎杯，身体前倾，说：“太谢谢姨夫了，知遇之恩，没齿不忘！”说完，又一饮而尽，顺手又从田玉跃面前的酒瓶里给自己斟上满满一杯。

“那我怎么办呢，姨夫？”贾林瞪大眼睛，忐忑地望着魏树吾。

“你已经是县委书记了，眼下需要玉跃多多关照。说句实话，你的名声在泉滨也不咋地，尤其是市委新来的这位辛书记，对你这种人肯定不会赏识，弄不好将来会借改革之名将你给革掉。我这次到省里去，已经同那位领导同志汇报过了，打算把你提拔到离省城近一点儿的市去……”没等魏树吾把话讲完，贾林已是喜极而泣，他抹了把眼泪，双手捧起酒杯，说道：“姨夫，我这一辈子，不，下一辈子，不，祖祖辈辈，也忘不了您的大恩大德呀！”说着，也是一口闷。

热酒浇心田，感情上得快。田玉跃此时已激动不已，他站起来说道：“姨夫，您真为我们操尽了心。我田玉跃永远不会辜负您的一片心啊。”说着，眼眶泛潮，眼泪差点掉下来。“来，咱们仨再把杯子端起来，一起敬姨夫一杯，祝姨夫这棵大树永远根壮叶茂，仕途一片光明，我们也永远站在大树底下！”

贾林、文林各自补满酒杯，又深深向魏树吾鞠了一躬。然后按照田玉跃的口令，一口干了。

看着三个大男人都朝自己流着眼泪表忠心诉衷肠，一丝舒坦一缕满足一种幸福涌上魏树吾的心头，刹那间溢满他的脸。这就是权力啊！权力能让人哭，能让人笑，也能让人哭后再笑，笑后再哭，更能让人哭笑不得！有了权力，才有能量来指挥人，操弄人，控制人。

这时，女服务员又端来三瓶“50年”茅台，另一个服务员又将金盅鱼翅、清炖燕窝、虫草乌鸡汤和木瓜雪蛤等名菜一一摆上。

魏树吾指着新上来的酒肴说：“来，吃菜，这样的名菜，是讲究火候的，大家赶快动手！”

三人顺从地夹起菜来。魏树吾举箸说道：“这里的菜，这里的酒，那绝对是真品。这个县的常务副县长，凡是我吃喝用的东西，都是直接到原产地购买。就拿这虫草来说，是他亲自派人去的西藏山南，现场买新鲜的，回来再请人加工……”

贾林插话道：“怪不得喝了这么多酒，还没醉意呢！在县里有时喝个半斤四两，脑袋就胀得受不了。今儿的茅台酒是太纯正了。”

魏树吾又来了兴趣，点点头：“茅台酒都是通过熟人到茅台镇的酒厂买的，然后坐飞机押运回来。”

田玉跃感慨而笑：“这个人对您可真够忠诚的！”

“是啊是啊，他的事你要多关照了，这个县还比较穷，财力上你到市政府工作后可以多给点倾斜。”魏树吾吩咐道。

“没问题姨夫，我会安排好的，至于他的其他方面，我……”

田玉跃要出口的话也正是魏树吾深思熟虑准备表明的。“这个我知道，等我到那个市坐稳后，先办文林的事，再办他的事。你们都记着，生儿育女，是自己生命的延续；把自己的人提拔起来，那是自己权力的延续，或者说，是自己政治生命的延续。政治生命那是马虎不得的。没看到原来的俞部长嘛，干了还不到四年的副市级领导人，光秘书就安排了八、九个，不是市直重要部门，就是县委县政府。看人家多会干啊！”

魏树吾的见解的确非同一般。这让田玉跃、贾林和文林对眼前这位靠山更是敬重有加。于是，又摇晃着身子，醉醺醺地一同站起来，非得再敬魏树吾一杯。魏树吾用手制止道：“尽管我们四个人酒量都挺大，但今天的酒，到此为止了，我还有话要对你们说，不能让我说醉话吧？”

三个人一同放下了酒杯，静听魏树吾教导。

魏树吾未曾讲话，先用筷子敲了敲那茅台酒瓶：“知道吗？这一瓶酒两万多块，”又用筷子指了指鱼翅、燕窝、虫草等菜肴，“哪一样都要上千上万块，甚至还要贵，没钱行吗？”

三人不解地洗耳恭听。魏树吾继续说道：“你们从现在开始，都要想办法让亲属子女下海去，搞贸易也好，搞房地产也好，跟外国人、海外朋友或大老板合伙也好，反正要挣钱，而且必须挣大钱。这是改革大潮涌现出的一大奇观啊！”

田玉跃有些为难地说：“我唯一的儿子年龄还小，现送到国外上中学，也没有兄弟姐妹。老婆刚转行到了税务局，现在让她下海，恐怕……”

魏树吾打断他的话，说：“她那么一个芝麻大小的官，还有什么混头？对她来说钱更重要。”

田玉跃、贾林和文林对这件事确实缺乏足够的思想准备。

魏树吾看出了他们的矛盾心理，便指点开来：“咱们不是还有权吗？手中的权力可以一面用在改革上，一面用在自家的改革附产品生产上，就是要通过亲属、子女下海，靠权力的推动和影响挣大钱，不是说有权能使磨推鬼嘛！”

田玉跃似乎悟出了点什么，说道：“我当县长时接触了一些高干子女，他们就是利用老子手中的权力，采取一层找一层、一级找一级的办法捞钱的。”

魏树吾用赞许的目光扫视了一圈，说：“你们没看到，上面一些高官的子女，不都在经商吗？他们不仅大把大把地捞人民币，还成箱成捆地捞外币。”

贾林有些不大理解地问道：“他们反正有大房子住、有高级车坐，又不用花钱买官，弄那么多钱干什么用呢？”

魏树吾笑道：“你才是少见多怪了，有什么用？到国外买洋房、做大买卖。你没看到咱们早已退休的邹副市长吗？人家在退休之前，早把几个心腹安排在了重要部门、重要单位和外资企业任要职，又让儿子下了海。这样官商相互照应，几年下来，他儿子已经上了全市的富豪榜。如今走到哪里别说他儿子，就是邹副市长威风也不减当年。人家看似没权了，但还那么威风八面，他想提拔谁，一个电话或一个纸条，我们组织部都是照办不误。钱能通神，钱与权结为亲兄弟，威力无穷啊！古往今来，概莫能外！”

文林趁机送上一句奉承话：“还是姨夫有远见，有谋略，眼界就是不一般哪！”

“是啊！即便不为眼前，咱们也要为今后想想了，更何况眼前没有钱也不行啊！当官，总有下来的时候，一旦不在位子上了，还有谁来巴结咱？人家看重咱，不是想通过权力捞好处吗？”魏树吾彻底敞开了自己的内心世界。

田玉跃早已领悟了魏树吾的想法，拍着胸脯说：“按照姨夫的指教，我下决心让梅芫下海。这不仅是一条生财之路，更是我们这些人延续政治生命和生理寿命的一条新路、必由之路。这一条路，不管走到哪里，不管走进哪个时代，都能走得通啊。”

“小梅的事，就由我来安排，她可是位见过世面又有能力的女人啊！”魏树吾又夸开了梅芫。

贾林和文林，也分别亮出了自己的态度，都感到魏树吾的思维具有超前性，自己的家人能够去挣大钱，比起收点礼物，接受点贿赂是强多了？用权力去挣钱，拥有金山银海谁也奈何不了；用权力去贪钱，即使仨瓜俩枣也是有口难辩。魏树吾不愧是这伙人中的教师爷，他们喊“姨夫”喊了这么几年，终究没有白喊。

魏树吾能公开说出这样的话来，确实把他们当成了自己的心腹。看来今天他真的要安排后事了。只听他又吩咐道：“我离开这个市，不想带司机了。司机的工作安排，就由贾林办吧。”

贾林说："这个好办，如果他愿意就给我开车吧。"

魏树吾瞪了他一眼："要开车，还用得着你吗？我是要他转成干部，起码也要安排个副科级吧。"

贾林似乎有些为难，说："现在转干不是要考试吗？不知他笔头子……"

魏树吾不耐烦地打断他的话说："能考上还用得着你这个县委书记出面吗？"

贾林一时不知说什么，文林赶紧解了围："姨夫想要我们怎样做，我们肯定坚决照办。"

贾林马上补充道："姨夫您说吧，他想干什么，安排到哪里，都没问题。"

魏树吾脸上有戏，转怒为喜，说："你们给他公布个职务，乡镇、县直部门都行，不过最好是大家不大关注的地方。"

"那就去刚成立的旅游局干个副局长吧，再加上个党组成员。"贾林说道。

"好，好。反正他也不到你们县去，就是挂个名而已，他要在我家帮助料理家务。过个一两年再把他的档案转走，借调动的机会，再任命为正科级，这样为我服务这几年，也算对他的一个交代吧！"魏树吾说道。

讲到了安排人，田玉跃想起"集资案"弄得县委班子非常被动一事，颇有感触地说："姨夫，我看今后安排咱们的人，也要注意向政法纪检部门安插，起码有几个内应的人，否则，有许多事情不好办啊！"

田玉跃的一席话，引出了魏树吾的肺腑之慨："很对！你说的那个'集资案'，如果不是我亲自跑到省城，请求那位关心我的领导人，哼！当时那位领导人定的调子，就是副县级以上的干部，一律不要涉及，这叫只打苍蝇不打老虎。他亲自指派与我关系密切的郑组长调查办案，要不然你们的麻烦可就大了，尤其是文林，恐怕今天就来不了了。所以越是往后，法纪部门越重要。它既能保住我们这些人手中的权力，又能保住我们用权力得到的利益啊！"

文林一听，张大嘴巴，惊讶地望着魏树吾，大气也不敢喘了。他脑子里出现了冰冷的手铐和宽大的囚服。不对，这是幻觉。他小心地十指交叉活动了一下手腕，趔趄着端起酒杯："姨……姨夫，我给您端杯酒，您这一说，真让我心里有点发毛，万一进去了，那可一辈子就毁了。"

魏树吾接过斟满了的酒杯，说：“你也倒上。以后要长点心眼儿，别那么毛躁。郑组长可是省里那位领导的铁哥们，管着国营企业的人事，他的能量大着呢，平时不言不语，但却滴水不漏。”

一听郑组长是魏树吾的好友，田玉跃便说：“姨夫，您怎么也不告诉我们一声呢？那一段，可真把我吓得不轻啊。”

魏树吾笑道：“吓一吓你们也有好处，这也是历练嘛，起码懂得今后怎么去处理类似问题了。再说，如果告诉了你们，你们还会那样配合吗？还能那样谨慎地工作吗？”

四人越谈越投缘，三个多小时倏忽而过。魏树吾又举起酒杯，打了个哈欠：“今天真可谓酒逢知己啊，心情一激动，酒量不固定啊！你看喝了五瓶多，谁也没有醉意。但你们谁也不准再喝了，我比你们少喝了不少，这一杯，我是感谢你们这几年对我、对我家人的照顾。”说完，倾杯而尽。

文林皱着眉头想，光这五瓶酒，就是十万多块钱啊！两三个小时，就喝掉了这么多钱。还不算那些昂贵的菜肴了。看样子，不赚钱，真不行。

贾林正欲续酒，魏树吾制止了：“说不喝就不喝了。今天咱们在这双豹山别墅吃了一顿便饭，彼此说了这么多心里话。应当说，谈话的时间比吃喝的时间多得多啊。”

田玉跃心血来潮，抬高了嗓门道：“咱这是双豹山高级峰会。”

贾林、文林一个附和一个应和道：“对，对，对，是高级双豹峰会。”

魏树吾已略带醉态：“哈哈，多好听的名字，这次聚会，就叫‘双保’峰会，不是‘双豹’，而是‘双保’。”

说完，便瘫坐在椅子上。三人见状，齐声喊道：“姨夫，姨夫……”

魏树吾又强打精神，摇晃着站了起来，鞋子后跟没提上去，就那么拖拉着，说：“我没醉。不过，从今以后再不准喊姨夫了，我老婆连个姊妹都没有，哪来的这么多姨夫。我告诉你们吧，咱们都是一百杆子够不着的亲戚，你们不知转了多大的弯子才找到了我这个旁亲关系。难为你们了。我这个姨夫是‘干’的，是‘干姨夫’。哈哈！”

“醉了，真的醉了。”三人小声嚷道。

目送魏树吾被女服务员搀扶进卧室，田玉跃、贾林和文林一同来到了会客厅，服务员急忙送上了精致的罐装解酒饮料，田玉跃又单独要了杯酽茶。

三人边喝边谈。田玉跃首先总结道：“魏部长这次约见太重要太及时了，别看他比我们只大那么几岁，可思考问题的角度和深度非同一般啊。”

“真有点战略家的风范。他今晚的话，可以作为我们今后的为官理念。”贾林感慨着。

文林一边喝着解酒饮料，一边听着他们二位的高见。田玉跃指着文林说：“你也不要光喝饮料，从魏部长的谈话中，你是否还觉察到了什么？”

他们真是把这次酒宴当成了“高级峰会”了。只听文林说道：“魏部长这个人太重感情了，凡是对他好的人，都会得到提拔重用。他做人真是实在，现在这样的干部真是太少太少了。”说到这里，文林的声音似乎有些哽咽。田玉跃见状，接过来说：“正是他的重感情，我们才会如此受益，所以趁现在咱们还握有一定的权力，应当尽量为他多做些事情。”

贾林琢磨来琢磨去，从魏树吾的话里，他琢磨出一点意思：“魏部长刚才不是说了吗？他这次到外市干组织部长，可能挂上常委。咱们可以努努力，让‘可能’变成‘保证’，那该多好。”

文林也表示了同样的看法。

田玉跃早已思考过魏部长的那个“可能”。在他眼里，魏树吾是个既能办事又会办事的人，每次聚会，他都有他的目的，关心、提拔自己熟悉的人只是他做事的谋略，每一个他提拔的人，不过都是一枚棋子，成全他自己那才是真正的目的。

“必须给他弄点现金和贵重礼品。”田玉跃闭目思考了一阵子后，直言不讳地说。

“对，对，看来这次就是让我们帮这个忙的。我们要尽力保证让他顺利挂上常委。”贾林、文林也都认为平日受益颇多，应当为魏部长出出血了。

“据说上面那个管干部的领导人胃口很大，礼物不贵重不稀奇不行，钱少了更不行。”田玉跃说到这里，看了看贾林，又瞅了瞅文林，说：“你俩各准备两块金砖，我再想办法弄些钱，估计也就差不多了。”

“反正是一锤子的买卖，宁肯多了，也不要少了。咱们帮助魏部长先来个鬼推磨，待他掌握了权力，再来个磨推鬼吧。”二林笑言。

“如果这样，金砖加钞票，这次少说也得这个数。”田玉跃伸出了一只手，并用另一只手在五个指头的后面比划了两个圈圈。

三个人正合计得起劲，魏树吾的司机推开门，招呼他们休息。三个人同时看了看手表，已是子夜时分，便一起离开了魏家别墅。

在魏家别墅服务的人员开始忙着清扫，魏树吾鼾声大作，不知是服务员碰了桌子，还是魏树吾如雷的鼾声，惊得那五个空酒瓶子直晃荡，俨如魔术师手中的杂耍。

月明星稀，秋虫时鸣时止。双豹山下，灯火明明暗暗，大街上稀疏的车流和谄媚的霓虹灯，交织出一种别样的味道。

九

张立人到医院检查，没有什么大碍，指标基本正常，只是由于神经过度紧张，导致恶梦绵绵。医生建议适当锻炼并注意休息，慢慢就好了。

张立人提拔成副书记，办公室主任职务不久被林一通副主任取代了，他在县委的分工是意识形态领域的工作，同宣传部的事差不多，这倒使他有了更多的时间和精力搞点调查研究。

没容得张立人清闲几天，贾林在上任后第二次县委常委会上，突然对干部任命大动肝火。事情的起因是开发区的副主任王明逊被市纪委隔离审查。时任常委、组织部长的王根顺，一开口便把矛头直接指向了田玉跃。主持会议的贾林也随声附和说："当初安排那个王明逊，我是反对的，可如今干部不都是一把手说了算吗？什么书记办公会、常委会，都是名副其实的摆设。"说着，还用力敲了敲桌子。会议气氛骤然变得异常起来。县长张方平新来乍到，有点不知所措，目光来回地在大家脸上扫。多数常委都没有料到，张立人更是傻了眼。

"他们不是亲如兄弟吗？怎么田书记刚走就翻脸了？又出什么事了？"张立人盯着一脸怒气的贾林，暗自思考着、掂量着贾林的话中深意。

第三个发言的是裴尚蕊。按常规，常委会上发言，都是按职务的排序先后，裴尚蕊是排在后面的常委，她见王根顺抢了先，也抢着说出显然早已准备好的话："我完全赞成贾书记的讲话，双手同意王部长的发言。"好一个裴尚蕊，看她转得多快，在常委班子内第一个喊出贾书记的就是她，把贾林和王根顺说的话以讲话和发言的字眼分开，以显示职务的不同，别看是个服务员出身，在这方面真正的语言学家恐怕也望尘莫及！

张立人瞪大了眼睛听着，脑子里不停地思索着。

“田玉跃的眼里哪儿还有大家，什么事都是他一个人说了算，这就是开发区出事的教训。这么大的一个摊子，一个人说了算太可怕了。”裴尚蕊似乎非常满意自己的发言，讲完后还拿眼瞟了瞟贾林和王根顺，也看了张立人一眼。

会场一时有点乱，不少人在交头接耳，对突如其来的会议议题，显然都没有思想准备。主持会议的贾林却一动也不动，用手摆弄着眼前的铅笔。

张立人咽了口气，站了起来，请求发言。因为常委会没有站起来发言的规定，贾林用手示意他坐下来讲，张立人没有理会，便义正词严地说：“对以上三位同志的发言，我认为不论从实事求是的原则讲，还是从共产党人应有的道德来讲，都不妥当。尽管开发区出了问题，令人痛心，但开发区的班子那是县委常委集体讨论通过的。如果说今天有什么教训可总结的话，我也有责任，当时我参加了会议，没有提出不同意见。”

张立人话一出口，大家都沉默了。贾林怕张立人接下去还要说出什么不中听的话来，就赶紧说：“立人啊，有些事等会后我再向你说，我的话不是那个意思。王明逊是个腐败分子，下一步恐怕难逃法网。我说的问题不是当时对他的使用上存在什么分歧，而是这个人当了副主任以后，就自我膨胀……”没容贾林把话讲完，王根顺便把话头接了过去：“王明逊投身到那个贪婪女人的怀抱，而有的领导同志不仅睁一只眼闭一只眼，还在百般袒护。”

听了贾王二人这一番表白，大家便犯起猜疑来了。

“十有八九是说的梅芫”，“不是她是谁，他们的话一听不是就明白了吗?”几个常委在窃窃私语。

张立人又开腔了：“贾林同志，既然如此，咱们的会议就不要节外生枝了。想说又不好说，本来共产党人是光明磊落的，今天在咱们这个会议上，我看有些……。”

贾林瞅了张立人一眼，担心把事情搞僵，便打断了他的发言，讨论起下一个问题。

散会后，贾林约张立人到办公室作进一步交谈。令张立人万万没想到的是，这又是一个圈套!

从贾林的嘴里他了解到了事情的真相。原来，田玉跃在与贾林交接的过程中，就意识到开发区的案子公开后，可能有人会把矛头指向县委领导，甚至中伤一些负责同志。于是，两人一起设计了这次常委会议的话题，目的在于火力侦查一下大家对这件事的态度。预料到的两个人可能跳出来表白自己，会上王根顺与裴尚蕊果然不出所料。王根顺一贯好表白自己，只要是人事任免有不同议论，他都会变着法儿上推下卸，以示自己的一贯正确。而裴尚蕊，则是想借机表明她与田玉跃的关系非但不密切，而且还有着不小的矛盾。

张立人不解地问贾林："不这样搞火力侦察，就不能解决问题了吗？"

"人心叵测啊！这样一来，一切对他不利的传言，包括裴尚蕊，也包括干部人事方面的问题，便不解自消了。田玉跃比你我聪明多了，你看今天就是被他言中了。"贾林得意地解释着。

裴尚蕊的发言是田玉跃事先安排的，贾林并不知晓。张立人能为田玉跃开脱，是贾林早已料到的。

谈话刚开了个头，王根顺推门进来了，一见张立人在，便说："对不起张书记，我实在是有要事请示贾书记，时间不长。"言外之意，让张立人暂且回避一下。可那张立人不知为什么，根本就看不出个火候。贾林一看，自己起身同王根顺一起出了门，在走廊里嘀咕了不长一段时间，又回到办公室，继续与张立人交谈。

"老张啊，有些事只能以后慢慢去认识它，有些人也是这样，不走完人生的路，就很难下个结论，盖棺论定嘛。如今别说什么党心、民心，我看有的人连良心也所剩无几了。我也不得不告诉你，刚才王部长就是告诉我，市委组织部通知你今天务必赶到市里，可能是工作变动的事，详情你去了就知道了，我现在也说不清楚。"

一切都瞬息万变，来不及思量，来不及应对。张立人起身告辞，直奔市委组织部。

市委组织部的人事变动不小，原来的组织部长提到外市任副书记，魏树吾副部长提拔到另一个市任组织部长，张立人认识的苏副部长交流到外地任常务副部长。

谈话的是组织部新来的一把手，据介绍是刚从省委组织部空降来的，原来是干部二处的处长，看样子也就三十多岁四十不到，也姓张。张立人是第一次认识这位年轻部长。

张部长似乎对新闻宣传很感兴趣，一上来就同张立人谈起了舆论导向的重要性，还仔细询问了张立人当年办县报的情况。张立人瞬间意识到，贾林同志讲的工作变动，可能就是要自己回到新闻单位工作。

算叫他猜中了。张部长很快把话题转到市委的机关报，又突出讲了需要增加一名懂行的人，尤其是既有高学历又有行政领导经验的同志来充实领导班子。转了一个大弯子后，才说："组织部最近正酝酿调整市报的班子，想调你担任副总编辑，不，是第一副总编辑。虽然是平职调动，但这个位置很重要。因为是酝酿，所以想听听你的意见。"

张立人没说别的，只是皱着眉头重复了一句"副总编"。张部长点了点头。

这又是张立人万万没有想到的。原来他在县报任总编时的一位副总编，调到市报不到两年就提了副总编，现任的总编原来是另一个县的宣传部长，任职时间还不到半年。再木再呆的人，这个时候也会嗅出点异味来，何况是已经在官场上历练了这么久的张立人。

"他们一个个不是都在夸我好吗？原来就这么个好法。"张立人在问谁？他不知道在问谁，但你能说新闻单位不重要吗？能说人家不重视吗？这一切摆布都让你哭笑不得。其实，他至今还在就事论事，自己仍蒙在鼓里，还以为明白了什么，看透了什么，可官场里的尔虞我诈、真真假假、互相戒备的招数多着呢，张立人在这方面根本就没入门。

张部长见他这个神态，就知道了个大概。于是委婉地也是职业性地说："要不你再想想。不管怎么说，新闻单位的工作是很重要的。"

张立人仍是一声不吭，张部长要他表态时，他才说："我确实不理解，既然县里不需要我，完全没有必要这样对待我。服从组织安排这是天经地义的，但以组织的面目出现，办的事情应当都是公正的和公平的。"

本来在说这句话时，张立人就准备了张部长的指责，可没想到张部长竟说："部里许多同志都了解你，有的同志还专门向我介绍了你的情况，我们慢慢做做工作再说吧！"

"做做工作再说吧！"张部长话里有话。"组织部还需要做什么人的工作？"张立人的脑子里又思考起这个问题。

辞别了张部长，张立人站在市委幽静的院子里，立时觉得自己眼下有如一叶孤舟漂泊于沧海，孤立无援，进亦难，退亦难。

"我该借此机会去看看吴主任。"张立人此时想起了当年开发区的老主任、现任市委党校副校长的吴云韬。

吴云韬正坐在屋里看拳击比赛电视直播。张立人惊愕地问："吴主任，您什么时候喜欢上这个了呢？”

吴云韬笑了笑说：“过去不爱看拳击，个个血流满面，双方鼻青脸肿，不能让人有愉悦的感觉。可后来突然爱上了这个节目，主要是这里面有哲学，为官者的哲学。”

张立人也笑了，说：“吴主任你真是三句话不离本行啊！到了党校连拳击场上都有哲学，这个见解在学术界目前可能是独树一帜吧？”说着，两人相视而笑。

张立人工作变动的传闻吴云韬已听说了，起先他还不以为然，后来听市委的一位负责同志告诉他，他才知晓事情的来龙去脉。所以，一上来，他就问张立人：“到底怎么安排的？”张立人把张部长的话复述了一遍。

“果真这样。他们做得有点太过分了吧！”吴云韬说着，关掉电视机，想好好开导开导张立人。

“真不知道怎么这样对待我，连谈话的张部长都觉得不太合适。我确实猜不出是谁的作用，谁在从中作祟？”说完，又以期盼的渴求的眼光望着吴主任。

吴云韬并不直接回答：“刚才我说拳击场上有哲学，你还笑我，可那是我切身的体会，或者说是一种人生感悟。”

张立人认真品味着吴主任的字字句句。

“一个好的拳击运动员，出拳能抓住时机，并运用不同的拳法，同时躲过对方打来的重拳，也就是说，我要打，就力争打上得分点，击中要害处；我要防，就要使对手打不上重要部位。是打是防完全根据场上的变化，不是不顾一切地打，也不是为防而防。”张立人对拳击一窍不通，只是静听吴主任解说自己的感悟。

“我们俩的共同点就是只知埋头苦干，从无防人之心，就像愚蠢的拳手一样，只知道打打打，也就是脑子里缺根弦，结果被对手打得遍体鳞伤，以至被逐出拳击台。”

说着，一摁遥控器，电视机上画面重现，正好是两名拳手决战到第十一个回合。只见穿蓝色短裤的拳手一记勾手重拳，将对手打倒在地，裁判读秒至八时，还没有爬起来，裁判晃动着两只手臂，这场十二个回合的拳击比赛，战至第十一回合，以另一拳手倒地不起而告终。

吴主任指着电视屏幕对张立人说：“你看看，倒地的那位本来是很有实力的，今天输就输在防守的本领太差。咱们不也是这样吗？我防过谁了？

你老张又防过谁了？”

张立人一边听吴主任解析，一边不停地点头说：“我确实从无防人之心，就是眼下我也不知道该防谁、又怎么防。”显得有些无可奈何。

“是啊！害人之心不可有，防人之心不可无，否则只能是人为刀俎我为鱼肉，听凭他人随意摆布了。你这次的安排，就是最好的说明。”吴主任已把话说到这个份上，张立人还是弄不清楚田玉跃也好贾林也好为什么这样对待他，他不解地问吴主任：“叫我留也行，走也罢，最好让我明白。”

吴主任本不打算把话说白了，又实在是可怜张立人这样的老实人走到今天这种地步，也顾忌不了许多了，说：“不是因为你老张无能，也不是因为你有什么问题，而是因为你身处要害岗位，又在外人眼里是田玉跃的红人。所以，田玉跃把你作为礼物送给贾林，让贾林再另外安排自己的人。同时，把你这样安排了，也可以为他避挡一下，把人们的猜疑引到你的身上。真可谓一石二鸟呀，田玉跃还是蛮有手腕的。”

吴主任怕张立人追问下去，讲到这里便站起身，在屋里踱起步来。其实，此时的张立人已经明白了些许，即使有些事还吃不透，他也不好意思再逼问吴主任了，毕竟人家对自己不错，都把话挑明了，剩下的事自己去寻思去琢磨吧。

送别张立人的时候，吴主任又说到了拳击：“运动员不管谁胜谁败，最后都搂搂抱抱，至于心里是怎么想的，大家就不知道了。拳坛啊，多像政坛。说复杂很复杂，说简单又很简单……”

从吴主任家里出来，他又直奔潘晓升的宿舍。当年的潘书记，现在早由市政府秘书长的位子上转到市政协任副主席了，在张立人眼里，这是一位很有才华、正派公道的领导人。

潘晓升正在屋里挥毫泼墨，一见张立人进来，搁下手中的笔，拉着张立人的手坐定攀谈起来。彼此没有寒暄，张立人开口便把自己工作安排的事说了。没想到潘晓升一听就恼了：“这太过分了！既然是征求意见，那就坚决不去！理由很简单，就说待县里的情况搞清楚后，怎么安排都可以，目前这么个走法，是会给小人留下话柄的。”

张立人越听越开窍，便又试探着问了一下潘晓升：“潘书记，不知您能不能给分管的领导同志打个招呼？我同管这事的领导人没有来往，走到这一步心里一点底都没有。”

潘晓升爽快地答应了："没问题，市委新来的辛书记为人正派，原则性很强，也很有领导水平。我的事要不是他过问，政协副主席这样的差事也轮不到我呀！"张立人高兴地离开了潘晓升的家，心情骤然轻松了许多。

由于潘晓升的努力，张立人继续留在县里工作，但他遇到了更使他想象不到的事情。原来分管的工作，前面各加了一名分工的同志。最使他想不通的是，他分管的新闻单位，又要裴尚蕊同志协管，他分管的研究室，另一位县委常委协管。工作不好抓不说，下属部门也感到不好办。稍微动一动，就是矛盾，要么不尊重同事，要么让下面无所适从。张立人处在了干也不行、不干也不行的两难境地。

他望着身后书架上的《论语》、《君主论》、《领袖们》，还有清朝名幕汪辉祖的中国官场经典教科书《学治臆说》、《佐治药言》，胡乱翻着桌上收集的各种报刊资料，思绪万千……

贾林是在逼他走。在贾林眼里，张立人是个不识时务的榆木疙瘩，属于朽木不可雕也，整天只知道讲上面的方针政策，认那些死理儿，不懂得灵活运用，更不理解领导者的心思，是一个工作上不敢交底、生活上不能说心里话的人。特别是他那个一尘不染的作派，更使贾林受不了，自己的亲戚请他吃饭他不参加，让他出面揽个生意，他非但不肯，还出言不逊，好像就数他廉洁，别人都污浊，好像唯他独醒，世人皆昏庸。尤其是开发区集资案，尽管上面有高人庇护，又采取了大事化小、小事化了的做法，但不少领导同志还是多多少少沾了点"光"。可就这个张立人，曾经在开发区工作过三年多，却屁大的事没有一丁点儿，在常委会上大家都作检讨，唯独他在说什么"负有领导责任和引以为戒"之类的话。一个班子嘛，应当是清一色，应当是同一类人，应当是说相同的话，走一样的步，偏偏在这个羊群里跑出这么一头驴来。别看他现在谁也不指责，这次他能把几乎定下要调走的事给搅没了，谁又能保证他以后不再捣鼓啥事呢？只要我干一把手，就不能让这样的人舒服了，就不允许让这样的人有用武之地，我们必须铁板一块，必须的！进不了铁板的，就让他难受去吧！

贾林越想越觉得张立人是班子中的一大隐患，尤其是下一步要安排自己的亲属下海经商，张立人这个障碍必须搬掉。既然没走成，也得让他干不成，就是要让他灰溜溜的，做不成圣人，让他如丧家之犬。他不是上面有人说话吗？安排他的分工，这可是县委书记的权力，这一点上面是管不着的。想到这里，贾林又显得轻松了起来。

张立人十分清楚自己目前的处境。但他没有深思及贾林思考的那些问题。在他看来，自己与贾书记只是在有些问题上认识不太一致，实际上并没有隔膜，可能有些情况是交谈不够，沟通太少。主要责任在自己，不在别人，更不在县委书记身上。张立人在自责，在反思，在寻找与大家沟通、融合的切入点。

走在大街上，看到修鞋、擦鞋的一位老人蜷缩着脖子在寒风中等待顾客，老人棉帽子上破了一个洞，棉絮都露了出来。张立人擦鞋从来都不用别人，觉得那样被人伺候，自己很别扭。但这次，他坐到了擦鞋老人的对面。老人讨好地笑着，一边擦一边拉着家常。张立人仔细询问着，家里几口人，年收入是多少，等等，等等。简单擦完，他掏出五块钱，塞到老人冰凉的手上："不用找了。"老人说："不用，一块钱就够。"推托不掉，连忙又站起来，给张立人鞠躬。张立人说："这么冷的天，早点儿回家吧。"老人眼里瞬间闪起了泪花。

张立人思忖着，我要珍惜自己的岗位，珍惜组织给予的为人民服务的机会，把这个机会利用好。他知道，并不是每一个人都有机会干事的。如果自己没有上大学，又没有赶上改革开放的好时代，也许跟这个老人一样蹲在寒风中……我要干事，而不仅仅是顶着官帽子不作为，我要对得起广大群众啊！

说来也巧，临近乡的一个村庄，因村干部工作方法不当引发了一场干群之间的土地纠纷，进而发生了械斗，村民砸了村委会，两名村干部受伤。众村民群情激愤，要求上访解决问题，扬言不达目的誓不罢休。分管政法工作的县委领导出差在外，贾林急匆匆地把张立人叫过来："老张啊，你快去看看吧，改革都这么多年了，下边怎么这么不让人省心呢！"

张立人说："好，我马上去处理。"

张立人火速赶到现场才知道，原来去解决问题的县乡干部没有一个人敢到村里去的，只是把村干部叫到乡里，听听情况，出出点子，再由村干部回去转达。

"这怎么行！怎么能怕老百姓呢？共产党的干部不是口口声声说为了老百姓吗？怕老百姓算怎么回事？荒唐！要迎着老百姓的方向走，不管是什么事情。"张立人气愤地对乡里的干部说。他在了解了初步情况后，便直奔闹事的村里，与群众直接对话。几天耐心细致的工作，加上自己的开诚布公，换来了群众的通情达理，不仅放下了手中的械斗工具，还认真按照这位张书记的要求去做。对个别意见仍然比较大的，他又亲自逐一登门，晓以利害。村干部非常懊悔，痛哭流涕地检讨因工作方法不当招惹的麻烦。原来意见大的群众也懊恼不已，没想到张书记会如此坦诚地与自己交心，也都敞开了心扉，检讨了个人的鲁莽行为。就这样，原本对立的双方，又把手紧紧地握在了一起，干戈化为玉帛。张立人借机召开了全体村民大会，让干部和群众代表都掏了掏自己的心窝子。多年的“老大难”村，经过一段时间和风细雨的工作，不但土地矛盾解决了，还找到了制约村民致富的症结，坏事变成了好事。

张立人要求继续留在村里帮助工作，顺便搞点有关改革、发展与稳定三者关系的调查研究。贾林亲自与张立人通了电话，充分肯定他在处置这一事件中方法得当，效果明显，希望他在那里继续深入地做做工作，并把这方面的经验教训总结好，以指导全县的维稳工作。

过了一段时间，市委紧急通知，要泉滨县准备接待由省里一位负责同志带队的抓稳定工作的调查组。原来，市里重点介绍并上报了泉滨县处理群众集体闹事化解矛盾的经验，引起关注。于是省里分管政法的王副书记决定亲自去点上了解一下情况，以便在全省面上推广。

张立人如实而认真地向省调查组介绍了情况，王副书记听后非常激动，当场高度赞扬了他们的做法，并引申说：“现在看，随着改革的深入，矛盾问题哪里都会有，关键是领导者如何对待如何处置，像你们泉滨县能把工作直接做到群众心里，真诚地与农村干部群众交朋友，彼此都能讲讲心里话，问题就好解决了，矛盾就会向好的方面转化。你们的经验很有典型意义，全省每个地方尤其是市县党委，都应当向泉滨县学习。”这一席话，给了泉滨县以充分的肯定和极大的鼓舞。

贾林更是喜出望外，心想：这次算是歪打正着，要不是分管政法的同志外出，就不会叫张立人出马，事情也不会办得这么利索；要不是张立人调动没调成，这次也不可能让他去。这才叫人不帮忙天帮忙啊！

没过多久，省里召开了全省抓改革促稳定求发展的电视电话会议，特地安排泉滨县到省城主会场发言。贾林带着张立人改好的稿子，兴冲冲地驱车赶赴省城。贾林的发言得到如潮的好评，泉滨的经验成了全省学习的榜样。县委书记贾林也一稿成名，成了全省抓改革促稳定求发展的重大典型。

不争功也不诿过的张立人，这时又被县委安排到市委党校学习。这期间来泉滨县参观的人络绎不绝，大凡需要领导同志出面接待和介绍经验的不是贾林就是裴尚蕊了。两个人在这段时间里可算出尽了风头。而张立人则一概不知，在党校里一头钻进书海……

一天晚上，贾林和裴尚蕊在县宾馆陪同外省某市的考察团吃完饭后，两人被带团的市委副书记吹晕了，不仅赞扬县里的维稳工作好，而且全面工作都好，尤其赞扬两人介绍的情况，工作总结提炼得好，更有着相当的理论深度和思想高度。

送走客人，心花怒放的两人燃起欲火，一前一后回到了贾林的备用卧室，赤条条地躺在床上。裴尚蕊搂着贾林的脖子娇喘着说："真不知怎么感谢你，给了我这么个出头露面的好机会，也好让外面的人知道知道咱们的水平。"说着，疯狂地吻起贾林。

贾林紧紧搂着裴尚蕊，好不容易腾出嘴来，说："不管怎么说，张立人这小子还是有两下子，这次如果没有他，村里的事肯定会闹大，更谈不上总结出经验来。领导者的本事就是出主意用干部嘛！开始我用了张立人，现在不是又用的你吗?"

裴尚蕊嗲声嗲气地说："你用我什么?""你的什么我都用。"两人嘴咬嘴地滚到了一起。

亲热过后，裴尚蕊问贾林："张立人去党校是参加的短训班，一个月后就回来了。是去是留你要早早拿主意。"

"这个人不能不用，不仅因为他有本事，还因为他在干部群众中声誉不错。如果弃置不用，我们将会受到指责和猜疑。但绝对不能重用，如果重用了他，那就等于打倒我们自己，因为他的竞争力太强了。"贾林颇有城府地分析道。

"这个张立人其实对咱们都不错，从来也没有对不起我们的地方，但总是觉着他在班子里有些碍手碍脚。"裴尚蕊道出了自己的心里话。两人谈了一会儿，又一同赤条条地进了卫生间，在同一个浴缸里嬉戏。

贾林洗刷后就地休息了，裴尚蕊经过一番梳洗打扮后，悄然离开了宾馆。

裴尚蕊坐在自家的沙发上，对面墙上那张自己当年由名记者拍摄的迷人的靓照映入了眼帘。她仔细端详着，自赏着，不觉发出了"做一个女人多好，尤其是能做一个漂亮的女人更好"的感叹。

看着，看着，心里怦然一动，起身走到镜子前，再仔仔细细查看自己的容颜，禁不住又发出了“今非昔比”的哀叹。她发现，自己比十年前逊色多了，尽管田玉跃、贾林都夸她“没变化”，实际上变化大得很。渐衰的容颜让她有了一种紧迫感。

本来经过与贾林的彻底放松以后，准备回到家美美地睡上一觉，可被那照片搅得，怎么也睡不踏实，一心盘算着自己怎样露一手的计划。想着想着，忽然想到了田玉跃曾经给她出的主意，这次必须趁全县正搞农业经济结构调整的当儿，下到乡镇挂职，一来可以填补自己缺乏基层工作的空白，二来弄好了说不定还能创造点经验，也叫县里好说闲话的人看看我裴尚蕊的能耐。想到这里，她随手摸起了电话。

贾林在梦中听到耳边的电话响，下意识地随手抓起了听筒，当听到里边一个熟悉而又娇媚的声音传来时，他的睡意全无。

听着听着，贾林哈哈大笑起来。显然是对方不大高兴了，贾林马上解释说：“不是别的意思，我是说这样做不是自找苦吃嘛！女干部本来就少，就凭你目前这个干法，今后仕途绝对会一帆风顺，更何况还有我这个县委书记作后盾呢。”

对方似乎主意已定，不好再改变了，只听贾林说：“是不是你再考虑考虑，我也再好好想想，尽量设计出一套两全其美的方案。”

第二天一上班，裴尚蕊即来到贾林的办公室，正巧贾林也刚刚从宾馆陪餐赶回，两人拥吻后，很快话入正题，都把掏心窝子的话讲了出来。

裴尚蕊说：“感谢你和我昨晚的幽会，使我在无限的兴奋中想到了今后的发展。时光不饶人啊，女人嘛，很快就会人老珠黄，就像阳台上枯萎的杜鹃花。再说，继续靠在你身上，也不是长久之计，咱们的县委书记一般干个两、三年就要动一动，哪一个还有心思在县委书记的宝座上久留？看看哪个还不是表面上高唱着改革的赞歌，实际上只是修几条路、种几块草坪、安几排路灯，暗地里却送重礼、找关系，千方百计离开这里。唉，这些书记，从来的第一天起，就开始盘算着走，哪有心思扎根。你还能例外吗?”说到这里，裴尚蕊不知为什么竟然挤出了几滴眼泪。

贾林一见，又动了怜香惜玉之情，随手递上了纸巾，并帮其揩掉泪水，此时的裴尚蕊已无法控制自己的感情，一个劲地抽泣着。贾林赶忙搂住她的膀子，撩着她的头发，并好言相劝：“你说的全对，可我不是那种人，即使有升迁的那一天，我也要先把你的事安排好。”

他略微停顿了一下，又加重了语气说：“眼下就按你的要求办。”裴尚蕊“扑哧”一声笑了，又搂着贾林说：“你真好。你再把那个乡长调走，让我一肩挑，免得工作不好开展。”“一肩挑不好，我可以把那个乡长抽调到县里帮助一段工作，他什么时间回去，完全等你一声令下。”贾林刚一说完，裴尚蕊又吻个不停。

两人就这样在搂搂抱抱中，把大事小事都谈完了，裴尚蕊满意地离开了。

裴尚蕊在县妇联的职务仍然保留着，又加上了一个偏僻小乡的党委书记职务。那个乡的乡长也临时抽调到县里的维稳办公室工作。

贾林嘱咐她一定要注意形象。裴尚蕊说怎么注意啊？贾林笑着说：“你看看电视上的那些女干部形象嘛，穿的什么衣服，留的什么发式，怎么摆姿势怎么做动作。”

“哦，电视上的女干部，大多是留着短发……”

裴尚蕊风风火火地来到理发店，一会儿剪了个短发，显得干练、精神多了，平时化的浓妆，现在明显淡了，看上去给人朴素中见妩媚的感觉。

按照贾林给她设计的步骤，裴尚蕊一上任就骑着自行车，带着铺盖卷，去农村转几天，看看率先致富的农户。然后再走访一、两个贫困村，到几个贫困户家里吃顿饭，在村委会住上两天，之后再到烈军属家中嘘寒问暖。

这一个个举动，都摄入了电视记者的镜头，每一篇报道都是上任前已经撰写好了的，也都是经贾林过了目的。因此，裴尚蕊上任的第一把火，烧得很得体，也很合乎那里群众的心愿。一些整天无所事事的轧街头的老翁老妪奔走相告：咱们乡来了个年轻女书记，一上来就跑村串户，好兆头啊！

十

张立人在市委党校如鱼得水。他好像又回到了大学时代，坐在宽敞明亮的教室里，听博学的教授们纵论天下，臧否古今，简直就是一种享受，是天底下最开心的事情。这次让他到党校学习，他确实非常非常高兴，虽然是短期培训，但这却是他走出校门十多年后第一次才有的机会。

他特别喜欢一位姓景的教授讲中国明清史。景教授知识面宽，纵向的中国五千年，横向的世界中世纪、近现代史，他都了然于胸。景教授有个绝活儿，背景越宏大，他讲得越清晰，越生动。只有听过他的课，才真正知道，什么叫读史使人明志。他不死板，不教条，尤其难能可贵的是不迷信书本、不畏惧权威，对有定论的某些著名学者的观点，也毫不隐讳地点名驳之。而且，他完全是用自己的语言，讲自己的独立思考。张立人的思维一下子来了个大跳跃。老教授一个问题套着一个问题，如登山一般，不断变幻出新的奇景，调动你的大脑高速运转，然后，逻辑关系一层层推开，像一潭清水中的涟漪，一圈又一圈。张立人甚至有了站起来跟教授争论的冲动，他想到了古人的境界："引而不发，跃如也……"

好多学员周末都回家，但张立人不回去，因为他知道，一回去，就是那些不必要的应酬，东拉西扯的，纯粹浪费时间。他就待在自己的宿舍或阅览室里，抓紧每一点时间，啃着自己喜欢而且需要的东西。

一个星期五的下午，张立人又听景教授的课，大脑正跟随老教授在史海中遨游时，班部的一名工作人员悄悄走到他身旁，耳语了几句。原来是县委办公室电话通知他，下课后立即给贾书记去电话，有要事。

脑子里多了县里的事，老教授的课听得就不太仔细，甚至老教授在黑板上写的专有术语、人名、地名、征引的文献，也只是在张立人眼前晃，难以装进脑子里。张立人生气地问自己，怎么当了几年干部，就没有定力了呢？

一下课，他非常不情愿地给贾林去了电话。贾林话不多，只要求张立人，务必在今天晚上回来一趟。

放下电话，张立人暗自揣度起来，却没有想出来到底回县为的是什么事情，因为走了这么长时间，贾林从来也没有主动同他商量过什么事情，即使像裴尚蕊这样的人事变动，事先也没有同他打声招呼。但他隐隐意识到，事情必定非同小可，要么需要出面解决什么矛盾，要么需要集体承担什么责任。他带着满脑子的疑问，回到泉滨。

当晚，张立人如约到了贾林的办公室，林一通也在。贾林说："老张啊，到党校学习，还真学进去了，周末都不回来，看来是入迷了。"

张立人说："学习的感觉确实好。我遇到了一个很有水平的教授，叫……

贾林连连摆手："别什么教授了，都是关门搞理论那一套，没有什么值得夸耀的，改革的年代，这样的人充其量只能算是瓶中花，好看不好用啊。哈哈，咱撇开理论，直接谈实践吧。"

贾林把近期县委的重要工作简要叙述了一遍。张立人则简要地谈了自己学习的收获。

林主任见两人已客气得差不多了，就把手中的一个大纸卷放开，让两人看看。原来是一张规划设计图纸，是要在县政府宾馆的前花园搞房地产开发，理由是县直机关的改革也要想法走出条路子来，县里的接待任务越来越重，需要增加客房和服务设施，而县里财政又比较紧，故考虑交给房管局所属的地产公司开发，这样做既增加了接待用房，又解决了无钱建房的困难。林主任眼珠子滴溜转，不停地在图纸上指指点点。

贾林一开始看着图纸，耷拉着眼皮，仿佛没睡醒。他一言不发，是在等候张立人的表态。等啊等，张立人始终没有说话。贾林就抬了抬头，有点懒洋洋地说："立人啊，咱一起商量商量，看这个法儿行不行？"

张立人眼望着图纸，图纸上不知什么时候落了几只苍蝇，他下意识地用手去哄赶，有一只苍蝇竟然落到贾林的鼻尖上，贾林不耐烦地摇了一下头。"天一暖和，苍蝇就出来了。"张立人漫不经心地说着，把门打开，苍蝇飞走了。

张立人心里在不停地嘀咕：这是他们都定好了的事情，为什么还要找我呢？

倒是贾林的一席话，使他猛然醒悟。

"本来准备马上开工，可有的同志提议还是稳妥一点好。因为这块地方是五十年代县委用行政命令的方式，规划出的一块公共场地，老同志都很关心。老张你干过办公室主任，又分管过办公室，你肯定对这块地的使用也很关心，想听听你的意见。"贾林说到这里，似乎又想起了什么，接着说："这件事酝酿的时间也比较久了，我看开发没有问题，你看怎么能把这个事办得更好些？"

贾林两眼紧盯着张立人，明显是非要听听他的意见了。张立人从进贾林的办公室，还没说过一句贾林想听的话，至此仍是双眉紧蹙，一声不吭。

贾林和林一通都在等待，可这个张立人两眼只对着图纸，上下查看，左右打量，仿佛在欣赏一幅大师的国画，别人说的什么好像与他毫无关联。其实，他哪里是看图纸，他仿佛看到了图纸后面的东西。他哪能轻易表态！

“这件事我一点思想准备都没有，该不该这样做，心里没有底，如果贾书记认为这样做合适，我没有意见。”张立人的这句话，总算打发了贾林和林一通，可他们正要收拾图纸，准备走的时候，张立人又突然冒出了一句：“不过，既然贾书记这么重视这件事，说明这件事非同一般，还是多听听意见为好。你刚才不是说要把好事办好吗？”

贾林表情漠然地扫视了一下图纸，说：“这个自然，这个自然。”

一把手亲自出面抓宾馆的房地产开发，怎么说也是够重视了，也可以说是有点过分了。一个县有多少关系国计民生的大事，等待着他去决策动员抓落实，怎么能耗费这么大的精力来操办一件具体得不能再具体的事呢？张立人事后想了很久也没想出其中的因果来。

张立人不会想到，如今打着改革的旗号，做着个人发财美梦的人已经是屡见不鲜。这件事是田玉跃离开泉滨之前，就给裴尚蕊许下的工程。为县委领导同志建宿舍，裴尚蕊的丈夫赚了一大笔。可待钱到手后，裴尚蕊两口子又为钱闹起了矛盾。裴尚蕊打算把钱划到她弟弟公司的账上，谁知她的那位先生就是不答应，平时像个小绵羊的丈夫，如今也是见钱眼红，胆子竟然大了起来，冲着裴尚蕊吼：“你如果敢动这笔钱，我非把你的事给抖搂出去不可，你还以为我什么都不知道？我告诉你，这笔钱不仅是我的劳动所得，还是长期戴‘绿帽子’的名誉损失费。别以为我傻，围着你转的男人，可以说，都不是什么好东西，都臭烘烘的。你没有数我有数。”

这句话，可真把裴尚蕊噎住了，气得她两手直打哆嗦，半晌才说出一句话：“没想到你这小子这么缺德，当初我算瞎了眼。咱们走着瞧，以后有你的好果子吃！”说完，“砰”的一声甩上门，关进了自己的房间。

裴尚蕊的男人从此就很少回家了，用那笔钱做起了生意，夫妻两人既不来往，也不纠缠，各过各的日子，倒也清静。

家庭弄成这个样，裴尚蕊并不在乎，使她气愤的是到口的“肉”，被自己那狗男人一口独吞了。本来打算通过权力将那笔钱弄到自己名下，可田玉跃坚决不让她那么做，担心那样做了，会使她男人狗急跳墙，弄不好东窗事发，鸡飞蛋打。

权衡利弊，裴尚蕊还是听从了田书记的意见，绝不同小人争高下，也不能因小失大。那一阵子，只要梅芫一出发，几乎天天晚上她都要去陪田玉跃。怪不得裴尚蕊说了：“田书记，我与你的这种你欢我乐的零距离，恐怕比你老婆的时间还长。”

田玉跃用手轻轻弹了弹裴尚蕊嫩得要出水的脸蛋说：“那还用说，谁叫你长了这副迷死男人的盘子？不是有哲人说过吗，生活中并不缺少美，而是缺少对美的发现。我就是美的发现者，小美人儿。”正说着，裴尚蕊已爬到他身上狂乱地亲吻起来，继而两人又上演起颠鸾倒凤的好戏来。

裴尚蕊看似忘情的投入，自然不会甘作奉献，她要田玉跃尽快想个赚大钱的办法。利用宾馆的前花园，搞房地产开发的计划就这样在席梦思床上产生了。田玉跃粗略地给裴尚蕊估算了一下，至少也挣个六七百万，运作好了还会赚得更多。这一算可把裴尚蕊乐坏了，把田玉跃的脖子搂得更紧了。

“双保会”后，田玉跃决定把这件事留给贾林去做，这样就能让自己从这件事中摆脱出来，同时也给贾林一个效忠的机会。另外，他已风闻裴尚蕊与贾林有一腿，自己离开以后，裴尚蕊就可以自动地交给贾林照应了，免得这个交际花再到市里招惹不必要的麻烦。再说，他也觉得跟裴尚蕊玩得有点儿腻了，似乎早已没有了原来的刺激与冲动。

田玉跃这个人聪明就在这里，类似的事考虑得比较周全。他把裴尚蕊的弟弟任命为正科级的房地产投资公司总经理，负责投资公司的全面工作，并参与房管局的领导班子，把个裴尚蕊感激得好生了得，恨不得天天登门伺候田书记的起居。在梅芫去市税务局组织的深圳培训班学习期间，裴尚蕊就干脆把田书记的床当做自己的家了。

裴尚蕊执意下去挂职乡党委书记，也是田玉跃授意的，离县城远了，弟弟的事情完全可以佯作不知。管他当什么官，那是组织的事情；管他挣多少钱，那是县里的安排。田玉跃的主意，把裴尚蕊打扮成堂堂正正、名副其实的县委常委。所有这些，就连贾林也难以知晓，又何况是张立人呢？

星期天上午九点钟，县委办公室通知召开书记办公会，吸收有关同志参加。张立人会前又应约来到贾林的办公室。这是林一通的建议，贾林采纳了。

“会议一开始，你就对宾馆房地产开发一事表个态，然后就可以回市委党校。这样两不耽误。”贾林对张立人来了个开门见山。

“我还是听听大家的吧，回党校是下午走，我毕竟离开县里这么长时间了，有些情况是若明若暗、似懂非懂。”张立人回答。他是真心实意要听个究竟。

“我看不必了，又不是什么大事。你表了态，最后决策是我们在家工作的同志，目前组织交给你的任务就是学习好。你称赞的一个教授叫什么来着……”

“那位教授姓景。可……”张立人还想说点什么，贾林瞅了瞅手腕上的“欧米茄”，说：“开会的时间快到了，咱们走吧。你这次能回来，本身就是对我工作的支持，真得谢谢你了。我瞧着你瘦了，别那么累，要适当注意休息。”没等张立人回应，就到了会议室，按各自的位置坐下。

会议按照贾林的方案进行。张立人表了态即被林一通热情地送出会议室。尽管张县长提出了一些疑问，也被贾林一一解释清楚。县委的决定，宾馆的房地产开发按照裴尚蕊的计划进行。

张立人吃完午饭，稍作休息，就让司机将车直接开进市委党校吴云韬副校长的宿舍，看看“老班长”，掏掏心里话。

老吴正同三位学员喝茶聊天，见张立人进来，马上起身迎接，有一位并且笑着说：“你看市委党校的学员多积极，连星期天也不肯休息，都要找校长探讨问题。”

“老张也不是巡检组的，不要自己给自己拔高了。”大家朗声笑了起来。

这三位学员现在都是县委副书记，也都是老吴的老同事，闲暇无事，他们都喜欢找老吴聊聊。多年的相处相知，他们三位的感受同张立人一样：同老吴在一起没有顾忌，不用设防，因为他从来不捣鼓人，一向与人为善，个性正直而不失幽默。大家对他的共同评价是，这个人大事不糊涂，小事不计较。吴云韬能力强是公认的，可就是怀才不遇，在副县级这个岗位上也有十多年了。每一次调整班子，他都是热门人物，甚至是众望所归。可每一次都是排在他前面的提升走了，排在他后面的又跃到前面去了，他还是原地踏步。有人戏言他是“望尘莫及”干部，望着别人的“尘”，而不及。正如一位长期在组织部门工作的干部退休后说的，什么工作都有规律，就是提拔干部没有规律！

可人家几无怨言，常挂在嘴边的一句话就是：我这样的人能有今天这个位子就很不错了。他是一个穷苦农民家庭的孩子，靠着亲朋好友左邻右舍的接济，才读完了大学，后来又从工厂到了政界，他本人早已觉得组织给予的太多了，人民给予的太多了，已经很知足了。可有些人不也是同样或类似的经历吗？但人家老吴从来不与别人比，他看得很开：“要比名誉地位，就与自己比，与混得不如自己的比，这样越比越觉得自己奉献的太少，得到的太多。再说了，我们都是改革的最大受益者，如果不是当年从知识分子中选拔人才充实党政机关，恐怕如今谁也没有这么高的职务。”张立人他们佩服老吴品行好，这是最重要的方面。

吴副校长又是个嫉恶如仇之人，对干部队伍中存在的腐败现象，经常拍案而起，绝不宽容。在某些人眼里，他脾气有点急，有时候甚至暴躁。但没有根据的道听途说，他从来不去理会，担心误伤了同志，损害了干部队伍形象。为人处事，考虑得比较周到，替别人想得多，替自己想的少。所以，在张立人眼里，老吴简直就是个完人。

他们聊得正起劲，老吴的老伴招呼：“都过来吃饭吧，有多少话等吃完饭再说，先尝尝我的手艺怎么样？”老伴这么一喊，老吴就带头到了餐厅坐下。这几个人都不喝酒，也都不吸烟，坐下来就吃饭，还不时停下筷子，夸奖一下老大姐的厨艺。

张立人急于想把回县的事情告诉一下老吴，顺便听听他的高见，可那三位谁也没有给他腾出点时间。他只好干坐在那里听三位的高谈阔论。

一位姓王的副书记说：“我这是两年内三次进党校学习了。我这个大学哲学系毕业的学生，走到社会上总觉着有些事太脱离实际了，可怪就怪在谁敢于那样做，谁就提拔得快。”于是，他讲起本县已提拔了的县长，一上任就坐着汽车围着县城转了一圈，回来就决定把县城的主干道由双向四车道，拓宽到六车道。县长自任总指挥，又是拆路边的店铺，又是扒群众的住房，折腾了大半年，贷了几千万，一条大路修成了，又安了漂亮高档的路灯。上级领导同志只要到县里来，这是必定的参观项目，看后都夸县长改革的力度大，路修得好，绿化美化得好。至于老百姓的骂声和县机关几个月没发工资，谁也不管不问，连那些被扒了房的群众不断上访的事，也视而不见。县长的政绩有了，又提到外县去任县委书记了。

更可气的是，不到两年，新派来了一位县委书记，上任后第一件事，又是拓宽县城道路。本来六车道就够宽了，车流量少得可怜，可这位书记要求大家必须用发展的而不是静止的眼光来对待改革，说什么要给未来的发展留有余地，留出空间。话说得相当正确，谁也不好反驳，又把六车道拓宽为八车道，还是自任总指挥。拆迁的任务很重，老百姓怨声载道，他们刚建的新房又要拆，气得他们集体到县委上访。最后还是修了八车道，还留下几十米的绿化带，整个小县城基本都成了路了。上面来的人还是表扬县委书记有气魄，有胆识，敢想敢干。说到这里，王副书记哀叹一声说：老百姓是咱的衣食父母啊！连老百姓的切身利益都不管，那还有人味吗？上上下下都强调实事求是，可做到实事求是太难了。现在有些领导不是在改革，我看是在互相比胆量，有点儿五八年大跃进的劲头。“大跃进”时期只是吹，而现在吹的水平也不亚于当年，但在吹的后面还有工程承包中的私利。

姓邢的副书记接着老王的话茬说：“有人把抓改革当成了护身符，说什么要重视‘三小’嘛，哪三小？小圈子、小兄弟、小爱好。削尖脑袋挤进小圈子，你就成了提拔目标，就有人关键时刻站出来替你说话；身边有那么几个小人物晃来晃去，不管是白道黑道的，不好自己出面的事，小兄弟就能摆平，小兄弟自然成了倚重的对象；而小爱好，那可更管用了。如今你想要上级领导人说你好，在我们那里那是易如反掌的事。首先你要了解你那里的领导人喜欢吃什么、喝什么、玩什么，生活习惯爱好甚至是癖好把握好了，工作就做好了一大半。譬如，前几年到我们县的领导人有喜欢钓鱼的，我们的县委书记、县长，亲自抓了养鱼池及休闲、娱乐场所等相应配套设施的建设。据说在全市乃至全省都很难找到那么高级的钓鱼基地。再就是根据领导人口味选好几个点，写好汇报材料。有了这两条，保证领导人会满意。如果你还有不放心的地方，就提前走走领导身边人员的后门，把准备要领导肯定县里的话提前写好递上去，保证你如愿以偿。然后，你就可借领导人之口，高度评价县里的工作，越是大家有意见的地方，越要加重语气增加笔墨。这样，党内传达，党外通报，再开动所有舆论工具，有哪个再敢否定县里的工作？有哪个再敢对县里的领导人说三道四？一年不用多，这样来个一两次，县里主要领导人的政绩就吹出去了，至于普通干部、群众的意见，又有谁放在心上呢？就是过问，也是走形式，装样子，为什么？因为群众的意见对当权者的升迁没有决定作用，甚至一点作用也不起，而宣传好上级领导人的指示那是升迁的希望啊！再说，老百姓谁能接近上面来的领导人？真实情况又怎么能反映上去呢？即使有门子把上访信递上去了，落实的批示还不是又转到了县领导人的手里。如何保证改革健康发展，这确实是目前的一大难题啊，怪愁人的。”邢副书记说到这里，两手一摊，显得相当焦虑又十分无奈。

吴云韬正准备做点说服工作，姓金的副书记又接上了：“现如今讲改革出政绩各有各的招数。我们县里那位一号首长就会搞大忽隆，本来现在农村的土地都是各家承包了，可他一听到上面来检查农业产业化和土地规模经营，就把沿公路的乡镇农民都发动起来，弄得到处是红旗招展，人山人海。更可笑的是，还扎着松柏门，挂上大喇叭，弄了上百顶帐篷，农民们晚上不准离开工地，住在帐篷里，有检查的就挑灯夜战，没有检查的再回家睡觉。逼得村干部没办法，就在公路两旁的高处派人瞭望，发现有检查的来了，赶快推倒消息树，通知工地上的人。就这么个干法，上面的领导人竟夸我们县群众发动得好，县委有号召力、凝聚力。至于农民得到了实惠没有，根本就不管。老百姓说什么的都有，就是没有说那里的主要领导人好的，但还是照样提拔。你说这叫什么事？这哪还有正事可言！”说完气得用手拍得桌子叭叭响。

另一位说：“消息树，亏他们想得出，就跟抗战时期儿童团用的一样，防领导甚于防日本鬼子啊！”

吴云韬见三位的情绪都有点不太正常，便说：“我们可不能以偏概全啊，该修的路还是要修的，城市还是要扮靓的，农业产业化也是要发展的，改革还是要步步向前推进的，前提是不要脱离实际，不要操之过急，工作要有主次。大家带着这些实际问题来党校，学习得会更深刻一些，理解得会更透彻一些。不过，话说回来了，不为群众着想，只为自己那顶官帽子，我看迟早会出问题，最起码也是要留下骂名的。还是要以人民的利益为重，做人要紧啊！”颇有些领导者的口吻。

老吴说完后又觉得过于郑重了，又换了一种语气说：“大千世界无奇不有，做好人、做恶人由各自去选择吧，京剧舞台上，生、旦、净、末、丑各种角色都得有，有唱红脸的，就有唱白脸的。我倒觉得如果世界上缺少了这些官迷、财迷、色迷，就构不成千姿百态的各色人群，那样纯粹的世界果真出现，一切文艺创作也就成了无源之水无本之木了。水至清则无鱼嘛！该有的还得有，只是我们自己心中有数就行。《镜花缘》中，有一个‘礼乐之邦’君子国。此国中，‘耕者让田畔，行者让路。士庶人等，无论富贵贫贱，举止言谈，莫不慕而有礼’，也不愧君子二字。在君子国的市场交易中，卖主力争是要付上等货，收低价；买主力求的是要拿次等货，付高价。我想这样的一个君子世界，也是我们所向往的。那作者李汝珍所生活的清朝嘉庆与道光年间，肯定是市场盛行欺诈，必定是寡人好货，贿赂公行。他是在借君子国这个虚无之国，来暗喻自己对那个时代的愤懑与无奈。君子国只是一个五彩肥皂泡，只轻轻一触，就幻灭了，消失得无影无踪。那只是一个美丽的传说，如海市蜃楼般的梦幻，却又是那么的遥不可及。唉，发一顿牢骚，该怎么过还得怎么过，对不？”

大家赞同地点了点头，其中一位诙谐地说：“吴校长的话属独家见解，如果将来能够注册，应属于知识产权范畴。”大家在笑声中结束了晚餐。

张立人的心半沉半浮地漂着，此刻他也不想说什么了，同大家一起走出了老吴的家门。但心却越来越凝重，始终放不下，索性又来到政协宿舍大院，看看老书记潘晓升。

老潘和夫人正坐在沙发上看电视，张立人也陪着一起看。他是这家的常客，彼此不用客套就攀谈起来。他一入话题就把宾馆土地开发的事一五一十地说了。

潘晓升顿了顿，反问道：“你怎么看这件事？”

“我认为把那么漂亮的花园般的公共场地毁了，有点太可惜。改革应当使国有资产不断增值，把土地无偿交给县里的一个公司开发，很可能造成国有资产的流失。再说，现在上级三令五申不允许建楼堂馆所，这样做是不是在应付和规避上级检查？县里管理该项目的公司也是花财政的钱，公司成立只有几个月，本身不会有什么资本。怎么想我也想不出个能说服自己的理由来，所以，特地跑来听听您的看法。”张立人如实地讲出了自己的苦恼。

潘晓升细细地品茶，半晌无语。张立人焦急地等待着。

“这话我确实不好说，你怎么想就怎么办吧，或许你的看法是对的。有些问题，我现在是越来越看不清亮了，也许是我老了，跟不上形势发展了。”潘晓升终于冒出了这么一句，似有难言之隐。

张立人白跑了一趟。但从老领导的神态和语气中，他似乎预感到了问题的复杂性。

这段时间，县委的内部通讯上经常介绍裴尚蕊那个乡的经验，其中在专供领导人参阅的刊登内部情况的刊物上，还专门写了县委书记贾林的一大段批语，高度赞扬裴尚蕊同志深入群众调查研究、体察民情谋求改革发展的做法。那篇文章详细介绍了裴尚蕊如何自带干粮水壶走村串户，蹲地头坐炕头调查摸底，帮助群众共走致富路的事迹。

县委办公室据此专门发文，号召全县广大党员干部向裴尚蕊同志学习。

县里的报纸、电台、电视台也都闻风而动，按照县委书记的旨意，相继用通讯、专访、消息、短评等形式推广裴尚蕊所领导的乡的经验。

泉滨县刮起了裴尚蕊风。

贾林的夫人随电缆厂出国考察去了，贾林电话告知了裴尚蕊，要求她早点回城，具体商量一下反腐倡廉大会的筹备事宜。裴尚蕊或许是久旱盼雨，放下电话即驱车来到贾林的住处。没等贾林讲什么事情，就猴急猴急地脱掉衣服去了洗澡间。约摸半个多小时的洗漱梳理，又容光焕发地出现在贾林面前，还学着港台歌星的调门说："下面好苦呀，对你好想呀！"说着就去搂贾林的脖子。

不料贾林却躲开了。

裴尚蕊一下子愣住了。贾林觉察到裴尚蕊表情的细微变化，赶快摸着裴尚蕊的脸蛋说："宝贝，别着急，现在刚刚晚上八点钟，咱们先商量一下那个地产开发的事，再来开发你也不迟呀。反正这半个月，我家的床就有你的一半了。""夫人出国，把空给你留出来了。你们这些大权在握的男人就是坏，就是坏！"裴尚蕊说着，两人情不自禁地嘴巴咬在了一起，使劲吮着，然后才坐下来商量房地产开发的事。

只有裴尚蕊知道，开始送给贾林的图纸是张阴阳图，是没有用的，有用的图纸设计的是宿舍楼，根本就没有什么接待用房，那是专门用来对付贾林的，当然也骗骗那些需要表态的头头脑脑。田玉跃非常清楚，所谓的地产公司一文不名，房管局又穷得叮当响，根本就没有钱往里投，而裴尚蕊赚钱的事必须安排好，只能是以土地换取美人的芳心。花园的一半盖宿舍，改善房管局干部职工的住房条件，还可以从职工那里收回一半的钱，另一半搞房地产开发。作为总经理的裴尚蕊之弟，不仅可以博得局机关干部职工的好评，还确保自己能赚足赚够。这样，不费吹灰之力，就可以用卖宿舍的钱，再投向新的地产开发，以地生财，裴尚蕊家的皮包公司一下子就能让钱给填充起来了。

田玉跃确实会算计，要不裴尚蕊怎么会念叨，田书记走了，像是丢了魂似的。

蒙在鼓里的贾林，仍按照老图纸喋喋不休地讲着，裴尚蕊装聋作哑地听着。"天机不可泄漏，这是田书记一再嘱咐的。"裴尚蕊暗暗地在提醒自己，万万不可粗心大意。

贾林讲完了。他是想把工程搞得像个样子，还希望能得个什么鲁班之类的建筑大奖。裴尚蕊还光着身子呢，只是点头，却一言不发。末了对着贾林撒娇地说："看你整天大事都忙不过来，还为这点小事牵肠挂肚。大的原则你都定了，至于房子怎么盖、盖个什么样我不管，你更不要管了，免得人家说咱们的闲话。这件事你听我的好了。"

那股酸溜溜的劲儿，不仅堵住了贾林的嘴，也重燃起贾林的欲火，连声说："听你的，听你的。"说着翻身把裴尚蕊压在了身下……

一夜的陪伴，使裴尚蕊精心谋划了好久的房地产开发计划就轻而易举地实现了。局外人或许可叹裴尚蕊只有以身相许的本事。可怜的是贾林，身居要职，竟然丧失了起码的警惕性，像吃了迷魂药似的，糊里糊涂地被一个女人牵着鼻子走。

宾馆的工地垒起了高高的水泥墙，与宾馆完全隔离开，各走各的门，各行各的路。贾林虽然去过几次宾馆，但从未言及房地产开发，大有君子之风，说话算数。

有一次，看了看那高大坚固的水泥墙，心里却犯起了嘀咕：临时的建筑围墙，怎么搞得这么坚固？难道他们要把宾馆的土地瓜分？如果真的是那样，到时候我也没有本事保护她了。

贾林盯着这厚厚的水泥墙，心里觉得堵得慌，压得慌，闷得慌，甚至有点憋得慌。越想越觉得后怕，赶快打开手机，拨打裴尚蕊的手机号，但任凭贾林怎么打就是打不进去。

县里的领导人配备手机比较晚，而现在的裴尚蕊却有三个手机。"哪个有用，我就靠哪个，靠上哪个我就摆布哪个。"裴尚蕊的三个手机，一个是公开的，两个是秘密的，秘密手机一个专供与田玉跃联系，一个专门与贾林互通。

贾林有两天多没有找到裴尚蕊，就知道她十有八九是到市里去了。第三天晚上，贾林在宿舍里无聊，正准备拨打裴尚蕊的电话，裴尚蕊却突然出现在他面前。他不知是惊讶还是高兴，竟直愣愣地站在那里。直到裴尚蕊去搂他吻他的时候，他才回过神来说："你死到哪里去了！"火气刚上来，看到裴尚蕊抛来的媚眼，又改口说："终于找到你了，不不，是你找到我了。"一句话，把个裴尚蕊笑得前俯后仰。

裴尚蕊告诉他，这两天为一个项目到外县去了，这部手机没电了，也忘了带充电器，一切联系都中断了，并说："你知道我是多么想你呀，我早掐着指头算了，你老婆再有三天就该回来了。”

甜蜜的谎言。贾林顿时激动得抱着裴尚蕊就上了床。不过这次云雨之后，裴尚蕊提出要回自己家住，不在这里过夜了。贾林一看，难以强留，也就同意了。而原本打算询问宾馆围墙的事，因为裴尚蕊的甜言蜜语和床上表现而暂时搁置了。

林一通早在裴尚蕊家里等着汇报建设进度，她那位经理弟弟也在场。“六个月保证宿舍楼交付使用。”裴尚蕊听了弟弟这句话非常高兴：“工程质量一定要抓好，时间越快越好，免得夜长梦多。”

林一通补充说：“现在就担心领导层知道了会引起麻烦，我觉得最为保险的办法是到上面领导人的家属那里活动活动，省委分管干部的领导的夫人的一个亲戚就是咱们县的，如果她肯要一套房子，那所有的嘴都会被堵住了，整个宿舍也没问题可查了。”

裴尚蕊听了林主任的一席话，心中暗自佩服他的老道，也非常感激他在关键时刻设身处地地为她着想。于是，裴尚蕊打发她弟弟抓紧催办水泥到货一事，单独留下林一通具体商量去省城的事。林一通将计就计，愉快地接受了裴尚蕊的恩赐，两人同床共枕，议事的机密程度也更高了。而裴尚蕊则早已把贾林忘在了脑后，拿出一副专心的样子，伺候着林一通。

可早晨起来，裴尚蕊还是给贾林打了个电话，问道：“夜里休息得好吗?”

贾林说：“好，好，谢谢你早晨起来还牵挂着我。上午我要去市里开会。关于县里反腐倡廉会议的事，你回去抓紧写个典型发言材料，乡镇党委书记唯独你一个人发言，千万准备好。”

裴尚蕊一听是自己一人发言，有点紧张，便提要求：“那你得把县委的写作班子借我用一用。”

贾林回答：“我早就安排好了，你先回到乡里，他们随后就到。”裴尚蕊又说了些感谢的话，把手机放下了，却见林一通大气不敢喘一声，轻手轻脚地，从厨房出来。他已殷勤地为她做好了早餐。

市里召开的县委书记会议，只开了半天就结束了，主要是市纪委传达省纪委全会精神，通报省市近期查处的几起党员干部违纪案件。

会议结束后，贾林跑到党校张立人那里，使正在埋头写论文的张立人吃惊不小，因为只要是贾林亲自来，就绝不仅仅是个看望，肯定还有重要的事情。张立人随即撂下手中的笔，恭敬地为贾林泡上了一杯茶。

贾林例行公事地问了问学习和生活情况后，便直截了当地说："我马上要赶回县里，你的分工调一调，我想你再协助我分管廉政建设方面的工作。"

张立人一听，觉得不妥："贾书记，这项工作是一把手负总责的，现在人员也没有变动，最好是不要调整分工，弄不好容易引起猜疑，产生歧义。你如果有些事情一时忙不过来，可以临时安排我们班子哪个同志都可以。"

贾林要的就是这句话。因为抓廉政建设的经验交流会，是田玉跃亲自交待的任务，要借机改变一下裴尚蕊的形象，也是田玉跃亲口讲的。贾林觉得这事又难办又必须办，于是便想把这件事交给张立人。办好了，是贾林的；办砸了，那是张立人操作的。所以他马上表态："你考虑得挺周到。要不，就按你说的办，分工暂不变，有些事情可以临时安排。这次，你学习回去就临时帮我抓抓反腐倡廉会议的准备工作。省、市对廉政建设的要求都很高，我们县不能走在前头，起码也不能落后啊。"张立人只好点头应允。

送走了贾林，张立人提笔继续写他的论文，却怎么也写不下去了。贾林这一番谈话，搅得他六神无主，索性把笔放下，思考着贾书记的来意。想了否，否了想，最后连自己也笑了，说："我这不是庸人自扰吗？"可话是这么说，脑子还是在不停地转，想着想着，不觉使他一惊：难道班子又有人出事了？他不敢再想了，反正天塌了，先砸个子高的，不想了！

其实，张立人是用了不该用的脑子。贾林没等回到县里，就直奔裴尚蕊所在的乡，同裴尚蕊一起研究发言材料，县委写作班子的同志绞尽脑汁，硬拨拉出个典型材料来。把裴尚蕊所领导的乡的廉政建设写得天花乱坠，把裴尚蕊本人写成了廉洁勤政的榜样，把报纸上别人的事迹，改头换面嫁接到她身上，看上去思想性很强，事迹也很感人。

贾林一面看着稿子，一面不时地看看裴尚蕊，觉得"不论从哪个方面讲，对她够可以了。田玉跃的情，我早领了，现在也不欠他多少了。裴尚蕊尽管对自己也不错，但那只是田玉跃不在的时候才轮到自己，而且经常是有求于我时，才表现出那般的大方。事到如今，不能再继续与她缠绵，从宾馆房地产开发这件事已经看清楚了，这是个危险的贪得无厌、欲壑难填的女人，她对我完全是实用主义，真正的铁关系那是田玉跃。我必须尽快摆脱她，否则一旦房地产出了啥问题，我想解脱都来不及了。"贾林越想越觉得要有个两全其美的办法。

贾林毕竟在官场混得久了，什么法儿都能想得出来。当他得知张立人被市委留下搞调研，短时间回不到县里工作时，立即让县委办公室下发延期召开廉政建设会议的通知。

裴尚蕊回到乡里的第三天，接到县委办公室的通知，反腐倡廉会议要延期举行，这一段要集中精力搞好农业结构调整，争取在“三秋”生产前有个良好开端。裴尚蕊满以为通过县里的反腐倡廉会议树一下自己的廉洁形象，也能堵住那些好说闲话的人的嘴巴。没想到田玉跃亲自向贾林交待的事现在也告吹了，不知是田玉跃仕途出了问题，还是贾林不尽朋友之情？反正其中必有蹊跷，不然怎么连会都不开了呢？贾林说变也不能变得这么快呀！裴尚蕊越想越觉得不对劲，拨起手机找贾林。

贾林听了裴尚蕊的询问后，笑呵呵地说：“怎么这几天人不见长，心眼儿倒长了不少。不过，你那完全是胡思乱想，怪不得人家说女人头发长见识短呢，今天我算印证了。哈哈……”

裴尚蕊不想听贾林打哈哈，就急不可耐地打断了他的话：“你少给我卖关子，乱想的是你，见识短的也是你。”声音明显高了八度。

一听裴尚蕊生气了，贾林又改口道：“不管怎么说，这次你的怀疑是没有根据的。市委通知，能不开的会议一律不开，集中精力抓农业结构调整。我们是在按市委指示办事。我认为你可以抓住这个机会，下死力抓农业结构调整，弄好了照样能够一举成名。”

裴尚蕊听到这里，又转忧为喜，细声慢语地问贾林：“真的吗？怎么做叫农业结构调整？”

贾林告诉她：“简单通俗地说，就是少种粮食，多种来钱快的。”因为贾林知道，裴尚蕊除了懂得宾馆服务和搞点人际关系外，基本什么都是外行，这几年的工作，完全靠田玉跃和自己帮助安排。就连一些简单的讲话，有不少也是出自田玉跃和自己之手。

贾林又鼓励了裴尚蕊一番：“县委常委唯独你一人挂乡镇党委书记，而且是个女干部，只要你创造出经验，那不仅是县里的典型，我看市里也会宣传推广，田书记还能忘了咱们吗？”说到田书记，贾林有意把声音抬高。

一晃两个月过去了。全县的农业结构调整搞得如火如荼。裴尚蕊也是在农业如何多挣钱上苦思冥想，最终她提出了“建设无麦乡”的口号。本想将这一想法同贾林商量一下，又想，如果真的那样，出了经验还要感谢他。但到底这个办法怎么样？自己心里总是没有底，于是问了问林主任。

这位林主任一直在机关从事后勤服务工作，只知道看领导人的眼色行事，裴尚蕊要听听他的意见，他真有点受宠若惊，更不用说裴尚蕊还赐给了他一夜情，遂连声夸赞："太好了，太好了。"

他何曾知道，此时裴尚蕊不是要听几句拍马屁的话，而是需要有点真凭实据的实实在在的指点。一听林一通这句溜须的话，便骂了一声说："去你妈的吧，你这个浑子，除了会用公家的钱舔领导人的腚，还会干啥！"

辗转之间，裴尚蕊又拨通了梅芫的手机。梅芫虽然也不太懂，可官太太的架子还是要摆的，便说："凭我多年与俺家老田相处的经验，你这个口号肯定行。口号就要喊极端，越极端，上边的人越觉得你有魄力，有水平，起码是敢干，是在挑战极限。所以说，口号是能唱响一个地方的。改革的年代，口号太重要了，叫得越响，越能引起上头的注意和重视啊！"

梅芫这么一说，裴尚蕊心里觉得有底了。

于是，全乡各村村头的屋山墙上，贴满了"苦战三十天，建设无麦乡"的标语。有一个村竟然别出心裁，标语全是用的红油漆，以示决心之大。

乡广播站整天呼喊这一既振奋人心又使人难以理解的口号。乡里所有的干部都分派到村里，帮助村干部转变观念。各村学校还专门召开小学生的动员会，让黄发稚儿回家帮助家长转好思想弯子，有的学校甚至提出：如果哪家没搞农业结构调整，就要勒令子女停学。

裴尚蕊来了劲头，风风火火，一个村一个村地检查，见了村支书、村委主任，第一句话就是："一定要把结构调整当成头等大事来抓……"全乡的村村户户都被动员起来，沾沾自喜的裴尚蕊立即报告贾林："我们这里正在打一场结构调整的人民战争，全乡男女老少都发动起来了。可以说从来没有像这次口号提得这么响、群众发动的面这么大。你等我的好消息吧！"裴尚蕊像一辆加大油门的车，朝着她想象的目的地驶去，然而一旦方向错了，你跑得越快，离目的地就越远……

贾林不管她在怎么干，也不管她能干成个什么样，只要讨得裴尚蕊满意，他就算完成了任务。于是便说："好啊！目前据我所知，除了你以外，谁也没走到这个地步。"

裴尚蕊高兴地将手机揣进了口袋里，继续去创造她那所谓的经验神话。

十一

张立人在党校的培训班本该结束了，市委决定再延长一个月，让这批学员全部下到农村、工厂搞调研，准备为市委出台一批改革的配套政策提供素材。出发前，市委秘书长专门召开会议，提出了具体要求，然后分组下到各个县。张立人的笔头子硬，把他抽调到“三农调查组”，出任该组组长。这个调查组，恰好分配到了泉滨县。

既是调查组组长，又是那里的县委副书记，张立人担心遇到一些不满意不痛快的事情不便讲话，便把担任副组长的市委政策研究室李副主任推到前面，出头露面的事都让李副主任打头阵。李副主任倒也随和，他很理解张立人的想法，欣然接受了这个安排，凡是与县委交谈的事，都由他代表调查组讲话。由于他与张立人相互配合得好，使这个临时拼凑起来的五人小组，不仅关系处得相当融洽，时间安排得也很紧凑。二十多天的调查时间，每天的工作日程，包括谁负责跑面上的情况，谁负责到点上解剖“麻雀”，都规定得清清楚楚，明明白白。

县委很重视这次调查。贾林在为调查组的同志接风时说：“在县委最需要帮助的时候，市委派来了调查组，尽管性质与工作组不同，但县委衷心希望能对我们正在进行的农业结构调整等工作，提出宝贵意见。更让我们高兴的是，我们的立人书记还是这个组的组长。”贾林同时表示，需要怎样配合，县委就怎样配合。

根据县委的安排，调查组要去蹲的点，就是裴尚蕊所在的乡。贾林原打算叫张立人去，看看他是如何看待那里的经验，不管是肯定还是否定，都与自己无关，这样在田玉跃那里还可以继续得到信任，与裴尚蕊的关系也不会疏远。可调查组的分工是李副主任负责点上的事情，张立人负责面上情况的汇总，以便最后形成调查报告。市委的调查组，县里自然也不好说什么，但贾林担心的就是怕有人会捅出娄子来，尤其是那位李副主任，据说是个只认死理不认人的主儿。

调查组来到了裴尚蕊所在的乡。眼前的情景，简直使李副主任一行人惊呆了：沿路彩旗招展，零星的塑料大棚，有的已经搭成，有的正在修建；全乡所有的倒茬地，都在闲着，尽管到了小麦播种时节，可全乡哪个村也不敢播种。调查组沿路转了一圈回到乡里，谁知乡党委门前，早已坐满了人，少说也有一千多口子，打着一条醒目的横幅：为什么不让种小麦？不种庄稼喝西北风！群情激愤，指名道姓让裴尚蕊出来对话。有的人手里还把扛着的锨镢使劲地在来人面前晃。

秋风吹着白杨树上黄绿相间的叶子，吹着老百姓那单薄的衣裳。渐渐转凉的天气，让农民的心里急得慌，祖祖辈辈都靠种粮吃饭，怎么好撂荒呢？如此情景，是近几年在农村绝少见到的。调查组在裴尚蕊的一再承诺一再请求下，愤然离开了乡驻地。

贾林获知这一情况，火速派人帮助工作，并亲自给张立人打电话，请他尽量在调查组的同志面前美言几句，使其对突发事件能有个正确看法，最终不会影响县里的声誉。张立人接了电话，二话没说，立马赶到裴尚蕊所在的乡，想尽快稳定群众情绪，不让矛盾激化。

张立人的突然到来，使处在极度被动中的裴尚蕊，突然感到有了靠山。她知道这位张副书记的人品和能力。

当听完裴尚蕊的简单汇报后，张立人提出要亲自接待群众代表，并要求乡里能把这次群众闹事的原因认真彻底地找一找。到了这个火烧眉毛的时候，张立人自然成了救星，说什么话乡里的干部包括裴尚蕊都是一应百应，昔日那公主般高傲的架子和在贾林、田玉跃面前摆出的那个妩媚相，早已荡然无存。

张立人跳到停在门口的一辆手扶拖拉机上，双手扬起，扯着嗓子喊道："乡亲们！我是县委副书记张立人，大家的想法和要求我已了解了一些，现在我请求你们推选出几名代表，我会与你们诚心诚意地交换看法的，好不好？"

现场慢慢地静下来了，几位群众代表簇拥着张立人走进了会议室。一位脸上有块明疤的矮个中年汉子说："张书记，谁爱上访？实在是逼得我们没有办法啊！你看看，眼瞅着种麦的时节快过去了，就是不让种啊！"这个中年汉子是村里老实巴交的人，他脸上的疤不是跟人打架弄伤的，而是弟弟跟人打架，他夹在中间，被弟弟手里的刀子剐的。他用自己的脸挡住了另外一个打架的，要不，刀子就伤到人家的脸上了，要伤了别人，他弟弟的麻烦可就大了。

当弟弟的站在会议室门外，破口大骂："娘的，不叫俺活了，俺把她两根腿提溜起来，撕了，一劈两半，喂野狗！"

当哥的就使劲往后推弟弟。弟弟瞪着眼，眼里仿佛冒着火。

"你不知道啊，那个话说得可绝啦。什么宁肯地撂荒，也要搞调整。做什么事情都得有个准备，种庄稼不是搞稍息立正，哪能喊一声口号都能转过身来。"群众代表中的一位老者补充了这么一句。

一直哭丧着脸的村支书，这时也忍不住了："我是打心眼里听党的，这次群众上访，我首先检讨自己工作失职，在村里就开始做工作，一直做到乡里就是做不下来，群众非要找裴书记论理。我工作没做好，也没有那个本事能说服老少爷们，组织要处理就处理我吧，老少爷们确实没有错。"

一位年轻代表说起话来透着年轻人特有的冲劲，他说："我说张书记，你们这些当官的就是想靠折腾庄户人出出名，过去那个年代这样，如今搞改革又是这样，我们当农民的算是倒了八辈子大霉，刚刚能填饱肚子，又不让种地了。好啊，我从心里就不愿种地，想发财，可你们得给我安排个挣钱的地方啊。"

剩下的几名群众代表，也讲了各自的看法。总结起来一句话：乡里的要求太脱离实际，对待农民不能想怎么折腾就怎么折腾，农村的所有改革应当而且必须充分尊重农民的合法权益。

张立人觉得大家的话已说得差不多了，就用商量的口吻说："我已听懂了你们几位讲的，再请你们听我说几句好不好？"

现场立时静了下来。

"各位父老乡亲，"张立人喜欢这样称呼大家，"实在是对不起了，因为我们的干部对上级改革的指示精神缺乏正确的理解，缺乏理论与实际的对接，当然，更缺乏同群众的深厚感情，导致了这个乡发生了不该发生的事情。"说到这里，张立人眼睛有些湿润，声音也放得很低，显然，他是为裴尚蕊这些干部工作方法的简单粗暴而痛心。老百姓是听话的，叫干啥就干啥，有怨言也放在肚子里，不到万不得已，他们断不会采取过激行动。

群众代表们坐不住了，有的在唉声叹气，也有三三两两的在窃窃私语，情绪明显好转。"乡里的问题，反映了我们县委工作没有做细，起码在领导农村经济结构调整这件事上，指导不力，我在这里代表县委向大家表示歉意。"张立人说着，便站起来表情肃穆地深深地向大家鞠了一个躬。

村支书带头鼓了掌，但更多的群众还在冷眼观望。

“农业经济结构调整必须搞，不搞，咱们农民就永远没有出路，就会永远为填饱肚子而辛劳。我们要过好日子，要住好房子，吃好饭、穿好衣，要过得像城里人那样体面和有尊严，就要想法挣钱、挣大钱。刚才那位小伙子不是说了吗？他的想法很好，但挣钱的门路是在我们农民自己的脚下，不要等别人给安排地方。这次农业经济结构调整，就是要广大农民朋友跳出一亩三分地，跳出锅灶院墙，勇敢地去闯荡市场，市场需要什么我们就干什么，什么东西能多赚钱我们就种什么，干什么种什么，全由咱们农民自己说了算，政府只提供信息、引导和服务。”张立人话音刚落，哗，大家自发地鼓起掌来。

“但是，干什么事情都要精心安排，要有计划有步骤地进行。尤其是搞市场经济，大家最缺乏的是知识、是技术、是干事创业的本领。如果我们农民朋友能够从农户跳到市场，从传统农业跳到商品农业，从单一农业经济跳到复合型经济，从唱‘四季歌’的农民跳到唱‘一二三产业经’的现代劳动者，那才是农村的真正改革，更是这次结构调整的目的。改革、改革，不是只喊口号，而是要改出好生活，改出顺心顺气的好日子。”张立人讲到这里，就见那位刚才说话还很冲的青年农民，竟腼腆得像个小女孩，悄悄走到张立人面前，翘起了大拇指，然后又静静地坐在张立人的身边，仰脸专心听着每一句话。裴尚蕊站立一旁，脸上红一阵白一阵，汗水冲淡了容妆，一道一道的，活像个刚从戏台上下来的小丑。

张立人见时机一到，马上又为裴尚蕊开脱几句：“你们乡的裴书记，年纪轻，有闯劲，她是想通过这次农村改革，搞经济结构调整，让这个乡的农村、农业、农民彻底变个样，她的心是好的，只是把问题看得过于简单了。吃一堑长一智嘛！我相信有这股热情和干劲，再加上严格的科学态度和求真务实的作风，是会把今后的工作做好的。大家应当原谅她，给年轻干部以更多的理解和支持，你们说对不？”大家齐声说：“对！”

一位长着络腮胡子的汉子站起来说：“你放心吧张书记，有你这句话，我们还会服从乡党委的领导。”张立人一时感到鼻腔发酸，两眼发涩，高兴地频频点头。

经过群众代表的一致同意，张立人特意请裴尚蕊给大家说几句。裴尚蕊脸涨红着，面带愧色地看着大家，原先那种剑拔弩张的气氛没有了，取而代之的是一张张和善的面孔。她正准备向大家鞠躬致歉时，那位村支部书记站起来抢了个先，他说："裴书记作为一个女同志没白没黑地干也不容易，我们听了张书记一番话，都理解了。我建议大家一起鼓个掌，今天这件事就算了结了，好不好裴书记?"

裴尚蕊一听村支书的话，眼泪一下子就滚落出了眼窝，她红着脸小声说："也好也好。"又抬起头来，擦着眼泪，问大家"好不好?"群众也齐声说："好，好，过去的事就让它过去吧!"

看着秋风中远去的乡亲们的背影，看着地上纷乱的烟头和凌乱的脚印，张立人心头一热，眼眶里有了晶莹的东西。他咬住嘴唇，忍住了。

调查组如期回到市里，市委、市政府的主要领导同志亲自听取了各组的汇报，综合分析了全市农业结构调整进展的情况，最后决定：召开全市广播电视大会，一直开到乡镇，村干部都要集中到乡镇收听收看，作进一步的宣传发动，同时出台有关保证这次农村改革顺利进行的配套措施。

市委辛书记和周市长在讲话时，都强调要端正思想、统一认识、充分尊重农民意愿，扎扎实实搞好结构调整。对一个多月来工作的进展情况特别对发生的一些问题，进行了认真剖析，指出了急功近利、急于求成、乱提口号和方法简单粗暴是这一段工作存在的主要问题。与会者对辛书记和周市长的讲话，表示认同，认为是实事求是地总结了前段工作，没有过高地肯定成绩，因为那仅仅是开了个好头，对存在的问题没有回避，并作了深刻分析，对今后改革少走弯路大有益处。上上下下反映强烈，情绪高昂。

而泉滨县的县、乡、村三级干部，反映却不尽一致，尤其是裴尚蕊，从会场走出来，鼻子不是鼻子，脸不是脸。回到办公室，碰到沙发踢沙发，拿起水杯摔水杯，似乎眼前的一切，都在与她过不去。

她一个人独坐在沙发上，口中不停地喃喃骂道："好一个张立人，你这个两面三刀的东西，明里在这儿帮我解决群众矛盾，暗里你又到市委打小报告。你还算人吗，让市委书记、市长在大会上批评我，尽管没点名，我也知道是说的谁。卑鄙，太卑鄙了!"骂着骂着，禁不住喊起来，似乎有点精神失常。

手机响个不停，裴尚蕊还是一动不动地坐在沙发上。党委办公室的小夏跑过来告诉她是贾书记的电话，她才回过神来，抓起手机放到耳边，没等对方说话就嚷开了："我快气死了，那个张立人怎么能这样耍人。"说着，竟嘤嘤抽泣起来。

贾林马上安慰道："不是对着你，张立人是冲着我来的，他早就想我这个县委书记的位子了。你千万别往心里去，咱们不会让他的阴谋得逞。有我在，还反了他不成？会议一结束，我就给你通话，就是担心你承受不了。”

裴尚蕊听到这里，破涕为笑，说：“关键时刻还是靠有情人。”

贾林趁机回应说：“有情之人情常有，需要心里有啊，哈哈！如果今晚没事，请来我这里一趟，咱们再把下步的工作好好商量商量。今天晚上我一人在家。”

裴尚蕊听后，高兴地挑逗说：“你准备好吧，我一定准时到达。”说完，两人隔着电话会意而笑。

晚上十点多钟，裴尚蕊悄悄来到贾林的宿舍，刚准备上床，红机电话响了。这部电话专门用于领导同志之间通话，因为电话机是红颜色的，所以，大家都习惯称保密电话为红机。

是田玉跃的电话。贾林朝裴尚蕊摆摆手，示意她离话机远一点，否则，会把裴尚蕊的娇喘声传到电话里。

撂下电话，贾林不知所措。裴尚蕊见状便跳起来用双腿匝住贾林的身子，搂着贾林的脖子说：“怎么了，亲爱的，难道还有什么不好的消息吗？”

贾林担心泄密，赶紧回过神来说：“没什么，是市委一位领导同志告诉我，他最近想到咱县看看。”

真实情况是，田玉跃告诉贾林，张立人通过这次参加市里的调研，被市领导相中了，估计很快会被重用。这是贾林接了田玉跃的电话后产生心理紧张的真正原因。

“看就看吧，你何必紧张呢？”裴尚蕊歪着脑袋猛地亲了一口，紧追不舍。

“不是紧张，是担心你乡里发生的事有人再捅一刀。”贾林故意把话题引向张立人，是想借裴尚蕊捅张立人一刀。

谁知裴尚蕊一听这话就火了。她从贾林身上滑下来，把两手从贾林脖子上抽回，拍打着贾林的胸脯说：“已经把我搞成这个样子，还怕什么。再说，市里的领导人不是说了吗，因为没有经验付点学费不必大惊小怪，主要是接受教训，把今后的工作做好。”

贾林听到这里，叹了口气说：“谁叫你年轻了，领导的话是那样讲的，可对你的印象病可能也由此患上了，真患上了，吃什么药也治不了。”

裴尚蕊不解地问："这话是什么意思?"

"什么意思你还不明白？就是说，今后你别想再进步了，能保住原有的位子就不错了。你的问题，说轻很轻，说严重当然也很严重。如果上纲上线，你那是在败坏改革，还当县委常委？县委是谁的？是我们共产党的县委，共产党是全心全意为人民服务的，你够格吗?"贾林这一说，可把裴尚蕊吓懵了。她骂道："都是这个挨千刀的张立人，张立人不是人，是两面三刀的大坏蛋!"

贾林这次约会裴尚蕊，不仅仅是来弥补妻子外出的空缺，更重要的是想借裴尚蕊之口，狠狠地咬张立人一口，以免有朝一日自己离开时，张立人顶上书记这个位子，再把旧账翻出来。他见裴尚蕊已经按照自己的思路在想问题，心中不免暗暗高兴。他觉得火候把握得差不多了，便把早已准备好的以裴尚蕊那个乡的名义诬陷张立人的上告信，顺手递给了裴尚蕊。

裴尚蕊一看却傻眼了，把张立人在乡里处理群众上访时的讲话完全翻了个个儿，诬告张立人目无组织，煽动群众把矛头指向县委，诬告张立人反对农村经济结构调整，等等。还有类似许多令人震惊的诬陷不实之词。

看完了诬告信，裴尚蕊的良心仿佛被毒蜂子蜇了一下，她觉得贾林这样做未免有些太过分了。她又一次站起来，把那封信拿在手里，又一字一句读了一遍，然后说："真的要……"

她情绪波动，阴晴不定，手抖得几乎拿不住那几张纸，嗫嚅着说："如果……你……说张立人别的事情我不好说什么，说……在我们乡解决群众上访的事，他可是没干一件出格的事，而且当时多亏了他。再说，不是你让人家去的吗？人不能没有良心。"

贾林没想到裴尚蕊竟能说出这样的话来，沉默了好长时间没接茬，原来同床共枕欢度良宵的心思和冲动早没了，便起身穿上衣服坐在沙发上发愣，任凭裴尚蕊怎么喊他推他，就是一言不发。贾林的心里也在七上八下。裴尚蕊只好穿上衣服坐在沙发上陪着他。

贾林不说话，不是裴尚蕊的话撼动了他的良心，而是在思考如何让裴尚蕊真心怀恨张立人，使她成为自己搬掉张立人的一个得力打手。裴尚蕊见贾林一声不吭，有些不耐烦了，起身说道："贾书记，没别的事我就回去了。"贾林旋即起身，拉着裴尚蕊的手示意其坐下。

"真也罢，假也罢，我可是完全为了你啊！既然你不同意这样写，那我再想想别的办法。反正你们乡的这个事，是张立人反映上去的。他是要置你于死地啊！这会儿你还不明白吗？矛盾升级了，不知不觉变成了对立面，我的大美人。”贾林终于说话了。

“我也恨张立人，恨他搞两面派，当着众人的面说得很好，可到了市里又给领导提供反面材料。我同意整他，但不能诬陷他，你可以把他在咱们县工作这么多年办得不怎么样的事搜一搜，如果能有以权谋私的事或有什么出格出轨的事那就更好了。”裴尚蕊向贾林表白了自己的心思和看法。

“他尽管在我们县工作时间不短了，但想找到他的硬伤可就难了。这么多年的民主生活会，哪次还不是表扬他，最多提个意见是对市场经济工作还不太熟悉。谁还熟悉市场经济？市场经济才兴起几天？不是都在边学边干，摸着石头过河吗？再说他本来就是经济专业的研究生，那样的意见等于没有一样，你说怎么去搜罗？”贾林觉得非常为难，也只有实话实说了。

裴尚蕊说：“张立人是个老滑头，冒充老好人，什么人都不得罪。”

“他装清高，是有个臭知识分子的架子，可这也算不上什么问题。”贾林愁眉不展。

裴尚蕊也接过来说：“我也说不出他有什么问题，同我们女同志接触，连座位都躲得远远的，想同他讲句笑话他都不给机会。到他办公室谈，他总是把办公室的门敞开，而且说话声音故意弄得很大，一本正经，除了谈工作，就没别的谈，叫人编造都很难。”

一听说编造，好像又触动了贾林的神经敏感区，他情不自禁地说：“对对，就是要编造，编造得像田玉跃说的那样，要让上级信以为真。”

于是，他想起了张立人曾经带队去过香港招商，那次尽管谈了不少项目，现在都已落户开发区，市里为此还表扬了县委县政府。既然要整他，就顾不得这些了。他如同漂浮在茫茫大海上，突然抓住了救命稻草，便眉毛一挑对裴尚蕊说：“有了，有了，就告张立人这小子去香港招商的事！那个花天酒地的地方，面对灯红酒绿，金钱美色，是神仙也会下水的，何况张立人又不是神仙。”

诬告张立人的信发走不到一个周，市委研究室的李副主任再次来到泉滨县调查研究。

李副主任上次是同张立人一起到泉滨调查农业结构调整的，这次再来自然成了贾林的熟人。当天晚上，贾林从这位李副主任那里听到的话，使他那颗揣着吊桶的心更加忐忑不安。

李副主任告诉贾林，上次来这里搞调查研究，如果不是张立人从中做工作，泉滨县的麻烦就大了。他说："本来泉滨县搞农村经济结构调整问题是不少的，尤其是裴尚蕊的那个乡。可张立人苦口婆心做调查组的工作，非得要说县委指导有力，对发生在萌芽状态的问题，都是及时发现及时解决，从而保证了全县农村改革的健康发展。我当时考虑了他的处境，又是组长，就同意了这个写法。结果有的县出了类似泉滨县的问题，反而被市委采取了点事不点名的办法加以批评，而泉滨却平安无事。发到市委领导同志那里的参阅件，几乎所有的县都有点问题，唯独泉滨县什么问题也没有。你说有张立人这样的同志，你这个当一把手的还不得美死。这样的人，可交啊！"

李副主任饭桌上的这席话，贾林听后不知是不胜酒力还是内疚过重，只见他身子一歪，栽倒在地上。

林一通吓得面如土色，嘴里不停地喊："贾书记，贾书记！"手指用力地掐着贾林的人中穴。

贾林那时突然觉得天旋地转，双脚无根，忽忽悠悠地就倒了。不一会儿他有些尴尬地坐起来了，连声说："喝高了，喝高了！"

林一通说："您今天喝得不多呀，还不够您平时的……"

没容林一通说完，贾林便打断了他的话，说："喝得有点急。我是最不喜欢喝快酒的，我喜欢细酌慢饮。今天李主任来，我急于想表达，你看你看，总得尽点主人之情吧！一急，过量了……"

李副主任也没让贾林把话讲完，便说："反正我也不会喝酒，也帮不上你的忙，咱们吃饭吧！明天我还要到下边看看。"

贾林也不再坚持，对林一通说："咱们听李主任的，上面条。"

十二

吃过午饭，张立人看看离上班还有点时间，就想到县委对面的新华书店去转转。他爱翻看翻看新进的书籍，特别是经济类的，但因为是县级书店，这类书销量不好，所以进得就少。

以前，书店的人不认识他，后来来的次数多了，售书员知道了他是县委领导，就对他笑笑，有时还让个座位，倒杯茶什么的，但他每每婉言谢绝。有一次碰上县委宣传部一位姓徐的副部长，徐部长立即指示书店，有什么新书，应当先请张书记看看。张立人说：“徐部长你这就不对了，我来看书，就是打发时间，你这样搞，以后我可不敢来了。”徐部长知道张立人又认真了，只好说：“那就悉听尊便了。”

这次在书店，他从书架上看到了美国人威廉·曼彻斯特写的《光荣与梦想》，这是美国1932年罗斯福总统上台到1972年尼克松总统任期内水门事件的40年间美国政治、经济、文化以及社会生活的全景式实录。他记得在上大学的时候见过英文原版，现在终于看到了翻译本。他把这本沉甸甸的书拿在手里。

正看得入迷，县委办公室的人气喘吁吁找到张立人，说是市纪委有通知。张立人把书放下，跟着来人出了书店大门。

纪委召唤，这是张立人没有想到的，但他自己也不担心什么，因为没有什么可担心的，身正不怕影子斜。可是，是不是又有人栽赃陷害呢？不想了，想也没用。他还在想刚刚看到的书，《光荣与梦想》，书名就很有意思。

他按时走进市纪委书记肖正强的办公室。

肖书记喜欢直来直去，未及寒暄，开口便问张立人：“有一年的七月份，你去过香港招商吗？”

“去过，去了六个人，在香港待了三天多。匆匆忙忙的。”张立人边回忆边如实回答。

“你平时喜欢吸哪种牌子的香烟？”肖书记紧接着问第二个问题。

张立人感觉到有点搞笑的味道，一个堂堂的纪委书记，怎么问起这个问题来？便说：“肖书记，我至今还没有吸过烟，今后也没有吸烟的打算。不是说吸烟有害吗？”

“立人同志，我可不是同你开玩笑的，因为我这里有一封告状信，我需要把有关事情的来龙去脉弄清楚。”肖书记严肃地讲明了谈话的用意。事情来得如此突然，张立人不免一惊，心事沉重地坐在那里，等候肖书记的提问。人在官场，岂能对名节和进退无意。

张立人认真地回答了肖书记提出的所有问题，肖书记听后情不自禁地用手捶了一下桌子，说：“太不像话了！光天化日之下竟有人敢这样诬陷干部。还是市委辛书记心里有数，让我同你谈谈，我们根本就不相信。通过咱俩今天的交谈，这封信就算处理完了，你也不要有压力，更不要去怀疑谁了。我们只要按照党的原则认认真真做事，正正派派做人，就不怕心术不正的人。这一点请你放心，市纪委不会放过坏人，更要保护好同志！干部资源是我们党最可宝贵的资源，可有的人对宝贵的资源不仅不爱惜，还绞尽脑汁设圈套，下黑手！”

张立人听了肖书记这番话，也不好再讲别的了，只是有礼貌地说：“谢谢您肖书记，为了我的一封信耽误领导同志那么多的时间和精力，我保证按您说的正确对待，不会影响工作，也不会影响我和同志间的关系。”正准备起身告辞，又想起了该说的一句话，于是趁肖书记送他出门时，真诚地说：“感谢组织对我的关心和信任，要不，我可真要背黑锅了。”

肖书记说：“古人早就说过‘谤随名高’，‘能受天磨为铁汉，不遭人忌是庸才’，正派的领导人，哪有不背黑锅的？背了黑锅，才知道肩上担子的分量啊！黑锅也有重量啊。”说完，哈哈大笑起来。

人是有思想有感情的，张立人尽管想得开，可“告状信”这件事，他从脑子里怎么也抹不掉。自从肖书记谈话后，他再也没有睡一个踏实觉，不是开始睡不着，就是刚一睡着又醒了。

“有人竟拿去香港招商的事来诬陷我，真是想不到啊！为了节约开支，我们几个人挤在一间大屋里，差不多顿顿泡方便面，连港商都被我们这种节俭办事的精神感动了，纷纷与我们签合同，他们说‘看着你们这样俭朴的领导人，让人信得过’。而县里这伙人又是这样对待我，到底是为了什么？”

一连几天，躺下就想，想也想不出个所以然来，自己感到很疲惫，连吃饭也觉着没了胃口。

“还是修养不到家呀，被这点事搅得六神无主了，真是不应该。”张立人说这话是想解脱自己，可那个告状信总离不开他的脑海，一时又很难解脱。他不敢对父母、妻子讲，担心他们担惊受怕。万般无奈时，他又想到了几位在市里工作的老领导。

他很幸运，摊上几位正直的老领导，可以定期交流一番，算是心理疏导，也算是压力释放。他像一条弯曲小溪里的游鱼，溯流而上，体味着溪水的冷暖，也体味着搏击的快乐。

他先去了吴云韬的家。

吴云韬正在怡然自得地品茶，耐心听完了张立人的讲述后，胸有成竹地说："这事你也不用怀疑任何人，我敢肯定就是贾林干的，因为这个人多年来就靠关键时刻诬陷他人，自己才有了可乘之机。但这次他的算盘打错了，他不知道如今的市委辛书记和纪委的肖书记，都是党性强、公道正派的人，他们从来不信邪。要不是他们，还不得查你两、三个月？等把问题弄清了，人也搞臭了，时间也过去了。当年中伤我，这次看来他们是中伤不了你了。"说完，哈哈大笑起来。

张立人不解地说："我不仅从来没有伤害过他，而且是千方百计维护他呀！"

"谁叫你有能力了？谁叫你正派了？谁叫你群众基础好了？对他们来说你这就是问题。你有能力，显得他平庸；你正派，显得他奸猾；你群众基础好，显得他高高在上。"

吴云韬讲到这里已经怒不可遏了，他站起来，倒背着双手在客厅里转圈，一会儿又挥动起拳头，感慨地说道："我的昨天同你的今天是一样的，当初怪我的心眼太实，没有防人之心，觉得同志们都不错，尤其是对待在一个班子里工作的同志更是信任有加，百般维护，为了有个团结共事的形象，可以牺牲个人的一切。可田玉跃、贾林他们什么时候想过别人？除了为自己升官、发财，拉拉扯扯外，他们都干了些什么？泉滨县那么好的条件，至今连工资都发不全，还不是这几年被他们折腾的！前几年造大广场、修宽马路，今年又打造娱乐城，原来的家底都糟践光了，只能靠贷款过日子。田玉跃提拔走了，看来贾林也快了，还债的还不是泉滨的干部群众？一个个看不见的大窟窿谁来填？还不是老百姓吗？我们党的事业，就叫这帮坏家伙毁了。"吴云韬讲到这里，沉痛地跺了一下脚。

张立人听了老领导的话，眼睛涩涩的，很快就湿润了，他难过极了。如果换个人说诬告信是贾林炮制的，他不会相信，经吴云韬这么一讲，他深信不疑。此时他想起了离开纪委办公楼时，肖书记说的一句话："注意搞好班子的团结，尤其是同一把手的关系一定要处理好。"开始他没有在意，听了吴云韬的分析，再把这句话联系起来思考，问题似乎清晰了许多。

遇到想不开的问题，张立人不是找吴云韬就是找潘晓升。张立人走出了党校的门，径直来到市政协潘晓升的宿舍。一见面，老潘就说："你是不是又被狗咬了一口？值得庆幸的是没有咬破皮，还不用打狂犬疫苗啊。"既然话题已被潘晓升道破了，张立人就把肖书记有关诬告信一事的谈话，转述给潘副主席听。

谁知老潘对这事根本就不感兴趣，全由张立人去说，讲到哪里他也不管，讲的什么，他也不问，一直等到张立人说完了，他才不紧不慢地说：“贾林这种人，就像恶犬一样，生下来就是咬人的，你进门时我就说了，好的领导人被你赶上了，怎么咬也不怕了。肖书记带着信来找过我，信我看了，信怎么递到市委的我也知道。还是肖书记说得好，作为你本人心里有数就行了，对外还要维护班子的团结，工作该怎样干还怎样干，无论遇到什么情况，我们要对得起老百姓啊！”听到这里，张立人才算真正明白了。

清寒的月光下，城市如同流动的雕塑，浓稠的车流里，流淌着各色欲望。走出老领导的家门，他长舒一口气，嘴里念叨着：是种子，被踏上一脚，会更加坚定崛起的信念！

贾林的政治嗅觉特别敏感，自从李副主任讲了张立人千方百计维护县委的形象后，他的良心或多或少受到了触动。可这种人一切都是以自己的名利为轴心，今天以笑脸相迎是为自己，明天暴跳如雷也是为自己。他始终认为张立人是他仕途上的障碍，是障碍就必须毫不客气地搬掉！这是他不可改变的看法。不论是学历、水平、群众基础，甚至是相貌，在贾林看来好像是张立人有意与他作对，特别使他不能忍受的是，不论是大会小会，只要张立人一开口，与会的都夸讲得好、有水平，每次民主测评，张立人都比自己高出若干个百分点，老百姓看着电视也会说张立人长得真帅，说自己是“那个熊样”。张立人在泉滨县成了花，自己竟成了叶，甚至成了刺。作为嫉妒成癖、红眼病已入膏肓的贾林来说，是有我没他，有他没我，真有“既生瑜何生亮”的味道。

他依靠内线，很快了解到那封信的处理结果。在预感到大事不妙的情况下，他拔腿找到魏树吾，请他的这位姨夫指点迷津。

魏树吾见到贾林的狼狈样儿，先是臭骂一通：“你还干县委书记，猪脑子，赤膊上阵，匹夫之勇，没出息。事情哪能像你想得那么简单，干什么事都要思前想后，不能给人留下把柄。你可倒好！辛豪岂是好糊弄的人，还有那个肖正强……”

“姨夫，我太草率了，请您帮着想想办法。”

“擦屁股的事啊！”魏树吾叹了一口气说，“我干了那么多年的组织，我擦过几次屁股啊？走！”

“到哪儿去……”

“上省城，找甄书记。”

魏树吾陪贾林连夜赶往省城，拜见了省委分管干部的甄副书记。这是他们的主要靠山，也是魏树吾靠重金买到的一把既能遮风又能挡雨的保护伞。

从省城回到县里的贾林，一天到晚忙个不停，又是走访派出所，又是看望治安人员，又是安排电视记者专访，大谈维护稳定的重要性。至于县里正在开展的工作包括农业经济结构调整，却只字不提。村镇街道，屋山墙上又刷上了“维护社会稳定，确保一方平安”的醒目标语。

有人推测贾林要升迁了，有人估计县里的工作重点转移了。别人只能是猜想，心知肚明的是贾林。他一个劲儿地抓治安、讲稳定，并不是县里出了什么事，而是那位甄副书记给他许了愿，准备提升他到靠近省城的一个大市担任市委常委、政法委书记。甄副书记告诉他俩，补充个市委常委，自己说句话，组织部基本就定了。于是，在魏树吾的精心安排下，贾林把抓稳定保平安的标签通过造势通过作秀贴在了自己的脸上，为的是让甄副书记好说话。

甄副书记为“关系网”上的人办事从来都是雷厉风行、说一不二的。过了没多久，按照他的授意，省委组织部的白处长带领一名干事来到泉滨县，连夜找了十几位同志谈了话，又迅即赶回省里汇报，自然是好话连篇，考察谈话的人都是贾林亲自点的名，当然是百分之百的同意提拔使用了。甄振怀没有想到的是，组织部没有通过他对贾林的任命意见，而是提议把贾林安排到劳动技校任书记，这样既得到了提拔，又不像安排到市委常委岗位上那么引人眼球。部长办公会开过后，他们向甄振怀详细阐明了理由，甄副书记尽管有些不悦，但又觉得组织部也是一片好心，于是当即在任命决定的稿纸上签了字。这时，组织部始才通知了市委。

市委组织部的张部长按照市委书记辛豪的意见，带有火气地说：“我们不同意提拔，但同意调走。如果提拔了贾林，将会在泉滨乃至全市干部中造成不良影响，请省委组织部再考虑。”这位张部长就是从省委组织部下来的，又有辛书记的明确意见，所以说起话来有些硬梆的底气。可对方告诉他，甄副书记已经决定了，是通知市委，不是征求意见。

张部长在省委组织部工作期间，对类似情况尤其是对那位甄副书记了解得更多。他压住火气，向辛书记作了简短汇报。

甄副书记担心夜长梦多，着令贾林立即到新岗位报到，县委书记职务也同时被免除。

突如其来的任免决定，弄得市委非常被动。泉滨县的县委书记必须尽快确定人选。县长张方平在外县已干过四、五年县长，来泉滨工作也有两年多了，他的呼声比较高。市委立即责成组织部门抓紧到泉滨考察干部。

就在这时，省委组织部的任命通知已电传到市委，接任县委书记的是省委组织部委派来的，此人名叫刘旭行。

十三

省委副书记甄振怀本来不打算把自己的前任秘书刘旭行安排到那么远的地方，因魏树吾担心贾林走后县委书记有可能被张方平或张立人取代，一再恳求派个自己的心腹之人，于是，甄振怀在大骂魏树吾、贾林都是酒囊饭袋之后，才决定把秘书刘旭行公布为泉滨县县委书记。

别看这位刘书记年龄不大，经历可非同一般。在街道工厂干过两年保卫，在省直一个经济部门行政科当过三年伙食管理员，通过钻营，加上会做几个别人做不了的甄副书记喜食的特色菜，又继承了祖传的推拿手艺，把甄副书记的老伴伺候得挺熨帖，得到了甄副书记的赏识，当上了身边的秘书。为了给他弄个行政级别，甄副书记利用分管干部的得天独厚的有利条件，责令在刘旭行调动时，通过转关系把一般干部改为科级干部调入组织部，没到半年，又以副书记的秘书最起码应当配备副处级干部为由，让组织部硬提成了副处级。

这次为了委任县委书记一职，又提前几天公布刘旭行为正处级，这样，在众人面前，甄振怀可以拍着胸脯说，刘旭行是以同级干部平职安排的，既没有得到提拔，又被派到偏远的地方，有谁能如此安排自己的秘书？在这个省恐怕只有甄振怀了。你看人家甄书记对下属要求多严，这才是名副其实的正人君子。

可能在甄副书记身边久了，刘旭行是个有恃无恐的人，在他眼里除了顶头上司，没有几个人是值得他正眼相看的。他常说，别看当官的那么多，主要的就是我们的甄振怀书记，什么管天管地、管物管钱，都得听管人的，不听甄书记的，什么都叫你管不成。

这话恰好被省文博局一位叫王实禾的副局长听到了。这位王副局长是省城知名的才子，博古通今，自京城大学历史系硕士毕业后，一直在文博部门工作，擅长考古研究，文艺评论写得也很棒。可能是与职业和爱好有关，王实禾性格耿直，看不惯那些依仗权势作威作福的人。这次与刘旭行的磨擦，算是他一生遇到的最大不幸。他质问刘旭行："管干部有什么了不起，那是组织的安排，应当按组织原则办事。像你这个说法，我看是在败坏书记的名声，要你自己的威风。"

刘旭行好像是听错了，他摇着头，陌生地看着王实禾。他根本没有料到，在全省干部队伍中还有人敢跟他这样说话，便毫不客气地回敬说："没想到半路杀出个程咬金来。你敢怎么着，你不就是个小小的副局长吗？让你干你是个官，不让你干你是个屌！甄书记一个小指头就能把你的官帽子戳飞了，让你哭都找不着个地方！哼！"

王副局长毕竟工作这么多年了，一生又孤傲，听到如此粗野侮辱的语言，岂能忍受得了？于是便厉声斥责道："领导人身边竟然有你这样素质低下的东西，那简直就是领导人的不幸。我不相信甄书记能用你这连人话都不会说的东西当秘书。"

两个人你一言我一语，一个火冒三丈，一个暴跳如雷。多亏几个在场同志的劝解，才把两人拉扯开，各自悻悻离去。

谁知，刘旭行为这件事专门跑到甄副书记家里，气势汹汹添油加醋地述说王实禾如何不尊重领导，在公众场合指名道姓斥骂甄振怀没文化，说是靠他爹托关系走门子当的官，又靠送钱送物当了副书记，还说让一个不学无术、缺德少才的人分管干部，真是全省人民的不幸。如此这般。

刘旭行最清楚甄副书记的软肋，甄副书记最怕什么？最怕别人说他"没水平"，尤其是不愿听"没文化"。为了解决"有文化"的问题，他不仅让他分管的党校给办了个研究生文凭，还让某都市类媒体把自己写成"酷爱读书"的典型。现在看甄副书记的学历，那可是名副其实的高级知识分子。可实际中的甄副书记还是原来的水平，有时为了表现表现自己的墨水瓶儿，也卖弄几句古诗词或讲个把典故，经常是弄巧成拙，驴唇不对马嘴，引得听者忍俊不禁，他自己还在那里洋洋得意。

甄振怀听着刘旭行愤愤地讲，自己却一言不发。他抽完一支烟，又点上一支，烟灰掉到裤子上，他竟浑然不觉，两眼直勾勾地盯着院子里的那棵梨树，脑子却在不停地转悠。真是怪了，叶子已经落尽，树枝上还有一个干巴巴的烂梨在随风晃荡。甄振怀盯着那个晃荡的碍眼的烂梨。

“哦，我水平就是不高嘛！”甄振怀终于吐出了一句话，“人家说的是实话。文博局，是知识分子成堆的地方，跟他们比，我当然是没有文化的人喽！”他还在盯着那个挂在树枝上晃荡的烂梨。他就纳闷，怎么这么干巴了还不掉呢？

“给我把那个烂梨打下来，碍眼！”他忍耐了半天，还是无法释怀，心头对烂梨已经无比厌恶，终于吩咐保姆了。

刘旭行走后，甄振怀踱回书房，又点上一支烟，吐着烟圈，他在思考。最后摸起了电话，电话打给自己的新秘书小王，要文博局一把手下午到他的办公室。

下午一上班，省文博局局长孙孟周，早早就候在甄副书记办公室的外边。甄副书记中午陪客喝了点小酒，老孙从他身后走的时候，还闻到了酒气。

甄副书记开门见山，直接问起王副局长的情况。

哪知这位老孙却是一位正派人，已经五十八岁多了，整天想的是文物管理与研究，不大善于同领导同志打交道。接到电话，他还以为领导同志又要调看或借用什么文物了，心里有点紧张，一听是这事，他可真恼了：“王实禾是个难得的人才，人品好，水平高，你如果有时间到局里听听同志们的看法，你就知道我说的全是真的。”

“我们的干部，要德才兼备，文化部门的干部更要讲究这个！”甄副书记调高了嗓门，颇有涵养地笑着。

老孙说：“那是那是，其实王实禾就是德才兼备，人又特别耿直。”

甄副书记见孙局长一直替王副局长说话，就装得很随便地拉着长腔说：“我只是一般性地了解点情况。对干部，不仅仅是在提拔的时候想起他，而要时时关注、关心、关怀嘛！我说老孙啊，我们的谈话请不要告诉任何人，懂吗？”

老孙答应着，退了出来。

事隔不久，文博局增加了一名刘副局长并兼任党组书记，组织部同志的解释是，为了让孙局长有更多的时间从事专业研究，特派刘义行同志主持日常工作，负责文博系统党的全面工作。孙局长完全明白了甄副书记的用意，但他也相信文博局的正义力量，从此自己什么事也不管了，一头扎到研究当中。

刘副局长却忙得不可开交，晚上找干部谈话，白天走访干部家庭，一连搞了两个多星期。孙局长一开始还觉得新来的这位刘副局长可能是来详细了解一下王实禾的情况，王实禾那样的好同志是不怕调查的。还有可能是在熟悉文博工作，将来好接自己的班，他压根儿就没有想到，这其中还会包藏着什么险恶用心！

组织部关于民主测评领导干部的正式通知已下发到各个单位、部门，党委、党组的同志进行了传达学习。文博局党组学习会上，刘副局长说："根据甄副书记的意见和组织部的具体安排，我们这次的干部民主测评由我负全责，请大家多多支持。"

孙孟周局长立即表态："组织怎么安排，我们就怎么执行，这是组织原则。但我要把丑话讲到前头，文博局应该有点文化素养，要讲究党性，讲究公平和正义，任何人都不要背离党的原则，更不要做出缺德的事情。"

刘副局长乍听这话，心里有点发虚发慌，以为自己找人谈话露出了什么破绽。后来仔细观察一下孙局长那讲话的语气和神态，知道他是从一般要求上讲的，并没有识破这次测评的真正用意，悬着的心才放了下来，静听大家的表态发言，暗中早已把矛头对准了王副局长。

王实禾却表现得非常平静自如。这种事情他从来不关心，也不背后说别人不好的话，即使是明摆着的缺点，只要对方不在场，他也是只字不提，每次考察、测评，他全都如此。平时谈工作，那是有板有眼，讲起业务来，滔滔不绝，不拿稿子说上一、两个小时是常有的事。可开起这种会来，一般却很少讲话，问他为什么，他总会笑着说：不是常说要找准自己的位子吗？我的位子是党组最后一名成员，前面的同志讲完了，也就差不多好总结了。所以，他每次都是说没意见，或者说同意。这次刘副局长问他时，他又是这样，说："安排得很好，没有意见。"会议在非常平和的气氛中结束了。

殊不知，刘义行是按照刘旭行并经甄副书记推敲多遍的秘密方案在工作。

一张看不见的大网，正朝王实禾的头上罩过来，而王实禾却毫不知情，依然埋头于自己心爱的业务。

刘义行经过摸底，基本上掌握了文博局干部队伍的思想状况后，竟吃不下睡不着了，有点像掉了魂似的，没精打采。他万万没料到文博局会铁板一块，大家对班子成员，对王实禾的评价都很高，这大大超出了自己和甄副书记的意料。看来要想马上把这块铁板熔化掉，有难度，需要时间。原来都说文人相轻，班子不团结，如有个协会，几个副主席，一见面就吵，不见面就互相告状，吵的告的无非都是鸡毛蒜皮。可文博局团结共事，几无缝隙。组织部催了几次，准备派人到现场监督投票，可他始终不敢确定发票、投票的时间。刘义行不怕拖延时间，可刘旭行上任的时间眼看快到了，甄副书记交待的任务只准与刘旭行单独联络，以确保杀机不外露，这也是甄副书记一贯的工作方法。

刘旭行始终牢记甄副书记的话："对那些花钱买官的人和对我们有用的人，以及对我们不敬的干部，就由咱俩亲自来办，不能有第三个人，三人就是'众'了，人多嘴杂。两人就是'从'，叫那些不被重用的和降职的有口难言，乖乖地服从组织。"这个时候，刘旭行更是把此话奉若神谕，一天一次电话，把个组织部分管省直机关干部的副部长急得团团转，不是打电话，就是派人到文博局，一个劲地敦促刘义行抓紧再抓紧。

实在是等得不耐烦了，刘旭行直接把刘义行找到了办公室。刘义行虽然是刘旭行的叔伯哥哥，但他在称作弟弟的刘旭行面前却显得惶惶然，因为他这个官，完全是靠眼前这位弟弟在甄副书记面前求情办成的，如今混到了个副厅级，他从心里感激不尽。可没有想到，接手的第一件工作，就遇到了难题，更没料到这个王实禾在文博局威信那么高，几乎没人能说出他的硬伤，想通过这种测评方式把他拿掉，实在是有点儿悬。因此，他迟迟不敢召开民主测评会。

他把情况向刘旭行一讲，刘旭行阴沉而笑，说："你呀，你呀，这么点小事都下不了手，今后还能跟着甄书记干大事吗？我告诉你个法儿，保证一次成功。"于是，便如此这般地安排了一番。刘义行提心吊胆地回到了文博局，开始实施刘旭行和甄副书记的报复性计划。

果然奏效。刘义行分别找了四个急于提拔的干部交了心，再由他们去找与自己谈得拢的人交心。只要这次测评，保证王实禾的反对票过了百分之二十五，积极支持刘副局长工作的同志都能得到提拔重用。

重赏之下必有勇夫，在权力的诱惑面前，那些一心只想升官的人就不知道什么叫道德，就是把良心卖了他们也会不论斤两。刘义行给四个"勇夫"明确了提拔的时间和职位，他们一个个便像饿红了眼的野狼，恨不得马上就把王实禾吞进肚里。不到一个晚上，他们又各自拉拢两、三个人，这样凑巴凑巴，也有八、九个人了。于是就公开发票进行评议，结果王实禾的反对票正好是八张，全局三十几个科以上干部，不多不少是百分之二十四点五，比刘义行他们原来预计的少了三、四个人。别看刘义行实际的文化程度只是个初中，但四舍五入这点数学知识还是有的。经过他这一入，比例数正好达到了甄副书记要求的百分之二十五。刘义行得意洋洋地立马向刘旭行报捷。

"民主测评，反对票超过百分之二十五的，应当就地免职或降职。"甄副书记在书记办公会上明确地表示了自己的意见。因为他分管干部工作，其他同志也不了解内情，按通常做法，如此重大的事情，应当在会前形成文字材料，然后由大家逐一发表意见。这次是甄振怀自己临时插上的题目，所以，大家都感到有些茫然。

正在大家心里犯嘀咕的时候，省委书记顾全同志讲话了，他说："对干部的使用，要多帮助、多教育，使一些苗头性的问题，尽早解决在萌芽状态。老甄讲的组织部对民主测评领导干部的大体意见和他的解释，应当说是想法很新，但不能不教而诛，更何况百分之二十五的反对票，就要惩处。我们省里的班子有多少人在上次的民主测评中不是四分之一的反对票？其中不少是那些真抓敢管的同志，所以说那个百分之二十五显然是不可取的。我看振怀同志的这个意见暂时就不讨论了，如有必要，让组织部先搞个试点再说。使用好干部，更要保护好干部呀！"

很清楚，省委书记是不同意的。甄振怀却在一意孤行，根本不考虑顾书记讲话的本意，而是抓住试点的话做起了新的文章。

书记办公会一结束，他就通知组织部，要将王实禾的副局长改任副局级调研员，保留待遇，同时免掉局党组成员，退出领导班子。

组织部长提出质疑，他火冒三丈："你根本就没听懂顾书记的意思，他不是让你试点吗？咱们的点不是已经试了吗？抓紧处理、总结经验就是了。"

组织部长是个很有数的人，但又是个看着上司脸色行事的人。分管领导有了明确意见，别说与省委书记顾全的意见不一致，就是与中央的规定相违背，部长只是先提出自己的意见，然后又照办不误。这位部长先是让干部一处的同志起草了个关于王实禾同志测评情况的报告，并在上面批道："请甄副书记审定后，再组织实施。"这个批示很有道道，既保护了自己，又按甄副书记的意见办了，到什么时候，也找不到自己头上。

将这份文字报告送给甄振怀，甄振怀提起笔写下：“免现职，变虚职，立即下发文件。”

甄振怀签字时很用力，像是用刀子在纸上刻，咬着牙根，抿着嘴唇，他仿佛又看到了那个晃荡的碍眼的烂梨。

甄振怀的骨子里，似乎遗传着一种基因。其父在当年，就是靠诬陷他人正中上司下怀而爬上了权力的宝座。

引颈就戮的王实禾看了公布令，如同五雷轰顶，朗朗乾坤竟又导演出如同父辈在“文革”中一样的遭遇。他的心在战栗，在流泪，没想到因为一句话引来这样的打击报复。

文博局机关的同志义愤填膺，孙孟周局长拍案而起，而一位文物老专家更是气愤难平：“如此对待一位有发展前途的优秀人才，只有失去人性的变态者才做得出来。世道没变，怎能容得恶人随心所欲呢?”

你说你的，我做我的，甄振怀从来都是我行我素。

泉滨县一把手任职的消息，早就传得沸沸扬扬，听说是省委副书记的秘书，大家猜测那水平一定差不了。大家都翘首期盼着新的当家人。眼下各县都在憋着劲儿加快发展，泉滨县再也耽误不起了。

刘旭行踌躇满志地来到泉滨县。让人大感意外也有点接受不了的是，不论小会大会，不分什么场合，只要是他到场，一律要求大家起立迎接，退场同样要站起来目送离去。据说，这是甄副书记亲自向刘旭行授意的，刘旭行又让县委办公室组织安排好。大家都知道这位县委书记有些来头，只好委曲求全。

还是有那么几位，偏不信那个邪，政协的宋主席就是一个。第一次见大家起立，他也跟着站起来，可后来得知是新书记的个人要求，他索性就不参加会了，非参加不可的会议，一般也要等到刘旭行的排场摆完后，再悄悄坐到自己的位子上。

张立人跟新来的书记接触，也就是干部大会那么一次，那只是同其他同志一起礼节性的会面，直感这个书记很爱摆谱，很傲慢，居高临下的姿态，让人厌烦。但不管怎么说，一把手的权威他是必须维护的，这是他做人为官的基本原则。

县长张方平告诉他，其他副书记都单独拜见了刘旭行，示意张立人抓紧点。于是张立人就请办公室的同志转报，可对方总是说没时间。张立人实在等不得了，自己直接走进了书记的办公室。刘旭行正斜靠在转椅上，翘着二郎腿，张立人喊旭行同志时，他才懒洋洋地坐起来，爱理不理地说："你来啦。我早就想找你谈谈，可刚来这里，头绪太多，时间不好安排。你既然自动找上门了，我就把心里话告诉你，省得心里没个底。"说到这里又干咳了几声，随后呷了几口茶水、抽出纸巾轻轻在嘴唇上摁了摁，这才慢条斯理地开了腔："你这个人我早听说了，是个县委书记或县长的料，这次没干上没有关系，我最多在这里待一年，一年后你不是县委书记也是县长了，好好跟我干。"

听到这句话张立人就有些反感，如实说："刘书记，千万不要这样说，我能干好现在这个活儿就算不错了，绝无其他想法。"

刘旭行一看张立人确实如人所述，老实本分，忠厚诚恳，禁不住嘿嘿一笑，说："老张，你一定要相信我这个人，好好跟着我干，省委的甄振怀书记你可能听说过……，啊?"刘旭行斜眼瞅着张立人，哈哈大笑起来。

张立人却笑不出来，赶紧说："刘书记，甄书记那是省委的副书记，在电视上不是经常见吗！只是我认识他，他不认识我。听说您在他身边工作过，那条件真是太优越了，可以随时从省领导那里得到教诲、真传。现在您来泉滨当书记，正好给了我向您学习的好机会。今天主动找上门来，主要是想把我分管的工作和前些日子在党校学习的情况向您汇报汇报。"

谁知刘旭行竟轻蔑一笑，说："咳！工作还不是那一套，在党校学习就更不用说了，省党校我不知陪领导人去过多少次了，了解得多了，别说一个市党校了，还有啥说头啊。"看他有点不耐烦的样子，张立人只好告辞。

王实禾变得更加沉默寡言了，他经受不起如此沉重的打击。他其实不是贪恋这个副局长职位，干不干都无所谓，专心搞搞业务工作岂不是更好。他是咽不下这口窝囊气，就为了一句话，竟然受此奇耻大辱。他吃不下饭睡不着觉，把妻子何芳急得火烧火燎，赶紧打电话把遇到的不幸告诉了哥哥张立人。

有这样的事？张立人颇感震惊，没想到当年历史系的这位才子，竟走到这般地步。他赶忙请了假，瞒着父母和妻子，直奔省城妹妹的家。

妹妹的眼睛早已哭肿了，妹夫王实禾躺在床上不停地叹气，见到张立人，很想说说心里话，可那脆弱的神经又使他泣不成声。

张立人好不容易听完这段复述，又从妹妹手里接过王实禾准备发给他的一封信，少说也有七、八页。张立人没有马上看信，先安慰起了王实禾："人生在世，难免碰上这样那样不顺心的事，关键是自己要把心态放正，不要自己跟自己过不去，要挺着胸膛看着乌云散尽、太阳出来，相信正义和真理长在。"

"人家大权在握，非要报复我，孙悟空再能也逃不出如来佛的手掌啊！"王实禾仰天叹道。

"如今不管是谁，手再大，也遮不住天，你要相信组织，相信那些讲党性、讲原则的领导者还是大有人在的。"张立人进一步开导他。

妹妹何芳一再恳求哥哥给拿个主意，她说："闷在家里和憋在肚子里总不是个法儿。是不是去找找上面的领导人，人家都说顾书记很正，咱能不能把这个事向他反映反映？"

王实禾立即表态反对，说："既然是上面的意见，求谁也没有用。叫我摊上了，我受着就是了，最多是个死，没有什么了不起。"

张立人批评妹夫自甘沉沦，同意妹妹的说法。他说："这件事肯定省委书记不会知道，因为你这个正处级的副局长是直接归组织部管理的，我可以帮你把情况梳理梳理，写个材料给顾书记看看。"王实禾有些倔犟，见张立人肯出面，却也只好表示写好了再说。张立人摊开信纸，代王实禾写起信来。一边写，一边在心里感慨着，这是什么世道？好人怎么就越不过去人为制造的磨难这个坎啊？好人为什么总被夹在石磨之间碾来碾去？

王实禾看了张立人写的草稿，佩服而笑："看了立人哥写的稿子，我放心了。我们没告任何人，只把自己受到的不公正待遇向领导同志反映反映。开始我不同意写这类东西，担心留下个告状的名声。俗话说好人不告状，告状无好人。尽管这话有些偏颇，但我们知识分子有谁肯告状呢？有活干、有饭吃、有房住，不受欺侮就行了，哪个还愿意去招惹是非，除非太咽不下那口气了，才被迫申明自己的态度。既然用这种方式，我再斟酌一下。"

张立人见王实禾的精神好多了，又开导嘱咐了一番，就踏上返程的列车。

宾馆花园新修建的宿舍楼，正在装修，电钻、电锯的刺耳之声，听了让人心烦，但在裴尚蕊听来却像是点钞机有韵律的唰唰声，爽极了。她一大早陪着刘旭行看了看，陪同查看的裴尚蕊的弟弟裴在民趁机提出送给刘旭行一套，刘旭行故意问：“怎么个送法？”

裴在民试探着说：“您只要肯要，当然是白送了。”

满以为这样的回答能讨得刘书记的欢心，没想到这位新书记一听就火了：“你是不是想成心收买我？白要那不是受贿吗？我年纪轻轻的，能被一座破房子葬送前途吗？我这个人跟随甄书记多年，甄书记言传身教，我从来都是廉洁奉公的，拒腐蚀，永不沾，知道吗？”刘旭行借机又大讲起了廉政的重要意义，讲到口干舌燥，才离开了那里。

裴在民早已吓得魂不附体，裴尚蕊紧步跟上，尴尬地陪着书记一起走，边走边同刘旭行套近乎：“刘书记，刚才您讲得太重要了，像您我这个年龄，政治生命是最值得珍惜的。不过，您千万不要把在民的话往心里去，他也是好心，谁叫他这次碰上刘青天了。”说着，弹去了刘旭行衣袖上的一点尘土，抛给刘书记一个媚眼，浪声浪气地说：“刘书记，您说是吧？”

刘旭行听了裴尚蕊这番话很受用，心里畅快极了，没想到来到泉滨这么短的时间就有人喊出“刘青天”，不管是多少人，也不管是什么人，有人喊就好。于是他拿捏起县委书记的腔调说：“年轻人说句错话没关系，你告诉在民今后说话要注意点影响嘛。你也转告他，这件事不会影响他的仕途和生意。”

裴尚蕊高兴得两颊绯红：“一定转告，一定转告。大人不见小人的怪，您刘书记是宰相肚里能撑船啊！”刘旭行就喜欢裴尚蕊说话，而裴尚蕊最擅长说的也就是这样的话。

片刻，裴尚蕊又说：“刘书记，我觉得您今天的话很有指导作用，是不是整理整理叫办公室发下去？”

刘旭行好像不在意似的说：“有那么重要吗？那你们看着办吧。”

“这太重要了，太重要了，我抓紧找人整理，办公室再发个通知，让全县各级广大干部都知道，刘书记上任伊始即高度重视廉政建设，严以律己。”

刘旭行没有再说什么，只是笑眯眯地点了点头说：“你只告诉一下林一通就行了，具体怎么写，我那里有这方面的材料。”

裴尚蕊心领神会，赶紧去安排。

全县干部都在学习刘旭行的重要讲话。张立人看了县委办公室编发的简报，隐隐感到难过。都什么年代了，我们的领导同志还在搞这一套！县里的改革有多少大事需要研究、需要过问、需要落实，可这位刘书记还真沉得住气，什么汇报也不听，什么大事也不议，整天忙着上镜头、造新闻，可着劲儿地作秀。一时间，县电视台新闻联播播放的都是刘书记深入基层的身影，县里的广播，在播送着刘书记关心群众生活的录音，县报则整版地登载刘书记的重要讲话和最新批示。老百姓哪里会知道，所有的内容，都抄自甄振怀在省里的讲话稿。有时他自己用红蓝铅笔在印有甄振怀名字的稿子上划了一道又一道的杠杠，有时懒得划了，就叫办公室的秘书划下几段给他看看。裴尚蕊着人整理的稿子，就是这样炮制出来的。

这时，一批马屁精干部有机可乘了。有的说："刘书记的讲话真是高屋建瓴，言简意赅，看问题就是有深度！"

也有的说："人家刘书记那是省里的水平，微言大义，高瞻远瞩啊。"

办公室主任林一通在办公室会上说得更绝："刘书记别看年龄不大，水平与省委甄振怀书记不相上下。甄振怀大家都知道本来是个大草包，自从刘书记当秘书后，甄书记的水平那是蹿着高地往上疯长，谁的作用大家还不清楚吗？"

这话很快传到刘旭行的耳朵里，他没想到办公室还有这样的人才。于是，很快把林一通叫到面前，先是板着脸质问："是你在背后说甄书记的坏话了？说甄书记是草包吗？"

这一问不要紧，吓得林一通浑身直打哆嗦。他结巴着说："刘书记，我没有侮辱领导，我说的不是那个意思……"

"不是那个意思，是什么意思？我看你当主任是当到头了。"

林一通是官场的老油子，他马上话锋一转："刘书记，我是说您水平高……"

"老林啊！你有见解，有眼力。你在办公室会上的话我听说了，讲的尽管是实话，确实是像你说的那样，我有能力，水平绝对比现在那些县委书记高，但不要贬低甄书记，没有他那棵大树，我再有本事也白搭。"

林一通唯唯诺诺，拭了拭额头上的汗珠，说："刘书记，您刚才的话简直让我醍醐灌顶。我一定牢记，一定牢记！"

溜须拍马是林一通惯用的伎俩，领导人不管怎样更换，他用的都是这套办法，长用不衰，而且屡试不爽。这次让他没有想到的是，刘旭行竟当着面赞扬了他。想到这里，林一通就掩嘴而笑。走出刘旭行办公室的时候，高兴得竟蹦了起来。

十四

发给顾全书记的信已过去一个多月，王实禾整天盼啊盼，却杳无音讯。焦虑加上悲愤，使他再次倒下。他甚至有些懊悔，不该写那封信。

他做梦也想不到，甄振怀担心会有人告状，提前与顾全书记管文件的孙秘书密商好了，只要是文博局的告状信都压一压，不要急于送给书记批阅。王实禾的信已经锁在孙秘书的抽屉快一个月了，类似的信还有几封，有多少锁多少，然后孙秘书再偷偷地把情况报告给甄振怀。

有一次甄振怀提出看看王实禾的来信，孙秘书一时愣了神，不知怎样回答才好。甄振怀一见孙秘书吓成那个样子，便说："算了算了，我是考验你呢小孙，哈哈！小孙你很有原则性，这很好。在领导身边就要这样。"孙秘书始才回过神来说："谢谢甄书记。"

孙秘书回到办公室，打开抽屉翻翻那些来信，发现除了署名王实禾的信没有提甄振怀的名字外，几乎所有的信都点到甄振怀和刘旭行。平时他知道这两个人名声不太好，但慑于职务分工赐予甄振怀的管理使用干部的权力，他同对待顾书记一样对待甄振怀，从来都是毕恭毕敬。甄振怀安排的事，他都是认真去做。这一次，这位从街道办走上来的孙秘书，可把甄振怀看透了。开始安排压下文博局的上告信，他听了，将来追查起来，可以按甄振怀说的来解脱，那就是文博局的问题正在调查中，担心影响顾书记的精力，孙秘书尽管认为那样做不太妥当，但问题不是太大。可这次甄振怀要求查看给顾书记的信，他感到问题严重了，甄振怀的所作所为已经丧失了一个领导干部应有的品格，凭他在基层多年的锻炼和在顾书记身边工作这几年，他深深感到自己受人欺骗了，被诱骗得几乎误入歧途。

顾书记的办公桌上摆上了厚厚一摞来信，都是为王实禾鸣不平的，其中也有王实禾本人的。顾全看后，气愤地用拳头狠狠地砸向桌子，那摞信被震得散了一地。他自言自语地说："光天化日之下，在省委的眼皮子底下竟能发生这类事情，真是不可思议，不可思议啊！"

他马上喊来孙秘书，询问为什么信发出这么久，我今天才看到信呢？孙秘书一边弯腰捡那些散落的信件，一边如实交待了事情的缘由。

顾全再也无法容忍了，对孙秘书说：“你是怕我们因官僚主义造成的损失还不够吗？我的秘书，倒听别人安排，你是地地道道的人在曹营心在汉哪！既然如此，我也不勉强你了，明天你就自由了，自己可以找一个满意的工作。”孙秘书一见顾书记动了怒，吓得哭了，一个劲地检讨。顾书记根本不予理会。

在顾书记的直接过问下，王实禾官复原职，文博局大院锣鼓喧天。躺在医院病床上的王实禾，双手颤抖着一字一句地看着省委组织部的任命通知，一字一句地读着组织部姜副部长对王实禾肯定的话。这一切尽管使王实禾精神倍增，但对已被重病击倒的王实禾来说，这一切又来得太晚了。

张立人接到妹妹的电话，再次来到省城，来到王实禾的身边。面对瘦骨伶仃的妹夫，他痛苦地低下了头，眼泪默默而流。他们都曾是学校的高才生，都是所学专业的尖子。步入政坛后，又以自己勤勉的工作和正派的作风，一步一步地走上了领导岗位。尽管当今官员多如牛毛，但毕竟是个正儿八经的官啊。王实禾常说：“郑板桥多有才，只不过干了个七品县令，咱比起人家不知差多少，也当上县级干部，没想到，该知足。”一幕幕情景，一句句实话，犹然在耳，而人已不堪，张立人唏嘘不已：多好的同志，就这样因不公正的待遇而在仕途上倒下了。

听说顾全要在参加一个会议之前插空到医院看望王实禾，张立人赶快拿起自己的手提包准备离开。王实禾因为是第一次同省委书记见面，心里没底，就拉住张立人的手说：“立人哥，顾书记来了我说些什么好？”

张立人说：“你先把脸洗干净，挺直腰杆，打起精神来，不要暮气沉沉的。顾书记问什么你就如实说什么，对领导同志必须讲实话。但有一点千万记住，不管怎样，我们也不要说别人不好的话，自己的问题解决了，过去的事就让它过去。你的事，如果不是顾书记亲自过问，很难说会是个什么结局。你还算是幸运的，多说几句感谢顾书记的话吧。”

王实禾微笑着接过妻子递来的热毛巾，擦了擦脸。张立人匆匆离开医院。

顾书记还没来，医院里先忙乱起来，院长亲自指挥，医务人员在精心地准备着，清洁工在走廊和病房里起劲地打扫着……

顾书记按时来到了病房。王实禾在爱人何芳的照料下，半躺在病床上，身体虚弱使他有心坐起却怎么也坐不起来。顾书记拉着王实禾绵软无力的手，内疚地说："让你受这么大的委屈，实在是对不起你呀王实禾同志。"

王实禾一听省委书记说对不起，眼噙泪花说："不，不，为我这点事牵扯了您的精力，我更难过。"说着泪水潸然而下，何芳赶紧用纸巾擦拭。

这时顾书记又说："这件事的教训我正让有关部门有关同志总结，省委对忠于职守、埋头苦干、默默奉献的干部从来都是信任的，尤其是像你这样的专业管理干部，不仅要发挥好作用，也需要给予更多的关心和爱护啊！"

王实禾感动得一塌糊涂，他从来没有这样感动过，身体突然涌上一股力量。他示意爱人搀扶一下，自己竟慢慢坐了起来，说："顾书记，太感谢您了！我知道是在您的关心下，才使问题得到解决。恕我直言，全省干部队伍中大大小小的事，总不能都让您一人操心啊！"

顾书记静静地听着，默默地点头。王实禾，一介书生，受此磨难，无怨无悔，实在难得。王实禾又说："我在这里求您一件事，在我这个问题上千万不要处理任何人。这件事同时也检验了我的修养和意志，看来我今后还要好好磨炼自己，增强自己的适应能力。"

顾全同志闻此站起来，再一次握着王实禾的手说："你的话我听清楚了，请你好好治病，尽早康复。相信今后的工作环境会更好。"在秘书的一再催促下，顾书记只好匆匆离开病房，赶赴会场。

顾书记探视王实禾的事，尽管没让新闻媒体报道，但在省直机关很快就传开了。甄振怀的耳目早已把消息报给了他，医院的一位负责人还把顾书记与王实禾谈话的过程，以记录稿的形式，偷偷地送到甄振怀家里。本来这几天为王实禾这件事挨了顾全的严厉批评，让他指导组织部有关人员总结教训，并要直接责任者写出深刻检查，他的心境难免有些郁悒。尤其令他不安的是一旦事情真相败露，自己的马脚被识破，那麻烦可就来了。

甄振怀看过谈话记录，心里又踏实了，王实禾的话或多或少地触动了他。从王实禾的谈话看，当初刘旭行讲的那么多话，根本就不像是王实禾的话，悔不该当初下如此辣手。想到这里，他感到在这件事上，自己可能是上了刘旭行的当。他越想越慌乱，越想越觉着自己即使装装样子也应当去看看王实禾，这样既能在大面上说得过去，又免得别人说三道四，毕竟自己是分管干部的副书记。于是，他让秘书通知了医院。

医院从上到下又开始紧张地准备……

毫无思想准备的王实禾，见到甄振怀微笑着走进来，惊得他不知说什么才好。只是连声说："谢谢甄书记，谢谢甄书记。"

甄振怀佯作愧疚地说："听说你病了，我的心很不安，因为这几天忙于公务没有来看你。希望你早日康复。"

王实禾说："没事没事，躺几天就好了，这个病是由于自己的脆弱造成的，我会努力克服的。"甄振怀又假惺惺地安慰劝导了一番，走了。

王实禾的病情时好时坏，弄得何芳坐卧不宁，经常通过电话把病情告诉哥哥张立人。三个多月不见好转，张立人预感到情况不妙。尽管精神的作用很大，但一旦病入膏肓，精神作用再大也无法从根本上祛除病患。

张立人每次接到妹妹的电话，总是把这些看法一点一点地渗透给妹妹，使她心中有数，免得那一天突然到来心理承受不了。这次，张立人又对妹妹说："我们都希望奇迹发生，但当今世界医学科技还征服不了这种疾病，我们必须有思想准备。谁家都不愿意遇到灾难，一旦摊上了只能勇敢面对。"妹妹在电话里早已泣不成声，但他还在嘱咐妹妹："什么话都不要说，我们只能自认倒霉，世上受打击的人多着呢，谁想到实禾这么脆弱。顾书记对咱们又那么好，我们还有何怨言呢？"

何芳边听边哭，边哭边擦眼泪，张立人的电话挂了，她早已成了泪人。

张立人期盼妹夫早日康复，但他知道，王实禾受的是内伤，是心灵深处受了大伤害，难以一时抚平，只能继续忍受内伤的折磨。

十五

刘旭行自上任以来，学着甄振怀的做派，四处作秀，十分得意，怎一个恣字了得。什么是惬意的人生啊，这就是：迎面全是笑脸，出口便成指示，错了也是对的，含糊即是表态；决策高瞻远瞩，观点高屋建瓴，一切以自己的意志为转移；影响力无处不在，走到哪里，哪里都会响起掌声，即便是皇帝佬儿也不过如此嘛！况且身处信息时代，打开电视机，看的是自己的亲民形象；拧开收音机，听的是自己亲切的声音；翻开报纸，是贯彻自己重要讲话的新闻……

“我比甄书记不知强了多少倍，他在省里哪有我这个派头？他再大也是副的，我再小也是正的。老百姓都说，宁当鸡头不作凤尾，这回我可尝到了当一把手的滋味。哈哈……”刘旭行看完县电视台的晚间新闻，得意洋洋地翘着二郎腿，给远在省城的妻子打电话。正忘形地叙说着心里边的美好感受时，精心打扮过的裴尚蕊推门而入，手里的棕红色袖珍皮包看上去十分精巧，粉底碎花的连衣裙衬得脸庞娇媚而华贵。

刘旭行本能地把二郎腿放下，拉下脸来，一本正经地对着话筒说：“好了好了，请示工作的来了。……放心，放心。”

“同谁说话这么高兴？”裴尚蕊没等刘旭行打招呼，就嚷开了。

“还有谁？老婆呗！总是不放心，唠叨来唠叨去……”

“原来是嫂夫人呀，那一定是才貌双全喽。你们真是一对恩爱的模范夫妻啊，才几天不见，就如隔三秋。什么时候，我去拜见一下，也跟着嫂夫人学学，当面请教请教她是怎么当贤内助的。”

“唉，我们之间也就那么回事，柴米夫妻，没啥感情，缺少沟通，见了她我就心烦。哪像跟你，一见面我就周身通泰，激情四射……”

裴尚蕊一听，适时抛过媚眼来：“真的是这样吗？你可别骗我哦。”趁势坐到刘旭行两腿上，搂着脖子用力地朝刘旭行腮帮子上吻了一口。刘旭行难捺欲火攻心，把裴尚蕊搂得紧紧的，急不可待地撕扯着裴尚蕊的内衣。

心满意足后，刘旭行摸着裴尚蕊光洁的身子说：“你保持这么好的身段，又这么漂亮性感，是男人都会被迷住啊。我第一次见到你，当天夜里做梦就同你在一起，今天终于如愿以偿。”

裴尚蕊扑闪着一双勾魂的大眼睛说：“你这么年轻就只身来到泉滨，你可真是深入基层呢，太难为你了，确实够辛苦了，吃的住的有人管，就是这个需求不好办。格低了影响形象，格高了年龄又不合适。只有我，既是常委，又比你小几岁，别的忙有人帮，我帮你这个事，也算尽了我的一份心意。”

寥寥数语，直扑刘旭行心扉，撩拨得刘旭行如醉如痴，早把妻子刚才的嘱咐忘得一干二净，干脆把赤裸的裴尚蕊又抱到床上，翻云覆雨起来……

从裴尚蕊嘴里，刘旭行知道了王实禾的舅子哥就是张立人。原来张立人的父母婚后即商定，生男则随父姓，生女则随母姓。结果就出现了各姓张何的兄妹两人。刘旭行起初有些不相信，就让裴尚蕊去打听清楚。听裴尚蕊这么一说，刘旭行愣怔着眼睛说：“原来是这样啊，好，好啊。”

离开省城这些日子，刘旭行尽管装腔作势地装扮着自己，但心里始终有点做贼心虚之感。把一个老实巴交的王实禾搞到那个地步，他担心惹怒众人，尤其是文博局那些在他眼里“一根筋”的知识分子们，真的惹恼了他们也是不好收拾的，甚至还会依靠他们的硬笔头子，直通顾书记那里。有时夜里想起，会难以入眠，白天念起，讲话会语无伦次。当听说顾全书记有批示，王实禾恢复了原有职务时，他的心都快蹦出来了，浑身直冒虚汗。今天又确信张立人与王实禾的这种亲戚关系，更使他心慌意乱，魂不守舍。

本来，刘旭行对张立人看法不错，加上文笔好、群众基础好，真想通过发挥好张立人的作用，在泉滨县树树自己的形象，没想到刚把一个对立面摞倒，又站到了另一个对立面跟前，还不知道这个张立人知道事情的原委后怎样同自己算账呢！

送走裴尚蕊，刘旭行越想越窝火，不觉心跳又在加快，血在往上冲。他将后脑勺靠在椅背上，两手垫着脑袋，两脚搭在茶几上，僵硬着身子呆坐着，眉头深锁。“真他妈的！这算什么事呢?”他自言自语着。

正在这时，张立人敲门进来了，不紧不慢地说：“刘书记，向你请两天假去趟省城，看看生病的妹夫。”

刘旭行把脚从茶几上移开，一听张立人要去看王实禾，先是一惊，随即又掩饰惊慌，故意问道：“你妹夫在省城？哪个单位?”他突然心如刀绞，使劲咬牙忍住，手不自觉地捂住肚子。

“在文博局。叫王实禾。您认识他吗?”

刘旭行脸开始发白，越来越白。他咬牙咬得更紧了，似乎浑身难受，但还是坚持着说：“噢，不太熟悉，但认识。一个人的身体是他最大的财富，没有了身体，一切都是空的啊。请在王实禾面前替我问声好，你把工作安排好就走吧。”

张立人见刘旭行那个难受的样子，着急地说：“刘书记，你是不是身体不舒服，要不要我陪你去趟医院?”

刘旭行没有表示什么，但张立人发现刘旭行面部抽搐，汗珠濡湿了头发，顿觉不妙，一边大声喊着“刘书记，刘书记……”一边给自己的司机打电话，两人一阵忙活将刘旭行搀上了车。

汽车飞速来到了县医院。经诊断，是心肌梗塞的始发，治疗随即展开，病情迅速得以控制。张立人一直守护到刘旭行病情好转，等他离开医院时，天已经透亮了。回到家中，这才觉着肚子有些饿，等到妻子把鸡蛋面端到他眼前时，他已趴在餐桌上睡着了。

妻子推醒他，张立人端起碗，才想起去省城的事，便从口袋里掏出火车票，扔到桌子上，说："又给铁路作了贡献，这个月要从生活费中省出这张车票钱了。"

"也不知妹夫怎么样了……"妻子说。

"刘书记说病就病了，真没想到，他这么年轻，得这么个病。"张立人说。

"他活该！谁让他祸害人了。要不是他，妹夫也不至于……"

"你怎么能这样说话？他是县里的书记！"

"他欺负你妹夫！"

"谁给你说的？"张立人盯着妻子的脸。在家里不谈领导之间的事情，不谈自己工作上的事情，这是张立人的原则。可妻子怎么知道是刘旭行欺负妹夫的呢？难道是我透露出去的吗？想来想去，没有。他又提高了嗓门问："是谁说的？"

妻子是从妹妹那里知道的，但她不愿意把妹妹说出来，怕张立人责怪妹妹，就设法转移他的注意力："如果你不困，先来看看我在阳台上种的牵牛花，有好几种颜色呢，有紫的，红的，蓝的……"

隔壁传来父亲的咳嗽声，张立人知道是老人要准备起床晨练，就不再嚷嚷了，跟着妻子到了阳台上，果然看到了牵牛花，他使劲瞅了妻子一眼，附在她耳朵上小声说："不许胡说啊，领导干部之间，最重要的是团结，别乱猜。"

妻子似乎有点委屈，抹了抹眼泪，又点了点头。她从来就没掺和过丈夫工作上的任何一件事，嘴也严实，处事低调，与菜市场的小商小贩之间，块儿八毛的，从不计较，以致好多人并不知道她是县委领导的家属。别人议论县里领导的事，她也不听不问，更不传播。

盛开的牵牛花让张立人立时来了精神，妻子催他稍微闭闭眼，他却说一点也不困。他想起在大学的时候，八十多岁的叶教授和郁教授，都喜欢种牵牛花，两人经常在一起怡然自得地品着茶，聊着养花经验。

此时的张立人突发奇想，如果与好友之间有鲜花相伴，有香茗品味，聊着知心的话题，会是多美的一幅人生图景啊，这样的人际关系，一点不累。

刘旭行病情稍微稳定后，自己提出回省城复查。县医院立即选派最好的医生护送。火车到达省城，站台上挤满了迎接的人群，有刘旭行的妻子、亲戚，还有昔日的同事、结交的哥们，少说也有二十几位，省立医院的院长、医生、护士也不下十几人。甄振怀新任的秘书小王则站在了人群的头一位。

刘旭行在医生、护士的搀扶下，缓缓走到迎接的人群面前，频频向大家颔首示意。人群中有喊"刘处长"的，有喊"刘秘书"的，有喊"刘哥"的，也有赶时髦喊"刘书记"的。人人都伸过手来，但都被医护人员礼貌地推开。刘旭行径直走向救护车。刘旭行的妻子随同医护人员也一起钻进车里。随即救护车的笛声尖叫开来，一路呼啸着驶进省西医院的大门。刘旭行住进了高干病房，医院院长特意告诉刘旭行："这是甄书记专门打电话安排的。"刘旭行知道，他住的这间病房，过去只有省级领导人才能享用，心里一个劲儿地感谢甄书记。

市委领导同志得知刘旭行去省城治病的消息后，连夜指示、安排专人护理，并研究决定，泉滨县委的工作暂由县长张方平主持，张立人主持县政府工作，同时决定张立人为泉滨县政府副县长候选人。接着，县人大召开常委会议，全票通过了副县长的任命。

在全场热烈的掌声中，张立人站在人大常委委员面前，动情地说："掌声是动力，也是压力，更是信任和监督。我张立人决不辜负大家的期望，我将尽我所能，把分管的事情做好，请各位常委多监督、多帮助、多批评。"寥寥数语，透着真诚与坦率，讲完，深深地给大家鞠了一躬。

对市委这个决定，病中的刘旭行是同意的，他是在没有办法的情况下同意的。因为在泉滨县领导班子中，副书记除了县长张方平，下面就挨上张立人了，更何况原来的常务副县长已调到市政府部门工作，目前几位副县长没有一人担任县委常委。

但在自己生病这个节骨眼上，张立人挨号挨上来，他心里还是有点堵得慌。至于张立人亲自把他送进县医院，从而赢得了宝贵的救治时间，只在他心头一闪而过，根本就没放在心里。

本来是临时主持工作，可这位平时不大言语的张方平一接手县委的工作，就连夜思考并整理出十几个调研题目，从转变干部作风、社会稳定到群众关心的生产生活问题，分别由领导干部带队，深入到机关、村镇、国有企事业单位和民营企业调查研究。经过一段时间的座谈会、现场会和个别交流，掌握了大量的第一手材料。随后，他又同张立人等领导同志商谈，决定召开全县讲真话、办实事，齐心协力求发展的广播电视大会，组织县、乡、村干部和县乡人大代表、政协委员收听收看。

会上，张方平一一列举并严厉批评了那些热衷于搞形式主义、做官样文章、瞒上欺下的坏作风，严肃指出，有的干部不是在为群众办实事，而是在为个人捞名利捞好处。根子在世界观上，是世界观、人生观出了问题！

说到激动处，他脱开稿子，气愤地说："泉滨县这几年，就是这种形式主义、浮躁情绪把改革的大好时光给耽误了，把一些能干的人耽误了，把群众亟须要办的事耽误了。有的同志干工作不吃苦，不细致，不扎实，下基层蜻蜓点水，谈问题似是而非，讲道理装腔作势，此风不刹，什么事也会走过场。我作为县长尽管来泉滨时间短，但我也有责任，今天在这里向全县人民检讨，同时也向全县干部提个醒儿：我们工作生活在这块土地上，应当真心实意为这里的人民做点事情，应当对我们所从事的事业负起责任。"

诚恳，实在，严厉，讲话打动了与会者。主持会议的张立人也激动不已，他在总结讲话中，无限深情地说："方平同志的讲话很实在，泉滨目前的主要问题他讲得非常清楚非常透彻，这也是县委在讨论时的一致看法，希望每一位干部尤其是领导同志扪心自问：在轰轰烈烈改革开放的今天，我做得怎么样？能不能对得起群众？每个人都要自觉进行一番反思，并能在实践中得到切实纠正。只要我们都能从我做起，从现在做起，就一定能改变泉滨面貌，一定会得到群众的支持和拥护。"

这次的广播电视大会虽然开了一个来小时，却在全县引起了巨大的反响。人们在议论着，感叹着："这几年县委书记提升的不少，新来的尽管时间不长，可形式主义一任比一任搞得凶。不想搞的只能乖乖离开县委书记的位子。这位张县长，别看平时少言寡语，没想到他还能憋出这样实诚的话来！"

有的惋惜："张县长被压的时间太长了，光在外县当县长也有四、五年了，谁都提了就是没有人家的事。论经济工作，咱这里恐怕没有比他更熟悉的了，大学学的是经济，工作后干的还是经济，人又廉洁，能干成事。可就是人太耿直了，只顾埋头苦干，不懂得官场上的运作。如果他真干上了书记，张立人再接上县长，咱泉滨或许就有救了。”

也有的人比较冷静：“像他俩这么个讲法、干法，很难得到某些领导者的赏识。如今不会做样子，不会说假话，不会拍马屁，保住现有的位子就不错了。”

“现在的干部喜欢搞形象工程，不信你打开电视，到处是揭幕剪彩，每次都是一长溜好几个人，人手一把剪子，咔嚓一下，一块红绸子就被糟蹋了，好像红绸子不花钱似的。干部出手就糟践东西，这是什么干部呢，形象就被那剪刀剪坏了。”

“哎！红绸子值几个钱，你没看到公款吃喝、公款送礼，还有那些豆腐渣工程……”

群众说法不一，但不管怎么说，这次会议对全县干部的思想观念触动很大，也让全县群众看到了一丝希望。

种种议论也传到了张立人的耳朵里。他本能地反应，是不是张县长说得有点冲，弯子扭得有点快呢？痼疾难以一时根除，需要慢慢来，一步步走。大家的议论是在表达个人看法，这很正常。而在病床上的刘旭行会怎么看呢？还有前几任，贾林、田玉跃会怎么看呢？张立人这样想着，脑子开始有点乱了。

他突然哑然而笑：自己所想，其实完全是无用的，纯属浪费脑细胞，如果都这么谨小慎微，患得患失，前怕狼后怕虎，别说改革难以推进，就是日常工作的事也难以干成。张县长和自己没有任何私利，就是希望通过改革把全县的各项工作都搞上去，希望把经济发展得再快一些，希望全县老百姓都过上好日子。至于官阶几何，那倒还在其次。没有私利，路子对头，那就能干事，而且能把事干好。想到这里，张立人感觉信心满满。

十六

市委非常关注泉滨的工作，辛豪书记亲自带队到泉滨调查研究。出乎他意料的是，干部群众对临时主持工作的“二张”都比较认可。每到一地，几乎都能听到这样的反馈：张方平水平高能力强，干一把手非常合适；张立人德才兼备，擅长经济工作，他若担任政府主要领导，是泉滨百姓的福气！

辛书记担任主要领导这么多年，还是头一次听到当地的领导干部受到群众如此的拥戴。为了弄个究竟，他约请了当年的同事、如今的县政协主席宋吉生。

宋吉生已经知道辛豪来了泉滨，本想去看看当年在山区县工作的老班长，又怕耽误了人家的时间，主要还是有些顾虑，政协主席也算在台上的领导人，没有接到县委的通知，自己一般不要轻举妄动，尤其不能向市委主要领导面前靠，免得引起好事者的猜疑。政治舞台，本来就错综复杂，自己已经到了这个年龄了，工作上不能帮什么大忙，起码不要惹人烦。老宋从到政协那天起，就不断地如此提醒自己，告诫自己，也算是安慰自己。

今天，既然辛书记有约，他便毫无顾忌地来到了宾馆。老同事见面，彼此都把对方的手握得紧紧的，摇了又摇。宋吉生看到辛书记鬓边的头发都白了，皱纹明显密集了许多。当年他们一起搭班子时可不是这样，辛豪行走如风，声若洪钟，干起工作来雷厉风行。

宋吉生说："岁月不饶人啊，我们都见老了啊！不过你还行，干了一个地区，又调到这个市来，够辛苦你了。"

辛豪说："我姓辛嘛，我不辛苦谁辛苦啊，哈哈！我也时常有疲惫之感，再就是好忘事。晚上呢，老是睡不深，不像过去，累是累点儿，可头一挨枕头，就呼呼睡去，一觉到天明。现在事情千头万绪，你就说安全生产吧，说不定哪里就有个事故冒出来，人命关天哪！那我这个一把手就有不可推卸的责任啊！可咱们这些人，还不是组织怎么安排就怎么服从呗，进入知天命之年了，只能抓紧时间干点事了，剩下的时间越少，越要惜时如金啊！"

宋吉生听了，未免心中一震，面呈愧色说道："你还是当年那股劲儿，我早已未老先衰了。说句心里话，自从到政协后，基本上当起了撞钟的和尚。看到你这个精神状态，我很内疚啊！"

辛豪并不了解宋吉生的今天，只知道过去同自己一起搿伙计时，那是有名的拼命三郎。对于老宋的这番话，他还以为是谦谦之词，于是说："咱们之间就不必客套了，我今天主要想听听你对泉滨工作的看法，尤其是对领导班子的看法。"

宋吉生张口就来：“很好，很好嘛，班子很团结，主要领导有魄力，有水平，人大政协都很好，公检法司齐抓共管，上下一心，人民安居乐业，形势一片大好!”

辛豪站起来递给他杯茶水：“老宋，你别给我来这套哩格楞，你的心思我还不明白?”

老宋接过茶杯，抿了一口，不禁长叹了一口气说：“唉！你叫我怎么说呢?”

辛豪见他有些为难，知道其中必有难言之处，便激他说：“我就是想听听你的真心话。过去咱们在一起时你可不是不敢讲话的人哪!”

宋吉生说：“老班长，这几年真把我折腾草鸡了，不是肉体的折磨，而是精神的折腾。不过，我只是把它压在心里，生怕突然跑出来，得罪了谁，从未对外吐露半句。今天你问我，我不能不说，实在是太窝憋了。”说着，老宋从桌上抽出纸巾擦了一下眼睛，免得泪水流出来怪难为情的。

辛豪看得真切，赶快端起茶杯，故意转换了话题说：“你来这个县都十年了，怎么也不去看看我?”

“怎么不想呢？谁叫你不断进步了，又调换了两个地区，我哪好意思去打扰你，我是打心眼儿里盼着你进步，我知道你有这个能力。”

听到这里，辛豪笑了：“咱们在一起搭伙那么多年，你可从来没夸我一句。这几年我看你也变了，也学会经营无本万利的高帽店了。”

老宋也嘿嘿笑了：“这方面也算被你言中了，不过水平还很低，本性难移，看来这辈子阿谀奉承的水平我是高不上去了。但对你我还是真话，我们这种类型的人，也很希望能有个代表人物，不求给我们带来什么，只求给精神上一个安慰，洒一缕公道、正义的阳光。”

辛豪见老宋又把话说得那么沉重，只好说：“老宋，你还是给我讲讲泉滨的情况吧！我到这个市上任才几个月，哪个县的情况都需要搞清楚，要不，我怎么开展工作，怎么对得起省委和顾书记对我的期望！说句实话，人生一世就那么长的时间，为官者在台上的时间更为有限，应该尽量为这一方的老百姓多想想。”

老宋听到这里，急不可待地插话说：“现在像你这样想问题的干部不多了，不是当年了，就连给我开车的小苏都知道做官的诀窍了。”

“是吗?”辛豪饶有兴趣地问道。

“小苏告诉我：当官首先树形象，富裕地方逛一逛；当官讲话掌声响，找好掌托帮个忙；当官需要出政绩，拓宽马路加草皮；当官准备升升级，不惜血本找关系。”

说到这里，老宋担心辛豪误解，便说：“顺口溜，肯定有片面性，但荒诞中有真实。”

辛豪似觉颇有趣味，又问：“你那司机还说了什么？”老宋说：“这小家伙人很正派，又很机灵。他还说：只要开车看到城区又在拓宽马路，不用问那个地方准是换了新的领导人了；只要看到刚修的公路不久又在修补，不用问那里肯定工程建设中有腐败分子。”

辛豪赞同地点了点头说：“看来你这位司机还真长了一双慧眼啊，我看也是受你的熏染吧！”老宋赶忙否认说，都是民间流传的，听来的。

讲过司机之后，宋吉生切入正题，按照辛豪的要求讲起了县里的情况。他先是端起杯子喝了口水，仔细品品，茶好，暗香绵绵，苦中有甘。于是说：“如果你有时间，我还是从头说起吧。”辛豪点了点头。

“我刚来的时候，尽管这里的条件比较差，可县委领导班子坚强，抓改革的力度大，一心一意带领全县人民改变落后面貌，没过三年，面貌发生了很大变化，群众的日子也好过多了，县里的财政状况也大大好转。就在这时，不知为什么，县里的一、二把手全都给换了。全市哪个县还有这个弄法的？这主要领导一换，思路不就跟着乱换嘛！让下面怎么干？”

宋吉生拿眼瞟了瞟辛豪，辛书记在认真地听着，没有回答什么。老宋又接着说：“吏治的腐败，在泉滨县太突出了，跑官的跑上了，买官的买到了，换官的也换到了。”

辛豪听到这里，真的有些不明白了，便插话问：“什么叫换官？”

老宋见辛豪真的不知道，便笑道：“看来你对这里的情况确实是不了解。换官就是你在甲县安排我的人，我在乙县安排你的人。表面上做得很隐蔽，实际上了解内情的人谁都心知肚明，这叫做公开的秘密。”

辛豪让老宋举几个例子，宋吉生掰着指头告诉他：“这几年光县委、县政府的领导人中已经安排了六个。”

辛豪听后非常震惊：“官僚主义害死人啊！我确实不知道还有换官的，这同过去农村换亲有点相似。”

老宋却并不认同：“相似是相似，农民换亲，是无权无势，穷得没法子了，才逼出这么个法子来。换亲，那都是血泪啊，没有几个换得好的，两头都没有感情，能好吗？所以换亲换出好多人生悲剧。但换官的性质就大不同了，都是有权有势的人才能那样做，换成喜剧了，普通老百姓的子女再优秀也白搭。我有时喜欢摆弄棋，国际象棋、中国象棋都喜欢，但比较比较还是有差异。比如国际象棋，只要兵冲到对方的最后一格，就可以变成除王以外的任何一种子。也就是说，再平凡的人，靠着自己的打拼，可以获得成功。美国好莱坞就有这样的电影，丑小鸭一夜之间成了小天鹅。但在中国象棋中，兵的作用似乎是另外一回事了。兵过了河，才能横着走，正好同国际象棋相反，中国象棋中的兵几乎没有冲到最后的，因为冲到最后，这个兵就几乎失去用处，成了一枚废子了。还有，兵就是兵，跑得再快也变不成车、马、炮，没有车、马、炮的威力，你看，这不是出身决定命运吗？”

“谈到棋道了，看来你这些年修炼得可以啊。”辛豪还让老宋继续讲，宋吉生一看表，时间快半夜十二点了，便欲告辞：“我无所谓，可你明天不是还要下基层吗？还是休息吧。”

正在这时，有敲门声。这么晚了，谁还来访？辛书记说了声“请进”，原来是张方平，一进门便笑着嚷道：“辛书记，该休息了，宋主席参政议政的时间也不短了，都休息吧！”

辛豪一见，不便再谈了。让宋吉生留下了宅电号码，又将宋吉生、张方平送到门外。

走到宾馆的院子里，张方平对老宋说：“辛书记如果喜欢听就说说，不喜欢听就算了。反正我们这些人，组织给多少工作时间就努力去为老百姓做点事情，不给，就好好休息，毕竟我们不是起决定作用的人啊！”

宋吉生笑着说：“看来你这张主持一上台，思想就有长进了。我同辛豪是老同事了，只不过是随便聊聊，叙叙旧，与县里的工作无关。你不是说我参政议政吗？今天晚上我可没有履行好自己的职责啊！”说完，两位笑笑，各自步行回家。

辛豪躺在床上，翻来覆去怎么也不能入睡，宋吉生讲的县里的情况，让他心神不安。改革开放都好几年了，到处阳光灿烂，为什么这里还有阴云笼罩？自己干过两个县的县委书记，从来不知道还有如此严重的干部问题，在边远地区干地委书记，也没有遇到像这里跑官、买官甚至换官的情况，难道是自己被官僚主义干扰蒙蔽了吗？宋吉生不是说我不了解情况吗？如果真是那样，那就是严重的官僚主义了。越想越觉得问题严重，越想越感到老百姓呼吁重用张方平、张立人是发自内心的呼唤。

于是，他打开台灯，拿起了电话，可一看手表已是深夜两点，又把电话轻轻放下，躺回床上思索着……

“不，我还是要打扰打扰他，谁叫他是我知心的老朋友呢！”辛豪一边自言自语，一边拨通宋吉生的电话。

宋吉生根本就没睡，他从书房里拿出自己的象棋，一个人在茶几上摆弄来摆弄去。他在等辛豪的电话。因为他了解辛豪，只要他想弄明白的事，从来都是一问到底。

没等电话铃声响第二下，老宋已把听筒拿到手中，说：“你可把我害苦了，让我在这里独自摆弄象棋等了这么长时间，看来你也变了不少。”

“这么说，知我者老宋也，本来两点钟就准备打电话，想想你也是五十岁的人了，休息也是很重要的，可我躺下怎么也睡不着，就想请你一起再聊聊吧，哪里知道你也没睡呢？”

老宋推上自行车，带上象棋，十多分钟就到了宾馆，辛豪已在门外等候了。

“你抓紧讲讲这里干部的情况，咱们还是要对人民、对事业负责啊。组织培养我们这么多年，党风正不正，都在我们这些为官者平常的一举一动之中，可不能让老百姓失望啊！”没等宋吉生坐下，辛豪就急不可待地来了这一段开场白。

“哎呀，咱们是不是先杀一盘棋啊？”老宋说。

辛豪说：“深更半夜下什么棋。我不感兴趣。”

“象棋里面有政治，你刚才的话也在象棋里。棋如人生嘛。”

“那你摆上。”辛豪无奈而笑，说，“你那臭棋我还不知道，这些年有长进了是吧？”说罢，老宋已把棋摆好了。

摆棋的空儿，老宋就说上了：“现在别说老百姓失望，就连我这个层次的干部也感到失望啊！这绝非危言耸听，我说的全是实话。”于是，他把泉滨几次班子调整的桩桩怪事，详细地汇报给了这位第一次来泉滨县的市委书记，从田玉跃、贾林和文林如何通过不正当手段升的官，以及几个公然跑官买官得了逞的，还有裴尚蕊如何由一个宾馆的服务员升任县委常委的情况，都如实地讲给了辛豪听。

老宋越讲越气愤，辛豪则越听越坐不住，嘴唇翕动着：“怎么能这样？怎么能这样？真是岂有此理！”

象棋下到中局，老宋的马被辛豪的炮别住了马腿，怎么走也甩不掉。

老宋说："古时在中国的武将中，一旦被奸佞盯上，也只有老骥伏枥，怀才不遇，恨天下无伯乐，甚至还可能含冤屈死。你看我这个马，不是被你的炮死死别住了吗？"

"对，对！你的马就无法前进了。"辛豪说。

棋仅仅是个道具、媒介，主要是说话。下着下着，辛豪竟然把马当成了象，不走斜，也走起方来。老宋一见，哈哈大笑："你怎么不守规矩，马走斜啊……"

辛豪连忙退回马。他说："走方，要和象那样走得方方正正！"

宋吉生为了让辛豪相信自己讲的情况，在谈话行将结束的时候推荐说："老辛啊，你回到市里后，还可以找找潘晓升和吴云韬聊聊。这两位同志，都很有原则性。"

辛豪接着说："用不着了，我还不相信你吗？咱们相处那么多年，谁还不了解谁啊！"

从深夜两点半开始，年过半百的两个老战友，一直谈到天明，谁也没有困意，而且谈兴正酣。还是宋吉生沉不住气了，说："已经这个时辰了，你赶快躺下闭闭眼，好应付白天的工作。"辛豪觉得谈得也差不多了，这里的情况算是基本清楚了，便与老宋握手道别："今天的棋不下了，改日咱再好好比试比试！"

一盘没有下完的棋，棋子散落着。老宋抚摩着已经磨得光滑水亮的棋子，很珍惜地一枚一枚放在木盒子里。他说："辛书记啊，你今天也有些激动了。不能激动啊。咱先来个自身心理平衡，一切以平常心待之。这个市的人际关系很复杂，水很深也很浑浊。过去我有个老朋友与人下棋时输了一把，对方说：'不下了'。他不干，非要捞回来不可。那就再下吧，结果让他赢了。当时他照着对方老将大喊一声：'将军！我看你往哪里跑？'一拍桌子猛地起身就走，当即昏倒在地，现在还躺在医院里，生活不能自理。你说可惜不可惜？我的意思，你该明白。"

"老宋，我会慎重对待，不能太急，也不会不急，当了这么多年的一把手，这点数我还是有的，尤其到了一个人地两生的地方工作。"

老宋把象棋放进自行车前的铁篮子里，与辛豪道了别。辛豪站在那里，看着老宋的厚实的身影披着熹微的晨光远去。

天真的亮了，路上已经有人在摆摊卖开早点了。

十七

张立人一大早就急匆匆跑到张县长那里，请假要去省城，妹妹夜半时分打来电话，告知妹夫生命垂危，去晚了恐怕连面也难以见上。张方平见张立人神色焦虑，也替他着急起来，说："那就赶快走吧。县里的事倒好说，就是辛书记在这里，不知他需不需要找你谈谈？要不，我问问辛书记？"

张立人似乎已经等不及了："反正就请一天假，中午赶到，晚上我就回来了，火车方便。有你在，即使辛书记找我也没什么好说的，关乎自己的事不好说，牵扯别人的事又不便说，涉及老百姓的事又不会问。所以，怎么说我也没有说头。现在是你主持县委的工作，有你汇报足矣。"

张县长无声而笑，说："好一个明哲保身啊！既然这样，如果辛书记找你，我就替你美言几句，你抓紧走吧。"

张立人刚要起身，又被张方平喊住了，说："差点忘了，一定代表大家看看刘旭行同志，毕竟他现在还是泉滨的书记呀！这是组织原则。"

张立人说："我早准备好了，两包大红枣，外加两盒洋参片，代表你看看他。"

火车上的张立人心绪难平。主持政府工作快俩月了，多数同志都能以大局为重，从工作出发思考问题处理问题，可每次讨论工作时总有两三个人节外生枝，没事找茬。好在无碍大局，一切都在按照有利于发展、有助于民生的方向走，工作开展得还算顺利。

这时候，他突然想起了招商引资调度会上的情景：急性子的张副县长的急迫神态，冷静的周副县长的具体想法，体胖的王副县长力陈政策引导的重要性。讲到"我们已经落后了"的时候，老王两眼甚至闪动着泪花。

窗外一闪即逝的风景留不住张立人的目光，他又陷入了沉思：牛副县长、钱副县长，那咄咄逼人的眼光，空洞无物的发言，不免使他又好气又好笑，这样的人都能当上分管几大行业的副县长，真是泉滨没人了。牛和钱，一个是工厂的推销员，一个是中学的伙食管理员，斗大的字识不了几升，还整天夸耀逞能，每次会上只要一张嘴，不是说别字，就是讲错句。

税赋的“赋”，说成“斌”，“韬光养晦”说成是“稻光养每”，引得大家哄堂大笑，自己还以为讲话具有煽动性。牛副县长分工税务，从不抓税收业务方面的工作，一天到晚抓军事化训练，什么驻地职工早上列队上早操，开会整队进会场，一起脱帽，一起坐下，一起喊口号，税务干部对此叫苦不迭，他则沾沾自喜，到处宣扬自己抓队伍建设的经验，还让税务局出资数十万，到电视台和报刊作形象宣传。

想想他们一个个拙劣的表演，张立人情不自禁地苦笑起来，又顺手从车厢的阅报处取下一份当天的报纸，翻到第三版理论与实践专版时，署名刘旭行的大块文章，引起了他的注意。是重名的吧？张刘李王这么几大姓，人名不是三个字，就是两个字，重名的人多得很，晚报上说，一个不到百万人口的城市统计，一个相同的名字竟达五千之众。刘旭行的刘姓又是姓氏最多的人群之一，重名完全有可能啊，更何况泉滨的刘旭行已躺在医院快两个月了，即使不生病，他哪会写什么文章呀。但他定眼细看后，才弄清楚，报纸上的刘旭行真真就是泉滨的那个刘旭行，因为文中写得明明白白，他作为泉滨的县委书记如何身体力行，深入基层调查研究，并大言不惭地说：实践使自己深深体会到，只有深入群众，才能取得发言权，才能从理性出发，走出一条切合当地实际发展的新路子。

看了这篇大作，张立人心里好像又被捅上了一把无形的刀。会上讲的是套话，报纸上写的也是假话，实话都跑到哪里去了？如今连个把关的单位也没有吗？人尚在康复之中，文中所言全系编造，而报纸的编后话竟然号召说：希望每位县委书记都认真读读这篇文章，它会让你受益匪浅。

他把报纸放回原处，看着窗外田野里三三两两劳作的农民。这些劳作的人，如晃动着的一个个黑点，像一个个省略号，不细心容易被忽略掉了。

他不禁感慨地自言自语：“看来如今最诚实的还是那些劳动群众，为官者别说劳作了，就连本来的人格和面目也都扭曲了。”

他只觉得头脑有些发胀，喝了杯水，双目微闭，努力想把脑子里那些杂七杂八的东西清除掉，可怎么努力也白搭，那些人和事，那些场景和画面，始终在脑海里跳跃着，赶都赶不走，轰都轰不去。

“人脑真不如电脑，电脑想清除，手指一点删除键就没了。”他又像个不谙世事的孩童，想起电脑操作来了。这一想，脑子一下子变得清亮了，头也不胀了。这时火车也到了下一站。

张立人抬眼望了望站台上的旅客，个个都穿着讲究，不像当年扛的扛，背的背。现在物流业发达，商品充足，轻轻快快提个包，上下车不抢不挤，几个人也自觉排着队，按次序上车。这种现象，看得出处在改革年代的人们的素质在不断提升，而我们的领导干部的思想觉悟又提高了多少呢？市场经济最讲究的是人的诚信和产品的质量，为什么干部队伍中这么多假话、假货？可以这么说，一些干部的心灵已被严重污染，用龌龊一词形容之一点都不过分。这真令人深思，让人费解啊！

沉思中的张立人被人推了一把，他侧身一看，竟是校友李学珠。车上相遇，惊喜之情自不待言。

李学珠告诉他，此行是去省城探视病号。张立人问起病号是谁，患的什么病，李学珠脱口而出：王实禾，癌症。

“啊？你也看王实禾？”

“是啊！那是我们多年的合作伙伴。”

“那你有何贵干呀？”

“我也是去看人，跟你看的又是同一个人，我妹夫王实禾，顺便看看住院的县委书记。”

“老王原来是你妹夫啊，呀呀，你咋不早说！”李学珠感叹着，“真是一家人不识一家人啊。”

“我现在是历史文化学院的院长。你妹夫可是个人物，他对文物鉴定与研究造诣很深。通过在历史系任教的实禾的同学推荐，院里特聘他为客座教授，他每年都到学校讲几次课，每次讲课都大受欢迎。今年快半年了，未有音信，一打听才知道病得很重。系里曾派他的同学看望了两次，这次听说病危，我也赶来看看。巧了，碰上你，看的还是同一个人。”李学珠向张立人介绍与王实禾相熟的内情。

多年没见面的老同学，坐在一起有说不完的话。李学珠首先来了个自我介绍。“从历史系博士毕业后，就到了现在的大学任教，因我爱人是贵省的人，我就‘随嫁’到这里，一晃十几年了，其中几次有好心的朋友和同学动员我从政，都被我婉拒了。我认为当今世界上最好的职业非教师莫属，所谓传道授业解惑是也，堂堂正正做君子，认认真真做学问，自由潇洒。每年还有两大假期，像我既可以搞点历史文物方面的实地调查，又可以结伴旅游，不是神仙胜似神仙哪！”

李学珠把个教师职业描绘得如花似锦，张立人听得入耳入心，不无悔意地说：“教师确实是阳光底下最神圣的职业，看来你的选择是明智的。

我父母都当了一辈子教师，自己没能继承二老的职业，有些遗憾。但也没想到会从政，干了这么十几年，我就觉得，能直接为群众办点实事，确实是一件很开心很舒畅的事。不过，就是人为的干扰因素太多了。我现在时常苦恼的是，为什么上级文件和领导同志的讲话，都得民心合民意，可一到下面来，一具体到人和事，就复杂起来，甚至变了味儿?”

李学珠对此颇有同感，说：“历史不就是这样写成的吗？历来有忠有奸，经常说忠臣名垂青史，奸佞遗臭万年，可我认为，忠臣只能为后人留下美名、警句、逸事，而能改变历史的，却往往是奸臣。”

张立人不禁惊讶地“啊”了一声，这种见解，可是闻所未闻。

“你不用吃惊，这是历史演变的事实。我现在正研究这个课题。”

李学珠接着讲他的学术研究成果。“自从禅让制改成分封制，不论是论功行赏当上的官，还是寒窗苦读考上的官，还是皇亲国戚赐予的官，不管哪个朝代，不管文臣武将，哪一个还不是为了爵位利禄？官位没有一个怕大的，俸禄没有一个嫌多的，对君主没有一个明目张胆反对的。即使敢于直言的谏官，甚至冒死上书的，维护的也都是国君的利益。在这一点上忠奸很难区分。正所谓‘大奸似忠’。忠奸在很大程度上，是仕途上的权力之争。从另一方面看，正因为有了忠奸之争，才会促使正义的力量凝聚，激起忠者和民间力量的结合，同时也带给百姓一点希望。从这个意义上讲，不是奸臣在改变历史推动历史前进吗？没有了奸这个摩擦力，没有了奸这个对立面，根本不行嘛。”

说到这里，李学珠似乎觉得自己不该讲这么多，改口说：“老张你别见怪，我这是职业病。待我把研究成果搞出来，请你斧正。”

张立人则欲罢不能：“别别别，我正听得津津有味呢，你还是接着讲吧，反正到站还早着哩。”

李学珠便有些得意，说：“也请你这位县府的大官僚讲讲见解吧。张立人，张立人，你名字起的多好啊，《论语》中说：‘己欲立而立人，己欲达而达人。’就是说，自己想有所作为和成就，也让别人有所作为和成就；自己想富贵显达，也使别人能够富贵显达。这句话，指出为人处世应当推己及人，成己成人啊！当然，我还特别喜欢孔子的‘己所不欲，勿施于人’。这都是人生经典哲言啊!”

“还是大学教授厉害，旁征博引，出口成章。”张立人似有赧颜：“你刚才说我是官僚，我呀，僚还差不多。郑板桥是山东潍县的一把手，也才七品，我至多算个七品半或八品吧。”

李学珠打趣地回了一句：“还品呢！如今的官有几个还讲品位啊！都讲流了，要上就上一流，要争就争一流。可是依我看，也有的官简直就是下流！”说罢，两人哈哈大笑起来。

李学珠说的历史让张立人感到沉重，但现实更让这位县官感到分量不轻。他想借此请教一下这位大学教授：“老同学，能不能从历史的虚无中跳出来，多研究研究现实问题?”

李学珠答：“那是你们从政为官的事，我这搞历史的，研究的范围就是能称得起历史的过去，就是研究死人干过的事，无论是好事还是坏事。也许我的学生的后代，将来会研究你们这一段写下的历史。每个人都在书写着自己的人生历史，为官者的个人历史统统又与社会、人民、地域乃至国家紧紧相联。真、善、美，假、恶、丑，忠与奸，是与非，在位时的表现，不是个人的表白，而是历史的印证。”

张立人听到这里，就为李学珠这种“不伍俗流，嬉笑人生”的学者风骨而感佩，笑了笑说：“真是职业使然，讲着讲着就言归正传了。”李学珠也晃头一笑。

张立人这时又提起了今天报纸刊载刘旭行文章的事，便感慨丛生：“你说现在怪不怪，几个月不上班、躺在医院治病的人，竟发表文章大讲特讲自己如何深入群众调查研究，而且所列事例，有的纯属编造，有的是最近兄弟县发生的，这样的文章报社发出去，不怕那里的读者反感吗?”

李学珠的嘴角里露出一丝讥讽，说：“你这才是少见多怪，现在有钱就能发文章，想发多大版面都可以，有权有势的官，有些报刊那是争相约稿，只要当官的点了头，文章由报刊社亲自组织撰写，刊登后，当官的会从财政户头上拨出相当数额的钱，几万十几万甚至几十万汇到报刊社的账户上，不明底细的人，可能会赞叹某某领导同志文章写得好，既有文字功底，又有理论修养。有个县级市的书记，喜欢写顺口溜，宣传部的人就跟他联系省报刊发，省级报刊发了又联系中央级报刊发，但这位书记还不过瘾，要让顺口溜继续扩大影响，于是又派人找诗歌类专业杂志发，发个人专页，还要跟上诗评家的吹捧。报刊杂志发完了，又组织研讨会，什么主席会长悉数到场。你说，你是个书记，写顺口溜不过是个业余爱好啊，怎么能当正事干呢。须知为官者有了爱好，那就有人盯着你，正可谓：楚王好细腰，宫中多饿死。”

没想到这类事情李学珠知道得也这么多。张立人便问："你讲的这些是怎么知道的?"

李学珠说："我的学生告诉我的。有几个学生在报刊社任职，他们来看我是当笑话讲的，却是真真切切的事实。还有几个学生在机关工作，讲的事就更多了。你可别小看我这教书匠，站了十多年的讲台，毕业的学生分布在全省还有全国许多地方。我所知道的事情大都是他们听来的，抑或是亲身经历的，我当然相信是真的了。"

"这些弄虚作假的文字，包括现在吹出来的一些数据，将来研究历史的后人不是就当真了吗？这可是最原始的材料啊。那研究成果就值得怀疑了。"张立人说。

李学珠正色说："一个说谎的、收益很高、成本很低的历史制度，注定会出现大规模的说谎。他们生产谎言，我们伪装相信。这是历史学家吴思先生的话。所以研究历史就得辨析啊，比较啊，所谓去粗取精，去伪存真，也就是说，研究者要有胆识，眼光要尖锐。现在官员弄虚作假，是给我们的后人出了难题喽！不过，我还相信，真实的情况，包括真实的数字，可能会从那些好官的珍存中寻觅到。"

张立人自愧弗如地说："如今咱俩的差距太大了。谈历史我讲不过你，讲现实，你有那么多弟子帮忙，我更不如你。你看我是不是还没有脱离当年读书时那个憨劲？正因为如此，所以有许多事情很看不惯。"

李学珠说："我看不是那个问题，而是现在有那么一些人变得都不好认了。就跟一潭水一样，原来是清的，清澈见底，游鱼来回嬉戏。而现在呢，水浑浊了，甚至发臭了，你根本看不着底，鱼大概也早就没了。理直气壮地说假话，大言不惭地夸自己，所谓浑水摸鱼是也。你没听说吗？如今有些地方上级对下级，是正确的东西在纸上，这个纸是指印在文件和报刊上的。下级对上级，落实的情况也在纸上，指的是上报的材料和向下来考察的领导者呈送的汇报稿。你看这上下不都是纸上谈兵嘛！你因为太相信别人了，所以遇到与纸上说的不一样的事，就看不懂，看不惯，甚至感到苦恼。"

张立人诺诺称是，并问："那怎么办呢?"

"空谈误国啊。没办法，起码现在我研究不出应对的办法来。"李学珠闷闷地回答，又补充说："你在官场这么些年还没看出来，有些地方'八旗子弟'、沾亲带故的越来越多，有些掌权者就像陷进了泥潭，难以自拔了。我个人的看法，只要吏制不变，此种风气定会愈演愈烈。我工作这些年，看得越来越清楚了，连大学这块神圣的殿堂，也开始被污染了，官多得不得了，不是有人说吗，‘校级干部一课堂，处级干部一礼堂，科级干部一操场’，就是这么来的。还有，学生当班干部，有的也要走后门，要送礼。入党，那是多么神圣的事，现在也被个别人弄得庸俗化了。”

张立人赞许地点了点头：“尽管我职务不高，办不了什么大事，但也是忧心如焚，位卑未敢忘忧国啊！”

李学珠说：“你已经走上从政的路了，就正到底吧。我有官箴相赠：官可懂规，不可违规；人可忘怨，不可结怨；事可看破，不可说破；口可慎言，不可多言；行可知风，不可争风；忙可偷闲，不可帮闲；败可再战，不可避战……”

火车快要到站了，两人还在有问有答。因为张立人问的太多了，李学珠开玩笑地说：“如果你今天不是有意来套我，那就付讲课费吧，我这博士生导师每课时最少也要二百元，一个多小时，干脆付二百五十元吧。”

张立人一听，颇有些自嘲地笑了，连声说：“好，好，二百五十，我付出二百五十，你收入二百五十，咱俩可成了名副其实的二百五了，咱省的 GDP 又增长了两个二百五。”两人边笑边收拾起随身物品，准备下车。

出了站台，张立人与李学珠握手道别。因为在火车上，李学珠已经知道张立人要先去看县委书记，自己便直奔医院看望王实禾。

来接站的县委办公室秘书小袁简要向张立人汇报了刘旭行最近的身体情况，看样子恢复得不错，有时还让他们瞒着医院独自回家待一两个晚上。

“他年轻，省城的医疗条件好，医生水平也高，所以恢复得就快。刘书记的病好了，对他自己和对咱们县都是好事。”张立人随口回应着小袁。

这小袁不到三十岁，做事勤快，能说会道，但有一个嘴快的毛病，有话就说，听见风就是雨。张立人干办公室主任时，他给县委书记田玉跃开车，田玉跃走后，安排到办公室从事接待工作，因为好说，转干时差一点没弄成，多亏田玉跃给贾林打了电话，才勉强通过。但嘴快的毛病就是改不了，时间长了人们给他送了个雅号“袁快嘴”，如今在县里，说他的名字有的人未必知道，一说“袁快嘴”没有几个人不知道的。

这袁快嘴一见平时少言寡语的张立人搭了腔，话匣子也顺势打开了，因为他同张立人还从来没有过呱啦的经历，这次算被他逮住了，一个劲儿地叨叨个不停。他告诉张立人，每个星期五下午，他都到省体育中心网球场，看甄振怀书记打网球，有好几次还让他帮助去捡球。

小袁还神秘地对张立人说："你知道吗张书记，咱们的刘旭行书记是甄振怀书记的贴身秘书。刘书记有两处宿舍，一处在省委六宿舍，一处在省直一个部门的大院。房子装修得特别上档次，连窗上的玻璃都是防弹的。"

"防弹，防什么弹？"张立人觉得颇为新鲜。

"哎呀，我的张书记，别怪人家背后说你是书呆子，连这个也不懂。"小袁觉得这话是说漏嘴了，又立即改口说："刚才我说得不对，知道你不会见我的怪。其实我也不知道防什么弹，反正他们说是步枪、机关枪的子弹打不进去，手枪子弹更不用说了。甄书记家那就更厉害了，窗上安的是高级防弹玻璃，不仅防弹，还特别隔音，连外面打雷屋里都听不大见。"

"看来是够严实的了。不过你说的这些我不相信是真的，因为干部住房标准那是有明文规定的。别再胡编乱造了，专心开你的车吧。"张立人不愿再听小袁胡扯下去。

可这小袁仍不认个火候，还在那里说个没完没了。正好遇上了红灯，小袁熟练地把车停下了，回过头悄悄地对张立人说："裴尚蕊常委这次来照顾刘书记，住了快半个月了。有一天晚上我从医院送刘书记回他的第二处宿舍时，亲眼看到是裴尚蕊把刘书记领进门的。刘书记下车后，我开始倒车，通过车的反光镜看到了她的身影，我便慢慢地倒着车，仔细地看了看，没错，那女的就是裴尚蕊，两人还手牵着手。我立即把车开走了。"

张立人装作没听见，加重语气对小袁讲："绿灯快闪了，专心开车吧。"用意是让小袁把心用在工作上，不要胡说八道了。张立人心想，真是越说越离谱了，即使在宿舍迎候也没有什么值得猜疑的，裴尚蕊作为常委来照顾照顾刘书记也没有什么奇怪的。再说了，刘书记的爱人不是在家吗？但他心里还是咯噔一下子：裴尚蕊什么时候来省城伺候刘旭行的？县委没有安排她这样做啊。

小袁一见张立人听得不耐烦了，嘴里还带点火气，于是就把嘴闭上，眼盯着前方。张立人见小袁不吱声了，也觉得自己说话的语气重了些，小袁毕竟只是嘴快，并无恶意。

为了缓和一下气氛，张立人便说："大城市车辆多，行人多，遇到堵车，还不如步行快，今天总算不错，一个绿灯就过来了。"

小袁一听，又来精神了，话匣子再次被捅开，说："在省城开车，时速一般就是二十来公里，那次我早晨去宿舍接刘书记回医院，正赶上上班高峰，足足堵了一个多小时，刚才过的那个路口，绿灯亮了三次，也没过得去，我急得直按喇叭，可车一辆接一辆，摆得像长龙，只能慢慢地挪。眼看快到医院查房的时间，把个刘书记急得直冒汗，因为他是瞒着医生出来的。"

说到这里，小袁好像又想起了什么，说："刘书记一再嘱咐我，他晚上回家的事不要对任何人说，更不要告诉他的夫人陈文娟。我用咱县委的这辆车，接送他三次了，还有两次他连我也没告诉，坐着出租车走的，那是我在外边擦车的时候看到的。"

"你看，刘书记不是不让你说嘛，领导吩咐了，你怎么又乱说呢！"张立人阻止道。

小袁脸红了，笑一笑，不言语了。

说着，车已进了医院大门，小袁把车停好，没用吩咐，便主动从后备厢里取出一个果篮和一束鲜花，加上张立人从县里带来的大枣、参片，领着张立人走向保健病房。

等电梯的当口，张立人瞅着小袁手里提着的果篮和鲜花说："你准备得不错，水果的品种搭配得好，这束百合花也很温馨。"

小袁一听张立人夸他，又来劲了，说："人来多了，我就去买束花，反正多少花也摆得下，花钱也少，水果可不能多买，吃不了烂了太可惜。公家的钱也得省着点花，你当办公室主任时不就是这样要求我们的吗？我忘不了。"

张立人也没客气地说："忘不了就好，干什么事只要认真都会干好。"小袁一听这句话，更恣得不得了，还想说几句，电梯门悄然打开。

张立人跟在小袁后面正欲跨进电梯，被从电梯里走出来的一位头昂得高高的女士拦住了去路，把他俩挡在了电梯外面。张立人不免大吃一惊，"怎么，怎么……你这是……"

张立人正诧异着，那女士开口了："你是张立人书记吧？我知道你今天代表县里来看望俺家老刘，我见小袁走了一段时间了，估计你也快到了，准备到门外接接你，没想到在这里碰上了。我不是陪你去看病号，而是有话要对你说。"

张立人突然僵住了。这女人是谁？难道真的是刘书记的爱人？他嗫嚅着：“你是……”

“哦，我是刘旭行的爱人，就喊我小陈吧，机关的同志都这样称呼我。”

还是小袁嘴快：“张书记，陈姐是省财政厅管钱的大处长。”

张立人由惊变喜，继而心怀愧疚地说：“对不起陈处长，让你受累了。你看，刘书记在县里累得住了院，我们这些班子成员心里很不安，没有照顾好刘书记，也就连累了你。”

“看你说的……”陈文娟马上转移话题，“我想单独跟你谈谈。”

张立人微笑着说：“我还是先去看看刘书记吧，这是来省城的一个主要任务，临走时，主持工作的张县长也再三交待。”说到这里，张立人用目光揣测判断着对方的表情。

小袁还在用手挡着电梯门，陈文娟无可奈何地跟着张立人、小袁一起上了电梯。

电梯上行中，陈文娟对张立人说：“我累不累的不要紧，在这里我只请求你们县委，把裴尚蕊常委弄回去，县里有两个工作人员就不少了，一个堂堂的县委常委，还兼着一个乡的党委书记，怎么能丢下工作来省里住着呢？住了这么长时间，至今还没有走的意思。你们县委怎么能做出这样的决定，不让人家笑话吗？这里不是有医护人员和我吗？”说到这里，愤慨之情顷刻毕现，眼泪都快流出来了。

张立人一句话也没说。陈文娟说的这番话，他根本就不知情，他只知道裴尚蕊有两次请假说是到省外学习考察和洽谈项目。他更不好劝说陈文娟，因为这里发生的事，他并不清楚，不好说，更不便对陌生的陈文娟说。

电梯里一时气氛尴尬，张立人张了张嘴，但最终没开口。多亏电梯走得快，不一会儿就到了十六层，张立人迅即步出电梯，跟随其后的陈文娟又开口了：“我就不陪你了，等你看完病号我再找你聊。”

张立人稍作迟疑，跟着小袁走进了八号病房。这是为刘旭行专门挑选的病房。

看完刘旭行，张立人又来到省中医二院王实禾的病房，痛苦的呻吟弥漫在整个房间。王实禾已瘦得皮包骨头，头发早已掉光，两眼直直地望着天花板，状似难受之极。

张立人俯下身子，两眼噙满泪花，看着气若游丝的妹夫，双手抚摩着他干瘦的胳膊，轻轻地给他掖了掖被角……

张立人擦干眼角的泪花，把妹妹叫到走廊，悄悄嘱咐了几句，又回到病房握了握王实禾的手，重复了两遍："放宽心，一定放宽心！"此时的张立人除了这句简单的话，再也找不出更合适的词来，便离开医院，直奔火车站。

刚打开车门，陈文娟从另一辆车里走下来迎了上去，未及开口，先从自己的提包里掏出早已写就的一封信，塞到张立人手里，说："我知道你时间很紧，又看刘旭行又看亲戚，我把想说的话都写在上面了，请你一定看一看，希望能得到你的理解和支持。实在是不好意思，可我又实在想不出别的办法，务请谅解。"

张立人不知所措，说："陈处长，你这是……"

"拜托你了，张书记。"陈文娟眼眶泛潮，继而有泪水涌出，一扭头钻进了自己的小汽车，把个张立人晾在了一边。手里捏着那个信封，张立人像捏着烧红了的烙铁。

见此情景，小袁倒开了腔："我说张书记，这件事你千万小心点，刘旭行书记是咱县的一把手，陈文娟处长又是大老板的千金，你既不能得罪刘书记，又不能惹恼陈处长。"

张立人索然地把信封放进手提包里。

说了这么几句，小袁开始觉察自己的话有点像是在教训人，与自己身份不符，马上改换了口气说："张书记是有名的水平高，这件事在您那里还不是小菜一碟？我不过是提醒您一下，谁叫我崇拜您了。"说完，笑眯眯地望着张立人那张毫无表情的脸。

十八

"刘旭行自杀了！"

"刘旭行被双规了！"

"刘旭行被抓了！"

不知这些话是从哪里传来的，泉滨县城传的人很多，打听的人也很多，街谈巷议，口口相传，一时间沸沸扬扬，万人争说"刘旭行"，像水中的涟漪，逆风而来，一波接一波……

张立人回到县里，不少同志也向他打听刘旭行的事。张立人很严肃地一个字一个字地说："旭行书记的身体正在恢复中，据医生讲，很快就能工作了。"

张方平接到张立人的电话，从乡下赶回县里，先是询问起刘旭行的身体情况，又讲了县里最近的谣言。他说："真是树欲静而风不止啊，有人说谣言都是出自刘旭行的哥们之口。具体原因现在还说不明白，至今我也看不懂他们这是演的哪一出呀。"

张立人一听是刘旭行的哥们在制造传播谣言，有些将信将疑："能称得起哥们的，应当是跟旭行书记关系密切的人。这到底是为什么？"

张方平回答说："开始，我也是不大相信，可了解情况的同志还都是些正派人，你又不能不信，反正这些人褒也好，贬也罢，我看都是为了他们自己。"

听到这里，张立人掏出了临上火车前陈文娟塞给的那封信，交给了张方平，说："这是我临回来时刘旭行同志的爱人陈文娟要我带来的一封信，尽管没有封口，但我没有打开。我只知道她对裴尚蕊有非常大的意见，让我们县委管管这件事，这还是在医院的电梯里讲的。刘书记的爱人看上去十分恼火的样子，她是省财政厅的一位处长。"

张方平长期抓经济工作，养成了雷厉风行的作风，他不假思索地说："我看咱们还是同裴尚蕊同志通通气，老是听这个说那个道的也不是个法儿，只有她本人说清楚了，我们才能真正明白是怎么一档子事。"

张立人盯着张方平严肃的脸，略一沉思，说："你是不是先看看信？人家是很当个事写了这封信，我又大老远给捎来。"

张方平迟疑着抽出信笺，展开瞅了一眼便说："这信是写给县委的。干脆我读你听，顺便议一议怎么办好，好吧？"张立人说好吧，因为副书记文林早被魏树吾调到他所在的市任县委书记去了，县里目前只有他们两人是副书记。

信的开头是这样写的：县委的领导同志，对不起，是一名你们不了解的女人来打扰你们，我实在是无奈，敬请原谅。

"还挺客气的。"张方平边读边说。

"你们的县委常委裴尚蕊同志，在我男人住院期间，先后两次来到省城，开始时我确实很受感动，她日夜守护在病床前，端水递饭不辞辛劳，连你们派来的工作人员都无事可做。”读到这里，张方平忍不住说：“这是在表扬裴尚蕊嘛！是不是要求县委表扬她呢?”

张立人:“你读完了再说吧!”

张方平继续读信：“谁知道她竟是个不正派的女人！刘旭行的病情刚刚好转，两人就偷偷地跑到他原来当秘书时的宿舍，同床共枕了。”

“啊？原来是这样。”张方平读到这里，顿了顿，鼻子里哼出一股气，发出惊讶之声。信中继续写道:“我去北京开会回来，是邻居告诉我的，开始我并不相信，就去宿舍的警卫室查看了监控录像，上面记录得清清楚楚，刘裴两人是晚上十点半进的宿舍，早晨七点半离开的。我这才明白了一切。这种事他们已发生了多次，每次都有进出的监控录像。”

“看来省委的宿舍管理得可真够严了，进出大门都有监控录像，想抵赖也抵赖不了。难道这套设备旭行同志不知道吗?”张方平又发出了疑问。

“请你们相信我说的话都是真的，目前我还不想与刘旭行分手，所以请你们管好裴尚蕊，不要让她再往省城跑。她身为县委常委，是共产党的领导干部，应当把自己的本职工作做好，应该自重，如果只是靠女人的下贱行为取悦领导，下场肯定是可悲的。另外，我还要补充告诉你们，省委宿舍的那套监控设备是前些日子才安装的，原因是一位领导同志的宿舍被盗，刘旭行正在你们县工作，他根本不知道有这套设备，我至今也没有说，你们知道就是了。你们只要管住裴尚蕊，我与刘旭行的事自然会处理好，这一点请你们放心，我还算是个比较理智的人。像姓裴的一样，我也是个职业女性，都不容易，我不希望因为这件事，各自闹得妻离子散。”

信的最后，又说了许多对不起的话，并提出务请保密，等等。张方平两个指头一会儿敲敲桌面，一会儿敲敲自己的额头，眼睛又不由自主地盯了那封信一眼。

“棘手哇这个事。又要我们管住裴尚蕊，又要我们保守秘密。更何况裴尚蕊是市管干部，牵扯的人又是咱们的一把手，那又是省委组织部管理的干部，这个话我们怎么说？这个问题我们怎么处理呢？很明显超越了咱们的权限嘛!”张方平左右为难。

一直处在沉思中的张立人，也颇有同感地说：“是啊，无论从哪个方面讲，这件事我们都不便说，更不用说去解决了。”

“那怎么办呢?”张方平急不可耐地两手一摊，用眼睛询问张立人。

“我看这样吧，这封信你先保存好，除了咱俩，不能告诉任何人。对裴尚蕊同志，我们可以把她的工作安排得紧一些，用工作来拴住她。她不是现在还兼任乡党委书记嘛，正好我们又准备召开乡镇党委书记会议，把眼前的工作重心再着重强调一下，要求各乡镇党委书记必须坚守工作岗位，保证这一段时间的工作有新的突破，不辜负全县人民的期望和要求。”张立人说。

张方平想了想，说：“看来只有这样了，通过普遍要求，管住个别人，这样做谁也感觉不到发生了什么事，我们也对得起陈文娟同志，事实上也是保护了裴尚蕊同志，两全其美啊，还是你立人有点子。不过，这封信我可不便保存，既然是你接的，还是你收下好了。”

张方平把信递给了张立人，张立人没再推辞就收下了。可刚装进文件包里，又觉得烫手似的，复又把信掏出来，放在桌上，说：“放我这里也不合适，你说呢……”

“既然是给咱们两人的信，咱们看了，保存着就没有任何意义，干脆销毁算了。”张方平谈了自己的处置想法。

张立人皱了皱眉头，觉得张方平讲得也有道理，就说：“对呀！这封信确实没有保存的必要，留下反而会惹是生非。”说完，就把信连同信封一起放进碎纸机里。

张方平、张立人如释重负，不约而同地伸了伸双臂直了直腰，说：“总算把这件难缠的事了结了。”

就在这时，张方平的手机响了，一听是小袁从省城打来的：“张县长，你等一会儿。”约摸几秒钟后，手机里传来刘旭行的声音。这是刘旭行当了县委书记后的习惯做法，只要是对级别比他低的人打电话，都是先由身边工作人员叫通，他再讲话。这次给县长打电话当然也不例外了。尽管张县长跟他是同一级别的干部，但在刘旭行眼里还属于下级，因为在县委里张不过是个副书记，党委领导一切嘛！

“方平县长吗？你在家里辛苦了，非常感谢你，不仅县里的工作抓得好，还派人看望我、照顾我。”刘旭行拿腔拿调的，电话里一个劲地夸奖张方平，弄得张方平很不得劲。

刘旭行朗朗的笑声通过话筒传了过来，说：“我今天已经出院了，身体恢复得比原来还好，住个一两天就回泉滨，到时候咱们再好好聊聊这一段的工作。在病房里，我也思考了一些县里今后发展的若干重大问题。请你转告班子的同志们。”

“好，好，身体好了比什么都好。”张方平在扯着嗓子说，生怕手机声音小，对方听不真切。

关上手机，张方平对张立人说：“你都听到了，刘书记要回来了，我这主持快到头了，你那主持也该结束了，咱们姓张的都各就各位吧。”

“本来咱们就是临时主持，你回政府，我继续配合就是了。”张立人平静地回答。

“我差点忘了，你还是副县长，那就更好了，我干还是你干都没关系，谁叫咱们彼此这么投缘呢。”

“你就把心放在肚子里吧，我这个人不适合当主角，实践这本大书，我还似懂非懂，所以作配角我心甘情愿。”张立人一句自嘲而无奈的话，把张方平逗乐了，哈哈大笑起来。张立人趁机说起刚听到的一个段子，似是在解析自己的心境：误解时的一笑是一种素质，委屈时的一笑是一种大度，吃亏时的一笑是一种豁达，窘境时的一笑是一种智慧，无奈时的一笑是一种境界，危难时的一笑是一种大气，被蔑视时的一笑是一种自信，失意时的一笑是一种洒脱。张方平听罢似有所悟，又是一笑：“那咱就笑口常开吧。”

刘旭行出院的消息，传到市委书记辛豪的耳朵里，他为刘旭行恢复健康感到高兴，又为他今后的工作而担忧。年纪轻轻的就发了一次心肌梗塞，如果工作任务再加重，工作节奏再加快，恐怕对他的健康是极为不利的。辛豪作为市里的一把手，他希望属下的县委书记个个都是干事创业的能手，但同时身体也必须是棒棒的，经得起困难的折腾和挫折的摔打。鉴于这一点，他又在反复考虑如何安排好刘旭行的工作问题。

正思虑间，省委副书记甄振怀在办公室里用领导干部专用的红色保密座机，给辛豪打来电话。他告诉辛豪：刘旭行马上回县工作，身体还在恢复期，请他多多关照。关照的意思是，最好是半天工作，半天休息，安排一名副书记管管日常事务，待刘旭行身体彻底康复后，再投入工作。甄副书记还强调了“干部是我党的宝贵资源，要加倍爱护”之类的话。

对这个半日工作半日休息的安排，辛豪有些不解，便说：“甄书记，在县里工作你是知道的，只要一上班，事情就会一个接一个，一环扣一环，不用自己去找事，别人就会自动找上门，要不怎么说县里像个大基层呢。我看，要么让旭行同志先在省里继续休息一段时间，要么我先安排他到市直一个部门，半天工作，半天休息。不知这样安排合不合适？”

“市里眼下也没位子，再说旭行同志刚到县里工作就提到市里，外界舆论我也受不了。这样安排我看不妥。”甄振怀误认为辛豪是准备提拔刘旭行。其实，辛豪根本就不是那个意思，只是甄振怀没用心听罢了，辛豪本意是想把刘旭行挂在市直哪个部门任个正县级的副职，可甄振怀因长期管干部的思维定势，对自己身边人的提拔是顺理成章的事，尤其是下级的负责人，有哪个还不主动巴结这位大权在握威严有加的甄书记？辛豪本人难道不想提拔？甄书记送上门的机会，他又怎么会错过呢？

甄振怀越想越得意，连洁身自好的辛豪也在巴结我，全省没有几个不看我眼色行事的人。别看我是副书记，人事大权攥在我的手心里呢。不是常说干部是决定的因素吗？管着决定因素的我又是什么因素呢？人活到这个份上，大概就叫随心所欲了吧。

甄振怀只顾得意，一走神儿，竟忘了电话还没挂断，只听电话里“甄书记，甄书记”喊个不停。

甄振怀佯装在审阅文件，便扯谎说：“我正在审阅人事任免的加急电报稿，让你等了这么长时间。这样吧，刘旭行的工作等我考虑一下再通知你，现在什么都不要说，泉滨的班子还是维持现状吧。”

辛豪一听，知道是不让市委行使应有的权力，只得连声称“是，是，是……”

辛豪放下电话，呆呆地坐在椅子上，好像是挨了一记闷棍。

张方平、张立人每天晚饭后都要凑在一起研究党委和政府的工作，哪怕是细枝末梢也尽量分析个里清外明。这天晚上，两人正在商量上级水利部门无偿支援贫困乡镇村庄打机井的事。他们把全县的地图看了一遍又一遍，每个乡镇的水利设施情况梳理了一次又一次，最后还是认为县水利局出具的方案应当修改补充。张方平手指着地图说：“用国家的钱打井，一定要花在明处！”

“水泥沙石我们能备的尽量备，能不花钱尽量不花。这样一算，可以再增加几十口井。水浇条件太差的村差不多都安排了。裴尚蕊同志所在的乡是山区，机井数量最多，她是常委，相信她会把这件好事办好。”张立人接着说。

一提到裴尚蕊所在的乡机井数量最多，引起了张方平的重视：“按道理讲裴尚蕊应该干好，可我们也要把丑话说到头里，钱必须得花到明处，每一项开支都要张榜上墙，板上钉钉，保证把国家的扶贫款真正用到扶贫脱贫上。打机井的方案一旦通过，该说的话咱们还是要说的，咱俩这个主持，就是主持一天，也要对泉滨人民负责一日。”

张立人抚掌而笑，说：“士别三日当刮目相看呀！你这番话还真有点像主持县委工作的样子。不过说真的，确实这件事在我们县要当成个大事来抓，机井打成了，旱田变成了水浇地，农业结构调整也好办了。”

打机井的钱，上级水利部门早就拨下来了，泉滨县的会议也开过了，任务也都分配到有关乡镇了。张方平在会上非常严厉地强调，各位领导同志要扑下身子真干事，干真事，干成事，要做有根的干部，把根深深扎在你所执政的一方群众中和那方沃土里。张立人知道，这是在敲打裴尚蕊。可是人家裴尚蕊根本就没听进去，她只是觉得张方平讲的是些一般性的套话。

原来，裴尚蕊在省城陪伴刘旭行时，同时还隔三差五地与贾林幽会。裴尚蕊这一段时间就这样游走于两个男人之间。贾林在劳动技校干的是一把手，还是很有些权力的，这不，他正想方设法把裴尚蕊调到省城的其他单位。

一次，两人尽享鱼水之欢后，贾林对裴尚蕊说：“我已经给你找了家房地产公司，如果你能拿出六百万元的资金入股，他们可以安排你干副总经理，年薪不少于五十万元。如果你还想保留副县级公务员身份，我有这个能力可以把你安排好。”

裴尚蕊一听，欢喜得不得了，一个劲地吻着贾林。贾林的嘴被堵得有些喘不过气来，便用力把裴尚蕊抱起来，转了几个圈，两人一起躺倒在沙发上。裴尚蕊说：“贾林，我的贾书记，你简直就是个极品男人，最能理解人、体贴人。你这样的安排，我连想也不敢想。有了你，我是官也要，钱也要。好不容易弄了个公务员身份，必须保留，五十万元的年薪咱也要拿，钱不烫手，有了钱咱俩会活得更潇洒。”说完，又猛地吻了一下贾林的鼻尖儿。

贾林问：“啥叫极品男人？”

裴尚蕊媚眼横飞道：“你听我说啊：官场仕途亨通，黑道八面威风，商场呼风唤雨，情场越战越勇。洋房别墅多栋，金卡银卡种种，情人配辆奔驰，天天开着兜风。”

被情人称作极品男人，贾林有些乐不可支。但裴尚蕊方才的一席话，还是让他再一次嗅到了这个女人身上的铜臭味儿。当裴尚蕊的贪婪本性在贾林面前一丝不挂地暴露出来时，贾林看着她放光的眸子，不觉倒抽了一口冷气。可是，当裴尚蕊的香唇又送上来的时候，贾林又觉得眼前重现鸟语花香，海阔天高……

“那就抓紧运作吧。这里的事我负责，钱的事你自己想办法，因为我刚来这里工作，还没有结交上有钱而又可靠的朋友。”贾林如是说。

听了贾林的话，裴尚蕊似乎看到了属于自己的又一片崭新的天地：既是一名县级领导干部，又是拿着高薪的企业头头，一举两得啊。自己的命运真是好，到哪里都能碰上贵人相助，而我的美貌，就是贵人饥了的干粮，渴了的甘泉，就是沙漠里的一块芳草地。尽管这样的“双匣子”干部在当下这个年代已不鲜见，但泉滨县至今还没有一个，现在自己要来填补泉滨县的这个空白了。裴尚蕊越想越高兴，越想越觉得自己两只脚已经同时踩稳了两只船，安全系数更大了。

裴尚蕊认为，她有权支配打机井这笔钱，如今当官的不少人不都是这样吗？不是抓人权，就是抓财权，不抓白不抓。有油水的单位只要当上了一把手，人权财权统统攥在自己手里，官帽子想给谁戴就给谁戴，公家的钱，愿给谁用就给谁用，那叫一个惬意。领导干部是人民公仆，公仆么，就是要把主人腰包里的钱掏出来，自己花，主人就是要哄着公仆嘛！可裴尚蕊这个乡穷得丁当响，她只能利用手中的权力，从扶贫款、救灾款中捞点刮点。

眼下的裴尚蕊正打着机井款的主意。

十九

刘旭行为了到机场接阿黄，换乘了奥迪 A6 高级轿车。刚到泉滨县境，天就下起了大雨，一段年久失修的黄土路又滑又粘，车子竟陷进泥水里，任凭车轮飞转，车就是不动弹。多亏路边不远处护林房里有个老大爷，司机喊他帮着推车，老大爷一听是县委书记的车陷进泥里，一巴掌把躺在炕上睡懒觉的孙子喊起来，戴上苇笠就冲进雨里。祖孙俩撅着屁股在后面推车，苇笠只能遮住头，爷孙俩的身子却全淋在雨中，车轮甩出的泥水，甩在祖孙二人的脸上、身上。但他们全然不顾。

小车终于走出泥淖。车停下来，司机下来感谢。刘旭行也摇下车窗玻璃，伸出手要跟老大爷握。老大爷的手上满是泥巴，他在淋湿了的裤子上擦了又擦。老人的这个细微动作，让刘旭行心头骤然一热，赶紧下了车。老人用擦干净了的双手握住刘旭行的手说："书记，您受累了。这老天爷，下雨也不找个时候。"老人竟然激动得眼里滚着泪珠儿。然后，又一把拽过孙子，跟书记握手……

"老人家，这路是得好好修啊！"刘旭行说。

车上还有个头发发黄的年轻人，叫阿黄，他就是刘旭行用高级轿车亲自到机场迎接的朋友。阿黄目睹了这一幕。

原来，刘旭行在省城治病期间，专程去了趟澳门，在那里结识了这位叫阿黄的赌友。

刘旭行这次去澳门，对医院说是到一个僻静的地方休息几天，大夫还特意给他带上了须每日服用的药品，写好医嘱。出了医院的大门，县里陪同的人让他全都打发走了，自己却在一个称为小白的铁杆哥们儿的陪同下，驱车去了飞机场。

刚进"葡京"的大门，阿黄就热情地迎上前来。经小白介绍，知道这位阿黄是葡京的常客，也是小白的哥们儿。

引见之后，小白便匆匆离去，说是有一笔生意需要到香港走一趟。既然有了阿黄的陪同，刘旭行也就没有强留小白。

对这个豪华赌场，刘旭行并不陌生。几年前他曾来过这里，不过那次是随几个房地产商一起来的，只是熟悉了一下赌场的内部结构，小玩了几天，赢的不多，输的也不多，没敢动用商家的大钱。这次趁养病之机，他真是想纵情地过一把赌瘾。故地重游，已今非昔比，我是拥有几十万人口的大县的一把手了，大权在握了！此刻，他的心情畅快无比。

赌场生来就长着一张血盆大口，从不讲什么情面，不论官大官小，赌资多少，来者不拒，有多少吃多少。赌场从来不会赔本，也不会同情任何人，刘旭行当然也不例外。

赌注刚一押上，刘旭行的眼珠子就像猎犬一样警惕，随着那快速滚动的骰子而转动，阿黄也在一旁助兴。不一会儿，只听阿黄"啊"了一声，拍打着刘旭行的肩膀说："大哥，还真交了财运了，一出手就赢了八万多，看来你这次是发定了。”刘旭行更是喜不自禁，储积了许久的赌瘾一下子从脚底升腾到了脑门。

赢了，还想赢得更多；输了，还想再捞回来，这是所有赌徒最真实的写照。就这样，刘旭行在葡京赌场，赌博机赌了一种又换一种，时赢时输，一眨眼一个星期过去了。阿黄寸步不离地陪伴着，后来见刘旭行输了个精光，又将自己身上的一万多块借给了刘旭行。患难时刻，刘旭行把阿黄看成了铁哥们儿，一位赌场难觅的朋友。

不觉又过去了一天，刘旭行又输了个精光。澳门不能再留了，欠下的赌资已通过电话让田玉跃电汇来了五十万元，除去归还欠债，回程的机票钱也足够了。于是，他让阿黄去买回程机票，并一再嘱咐：“一定要买头等舱。”

刘旭行依依不舍而又心情复杂地离开了澳门，告别了阿黄。过安检之前，他把阿黄拉到一边，看似平静地说：“你去趟泉滨，搞点投资吧……”

阿黄一时不知所措，说：“刘哥，我哪里有什么钱，我在澳门是过一天算一天，至今别说没钱娶个老婆，就连个像样的住处也没有啊。”

谁想，刘旭行却支起招来：“哥们儿，你只要有套像样的西装和一双锃亮的皮鞋就足够了，加上你这一口地道的澳门腔，完全可以装扮成一名澳商，不，你就是个名副其实的澳商嘛。到我那个县去投资吧。”

阿黄一听急了，忙问：“刘哥，你是开玩笑吧？”

刘旭行说：“我堂堂一个县委书记，怎么能开这种玩笑呢。”

“诈骗，在我们这里那是要蹲大牢的。”

“你这就不懂了。我们那里只要听我的，绝对没错。”

“可刘哥，衣服、鞋子我倒有，就是没有钱，别说投资，连住宿费我也没钱交啊！”

“不怕，我刚才不是说了吗，你是装扮，不是真投资，到了我那个县后，你就扮成富商，我要召开一个隆重的招商大会，你只要一到场，一签字，一切由我来安排。至于住宿费什么的，那几个小钱还用你掏？”刘旭行一本正经地简要地把自己的计划告诉了阿黄。

“刘书记，不，刘哥，你真是太厉害了，内地的官才叫官。小白早就告诉我，你是县委书记，但他不让我说，更不让称呼你，刚才是高兴得过了头，对不起，刘哥。”阿黄点头哈腰。

刘旭行听了非但不恼，反而笑嘻嘻地说：“阿黄，从今天起你就喊刘书记，刘哥绝对不能再喊了，尤其到了泉滨县，更要特别小心。”阿黄若有所思，随即知趣地点了点头。

刘旭行亲切地拍了拍阿黄的肩膀，掏出登机牌，昂首朝安检门走去。没走出几步，忽然又想起了什么，扭头说：“阿黄你要早早做好准备，接到我的电话你就动身。一定牢记我的话，你可是富商啊！要装得像，该摆的谱要摆，这可是无本万利的生意啊！”

阿黄不停地啊啊着，将信将疑地与刘旭行挥手道别。

刘旭行精心准备着阿黄的到来。“真澳人、假澳商、假投资，怎样才能蒙骗住泉滨的领导班子呢？”这是刘旭行最大的心事。他绞尽脑汁，终于想出了一个投资修建高等级公路的点子，因为只有这个项目花钱多，尤其泉滨的北出口这条路，那是省里早已立了项的工程，花的是国家的钱。“两全其美，两全其美啊。”刘旭行守着阿黄没有把话说出口，便一身轻松地回到了泉滨。

“路确实该修！你看你看，今天，我不是亲身感受了吗？”刘旭行自言自语，又仿佛是对一侧的阿黄说。

阿黄则在想，一个县委书记果然了得，爷孙俩冒雨推车，刘书记跟他握个手，竟然激动成那个样子。推车，分文不取，心甘情愿。

“多好的老百姓啊！多好的老百姓啊！这路真得修啊！”刘旭行嘴上又感慨起来。

汽车拐进县城的时候，已届正午，雨早已停了，但太阳还躲在云层里。

一切像刘旭行安排得那样，泉滨隆重地迎接了阿黄。

县宾馆的几个化了淡妆的服务员，正在雨后的水泥地上忙着铺猩红地毯，足有二十几米长，从宾馆大门口一直铺到宾馆大厅的台阶下。地毯的两旁，整齐地站列着欢迎的队伍，他们个个挥动着五彩小旗，嘴里不停地喊着：“欢迎！欢迎！热烈欢迎！”县委、县政府的有关领导人，则站在欢迎队伍的最前列。当刘旭行的奥迪车缓缓驶入大门口时，宾馆经理急步趋前，弯着腰谦恭地拉开了车门，首先走出车门的是一身笔挺西装的阿黄。

阿黄哪里见过如此阵势，他好像做梦一般，脑子有点迷糊。而刘旭行则跟随其后。对这个接待，他是熟悉的，心里也是舒服的。他频频向两边的人挥手致意，很有风度地微笑着。张方平、张立人等热情地迎上前去。

刘旭行一手拉着张方平，一手拉着张立人，对阿黄介绍说：“黄总，介绍一下，这位是张县长，这位是张副书记，都是我的得力帮手啊！”随后又向“二张”介绍了阿黄，是准备来泉滨投资一个亿的澳门富商。

正说着，服务小姐分别给阿黄和刘旭行献上了鲜花。这时的阿黄已经紧张得浑身打颤，两腿也像灌了铅，额头上冒出了汗。当刘旭行挥动花束向欢迎人群示意时，阿黄也想模仿，刚微微抬起手，谁知那手却在不停地打哆嗦，一不小心鲜花掉在了地上。刘旭行迅速捡起了鲜花，塞到阿黄的手里：“黄总，小心，花上有水啊！”不满意地瞅了他一眼。阿黄像掉了魂似的，战战兢兢地走完了那块似有百里之长的红地毯。

一进房间，阿黄便把西装脱掉，直挺挺地躺在沙发上，脑子里过电影似地回忆着刚才那惊心动魄的一幕。直到刘旭行进来，他才从地板上捡起脱掉的西装。

“阿黄，你是怎么搞的，怎么能紧张到那个程度？你是从国际名城来的，到个小县城怎么会这样？看来你也就是个井底之蛙呀。”

“刘哥，不，刘书记，我本来就是一个穷光蛋，你偏要我当富商，我身无分文，你非要说我来这里投资一个亿，我能不紧张吗？这不是在演戏吗？我哪有演戏的本事啊！”

“阿黄，这句话算是让你说上了，就是在演戏。招商引资就那么好搞吗？如今像我这样当官的，有几个不是在演这样的戏？至于能不能镇住人，就看各自的演技了。”

阿黄听了刘旭行这句话，自己竟不知说什么好了，两眼直愣愣地似懂非懂地看着刘旭行。难道刘旭行走到哪里，哪里就是戏台吗？那样的话，他的戏台就无限大啊！在赌场上的表现，也是一种表演吗？哇噻，澳门和内地真是大不同吔！

刘旭行瞅着阿黄那个呆头呆脑的样子，用力拍了一下他的肩膀说：“好好在屋里等我，说不定我们今天就要赶回省城，你可千万不要离开房间。”

现在是该走过场的时候了，刘旭行把阿黄安顿下来，连夜在宾馆的会议室召开常委扩大会，吸收了不是常委的副县长参加。会议就一个题目：澳商这笔巨额投资怎么用？刘旭行还特意绘声绘色地讲了这位澳商如何爱国，在内地搞了多少投资项目，捐建了多少所希望小学，既有具体数字，又有生动事例。但是不管他怎么说，始终没有一个人发言。

张方平低着头，张立人手里的铅笔不停地在纸上划拉着，一道道杠杠，横竖杂陈，杂乱无章，一如他纷乱的思绪。

裴尚蕊一见场面有点尴尬，马上来了猴儿精神。她抢先说道："不用说刘书记领来澳商投资，就是这个举动，也够感动人的了，连自己养病的时间都用在咱们县的发展上，这是带病坚持工作啊！我真是太感动了。"说着假模假样地抹起了眼泪。

刘旭行好不容易等来的发言，竟是这般动情，这让他心中一阵快慰，很是受用，便说："没什么，我就是泉滨人嘛！不为泉滨还会为谁？"说到这里，又把目光转向张方平："你说对吧，方平同志？"

沉思中的张方平，猛地回过神来，却没有答话，只是微微一笑，两眼看了看分管农业的副县长。这位副县长一看县长的眼神，知道是该他表态了，于是直了直腰杆："刘书记，既然是巨资，是不是能用在全县的'三农'项目上？比如水利设施建设、农产品深加工、农产品物流基地建设等，有多少钱都能派上用场。"

张方平见机会已到，接着说："我看这个意见好，既然澳商不怕咱这里穷，就让他支持一下'三农'吧。"

张立人刚要发言，刘旭行赶紧截住话头："'三农'确实重要，可人家是来投资的，不是搞扶贫的，投资是要讲回报的呀。尽管澳商有钱，但人家还是为了赚钱才来泉滨投资的，在商言商嘛。"

刚刚热起来的发言又戛然而止，会场一时陷入尴尬。

为了打破僵局，张立人说道："我的意见，是不是刘书记您把自己的想法说出来，这样，大家发言也不至于跑题，不知这样行不行？"

与会者大都随声附和："对对对，请刘书记先谈谈意见。"

于是，刘旭行从车子在路上陷入泥淖的细节说起："这可是我的亲身经历啊，眼见为实啊！我们在雨中，是祖孙俩帮我们推的车，我从车上看到，老大爷浑身满脸都是泥水。多好的老百姓啊，都说我们是父母官，老百姓才是我们的衣食父母啊！我们要对得起他们，这路就必须修……"刘旭行说得很动情，很恳切，也很激动。火候到了，他就把早已想好的主意和盘托出，这一说，大家更没有吱声的了。多亏张方平打了个圆场，才使刘旭行下了台。

张方平说："刘书记的想法很好，只是这一段养病，对修路这事不太了解，我们汇报也不够及时。县里的几条主要公路上面统一规划好了，不是国道，就是省道，工程款马上就下来。不管怎么说，对刘书记带病为县里招商引资，我是很受感动很受教育的。”

张立人正准备建议把巨资投到开发山湖风景区上面，刚说了一句，刘旭行佯装身体吃不消，声称以后再议吧，便匆匆结束了会议。

张立人盯着刘旭行的背影，脑子里思忖着刚才他那些不大着调的话，无可奈何地叹了口气。

刘旭行的如意算盘打得不错，会议果然没有超出自己之所料。“天助我也，要不是这场大雨，要不是车陷进泥水里，说起投资修路来，还不会这么有力度。”他暗自得意。

待大家都离开后，刘旭行便连夜带着阿黄往省城返。一场由他亲自导演精心设计又亲自演出的假澳商、假投资大戏，就这样草草收场了。路过上午陷车的地方，司机突然把车停下来，对刘旭行说：“刘书记，我从办公室那里弄了两瓶酒，咱是不是给那个老大爷留下啊？你在车上等一下，我送过去。”

刘旭行打开车门：“不，我们一起吧。”

他来到护林房，门上了锁。刘旭行对司机说：“把酒放在门口吧。老百姓真是通情达理、古道热肠啊，他帮了我的大忙啊。”

刘旭行从司机手里要过笔和本子，从本子上匆匆写下“谢谢老大爷。县委书记刘旭行。”撕下来，夹在两个酒盒中间。

车继续在黑暗中向前疾驶……

在刘旭行看来，此行的目的已经达到了，那就是：如果有人告发去澳门的事，自己便可拍着胸脯信誓旦旦地说：去了澳门是真的，那是带病去为泉滨县招商啊。多么冠冕堂皇，多么爱岗敬业，丹心可鉴哪。如今这样的县委书记，到哪里找去啊？裴尚蕊常委不是在扩大会上感动得连话都说不下去了吗？连张方平那样不信邪的人，不是也说了很受感动很受教育的话吗？行了，够了，这一招已经奏效了。

想到这里时，刘旭行暗暗发笑。至于如何打发这个上不了台面的阿黄，那更是小事一桩，找个省城的朋友，送几个钱不就完了吗？

“哈哈！”他冷不丁地一声大笑，把阿黄吓了一大跳。

二十

县里召开的“用好扶贫专款，保质保量打好机井”动员部署会议后，裴尚蕊当晚就找到了林一通，商量如何把打机井这件事摆弄好。

林一通告诉她，井，一定要先在路边打，让领导人顺路就能看到，尽管上头一再吆喝，反对搞“形象工程”，但你不搞人家搞。再说了，越是上面反对的，越说明有市场，也就越要去干，并说：“如今县里的领导人，哪个还不是好大喜功？看那已经提拔的田玉跃、贾林不都是靠搞形式主义帮的忙吗？爱俏的女人，从来都是把粉搽到脸上，搽在屁股上谁能看到！我看眼下这两位‘主持’，恐怕就更想上了。不然，怎么会当两天主持还那么认真。你千万不要按他们在会上讲的去做，要做他们心里喜欢的事，而不是嘴上说的事。现在，当官的说的都很动听，所谓狗掀帘子——嘴上的功夫。”

裴尚蕊听得入了神。林一通又说：“别当傻帽了，赶快回去选几个显眼的地方下手吧。”

裴尚蕊犹豫着说：“我不知怎么干好，想看一看别的乡开始动工后，再组织干。”

林一通却说：“这样做虽然稳妥，但你是县委常委，同其他乡镇不一样，这么重要的事情，会议开过之后没有动作，恐怕面子上也不好看。”

“好，那我就按你说的，先找几个显眼的地方干起来再说。”裴尚蕊把林一通的话当成了真经。

忙活了一天，裴尚蕊乐呵呵地回到了宿舍，躺在床上自言自语：“八百万，没想到会这样的巧合，我正需要六百万元的资金，乡里打井就拨下了八百万元。八啊八，这个数字真吉利啊！”裴尚蕊越想越美，不一会儿，便昏昏欲睡了。

梦中，她正拿着镐头掘井，揭开土层后，竟是一捆捆的钞票，越拿越多，竟抱不过来。这时，自己的小轿车自动跑到面前。裴尚蕊正在纳闷：没人驾驶，车怎么会动呢？一抬头，但见远处的高山之巅，贾林正在操弄着遥控器。裴尚蕊忙不迭地把钞票一捆一捆搬到车上，码到后备厢，眼看装不下了，又往车后座上搬。后座摞满了，看看还有许多捆，她又就地迅速用泥土把钞票掩埋起来。泥土很干巴，如同面粉一般，风一吹，就跑了，她又忙着找水，水龙头有水，但接不过来，她只好用手一捧一捧地把水撒在干土上。直累得她气喘吁吁，汗水湿透了衣衫，流进了红唇，冲淡了浓妆。她隐隐听到有人说话，吓得赶快钻进车里。贾林这时早已坐在驾驶员的位置上，一踩油门，二人乘着小车腾空而起，正好飘落在高高的山坡上。正当两人额手称庆脱离了危险地带时，一排公安人员荷枪实弹突现于车前，贾林赶紧右打方向盘准备走另一条路，小车却突然失控，跌入了万丈深渊，贾林当场一命呜呼，裴尚蕊吓得“啊”了一声。

醒来的裴尚蕊已是大汗淋漓，吓得魂不附体，筛糠一般打着哆嗦。

噩梦一场，裴尚蕊似乎害了一场大病。她没有什么文化，只靠身体出位走到今天这个地步。这个梦对她来说，着实是惊吓不小。她想找占卜算卦之人给解解，又怕传扬出去，让自己名声扫地。她想说给林一通听听，又怕他刨根究底，露了马脚。

想来想去，还是找贾林最合适，因为他也是梦中人。裴尚蕊即时拨通了贾林的手机，如此这般地再现了一番。贾林一听，哈哈大笑，说：“我给你圆圆梦吧。这个梦，说明你发财的机会到了。小车自动开到你面前，说明我是贵人前来相助。有了钱，车已经没用了才掉进沟里。我死你害怕，说明咱俩的关系是彼此密不可分。你不听有人说吗，梦都是反着的，梦中的我死了，说明我活得滋润着呢。至于荷枪实弹的公安人员并没有动真的，那只不过是虚晃一枪，做做样子。好梦，好梦。你就放心干吧。”

经贾林这么一圆，裴尚蕊信以为真，心事也随之如石头落地。

张立人带着工程技术人员，挨个乡镇检查打机井的进展情况。当他来到裴尚蕊所在的乡时，发现田野里飘扬着星星点点的红旗，红旗周围游动着十几个拿镐头的人，看他们那漫不经心的阵势，似乎不是在打机井，而是在寻找埋在地下的什么宝贝。这个人瞧瞧这边，又瞧瞧那边；另一个人用镐头砸几下地皮，再蹲下身来，扶着镐头端详着。

这种奇怪的现象让张立人好生纳闷，便让司机停车，随同县水利局打井队的技术员，一同到那个劳动现场去看个究竟。谁知，现场周围早已灌上了水，无路可走，他们转了好长一段时间，才踩着泥泞来到了工地。

工地一见从小车上下来两个人，知道是来查看打井的，一个个都慌了神，其中有一位还认出了张立人，因为上次处理上访问题时，他与张立人紧挨着坐在一起。那位农民扔下镐头跑上前去，拉着张立人的手说："张书记，怎么又是你呀？俺们在做打井游戏呢，刚刚商量着怎么做，又被你碰上了。看来俺们这里的农民今年命不孬啊！"

张立人问："什么？玩打井游戏？怎么玩？"

刚才说话的农民，一见张立人来真的了，吓得不敢说话了。

张立人朝他笑笑："不说就算了。咱自己看吧。"

耳听为虚，眼见为实。从这个工地到那个工地，随意地问问，让张立人终于明白，这里发生的一切奇怪现象，都是乡里统一布置的。

裴尚蕊听了林一通的馊主意，先摆上个打井的迷魂阵，每个布点的地方都要把进去的路灌上水，变成泥泞，然后插上一杆杆红色三角旗，再让几个农民装扮成打井人，衣服上还要甩上点泥巴。若不仔细观察，根本就看不出有什么猫腻。如果站在远处望一望，会陡生如此感慨：群众打井的热情高涨啊！

林一通教裴尚蕊这样做，是准备应付那些走马观花的人，没想到一上来就遇上了张立人。

张立人看着打井的农民在那里尴尬着，干没得干，不干又怕领导不高兴，就开着玩笑解了围："假打井、真打井都给工钱，是不是？那就假打吧，省力气。可旱田打不出粮食，你们少吃饭啊。"

那农民不敢接话。一个矮个子青年终于鼓起勇气说："乡里答应给钱，俺就按他们的要求来干，将来饿肚子，再找乡里算账！"

张立人驱车来到乡里找到裴尚蕊，严厉指出她的错误做法。

裴尚蕊早已知道张立人到了打井工地巡查，因为每个点都安排了一个人，专事通风报信。当她接到报信者的电话后，把早已准备好的话搬了出来。待她接到第二个、第三个电话时，准备好的话已能张口就来而且毫不脸红了。她说："张书记，我不是造什么假，而是看看这几个点选得合适不合适。每个点上安排的那几个人，是准备作为骨干来培养的。张书记，你知道我缺少基层工作经验，我是想等到兄弟乡镇搞成功了，再干也来得及，免得劳民伤财。这算不算是摸着石头过河搞改革啊？"说到这里，又娇滴滴地笑起来。

张立人并非不明白她是在胡诌八扯，不过，这次的假话还算有点水平，不知是哪位高参预先给设计好了的。

于是，张立人一脸严肃地对裴尚蕊说："打机井直接关系到全乡群众的生产生活，请你一定要抓紧抓好，不能落在兄弟乡镇后边。"说完，默默坐车离去，一路无语。

张立人前脚走，林一通后脚到。看来林一通为了讨得裴尚蕊的欢心，已经无所顾忌了。

"不用听他的，那个张立人是典型的书呆子，市里让他暂时主持一下政府工作，他好像真的成一县之长了。这年头，还能再找出第二个像他这样的傻子吗？可他妈的真是巧了，张方平也快变傻了。千万不要认为他们有多么负责任，那是官迷心窍！张立人也好，张方平也好，都是想通过抓好打机井这件事，实现个人心中酝酿已久的书记梦、县长梦。"

说到这里，好像触动了林一通的哪路神经，只见他瞪大眼珠子，用拳头狠狠地砸了一下桌子。

裴尚蕊见状，惊奇地问："你这是怎么啦？我还没来得及谢谢你，你倒先火了。"

"你谢我什么？"林一通不解地问。

"我谢你的锦囊妙计起了作用啊。我把你给说的那一套一讲出来，张立人就无话可说了。你是赛诸葛呀你！你帮我过了这一关，我是不是应该谢谢你呀？"

林一通听出了话里的暗示，当即乐开了怀，却又不失冷静："我实话对你说吧，张立人是不好骗的，甭说你我这点本事，就连田玉跃、贾林的所作所为也躲不过他的眼睛，那家伙确实是聪明过人啊！"

裴尚蕊亦有同感，接过话茬说："说句良心话，张立人这个人能说能写，办事能力也强。但这个人的毛病，就是同谁的关系都一般化，不合群，我就特别烦他那个一本正经的样子。"

"张立人如果不正经了，早就被你抢去了，我就不会有那个艳福了。"林一通说完，讪笑起来。裴尚蕊用手指刮了一下他的鼻子，两人相视着会意而笑。

林一通当晚没有回城，住在乡党委接待室隔壁的单间里，裴尚蕊的临时住处，就在这个只有十几个床位分隔成若干单间的接待室里。两人又在一起厮混了一夜。这次，裴尚蕊把可能遇到的十几个问题，都让林一通作出书面回答。林一通因在办公室待的时间比较长，从县委领导人那里也自觉不自觉地学了几招，裴尚蕊需要的就是几句应酬话，一个问题也用不了写几个字，没多长时间就写完了。

但对钱的使用问题，林一通还是有数的，他对裴尚蕊说："机井早打晚打都好说，搞点形式主义也是必需的，但动用这八百万元钱，可千万不能出半点差错，专款向来是专用的，假若挪作他用，或者是使用不当被查出来，那问题可就大了。"

此时，裴尚蕊关心的恰恰是这笔钱，而林一通强调的是要专款专用，这下子可使裴尚蕊为难了。她两眼望着墙壁发愣，一言不发地呆坐在那里。林一通上前推了一下，裴尚蕊没有任何反应，只是随着推力晃了一下身子。这样的神态，可把林一通吓坏了，他担心裴尚蕊的神志出了问题。于是，转身走到裴尚蕊的面前，双手捧着她的脸蛋，深情地说："宝贝儿，你是不是太劳累了？是先躺下休息一会儿，还是马上到医院看看？"

裴尚蕊一听医院，猛地回过神来，说："我刚才是怎么了，就是打不起精神。谢谢你，我看咱们还是一起研究一下打机井的事吧，这样也许会使我的精神好一些。"

林一通遵命把乡里的地图摊开在桌子上，又把裴尚蕊揽到胸前，只见林一通抓着裴尚蕊的一只手，在地图上随意地比画着，另一只手却伸向裴尚蕊高耸的双乳。裴尚蕊似乎没有感觉，只是顺从着他，任凭那只黑手肆意地在她胸前缓缓地游走……

张立人一连在乡镇转了好几天，回到县政府，办公室的同志告诉他，刘旭行同志这次是正式出院，马上要回到泉滨，张方平县长已经去接站了。闻知此讯，张立人火速赶往火车站，待他气喘吁吁地跑进站台，火车进站的汽笛声已经响了，张立人同站在那里张望的张方平耳语几句，便按车站工作人员的安排，站在黄线以外的地方列队等候。

刘旭行满面春风地走下了火车。与前几天带着阿黄悄悄回来时的情景完全不同，只见他亲切地同前来迎接的同志们一一握手。他握着张方平的手说："谢谢你了，这段时间辛苦你了。"又握着张立人的手说："你的脸都晒黑了，辛苦啊辛苦啊。"一一握毕，走进了尾号为"6688"的轿车，这也是他来泉滨工作自己指定的车牌号。

县宾馆的经理、服务员，个个衣饰整洁地站在大门两侧，欢迎病愈归来的县委书记。一位一笑两个小酒窝的女服务员，把一束鲜花献给走下车来的刘旭行。刘旭行很受用这样的场面，只见他双手抱拳，高高举起，左右不停地摆动，摆动一次，脑袋就朝那个方向转一次，嘴里不停地说："谢谢大家，谢谢大家。"

来到刘旭行的住处，张方平首先说："刘书记，你先休息休息，上次为投资的事，你是带病回来的，来去匆匆，连工作也没来得及向你汇报，这次可有时间了。"

张立人也接着说："坐这么长时间的火车够累的了，还是先休息休息为好。"

刘旭行优雅地笑着说："好的，好的，谢谢你们了。"

张方平、张立人转身就要离去时，刘旭行看了看四周，突然问："林一通怎么没在啊？"

刘旭行这么一问，大家都愣住了。对呀，迎接刘书记，最该在场的就是办公室主任，他不在，算怎么回事？他的事再重要，还能比伺候县委书记重要吗？他怎么这么不懂规矩！

但所有人都不知道林一通哪里去了。张方平当即把在院子里等候的李副主任喊过来，李回答："得知刘书记回来的消息，我们就到处找他，谁知他的手机关了机。据司机班的同志说，他可能离开县城到下面去了。可问了几个地方都不在。"

张方平说："抓紧找，告诉他刘书记回来了，让他火速回县。"

小李说："好，好，马上……"

刘旭行打断了他的话说："不用找了，我是随便问问。好吧，大家都回去休息吧，有话明天再说。"

张立人同张方平一同朝毗邻的县委大院走去，边走边聊。"上次刘书记回来带着澳商，不打招呼，这次又特意提前打了招呼，真是让人捉摸不透呀！"张立人说。

"是啊，身体好了就好。回来的消息是陪同的小袁给我打了电话，我才从乡下赶回来的。"张方平解释说。"多亏我的手机没关，你回来的又正是时候。"张方平又补充了一句。

善解人意的张立人说："对我们来说那无所谓，身体好了比什么都好。再说，正常情况下我们也没有迎接的必要，干好各自的工作才是正事。"

"对啊！反正都已经过去了，咱俩简单准备一下这段工作情况，明天到宾馆向他汇报汇报。"张方平说到这里，又改口说："还是先把汇报材料准备好，至于到哪里汇报，听听刘书记的意见再说。如果他来办公室我们就到他的办公室汇报。”

“多亏我脑子还有点数，当初办公室的同志让我用刘书记的办公室，被我臭骂了一顿，要不，今天可就难堪了。”张方平庆幸自己还不糊涂。

张立人似有同感，说：“咱们还都没有到那个糊涂的年龄，所以就不会作出糊涂的决定。”说完，两人各自进了办公室去准备汇报材料。

“难得糊涂”，郑板桥的箴言越琢磨越有味道，年轻时似懂非懂，现在有点懂了。张方平在自言自语。

刘旭行吃过晚饭，就来到了自己的办公室，并要工作人员通知张方平、张立人有要事相商。两人还都在办公室准备材料呢，一招呼便到了。

张方平进门就说：“县委、县政府这段时间的工作情况，我与立人同志正在准备，原打算明天向你汇报，如果今天晚上讲，恐怕会弄得不系统不全面。”

刘旭行阴沉着脸说：“明天也不急于听工作汇报，这一段时间县里的情况，工作简报我都看了，大体也知道。今天我请你们二位来，是想商量一下林一通同志的问题怎么处理。”

两人都在心里“啊”了一声。张方平、张立人谁也不知道林一通出了什么问题。

原来，刘旭行带着阿黄回省城后，让贾林把阿黄悄悄打发走了。趁自己在家休息时，贾林把裴尚蕊的男人写的一封上告信，交给了刘旭行。刘旭行不看则已，一看就七窍生烟。信中明确指出并列举了林一通长期霸占裴尚蕊的详尽情况。裴尚蕊的男人信中只提到林一通，再没涉及任何人。其实，裴尚蕊同田玉跃、贾林的关系他也清楚得很，可能是经商的需要，有用的官还是不敢轻易得罪的。他之所以敢于向林一通叫板，是因为林一通那样的芝麻官儿，在他眼里只不过是田玉跃、贾林和刘旭行的走卒而已。他经多方打听，得知刘旭行与裴尚蕊也有私情，因为不知道刘旭行的确切住址，于是就下决心把信写给贾林，请求他设法转交刘旭行。

在刘旭行的心目中，裴尚蕊是属于他本人的“尤物”，应该是御用的，这是毋庸置疑的。林一通只是他手下一个跑腿的，这小子简直是长了豹子胆，竟敢在他生病期间霸占属于自己的东西。他压抑着满腔怒火，没同任何人打招呼，带上小袁回到泉滨。上了火车才想起给陈文娟打个电话，告诉他县里有急事需要他马上回去，用不了十天八日就回来。陈文娟心里有些纳闷，但在电话里也不便追问什么，反正人都坐上火车了，只能履行公事似的嘱咐了几句保重身体之类的话。

刘旭行此行的目的，是想施“明修栈道，暗渡陈仓”之计，名曰回县工作，实则是想借机再走一趟澳门。他早与阿黄商量好了，只是别人不知道罢了。于是，他便想以处理人民来信的名义，撤去林一通的职务。但他预料到张方平、张立人甚至是组织部长王根顺都是不会同意的。因为他们是不会了解内情的。

任凭刘旭行怎样诱导，张方平、张立人此时仍蒙在鼓里，两人对林一通的所谓问题没有一人能说得清楚，不仅如此，两人还说了些林一通的好话。越说林一通的好话，刘旭行的火气越大。他们俩一看这个阵势，干脆什么也不说了。

刘旭行此时也觉得再启发也是白费口舌，干脆把问题挑明算了。于是，他单刀直入：“我在省城治病期间，有位领导同志转给我一封人民来信，内容是检举林一通霸占他人之妻。色胆包天，道德败坏，这样的人怎么能当县委的办公室主任!”

张方平、张立人听到这里，不禁又“啊”了一声，不过这一次不是在心里，而是喊出声来了。

刘旭行故意把贾林转给他的信说成是领导同志，就是想让他俩明白这件事不一般的分量，而不要误解成自己在小题大做。他顿了顿又接着说：“我考虑再三，县委机关的形象在全县的影响太大了，对男盗女娼、伤风败俗之事，我们决不姑息，必须当机立断，立即免去林一通办公室主任职务，安排到一个企业或乡镇担任行政领导职务。对外，为了他的声誉我们不讲任何事情，但对林一通本人必须谈开。你们看这个处理办法行不行?”

张方平、张立人默默以对，其实两人一直在思考。刘旭行的问话，他们好像没有听见。刘旭行又重复了一遍说：“你们看这样处理行不行？应当说这不是处分，只是个安排，不这样做，真让那个女人的男人闹起来，对县委机关的负面影响就太大了。”

张方平觉得刘旭行一再强调县委机关的形象，肯定是林一通真的有那事了，便说：“假若事情是真的，也要再调查调查，对一个人的处理，可不能仅凭一封人民来信啊。如果真的需要处理，也要把这件事交给纪检等职能部门，待他们拿出明确意见后，县委再行研究。”

张立人也说：“我确实一点也不了解情况，但我同意方平同志的意见，还是把事实弄清楚再说，以免被动。”

刘旭行听了他们的意见后，自己觉着也不好再说什么，但还是坚持己见：“既然你们是这么个意见，我看为了调查工作能够顺利进行，还是让林一通换个单位好，办公室主任的职务必须免掉。这样，将来处理起来也好行文，咱堂堂的共产党的县委丢不起这人！”

没容张方平、张立人答话，刘旭行便摸起电话，通知组织部长王根顺立即到他的办公室。张方平、张立人正欲起身告辞，刘旭行用眼神示意他俩坐下，并说：“咱们同王部长一起商量一下，他具体管干部，总能找到一个合适的位子。”

王根顺拿着干部档案进来了。刘旭行要他坐下抓紧把林一通的职务安排说一下。王根顺笑着说：“刘书记，你可真是个工作狂啊，回到县上连口气也不喘就干起来了，你总得让我们问候一下你的身体情况吧？”

“电话上咱什么话还没说？一个班子的人还客气什么？说吧说吧！”刘旭行不耐烦起来。

正在这时，不知是谁的手机滴滴响个没完，四人都同时掏出手机看了看。王根顺说：“是我的手机响，是市委组织部张部长的电话。刘书记我接了电话再说吧？”刘旭行点头表示同意。

“张部长你好啊！正在开会，打到振动上了，开始没听见，实在对不起，有什么……”，还没等王根顺说完，张部长就说：“刚才打你的红机子没有打通，只好打你的手机了，请你抓紧时间，通知张方平、张立人同志，马上来市委一趟，辛豪同志亲自找他们谈话。是的，马上。”

王根顺扣上手机，正准备向刘旭行汇报，抬头却见刘旭行也在里屋接电话。那是阿黄从澳门打来的长途。只见他一个劲儿地点头：“准时，一定准时！”

王根顺当然不会了解“准时”的所指，便赶快对张方平、张立人传达了张部长的通知精神。

张方平拉着张立人一起进到里屋，见刘旭行还在打着手机，只好退出来。好容易等到刘书记把这个电话打完，刚要进去，电话又来了，只听刘书记又把声音压了下去。张方平对王根顺说：“时间紧，你待会儿给刘书记说说吧，我们先走了。”

张方平、张立人两人就急匆匆地坐一辆车向市里赶去。市委书记召见，这可不是小事。

刘旭行终于接完电话，出来不见了张方平、张立人和王根顺，误认为他们已经知道了人事变动的秘密，不辞而别呢。正纳闷时，王根顺从卫生间里走了出来，说："方平、立人同志接到市委组织部的通知，到市委谈话去了，他俩见你在接电话，让我向你转告，并说，如果结束得早，再到你的办公室来。"

刘旭行暗自高兴，连声说："不用了，不用了。我今晚也要返回省里。王部长，你抓紧让办公室买火车票，就说我有急事要立即回省里去。"

王根顺凭他分管干部的经验，已觉察到县里的主要负责人又要变动了。他不便多问，转身走出刘旭行的办公室，安排买火车票的事，但心里一直纳闷，刘书记怎么这么沉得住气呢？他难道早就知道内部消息了？

林一通对这里发生的一切，浑然不知，还住在那个单间里，白天帮助研究打机井的事，晚上与裴尚蕊相拥共眠。这一段时间，两人真正是朝夕相伴、形影不离了。

二十一

县财政局招待所住进来一位不速之客，此人姓陈名文娟，皮肤白皙，气质文雅。据陪同她来的一位工作人员讲，陈处长是第一次来泉滨，主要是想走走看看，没有什么任务，也不要惊动县里的领导人。

县财政局长老蔡自是高兴得合不拢嘴儿，因为自他担任局长以来，泉滨还从来没有接待过省财政厅处长级以上的干部，财政厅来人就是来钱，平时跑到省里，别说见处长，就连个科长也不容易见到，他们一听泉滨县就知道是来要钱的，连工资都向省里要。这次陈处长来，说什么也要招待好、安排好。于是，他连夜以县财政局的名义写了一个报告，准备报给县政府办公室。报告中把陈处长每天的活动内容安排得详尽周到，连一天三顿饭的标准，哪位领导同志陪餐，晚上安排多大规模的舞会，几个人陪着打扑克、搓麻将，都写得十分周详。方案还未送达县政府，他便悄悄给了陈处长的随员小郝一份，算是征求意见。反正是县财政局准备这次不惜血本，让陈处长高兴而来，满意而归。

蔡局长非常满意自己炮制出的接待方案，没想到小郝看了方案满脸的不高兴。她对老蔡没好气地说："你们把陈处长当成什么人了？她说了不要任何人陪同，也不接受宴请，她也不会跳舞、打牌、搓麻将。你们怎么能这样做，你们把财政厅的干部都看成什么人了？"

这一下，差点儿把好心的老蔡给吓懵了。别看他的年龄是小郝的父辈，可谁叫县里穷呢，穷家难当，穷官难为呀，穷县连财政局长的腰杆也直不起来。你看他那副可怜相：毕恭毕敬地站在那里，小郝训他，他涨红着脸迭声说："实在对不起，实在对不起。"额头上的汗珠子都快滴下来了，也不知道擦一擦。

还是陈文娟理解人，她从里屋走出来，微笑着说："蔡局长是一番好意，心意我领了，只不过是我这个人不喜欢那一套就是了。快坐下，有什么要求坐下来好好谈谈。"

老蔡这才如释重负，坐在沙发沿上大气不敢出一口，只呆呆地坐着。

陈文娟又追了一句："蔡局长，县里有什么事需要帮忙吗？咱们尽管是初次见面，我觉得你这个人还是蛮实在的，有话就直说无妨。"

蔡局长好像才缓过口气来似的，说："你看我这人，你看我这人……"说着说着，因为不好意思竟然说不下去了。

陈文娟赶快安慰老蔡，说："你不用为难，该办的事，能办的事，我还是会给你办的。我来之前查阅了你们县由市局转报的报告，我也与分管厅长请示过了，先把二百万元的宾馆改造欠款帮你们还上，这几天就拨到你们的账号上。"

二百万？蔡局长有点不敢相信自己的耳朵，当确认无误后，连忙站起来向陈文娟深深鞠了一躬，说："太谢谢您了，太谢谢您了。"

陈文娟示意老蔡坐下来。老蔡额头上的汗珠已滑到了脖子根儿。

陈文娟顺势又问："新来的县委书记刘旭行，你对他印象如何？是不是特别有架子？"

"没有看出架子，没有架子。开大会时听他讲过话，讲得很好呢。听说，他是省委副书记的秘书，那水平是明摆着的，只是没有捞着当面请示工作，他就到省里治病去了。"老蔡回答说。

"你认识县委常委裴尚蕊吗？"陈文娟淡然一笑，接着问。

老蔡说："认识认识！平时也见，电视上也常见。是唯一的女常委。"

"听说她威信不太高？是工作能力问题还是其他方面的问题？"陈文娟试探着问。

“过去她是县宾馆的服务员，后来被一位领导同志挑选出来当了干部，前两年又破天荒地当了常委。有些绯闻，可能是因为提拔快了引起一些人的议论，这也正常。”两人有问有答。

陈文娟因为有二百万作底，说话也就不再遮遮掩掩：“蔡局长，你能不能把有关绯闻说给我听听，或者你给我写个材料，反正我还要在泉滨待两天。”

“这个，这个……”老蔡紧张得有点结结巴巴了。裴尚蕊是县委常委，是领导人啊，我怎么敢说她的坏话整她的材料，这不是要我的老命吗?

老蔡不停地转眼珠子，一会儿额头上又冒出了一层细密的汗珠。

他终于想出了一个法子，说：“陈处长，您一定要这方面的情况，您看这样好不好?宾馆的前经理老崔，现已退休在家，他是我的好朋友，我找他聊聊再转告您，这样，情况能够更准确一些。如果您同意，我现在就去找他?”

陈文娟浅浅一笑，站起来说：“情况我是需要的，那只能麻烦你了，对那位崔经理千万不要说是我想了解这方面的情况，你们就当闲聊吧!”

老蔡战战兢兢地站起来，走了出去。走在路上他又觉得这事有些奇怪，财政厅的干部又不是纪委、监察局的，怎么对这种人这类事关心起来?看来这位是来者不善，也可能是在联合办什么案子，牵扯到裴尚蕊?怪不得了，陈文娟不见任何领导人，也不接受任何招待，凭他多年的经验，这种神秘的做派，十有八九是来办案的，对，县财政局的干部有时也被县纪委、监察局抽调出去查账啥的，协助查办贪污腐败案件。陈处长肯定也是被临时抽调来办案的。

老蔡越想越觉得被自己猜中了，不禁得意地笑了，笑自己开始没有探探路子，试试口风，就主动安排。幸好自己先送给小郝看了，又老老实实接受批评，才使陈处长息怒了。人家给了钱，又让帮她了解情况，对我太信任了，一定要办好，不能含糊，更不能马虎。如果这件事让陈处长满意了，以后到省厅办事，还愁没有人帮忙不成?

老蔡越想越高兴，不觉来到了老崔的宿舍楼前。

陈文娟在向厅长请假时，谎称刘旭行请她去一趟，请求厅长能把泉滨县宾馆改造的钱拨给他们，她那个处正好分管这块业务。厅长是个通情达理之人，既然她丈夫在泉滨干县委书记，她又是厅里的处长，适当照顾一下也在情理之中。于是，便一口答应了。陪同的小郝也不知道陈处长要去干什么，只告诉她跟着走就行。

其实，陈文娟得知刘旭行不辞而别的消息，也是县委办公室的袁秘书在买火车票的路上偷偷告诉她的，她就感到心情有些落寞，便立即决定亲赴泉滨，看看这个刘旭行到底要干什么？刘旭行当晚又赶回省城的消息，也是小袁告诉她的，这个时候她已经上了火车，本打算中途下来，后来一想，干脆去那里实地了解一下裴尚蕊的情况，今后与刘旭行较量也有了真凭实据。

老蔡把裴尚蕊的升迁记录、工作情况和坊间传闻都一一写给了陈文娟。

陈文娟看后惊叹不已："这么多的领导人都拜倒在她的石榴裙下，看来这个狐狸精还真有点摆弄男人的本事。"于是，她把材料收好小心地装进了提包，对蔡局长说："很好，你帮我了解到了第一手材料。但对谁都不要讲，我也不会说是你提供的，回去后我自己把材料重新打印出来，把你的原稿销毁，请你放心。以后县里有什么事，你若感到非办不可，可以直接到省厅找我。"老蔡高兴得咧着嘴笑个不歇。

得到了这份材料，陈文娟个人的任务就算完成了，她来到县里，连门还没出就提出马上赶回省城，老蔡好说歹说，总算拉着她在县城转了一圈。小小的县城，除了银行、税务、电信等几幢楼外，基本没有什么像样的楼。中心大街也只有三两个路口有红绿灯。

陈文娟笑着对老蔡说："你这个县城真是太小了。不过，小有小的好处，不仅好管理，公益事业投资也少。"

老蔡说："退回几年，我们这个县是有名的一个警察一盏灯，一个喇叭响全城。"

不消十几分钟就转完了全城，陈文娟说："我看见有两三个警察，不只一个吧？"

老蔡说："那是夸张的说法，其实我们有二十好几个交警呢。"

"二十几个，省城哪条主干道上还不得二十几个，外加穿黄马褂的交通协管员。"小郝笑着说。

"反正小有小的好处，大有大的好处。现在不是说船小好掉头嘛！"陈文娟有意把气氛搞得轻松些。

老蔡也来了精神，说："人家还说船大抗风浪呢！不管怎么说，只要富了，小也好，大更强。要不然，看小的怪窝囊，看大的愁得慌。"

“蔡局长真是句句不离本行啊，要么，怎么能叫发展是硬道理呢？……”小郝想借机卖弄一下自己刚参加机关学院培训学习的理论，没容她讲下去，陈文娟便说：“别斗嘴了，赶快看看火车票弄得怎么样了，可别耽误上车啊！”说得小郝不吱声了。老蔡忙说：“没关系，我早已派人去了，不会误事的。”

陈文娟根本不会想到，几乎在她踏上火车离开省城的同时，刘旭行也接到了那位假澳商阿黄的电话。

阿黄告诉刘旭行，他发大财了。

原来，阿黄带着刘旭行转由贾林赐予的十万元人民币，高兴地回到了澳门。一进葡京赌场，熟悉他的服务生便打趣地说：“阿黄先生，几天没见，又到哪里蹭饭吃了？”阿黄拍了拍手中的小提包，说：“蹭饭？如今请我赴宴也不会去的，这么多现金还能交给你保管不成？”说着，大摇大摆地走到他熟悉的座位，一出手，就下了五万元的赌注。

真乃天无绝人之路。阿黄这一出手，当头鸿运便牢牢地追随着他。他赢了，而且是赢了一盘又一盘。一连几天下来，阿黄居然有了六百多万元！这是阿黄做梦也没有想到的。

阿黄激动得快疯了。他一面不停地揉着肿胀的双眼，一面不停地自言自语：“真是天助我也。刘哥的恩赐就是同别人的施舍不一样。他不仅赐给了我钱，连他县委书记的运气也一同赐给了我。怪不得临别时他给我说祝你好运呢，真是太神了，太神了。”

别看阿黄是个穷光蛋，可他还是有一套深得内地赌徒信赖的处事方式。平时靠帮内地去的赌徒混饭吃，帮他们转移钱款，帮他们到机场、车站取钱，有时还帮助赌徒找个红颜知己。他的嘴从来就是靠钱糊住的，只要给钱，从不随便说一句话。虽然他上无片瓦下无立锥之地，但就凭这一条，他还能寄生下去。用他自己的话说：反正我也发不了财，有口饭吃就行。时间长了，阿黄结识的内地一些赌徒倒也爽快，尽管那些人出手没有刘旭行大方，但一定的缄口费还是要给的。

阿黄越想越高兴，越高兴便越来精神，活像刚刚打完吗啡一样。于是，他孤注一掷，一次投出了一百万元的大赌注，这一下他又赢了个痛快淋漓。他简直不敢相信眼前的事实：“这是怎么啦？这是怎么啦？难道刘哥在神山灵寺为我烧了高香？”

阿黄给刘旭行打电话的时候，刘旭行正在省城宿舍的客厅里走来走去，盘算着下一步如何处置好林一通，应付好张方平、张立人，还有自己那位难缠的妻子。

忽听手机响个不停，一看是个不熟悉的号码，便把手机扔在一边。可那手机很有耐心地响着，刘旭行只好放在耳朵上，轻轻地“喂”了一声。这一听不打紧，吓得他浑身战栗，手机差一点掉到地上。当听到的是阿黄报喜的消息时，那颗悬着的心才如巨石坠地。

阿黄邀请他再来一趟澳门，赌资完全由他来承担。

刘旭行没有立即答应，思忖了片刻，才说：“这两天我正好心情有些郁闷，去你那里散散心也好。”怎么走呢？他决定，为了转移别人的视线，他先回趟泉滨，从那里再想办法脱身。

送走陈文娟，老蔡高高兴兴地去跟张县长汇报，省财政厅把二百万元的宾馆改造的欠款帮着还上了，这简直是天大的大好事呀，县长肯定想不到呀！

张县长正跟张立人商量事情，听了老蔡的汇报，顿觉此事蹊跷。正纳闷，老蔡又说：“张县长，那位陈处长，她不让我告诉任何领导……”

一听是陈处长，两人都愣住了。张方平问：“陈处长，陈文娟吗？刘书记见没见？”

老蔡说：“没有，任何领导都没见。”

“老蔡啊老蔡，你知道陈处长是谁？那是咱刘书记的爱人。咱怎么能怠慢人家呢，你说你这个人！”

“什么？刘书记的爱人？”老蔡顿时懵了。他搔弄着灰白的头发，皱紧了眉头。

“陈处长是帮咱们来了。”张立人看到老蔡傻呆着，忙插了句话。但心里却想，陈文娟此番来泉滨，绝不仅仅是来送钱那么简单。

“她没问什么吧？”张方平在办公室里踱着步。

老蔡汗都吓出来了，想说实话，又咽了回去。就结巴着说：“没，没有……”

想了想，老蔡又胆怯地看了张方平一眼，嗫嚅着：“不过，好像她对裴尚蕊同志……有点感兴趣……”

张立人忙站起来说：“好吧，老蔡，你回去吧。这事不怪你，也怪你，上级来人了，不让县领导知道，说明人家工作作风好，但我们做领导的要尽主人之情嘛。她不让你汇报是她的姿态，你不汇报是你的失职，对不对？回去吧。人家送来二百万，那是大好事嘛，是看咱刘书记的面子呀。”

老蔡叨叨个没完：“是是是！下次一定注意，一定注意。我当时考虑得太简单了，太简单了。”

二十二

盛夏的太阳又毒又辣，到了晚上路边的庄稼还在打着蔫儿，玉米叶子上落着一层细土。槐树枝上，杨树条间，几只知了在不知疲倦地聒噪着。一个老农蹲在路边上抽着旱烟，看着那奄奄待毙的青苗不停地叹气。老人身边一只黑狗，趴在地上耷拉着舌头大口喘气。刘旭行的奥迪车从老人和狗身边驶过的时候，老人侧身躲到一边去，而狗的眼睛连眨都没眨，它在忙着散热驱暑，汽车扬起的尘土静静地飘下，落到狗身上，让人分辨不出哪是毛，哪是土。

一路飞奔来到火车站，检票，上车，匆匆忙忙的刘旭行像一阵热风刮过。

尽管教训林一通的事没有来得及一解心头之恨，可自己总算有了脱身的机会。坐在火车上，刘旭行仍在陶醉着。他在欣赏自己的智慧，他在庆幸张方平、张立人正在这个时刻被市委书记召见。从省城走的时候，只是要求甄书记让这“二张”尽快调离泉滨，而且越快越好，没想到甄书记比自己还要急。

此刻的他倒是突然想起了自己的身份，自己是共产党的县委书记呀，但也仅仅是一闪念而已，这个刚刚冒出来的念头，瞬间被县委书记也是有血有肉的大活人的托辞说服了。

刘旭行越想越兴奋，越想越觉着自己在养病期间偷闲到庙上烧的那炷高香起了作用。“真是神助我也”，他情不自禁地说出声来。

陪同的小袁、小孙将话的最后两字“我也”，误听成了“我热”，便不约而同地打开随身携带着的纸扇，从各自的方向，把柔和的风送到刘旭行身上，吹得刘旭行的衣领子、袖子都发凉，远远看去，像是在打哆嗦。

刘旭行如同被电棍杵了一下似的，猛地从座位上站起来，一看是他们两个在扇扇子，便有些恼火："车上有空调，还扇什么扇子！"小袁、小孙不敢说什么，忙收起扇子。

不过，经他俩这么一扇，倒使刘旭行头脑清醒起来，差一点忘了还要摆脱这两个人。眼看着火车就要到下一个城市，那正是阿黄在等候他去机场的地方。电话里不是早说好了"准时"吗？飞机可不能误点。火车在飞驰着，刘旭行在思考着。

刘旭行真不愧是甄振怀的得意秘书，别看干工作不咋地，办这类事情，他的花花肠子确实有几串。于是，他一只手拉着小袁，一只手拉着小孙，悄声说："下一站，我要提前下车，你们俩回省城，对外，不要讲任何事情。但我对你俩是无话不谈的。"显得非常神秘，又对这两个涉世未深的青年信任有加。

刘旭行把两人搂在一起，悄声说："那个地方有位挺神的民间名医，是几代祖传，一般不对外看病，只有非常亲近的人，才肯……"

没等刘旭行说完，快嘴的小袁便说："我们老家就有这样的民间高人。"

刘旭行没怪罪小袁，只是笑了笑说："按说，我是党的干部，信仰唯物主义，不该信邪。唉，有病乱求医呗，尽管医院说我的病已经好了，其实我自己清楚得很。这次我的一个非常要好的朋友，帮我联系上了这位神医。但他们有规矩，除了病人外，不准带任何人，不能让任何人知道，更不准带什么礼物。既然这样，我一个人就去一下，反正也用不了几天。这件事你俩知道就行了，对任何人包括我家的陈处长，都要绝对保密。听明白了没有？"

小袁、小孙见书记如此信任自己，异口同声地说："放心吧，刘书记，您这样相信我们，我们一定做好保密，绝对的。"刘旭行握着他俩的手说："好好干，今后会有安排的。"这时，火车已开始减速，小袁、小孙忙着给刘旭行从行李架上取下提包，放到小方桌上。刘旭行还把自己的一盒上等绿茶拿出来，塞给小袁，说："天太热了，你们路上喝着解渴。"

刘旭行匆匆下了火车。小袁、小孙一个劲地向他挥动着手臂。借着火车站雪亮耀眼的灯光，蓦然，一个熟悉的身影，闪入小袁的眼帘，那不是澳商阿黄吗？上次是刘书记让我一个人把他送到机场的，他怎么跑到这里迎候刘书记？阿黄跟上次不同之处是，脸色好看了，头发更加油光可鉴了。小袁欲问小孙，又隐隐觉得不妥，只好把来到嘴边的话，硬生生地咽了回去。

人一旦变阔了，连办事能力都骤然飙升了。本来这个阿黄，在刘旭行眼里也算不了几斤几两，只不过是关键时刻帮自己圆圆场。可这次就不一样了，在机场安排了专人接机，刘旭行刚下飞机，高级轿车早已候在那里。车上还专门带了一位着了淡妆的服务小姐，发髻高挽，身材曼妙，双峰高耸。刘旭行一落座，那小姐就从保温箱里拿出了热乎乎的消毒毛巾，递到他面前。刚擦过脸，小姐又从提盒里取出已经切好的水果果盘，双手端给了他。没等刘旭行吃完一片火龙果，小姐又将纸巾塞到他手里。刘旭行对这样的享受并不陌生，因为他跟着甄振怀那么多年，走到哪里，几乎都是这个待遇。可今天是在异乡，没有甄振怀那样的大树，自己孤身一人竟然也有如此厚遇，着实让他品尝到了拥有权力的滋味，心里是悠悠悠、美滋滋的。

刘旭行站在葡京赌场的大门前，虽然有几个迎接他的陌生人，虽然阿黄热情地介绍着他们的名字和身份，刘旭行却没有认真地去听。不知为什么，他突然把阿黄拉到一边，耳语道："我不想进去了，这里的气氛让人的神经紧张兮兮的。你能不能找个安全而又僻静的酒店，再把车上那位美眉一起请去喝喝茶谈谈心，让我轻松轻松？"

阿黄心领神会，迭声回道："放心吧放心吧，我马上安排。不过，车上那位服务小姐怕不行，人家是专搞接待的，不搞特服。酒店里漂亮的小姐多的是，我保证挑一个最对你心思的。"

高级轿车逶迤而上，刘旭行随同阿黄来到了半山腰一家规模不大的酒店，虽然房间小了点，倒也幽静。刘旭行拉开窗帘，窗外，一个头上能滑倒苍蝇的老女人，从一辆车里钻出来，诡秘地向阿黄招了招手，阿黄朝她紧跑了几步。只见那个忸怩作态的老女人，左右环顾了一下，从包里拿出了一本装有若干佳丽靓照的本子，翻了一张又一张，让阿黄挑选。阿黄显得颇不耐烦，把本子夺过来，自己亲手翻看，当翻到几个高鼻子、蓝眼睛的女人时，不由眼睛一亮，用手指点了点说："我看这个行。"谁知那老女人色迷迷地说："算你阿黄有眼力，靓女今已有主，约她需要预交定金的。"

阿黄乐了："看来我的眼力不错呀，定金多少？"那老女人伸出涂红了指甲的两个指头说："不多，定金先交两千，两人若是有缘，再给靓女六千。"

阿黄十分有派地从兜里掏出一摞钞票，老女人笑眯眯地把钱揣起，伸手欲夺回靓女影集。阿黄不肯，说："我要给客人看看，让他亲自挑选。"说着，转身就走。那老女人拽了拽他的衣服说："那你给我危险费！"

阿黄极不情愿，斥之说："反正警署也不知道你这里，要什么危险费呀？"说着，从兜里慢慢摸出一张钞票，塞到老女人的手里。

阿黄与那老女人的一举一动，都在刘旭行的注视之中，他很镇静地等待着阿黄来向他征询意见。对于那样的影集，他并不陌生，他干这种事也不是一次两次了。他微笑着接过阿黄递来的影集，一页一页地看，中意的基本没有，只有那个高鼻子、蓝眼睛的金发女郎让他怦然心动。到今天为止，他从来还没有同另一种肤色的女人有过肌肤之亲。于是，便指着照片上的那个洋女人的鼻子敲了敲，说："就她了！"

阿黄生怕刘哥不满意，眼睛直盯着刘旭行翻动着的手，一见他挑选的同自己的眼光一致，高兴得两只小眼睛眯成了一条缝儿："刘哥，真是英雄所见略同啊。定金我已交上了，估计明天晚上这个洋妞就属于你刘哥的了！"

"那今天呢？大老远来这里总不能让我一个人独守空房吧！"刘旭行并没有被阿黄的兴奋所感染，而是满脸的欲罢不能。

一心想讨好刘哥的阿黄敛起笑容，试探着说："要不，咱们再出去找找？"

刘旭行已经有些迫不及待了，说："阿黄老弟，为成全刘哥这件美事，还是请你把刚才车上那位小姐请到这里吧，钱，我可以多付嘛！"他眼前老是晃动着车上那位服务小姐的笑靥，那近乎透明的肌肤，好像一不小心就会碰出清爽甘洌的汁来。

"这个，这个……"阿黄有点儿憷头，说，"那我去试试？"

刘旭行并不回答，阿黄只得硬着头皮，找到了那个小姐，悄悄把刘旭行的真实身份告诉了她。本来阿黄是试探来的，他也不想多花那个冤枉钱，假若人家不肯，他到刘旭行面前说几句好话，再从别处挑个差不多的估计也就应付过去了。谁知，阿黄一讲刘旭行是内地某省委副书记的大秘书，现在又是堂堂的县委书记，那小姐竟乐得手舞足蹈，娇声说："谢谢你阿黄，今晚九点以前我一定去，请你给刘书记回话，我不会爽约的！"

"价钱……"阿黄刚提出"价钱"两个字，小姐大度地笑了，说："什么价钱不价钱，为了钱我就不去陪刘书记了。阿黄你真是个土老帽。"

说完，便匆匆告别了阿黄。

“不为钱她又图什么呢?”整天为钱而忙碌的阿黄，还从来没听说过这样的女人干事不为钱的，阿黄真有点糊涂了。

不管怎样，反正人是弄到了，也对得起刘哥了。阿黄高兴地跑来报告。

“热啊，比泉滨热多了!”刘旭行听完阿黄的话，指东说西地笑着。

“关键是您心太热，一会儿让小姐给您降降温。”阿黄做着鬼脸。

“哈哈，哈哈。阿黄不错，我的好兄弟。”刘旭行打着哈哈。说也怪，窗外仿佛突然出现了妻子陈文娟的影子，他眯了眯眼睛，惊慌地仔细一打量，再打量，原来是虚惊一场。那女子从背影看果真像陈文娟，发型差不多，走路的姿势也一样，个头也差不离儿，但转过脸来，这个女人的眼睛比陈文娟的要大要水灵一些。

原来是车上那个服务小姐提前来了……

二十三

躺在蚊帐里的辛豪失眠了，一连几天都是那样。天气酷热难耐，他又不喜欢空调，身上总是汗津津的，粘着竹凉席，很不舒服。有时一夜起来到户外乘三次凉。可越是这样，越是睡不着，干脆起来看文件。

老伴急得团团转，医生急得把安眠药换了又换，仍未有丝毫效果。尽管疲乏得很，但一躺在床上，就睡意全无。他到这个市工作时间不长，上上下下目前还都是一片赞扬声，群众把美好的希望寄托在他身上，干部把他看成是公平正义的化身。家里边，唯一的女儿在京城读博，老伴的贤惠有口皆碑。是什么让他如此烦恼?身边工作人员看不清，老伴也猜不大透。他本人又只字不露，就那么硬熬着。

“眼下最重要的是让辛书记睡觉，其他治疗办法以后再说。”市立医院乔院长面对三位会诊的医生，讲了自己的看法。于是，大家一起说服辛豪书记到医院去住几天，调养调养。失眠，很可能是疲劳所致。

辛豪却不理这个茬儿。在他心里，有多少事等待他去解决，去作出决策；有多少人期待他去听取意见，去出谋划策。再说，近日还有几个非开不可的会议，他怎么能在这时候住到医院里去呢?睡不着觉算什么，过两天就好了。

大家都傻眼了，怎么办？老睡不着绝对不行。还是乔院长有办法，只见他面带笑容劝说道："辛书记，要不这样您看好不好？您今天能不能早一点回家，我们去给您打打点滴，行不行？"

"输液啊？"

"是，打打吊瓶，时间不会太长。"

辛豪见医院的同志如此周到，既关心自己的身体又兼顾到自己的工作，内心溢出感激，便说："谢谢，就照你们说的办吧。"

打着点滴，就有了睡意，一觉醒来，辛豪觉得轻松多了，精力也倍觉充沛。于是，他抓起电话，直拨宋吉生家。

宋吉生一听是辛书记来电，便开起玩笑来："您老兄是不是拨错号了？我是宋吉生，是泉滨县政协主席。"

"你别给我来这一套，我这两天就被一位叫宋吉生的给折磨毁了。"辛豪也在开着玩笑，"如果你时间能安排开，最好今天能到我这里来一趟，我有事同你商量。"

"我时间充裕得很，如果能把参政的议题直接送到您的面前，那我们县政协的工作就更有干头了。哈哈……"宋吉生生性乐观，不管在什么场合，也不管碰到什么人，只要能插上搞笑的话，他是从来不会轻易放过的。他走到哪里，哪里就缺不了笑声。他就有这个本事，从不可笑的地方能看出可笑的因素，然后把可笑的因素放大，让你听了忍俊不禁，甚至开怀大笑。而他自己却绷着个脸，装作若无其事。

宋吉生如约赶到了辛豪的住处。

"怎么啦老班长，是不是身体有点不适？"看着辛豪疲惫的脸色，宋吉生问道。

辛豪说："没有啊！只是想你想得睡不好觉。"

宋吉生面带愧色，笑道："哈哈，如果真是那样，我宋吉生就不是宋吉生了。"

两人说说笑笑，倒也开心。

辛豪忽然严肃起来："老宋啊！前些日子去你那里了解情况后，我一直在关心着泉滨县的工作和今后的发展。为此，我特地去了趟省城，面见了甄振怀同志，向他汇报了县里的情况，并提出了我对泉滨班子调整的想法，满以为他能从工作出发，支持一下我这个新任市委书记的工作，可万万没想到，他把我批得体无完肤。”说到这里，辛豪端起水杯，吹着杯里的茶沫。

宋吉生惊诧了，急切地问道：“都批您什么？”

“批我眼中没有他，没有组织观念，只会偏听偏信；批我一叶障目，不见泰山；批我依靠保守势力在工作，缺乏开拓精神，思想不解放。总之，什么厉害的话、难听的话都说了。”

宋吉生明显为辛豪着了急：“那您没说说刘旭行吗？”

辛豪说：“我不说他，怎么还提班子调整呢？可一提刘旭行就像是戳了他的神经，朝我，那家伙，简直是暴跳如雷，我这一生是头一次受到这么大的侮辱。让我真正伤心的是什么，你知道吗老宋？”

“什么？”

“我伤心的是，他竟然是我的上级啊！你说说，我们在加入党组织的时候，都宣过誓的啊，要光明磊落，要全心全意……”

宋吉生低头不语，手里的水杯，端起又放下，既没斟水，也没喝水。沉闷了一段时间，还是宋吉生开口了：“我们当年宣誓又不是为他，是为党组织！难道泉滨就没救了？难道甄振怀能一手遮天？”

“下级还是要服从上级啊，这是组织原则。”

“甄振怀就能代表上级？”

“人家如今不是在上级的位子上吗？”

“这叫什么事啊？好好一个组织，就叫甄振怀这种人败坏了。一颗老鼠屎，坏了一锅汤。”辛豪同宋吉生你一句我一句地说着，辛豪叹了口气说：“老宋，除非我们不干了，要不，摊上这样的领导人气也得气死。”

谁知，宋吉生把大腿一拍说：“对呀，咱就是不干了。”

“那他们来干不是更糟吗？”辛豪无奈地说道，“我有时也想，得过且过算了，胳膊怎么能扭过大腿？可是我做不到，我有我的立场，我们是党的人！受党教育这么些年，起码的党性觉悟，我还有。党让我们主政一方，这是党对我们的信任，我们不能辜负，辜负了，就是极大的犯罪！我们必须珍惜改革这大好机遇，珍惜为人民服务的机会，珍惜自己的岗位！”

宋吉生说：“老班长，您如果能坚持一段时间，我替您，不，也是为泉滨伸张正义。我想个两全其美的办法吧。”

辛豪一听急了，摇摇头说：“我请你来主要是要你理解我，下级必须服从上级。我心里憋得慌，闷得慌，就想找你来念叨念叨。不是要你帮什么忙的，千万不要胡思乱想啊！”

宋吉生也急了：“我明白您的意思，您也不要胡思乱想啊！组织不光培养了您，也培养了我这么多年呢，大小也知道个好歹，放心吧。”

时近正午，辛豪要留下宋吉生小酌，宋吉生不肯，说：“这个时候哪还有食欲呀！”

张方平、张立人准时赶到市委，秘书小张将他俩引到小会议室，随即禀报了辛书记。辛书记快步走出来微笑着同两人一一握手，并说：“你们赶得挺快呀！我估计你们起码还要半小时后才能来到。”

张方平说：“听说您召见，估计不会是小事，所以，就让司机尽量开得快一点。”张立人跟着点了点头：“路上我瞅了一眼，都快一百六十了。”

“以后不许这样，急着赶路是很危险的，人身安全永远都是第一位的，如果出了事，谁负责？”辛书记爱惜地看着二位，说道。

“辛书记说得对，我们以后注意。”张立人赶紧认错。

“这次我请你们来，应该说既不是大事也不是小事，是件重要的事。只要你们二位理解，又等于没有事了。”说到这里，辛书记仔细地观察着他俩的表情。张方平和张立人互相对视着。

张立人似有所悟，便表态说：“我们会理解的，平常我们做的是别人的思想工作，轮到自己头上，是完全可以自我解决的。”

张方平也随和着说：“这一点请辛书记放心，像我这个年龄，一切都看得开、想得开。”

辛书记一看这二位确实不笨，未曾点题，他们已经开始做起文章来了，也不再拐弯抹角了：“时间也不太早了，我就直说了。市委本来打算让你们二位把县里的党政工作担当起来，可是没想到，省委副书记甄振怀同志非常关心泉滨县的班子配备，他先把秘书刘旭行派来，结果身体又出了问题，这次他又说，如果刘旭行身体坚持不了，就派他身边工作的另一位正处级秘书来担任县委书记。看来泉滨的县委书记，目前只能由甄书记的秘书担任了，我作为下级只能服从了。这样，方平同志你还继续在政府工作，立人同志的工作怎么安排好呢？市委组织部有三个建议：一个是继续干常务副县长，一个是免去副县长，回到原来的专职副书记岗位上，另一个是上调市里，或在市委的主要部门从事文字工作，或在政府的职能部门从事文教工作。立人同志考虑一下，方平同志也帮助思考思考。”辛书记的话算是讲完了，端着茶杯边喝水边在等待他们二位的意见。

张方平看了看张立人，张立人用手捅了一下张方平，示意还是他先开口。张方平没有推辞，开口便说：“一听您的开场白，我就料想个差不离儿。对我来说这也不是第一次了，对立人同志来说起码也有两三次了。怎么说呢，听组织的，假若需要我让位，只要说一声我会愉快地离开。”说到这里，抬眼看了看张立人，想从他眼里读到自己说的在不在理。

张立人明白了他的意思，立即回应：“方平同志讲的是发自内心的实话，我对组织的决定表示完全赞同。对于我的工作，不必费脑，我愿意继续配合方平同志工作，其他就不必考虑了。非常感谢辛书记对我本人的关心。”

张方平赶紧补充了一句说：“我们俩一定会把政府的工作做好，同时也向辛书记保证，不管是谁来干县委书记，我们都会全力维护，真诚支持，积极配合。”

听了两位的表态，辛书记也就放了心。在起身送他们离开会议室时，他动情地对张方平、张立人说：“你们这样顾大局，我很欣慰，你们这次可帮了我的大忙了。应该多些这样的干部才好啊。”

张方平、张立人只是静静地听着，其实他俩都不完全明白辛豪这句话隐含的深意。

回到县里，已经接近夜里十一点了，他们还是不失前言，直奔刘旭行的办公室，一见没有灯光，两人又来到值班室，值班的小李告诉他们，刘书记已经连夜回省城了。个中原因，他们已从辛豪那里知道了。于是，张方平又想拉张立人到他办公室坐坐，张立人说：“已经这般时辰了，我们还是回家休息吧，反正咱俩谁也没有思想包袱。”

张方平觉得张立人说得在理，也没再说什么。

一大早，林一通回到了办公室。瞧他那个样子，像是害了一场病，脸色蜡黄，两眼布满血丝，说话也有些沙哑，手帕不离鼻子，擤个不停。他顾不得自己虚弱的身体，抓起电话就喊李副主任。其实，小李就在办公室，林一通不在家，这几天二十四小时，他一直靠在办公室里，别看年龄不大，办事却是稳稳当当，滴水不漏。尽管从来不多言多语，但该说的话也从来不遮遮掩掩，办公室的同志都夸他为人正派、聪明能干，这也是张立人在干办公室主任时，从他工作过的县报调到机关工作的唯一一个干部。对此，也有人说：小李酷像张立人，是张立人的克隆人。

正在伏案写稿的小李，一听是林一通的电话，小跑着来到林主任的办公室，进门就问："林主任，你的手机是不是坏了，这两天白天晚上都打不通，可把我们吓坏了。"

林一通装作若无其事地说："是啊！手机坏了好几天，昨天刚刚修好，因为有点保密的事要处理，所以就没有告诉你们，本打算快一点处理完，没想到那么棘手，日夜忙活，好不容易才算了结了。"

尽管林一通编了一套谎话，可小李都当成真话听，加上强调了是保密的事，小李更是信以为真，便说："看你累得这个样子，赶快到医院去看看吧，别把小病拖成大病。反正现在刘书记也回省城了，刘书记刚回来时，找不到你，真把我急死了，没想到刘书记当天晚上又坐火车走了。"

"刘书记回来了？"林一通感到十分惊讶，"又回去了？没什么具体指示吗？回去后没来电话吗？"

林一通觉得刘旭行回来得有些蹊跷，但也没往坏处想。

小李回答说："办公室没有接到电话，领导人那里接没接到我不知道。"

林一通又随便问了问这几天的情况，小李简要地做了汇报。小李还是催林一通到医院看看。

林一通顺口说了一句："刘书记回去了，我的病也好得差不多了。"话一出口，他又觉得有些失言，随即改口说："书记不在，办公室主任就自由了，小李，你说对吧？"

小李没有回答，只是笑了笑。

张方平、张立人上班后，各自处理完日常事务，已近中午，两人又碰了一下头，话题依旧是抗旱打机井的事。

这时，林一通敲门进来了。他俩一见林一通，感觉好像是突然从地底下冒出个人来似的。

张方平阴沉着脸说："你这家伙跑到哪儿去了，也不告诉一声！刘书记回来，你这办公室主任竟跑得没影了，怎么回事？办公室主任怎么能擅离职守？"

张立人也面呈愠色说："不管干什么事，应当打个招呼，方平和我都为你着急。"

林一通撒了个谎，说："老家的母亲突然患病，我接到电话就往家里赶，我们家住的地方偏僻，正好手机没电了，充电器落在办公室里，这几天黑白在医院陪老母亲，里也忙外也忙，好不容易把老母亲抢救过来了，看看病情稳定了，我才回来的。”

张方平、张立人就关切地问候他老母亲的身体情况。其实他俩都清楚，林一通在说谎，手机没电，医院还没电话吗？

张方平说：“反正这一段刘书记回省城了，你可以再回去看看，对老人可不能马虎。”

张立人说：“你就按张县长的意见回去再照看照看老人，县里的事有我们，刘书记如果回来，我们再通知你。不过，这次一定记着把充电器带上。”

林一通也毫不脸红，竟说什么：“等几天再说吧，如果身体完全恢复了，就没有那个必要了。谢谢二位领导的关心。你们有什么事只管吩咐，刘书记不在，张县长你是主持县委工作的，张书记在主持政府工作，听你们招呼顺理成章啊，有任务只管交代。”

张方平说：“那你根据情况自己定吧。看你那脸色，就知道这几天累得不轻，孝子啊一通！”

张立人也说：“老林是个孝顺人。当了官的人也是母亲所生，孝敬老人是中华民族的传统美德，这一点是不能丢的。”

张方平打趣道：“立人说得好，老林做得好，你们俩是好上加好。”

听着这话，林一通真像挨了几巴掌，只觉脸上火辣辣的。

林一通心情紧张地回到办公室，心里还扑通扑通直跳，慢慢平静下来后，不觉又暗暗高兴起来。小李被一句话打发了，他年轻，好糊弄，没想到张方平、张立人也这么好骗。自己的老母亲已经去世多年，他们怎么就不知道？张立人干办公室主任时，还到自己乡下的家里去过，真是健忘。

后来一想，不对，张立人记忆力过人，他不会忘记，我怎么疏忽了这一点。可又一转念，不怕，就说是继母，继母也是母亲。他又想起了司机小周，这个人可是有名的“周大炮”，他如果说出我是住在裴尚蕊的那个乡，那编的所有假话就全曝光了。想到这里，他立即传呼小周。

小周一进门，他就问：“咱俩这两天出去的事，你还告诉别人了吗？”

小周眨巴着眼睛寻思了一会儿说：“没有啊！”

“真的没有？”

“我从来不说假话。”

林一通确信小周没有传播后，紧揪着的心忽拉一下松开了："小周啊，你给我开车不是一天了，我待你也不薄，如果有人问你，就说拉我回老家了，别的什么都不要讲，能做到吗?"

小周瞪着一双大眼睛说："放心吧，现在也没人问，假若有人问，我就按你说的去说。"

走出林一通的办公室，小周的心还在一个劲儿地扑腾，他一边走一边埋怨自己的嘴巴不严实，林主任到裴尚蕊那里，早在汽车班说了，连吃的什么好东西、送的什么礼物都讲了。这怎么办？小周边走边想。想着想着，有了，求几个哥们帮个忙不就行了吗？大家都端着一样的饭碗，关键时刻他们是会帮兄弟一把的，何况我平时与他们的关系都不孬，连出发带回的各种好吃好喝的，都拿到汽车班分分。想到这里，他的心很快又平静了下来。

中午饭，只要不出差，司机们一般都在一起吃，你挖我一勺，我吃你一口，倒也其乐融融。小周为了说话方便，特意把大家招呼到平日司机学习开会的屋里，装作很神秘地许愿说，有好吃的奉献给大家。司机一个个端着碗按时到场。

小周挨个瞅了瞅，说："我这两天不在家是拉着林主任到他老家去了。早晨我告诉你们的话是随便说着玩儿的。"

"原来为了这个呀，无所谓的事，咱哥们谁跟谁呀，只要坐车的满意，让咱怎么干就怎么干，叫咱怎么说咱就怎么说。咱不过就是汽车上的一个会说话的零件而已。要吃这碗饭，就要像小周这样，说了实话再改假话，跟着这样的官，最管用的就是假话。"大老刘瓮声瓮气地讲了这么一通，别人没有再吱声的了。

小周觉得大老刘话里有话，便说："刘哥，我这次说的确实是真话，骗你我就是小狗。"

大老刘哈哈大笑起来："什么狗啊猫啊的，现在比人都值钱，狗也不叫狗了，叫什么宠物，有钱的人才养得起，它们的名字比外国总统的名字都好听，你小子想当宠物，可有谁稀罕要呢！还是老老实实开你的车吧。不管真话假话，我们都相信，如果有人来查证，咱就说小周拉林主任回老家了，这不就得了吗！弟兄们，小周是不是这个意思?"

大家异口同声地说："是!"

激动得小周涨红了脸，站起来拱手作揖，又特意跑到大老刘面前鞠了一躬，说：“太谢谢你了刘哥，要不然你的小周老弟就栽了。太谢谢你了！”说着，又掏出中华烟来一人一根点上。

大老刘叼着中华烟，又来精神了，他说：“放心吧，咱们这伙人自己不保护自己，谁还保护？互相照应着，别让狗咬着。咱们这帮出力的，凑在一起就像大宋年间的梁山好汉一样，义字当先，只有讲义气我们才能形成力量。”

司机们听大老刘这么一讲，个个都从心眼儿里佩服，大家齐声夸他武侠小说没有白看，关键时刻用上个一句半句，说出话来味道就不一样。个个都学着大老刘的样子，安慰起了小周，并一一向他拍了胸脯。

小周高擎着饭碗，对大家说：“是大家帮我保住了饭碗，我小周今生不忘。”

大家听了小周这些异常的话，又看了看这样的非常举动，估计是当官的之间又在猫撕狗咬，林一通肯定又扮演了一个重要角色。

林一通呢，感觉确实累了。浑身骨头痛，他踱步到县委旁边的小胡同里去，这里有个针灸理疗室，开诊所的是一个中年妇女，姓牟，她给林一通拔了火罐，又为他推拿、按摩。姓牟的女子虽徐娘半老，却风韵犹存，善解人意，说话老拿眼瞟他。

一会儿，林一通就背上了大大小小一排火罐。这时，裴尚蕊挪用打机井款的事又浮上心头，一旦此事成真，那可是犯罪啊！他像突然受到了惊吓一样嗖地坐了起来，竟然忘记了背上顶着一排玻璃罐，有两个摔到地上，碎了。

林一通忙说：“你看你看，全怪我，我赔……”

那姓牟的女人忙蹲下来，收拾起地上的玻璃碴子，很亲昵地对自己的老主顾说：“哪能要你林大主任赔钱呢，你能想着我这里就行了……”小小的屋子里，空气弥漫起暧昧。

二十四

张立人不怕热，但怕蚊子咬，从小就怕。蚊子烦人之处是咬人之前要先哼哼唧唧一阵子再下口，弄得人心烦意乱。这天夜里，蚊帐里又不知怎么进来几只蚊子，他打开灯啪啪地追杀，最后蚊子被悉数剿灭，手上、白墙上却留下了斑斑点点的蚊血。他看着手，又瞅瞅白墙，竟然笑出声来。

妻子问："半夜三更的，打只蚊子还值得笑？"

张立人说："唉！我原以为蚊子被我消灭掉了，我是胜利者，可你看看，我手上沾的是不是蚊子的血？"

"是啊！"

"不对，准确说，这手上、墙上沾的是咱自己的血啊！"

妻子说："快睡吧，别瞎琢磨了。你的血，就是蚊子的血……"

两口子你一句我一句，倦意袭来，便睡下了。

坐在办公室里，面对桌上铺开的稿纸，想想这一段时间县政府的工作，张立人心里不免有些难过。中央是那样地关心贫困地区群众的生产生活，县里的群众又是那样焦急地期盼着上面的扶持，而每一件关系民生的重要工作刚一展开，领导层就要换人。眼下，我们正在全力抓抗旱打机井和全面落实扶贫开发措施的节骨眼儿上，刘旭行刚来几个月又回去了，自己分工抓的这件事还不知能不能接着干？泉滨除了自然环境好、资源丰富以外，还剩下什么？

张立人正在那里双手撑着腮帮子苦思冥想，张方平悄声进来了。张方平见张立人那模样，不用问也猜出了几分。市委辛书记的谈话，还在困扰着他，他肯定是在想那档子事。张方平边寻思着，边上前推了张立人一下，把个沉思中的张立人吓了一跳，说："你把我的思路打断了，这篇文章就做不下去了。"

张方平卖起了关子："别的文章我做不过你，现在你思考的文章我保证比你做得好。"

张立人说："好啊！我倒要听听老兄的高见，正好我这一张白纸，好写最新最美的文字！"

张方平清了清嗓子，一本正经地来了段开场白："我做文章只用嘴不用纸，你听着就是了。话说才子张立人，仕途崎岖好心酸，要学古人郑板桥，装装糊涂也不难，谁叫他，聪明人尽想聪明事，自作自受理当然，那个理当然！"张方平像是真的站在了舞台上，手指当作鸳鸯板，向桌上重重一敲说："说到这里算一段，喘口气我再往下编。"

张方平说完笑得气喘，把个张立人也引逗得前俯后仰，说："好一个张县长，真是真人不露相啊，原来还是说快书的好把式！当初你该报考艺术院校，报经济学院可真把你这个艺术人才埋没了。”

“我这是帮你解闷，哪有什么艺术细胞。从政这些年，所有的细胞里装的都是心事，帮老百姓脱掉‘穷’字的心事，其他什么闲心也没了。”说到这里，张方平始才切入正题，说：“你是不是在想辛书记同咱俩谈话的事？你先说说看，辛书记说咱们帮了他的大忙，是什么意思？”

“那还用说吗，无非是咱们无条件听从了组织的安排，省去了他费脑筋磨舌头的时间罢了。”张立人漫不经心地回答。

“不对不对，这次我可能比你琢磨得深了一点。就这一次，我先说清楚。”张方平故作谦虚。

“别老卖关子，请教老兄深在哪里？”张立人急切地想听下文。

张方平一板一眼地说：“我看，只有在迫不得已的情况下，辛书记才能说出那样的话来。”

“他不是说了甄振怀在干预吗？逼得他没办法了呗。”张立人说。

“我看那是句真话。”张方平又拉长了声音，得意自己的见解。

“算了算了，反正你还是你，我还是我。”张立人苦笑道：“我现在想的不是自己干什么，主要是县里的工作这几年刚开个好头就换主要领导，主要领导不稳定，全县的发展方向、发展思路就不稳定，就摇摆起伏，下面的人就觉得无所适从。我从来也没想当主要领导，只是想配合把县里的经济抓上去。”

张方平说：“我在前几年也像你现在这样想问题，可结果只落得个劳神伤身，于事无补。谁叫我们位卑言轻呢？既然如此，在什么位置上想什么事、说什么话，一切顺其自然。这样，自己难受的时候就少多了。我看你也不必多虑，让你干什么你就干什么，那才叫认真履行了职责。反之，那叫出力不讨好。”

张立人说：“你说得也对，但大脑有时受外界干扰很大，想控制都控制不了，这都成了习惯。我这可能不叫责任心、使命感，是杞人忧天吧？”

“是责任心强的表现，这毫无疑问，但却是瞎子点灯白费蜡。先哲圣贤留下的励志名言‘国家兴亡，匹夫有责’，我现在认为只不过是句激励人心的口号而已，别说管理国家，就是管理一个省、一个市，也有一个庞大的组织机构和若干个领导层，每个人做好自己的本职工作，就是对国家、对人民的贡献。管住自己，干好分内之事，这是当今社会每个劳动者最需要做到的。否则不是耗费脑细胞，就是生闲气，又何必呢!”

张方平发这一通感慨让张立人觉得张方平对政治问题的见解别有见地。“国家兴亡，匹夫有责”是清朝顾炎武在《日知录》中的话，原文为“保天下者，匹夫之贱，与有责焉。”民国才子梁启超将其提炼成八字诀，遂得以流传。张立人对这句话太熟悉了，也非常认同，但听张方平这么一解读，也觉得别有新意，于是由衷地说：“我今天才算真正认识你了，相处这些年，我是头一次听到你有这样的宏论，可谓独到、深刻、精辟，如果不是你这次亲自送上门，还真把你当成‘只抓粮棉油，不问敌我友’的官了。”

话锋一转，张立人又说出了自己的一得之见：“现在还有个观点，叫‘匹夫兴亡，国家有责’，倒过来了。如果说‘国家兴亡，匹夫有责’是对人民进行的爱国教育，那么‘匹夫兴亡，国家有责’就可以称做是对领导者、管理者进行的爱民教育。如果每一个执政者都能深刻地理解这个道理，并像人民实践‘匹夫有责’一样实践‘国家有责’，那么，大到我们的国家，小到我们一个县，就会不断走向文明，走向和谐。‘国家有责’，就是领导者、管理者有责，就是在老百姓需要帮助的时候及时伸出温暖的援手，或者创造一个有利于大家生存发展的良好环境，使群众能随时感觉到温暖，而不是冷漠。”张立人说。

“有道理，管理者疏于管理，放任自流，那是要出大事的!”张方平说。

说笑间，不觉到了午饭的点儿。

张立人说：“县长大人，今天是我母亲生日，是不是到我家去吃碗长寿面?”

张方平说：“我家里有事去不了，代我问候老人家，祝她长命百岁!”

张立人说：“谢谢，谢谢，那长寿面我可就替你吃了啊。”

张方平笑了。

生日面是张立人的妻子忙活了大半天亲手擀出来的，浇上肉丁、面酱、葱花炒出来的滷子，吃起来真是既鲜美又筋道。张立人拉着妻子，恭恭敬敬地向母亲行了个鞠躬礼。母亲心底的喜悦泛在脸上，她习惯在庆生之日回首往昔，此刻一把搂过孙子说：“时间过得真快啊，想想这才几年我已到了这把年纪。光阴能催人衰老，光阴也能让人向好，只要不虚度年华，都能有所收获。我儿子算是有出息的人，待我孙子长大了，将来肯定会做同样有出息的人。”

张立人刚端起饭碗，听了母亲这番话，微微一笑说：“妈，让你孙子走自己的路吧，千万不要学我。”

母亲不解地看了看老伴，老伴似乎也有所察觉，便说：“做个有出息的人是对的。孙子还念小学呢，至于将来做什么，那还是很远很远的事，不管干什么，都是服务于社会，而社会在进步，走不走你的路谁能说得准？你不是也没走我们的路嘛！”

孙子听了爷爷的话，用童稚的声音嚷嚷着：“我妈说了，学技术。”

“小超说得好，要学就学专业技术，千万别去当什么官，好官难当，庸官窝囊，孬官不能当。如今咱们县的官挨老百姓骂的可不少，我看好人在这个堆里泡时间长了，也会变味的。”张立人的妻子也参与话题讨论。

“你别跟着瞎唠叨，你懂什么！”张立人提高了嗓门对妻子说，妻子不吭声了。他似乎觉得话说得有点生硬了，便解释说：“我不让小超重复我的路，是说一代人有一代人的使命。”

父亲听了儿媳的，又听了儿子的，很有感触：“咱家的工人代表讲的那是群众的话，别看有些片面，可现实就那么严重地存在着。”他回头又对老伴说：“儿大不由娘，只要有志气，就由他们自己选择自己的路去吧。不过，不论怎么说，都要做个堂堂正正的人，人字仅两笔，做人需一生。从政也好，干其他行业也好，都要讲道德，凭良心，做事先做人哪。”

母亲听着祖孙三代的高谈阔论，干脆当起了裁判：“我的生日，竟成了家庭辩论会了，我看今天没有胜负之分，全都是六十七分。”

孙子小超赶快说：“奶奶，六十七分刚及格，应当都给一百分。”

奶奶笑得合不拢嘴儿，说：“你们看我孙子心眼直吧，六十七是我的年龄，过生日图个吉利。赶上这个年代，你们年小的得一百分我活一百岁还成问题嘛！”说得全家都乐了。

儿媳妇高兴地又给母亲添了一勺滷子，说：“还是妈有学问，刚才这话说得多好。”

谁知母亲偏又生发开来：“人是三节草，三穷三富过到老。这是乡间的一句俗语，讲人是分阶段的，不可能总这样，也不可能总那样，一节一节，一段一段，穷到难时别馁，富到极时别躁。关键是要时刻提醒自己：在上头时，别忘了有朝一日还会下来；到了最下头时，也别灰心丧气，相信自己，只要努力，有朝一日还会回到上头。唐代高僧寒山曾云：‘世间谤我、欺我、辱我、轻我、贱我、恶我、骗我，又如何处之？只是忍他、让他、由他、避他、耐他、敬他，再过一年，你再看他。'”

母亲充满哲理的睿智之语，让张立人陷入沉思。

张立人午饭后没休息，直接回到机关，正好与张方平走到一起。张方平开口便问：“老人的生日过得热闹吧？”

张立人就笑：“很热闹，全家乐成了一团。”

张方平说：“我回家时才想起老人今年是不是六十七岁？现在都讲吉利，七不是要上吗？看来你今年要跟着母亲交好运了，可能好戏在后头。”

张立人一听又笑了，说：“你还信这个？‘七上八下’本来是形容忐忑不安的心理，说的是‘十五个吊桶打水——七上八下’，那是惶惶不安啊！有的地方拍卖车牌号，挑选电话号、住房号，不选八，就选六，有的甚至拍卖到几十万元，真是荒唐至极。”

张方平见张立人较起真来，赶紧开导他：“市场经济就是个大海，水多了什么鱼没有？现在就是要见怪不怪，有人愿卖，有人愿买，周瑜打黄盖——愿打愿挨，如今这类事情太多了。卖数字，卖的是吉祥，卖的是感觉，这属于文化创意产业。所有这一切，背后都是利益。唉！咱们也来赶赶时髦，还真七上去了。”

“算了吧，如果说我随母亲这七能上去，那你今年四十六，有可能会顺利地顺上去了。”两人似在开着玩笑，却也是在相互解闷。

张方平又说：“班子不管怎么变，咱俩可要当一天和尚撞一天钟。我不能白主持，你也不能光当方丈啊！”

张立人说：“尤其是当前的工业改革，还有打机井和扶贫开发，兄弟县上得很快，我们不能坐失良机。我想明天上午先召开个工业方面的调度会议，凑凑情况，再强调一下改革问题，想想办法，力求今年工业效益上一个新台阶，你看行不行？”

张方平说：“我完全赞同，重要的还是从思想观念上找原因，广大干部都应当有改革和发展的紧迫感，越是主要负责人，越是四五十岁的人，越要干出个样来。调动起这部分人的积极性，应该不难。大家都有实现自身价值的潜在愿望。”

张立人回到办公室，准备明天的会议。他把县政府办公室主任老刘找来，商量有关部门参加会议的事。当老刘知道是研究工业的会议时，便大体数算了一下，参加的部门起码有五六十个。张立人一听急了眼，说：

“我本想找几个部门几个人议一议，这么多部门参加，那不等于开大会了吗?”

老刘说：“张书记，你还不明白吗？这类的会工业口要全部参加，科局加事业单位少说也有二十个。经济口相关的要参加，科局加事业单位将近二十个。研究口的要参加，县委、县府两大研究室外加人大财经委、政协经济委，如果再加上市属驻泉单位，垂直管理的机关事业单位，那还不得过百？干办公室主任，哪家都要想到，通知他们开会没人来，人家不会有意见，如果没通知，那意见就来了。”

张立人有点生气地说：“老刘啊，你这老主任是越干越会干了，咱们开会是研究问题，不是讲什么待遇，不用搞什么平衡照顾。”

老刘一听张立人的话，调门突然也上来了，他说：“张书记，俺还有一年多就要退居二线了，你来主持政府的工作我很高兴，因为你这个人公道正派，又有本事，不过，会议的事你只管召开、讲你的话，至于谁参加会议，就由我来张罗，我不明白再请示你，或者你有什么特殊要求，提前告诉我。这是政府办公室的老规矩，我从前任手里这么接过来的，我觉得挺顺，希望能得到你的支持。”

张立人没想到，开这么个小会，竟然引来老刘这么多话，便无奈地说：“那好吧，我只能分别召开了，明天先研究一下正在进行的企业新一轮承包经营责任制。”

老刘又掰着手指头数了数，需要近二十个部门参加。张立人苦笑着，只好同意老刘的意见。他想，最难破的就是机构臃肿，还有与臃肿的机构相配套的老规矩啊！老规矩像铁索链，捆得整个肌体无法动弹，这个肌体于是就僵硬着。

会议刚开始，张方平悄悄地进来了，他来到张立人身边，附耳几句就走了。

张立人看了看手表，说：“本打算听听大家的意见，然后我再讲讲县政府的一些新的想法，因为又来了个新的任务，大家的意见、想法就由刘主任收集，我先讲讲下一步的工作安排和应该引起高度注意的几个问题。”

于是，张立人摊开本子，把与张方平一起商量的加快推进企业各种形式的承包经营责任制的意见讲了讲，并强调，经营的实质是发展，发展要靠改革来推动。最后又严肃地指出，每一个企业都必须从改革、发展、稳定三者协调的高度切实抓好改革，提高经济效益。

张立人看了看手表，说：“我先走了，下面请刘主任主持，大家可以结合前段工作，议一议我刚才讲的那些意见，集思广益，保证今年后几个月的时间，让承包经营责任制在全县工商企业全面开花。”说完，向刘主任打了个手势，又低声交代了几句，刘主任小鸡啄米似的点着头，嘴里说着“好，好，好!”

张立人快步往宾馆赶，警笛声已隐隐传来。他加快脚步，气喘吁吁地站到了张方平的面前。

张方平一把将他拽到身旁，说：“你真是会赶点儿，再过几分钟甄书记的车队就到了。”

张立人没说什么，紧挨着张方平，站到欢迎的队列中。

县公安局的开道车先行到达，紧随其后的是市公安局的警车，两辆警车一前一后滑入大门后，省里的警车引导着一辆簇新的中巴车停稳在宾馆门前，后面跟着的一辆辆小轿车鱼贯而入。

宾馆的服务员熟练地在中巴车的车门下安放了脚凳。电动车门开启后，第一个下来的是位佩戴着中校军衔的警卫。市委书记辛豪站起来对甄振怀说：“甄书记，泉滨县的驻地到了，请下车吧!”满面笑容的甄振怀“嗯嗯”两声，躬身走下车来。正在迎候的县里几大班子主要领导人同宾馆的服务人员一起鼓起掌来。

甄振怀缓缓地挥动着右手，不停地向欢迎队伍招手致意，摄像记者扛着摄像机，摄影记者不停地按动快门，都把镜头对准了被阳光照射着的甄书记的笑脸。文字记者拿着本子和笔，紧跟在甄书记后面，甄书记的嘴巴一动，记者就在本子上记一下，唯恐漏掉一个字，那抬首低头的姿势，就像鸡啄米。甄书记在市、县负责同志陪同下，来到宾馆刚刚布置好的会议室。

辛豪向甄振怀一一介绍着县里的几位主要负责同志。说到谁的职务和姓名，谁就站起来说声“甄书记好”，言毕再坐下。当介绍到张立人时，甄振怀随口说：“早就听说了这个名字，张立人！没想到这么年轻啊!”

张方平在旁边解释说：“甄书记，别看立人年龄不大，工作时间可不短了。”

甄振怀说：“年轻干部最重要的是多在基层锻炼锻炼。”

张立人心里嘀咕：甄书记早就知道我的名字，可不知这“早”字是指的什么时间。他正视着甄书记的脸，甄书记眯缝着眼，用眼的余光也正往他这边扫来，嘴巴紧闭着，好像欲说又止。

这一细节没有逃过张方平的眼睛。他附在张立人的耳边说："看来这位管干部的甄书记这次或许会给你带来好消息。"

张立人瞥了他一眼，算是回答。

辛豪始终站立着，介绍完县里的同志，又郑重地介绍起甄振怀："这位就是大家熟悉的省委甄书记。甄书记对我们市、对泉滨县非常关心和厚爱。甄书记公务繁忙，这次在百忙之中抽出宝贵的时间，亲自到咱们泉滨搞调查研究，这是泉滨县的广大干部群众求之不得和早日盼望的。现在请大家以热烈掌声欢迎甄书记讲话！"

甄振怀优雅地站起，俨然斯文气象。坐下后，又优雅地啜了口茶，微笑着向大家摆了摆手说："我担任省委领导工作以来是第一次来泉滨，尽管是第一次，但对泉滨的情况我还是了解一些的。大家都知道我在省委分管干部工作，管干部必须熟悉干部的情况，尤其是县以上主要领导同志的情况。泉滨是个好地方，是革命老区，这里的群众基础好，这里的干部素质高，这几年发展得也比较快。省委决定，省委、省政府的领导同志，都要联系一两个经济欠发达的县，我自己提出联系泉滨……"

说到这里，辛豪心头一震，紧接着带头鼓起掌来。县里的同志和省市陪同的人也一起陪着笑脸，一同跟着鼓掌。

宋吉生参加完欢迎甄振怀的活动，听了甄振怀在会议室的讲话，再加上辛豪不久前同他那番谈话，以及平时他在省城几个知己有意无意的介绍，对甄振怀这次来泉滨的目的已猜出个大概。他觉得泉滨的干部又要接受新的考验了，泉滨的群众又要在正义与邪恶的斗争中耽误发展的时间了。同时，他也暗暗为张方平、张立人捏着一把汗。

回到家，他越想越感到问题的复杂。他打了个电话，让张立人晚饭到他家吃水饺。张立人明白了宋主席的意思，痛快地接受了邀请。

因为没人通知他出席欢迎甄书记的晚宴，所以还没到吃饭的时间，张立人已来到了宋主席家。见老两口正忙着包饺子，张立人也赶紧去厨房洗了洗手，拿起了小擀杖。没等他擀完一个饺子皮，宋主席的老伴就说："不劳你们二位了，剩下这一点面我自己就承包了，你们能凑一起也不容易，快歇歇，说说话去吧。"

宋主席拍打着自己沾满面粉的双手，说："走吧，你嫂子的手艺比咱俩好，咱就等着吃现成的吧！”

恭敬不如从命。张立人笑着说：“不管怎么说，我这也算动手了。”

宋主席的老伴笑呵呵地回应着：“你们这些当领导的，同群众在一起，不都是这样吗？上了镜头，拍拍手就走人，真干的还是老百姓。”

“嫂子真幽默，一针见血啊。哈哈，我今天这个样子，就叫作秀。”张立人自嘲道。

宋主席也笑着说：“看看，你这退休的老百姓说话也要讲究点分寸，当领导的什么人都有，会上镜头会表演那也是本事。”

宋主席老伴一看老头子像是当真了，便勒住话头：“快别逗了，你们还是说说话，等水饺煮好了我再喊你们。”

坐回沙发上，宋主席开口便问：“甄振怀今天的话，你没闻出什么味儿来？”

张立人说：“我只是想，刘旭行同志为什么没跟来？新的县委书记也没来，辛书记原来同我和张方平谈的话，怎么又无声无息了？”

“我看问题有点儿悬。甄振怀选择这个时机来泉滨，关心的恐怕是县委书记的位子，而不是这里的发展。”宋主席倒出了自己的看法。

张立人却不大赞同，说：“一个堂堂的省委副书记，总不会那么狭隘吧？为了自己的秘书，还专程跑到这里蹲点，未免有些太过了，应该不至于吧？”

宋主席摇摇头：“正因为他有权，他才想怎么做就怎么做，但他对外还要装出个正人君子的好形象来，表面看来是深入基层，实际上是实现个人目的。为什么省城的人称他是‘双面人’，就是当面会说人话，背后却做鬼事。我的同学有几位在省直工作，都说这个人是沉潜阴鸷，复杂多变。”

“反正他今天讲是来联系泉滨，我们先按他说的观察观察，如果真是像你的老同学讲得那样，泉滨可就糟了。”张立人的心事袒露无遗。

“一把手太重要了。一个好的一把手，能带出一股好风气、一支好队伍。如果这个一把手己身不正，那么也能带出一股风气，这个风气是歪风邪气，让干部队伍丧气，让老百姓泄气。有个好的一把手是老百姓的福气啊！从政这么些年，我有这个体会，风气坏了，就跟一潭水一样，一旦搅浑了，一旦污染了，就很难让它再清澈起来。要清澈起来，需要花很大气力，需要花很长时间。我们看到的湖泊、江河、水库污染，这都是看得见的自然污染，但是如果人心被污染了，你想想吧，那是人心哪，简直是贻害无穷啊，会祸及子孙啊！具体到我们泉滨县，原本的淳朴民风，正在一点点地消失，后果是道德滑坡，良心泯灭，信心丧失，发展滞后。有些人挟一己之私，来处理一县之事，太可恶了，太可恨了，太没良心了！"

宋主席越说越来气，像个演说家正面对大庭广众滔滔不绝："有些人看着是个人，但开口就是鬼话，是鬼话连篇，是兴妖作怪，灵魂是肮脏的，不透明的，黑得很！"说完，他把拳头用力朝空中一挥。

咬着嘴唇思索着的张立人被宋主席的激情演说所感染，他长叹了一口气，却无语。

"我也只是有感而发，说出来，心里好受些……"宋主席说着欻地把茶几上的报纸抹到了地上。

宋主席的老伴把饺子端上来了，劝阻道："吃饺子吧，这也是动嘴的活儿。不过，多吃几个少吃几个无所谓，可这话说过了，那就惹祸了。老辈人讲话，不失人又不失言，方为君子。"

张立人端起一碗水饺，听着老大姐文绉绉的一番话，颇感兴趣，便说："还是老大姐说得好，咱来个多吃饺子少说话，免得落个言多必失，语过祸来啊！我妈就时不时地提醒我说，话说出去之前你是话的主人，话说出去之后你是话的奴隶。所谓事要多知，话得少说。"

一直吃着饺子不吱声的宋主席，忽地放下碗，举着筷子说："这叫吃饺子的辩证法，别看皮是全一色的，可里面装的什么馅，要等吃了饺子后才能说明白。"

张立人正咬着一个饺子，乐得喷饭而笑。

他说："有天夜里，蚊帐里有蚊子，我全给打死了，手上全是血，是蚊子的，但也是我的……"

宋主席闻之，若有所思，随之大笑。

二十五

板板正正地坐在甄振怀的套间外屋，张方平、张立人两人显得不知所措，也非常郁闷。他们不知道省里来的这位大人物此番约请，是了解县里情况，还是有什么特别的吩咐，因为只是通知到这里的时间，没有说明来这里干什么，两人只带来了县里的基本情况汇报稿和一张县域地图。

百无聊赖而又坐立不安地等了一刻多钟，中间张方平上了趟卫生间，都是一溜小跑去的。回来的时候，见张立人盯着地面的一道裂纹出神，他也顺着张立人的眼睛看去，地板上一只小蚂蚁，很缓慢地在裂缝中爬。他想，这只小蚂蚁，只需一个小指头，就足可让它毙命，脆弱的生命并不知道，求生之路上，到处都是险途。“蚂蚁……”张立人说。张方平朝他笑笑：“是只蚂蚁。”

这时，辛豪推门进来，一见张方平、张立人就说：“我可先给你们透露个消息，甄书记今天不听什么工作汇报，而是想了解一下你们县里人事方面的事情，这也是他的老本行，你们心里要有数啊！”

说完，辛豪从沙发上拿过那张泉滨县地图，漫不经心地看起来。现场陷入沉默。不知他是在避开话题还是在消磨时间，因为这张地图他不知看过多少遍了。

不再关心什么地面上蚂蚁的命运了，张方平、张立人想趁机向辛书记讨教点如何应对甄振怀的问话，但一见辛书记这个神态，话到嘴边又咽了回去，也伸过头来看地图。

过了一会儿，甄振怀腆着个肚子目不斜视地出来了，辛豪急步迎上前去，表现出异常关心的样子，说：“甄书记，休息得怎么样？泉滨就这么个条件。”

甄振怀摆摆手说：“到下面本来就不是来享受的，谁叫咱们当领导呢。”说着，一屁股坐在了最正中的沙发上，秘书紧跟着把纯银的口杯放在了他面前。辛豪也坐了下来。

张方平和张立人第一次亲眼见到甄振怀是这样的傲气，这样的摆谱，感到有些惊讶，甚至有些伤心。“像甄书记这个级别的高级领导，怎么能是这样的人？”两人心里话，就差蹦出口。

地上的小蚂蚁不知什么时候，爬上了张立人的裤角，尔后沿着裤缝继续往上爬，竟然爬到了张立人的左手背上，他感觉手痒，才发现了蚂蚁，就把手轻轻往下一甩，蚂蚁落在了地上……

辛豪又说话了：“甄书记百忙中来到泉滨，又在百忙中召见你们二位，这是对你张方平、张立人的特别关照。现在请甄书记作重要指示。”

辛豪习惯地鼓了鼓掌，而张方平、张立人没有跟上，刚想拍手，甄振怀开腔了："咱们还是随便一点儿好，你们不要拘谨。我这个人你们还不大了解，有人说我优点是实在，缺点是太实在。"甄振怀说到这里，自己先笑出了声，辛豪也随着发出了笑声，一语双关地说道："是啊，甄书记的为人，家喻户晓啊。"

张方平、张立人每人手中都握着笔，准备记录领导的讲话，虽然对这不着边际的话感到愕然，甚至有点莫名其妙，还是耐着性子静静地听着。

"既然你们都知道我实在，我就实话实说了，泉滨的班子需要加强。尽管张方平、张立人二位同志都干得不错，但主要领导层力量太少，需要充实和调整，请辛豪同志向你们讲，因为这一级干部权限属于你们的辛书记。"

"哪里，哪里，全省的干部哪个还不是归省委归您管，我们作为下级坚决服从省委和您的指示。"辛豪表白后，又斟酌再三，才说："经甄书记再三考虑，县委书记还是刘旭行同志，因为任命的时间不长，要相对稳定一段时间。旭行同志虽然身体欠佳，但经过及时治疗，已经能够正常工作，他本人呢，也非常热爱泉滨，愿意在这里书写人生，作为市里那肯定是欢迎的了，这也是甄书记对我们的关心和厚爱。"

张方平、张立人听到这里，一时都呆了。几天前找他们谈话的内容还记忆犹新，几天后事情又发生如此变化，真不知辛书记脑子这是怎么了。

"剩下的事情，就像甄书记刚才讲得那句重要的话，主要领导层的力量需要加强和补充，怎么办？经甄书记授意，我想还是看看民意，对班子现有成员进行一次民意测验，时间由甄书记安排。请你们来，是为了让你们知道这件事情，具体工作由甄书记带来的工作班子去做，市委组织部配合一下。我们都要等待最后的民意结果，你们也不要对别人讲。今天，主要向你们讲明这件事，不知我讲清楚了没有？好在甄书记就在这里，请甄书记指示。"

甄振怀只是摇了摇头，摆了摆手，便缓慢地起身离座，走向里屋。辛豪随即站起来，将张方平、张立人送出门外，又悄声说道："我马上回市里去，县里的事情就看你们的了。一定要认真对待！"没等他们二人问话，辛豪又转身回到屋里。

"这是演的一出什么戏呀！"张方平边走边嘟囔。张立人没有理会，只是低着头往前走。张方平忍不住了，推搡了一下张立人，张立人仍是没有回应。

回到办公室，张立人站在母亲手书的一幅大字“实事求是”前，仔细打量着，思考着。从遒劲的笔锋中，他不仅看到了母亲精进的书法功力，也感到慈母之心无时无刻不在关心着儿子。这幅字，他端详了不知多少遍，但每次都觉得新鲜，都觉得是一种鞭策，母亲那温暖的提醒，时时伴随着他，让他走正道，做好人。而如今被那些两面人生的人搞得连这四个字也难以理解了。辛豪同志本来在他心目中是位正直公道的领导人，可今天这一举一动，真让人看不懂。实践，我们要的是哪样的实践啊！实践这本书，应当是多个版本，可我为什么竟摊上了这样的一本呢？“实事求是”，又如何能做到呢？理论脱离了实际，教训是深刻的；那实践背叛了理论，又该是怎样的结局呢？

张立人陷入了极度痛苦之中。

“当当！当当！”清脆的敲门声，把他从沉思中拉回，正欲起身开门，张方平已推开门大步进来了。见张立人紧锁眉头，便问：“立人，你又在想什么？”

“我什么也没想，只感到自己的脑子越来越不管用了。”惆怅之意在张立人日渐瘦削的脸上弥漫开来。

“不是自己的脑子不中用，而是别人的脑子长毛了。今天的辛书记就与前几天的辛书记不一样吧？今天咱俩都看到了，简直像变了个人，都过知天命之年了，还想干什么？真使我伤心欲绝。看来人是会变的。”张方平感慨丛生。

牢骚发完，两人都默不作声，就这样枯坐着，沉思着。“我看辛书记可能还有点正义感，要不，临别怎么又说出那样一句话来？”张立人把疑惑提了出来。张方平说：“我看那是地道的官腔，那是一个政客之所为，没有什么实际意义。”两人正议论着，“嘟……”办公桌上的电话突然响了起来。

张立人拿起了电话，听到里面一个熟悉的女人声音：“张书记吗？您好呀！您怎么这么长时间也不来我们乡指导指导。我想求您办个事，不知我这小人物能不能求得动啊？”

“裴尚蕊同志，不要客气了，有事就请直说，我这里还有事呢！”张立人说出了裴尚蕊的名字，张方平就向他扮了个鬼脸。

“市里不是要县委常委都要写个不超过三千字的述职报告吗？我的水平您知道，乡里搞文字的人也不行，搞了个初稿，请您在百忙之中帮助润色润色，提升提升，好让我顺利过好这一关啊。”

张立人思忖片刻，便说：“既然信得过我，就让人把稿子送给我看看。”说到这里，又看了看张方平。

裴尚蕊自然喜出望外，“谢谢”个不停。

放下电话，张立人心中疑窦顿生：“常委搞书面述职汇报？怎么没人通知我们，不会只要裴尚蕊一个人的吧？”

张方平说：“如今这种事很难说，也可能是专门考察裴尚蕊一个人。不管怎样，你还是给人家好好弄弄，谁叫你的笔杆子有点小名气呢。”

这时，办公室主任林一通嗵嗵地跑来了，进门就说：“张县长，原来你在这里呀，梅芜副局长来了，想见见你。她现在在税务局招待所。”

“什么时间？不知她有何贵干？”张方平问。林一通招呼道：“走吧，去了就知道了。立人书记，有什么事咱先等一会儿好吧，人家大老远来了，又是田玉跃书记的夫人。”

“看来是非去不可了。既然这样，那咱们走吧。”

梅芜的到来，没有人知道，县税务局的同志把她迎接过来，见了面才知道是梅芜。梅芜神神秘秘地叮嘱他们谁也不能告诉，活动时间具体怎么安排，完全由她自己决定。

张方平在林一通的带领下，直接来到了梅芜住的房间，打扮入时有些中年发福的梅芜笑容满面地迎接着张方平。“张县长，我这次来是想找你单独谈谈，有些事情想听听你的高见。”梅芜边倒茶边说。

“哪里哪里，有什么事只管吩咐，田书记是泉滨的老班长了。”张方平信口答道。林一通欲接过梅芜手中的茶壶倒水，梅芜没有给他，杵在那里的林一通有些尴尬，便说：“梅局长，我走吧？”梅芜点了点头。

林一通一走，梅芜马上扯着张方平的手，一起坐在沙发上。张方平的脸立时感到火辣辣的，他赶忙抽回手，跟梅芜隔开一小段距离，说：“有什么事，请说吧。”梅芜说：“咱们都是年纪不小的人了，在工作岗位上的时间也不会太长了，要抓紧时间挣点钱哪，我想在你这里搞房地产，赚点钱，好养老。”

一听这话，张方平脑袋就有点懵：“梅局长你不是开玩笑吧？你不老，养什么老？再说，这方面我真是一窍不通，我只想干好后面几年的事就退下，确实没想过这些事情。”

听了张方平说这样的话，梅芜有点儿不太高兴，便故作娇嗔地说：

"你也不是什么标兵、模范，当了这么多年的官，也不见有啥长进，还那么痴迷干什么！说句实在话，论本事你比俺家田玉跃强多了，谁还不知道你张方平是能人，可你就是钻天的鹞子，不用你还不是白搭？上面没看上你，你还一个劲地卖命，看你都快傻到家了。"

张方平越听越不对劲儿，说："县长能干好就不错了，何况我还没有尽到县长的责任。我的事就不必说了，你把自己的想法赶快说说，如果政策允许，我可以为你提供方便。"

梅芫心里早凉了半截。"我想搞房地产，主要是想搞个休闲度假村，地点就在县里准备建旅游观光区的湖区乡那里。请县长大人先给我划出一片地来。"

张方平惊讶地说："要建在旅游观光区？我可没有那么大的权力。"说罢直摇头。

"怎么不能建呢？这笔几个亿的投资由我们负责筹集，我的任务就是让县里给开开绿灯。"梅芫俨然是位上级派来的要员，在给张县长下达着指示通知。

"这个……这个……"张方平皱着眉头，发出了不知所措的声音。

张方平做梦都不会猜到，作为市委副书记、副市长的田玉跃和妻子梅芫，早已对湖区垂涎三尺了。湖区确实是美，真正的原生态。他曾专门派人陪梅芫到湖区转了转，但没有透露考察的目的。后来，又专程来过几次。凡到访者都被这里独特的自然风光所陶醉，一万多亩水面的自然湖泊，湖水清澈透底，湖岸花草树木争奇斗妍，湖的三面全是林木茂密的山包，加上山涧潺潺的溪水和一群大小不同的天然瀑布，宛若一幅自然天成的写意画。田玉跃视这里为风水宝地，梅芫在这里萌生了发财之梦，夫妇俩想在这里大桶地捞金。

县里曾多次规划湖区搞旅游开发，由于领导层变更频繁，方案虽经多次讨论，也没有最终确定下来。

张方平想到这里，对梅芫说："你可以告诉田书记，只要是上级领导的决定，你就算第一家竞标公司，我会把最优惠的条件都给你。"

"什么优惠条件？"

"我现在也说不准，起码不会让你吃亏。"

梅芫越听越觉着自己是在对牛弹琴，她有些赌气地说："你的原则性蛮强的，真不愧是泉滨县的县长啊。看来，你这辈子也只能干个县长了。

好吧，刚才的话权当我没说。”

梅芫那一副颐指气使的架势，张方平心里早就厌烦了，但他还是忍着，让着，所谓能忍大丈夫，肯让真英雄。他说：“梅局长你千万别误会，我确实不知道你说的这件事该怎么办好。”

两人不欢而散。梅芫本认为当年从外县调来的县长，这些年又不得志，估计有可能借她提供的这个机会投靠田玉跃，可这个张方平还是那么不识抬举，她开始懊悔不该奔他而来。圈地的事又必须早下手为强，应该找谁呢？

县里的领导中说话算数的，大都是些榆木疙瘩，什么钱啊官啊，不是心里不想，而是良心和道德不让他们能动这样的心思。找张立人吧，他是我高中的同学，虽然我比他大几岁，但毕竟有个同学关系，再说他也是我丈夫田玉跃引上政界的，可这类事能不能同他说？这个书呆子，一根筋，不开窍，弄不好我会自找没趣。怎么办？梅芫急得抓耳挠腮。

张方平又回到了张立人的办公室，他气不打一处来：“你的这个女同学，真是不知天高地厚了……”

“我说张县长，你别拿我说事啊，人家是田书记的夫人，官太太比官要厉害呀，什么女同学、男同学的！”张立人揶揄着张方平。

“好好好，怎么看你和梅芫也不像是一个老师教出来的徒弟。”张方平原汁原味地把梅芫对他说的话和要办的事，说给了张立人。

“我们必须尽快启动湖区旅游开发规划……”这是张方平在回来的路上果断作出的决定。

恰在此时，张立人的手机响起彩铃声：“立人吗？我是你的老同学。如果你方便我想拜访拜访你。”

张立人边听边向张方平使眼色，担心方平再说什么。他见张方平点头，不知是明白了自己的意思，还是同意梅芫拜访的要求，急忙说：“不要来不要来，还是我去看你吧。”

张方平说：“看来这位田夫人是要玩真的了，咱们还是要抓紧再抓紧。”

张立人应道：“你说得对，咱们再不下死把，恐怕湖区就难以保住了。”

张立人正要走，张方平提醒到，如果直接到税务局招待所，梅芫肯定会问是怎么知道的，如果到县宾馆去找她，梅芫知道了又会不高兴。如今就是这样，往往越是最简单的事情，越会搞得复杂化。

官场中，最难处的就是人际关系，所谓一着不慎，满盘皆输，尤其是对待像梅芫这样有身份的人，更是让人伤透脑筋。待好了，满意了，她的作用比她男人都大，只要她肯答应的事，保证田玉跃逐项落实。在县里工作时，有多少干部走了夫人路线，才奔上了升迁之路。枕头风，风量虽小，但曾经是这里官场兴旺的催化剂，谁也不会轻易丢掉这一部分，更不能轻易伤害了这一部分，就连张立人也要三思而后行啊！

最后，还是张方平给想了个办法。他说："如果真的问起，就说自己一时疏忽忘了问，没办法请县里总机查了查刚才的通话。"

张立人觉得如此说辞可以应付，便径直到了梅芫的住处。一敲门，梅芫便迎了出来，二话没说，拉着张立人的手就进了屋，热情地说："请坐请坐，有劳你大驾光临，我真有点不好意思。"

张立人故作夸张地笑着说："哎呀，你看看，出大事了！出大事了！"

闻听此言，梅芫吃了一惊，五官马上紧凑起来，忙问："什么大事啊？"

张立人笑着说："没有组织干部群众欢迎你这位名人，泉滨不就是出大事了嘛！"

梅芫被逗得有些气喘："好你个张立人，也学会奉承人了。"

"如果不是你电话告诉我，真不知你又回到了泉滨。"张立人如今也学乖了，讲客套话不用费劲，顺嘴就来。

梅芫关心地问张立人干得舒心不舒心，还有没有别的打算等等。张立人告诉她，一切都还好，自己在泉滨干得挺舒心，泉滨人民没把他当外人看，自己也觉得已经融入到这个群体之中。梅芫见张立人对泉滨如此钟情，心里不由暗暗高兴，便把微胖的身子向张立人靠了靠说："我也爱泉滨，这次就是为了在泉滨扎根而来，特地请你帮我一个忙。"

张立人明知故问，说："嫁鸡随鸡，嫁狗随狗，你已经是常务副市长的贤内助，除非把泉滨县升格为大市，否则，那是不可能的。"

"什么嫁鸡随鸡，嫁狗随狗的，老观念。我孬好也是大学毕业，还去国外镀了两年金，是知性女人，懂吗？不来工作，常来住住总可以吧。"梅芫把嘴一撇说道。

"人往高处走，要住可以到大城市，哪有到这穷乡僻壤来住的。将来田书记调到省里，那就在省城安家，调到中央，那就在首都安家。"张立人搪塞着。

"你就吹吧张立人，老田调到联合国，我去哪里安家？"梅芫嗔笑着说。

“那就在……”张立人语塞了。

“现在生活越来越好了，山好水好的自然风景区，是天然氧吧，在美国，富人都住在郊区呢。下一步，山水风景区慢慢会成为城里人心驰神往的地方，年龄大了，得注意养生了。我了解这里，就来个捷足先登吧。”梅芫接着说。

“如果你有真心，那可以把你原来的宿舍收拾收拾，也费不了多大工夫，反正现在还闲在那里，你的家具不是还在里面吗？需要找人收拾，我安排。”张立人故意回避着，有意不接梅芫希望延续下去的话题。

“那是你们县委盖的宿舍。我这次是想自己选择地方，建高档次的住房。”梅芫的口吻带着几分傲气和自信，终于直奔主题了。

张立人知道梅芫马上要把对张方平说的话重复给他听了，便一本正经起来：“如果你是真心的，我只好劝你不要这样做，因为在泉滨你已经有了很像样的老百姓一辈子都住不起的房子。我觉得咱们还应当多为田书记的声誉想一想。”

“谢谢你的好意。我如果不给自己盖房，给老百姓盖房，你是支持呢还是劝阻呢？”

“那当然是支持了，但不知你怎么样为老百姓改善住房条件？”

“就是多盖房、盖好房呗，‘安得广厦千万间，大庇天下寒士俱欢颜’，让那些缺房、少房的人，都陆续迁进新居，让那些率先致富的人住进别墅、洋楼。”

“这可真是天大的好事，但如此大的工程，可不是靠你梅芫同志的一张巧嘴所能解决的。”

“我看你这几年真是变化不小，学滑了。都说这个年头什么都变化快，从你身上体现得最充分不过了。”

“我可承受不起你的夸奖。如果说变化，谁也没有你们夫妇俩明显，你们才是我学习的榜样。”

“别逗了，说正经的。我提的事，你能行个方便吧？”

“完全可以，你为县里办好事，我有责任帮你把这件事情办好。”

梅芫与张立人你一言我一语，一个话里有事，一个话里有话，彼此心照不宣，但谁都不愿意先挑明。

梅芫是想通过老同学的关系，让张立人对她来泉滨湖区搞房地产开发予以鼎力支持，最起码不反对。张立人心里更明镜似的，这个不寻常的女人，又在打她个人的小算盘，不管她算盘怎么打，也不能让她打到我的心里去。

梅芫对张立人的回答还算满意。临走，她拉着张立人的手说："谢谢你能到我这里来，对咱们这番友好的谈话，我很珍惜，真的。"

这莫名其妙的话语让张立人不得不强装笑脸，说："咱们是老同学，心里话不向老同学掏向谁掏？你不要太客气了。"转身走出屋门，梅芫一直送到大门外。

临别，梅芫说："我要在这里待些日子，有空请过来聊聊。"

张立人说："有事请打电话，县里杂七杂八的琐事太多，上面千条线，下面一线穿。明天我就去乡下了，希望你在泉滨过得愉快。"

裴尚蕊从隔壁房间的窗户上，看到张立人走了，马上跑到梅芫的房间。梅芫说："你这小精灵，怎么知道客人走了？"

裴尚蕊用手捂着嘴，笑个不停，梅芫急得用手拍打她的后背，裴尚蕊还是一个劲地笑。

"什么事逗得你笑成这个样？"梅芫不解。

裴尚蕊这时才止住了笑，说："我笑你这样按着常规走路，怎么还能做成大买卖。"

"原来是这样。我没有你那么多心眼，我和张立人的谈话，你没有偷听吧？"梅芫笑着问。

裴尚蕊说："你也不是……"刚想说勾引男人的话，感到有点唐突，立马打住了，因为她知道梅芫早已知晓她与田玉跃的特殊关系，于是改口说："你也不是地下工作者，不是李玉和，还有什么密电码。"

梅芫说："我来的用意已经告诉你了，这件事只有你才能真正帮上忙，其他人只要不站出来反对，就算是支持了，帮忙他们是不会干的。"

裴尚蕊说："那张方平、张立人，你不是都找了吗？他们是说话算数的，他们难道……"没让裴尚蕊把话说完，梅芫就说："他们能帮上忙更好，帮不上也无所谓，但对这'二张'，要敬而远之。我找他们，是想让他们知道，老田也好，我也好，心里还有他俩。对他们只能讲些桌面上的话，真把房地产搞起来，还得依靠最信任最亲近的人，这个人就是你裴尚蕊。"

裴尚蕊一听，自己成了梅芫、田玉跃家最信任、最亲近的人，而且大度的梅芫对她没有丝毫鄙视，感动得差点儿掉下眼泪。只见她拉着梅芫的胳膊说："梅姐，你和田书记这样信任我，你的事就是我的事，我会尽自己的一切，支持你把这件事办成。"梅芫信赖地颔首而笑。

"梅姐，依我看，要干就要早动手。如果你不嫌累，现在是不是我陪你到那个地方看看，对准备圈下来的地方大体有个数，然后我们就画个草图，把建房的范围定下来，准备干的时候，再去补办有关手续。"

梅芫高兴地说："还是妹妹痛快，咱们马上去湖区乡，把地方定下来。真要干，可分几期工程来做，这也是老田的主意。"

"田书记是个最有本事的人，就按他的意见办。这可是无本万利的生意。"

"怎么能说无本？你和我不是本吗？这个本谁能比得上啊？"两个贪婪的女人乐得忘乎所以。

梅芫上了裴尚蕊的车，裴尚蕊把自己的固定座位让了出来，自己心甘情愿地坐到副驾驶位置上。她不时回头跟梅芫交谈，还用指头指点着窗外，这儿那儿地介绍个不停。

不一会儿就来到湖区，眼前这山清水秀的景色，让梅芫陶醉其中。裴尚蕊挽着她的胳膊，看了山，又看了水，山上的树、坡上的草、汀上的花、水中的鱼，和谐得如同一幅构图精美的油画。梅芫贪婪地说："如果整个湖区都是我们的，那该有多好！"

裴尚蕊不知深浅地说："那有什么难的，还不是田书记一句话的事。"

梅芫正要说什么，裴尚蕊的手机里传出邓丽君的歌声。裴尚蕊摸出手机看了梅芫一眼，梅芫示意她先接电话。电话是县委组织部王部长打来的，要她速来县委组织部。

梅芫说："看得也差不多了，大体方位也清楚了。我的意见是，山的前面全都划给我，山的东西两面作为二、三期工程预留着。"

裴尚蕊说："晚饭后我再去看你，到时咱们再细细商量。"说着，二人上车打道回府。

到了县里，裴尚蕊获悉，要她晚上八点半赶到县宾馆小院里的高级套房，有位领导同志要亲自找她谈话。听口气，像是随便谈谈情况，不需要准备什么。

甄振怀对裴尚蕊的了解，是从田玉跃那里获得的。在一次交谈中，田玉跃担心绯闻传到甄振怀耳朵里，便以推荐女干部的名义介绍了裴尚蕊，讲她如何聪明伶俐，又年轻能干。并说，因为人长得太漂亮，提拔使用总免不了有些议论。谁知甄振怀听了却兴趣盎然，又详细问起裴尚蕊的情况。就这样，裴尚蕊三个字，被甄振怀添加到自己的保密本上，也牢牢地记在他的心里。

晚饭后，裴尚蕊着实把自己粉饰了一番，尖领素花衬衣，直筒百褶长裙，褐色的六分高跟鞋，衬托着高挑的身材。她还不放心，又跑到梅芫那里让她当参谋，看看自己像不像个县级干部。头发先后摆弄了三次，才得到梅芫的认可。自己又在镜子前反复照了照，觉得经梅芫一指点，既像个领导干部，又不失女人的妩媚，便高兴地对梅芫说："怪不得你那么迷人了，原来不仅是你自然条件好，还会打扮自己。以后我真要跟你多学点儿。"

梅芫不无伤感地说："老喽，那都是过去的事了，如今这把年纪了，想美也美不起来啦。"两人鼓捣完了，不觉时间已过去了半个多小时。

心情激动的裴尚蕊不到七点就坐不住了，在房间里来回走，心里默念着第一句话："首长好！领导好！我是小裴……""书记好，我是小裴……"这是组织部王部长教给她的，她一边练习，一边看镜子里自己的口形，像一个演员，随时等着走上舞台。

好不容易挨到八点一刻，她坐上了小轿车。

裴尚蕊来到她再熟悉不过的县宾馆，让司机直接把车开到高级套房前停下，从车里出来后，示意司机把车开走。刚转过身，迎面走来一位五十多岁年纪的人，裴尚蕊定眼一看，这位身材不高右腮旁隐约长有黑痣的胖墩墩的男人，不正是在电视上经常看到的甄副书记吗？她简直不敢相信，也不敢贸然称呼，因为她心里明白：如果真是甄书记，市里、县里还不是一大帮人跟在屁股后头，更不用说打头的秘书和身后的警卫之类的了。

裴尚蕊的脑子里正在转悠，忽听眼前这个男人发出了带有磁性的浑厚的声音："如果我没猜错的话，你就是裴尚蕊同志。"说着，主动把手伸了出来。

裴尚蕊急步趋前拉起男人的手，事先在房间里练习了多少遍的话，早忘了个一干二净。只见她腆着小山一样高耸的双乳，声情并茂地说："您太像省委的甄书记了！但我又觉得不可能，因为按常规，那么大的干部不会出门来迎我，更不会接见我这样的基层小干部。真不知该怎样称呼您？"

听到这里，甄振怀哈哈大笑起来。裴尚蕊不知笑什么，只听甄振怀说道："你的眼力不错，我就是你说的甄书记。我这个人就是同别的领导人不一样，因为我是管干部的书记，特别喜欢直接同基层干部打交道，尤其是像你这样能干又年轻漂亮的女干部。跟随我和陪同我的人，今晚都出去消遣了，有的可能还在宴会厅里耍酒疯呢。大家都是人嘛，何必搞得那么拘谨呢！”

裴尚蕊听甄振怀这么一说，心里甭提有多兴奋了，两只大眼睛忽闪着，万分激动地颤抖着声音说：“甄书记，甄书记，您太平易近人了，太令人感动了，我简直像是在梦里。这是哪辈子修的福让我今天能站到您的面前，您……”说着说着，眼眶里就溢满了泪水，赶忙掏纸巾擦拭，哪知道因换了衣服纸巾忘带了，便不好意思地用手抹了抹。

甄振怀见状，不动声色地说：“进屋谈吧，我今天想好好考考你呢！你知道我在省里是管干部的吗？”

裴尚蕊说：“知道知道，都知道您一心为民，日理万机，提拔了一大批德才兼备的干部。”

“不仅是提拔了许多，也降免了不少啊！”甄振怀把自己炫耀成政坛的“权霸”。

裴尚蕊柔声细语地说：“这个也听说了，降免的都是不听话和与您作对的人。”

“与党组织离心离德、作对，后果是十分严重的！”甄振怀威严有加。

“是啊！您分管组织工作，对您不敬也就是对组织不敬。”裴尚蕊赶紧巴结道。

甄振怀点了点头，不再说什么，用手指了指他桌子对面的椅子，示意裴尚蕊坐下。裴尚蕊像小学生一样，赶快从包里掏出钢笔，又摊开笔记本。

同这么大的官面对面地在一起，裴尚蕊未免有些紧张，连手都不知往哪里放，一会儿搭在膝盖上，一会儿放在桌子上，像是小学生坐在教室里听校长讲课。

甄振怀似乎看出了裴尚蕊的局促不安，把手里端着的茶杯放到桌子上，说：“这杯你喝，这杯我喝，茶是我从省城带来的，水是你泉滨县的，咱俩在喝水这个问题上，是你中有我、我中有你啊！”说完，又目不转睛地盯着裴尚蕊笑。

裴尚蕊站起来，红着脸说了声“谢谢甄书记”。甄振怀用目光示意她坐下。

甄振怀见她还是两手垂在那里，便说：“这样吧，干脆咱们换个地方，都坐到沙发上谈吧，这样更随意些舒服些。”

说着，端起自己的茶杯，先行坐到了沙发上，裴尚蕊也紧随其后，把笔记本和钢笔放到茶几上，回头又把茶杯放上。

甄振怀见缝插针地夸裴尚蕊说：“细微之处见精神，看你先放本子和笔，说明你是工作第一；后放茶杯，说明你把享受放在最后。”

裴尚蕊压根儿就没想到先后的问题，只是笔和本子离得近些，信手拿了过来，没想到甄书记连这一点都看在眼里，还那么会表扬人，便借机说：“这还不都是学您的讲话学出来的，您对各级干部提了那么多的要求，够我这样的学一辈子的了。”

甄振怀高兴地连连称许：“好，好，好。我就喜欢你这样的干部。”

裴尚蕊半是认真半是娇嗔地说：“甄书记，我可从来没有在您这样高级的领导面前说话，心里慌得很，到现在也没有平静下来呢。”

甄振怀伸出手，正准备去触摸一下裴尚蕊小兔一样突突跳动的胸脯，忽地又把伸出的手放在头上弄了弄前额稀疏的头发，说：“我就是喜欢同你这样的干部谈话，真实。你知道，我最愿意听实话，我看你很实在，这说明我找准谈话的对象了，哈哈。”

甄振怀干笑了几声，又端起了茶杯，刚要喝，却又站了起来。裴尚蕊也急忙站起来，甄振怀示意她坐下，自己走到饮水机前用纸杯倒了半杯白开水，说：“你看我只想请你品一品好茶，没想到也给自己倒上了，如果喝下去，这个晚上就别想睡觉了。”

裴尚蕊正揣摸甄振怀为什么把伸出来的手又缩回去了，想着想着，心里大体明白了几分，因为这样顾虑重重的领导人她并非第一次见，于是她把头歪在沙发上，细声慢气地说：“甄书记，您真好，您太善解人意了。”又担心把话说得太直白会引来不快，便改口说：“您与我喝一样的好，要不然我喝着茶，看着您喝白开水，怪过意不去的，您说呢，甄书记?”

甄振怀乐得朗声大笑，说：“不要再耍嘴皮子了，你先谈谈县里的工作情况，特别是经济工作。你要知道，我本来是想集体接见一下县委的所有常委，但又一想，还是一个一个地接见为好，因为我这次是来蹲点的。所以，把你排在了第一号。我可是经济工作的内行，也长期搞过经济工作。”

两眼蚊子一样盯着眼前的小裴，甄振怀谈兴越来越浓。

裴尚蕊说：“我知道您接见的常委我是第一个，所以非常激动，我也知道您什么大事都管过，在您这内行面前，我汇报错了，您就多批评。不过，说句实在话，经济工作我真不熟悉，我只能说说我所在乡的情况。”说完，笑眯眯地看着甄振怀。

两人越说越近乎，桌上的电话响了。甄振怀无奈地站了起来，拿起话筒说：“谁呀？哦，老辛呀，有事吗？”原来是辛豪来电请示有关人事问题。只听甄振怀不耐烦地说：“不要急，等我的电话吧，我正在同有关同志谈话呢！”

裴尚蕊见甄振怀接完电话，便站起来说：“甄书记，您有事啊！要不我先……”

甄振怀从脸上的皱纹里挤出笑来，说：“同你交谈就是事嘛！”说着，用手轻轻拍了拍裴尚蕊的肩膀说：“坐下，坐下，咱们继续谈。”

裴尚蕊的肩膀霎时像触了电一样。她柔情的目光跟甄振怀急切的目光相遇了，不好意思地赶紧移开，脸上泛起了红晕。而甄书记犀利的目光又坚定地、毫不迟疑地向她投射了过来……

这个时候，几个想拜见甄振怀的干部统统被甄振怀的秘书挡回去了，陪同前来的省里的干部要向甄振怀汇报事情，也被秘书拦住了。那个姓王的秘书，别看个头挺高，脑子可特别灵，对甄书记今晚的特殊安排，早已心领神会，晚饭前他便把其他所有随员安排到市里的一个星级酒店去吃喝玩乐，自己留下来把守着进出甄书记的屋门，任何人不准进入。裴尚蕊的车停下时，他看得清清楚楚，本准备自己去引领，但见甄书记要亲自迎接时，便知趣地返回自己的房间。此时，他见夜色已深，便悄悄关上了外大门，同时也关闭了走廊和自己屋里的灯。这样做，开始还是刘旭行叮嘱他的，现在自己已驾轻就熟了。

甄振怀对裴尚蕊的汇报，似乎句句都感兴趣，不论是打机井，还是外出跑项目，都听得津津有味，并不时插话予以鼓励：“讲得好，下面这么多新鲜事，我在上面是很难知道的。”

这样一来，裴尚蕊似乎不觉得这是在向省里的领导汇报工作，而是在向一位知己倾诉衷肠。所以，渐渐地，她变得毫无拘束，侃侃而谈。尤其是讲她担任妇联主席，下乡抓计划生育那一段的经历，甄振怀简直乐坏了。

裴尚蕊越说胆子越放得开，她讲道：有一天，乡里搞计划生育知识讲座，介绍安全套的用法。女青年说，先吹一口气，看是不是漏气，再这么套上。说着就示范起来，当众把安全套套在大拇指上。偏偏听讲座的有个男的缺心眼儿，拿着安全套回去对老婆说，今天学了个新鲜名堂，只要把这个东西往大拇指上一套，就不会怀孕了。

“哈哈，幽默！民间故事生动有趣啊！看来你干计划生育很有经验嘛！”甄振怀说。

“那都是我听来的，当然还有更好的。以后您愿意听，我专门给您讲。”裴尚蕊说。

不觉几个小时已过去了，裴尚蕊看了看手表说：“甄书记，对不起，耽误您休息了，都过十二点了。”

甄振怀也低头看了看表说：“一点儿也没感觉到，一点儿也没感觉到。时间够快的，光听你的了，我有些话还没说呢！怎么办呢？明天？也不行，明天都安排满了。”

其实，裴尚蕊作为情场老手早已看出了甄振怀的心思，便有意试探着说：“如果我是个男同志，谈到什么时间都不怕，女同志深更半夜的就不大方便了。”

甄振怀随口说道：“现代社会，男女都一样，都一样嘛！”

甄振怀有意将“都一样嘛”的语气说得很重，唯恐裴尚蕊听不明白。

其实，在这方面，裴尚蕊是个非常有经验的人，她听甄振怀这么一说，心里早有底了，便有意装起傻来了，浪声浪气地说：“甄书记，就看您怎么个一样了。”

甄振怀浑身早已酥软，上前便将裴尚蕊搂在怀里，裴尚蕊也顺势贴到甄振怀的胸前。

甄振怀一边喘着粗气，一边颤声说：“好，好，一见你的面，我就心猿意马了，只是碍于身份不便太露了。”

两人在沙发上忙活了一阵后，又迫不及待地一起进了卧室。

这不过是双方的第一次接触，但在裴尚蕊看来，甄书记这位位高权重之人，已进入了“太空状态”，好像瞬间失去了重量，轻飘飘的，成了无根之絮，任由她这个小女子摆布……

就在这一个夜晚，甄振怀搂着裴尚蕊，说道：“你今天就等于接受了考察，全都合格，也全是优秀，这是我接触的女……”说漏嘴的甄振怀，马上改口道：“是我见过和考察过的女干部中最优秀也是我最满意的一位，貌才双全，貌才双全啊！”

听了甄振怀的夸奖，裴尚蕊把甄振怀搂得更紧了，吻着甄振怀的面颊说：“这次有我的戏吗?”

“有，有，有……”手脚忙乱的甄振怀一连说了几个“有”。

“有什么?”

“先当县长吧。”

“能行吗?”

“你已经是我的人了，我说你行你就行，不行也行。”

“可我干不大了啊!”

“不是有我这个管干部的书记在后面给你撑着嘛！小裴，你就大胆地干吧。”

“那别人说闲话怎么办?”

“他们愿说就说去，提拔女干部尤其是长相漂亮的女干部，说闲话是正常的反应，我见得多了。反正县长的那把交椅你已经坐上了，让他们说几天闲话过一过民主的瘾吧。”

裴尚蕊问的是实话，甄振怀答的也是实情。只见裴尚蕊即兴来了个骑马式，翻身跃到甄振怀身上，轻轻拍打着甄振怀那肥厚的肚皮说：“您真伟大，说话做事同别人就是不一样，您太厉害了。”甄振怀用双手抚摸着裴尚蕊的乳房说：“咱俩这才刚刚开了个头，只要你跟着我，那伟大、厉害的事，还在后头呢!”裴尚蕊被甄振怀这句双关语撩拨得又春情荡漾起来，心甘情愿地接受着甄振怀的摆弄，两人再一次胶着在床上。

翌日一早，习惯早起的王秘书却没有起床，躺在被窝里睡懒觉。

甄振怀悄悄拧开自己的屋门，目送裴尚蕊离开住处，裴尚蕊回头送了个飞吻。甄振怀轻声关上门，准备睡觉，不知怎么的，宽大而柔软的双人床，让这位年逾半百的甄副书记突然觉得身旁少了点什么，又萌生出刚刚过去的那淫荡的欲望。

二十六

市委书记辛豪早晨一上班，就接到了甄振怀的电话，事涉泉滨县人事安排，意见讲得很是具体。

辛豪强压怒火说：“谢谢甄书记，您这样深入细致抓工作的作风，值得我们市委一班人好好学习。我作为市委书记感到很惭愧，调整了多少次县级的班子，也没有做到像您这样抓得这么具体啊。”

“不要这样说嘛，我不是在这里蹲点嘛！也算是扩大民主的一次尝试。如果说有什么经验教训，咱将来再说，这次就这么定下，有关程序，要一步不落地走，不能图省事。”

辛豪似乎能从声音中看到甄振怀拉长了的脸，他已无话可说了，踌躇了半天，终下决心，连夜进京，向在中央党校参加省部级干部轮训的省委书记顾全同志反映泉滨的情况。

张方平、张立人还有政协主席宋吉生，几乎在同一时间，分别接到市委组织部的电话，通知三人次日上午准时到市委组织部小会议室，市委有重要意见要向他们三人当面传达。按常规，这类电话往往都由县委组织部转达，可这次是越过县委，直接通知到个人，事情本身就有点不太寻常。

难怪接电话后，三人都在纳闷：不知为什么突然把他们的地位抬高了，虽然都是市管干部，但也用不着这样做。姜还是老的辣，宋吉生已猜了个八九不离十。他抓起电话，打到张立人的办公室，无人接听，再拨手机。

张立人正在同分管旅游和城建规划的副县长与请来的规划专家一起研究论证湖区开发的规划方案。这个方案虽已经过多次研究论证，但他们还是诚恳地对待来自方方面面的意见和建议。张立人同专家们谈得正起劲儿，被宋吉生的电话打断了。

宋吉生说：“听方平说，咱们同时去市委组织部，是不是这样？”

得到张立人肯定的回答后，宋吉生说：“准是又要调整班子了。我已经老了，无所谓了，可你和方平还正是干事业的年龄，要有点思想准备……”

张立人没让宋吉生继续说下去：“主席同志，不要操那个闲心了，这种事也不是一次了，我们干好眼前的事吧。”

宋吉生的电话，让他稍微分了分心。张立人也是人，不是神，不是铁打的，但经过多年政界的淬火，已经练就了临危不乱、处变不惊的本事。他沉下心来继续同几个专家交谈。

午饭前，宋吉生连招呼也没打，径直来到张立人的办公室。一见张立人还在伏案工作，急了：“张书记同志，人家早把你当猴耍了，你还一个劲地顺着竿子爬。湖区开发你能做主吗？泉滨人谁敢做主啊？你还在加班加点，这不是明摆着白忙活吗?”

张立人赶紧让座，喃喃道：“什么猴不猴的……”

宋主席气咻咻地坐到沙发上。

沉默了不短的时间，张立人始才开口：“这是泉滨几届党委政府规划的方案，宋主席你当年也是最积极的一位，怎么今天要打退堂鼓了呢？只要能让泉滨湖区周边的老百姓尽快地过上好日子，怎么对待我，我不在乎。”

宋吉生有点动怒了，声调陡然高了起来：“张书记你的调子可唱得不低啊，谁还不想为泉滨的老百姓干事？可现在上面不让你干，你有啥办法?”宋吉生的眼圈红了，两行浊泪情不自禁地涌出来。他站起来，走到窗前，目眺远方，任老泪纵横。

张立人心里也很不是滋味。“越是这样，我们越要抓紧把湖区当年的规划变成现实，要不然让他们盖上洋楼别墅，想办也办不成了。”张立人面对宋吉生掏出自己心窝子里的话。

“可市里已经通知我们明天去组织部，说不定是要把你的职务一把给抹了，让你想干也没那个权力，你知道吗立人?”宋吉生两手一摊，恨恨地说。

宋吉生的话，让张立人好像挨了一记闷棍，呆呆地僵在那里，目光疑惑地看着宋吉生，心不由自主地往下沉。会这样吗？这可是他和张方平都没有预料到的。此时的张立人，欲哭无泪，欲喊无声，只能痛苦地抓扯自己的头发，除了自我发泄，又能向谁人诉说？向谁倾吐内心的痛苦与悲愤呢？他喃喃自语着：“管干部的权力，权力!”

愤怒不能发泄，痛苦不能呻吟，只能在万般无奈中苦笑、挣扎，张立人活得太累了！

悲愤之余，宋吉生也被张立人倔犟而执著的情绪所感染，站起身来，亲切地说：“立人，你说得很好，做得也很对，即使明天不让咱干了，今天也要把事情干好。我们需要有内定力。有了内定力，就有了根，有了根就扎实了。不过话又说回来，有些事特别是那些不平之事，该说还是要说的，哪怕是面对苍天大声呐喊悲情叩问，也千万不要憋屈在心里，那样时间长了，会折寿的。”

张立人心头一热，眼泪夺眶而出。

是啊！这个时候，张立人太需要人来关心体贴了。就像一个虚弱的病号，需要温暖的问候和情感的抚慰，以增添战胜病魔的力量。

“旅游兴县”，这是泉滨县四年前在政府换届时提出的口号，是经过人大代表反复讨论确定下来的，县委召开的全委会上，也鲜明地提出了这一口号。这就是张立人的尚方宝剑。不是明天一早才到市委组织部吗？那今天下午和晚上，再召开几个小会，趁专家组还在县里的机会，把这件事敲定。这可是最后的机会了，无论如何也要抓住！

张立人把自己的这一想法，说给了宋吉生，也告诉了张方平，二人一致表示赞同。

整整一个下午和晚上，张立人同县政府相关的几位副县长，还有建设局、规划办、土地局、旅游局等部门的负责同志一起，在专家组的指导下，在前几天紧张严谨工作的基础上来了个连轴转。说来也巧，专家组的首席专家朱教授，当晚要赶火车回省城，这样，大家对张立人这个干法误认为是在迁就朱教授的时间。人大代表方面的意见早就征求过了，各路专家的意见也征求过数次了，这次一旦定下，基本上就算一个可行的方案了。

专家对湖区的山体、水面和植被的保护，各自提出了针对性的意见，其中最为重要的几条是，不允许任何人以任何理由在湖区三岸搞房地产开发、采挖山体和污染湖面，湖区原生态的环境必须得到有效保护。规划的旅游区内，不准许再造什么建筑物，严格按规划修建人行道和方便游客的饮水处、卫生间等服务设施。规划方案非常大气，也非常具体，包括旅游区建设对交通、餐饮、住宿、旅游小商品、农副产品以及产业链条上其他行业的形成与拉动等，均有详尽描绘。张立人胳膊撑在桌子上，端详着规划图，俨然一位将军在阵前察看作战地图，一脸严肃。

七位专家，在朱教授的带领下，分别在规划论证报告上郑重地签下了自己的名字。朱教授是最后一个签的，他把名字写得格外规整，之后慢条斯理地说：“我的名字本不值钱，但此刻我感觉下笔如有千钧重啊。”

朱教授先走一步，张立人又把县里参加会议的人员留下来，研究下一步的具体实施。一开口，张立人就刹不住了，事无巨细地一件件部署落实……

张立人自感这件事目前条件下也只能做到这个程度了。他对大家说：“谢谢各位的支持，湖区前期规划的问题算是结束了，下一步将提交常委会讨论定夺。大家花费了大量心血，泉滨人民不会忘记的。今后的主要任务就是抓好落实。希望大家能一如既往地为泉滨人民负责，为泉滨的发展负责，把自己分工负责的事情做好，万万不可懈怠。”会议结束时已是子夜时分。

大家往外走的时候，张立人忽然又想起一个重要问题，喊住大家，大家重回座位。

张立人从大家的眼神中，读出了各自的疑惑。时间已晚，他也不兜圈子：“刚才我想了一下，为了今后不再节外生枝，也就是说能真正保护住湖区，我们是不是将今天定下的规划方案，连同效果图，明天通过新闻媒体宣传出去，让全县人民都知道？咱们几个人的力量有限，媒体的力量，不，人民的力量却是很大很大的呀。”大家都深表赞同。

此时此刻，谁能够猜透张立人的复杂心情？他已经作了最坏的打算。本来计划还要在县委常委会上过一遍，但现在看可能已经来不及了。反正县政府已同专家一起讨论过，各个程序也都走了一遍，干脆在明天以讨论稿的形式直接公之于世。他想，向公众公开，就等于有了备份，这是他和张方平对全县人民的政治交代。

张立人让办公室刘主任立即通知三家新闻单位负责人开会，他要亲自安排这件事。在县报工作的经历，使他明白了舆论在特殊时期的特殊作用。

众人散去，他脑子里已开始打腹稿，新闻宣传单位负责人一来，他就把自己想好了的宣传内容交代清楚了。

街灯昏暗，东方既白，建筑物在似明似暗中隐约显现。

就在张方平、宋吉生、张立人去市委组织部的路上，甄振怀的公子甄小怀正给甄振怀打着手机。他告诉老子，泉滨的班子必须按照他和梅芫的意见来定，现在，就是担心走程序走不顺当。

甄振怀在电话里拉下脸来训斥儿子：“谁让你瞎掺和这些事的？你别给我添乱。我知道该怎么办！”

甄小怀还啰嗦着说：“张方平，张立人他们……”

“少废话！”甄振怀生气地把电话挂断。在人事问题上，他最烦别人指手画脚，他喜欢一人独断。何况泉滨的班子他儿子已说过，再重复一遍就等于说他没长记性。

可是，甄小怀依然不依不饶，又把电话打了过来。甄振怀只好交了底：“你告诉小梅，泉滨的班子就按你们说的定下了。至于什么推荐会呀，全委会呀，民意呀，那不过是遮人耳目的事，我定下的人，即使只有她自己的一票，也会照当不误。这几年，我不一直都是这样做的吗？你怎么还用一遍一遍地打电话呢！到现在我还没看到省管辖下的哪一级还有敢推翻我的意见的。”

真是够权大气粗了。甄小怀高兴地说：“老爸厉害，老爸高明。您就把好事办到底吧，裴尚蕊希望把张方平、张立人都调开，还有个叫宋吉生的政协主席，梅姐说，这个人性子很固执，脾气也古怪，不合群，也把他调了吧。”

“我说过多少遍了，不要这个那个地乱给我说，在别人面前更不要张扬，不要打着我的旗号，给我惹是生非！”甄振怀假装生气地对儿子说。

二十七

汽车在静寂中前行。张方平悄声对张立人说：“你想没想过，这次咱们三人同去，我看是要把咱们一锅端啊！”

张立人说：“这不明摆着吗，考察材料只要裴尚蕊一个人的，这可是从来没有过的。管干部的领导人出手就是不凡啊！”

“什么出手不凡，我看这是乱弹琴！”坐在前排的宋吉生听到张立人的话，早已怒火在胸，冒了这么一句出来。

张立人赶快自我修正道：“不明白不确定的事情，咱还是不要妄加评论，现在还只是些表象，内情如何、真相如何谁能明白？”张立人的潜台词是，面对复杂局面，正是需要政治家展示政治智慧的时候，而政治智慧中第一位的，是敏锐的政治嗅觉。

说话间，车子被穿路而过的浇灌用的塑胶管道和上面的覆盖物挡住了去路，司机担心底盘太低，不得已将车绕到公路边的田间土路上行驶。

这一停一拐，张方平似乎来了灵感，说：“我看哪，不管是表象还是实质都不重要，重要的是将我们这三个障碍物搬掉，这就如同刚才汽车碰上的障碍一样。”

宋吉生、张立人落寞的表情相互传染着，深有同感。

宋吉生见“二张”不吱声了，索性打起盹来。昨晚彻夜思虑，基本没有合眼，一会儿工夫便鼾声如雷了。

张方平却心事重重，某种担心在内心深处隐隐膨胀起来，他把憋在内心的话向张立人直说了："照目前的架势看，裴尚蕊肯定会留下，甄振怀不会让她走。若是这样，只有你我走人，才能腾出一个空位。"

张立人不同意张方平的看法，他说："你走的可能性不大，县长这个角色是不可能让裴尚蕊干的，因为她对政府工作……"

没等张立人说完，张方平就嚷开了："你是在用正常人的思维分析。我倒认为，甄振怀之所以这样做，是因为裴尚蕊是他的心上人，趁他蹲点这个机会，把我们俩都弄下来，他们才会更好地配合。我已经掌握了一些情况。我坚持我的分析。"

张立人连连摇头，说："要裴尚蕊直接干县长，我认为绝无可能，总得让大家服气吧！县长就是个大家长啊，要操持一大家子人的生活，不是谁想干就能够胜任的事。即使他有这个想法，我看人大常委会也绝难通过。"

"你呀你呀，真让我佩服，总是把领导同志想得那么高尚。你瞧甄振怀，别看他来县里讲得多么高调，什么党性呀，群众观点呀，廉洁自律呀，其实是个大流氓！宾馆的一位经理悄悄告诉我，甄振怀约裴尚蕊谈话，竟然长谈了一整夜，第二天早晨，四顾无人，裴尚蕊才偷偷从他房间里溜了出来。"

张立人盯着张方平痛苦得有些抽搐的脸，半天不再言语。这绝对超出了他的想象，他真有些惊呆了，低声说："方平呀，千万不要胡说，咱们这种人是经不起打击的，到此打住，千万打住。那怎么可能呢？咱们还是三缄其口吧，听天命，尽人事。"

张方平如梦方醒，说："对呀，尽管是真事，也用不着我们管，我们哪有权力去管那么大的干部。放心吧，我不会再说一句了。"

沉默。车里只剩下宋主席那很响亮却毫无节奏的自由的鼾声。

睡了一小觉，坐在市委组织部的小会议室里，宋主席显得精神十足，只见他端着茶杯，指着"二张"说道："喝水喝水，不管结局如何，这水还是要喝的。你们喝呀！"

张方平笑着说："今天是用耳朵不用嘴巴，不需要润嗓子，不像你那政协主席，上班喝茶也是工作，看来你是养成习惯了，改也难了。"

说得老宋把咽到嘴里的水差点喷出来："你也别卖弄了，我看哪，十有八九你是要来我这里体验一下没事找事、找不到事就喝茶的工作了。"

二人正在逗乐凑趣，小会议室的门开了，走在前面的是市委分管干部的副书记孙晓琪，随后是组织部主持工作的副部长，还有几名工作人员。

三人不约而同地站了起来，以示恭敬。落座后，张方平、张立人同时掏出了本子和笔，老宋仍端着茶杯喝水，显得满不在乎。

孙副书记脸色和蔼，目光却透着严肃，说："咱们在这个会议室谈话也不是一次了，今天我只是想同你们商量一件事，因为你们三人是目前在县里主持工作的主要负责人。"

孙副书记有意把主要两个字加重了语气，显然是想先给他们戴个高帽，以便谈话顺利进行。谁知老宋憋不住了，说："如果你这么讲，我和张立人都得离开。张立人是个副职，我到政协工作时组织上就说过，要注意尊重县委、县政府的主要领导人，维护好党委的权威，甘当配角，怎么今天我也成了主要领导了?"

孙晓琪却并不介意，因为他和老宋的交往也非一年半载了，彼此都算了解，话深一句浅一句、多一句少一句，都不会往心里去。但这一次，孙晓琪还是不经意地瞥了一眼老宋，说："今天请你老宋来，是有要事同你商量。当然喽，这件事也牵扯到你本人。"

宋主席也觉得刚才的话稍欠火候，便说："我说得不当的地方，请你原谅。不到一年的时间，泉滨的班子转了几转，我确实心里烦。话我提前说完了，保证你们再说什么，我也不会再言语。"

孙副书记笑着看了看三位，说："在座有的可能不知道，我和老宋很早就熟识，今天他对我肯说实话，说明我们的关系不错嘛！好吧，不说这些，还是说正事吧。"

果然不出宋主席所料，他们三人都要变动：根据工作需要，裴尚蕊担任县长，宋吉生改为虚职任调研员，张立人免去职务接任政协主席；张方平调市里任经济协作办公室主任。

孙副书记十指交叉，很有涵养地笑着，请他们谈谈个人意见，却没有一个发言的，连老宋也低头不语。

孙晓琪就直接点了张方平的名字。张方平内心在翻腾，脸上有些发僵，语气却相对平静地说："如果这能算是一级组织的决定，我当然服从了。不过，我希望提前退休，市经协办主任这个职务让能干的同志担任。提前让位，也算是我最后一点贡献了。"说完，委屈地低下了头，脸扭到了一边。

孙副书记又把目光转向张立人，张立人竟出乎意料地说："您是以市委分管干部的副书记的身份给我们谈话，又不是个人名义，我服从市委决定。不过，也请孙书记照顾我一下，我也想提前退休，同父母一起回原籍，我家俩老人都不大习惯这里干燥的气候。这样，政协主席可以让给别人干。"

这"二张"都是服从，又都是言退，这是孙副书记没有想到的，听了张方平最后一句话就有点火气，又听了张立人言退的话，便按捺不住了，遂提高嗓门严肃地说："我在这里以市委分管干部的副书记的身份告诉你们：泉滨这次班子调整，完全是甄振怀书记的意见，市委无须讨论，我只是代表市委向你们宣布，你们这种态度简直是目无组织！"说完，双目微闭，用手狠狠地捶了一下沙发的扶手。

宋吉生见此情景，更火了，"呼"地一下站了起来，用右手的中指指着孙晓琪的脸，说："到底谁目无组织，你有什么了不起？尊重你你是个领导人，不尊重你你算老几？我是早有准备了，他们两位能这样安排吗？你让泉滨的干部群众怎么看你们？连裴尚蕊那样有名的养汉精也提拔重用，还当县长，你这是讲党性吗？你们还有脸代表组织吗？共产党的名声都被你们这些人糟践坏了！"

孙晓琪没等听完，便怒气冲冲地离开了会议室。

此时的宋吉生，声音已经哽咽了。他看了看张方平，又瞅了瞅张立人，然后动情地说道："事到如今，你们应当像个男子汉，像个共产党员的样子，绝不能让这些打着组织旗号的人的阴谋得逞！"说完，也用力捶了一下沙发扶手，起身甩门而去。

张立人见状，赶紧跟出来拉住宋主席的手说："千万不要这样，人家怎么说咱怎么听就是了，也不是他一个人定的，提前退休我是发自内心的，泉滨县我是一天也不愿意待了。做官一时荣，文章千古事。我还有很多文章要写、很多事情要干，离开官场不一定不好啊。"

老宋理也没理，张方平也出来拽住他的手近乎哀求道："老宋，你就成全我们吧，何苦呢？"

可怜宋吉生，真是白念了大学，更白过了这么多年的官场生活，他只知道孙晓琪是他的老熟人，可不知道如今的孙晓琪已经变了，他早已挂上了甄振怀那张网。他为达到高升的目的，不知给甄振怀送去了多少好处。

他原来任县长的那个县，盛产钻石，孙晓琪就依靠那座钻石矿，巴结上了甄振怀，从此好风凭借力，青云直上，由县长直接调人这个市任副书记。把原来分管干部的刘副书记顶走了，他管起了干部。这样如日中天、炙手可热的熟人，宋吉生今天能交得上吗？

谈话，就这样不欢而散了。张方平、张立人提出与老宋找个地方，一起喝点小酒吃点饭再回去，老宋说："你们俩今天的表现真是窝囊，我们不为自己，也要为泉滨县想一想。"说完，不听二张的劝阻，拦住出租车直奔火车站，买了张去北京的车票。

张方平、张立人草草地吃了点东西，就往县里赶。一到办公室，就听办公室的工作人员说："听陪同甄书记的同志说，最近两三天可能要召开科以上干部大会，市委的孙副书记来宣布县里调整后的新班子，甄书记将作重要讲话。省里的新闻单位，正从省城往泉滨赶，据说省电视台还派来个节目主持人，要采访裴尚蕊同志，并在卫视台'数风流人物'栏目播放，以扩大影响。这些都是甄书记亲自安排的。张县长您看……"

张方平说了声"知道了"，就与张立人一起坐下，商量交接的事情。

张立人说："老宋今天不该发火呀，这样不仅得罪了孙书记，自己又徒增烦恼。为咱俩还打抱什么不平呢！经过这近十好几年的从政，我也悟出了不少，许多值得崇敬和坚守的东西，早被个别掌权者糟践甚至玷污得面目全非；许多早该鞭挞和摒弃的事情，却熟视无睹，见怪不怪！"

张方平叹了口气说："那叫麻木！老宋这个人太耿直了，但退下来是我和你的最佳选择。我看，咱们哪，再也不用生那些闲气了，我退下来回原籍同老伴一起过田园生活，你退下来就回到大学教书去吧。好在咱都在大学学了点东西，又积累了一定的实践经验，总会有用得着的地方……"

张立人说："有些事情我总是看不懂，明明那样做不对，却偏偏有人那样去做。个人怎么都好说，可以组织的名义出现是应当非常公正的。如今干也不是，不干也不是，就那么被吊在半空，悬在那里，留下也好，离开也罢，可我们毕竟还是组织里的一员，心里总有一种说不出道不明的滋味。难受就难受在这里。"

张方平又长长地吐出一口粗气说："是啊，从在大学读书就立志报效祖国，走上社会后，真有使不完的劲儿，觉得自己干什么也不打怵，可遇到的别扭事、龌龊事也太多了，躲都躲不开。我从来没有失去信心，这次可真凉了我的心，不，是寒心！人说官到处级止，人到五十休，这回说什么我也要退，我们离开了这个舞台，有些人就不会再为我们的存在而碍眼睛、伤脑筋了。咱们这也叫为组织着想吧！”

张立人深以为然，说：“是啊，咱们早点离开，也使人家省却好多心思，那样，甄书记可以腾出时间做点有益的事情，何必为我们两个小人物劳心费神呢！这样很不值得。”

两人越谈想法越一致，临了，铁了心就一个字：退！

冷静下来的张立人又深一步思索起来。我们当官为什么？不就是为了多数人的利益吗？如果跟那些不为多数人谋利益的人沆瀣一气，那就有违从政初衷，有违入党誓言。

他想起了马克思十七岁时写下的《青年在选择职业时的考虑》中的那些动人心魄的名句：“如果我们选择了最能为人类福利而劳动的职业，那么重担就不能把我们压倒，因为这是为大家而献身；那时我们感到的就不是可怜的、有限的、自私的乐趣，我们的幸福将属于千百万人，我们的事业将默默地但是永恒地发挥作用地存在下去，而面对我们的骨灰，高尚的人们将洒下热泪。”

想到这里，他对张方平一字一顿地说：“方平，我们要退，但要退而不馁，退而不休，我们还能干事！咱俩还是能想到一块的，对吗？”

二十八

裴尚蕊一面准备走马上任，一面为梅芫的房地产开发四下张罗，精神亢奋地窜来窜去。梅芫也紧紧地套住了这位未来的女县长，她特地把田玉跃叫来，在税务局招待所，夫妇二人和一位留着长长鬓角的不肯透露姓名的年轻人，秘密约请裴尚蕊吃了顿晚餐。裴尚蕊借酒言情，兴奋异常，俨然以未来的县长自居，得意洋洋地当场表态：“这件事完全包在我身上。”

田玉跃见小情人如此敢于担当，心里暗暗高兴。官位真是太神奇了，只要靠近了官位，仿佛就变成了另一个人，就连小裴这官帽还没戴上，已表现得举止不俗了。这样想着，便对那位年轻人说：“你也该露露庐山真面目了吧。”年轻人翘着二郎腿，瞟了一眼裴尚蕊，旁若无人地说：“我姓甄，名叫小怀，你就喊我甄总好了，现在是省城飞达房地产公司的总经理。

下一步泉滨是你的天下，梅姐的事就是你的事，当然你的事也就是我和梅姐的事啦。”

说着，又从口袋里掏出早已打印好的述职报告和县长就职演讲稿，说：“这是我和田市长请的大笔杆子精心打磨的，我已经试读了三遍，觉得很有力量，充满激情，也特别适合你的口吻。田市长和梅姐也看过，我们仨都认为讲话稿够精彩了，保证能一炮打响。不信，你读读看，尤其是就职演讲稿，水平确实不一般，可以说是高水平。”

裴尚蕊本来打算请张立人帮忙润色，现在不需要了，她接过稿子，双目流盼，凝视着甄小怀颤声说：“领导想得真周到，这叫我怎么说才好。”

甄小怀和田玉跃夫妇一再让她读一读就职演讲稿，裴尚蕊不好意思地看了看，抬起头红着脸说：“反正字都认识，确实很好，我回去熟悉熟悉再读吧。”说着，小心翼翼地把稿子塞进手提包里，又同梅芫谈起了房地产开发何时动工的事。

梅芫说：“队伍都已准备妥当，只等县里批准了。你马上要当县长了，那不是说批就批吗？”

裴尚蕊皱着眉头说：“我看很难呀！你想想，还有那么多的老领导，我的资历太浅，能过吗？”

甄小怀抢先说：“我爸都说了，那些老点的，也就是可能给你出难题的，统统调开，让你放开手脚干，哪能不行呢！他管干部这么多年，这次亲自点个女县长，那绝对是慧眼识英雄了。”

裴尚蕊听甄小怀的口气，像是明白了什么，便问：“你是……”话刚出口，田玉跃便笑嘻嘻地说：“有眼不识泰山了吧？他是咱省委甄书记的儿子，是全省著名的民营企业家。别看年龄比你还小，在民营企业里他可是老大级的啊！”

裴尚蕊一听，真真是喜出望外，祥林嫂一样叨叨起来：“哎呀，你看看，我真不知道，甄书记，甄书记真是太关心我们基层干部了。”她一边说，一边摇着甄小怀的手，不经意地也许是有意为之地，用小手指在甄小怀的掌心里摩挲了几下：“认识您是我的福、我的福啊！”

一上班，泉滨县政府的大院里就开始忙活，建设局、旅游局、规划办、土地局、计委等五六个部门的主要负责人，急匆匆地聚到张方平的办公室，汇报实施湖区开发相关事宜。

建设局滕局长说："张县长，不能再等了，这个机遇万不可丧失，建设旅游观光区是县委、县政府今年的重点项目，两大班子都讨论过了，人大代表、政协委员和专家意见又比较一致，我们也觉得可行，应当抓紧实施了。"

计委杨主任也说："我们已经向市计委书面汇报过了，他们表示赞同，我们应当抓紧开工，不然，我们又落后了。中央和省里都很重视发展旅游这个无烟工业，兄弟县也都在依托资源争相开发。"

张方平面色铁青，静静地听着每位同志的意见，同志们那着急巴火的心情，让他心如刀绞。他语带无奈地说："有些话，现在我还不好说，湖区旅游开发这是早定了的事，恐怕不会再变了，希望你们坚持下来，不论遇到什么困难，都要坚持，这关系到泉滨县的长久发展和子孙万代啊！咱们是个穷县，人家肯来，看中的就是咱们有着'天然氧吧'之称的林地资源和得天独厚的自然环境。希望你们能从大局出发，坚守住这个规划方案。你们大都是在泉滨工作多年的同志，又大都是本县人，任何时候、任何情况下，都要对得起泉滨的群众，要带着感情干工作……"

大家听着，都觉得张县长的话有些变味了，怎么老是"你们"、"你们"的，这与平常讲话的"我们"、"我们"是明显不一样的，难道张县长要……几位局长面面相觑："张县长，这事县政府应当早点组织实施啊，你就拍板吧。"

张方平愣愣地看着大家，深呼一口气说："可现在我已无权组织实施了。借这个机会，我也谢谢同志们多年来对我工作的支持。"

言毕，两眼早已噙满泪花。

见此情景，大家都不知所措，知道县里又要有重大人事变动，不便追问。不知谁说了一句"请县长多保重"，其他人马上随声附和说"张县长多保重啊!"一个个默默地离开了。

县城城西，税务局招待所的高级套房里，灯火通明，花香果甜，轻音乐山泉水一样流向房间的每一个角落，梅芫、甄小怀和裴尚蕊正在此高谈阔论。梅芫说："我要在湖区建设超一流的住宅，把我们飞达公司的牌子打响。"

甄小怀说："我们就是要建造一个世间桃花源般的高级住宅区，叫响尊贵和财富两大卖点，把全省那些富豪、暴发户都吸引到这里来，让他们享受一下人间最好的住宅。更重要的是，有钱人来了，他们要消费呀，拉动三产啊，就是繁荣服务业，无形中就能带动泉滨县的经济发展。未来的裴县长，你想想，难道不是这样吗？要把眼睛盯紧那些有钱人，他们可是社会消费的中坚啊。”

裴尚蕊虽然不清楚“消费”的精准含义，只知道别墅的阔气，但也迎合着说：“您说的对啊！等建成了，住到里面，不是神仙胜似神仙了。”

三个人一台戏，把个住宅区描绘得就像是人间天堂。

梅芫倒是老练一点，她提出应当尽快把土地批文拿到手，以便尽早开工。

甄小怀却不屑：“什么批文不批文的，咱们想怎么干就怎么干，在我们省还有谁阻拦我不成？梅大姐你说是吧？”

梅芫考虑到湖区的特殊地理位置，还是坚持要批文。裴尚蕊也认同梅芫的意见，随口说：“我看最简单的办法是请甄总去找找甄书记，让他给县里捎句话就成了。”

甄小怀一听就恼了，说：“你怎么想出这么个臭点子？我到这里来，我爸根本就不知道。梅姐是了解我的，咱是凭自己的本事吃饭。再说，我到哪里去办事，包括市里的领导人，再难的事人家也是满口答应，难道你们这里的县官还不认我这个茬儿？”

裴尚蕊的粉脸早就红了，脊梁上汗津津的，知道自己因言语不当，冒犯了这位衙内，赶紧自责：“我也不会说话，对不起。其实经你这一提醒，我也知道该怎么做了。”

梅芫递给裴尚蕊一个柚子，边扒边说：“还是咱们裴县长聪明啊！”说完笑了起来。她是笑裴尚蕊被甄小怀的一句话，吓成了那个样子。

裴尚蕊接过柚子，随手将柚子皮扔进了垃圾桶。她也许意识不到，自己就跟这手中的柚子一样，人家想什么时候吃就吃，想什么时候扔就扔。

甄小怀也跟着笑了，笑声里既有鄙视和讥讽，也有得意和傲慢。他笑如今这些个当官的，没有一个不怕管官的人，老爷子给他的资本，就是这管官的权势，在全省不论走到哪里，只要亮出这块牌子，没有办不成的事，没有赚不到的钱，尽管他自己不学无术、腹中空空，可那些自称什么都懂的干部都听他的。

甄小怀有时也纳闷，只要同那些大大小小的官儿们接触，没有一个不喊累的，一说话，都习惯性地皱起眉头，一副心事重重忧国忧民的样子，又好像忠心耿耿、鞠躬尽瘁似的。但尽管这样卖力，也没有哪一个人的工资能顶得上自己公司的中层。既然力没少出，钱没多挣，为什么都还削尖了脑袋往上爬呢？当了小的，想当大的；当了副职，想当正职；上了一个台阶，还想再跨一个；刚刚爬了上去，又瞄准了新的目标。没完没了，贪得无厌。越是没完没了，老爷子的作用就越大，自己的财路就越宽。所以，我才不去当什么官受那份罪，那么多规矩，那么多争斗，那么多陷阱，岂不累煞我也。一会儿要学历高的，个个都钻门子弄学历；一会儿要有基层经历，这个下去挂职，那个又深入基层，折腾来折腾去，还不是为了提个一职半级的。我有多好，没有所谓的高学历，可那些高学历却在我手下打工，我想怎样安排就怎样安排，想发多少钱就发给他们多少钱；我连个芝麻官也没当过，这个总经理也是我自封的，而那些大小官僚却都争着抢着甚至是赖着为我服务，有一些官儿，八竿子打不着，也与我攀朋结友。谁有我活得这么轻松、这么自在、这么潇洒？我要住，保证走到哪里都是最好的；要吃，山珍海味早都吃腻了；要玩，玩什么都有人提供，我好玩游戏机，凡我住的地方，都提前给我准备好了。我的飞达公司，不曾拥有一分一厘的本钱，可在一个发达县挣的钱，比那些穷县的地方财政收入也差不了许多。县里那些干部也不知是怎么想的，县财政没钱花好像不着急，急的是跟上面拉不上关系。我到他们那里挣不到钱，他们却急得不得了。现在我算彻底明白了，老爷子这块牌子硬啊，它就是我公司的无形资产，想有多大价值就有多大价值。这就如同神话故事里的宝葫芦，想要什么，里面就会出来什么。真没想到，我爸在改革中能充当这么好的角色，真是要谢天谢地谢老爸啊！

甄小怀想到这里，忽来雅兴，便对处在窘态中的裴尚蕊说："县长会跳舞吗？咱们跳个舞吧。"

裴尚蕊嫣然一笑，说："甄总，我是个乡下人，从来没有正儿八经练过舞蹈，如果您不反对的话我给您唱首歌吧，最好是咱俩合作一曲。"

"唱什么？"

"唱《糊涂的爱》吧，要不唱《迟来的爱》？"

甄小怀是个哑嗓子，表示唱不了。

这时，梅芫说话了："要演出，改天吧，咱们都准备准备，各自拿出自己的看家本领或才艺绝活。今天最重要的是咱们把开发湖区的有关问题都商量好，然后再分头抓紧实施我们的夺金计划。"

裴尚蕊说："甄总不是已经说了吗？你们抓紧筹办就是了。泉滨县还没有不识抬举的人，你们二位都是贵人，肯到这里来投资，就是高抬我们了。咱们也不用再商量了，你们想怎么干就怎么干吧，我这个候任县长不也是甄书记给的吗？为他服好务是我应尽的本分，甄总您说是不是？"

甄小怀笑得十分放肆："看来我爸确实没有选错人哪！"

没过几天，甄小怀便让公司的人组织起十八支施工队，带着所有的施工设备星夜赶赴泉滨，技术人员还将高级别墅的三种图纸带来了，连夜定下八十一座别墅，三种不同造型。

梅芫不解地问："为什么来十八个建筑队，建八十一座楼，还有三种样式呢？"

甄小怀得意地摩挲着下巴上一根长且弯曲的胡须说："现在经商哪有不讲吉利的？我叫它来个彻头彻尾、从里到外的吉利。十八和八十一，是'要发'、'发了还要'，三种造型，是说明我已在省、市、县三级都扎下了根，三个根是最牢固的。梅姐，你看我的创意怎么样？"

梅芫表现出一副惊奇的神情，说："甄总呀甄总，我真不知你还有这几下子，真是将门出虎子。一生二，二生三，三生万物嘛！大姐跟你干，也在不断地长见识啊！我这留过洋的人，智商比你差大了。你如果当年愿读书，现在起码也是个博士后。"梅芫终于抓住了奉承甄小怀的机会，不吝赞辞。

甄小怀也跟着吹上了，说："我这才露了一小手，真本事还在后头呢！梅姐，你跟我干，就等着点钞票吧，点得你手抽筋、脸发烫，到那时候，可别埋怨我哦。"说得两人都乐不可支。

午夜时分，甄小怀的"兵马"便在泉滨安营扎寨了，他让梅芫与裴尚蕊陪着一起来到湖区，十八支队伍呈品字形摆开。顿时，僻静的湖区响起了隆隆的机械声。

轰鸣声撕破了寂静的夜空，连流星仿佛也停止了移动。已经栖息的野鸟被惊得扑楞楞乱飞，盲目地寻觅着枝头……

随着推土机的轰鸣，一片片灌木丛被铲毁，一棵棵树木应声倒下，湖区三岸瞬间一片狼藉。梅芫举头仰视，顿觉风清月白，身心俱爽。

此时，泉滨县的干部群众尚在梦乡之中。

裴尚蕊安排停当，便同梅芫一起回到招待所。甄小怀没有睡，正同他的代理人张经理和另外两个人，对着设计图和效果图，比比画画。见二人风尘仆仆，披星戴月回来，甄小怀让手下的人各自回屋歇息，自己站起来挺直腰杆作了个揖，说："二位大姐请坐，我们再把后续的事情商量一下。"

裴尚蕊说："你的队伍太厉害了，像是天兵天将，动作神速，一眨眼的工夫，湖区就变成了工地。我担心，这进度是不是太快了点？"

"有没有农田？"

"这一带是山坡地，果园和花圃较多，没有庄稼地，再就是杂草树木，属集体所有。"

"乡里、村里知不知道？"

"不可能，连县里的人都不知道，他们怎么能知道。"

甄小怀同裴尚蕊在你问我答，梅芫觉得小怀问得有点多余，说："有裴县长在操办，群众知不知道无所谓。"

甄小怀似乎没有理会梅芫的话，按照自己的思路继续说道："这样吧，裴县长，麻烦你现在就去那个乡，把乡里和有关村庄的头头脑脑都召集起来，讲明房地产开发对当地经济发展的重大意义，讲清楚未来的光明前景，希望得到他们的理解和支持。"

裴尚蕊犹疑片刻，说："现在就去吗？明天再说吧，我们这里办事，不像你甄总，雷厉风行。"

甄小怀明显是急了，说："我说裴县长啊！不是说时间就是金钱吗？这件事今天夜里把话说到了，与明天说大不一样，今天是让他们先同意，明天那是逼迫他们同意，或者是不同意也得同意，我可不背这个黑锅。我搞这一行向来不怕干部阻挡，就怕群众闹事。"

梅芫突然明白过来似的，推了裴尚蕊一把说："我的好县长好妹妹，辛苦一趟吧，他们还是会听你的。"

张口一个县长，闭口一个妹妹，把裴尚蕊弄得晕晕乎乎的，便美滋滋地说："二位这么抬举我，本县长就再跑一趟吧。"刚说完，她心里又咯噔一下：我毕竟还不是县长，再说，就是当上了也不能这么轻易就决策，是不是有点过了？一边想着，一边不由自主地往外走。

等到满身疲惫的裴尚蕊回来时，甄小怀和梅芫都已睡下，裴尚蕊不便打扰，便一个劲地喝着酽茶，浓茶的苦涩，一丝一缕地渗透了她的全身，她觉得确实是累了，就在会客室的长沙发上悄然躺下。刚想入睡，梅芫把她喊醒了，说："我和甄总都要马上离开这里，剩下的事全交给那位姓张的项目经理了。"

裴尚蕊闻听他们要走，腾地一下坐起来，着急地说："什么？要走？那怎么行呢？事情刚刚开了个头，而且是一个乱子头，你们走了我再打谁的旗号呀？"说着，眼泪都要流出来了，她顾不得擦，扯住梅芫的手臂，摇晃着说："梅姐，看来这件事麻烦大了，你们要我去做工作，正巧党委书记老姜出国了，余下的人没有一个同意的，还向我拍了桌子。你俩说我是县长，可人家根本不认，他们还是把我看做是常委、乡党委的书记，我又不好明说，难死我了。"说着竟呜呜地哭了起来。

梅芫从茶几上抽出纸巾，亲手帮她擦拭着泪水，说："好妹子，这事确实难为你了，让你先当上县长就好了。可话又说回来了，这也是关键时刻对你的考验，那甄小怀能看上咱这个县，就是你的福分。依我看，从今以后，你的仕途定会一片光明。多少人想巴结人家甄总，可人家理都不理。你的命多好呀，甄小怀主动送上门来了。好妹子，再咬牙坚持一下，啊？"

梅芫说到这里，又把裴尚蕊的头发理了理，这时裴尚蕊的情绪也好点了。梅芫又说："如今这里想当官的，有几个靠真本事的，都是想方设法取悦顶头上司，他喜欢吹牛，你就要吹大象；他对钞票感兴趣，你就要变着法儿地往那儿送；他喜欢玩，你就要连设备和陪伴的人都要准备好。不用说别人，就我家那口子，他能当上常务副市长，我还不知道他那两把刷子吗？他骗得了别人，骗得了我？他不就是靠讨上司的好吗？在上司面前从来都是毕恭毕敬、唯命是从，至于那些乌七八糟的事我就不便说了。妹子，你千万听我的，甄小怀是甄书记的爱子，他的话就等于甄书记的话，听了，对咱们有好处。你没见田玉跃吗？只要甄小怀上车，那是一路小跑去开车门，他犯贱吗？他糊涂吗？他图的是什么？还不是那顶乌纱帽！你辛苦了这么多年，连家都不要了，不也是为了把官位再提升提升？"

裴尚蕊苦笑一声，说："好吧，梅姐，你也不用再说了，既然走到了这一步，我还顾虑什么，不是有人说'上贼船容易，下贼船难'吗？我已经上了你们的船，我也豁出去了，我真的是希望你们不要把我推下船就行了。"

梅芫赶紧用手捂住裴尚蕊的嘴说："千万不要这么说，用词不当，用词不当，咱们是同舟共济，更是利益共享啊。"

两人正说着，听到外边响起脚步声。梅芫站起来，推开门看了看，见是张经理在提着箱子往外走，赶紧回过头对裴尚蕊说："快到我的房间梳洗一下，甄总要回去了，我也要同他一起走。"

裴尚蕊没精打采地随着梅芫进了房间。不一会儿，甄小怀在门外喊："梅姐，咱们走吧。"

裴尚蕊帮助梅芫提着行李箱，走到甄小怀的面前，怯怯地说："真的要走？"甄小怀点了点头，眼里像是有团乌云在聚集。

"什么时候再来呀？"

"说不准，或许是楼房封顶的时候。"

"那么长时间啊？"

"没办法，事情太多，请我的都是比你还大的官，不能不去啊！"两人站着打一会儿哈哈，梅芫催着快走，甄小怀打趣地说："你瞧我们多像当年贵党的地下工作者，疾来如风，快去无踪啊！"

正往外走着，忽地又停下来说："差点忘了，我把另一个手机号码给你留下，这个手机只有几个人知道，但我要告诉你，如果有要事，记住，我是说的有要事，懂吗？有要事你就打我这个号码。"

梅芫又帮腔说："这个号码连田玉跃都没有，看来只有正职才能得到啊。"

裴尚蕊推了她一把说："你净拿我开心。我现在是没有孩子先起名，还不知是真是假呢！"

甄小怀随即纠正说："这是哪儿的话，在咱们省，只要我爸同意提拔的，一个个不都起来了吗？哪还能撇下你这位巾帼英雄？把心放肚子里吧，这几天就会宣布的，你还是抓紧熟悉你的就职演说稿吧，不是说卫视台还要专访你这年轻、漂亮又能干的女县长嘛！"

张经理给甄小怀拉开了车门，梅芫从另一侧上了车。裴尚蕊挥动着手臂，心里说不出是什么滋味，眼前的这两个人，到底是福星还是祸患呢？她真是越看越不明白了。

"奔驰"轿车一溜烟跑了，裴尚蕊还一动不动地站在那里，如一根木桩。张经理见状喊了声："裴县长，咱们回屋吧。"裴尚蕊好久才回过神来，说："不，不，我回自己的家。"

躺在宽大的床上，裴尚蕊怎么也无法入睡，回想起这几天发生的事，桩桩件件，感觉像是做了一场梦，朦朦胧胧的，奇奇怪怪的。"我这个官当得多么容易又多么难啊！"她不由地感叹起来，心中无比兴奋，又苦涩难言。

她生在农村，初中毕业没有考上高中，幸好赶上县宾馆招考服务员，说是招考，实际上是只看长相。她本来就是学校有名的校花，朴实中透着娇美，天生招人喜欢，自然被来人一眼选中。到了宾馆不久，凭着机灵加勤快，备受器重，主管高级客房，专门负责接待领导人。

随着年龄的增长，由漂亮羞涩的少女，变成了青春洋溢、风采照人的大姑娘，也积累了接待经验，成了宾馆的接班人。这一段的工作，尽管累一点儿，但觉得一切都是属于自己的。每一天的工作，都觉得是那么有意义，包括指挥服务员叠被子、吸地毯、摆席签这样的细节，看到服务员在自己的指点下，被子叠得方方正正，地毯吸得干干净净，席签摆放准确无误，从哪个角度看都舒服。这一切，都是在自己指挥下干的呀，看得见摸得着。可自从成了田玉跃的情人以后，自己又像变成了另外一个人，做人的状态开始飘忽不定，活干得越来越少，地位却越来越高。靠的什么？凹凸有致的身材、漂亮迷人的脸蛋，是我唯一的资本啊。

可又一想，当官这么多年，自己都是怎么干的？还不是让人当做傀儡，人家告诉怎么做，我就去照着葫芦画瓢，开会讲话，都是人家写好稿子让我上去读，有时读不出什么抑扬顿挫，还遭到搞材料那帮家伙的背后非议，编成笑话来臭哄我，什么“转下页”，“读到此处停一停，下面可能有掌声”，那都是他们写上去的，事先也没给我看，等到开会了，才把稿子交给我，那不是有意在出我的丑吗？自然形象再好，到了这个时候也没有了丝毫用处，照样要你的大欢，寻你的开心。这不，县长还没当上，甄小怀就火急火燎地在湖区搞房地产。我算看明白了，人间就是那么一回事，官场更是一个相互利用、勾心斗角的龌龊之地。

裴尚蕊越想越睡不着，她又想到了明天将面对几百名科局以上干部，尤其是还有张方平、张立人和宋吉生这些县级领导人在场，要在这些人面前大讲自己的政绩，讲自己履新后的打算，特别是要讲自己胜任县长的优势，确实难以启齿。尽管稿子写得很好，可这稿子与事实、与活生生的人联系在一起，想不变味也要变味，想不走调也得走调。在能人面前，在众人面前，裴尚蕊目前还难以做到理直气壮。她把稿子看了一遍又一遍，仍是放心不下，最后急得趴在被子上，呜呜地哭了起来。

这时，她脑子里闪过一个念头，自己还真不如一直在农村，嫁个小伙子，不愁吃，不愁穿，安安稳稳地过日子。但是，这一切只能是“假如”。

她哭着哭着，不知不觉睡着了。

这几天，她确实太累了。

二十九

甄振怀来泉滨蹲点快一个星期了，他本人至今还没有迈出宾馆的大门。原本准备到泉滨后，见一见几个主要负责人，再接见一下县里几大班子的成员，然后再召开个小范围的座谈会，现在好像也忘在脑后了。整天不是找裴尚蕊谈话，就是找裴尚蕊了解情况，尤其是晚上几乎都是裴尚蕊在陪伴。

秘书小王有点沉不住气了。县里的几大班子成员早见晚见无所谓，可这座谈会迟迟不开就有点儿说不过去了。这时的王秘书突然觉得甄书记不像是来泉滨蹲点，倒像是来度蜜月的。"过分了过分了，这次真的有点太过分了。"小王把憋在心里的话，对着宾馆对面的一棵老榆树说了出来，榆树的树梢上，不知什么时候落上了一个塑料垃圾袋子，塑料袋子让风吹着，哗哗作响……

一天，当甄振怀送走了裴尚蕊后，小王问道："甄书记，您原来不是准备在泉滨开个座谈会吗？讲讲您如何抢抓改革机遇，选拔任用干部的一些重要意见，咱们已来这里一周多了，是不是趁陪您来的那些人都下去调研的空儿，抓紧把那个会开了吧，反正您已早有准备。再说，媒体上这几天也没有您的东西，这年月大众传媒对领导人来说太重要了。"

"好啊，好啊。为开这个座谈会，我考虑了很长时间，你提醒得很好，咱们说干就干，今天晚上就开。"甄振怀说着，随口点了几个出席会议的人员名单。

王秘书按照甄振怀的要求，草拟了个电话通知稿，递给甄振怀审定。甄振怀接过那页纸，对王秘书说："你抓紧写个公开报道的稿子吧。"王秘书干过几年文字秘书，对此驾轻就熟，不长时间稿子就起草好了，甄振怀自己又加上了他在基层蹲点，如何深入群众，如何重视干部队伍建设等一大段内容。改完，他又斟酌了一下出席会议的人员名单，一看，辛豪赫然在列，便指着辛豪的名字说道："这几天也没有见到他的影子，让他自己忙去吧，副书记孙晓琪参加就可以了。”

“在这个市召开全省的座谈会，又是您主持，不让这里的市委书记参加，恐怕外界会有不同解读。”小王委婉地提醒道。

“既然这样，你把辛豪的名字先列上，孙晓琪作为后备名单，如果辛豪来不了，就让孙晓琪参加。”甄振怀说到这里，似乎又想起了什么，补充道：“你要想办法尽量不让辛豪参加，这人脾气越来越古怪了。他要来，不仅我们说不到一起，还有许多事情不好安排。这样吧，你把通知提前告诉孙晓琪，辛豪嘛，等会议召开时再通知，总共不到两个小时的会议，他即使赶到，我们的会议也快结束了，他如果有意见你就说一时疏忽了。”

秘书完全按照甄振怀的旨意，逐一电话通知了与会人员。

当天下午，与会人员陆续来到泉滨。地市的组织部长共三位，魏树吾因车子路上出了点故障，晚饭后赶到。县级的组织部长有两人，其中一个女性，名叫金香玲，她是在甄振怀的直接关心下，由一个县剧团的演员，到开发区党委书记，直至现在刚刚改任的县委常委、组织部长。还有两名县委书记，再加上本市的市委副书记孙晓琪，正式参加会议的共八个人。

会议在当晚八点举行。

宾馆的小会议室里灯火辉煌，四周一圈沙发，中间是口字形会议桌，中央几盆鲜花正娇艳怒放，服务员早已摆上了席签、茶杯、矿泉水和瓜果等。文字记者，已坐到标有“记者席”的座位上，摄影记者在忙着寻找最佳角度，摄像记者在忙着寻找电源、选择机位、测试光线……

一切准备就绪，一切安排妥当，甄振怀在孙晓琪的陪同下，腆着“将军肚”步入会场。与会者和工作人员站起来，一齐把目光投向甄振怀，把掌声送给甄振怀。笔挺的西装，佩戴着那条鲜艳的领带，甄振怀显得容光焕发，加上那被精心打理过的稀疏的发型，更加引人注目。随着“咔咔”的快门声和摄像机的灯光，甄振怀缓缓走向标有“首长”席签的座位，并微笑着摆动着两只手，示意大家坐下。一招一式，非常自然，非常得体，也全被照相机和摄像机收进了镜头。

甄振怀落座后，先把扩音器调了调高度，然后清了清嗓子，环视着与会者。这时孙晓琪刚要说“甄书记”三个字，甄振怀便开口了。孙晓琪没能献上殷勤，只好把自己随身携带的本子打开，准备认真记录甄振怀的重要讲话。

甄振怀说道：“今天是我亲自主持召开的小型座谈会，也不准备讲什么重要的话，只是想听听大家的意见，所以同志们可以把笔记本收起来。至于会议的公开报道，我们已经写了个稿子，我也认真推敲了一遍，新闻单位来的同志回去发个通稿就行了。电视台需要现场镜头，你们现在就抓紧拍。会议正式开始，你们就离开会场，包括陪我来这里的所有同志。因为，我要与正式出席会议的八位同志商谈一下组织人事问题。人事问题向来很敏感，保密性强，请你们能够理解。”

听了甄振怀这番话，文字记者便到王秘书的座位前取稿子，照相的和摄像的记者，便抓紧时间赶拍镜头。多亏经验老道的甄振怀的刻意安排，他一会儿问问这个多大年龄，什么属相；一会儿又问问那个党龄和参加工作时间，这样问了一遍，使八个人都有了张口的机会，他们的形象很快便鲜活而又生动地进入了镜头。

当两名服务小姐给每位与会者斟上最后一杯水时，甄振怀便向秘书小王摆了摆手，小王随即将服务员送出会议室，并将大门关闭。

异常的举动，让与会者个个都以诧异的目光看着甄振怀，看着他那张刚刚还神采飞扬此刻却毫无表情的僵硬的脸。正在大家暗自猜测时，甄振怀开腔了：“今天请各位到我这蹲点的地方开个小会，是想借此机会同你们交交心，同时也谈点我个人蹲点的感受。”说着，便将自己的笔记本打开。

“我主要是想就抢抓改革机遇做好选人用人方面的问题，同你们谈点心里话。因为我到这个县蹲点后发现，这里的干部对改革选人用人制度有着强烈的愿望，而我认为的好干部，其他人未必都认可，这说明我们的工作还需要加把劲，还需要加大力度。”甄振怀说到这里，又列数了全省这方面存在的具体人和事。

“从泉滨县的要害部门看，立场坚定的人并不占多数，这是陪我来这里的省里做干部工作的一个同志亲口对我讲的。我们要做的事情，在这里往往很难行得通。所以，到了非痛下决心不可的时候了。”说到这里，甄振怀用笔记本狠狠拍了几下桌子。

“我们那里的情况比泉滨严重多了，市委书记正在酝酿选人用人制度的改革，今年准备从乡镇一级做起。我刚到那个市工作了这么一段时间，深深感到甄书记的话千真万确，有着普遍的指导意义。”魏树吾急不可待地插上这么一句。

甄振怀看了魏树吾一眼，说道：“老魏说得没错，我派你去那里任组织部长，目的就是要解决那里干部队伍中政治素质不高的问题，不能由着那个市委书记胡来。这个问题如果解决不好，你作为组织部长就是失职啊！”

金香玲一看魏部长插话，甄书记非但不烦，还讲了那么多知心话，于是，她抢先说道：“甄书记真是太英明了，您算把问题看透了。我们那个县的情况同魏部长讲的一样。不过，我自从由开发区党委书记改任组织部长以来，深深感到，组织部这个部门太重要了，组织部长这个角色太受人尊敬了。现在我不论到哪个乡镇，书记、乡镇长都是一起陪同，在外面的也非要赶回来，有时甚至风尘仆仆只为送送行。”

甄振怀听到这里，咧了咧嘴角说：“你今天才明白过来了，当初我要你改任组织部长，你还担心干不了。大家都尊敬的部门，这样的部门一把手，没有干不了的，也不会干不好的。小金上来这一段干得就很好，我交办的几个干部，虽然有一定难度，可你都办得很利索嘛！”

说起这位金女士，本是县京剧团跑龙套的配角演员，甄振怀喜欢京剧，一次来到这个县调研，当时的县长便在欢迎甄振怀的宴会上，特地找了几个京剧演员清唱了几段。金香玲人长得精神，扮相也俊俏。宴会过后，甄振怀又点名让金香玲到他下榻的宾馆唱了几次，也同枕共眠了几夜。就这样，在甄振怀直接关心下，金香玲先是入了党，紧接着调到文化局任职，后又提拔担任县开发区党委书记。所以，甄振怀召开这样的会议总是少不了她，更不用说她敢在甄振怀面前口出此言了。

“光换组织部长，不换主要负责人，组织部长的权力是大打折扣的呀，尤其是改革进行到现在，上面一个劲地讲公开、民主，这不是明摆着从我们手里夺权吗？甄书记。”金香玲又进言道。

“对对，对对，对……小金讲的尽管有的不太全面，但都是实话，这也是我们今天会议讨论的一个重要题目。”甄振怀说到这里，目光亲切地在金香玲脸上扫着。

坐在甄振怀左手边的孙晓琪，就是当年金香玲所在县的县长，这时接过金香玲的话说：“主要负责人必须换成十分可靠的人，确保将来有那么一天贯彻选人用人制度时，我们的权力不会被人鱼肉。否则，眼前许多人事安排只能是干着急，一点办法也没有。将来如真搞起改革来，还不知道怎么拿我们开刀呢！”他看了看甄振怀，见甄振怀在侧耳细听，便又说道：“就拿甄书记亲自蹲点、亲自考察了解的一名副县级干部，要定她做县长人选，因为我们的一把手有看法，别说开会研究，现在连他的人影也找不着，县里马上要开大会了，可市里至今还未能提上议程。”

“那没关系，也用不着你们讨论，抓紧让组织部拟个文，你签个字，记住，你是受我的委托，这也叫特事特办。领导干部在下面蹲点，是不是也包括这种特权啊，一个管干部的省委副书记，批准一个小县长，我这权力可也太……哈哈……”后面的话，被甄振怀的笑声淹没了。

孙晓琪当即离开座位，走到会议室的一个角落，用手机把甄振怀的旨意通知了市委组织部，不一会儿，又回到座位上，侧身对甄振怀汇报：“一切都按您说的办，文件今晚就打印出来。咱这里的会议结束后，我赶回去补签个字就行了。”甄振怀赞许地点了点头。

参加会议的两名县委书记，都是甄振怀选拔上来的，听了金香玲的发言，也先后向甄振怀报告了他们那里的干部队伍情况。

一位说道：“一把手头脑不清醒，组织部长累死也白搭，我们那里的要害部门一把手，基本上是清一色，凡是政治素质低的，就让他们靠边站去吧，谁让他们不识时务呢。”

另一位说：“我那个县，自从甄书记要我干县委书记后，不到一年时间，大大小小的一把手，凡是我用着不顺手的人，都换成了听我话的人。有些老家伙还联名上告我，只要有甄书记这棵大树，谁也休想动我一根毫毛！”

甄振怀对这位县委书记尽管赏识，但对他这样直白的语言，还是有些不太放心，便及时提醒他：“你干得是很出色的，但有些关系也要注意处理好。当了县委书记，不同于你当年干过的那工商管理员，举止要稳重一些，说话要文明一些。”那位县委书记红着脸不停地点头，嘴里连称“是，是是……”。

甄振怀说了这句话，又深怕挫伤了这两位打手的积极性，于是又鼓励了几句：“你们二位干得都很好，说明我选人是选准了。我挑选干部从来是说一不二，说二不一，看准了的就要大胆提拔使用，你们也是这么个干法，我听了很高兴。事实证明，不换成靠得住的人，就形不成力量。越是搞改革，我们这些人越要抱团，只有这样，我们才能站稳现有的舞台，又会源源不断地培养出自己的人才来，而且还能长治久安。”随之热烈的掌声响起，甄振怀悠悠地擎起了水杯，像是要同大家共同干杯。

这时，王秘书悄悄走到甄振怀的身边，用手指轻轻点了点甄振怀腕上的手表。甄振怀高声当众说道：“王秘书提醒我，时间不早了，你们有的今天还要赶回去。我再把自己考虑的几个问题，说给你们听听，你们再仔细想想，尽量在换届前这一年多的时间内，把人事布局预先筹划好，让那些该接班的顺利接班，该调整的尽早离开。大家要打个提前量，把该做的都做到前面，把困难估计得充分些，这样才能争取主动权。你们要知道，换届就是壮大我们队伍的难得机会，也就是要争当那舞台上的主角啊！这一步主动了，后面的事就不怕他们了，他们不论怎么改，依靠的又必须是大大小小的一把手啊！”

他把所谓的要害部门点了点，党委的部门里，政府的序列中，都一一开列出来。与会者听得豁然开朗，不时地点头称道。

掌声再次响过后，甄振怀站了起来，预示着会议即将结束。这时，孙晓琪附在甄振怀的耳边说道：“要害部门应当加上路桥局，这几年修路的任务很重，那可是个大有可为的地方，现在可能还没引起关注。”甄振怀立即高声说道：“要害部门再加上个路桥局。”接着，他复又坐回原位：“今天对你们讲的，是我蹲点这几天琢磨出来的，说给你们听，是让你们心中有数，任何时候不要忘了自己的责任。今天，范围也不大，总共八个人嘛，咱们是八人会。”

孙晓琪马上插言道：“我看不如叫‘八仙会’，甄书记召开的‘八仙会’，正好还有个金香玲，这样何仙姑就有了。”

甄振怀哈哈大笑，道：“晓琪这个会名起得好。为了永远记住这次会议，咱们就叫‘八仙会’，通过你们这‘八仙’，把我的真经传开，实施我们的人才计划。”说完，站起来向大家点头致意。

“八仙会”就这样收场了，与会者有许多想法，还没有来得及对甄振怀说，个个都想能够面对面地向他讨教。魏树吾第一个跑到甄振怀面前，握着甄振怀的手悄声说：“甄书记，这个市的路桥局长，还是让薛丁明干吧，咱们用人家帮忙的地方可不少啊，趁您在这里蹲点，就给辛豪打个招呼，我已离开这里，孙晓琪有些话也不好说。”

“不是说他有经济问题吗？”

“那只是一部分人说的，其实人家是在为咱们勇于担当啊！上次水利工程出了问题，死了几个人，那是因为他把钱用在了咱们身上，而没有钱来保证工程质量，所以才导致坝垮人亡。”魏树吾补充说。

“好吧，既然这样，就让薛丁明干吧，反正是平职安排。再说，路桥局除了你们了解底细，没有人会知道里面还有那么多油水，既然这样，那就当仁不让了。”

说到这里，甄振怀把孙晓琪拉到面前，正色道：“你抓紧把薛丁明公布了，这是很早就定下的事。”孙晓琪又掏出手机给组织部打了电话，安排连夜打印出薛丁明任市路桥局长的文件。

金香玲趁孙晓琪转身打手机的当儿，游鱼一般挤到甄振怀面前，双手拉住甄振怀的手，撒娇道：“您老人家怎么不到我们县蹲点，那可是您的老点啊。您如果能蹲到我那里，对您对我不是都好吗？您忘了我给您亲手擀的面条了？”

“哈哈，哪能忘记呢，海鲜卤子面。你那里我最放心，那个市是听我的。再说，这里不是刘旭行在干书记吗？这个市又不大听我的话，所以，我要来这里帮他一把啊。”

“那我今晚是不是要留下来呀？”

“不用，不用，抓紧回去，我准备让你也干县长。”甄振怀从安排裴尚蕊，又想到了眼前的金香玲。因为同裴尚蕊的来往只有一个周的时间，而与金香玲则是多年的相好了。裴尚蕊如今都能提名干县长，金香玲干县长更是自然而然的事了。

“您要把我放到哪个县啊？”

“就在你那个县。你那个县富得谁也比不上，那么多的钻石，不让你来好好守着，还能让你到穷县去受罪吗？放心吧，小金。”

“可我们县长到任还不到三个月，人大会开了还不到两个月。”

“三个月两个月怕什么，另外再给他找个地方不就完了吗？”

“那样做是不是有点过分？”

“你呀，你呀，让我怎么说你好呢！跟我干不能有这种心肠，我作出的人事安排，只能说是工作需要。谁叫那小子站在我们的圈外呢！”

金香玲使劲点点头，甄振怀微笑着握了握她的手。那暧昧的眼神所有人都能读懂其中的意味，但又好像谁也看不到似的。

另外两个市里的常委、组织部长，也趁机站到了甄振怀面前。他俩刚想汇报，甄振怀开口说道：“你俩就不用再说什么了。把我那司机抓紧提拔成副处级。还有在我家干过保姆的小孟，不要老放在宾馆，安排到财政局或税务局的科室去，那孩子很聪明，也会来事。其他事情以后再说，反正你俩还要在这个位置上待一段时间。”

“放心吧，甄书记，您的人我们会安排好的。”两位组织部长争着回答。

两位县委书记也凑到甄振怀面前，一个和眉顺目说道："甄书记，您还有什么吩咐的吗?"另一个也随声附和着。

甄振怀说："你俩抓紧回去处理一下遗留问题，不久就要离开县里到另外的两个市担任常委、组织部长。要知道有了人事权，就有了一切。生产力第一要素是什么？是人嘛！在咱这里，你只要管住了人，你就要金有金，要银有银，你们怎么对待我，别人也会同样对待你们。人事大权高于一切啊!"

两位县委书记一听，你看我，我看你，颇有些意外和惊喜的感觉。其中一位说："在县委书记这个岗位上，我们只干了一年多，政绩还不突出呀!"

"在那个岗位上站站就可以了，不用说一年多，就是几个月，我也照样提拔使用，谁叫你们有能力有水平呢？该破格就破格，用人上不能保守，这是我管干部多年的经验。"接着又说道："你们对我照顾得那么好不说，我儿子小怀的生意，还不是靠你们帮忙吗？这一点我心里清楚。"

"那是应该的，应该的!"两位县委书记唯唯诺诺地听着甄书记的话。

"那我大权在握的时候把你俩提拔起来，不也是应该的吗？我这个人是很重感情的，共产党人也不是不食人间烟火，也要讲感情嘛！带着感情干工作属于正常的。你们跟我干的时间长了，更会感受到这一点。"

"感受深刻，感受真切。"两位县委书记连声说道。

他们一个个陆续离开了，这时，甄振怀突然想起了一件事，立即将孙晓琪和泉滨县委组织部长王根顺喊到面前。

"咱们就地坐下，再商量一下裴尚蕊同志述职后的投票问题。"甄振怀说道。

于是，三个人又回到了座位上。

"我的意见，采取举手表决的办法。"王根顺抢先献策。

"你想得太简单了，现在是绝对不允许的。"甄振怀不同意。

孙晓琪本来也是想说采用举手表决的办法，被甄振怀一否，自己一时不知如何表达了，便奉承道："甄书记，快把您那个高招亮出来吧，要不，等到天亮我俩也想不出个好办法来。"

恭维的话甄振怀最受用，这次也不例外，他是在慢慢享受自己权力运作的过程。只见他两手摸着耳垂，乐悠悠地说："你们这伙人不知怎么搞的，一到关键时刻，就向我求办法问计策，你们要多动脑子呀!"

“是啊，我们跟着您就行了，既不费脑子，又能把事情办好。”孙晓琪又来了这么一句。

“那好，我先说给你俩听听。为了确保票数过半，我们来个分别投票，一个乡镇一个票箱，每个票箱都由那里的一把手负责收票、计票，县直部门则由你王部长负责收票计票，投票前把这个管票箱的人，也就是责任人召集起来，你们再强调强调。具体汇总票数就由你孙晓琪一人负责，你也是最后的责任人。”说到这里，甄振怀拿眼瞟了瞟听得入神的孙晓琪和王根顺。

甄振怀见他俩没啥反应，还担心他们没听明白，这时，孙晓琪一拍大腿：“哎呀甄书记，您确实太高明了！一切尽在掌控之中。当今恐怕再也找不出像您这样有点子的人了，这可真是掌控选举的金点子呀！”王根顺也恭维道：“谁与甄书记比也没法比啊，这个法子真有点神乎，太神乎了！既独一无二，又万无一失。”

“好吧，既然你们都听明白了，具体操盘手就是你们俩了。”

“要不要保留原始票？”

“那也不是什么存档的东西，没有保留的价值，因为那只是个民意。”

“那就更好办了。现在我就可以告诉您，裴尚蕊的民意是百分之九十九点六。”孙晓琪笑道。

“为什么不是百分之百呢？”

“那个零点四是对付个别投反对票的人。”孙晓琪笑道。

“人心叵测，不能大意啊！”甄振怀说着慢腾腾地站了起来。

第二天，省内各大传媒，都以“甄振怀强调：选拔任用干部必须搞五湖四海，任人唯贤”的醒目标题，报道了这次座谈会。

泉滨县的老百姓依然平静地在忙着各自的生计，仿佛什么都没有发生。然而，影响他们未来生活的一些重要因素却在悄然发生着变化……

三十

刘旭行正懒洋洋地躲在省城北郊温泉疗养院一座僻静的高级别墅里，同来自澳门的赵小姐，互相搂抱着共看一张泉滨湖区的规划效果图。规划图摊开来，铺在刘旭行那近来明显发福的肚皮上。窗子敞开着，山风溜进来，挠痒痒似地吹着赵小姐的长发，发梢在刘旭行的胖脸上滑来滑去，好不惬意。刘旭行抚摩着赵小姐那瀑布般诱人的黑发，色迷迷地微笑着，陶醉着。那赵小姐看得高兴了，禁不住翻身趴在床上，两手托腮，两腿向上弯曲，摇摆着，两只会说话的眼睛，情意绵绵地盯着刘旭行，说："刘书记，俗话说吉人自有天相，你看我，自从那次在车上与你相遇，谁承想咱俩一见钟情，这次内地之行，现在是谁也离不开谁了呀！你就是我命中的真命天子，是大贵人啊。"

刘旭行冷不丁地俯身吻了一下赵小姐的脸蛋说："谁叫你长得跟天仙一样！"

赵小姐马上回敬道："谁叫你这么年轻就当了这么大的官呀！内地的官权力又那么大，谁见了还不眼馋？这难道不是我的运气和福气吗？"

"这话算被你说准了。这次我把湖区的一半送给你，下一次我再把山区的一半给你！"刘旭行坐拥美人，越发卖弄起自己的权力来，似乎整个泉滨县就是他家祖传的家产一样。平时他对客人讲话，只要是谈到县里的情况，开口闭口总是说"我那里如何如何"、"我准备如何如何"，要是牵扯到人的提拔或拨款什么的，动辄就是"我给你个什么干干"、"我给你个几百万"，口气大于天，豪气干云。

赵小姐此时正全身心地沉浸在发大财的美梦之中，眼前幻觉似的呈现出这样一幅图景：一个打工妹，摇身一变魔术般地成为一个超级富姐，香车洋房，菲籍女佣，钞票成捆，金条成垛。当她确信这一切即将美梦成真时，她像初获大奖的女明星发表获奖感言一样，开始逐一谢天、谢地、谢人了。她觉得，不仅要感谢，不，感激刘旭行，还要感激自己的前男友，是他说内地有些官员的权力有多么多么大。越想越觉着自己迈出了这一步，等于迈进了金库的大门，怎么挥霍也花不了，怎么奢侈也有钱啊。

看着赵小姐发呆的样子，刘旭行关心地问："是不是坐飞机累了，宝贝？休息一会儿吧，进了别墅就看图纸，也够辛苦的了。"

赵小姐撒娇道："辛苦啥嘛，这都是刘书记赐给的鸿福，今后我可要好好体验体验啥叫幸福生活了！"说着双手又搂住刘旭行的脖子，任一袭长发把刘旭行的整个脑袋都罩了起来，一边用西施之舌轻轻撬开刘旭行的双唇，一边柔声细语地喃喃道："你真好，你真好！"纤纤玉手不由自主地拉下了刘旭行的下衣……

正当销魂时刻，放在床头上的手机突然嘟嘟响起。“是谁这么不懂事?”刘旭行生气地瞥一眼手机，很不情愿地喂了一声，便听到一个阴沉而严厉的声音撞击着他的耳膜：“立即给我回到泉滨，明天的会议你要亲自主持。”甄振怀在电话里给刘旭行下达了指令。没容刘旭行问一问是什么会，甄振怀便把电话摔了。

“怎么办?”刘旭行一骨碌坐起来，一时慌了手脚，爱意顿消。

赵小姐瞪大凤眼，不知道发生了什么意外。

“叮咚叮咚”，手机的个性化铃声再次响起。刘旭行猛地抓起来，一看，是甄振怀的秘书小王的电话，便急促地问道：“小王，刚才甄书记说的会议，是什么会?好像老人家不大高兴呀。”

小王说：“怎么你还不知道吗?不是要裴尚蕊当县长吗?准备让她先搞个述职报告，再来个民主推荐。”

刘旭行说：“裴尚蕊当县长我知道，市委的孙晓琪早告诉我了，说是甄书记亲自提的名，我当然举双手赞成了。不过，其他同志若不安排好，恐怕舆论不会有利于我们。我觉得多多少少急了点，不知甄书记是怎么考虑的?还望老弟多多提醒。”

“甄书记很了解这里的情况，他担心夜长梦多，想来个快刀斩乱麻，反正早晚都是这个结果。”小王很肯定地回复。

刘旭行明白了，老爷子既然已胸有成竹，那就赶快打点行装回泉滨吧。可他似乎没有甄振怀那么急，他现在关心的，不是裴尚蕊当不当县长，而是赵小姐的工程如何抓紧落实。自己如果立即回到泉滨，那把赵小姐安排到哪里?带回泉滨吧，那么个小县城，也就是巴掌点大，很难不走漏风声，何况甄书记又在那里蹲点。一旦消息泄露，甄书记定会恼火的。可是，放在省城，又担心冷落了美人，赵小姐不高兴。再说了，赵小姐今天刚到省城，自己还没来得及同她在一起缠绵缠绵，好不容易通过朋友给找了这么个免受打扰的地方，无论如何也要享受个一天两夜。

想到这里，刘旭行回拨了王秘书的手机，他的声音突然一下子变得虚弱起来，慢慢地有点上气不接下气地对王秘书说：“现在我的心脏病又复发了，医生命令卧床休息，连床都不让下，叫我怎么回泉滨呢?”

王秘书说：“听你声音好像很虚弱，既然身体是这个状况，怎么刚才你不给甄书记说一声?”

“我正准备说呢，甄书记便把电话撂了，你又不是不知道他的脾气。拜托老弟转告一下，等我病情稍有好转，马上回去。到时我会重重谢你。”刘旭行把最后几个字，尽量说得有气无力，以示自己体力不支，还用力对着话筒干咳了几声。

王秘书尽管是有名的机灵鬼，可再鬼也鬼不过刘旭行。就这样，刘旭行便在那高级别墅里，与赵小姐日夜厮守，乐不思蜀。

他给赵小姐剥去一个刚刚在微波炉里烤好的银杏的白皮：“知道吗？这可是好东西，在我们老家叫白果，是一百年才结果子的，你看这红衣、白皮、嫩肉，像极了你这个澳门美人儿……”

“哇，一百年哦！刘书记，我知道您这是在哄我，您真会体贴人……不过，我们也要百年好合的啊！”赵小姐娇喘着，小鸟依人般地张嘴等待着刘旭行的喂食。

当甄振怀知道刘旭行因身体欠佳来不了泉滨时，他强压怒火：“这个刘旭行，总是给我在关键时刻掉链子。”他对林一通说，“会议照常进行。现在县里没有人能主持这次会议了，干脆来个特事特办，实在不成，是不是还要我来亲自主持？”

“那简直是太好了，太好了！”林一通的奉承话马上递达上去了。他没品出甄振怀是在说气话。

甄振怀瞅了林一通一眼，又对王秘书大声重复了一遍：“这成不成？”

小王一听甄书记征求自己的意见，一怔，马上回过神来说：“我看最好不要这样做，为了一个裴尚蕊，不值得不值得。依我看，林主任就行。”

甄振怀没想到，王秘书会说出如此不得体的话来，便斥责之：“你怎么能这样说话？裴尚蕊是个难得的人才，谁为她主持都值得。至于这次会议由谁主持，考虑考虑再说吧。”说着气咻咻地回了自己的卧室。

外面留下了林一通和王秘书，两个人大眼瞪小眼，谁也不知再说什么。就在这时，孙晓琪推门而入，王秘书一见孙副书记到来，像是找到了救星，大步上前，说：“有孙书记，就有了会议主持人。”说着便把孙晓琪请进了甄振怀的房间。

全县科以上干部会议定在上午九点，与会者陆陆续续来到会场。同往常不同的是，会议室门外有四位武警战士正装肃立，每人都持有佩带刺刀的步枪，笔直地站在那里。与会者一看这阵势，估摸着不是来了重要人物，就是宣判什么重要罪犯。

不到八点四十五，人员就基本到齐了，大家的眼光齐刷刷地投向主席台，想来个先睹为快。这时，外面响起了警笛声，接着有些人便呼啦啦地向警车后面拥去，原来是甄振怀的专车来了，市委副书记孙晓琪的专车紧随其后。人们好奇地冷眼旁观着他们下了车，依次走进休息室。

孙晓琪下意识地看了看表，说："还有十多分钟，一切都按甄书记您在'八仙会'上的要求落实了，会议保证能够圆满成功。"

甄振怀说："那就好，那就好。你们看看裴尚蕊、张方平、张立人、宋吉生他们来了没有？"

林一通赶紧朝台下张望，又折回来向甄振怀报告："张方平、张立人已经就座，裴尚蕊、宋吉生还没到。"

甄振怀一听就急了，抬高了嗓门说："赶快打电话给他们！马上要开会了，他们不到场怎么行呢？"

林主任先打了裴尚蕊的电话，梦中的裴尚蕊听到电话铃声，一骨碌爬起来，一看表，真傻眼了，赶快跑到洗手间洗了洗脸，也来不及仔细梳洗打扮，又摸了摸提包里的讲稿，急急忙忙跑下楼，幸好司机早已候在门口。她快步上车，司机加大油门赶往会场。

刚停下车，出席会议的人却开始陆陆续续往外走开了，一边走还一边窃窃私语。裴尚蕊愣住了，她再次确认时间，还不到九点，问了问司机也证实不到时间。这是怎么一回事呢？

裴尚蕊还是硬着头皮往里走。县妇联的周副主席见到裴尚蕊还往会场里边走，想必她还不知情，便据实相告："会议不开了，说是刚刚接到上级的指示。"

"啊？这为什么？"

"不知道。"

裴尚蕊"哦哦"了几声，只觉得好像天在旋地在转，赶紧扶住了门框，晃动的身子才没有倒下。

周副主席吓了一跳，搀扶着她的胳膊问："尚蕊你是不是太劳累了？"

裴尚蕊晃了晃脑袋，又用手拍打了一下两腮，她的视线有些模糊，便就坡下驴："昨天加了个夜班，早晨也没来得及吃饭，可能是低血糖又犯了吧。没事，静一会儿就好了，你先走吧周主席。"

裴尚蕊站立了一会儿，又走进会场。这里早已空无一人，服务员正在主席台上收拾茶杯和席签。她问了一下从主席台下来的服务员，知道甄书记、孙书记已经退席。她的腿再也迈不动了，顺势坐在会场过道最靠边的椅子上，微合双眼，有气无力地对前来打招呼的服务员说：“快给我倒杯水来。”

喝了口水，心跳稍稍舒缓了一些。她斜靠着椅子，两眼紧闭，面如土色，好像重病一场。几个熟悉她的服务员见状，一齐围拢过来，有的喊“裴经理”，有的喊“裴主席”，也有喊“裴书记”的，心急火燎地要请她到宾馆休息。

裴尚蕊摇了摇头，声音低缓地说：“谢谢你们，不用了，我还有事呢！”

说完，递过手中的茶杯。不知是她没拿好，还是服务员没接稳，杯子“叭”的一声掉在了水泥地上，茶根撒到了裴尚蕊的一步裙上，她不由自主地说了一句：“好晦气呀！”

一个服务员赶紧出来打圆场：“裴经理，这叫岁岁（碎碎）平安，是吉兆啊！”

“你也这么会说话。管它是霉还是吉，听天由命吧。”裴尚蕊已心不在焉，话音有气无力。

司机见裴尚蕊一摇一晃地从会议室出来，赶快跑下车，把她扶进车里，小心地关上车门，回到驾驶位置，两手把着方向盘，回过头说：“裴书记，我送你到医院吧？我看你脸色不大好。”

裴尚蕊摆摆手，表示不去。司机没办法只好拉她回宿舍，自己又开车去医院找到滕院长，讲了讲裴尚蕊的病状。滕院长喊来一名护士，坐上小王的车直奔裴尚蕊家。

滕院长是第一次进裴尚蕊的家，没想到这么宽敞的别墅里，却是乱糟糟、灰蒙蒙的，卧室里更乱，被子也没叠，拖鞋、袜子胡乱扔着。家已经不像个家了。

裴尚蕊和衣卧在床上，呼吸急促。她勉强睁开眼睛说：“你看，怎么把院长惊动来了，我没事，小王你不该……”

没等裴尚蕊说完，滕院长就躬到床前说：“你都病成这个样子了，怎么不到医院去？”随手拿起听诊器听心脏，又让护士量血压试脉搏，并做了心电图。看了结果后，表情紧张地说：“赶快准备就地输液。”

根据滕院长的初步诊断，裴尚蕊此时脉搏过快，呼吸异常。

裴尚蕊被挂着吊瓶送进了医院。滕院长把裴尚蕊的病情简要向县委作了汇报，还专门表扬了裴尚蕊的司机。

张方平、张立人先后驱车赶到医院探望，向滕院长询问治疗方案，并叮嘱医院尽快想办法把裴尚蕊的病情稳住。张立人同滕院长说："我们两人，今天来看裴尚蕊同志，是以老班子成员的身份，既不代表县委，也不代表县政府，只是以我们个人的名义。希望医院的名医高手，对我们年轻的县委班子成员多费费心吧。"

张方平也说："身体是本钱，毕竟她还很年轻呀！"

滕院长说："不用说你们这样重视，作为医生的职责，我们也会千方百计。放心吧，二位领导。"

怒发冲冠的甄振怀回到宾馆，冲着孙晓琪大发雷霆，吼道："是哪个家伙有如此贼胆，竟敢跑到上面告我的状？连个县级班子上面都来干预，还要我们干什么！"他的头发不知是让风吹散了，还是他不小心弄乱了，乱成了麻，只见他紧闭嘴唇，眼里布满血丝，活脱脱一头斗牛场上被激怒的公牛。

他不曾知道，在中央党校学习的顾全同志，先是接待了宋吉生的连夜来访，后来又听取了辛豪的专程汇报，才对泉滨断然发出了那样的指令。

孙晓琪规规矩矩地听着。只见甄振怀在屋里走来走去，犹如一头困兽，一遍一遍地质问："是谁告的状，是谁告的状？查出来，我要……"他咆哮的声音在屋子里膨胀着，回荡着。窗外清扫落叶的老大爷，正抬头呢，甄振怀见了，用力把窗帘拉上了。

正在气头上，甄振怀又一步冲到孙晓琪面前，厉声诘问："我问你，是谁？"

就在甄振怀暴跳如雷的时候，辛豪敲门而入。甄振怀一见辛豪，火气便一下子冲上了脑门，右手的食指几乎戳到了辛豪的脑门儿："你是什么玩意儿？你算个什么东西？我堂堂的一个分管干部的省委副书记住在县里，这么多天见不到你的面，我在你眼里还有位置吗？你跑来干什么？你到底想干什么？我看你是干够了！"

辛豪尽管很有修养，但甄振怀这样的人，他见所未见，甄振怀刚才的话，噎得他半晌说不出一句话。

盛怒之下，甄振怀又指着辛豪的鼻子喊："是谁到北京告我的状，辛豪你必须给我查清楚！不把那小子揪出来，我跟你没完！”

辛豪堵在心里许久的话，终于爆发了：“甄书记，请您自重，不要太过分了。党有党纪，国有国法，不管做什么事总要有个度。我看要查，还是先从我们自身查起吧。”

甄振怀自从担任分管干部的省委副书记以来，这是第一次听到一个自己管辖的干部，敢如此口气对自己说话！奉承话听惯了的他，如同迎了当头一棒。他焉能承受得了这样的刺激，恶狠狠地跳起来，骂道：“混蛋，咱们走着瞧！”便怒气冲冲地摔了房间的门，一屁股瘫坐在沙发上，大喘粗气。他点燃一支烟，烟雾袅袅，将一张平时貌似颇有涵养、保养很好的脸，衬托得阴沉无比。

辛豪本想作为下级，一同进屋陪一陪，却被秘书小王以外交式的表情挡在了门外，示意孙晓琪进去陪伴。满脸怒气的辛豪回到自己的房间，刚坐下，便口吐白沫，吓得跟在身边的工作人员直喊：“辛书记！辛书记！”

救护车闻风而至，简单诊治后，又火速送进了医院。当他缓缓睁开眼睛时，两行浊泪滚落到枕边。身边人员赶紧劝他，请他不必为这样的人伤心，辛豪脸上流露出坚毅的神情，他说：“有人有权折腾我们，我们也有党性和人格坚守原则。企图一手遮天，也太狂妄自大了！现在还是共产党的天下！”

市委组织部的吕副部长亲历了这场罕见的上下级正面交锋，知道谁站在正义一边。他哽咽着说：“辛书记，有您在，我们在原则问题上，是不会让步的。”说着，眼泪扑簌簌掉了下来。

是啊，组织部只是一个部门，他们自有他们的苦衷。为了维护领导人的形象，他们是经常代人受过，代人受辱，代人受骂。这几年，自从甄振怀这样的人当上分管领导后，他们背的黑锅还少吗？不明就里的人，还以为是组织部的问题，了解内情的人，谁还不清楚他们只不过是按照领导的旨意在行事，领导人要他们提拔张三，李四、王五再好也进不了程序。虽然组织部长地位显赫，组织部的干部在外面很风光，提拔的几率也很高，但他们遭到的指责也很多。他们既要为以权谋私的领导人担当，又要维护组工干部的形象，他们干得也很累，也很难啊！

市医院选派的专家，在市委王秘书长的带领下，火速驰往泉滨县医院。

张方平、张立人在等候市委秘书长。两人坐在滕院长的沙发上，不停地瞅手表。

张方平有些不耐烦了，说："立人，咱们走吧。现在咱们是临时值班员，孙晓琪早已谈话了，我的职务免了，你的职务也变了。"见张立人瞪着眼看着他，他发觉自己没有把意思完全表达清楚，又进一步说："咱俩都是要退的人了，这是何苦呢！与其在这里傻守着，还不如回办公室收拾收拾东西，准备回家。再说了，咱在这里，别人以为咱俩还有什么想法呢。"说完，起身就走。

张立人把张方平摁回椅子上，说："俗话说，三十六拜都拜了，不差这一哆嗦了，无论如何咱也要坚持。人家市委秘书长来了，县里连个迎接的人都没有，那可真是失礼了。咱现在不要把自己放在县委领导的位置上，就算是全县人民的两个代表，临时出来做做这些场面的事，也算为泉滨做了一件事情。"

张方平说："你说的没错，可我还是担心辛书记身边的人，别拿咱俩当政治乞丐看待，误以为咱是想讨回那顶乌纱帽呢！"

张方平这话一出口，强烈地刺激了张立人已有些许麻木的神经。他一下子愣在那儿，脸上有些发僵发烫，手无处可放。"是啊，这个问题我确实没有去想。看来，我俩再待在这里便是自找无趣喽？走也罢。"

两人并肩出了院长办公室。没走几步，林一通赶过来了，见了"二张"便汇报上了："刘书记昨天晚上带着一个澳门女人去了湖区。"

张方平有些不耐烦了，说："你胡说些什么呀！旭行同志在省里养病呢。再说，若真的回来，还能不告诉县里吗？还有，甄书记也在这里呀，他又不是不知道。你这个办公室主任，还能不知道吗？"

张立人也说："老林啊！可不能这样对待旭行同志。我们不干了，但他还是书记嘛！"说完，两人一前一后，朝自行车棚走去。

原来，他们俩已经主动放弃了原有的专车待遇，彻底享受本来属于自己的自行车，张方平还自嘲：老子有车，还是自行的。

林一通却紧一步慢一步地跟着他们俩，把没有说完的话争取说完。

"我说二位领导，我说的完全是真话，是湖区乡党委的人亲口告诉我的。"林一通以近乎哀求的口气请他二位留步，听听自己说明事情的来龙去脉。两人只得放慢了脚步。

张方平还是说："这怎么可能呢？难道他不知道甄书记住在泉滨？"

林一通说："正是知道这些，所以他选择住在邻县一个隐秘的地方，趁晚上大家都休息了，才带了那个女人来到这里，安排在晚上围着湖区转了一圈。"

张立人更听不明白了，问道："深更半夜领个女人看湖区干什么？"

"是啊！黑灯瞎火的，能看到什么呀！"张方平插了一句。

林一通说："据湖区乡党委书记老姜说，刘书记带着那个澳门女人找到了他，并在早已完成的规划图上，标明了准备开发房地产的位置。这是千真万确的。"

说到这里，林一通似乎不再想多说什么了，张方平这时却沉不住气了，说："这就说完了？那后来呢？"

张立人也急了："我们刚刚把那一拨的建筑队停下了，怎么刘书记又要干这样的事？真是不可思议。"

"后来，湖区乡党委书记老姜火了，说他宁肯不要这顶乌纱帽，也要按县委要求和群众意愿，保住湖区的自然生态。"林一通接着说道。

"好一个憨憨的老姜啊！话说得倒是不错，可乌纱帽真的丢掉了，还能保什么湖区啊！"张方平感慨万分。

"据说刘书记临走时，对老姜说了这样一句话：好吧，老姜你那小小的纱帽头，还用不了我一个小指头就掀掉了。从今天起，你已经不是这个乡的党委书记了，免职通知等我回到县委就送给你。不过，我说的这个地方，就交给这位澳商小姐了。你不办，有人办，只是不要忘记了自己是谁就好！"

林一通讲到这里又停住了，他觉着自己应该说的也就这么多了。可张方平还是追问个不停，说："你说的前言不搭后语，就这样结束了吗？刘书记到哪里去了？老姜又怎么样了？"

林一通说："这个我真说不清楚，刘书记肯定不在泉滨，据说是到邻县出差，顺便来看看湖区。老姜肯定还在乡里，刚才的电话就是他从乡里打来的。他说本想直接找你们二位谈，又怕影响班子的什么，便给我说了说，请我务必要把这个信息透露给你们二位。老姜是个很负责的人……"

张立人眼角扫了一下林一通，说："谢谢你转告我们俩的这些话，但我要说明的一点是，湖区那位老姜说的话绝对不是真的，因为我太了解这个人了。"

张方平也赞同地点点头。二张对老姜的态度，让林一通浑身觉着不舒服，便说：“反正老姜在电话上就是这么说的，至于相信不相信我就不好说什么了。不过湖区的事到了这一步，你们二位可得管一管了。”

张方平、张立人没有回答什么，两人各自骑上自行车，飞快地离开了医院。

半路上，两人又琢磨：林一通特地向他们说这件事，其用意是什么？明明他知道梅芫和裴尚蕊原来的开发计划，怎么今天又把个刘旭行掺和进来？还有一个什么澳门女人？越想越不明白，两人便先后下了车，推着自行车边走边聊了起来。

说着说着，两人索性都站住了。

“泉滨是个小县，又是个穷县，怪事怎么这么多啊！”张方平昂首浩叹。

张立人说：“庙小妖风大啊！泉滨多好的自然环境，多好的群众，可就是没有干事的环境，折腾来折腾去，没个结束的时候。”

“依我看这次可不是一般的折腾。我们好不容易劝说了梅芫开来的建筑队暂时离开了，又来了个刘书记带来的澳门女人，都是在做湖区的文章，其中必有更深的背景。”张方平十分肯定地说。

三十一

林一通望着张方平、张立人远去的背影，呆呆地站在医院的鱼池边。鱼池里映出他变形的倒影，他瞅了一眼，忽然，一阵风吹来，水面上泛起阵阵涟漪，把他的倒影弄乱了。此刻，他的思绪也随之纷乱了。

没想到费了这么大的心思，结果却被张方平、张立人轻而易举地就识破了。

湖区的党委书记老姜，根本就不会说出“宁肯丢了乌纱帽，也要保住湖区”那样的硬梆话。这个人本来是乡文化站的工作人员，因为会说快板并在全县汇演中得了个奖，从农民身份转成了国家干部，后来又通过种种惯常的手段，巴结上了时任县委书记的田玉跃，才有了今天这顶“乌纱帽”。好多人讲，他这个人的眼睛有“过滤”的奇异功能，比他官大的，他老远就看见了，笑脸相迎。可是，比他官小的，就被他滤掉了，他根本视而不见。他的同事说，也不是他故意看不见，而是真看不见，因为他脑子里，储存的全是比他官大的人，比他官小的根本就不入脑子。

刘旭行在省城治病期间，除了裴尚蕊，他是唯一一个携重礼专程两次去省城探望的乡镇党委书记。这种人恨不得使出浑身解数，攀上高枝，挂上关系网，刘旭行送上门的好事他岂会又岂敢抵制呢！再说，把梅芫请到湖区，就是这个老姜做的马前卒，隔三差五地跑市里，名曰看望田玉跃和梅芫，实则给他们送大礼，套近乎。

让他想不到的是，张立人把县里保护性开发湖区为重点旅游风景区的规划通过媒体公之于众后，群众旋即知道了事情的真相。所以，当甄小怀的十八支建筑队伍夜半时分突袭湖区时，群众用血肉之躯去阻挡推土机，那真是豁上性命在保护湖区的自然生态，保护祖宗留给他们的饭碗。老百姓的空前团结，让他陡然感到了前所未有的紧张和惊慌。

刘旭行来湖区倒是确有其事。本来在省城同那个澳门赵小姐玩得非常开心，两三天倏忽而过，赵小姐提出要到乡下散散心，最好能去趟泉滨的湖区。美人提出如此具体要求，刘旭行只能言听计从。但他在政界毕竟混了这么多年，“政治影响”这是他必须要考虑的，如何能使美人满意，又不失自己这个县委书记的身份？他思虑再三：直接到泉滨？肯定不行，不用说甄振怀在那里，就是不在，自己回去也不方便。公开露面等于自我曝光，秘密潜入又恐失身份。思来想去，此事要做到两全其美，只有住在与泉滨一河之隔的湖东县。

湖东虽然不属于同一个市，但县委书记还是比较熟悉的。“不行啊！”刘旭行自言自语地说。他又否定了这一容易走漏风声的想法。

突然间，他想起一个经常请自己吃喝玩乐的外号叫做“夜光”的朋友。“真是天无绝人之路啊！”欣喜万分的刘旭行，于是打开手机，调出了叶光的号码。

叶光一听是刘旭行，高兴得嘴上抹了蜂蜜：“刘哥，刘哥，有啥事只管吩咐，您能亲自给我来电话，对我这样的小个体户肯定是吉祥之兆。”

刘旭行先是开了个玩笑，说：“这次肯定不会让人家一夜剥光了你的衣服。”

“别逗了刘哥，那都是过去的事了，就赌了那么一次钱，却输了个精光，最后连身上的衣服都输了。只那么一次，就叫他们嚷嚷开了。看我现在，自从跟着甄小怀甄总，尽管我只是湖东分公司的经理，可不是向您刘哥吹，我的钱少说也是这个数。”

说着，便得意地伸出了三个指头。刘旭行问道：“哪个数?”

“哎呀刘哥！我忘了是在电话上说事了，光用手指头比画，您怎么能看见。也就是三四千万吧!”

“那好，那好。靠泉滨近的地方有没有好一点的住处?”刘旭行问道。

“河边附近建了若干处，您如果有时间，可以来住一住，临水而居，满眼湖光山色，空气清新而又湿润，可舒服了。坐在晾台上，就可以甩竿钓鱼。”

刘旭行喜出望外，当即吩咐叶光：“你马上准备好房间，晚上我就住到湖东去。”

刘旭行带着澳门来的赵小姐，住到了叶光安排的别墅里。尽管刘旭行不准他告诉任何人，可在叶光眼里，甄小怀是老大，别人可以不告诉，甄小怀那里必须把这个信息递给他，免得事后甄小怀知道了怪罪。于是，刚把刘旭行安顿下，叶光就拨通了甄小怀的手机。

当甄小怀得知刘旭行去湖东县还带了一个女澳商，凭他的商业嗅觉，马上意识到，那个澳门女人是冲着湖区去的，刘旭行是在帮助情人捞大钱。看来这小子活得有些腻歪了，竟敢在老虎头上拔毛！既然我的建筑队暂时撤离了工地，你刘旭行也休想得手！想到这里，他找来梅芫商量如何应对。

梅芫断言：“刘旭行那个浑小子不会坏了您甄总的大事。上次阻止我们施工的是张方平和张立人，尤其是那个书呆子张立人，这几年是学得又奸又滑了，他竟敢在媒体上公布湖区规划，还要让全县人民尤其是湖区的群众监督，这明明是在煽动群众闹事，明明是与我们飞达公司对着干，包括一路提携他的田玉跃，他也没有放在眼里。而刘旭行跟他们不是一路人。”

梅芫这套牢骚话，甄小怀不知听过多少遍了，自打施工队撤离后，梅芫几乎天天骂个不停。甄小怀说：“梅姐，不要再说这些没用的话了，反正我爸已经把他俩撤了调了，撤了调了就没啥影响力了。眼下的关键是如何对待这个澳商赵小姐。”

梅芫不再说话，仿佛陷入了沉思。

甄小怀有些不耐烦了，冲着沉思中的梅芫嚷开了：“你也不用费心思了，我看就把这个皮球踢给‘二张’。这‘二张’尽管已确定走人了，可还没有走完程序，看这两个家伙如何对待刘旭行，后面的事就好收拾他们了。我揣想，这两个家伙，还没有那个贼胆敢与刘旭行抗衡。”于是，他与梅芫又商量起具体对策。甄小怀说出了自己的主意：“你要林一通编造谎言，抬高湖区乡党委书记老姜，唱他的高调，那‘二张’肯定会相信。那老姜再给我们公司办事，就打着保护生态的旗号，神不知鬼不觉，便把湖区给开发了，只要钱到了我们公司的账上，老姜的使用价值也就到期了，那种低层次的人，用一次就可以，用久了都是麻烦。”

后面的几句话，怎么听都像是从黑道上的人嘴里吐出来的。

梅芫似懂非懂，问：“这与我们公司有什么直接关系？”

“我说梅姐，你怎么就不明白呢？让他们相信老姜，赶走刘旭行，老姜在湖区群众中有了威信，将来为我们公司办事，说起话来就会深得湖区群众的信任。”

“对呀，连县委书记带的澳门女商人，老姜都敢抵制，群众怎么能不服气老姜呢！”梅芫终于恍然大悟，对甄小怀更加钦佩。

甄小怀更来劲儿了：“是有这层意思。另外，还要让刘旭行仇恨张方平、张立人，还可以把这‘二张’的政治野心暴露无遗。你想想梅姐，敢于与县委书记对着干的县长和县委副书记，不是想抢一把手的位置又是什么，他俩是在联手夺刘旭行的权啊！将来即使他们浑身是嘴，也难以说清楚。”

既然两人对如此策划都很满意，便把这个任务交给了早已卖身投靠的林一通，让他以办公室主任的身份，向张方平、张立人谎报信息，让他们两人发挥一下临时主持的作用。他们不是口口声声要坚持共产党人的原则性吗？这次就让他们充分发挥一下！

“这叫废物利用！”甄小怀咬牙嘿嘿狞笑个不停。

梅芫为了显摆一下自己的才华，对甄小怀说：“借刀杀人这步棋，您安排得如此周密，不露一点痕迹，我们公司肯定是稳操胜券，剩下的事情完全由我来负责安排。”

甄小怀高兴地说：“那你就同派到泉滨的那位张总一起运筹吧，我还要到外地去，恐怕需要个把月时间。希望我回来的时候，咱们的湖区开发能全面启动起来。”

梅芫自信满满：“放心吧甄总！不用等您回来，我会把这里的好消息电话告诉您的。”

甄小怀像刚打了一场胜仗那样亢奋，以水代酒敬起梅芫：“咱们需要的就是这种精诚的团结与合作！”

梅芫把甄小怀的计划告诉了湖区乡党委书记老姜。几乎是同时，刘旭行把开发方案也告知了老姜，县里对湖区的规划老姜自始至终都参加了，更是了如指掌。

老姜如今既要听梅芫和甄小怀的，因为这可不是一般的关系，巴结上他们，等于将自己送上了升迁之路。同时还要听刘旭行的，他是当今的县委书记，结交上这位县里的一把手，等于进了官场的保险柜，谁也奈何不了自己，说不定还会在他手下混个副县级干干。至于县里确定的那个规划方案，尽管张立人通过媒体公布出去了，我老姜完全可以置之不理，因为张方平、张立人都免职了，一茬领导一个干法，过去农村不就出现过张书记来了挖东西沟，李书记来了又改挖南北沟的咄咄怪事？反正老百姓没有参与决策的份儿，跟着干就是了。对于这一点，在乡镇混了许多年的老姜可以不屑一顾，唯一使他为难的是：梅芫和甄小怀在图上画出的地块与刘旭行在图上标明的位置，大差不差，基本一致，湖区就这么个范围，不能再辟出第二个湖区来，他实在是难以做到让双方都满意。

老姜满脸愁容地坐在乡驻地的鑫鑫饭店里，这是他一个人经常光顾的地方。当服务员端上酒菜时，他却没了往日那种见酒眼开的兴致，一动不动地呆坐在那里，酒洒了他竟浑然不知。服务员过来喊：“姜书记，姜书记……”他这才仿佛从梦中醒来，尴尬地说：“哦，哦……”这一顿酒他既不是借酒浇愁，也不是借酒壮胆，而是要想一个讨好双方的办法。

想着想着，老姜暗自笑了。只见他脖子一仰，满满的一大杯白酒倒进肚里，竟然哼起了小曲，甚至有了打快板的欲望。

老姜的第一个电话打给了梅芫。老姜说：“梅局长，为了保证湖区开发的质量，我想咱们来个合作开发：我乡里这一方，就算在您的名下，您原来的那一方，还归您持有，其他方面的人，就算作另一方，这样，这里的事完全由我替您办了，您派来的那位张经理，只负责施工队伍就行了，免得您还操那么多心。”

梅芫不太相信自己的耳朵：“合作开发，风险共担，这很好，可是，乡里的一方我拿不合适吧？”

老姜说："什么你的我的，都一样嘛……"

梅芫心里高兴极了，地盘不比原来的小，又不用自己出头露面，这真是天大的好事，便一口应允："那好，谢谢你费心。"

放下电话，老姜站起来围着酒桌转了一圈，又把桌上的酒干了一杯，然后坐下来，高兴地给刘旭行拨电话。刘旭行一听就明白，便对赵小姐说："你要的湖区那块地皮，我已经安排那里的乡党委书记给你施工，你什么也不用管，回澳门以后，抓紧推销楼花，再把你的公司账号尽早告诉我。"赵小姐一听那个激动啊，不费吹灰之力，就把巨额钞票挣到了手，这可不是一般人能够做到的。

刘旭行在电话里，重重地表扬了老姜一番，还特别泄露给老姜一个秘密："县里的班子马上就要进行大调整，需要充实的常委第一人选就是你老姜，但千万不要走漏风声。"

老姜像喝了一罐子蜂蜜，从嘴巴甜到了脚心。一个劲地说："真的吗？真的吗？谢谢刘书记！"

如此棘手的难题，被老姜两个电话便轻松搞定，不能不说老姜确实有他自己的聪明之处，要不，怎么能由一个乡文化站的工作人员，一路飙升到乡党委书记这个位置上呢。而此刻，县委常委的要职又虚位以待。因此，在老姜看来，这如意算盘完全靠自己来拨弄，俗话说：没有那个弯弯胃，休想吞那个镰刀头。我老姜别说是弯的、直的、带棱的，只要自己想吞，没有吞不下去的。只要我吞下去，我就占主动喽。老姜越琢磨，越觉着自己能量非凡，智慧超群，干个县委常委绰绰有余。

"他妈的，有人背后说我嗜酒如命，老子不喝酒，哪来的这么多智慧。"老姜对着酒杯自言自语。关于他醉酒的笑话，同事之间流传甚多。有一次他喝高了，误闯女厕，进去后，一女人正在如厕，一见他闯进来，吓得"腾"地站起来，老姜一下子也吓醒了酒。但是，老姜过人的应变能力让他干脆就一直装了下去，指着女的喊："坐下！坐下！站着喝了不算！"说完，赶紧跑了出来。还有一次，县里开乡镇及县直部门主要负责人会，他听着听着睡着了，呼噜声震耳欲聋，主席台上的领导睥睨着他，示意其身边的人叫醒他。被摇醒后，他睡眼惺忪地说："这么早就上饭了啊！"引得全场哄堂大笑。

老姜在小饭店坐了两个多时辰，酒也喝得差不多了，一瓶白酒进去，外加两瓶啤酒。他干洗了一把脸，伸了个懒腰，正准备起身时，服务员过来说："姜书记，请在这签个字吧！"

老姜看了看，没好气地说："签什么字？我在这里吃喝也不是一年两年了，哪儿来了这么个破规矩！改天，我让办公室主任来补签吧，先记到账上。"说完，拔腿欲走。

服务员才来了两三天，她只知道逃一单自己要补一单，于是就很认真，非让他签不可。老姜有点火了，一掌把服务员推出半米远："把你老板叫过来……"

酒店老板从灶台过来，点头哈腰，站在一边看着老姜扬长而去后，回头骂了一句服务员："以后长点眼色，这是姜书记。"女服务员感到委屈，悄悄流了泪。

老姜走在秋风渐起的大街上，被风一吹，酒已醒了大半，这才又想起了施工的事。于是赶快给张经理打电话，要他把停放在外地的施工机械尽快开进工地，今天晚上连夜开工。

张经理因为有了上次的教训，便提醒老姜："姜书记，这次千万要把群众工作做好啊。"

老姜笑道："放心吧，这次是我指挥你们干，上次是你们自己干，完全不同。凭我本人在乡里的威信，半点问题也没有，你就放心大胆地尽快把人马开过来就是了。"

三十二

裴尚蕊进了医院，甄振怀精神上受到了极大刺激。"完全出乎意料，弄不好，八仙会上的安排恐怕也要落空了，完全没有想到啊！"甄振怀仰卧在沙发上，摇着脑袋自言自语，稀疏的毫发也在微微颤动。

但甄振怀没有放弃。他自从担任领导职务以来，遇到的坎儿多着呢，这点小事算什么？想想那被逮进监狱的人，自己都敢指使人暗中放走。省里、市县区里挖出的几大巨贪，哪个没给自己送过巨额钞票，自己不是照样能够安然脱身？何况裴尚蕊由一个常委提为县长？重视女干部、着力培养女干部，这是上面公开的提法。提重视，就是有人不重视。不重视，就是忽视，就是轻视。提培养，就是还有需要提高的方面，人才都有个成长期嘛！此事不论走到哪里，都能对照政策规定讲得通。

想到这里，甄振怀如同打了一针强心剂，飕飗一下从沙发上站起来，挺直了腰板，干咳了一声，信步来到秘书小王的屋里。

小王正对着窗户接电话，他便一屁股坐在沙发上。只听王秘书说："今天……今天回去恐怕时间来不及了。"不一会儿，又听小王说："好的，好的，我马上向甄书记汇报。"

小王挂了电话，回头一看甄书记就在自己的房间，于是半坐在沙发上汇报说："甄书记，刚才省委办公厅通知，说是省委顾书记请您马上回省委，有重要事情商量，要求在今天赶回去。"

甄振怀看了看表，显出颇不耐烦的神态："快到吃午饭的时间了，要走只能是下午或晚上，不知那个点还有没有开往省城的火车？"

小王站起来请示，说："如果您同意今天走，我立即通知火车站。"

甄振怀揣测说："顾书记要我回去，肯定是要事，不能不走啊！"小王正准备联系火车票，忽听甄振怀说道："最好去趟医院，看看住院的他们。"

"时间肯定来得及，我代表您去趟医院，看看裴尚蕊同志，她太值得同情了。"聪明的王秘书，说话总能对领导人的心思。

没想到这句话再一次深深刺痛了甄振怀，他像是对自己，又像是对裴尚蕊说："是我把她害苦了，悔不当初啊，要是把她安排到别的县，或者调到省直机关，哪里有这么多的破事！没想到这个穷县反骨这么大，竟敢越级进京告状。唉！一着不慎，输了全局啊！"自责着，又斥责着，甄振怀似已感到了江河东去的无奈，"好吧，你就替我去一趟吧。这样心里会好受点儿。"

王秘书安慰道："这也不是什么输不输的，只能算是个工作过程中的小插曲而已，您不必往心里去。"甄振怀两眼无神，低声吩咐："你抓紧通知火车站。到了医院如果有时间，也去看看辛豪。"

王秘书完全明白了甄书记的意思：如果有火车，就立即回省城，去医院就是看看裴尚蕊，看辛豪只是作幌子。于是，他安排了买车票的人，又让宾馆准备了鲜花和礼品，立即驱车去了医院。

裴尚蕊仍在昏迷中。自从裴尚蕊住院以来，王秘书是唯一一位允许进危重病房的人。官多大，奴多大，王府的丫鬟，还是七品官呢。更何况王秘书是代表甄振怀来的，医院更不敢有丝毫怠慢，不论提什么要求，都会得到满足。

王秘书探视之后，对医护人员说："我是代表省委甄书记来的，甄书记一再嘱咐我，转达他的指示，你们一定要千方百计、不惜代价让裴尚蕊同志恢复健康，她是一位很优秀的女干部。"为了加重语气，他又说，"一位很有培养前途的女领导干部！"

甄振怀乘坐火车回省城，县委办公室事先通知了张方平、张立人，他俩的共同意见是，让县里其他负责同志代劳吧，如今已没有了公开身份，没有必要再去履行那所谓的公职了。

正吃着午饭，张方平接到林一通的电话，说是湖区乡上千名群众，把工地上的推土机掀了砸了，浩浩荡荡地向县城方向走来。

听到这里，张方平没好气地说："既然这样，你作为办公室主任，又负责信访工作，赶快到第一线去说服劝阻呀！你告诉我又有何用呢！"话一出口，张方平知道自己说漏了嘴，在这个势力小人面前，不该说这样赌气的话，于是又改口说："你抓紧去做工作，我和其他同志商量商量再说。"

其他同志还有谁？在职的自己不便去说，能说的只有张立人，两个人都是被市委通知免去现职的人。

他思忖着放下了碗筷，找来张立人商量。两人都认为，尽管已被市里免去了副书记、常委、委员，但县长、副县长的免职程序还没走完。眼前的事是十万火急，群众利益无小事，更何况又发生如此大规模的聚众上访事件。不管以什么名义，也顾不上什么身份，尽快把问题解决了，这是最最关键的。

"怎么办？"张方平问张立人。

"这件事真闹起来，问题就大了，咱俩还是应当管一管，不然，咱对不起组织，也对不起湖区百姓。"张立人毫不含糊。

"唉，不管怎么说，咱们还是党员吧，关键时刻应该站出来。"张方平赞同地点了点头。

两人决定，张立人直接去湖区，尽量将上访群众堵回乡里，不要到县里上访。张方平回县委大院，准备组织好接待那些劝阻不住坚持上访的人员，预先做好劝解、疏导、安抚的准备工作。

张立人飞车往湖区乡赶去。汽车快到湖区乡的地界时，远远望见由男男女女组成的上访队伍，渐渐地顺着公路压了过来。张立人看着这黑压压的人群，心头一阵紧缩，这就是咱们的老百姓啊，不到万不得已，他们不会这么不顾一切呀！他看到人群中蕴藏着的一种能量，这种能量已经蓄积了很久，如不马上疏导，或许就会像火山一样爆发，像洪水一样汹涌……

车在距离上访队伍前面十几米远的地方急刹而停，张立人徒步迎了上去。走在队伍前面的是湖区几个村的支部书记、村委会主任，他们一见张立人迎头过来，便不由自主地停住了脚步。

张立人问站在最前面的矫姓支书："老矫啊！你们组织这么多人干什么去呀?"

"张书记，这次我们要做点对不起组织的事了!"老矫眼中好像喷着火。

张立人惊诧地看着他："这是干什么？不论遇到什么事，咱们也不能对不起组织。"

没等老矫回答，其中的一位瘦高个儿跨前一步抢着说："是他们做出对不起群众的事，我们是被逼无奈呀!"

张立人高声说："我和张方平都不知道你们这里究竟发生了什么事。如果大家还相信我们，就请你们带我一起，到你们有意见的地方，去看看究竟是个什么性质的问题。如果大家今天非要去县委，那我也不阻拦，可我还是要到湖区去，因为我不了解情况。不了解情况，对于你们的话我就无法表态，更不会用几句好听的话糊弄你们。"

一张张朴实而生动的面孔，一个个愤怒而无奈的表情，让张立人心如刀绞。

张立人说完，只见几个为首的村干部相互咬了咬耳朵，然后由站在最前头的老矫表态说："我们相信县委，相信张书记。"

说着，胳膊向后扬了扬，扭回头大喊了一声："咱们回湖区，让张书记现场亲眼看看!"其他的村干部也不停地向队伍打着后退的手势。

关键时刻，群众还是相信他们的村干部的。队伍一起来了个向后转，脚步声杂乱地敲打着路面，也敲打着张立人那颗沸腾的心。多好的老少爷们啊！我们当公仆的应该摸摸自己的良心，我们和老百姓本来是应该朝着一个方向走的呀！

张立人同村干部走在后面，边走边谈。从村干部的谈话中，他了解了这里发生的一切。他气愤，他悲哀："这简直是无法无天哪！泉滨县还有组织，还有政府，怎么这个老姜能如此目空一切，为所欲为呢!"

来到了所谓的工地，张立人不看则已，一看大吃一惊，火气瞬间涌上了脑门，疾言厉色道：“这简直是目无法纪！光天化日，岂能容忍如此胡来！”他当着群众的面说：“这件事你们的坚持是完全正确的，与县委、县政府过去研究确定的意见完全一致。这块地方是咱们泉滨的脸面，是泉滨不可再生的资源，是咱们的后发经济优势。正因为有了这独特的自然风光，我们才有资本出去招商引资。这里绝对不允许建什么住宅区，谁也没有权力那样做！”群众自发地给他鼓起了掌，掌声在山谷中回荡，在湖面上荡漾。

张立人告诉大家：“你们都去干各自的事情吧，相信我们会把这件事情处置好的。”

“相信！”群众中又爆发出热烈的掌声。很快，群众在各村干部的带领下，陆续离开了现场。

举目四顾，乱糟糟的工地上，形态各异的树木横七竖八地倒在那里，挂满硕果的枝枝杈杈，东倒西歪地躺在那里。粗壮的枝杈下，一只肥硕的野兔被砸死在下面，野兔的耳朵被血染红了，似在无声地倾诉和抗议。一堆堆被翻开的泥土，一丛丛被连根拔起的奇花异卉，一片片裸露着植物根茎的山坡地，把个美景如画堪比桃花源的天然湖区，糟蹋得不堪入目。往日的宁静被彻底打破了，揉碎了。

张立人拿出手机，拨通了张方平的电话，把湖区乡发生的事告诉了他。

张方平也禁不住拍案而起：“欺人太甚！我们俩就是明天被彻底赶下台了，今天也要把这件事处理了！”

张立人决定留在湖区乡，与乡里的干部一起商量恢复被损毁的湖区环境。

张方平也组织县里有关执法部门的负责人和工作人员，奔赴湖区乡。

工地的机械又动起来了。那位张经理毫无惧色地对建筑队伍讲：“统统干活去！这里的天下是我们的，谁也不敢阻止我们。放心地干吧，阻止我们的人早已下台了，咱们这是省市领导人牵头的重点项目，咱们靠的是甄总的名气和实力。弟兄们，大胆地干吧！”

话音刚落，张方平带来的人马，在警车的呼啸声中，扑向了工地。眼前的一切，也让张方平惊呆了，湖区已变得满目疮痍。他自言自语：“这里还是共产党的地盘吗？简直无法无天了！”

县公安局长一声令下，几十名公安干警手持警棍，一字摆开，喧闹嘈杂的建筑工地，一时变得剑拔弩张。刚才还一副满不在乎模样的张经理，哪见过此等阵势，两腿已不由自主地打起了哆嗦。

公安局的李局长朝着西装革履的张经理说："看你这身穿戴，就知道你是这里的头头。你们私自铲毁了湖区的林木，破坏了自然生态，损害了当地群众的切身利益，已经涉嫌犯罪。现在，我通知你，立即将机械、人员弄走，包赔全部损失。你作为负责人需要随我们到局里去交代问题。"

张经理刚才的威风早没了，只听他结结巴巴地辩解道："这……这件事，你们去问问这里的乡党委书记老姜吧。"

李局长厉声地打断了他的话："不要啰嗦了，立即无条件地将人员、机械撤离工地。至于前因后果，到局里你再老老实实交代!"

这个张经理，毕竟只是甄小怀的一个小喽啰，从来不吃眼前亏，立马服从："这就去，这就去。"

张方平、张立人一起听取了李局长关于对乡党委书记老姜的初步调查情况的汇报。张立人说："怪不得不见他的影了。难道他吃了豹子胆，竟敢目无组织、目无法纪，公然对抗县委、县政府的决定？如此胡作非为，损害老百姓的切身利益，已丧失了一个党员的起码要求。"

"必须想法找到他。"张方平叮嘱公安局的李局长，又嘱咐保护好现场，做好调查取证工作。

张方平和张立人正与县、乡来的有关同志一起核查初步经济损失时，没想到乡党委书记老姜从一辆急驶而来的大卡车的驾驶室里跳了出来。他跑到"二张"面前，手指着他们嚷开了："你们算哪个山上的猴，敢到我湖区来咋咋呼呼？你俩就现在这身份，有什么权力，敢把我这个堂堂的乡党委书记决定的事，半路上给砸巴了？"

气焰如此嚣张，是张方平和张立人完全没有料到的。本来是想找都不知到哪里去找的人，竟然自动送上门来。张方平向张立人使了个眼色，意思是把这个老姜领到离工地远一点的地方，暂时不要让其他人员知道还不应知道的事情。张立人走上前去，义正词严地对老姜说："如果你刚才不是说的醉话，那我也正告你，这是党和政府要我们这样做的，是这里的群众要我们这样做的!"

老姜冷笑一声："党叫你做？党是什么？党是刘旭行书记！党是甄振怀书记！我的决定是刘旭行书记要我作出的，是甄振怀书记的儿子和田玉跃书记的夫人让我这样做的!”

张方平厉声喝道:“你少给我来这一套!关键时刻诬陷领导,传播小道消息,这是你的一贯作为,今天在我们面前,不管用了!对你唯一的要求,就是尽快把后事处理好,把破坏的植被尤其是树木,重新恢复起来,否则,你吃不了兜着走!”

老姜还准备发作,此时手机响起,一看来电显示的是梅芫的号码,老姜似乎又抓到了救命稻草,对着手机一个劲儿地喊:“梅局长,梅局长。”没等他说什么,梅芫即告诉他,“上面出事了”,随即关闭手机,任凭老姜怎样拨打呼叫,再无回音。

老姜的脸早已变成了土色。“上面出事了”,到底是哪个上面?又是谁出了事?他一概不知。

眼前站着这“二张”,好像横亘在他面前的两座大山,成了越不过去的障碍。

张方平见老姜已是泄了气的皮球,知道是他的主子又给他下了什么指令,使他六神无主,便说:“我们讲的话,你听清楚了吗?赶快去收拾残局,否则组织能饶了你吗?这里的百姓能饶了你吗?”

老姜一改开始那种凶神恶煞的架势,朝着工地的方向跑去。

令老姜大惑不解的是,刚才在卡车里,他已偷偷地给刘旭行打了电话,把这里发生的一切告诉了刘旭行,是刘旭行让他坚持,让他勇敢地面对一切,尤其是不要怕已经被免职的张方平、张立人,怎么梅局长又说“上面出事了”?他越想越觉得不对劲儿,便背转身子,四下看了看有没有人盯着他,又给刘旭行打去电话,可一连打了几次,都是关机状态。

老姜开始有点后怕了。假若上面真出事了,别说那个诱人的县委常委弄不上去,就是现在这个乡党委书记的乌纱帽恐怕也难保了。想到这些,他的双腿像灌了铅,一步也挪不动了。

三十三

此时的田玉跃,正坐在办公室里,急得如同热锅上的蚂蚁。秘书进来汇报事情,他没好气地说:“出去!”手里拿着电话机,一会儿拨张方平,一会儿拨张立人，却没有一个能拨通的，没办法只好拨打县委办公室的电话。办公室的同志告诉他，张方平从市里谈完话回来，就没大进过县委大院。又要通了县政府办公室，办公室的同志告诉他，张立人从市里谈完话回来，基本没见到他来上过班。想找林一通，同样找不到。他哪里知道，市纪委已把他带走几天了。一个人也找不到，田玉跃心头袭来一股莫名的恐惧。

田玉跃把自己的人在脑子里过了个遍，想来想去，在泉滨这么多干部中，县政府钱、牛两个副县长，个个都是窝囊废，组织部长又是个典型的势利小人，在关键时刻能帮他办点事的，只剩下林一通和裴尚蕊了。林一通下落不明，裴尚蕊重病在身。他急得抓耳挠腮，也没有抓挠出个办法来。实在想不出高招了，便壮着胆子驱车赶到甄小怀的写字楼。

刚走近甄小怀的办公室，两个彪形大汉突然现身，其中一个长着一脸横肉，伸手就把田玉跃给挡了回来，骂了一声："你他妈的想干什么……"另一个认出了田玉跃，转身打了那个一脸横肉的人一记耳光，训斥道："你这小子第一天来上班就惹祸，睁大你的狗眼看看，站在你面前的是谁?"那个家伙捂着脸，颤声说："我……我不知道……"

"告诉你吧，这是咱们市的田市长，市政府的大权都在他手里攥着，你想死早告诉我!"那保镖指着另一个的鼻子斥责道。

这一下，可把那满脸横肉的家伙吓昏了头，"扑通"一声跪在地上，一边磕头，一边求饶："请市长开恩，请市长开恩！您大人不见小人怪……"

田玉跃连看也没看一眼，便推开了甄小怀的门。

甄小怀坐在办公桌靠窗的角落里，不知跟谁在电话里发火："你他妈的纯粹混蛋一个，这么点小事都办不成，还来向我求办法？我管多少事，哪有闲心去管你的破事。你那是自找的!"说完，"砰"的一声把话机扣上了，一脸愤怒地抬头看着走进来的田玉跃。

"甄总。"田玉跃低声打着招呼。

甄小怀阴沉着脸说："我说田市长，泉滨的事处理得怎么样了?"

田玉跃战战兢兢地说："直到现在，我还没有找到那边的人，真是把我急死了。"

甄小怀的脸色变得铁青，用手指敲打着桌子说："这么说，你也是向我要办法来的?"

“不，不，我是来向您汇报一下情况。”田玉跃慌忙答道。

“情况在哪里？在哪里？人都死光了吗？”甄小怀咆哮起来。

田玉跃脸色通红，心怦怦直跳，低头站在那里。甄小怀像驯狗一样，左一个“笨蛋”，右一个“傻帽”地骂个不停。这阵势，好像甄小怀是市长，而田玉跃倒像个办事不靠谱的小秘书似的。

一段悠扬的乐曲声从田玉跃的口袋里拱出来，尽管与当时的气氛相悖，但对田玉跃来说，无疑是一根救命稻草，他没等甄小怀同意，一边“喂喂”地接着手机，一面快步向门外走去。

电话是从澳门打来的，当对方确信是田玉跃时，马上又换成另一个人的声音。田玉跃一听是刘旭行，竟骤然激动起来，因为他不仅是甄振怀的得意秘书，现在还是泉滨县的县委书记。只要有他在，问题就好解决了。总算找到管事的了。

刚刚还是一脸沮丧的田玉跃一下子变得喜形于色。他们相互寒暄了几句后，田玉跃就向刘旭行诉起苦来，说：“这段时间您到外地查体，可把我们害苦了，原来咱们都商量好的湖区房地产开发的事，刚开工，就……”

刘旭行没让田玉跃把话说完，就说：“现在确实没有时间听这些了，等住几天我回去再说。现在最急迫的是你赶快想法给我汇一百五十万元过来。今天务必把款划出来。汇到珠海，今天！”

刘旭行把话筒交给身边的人，示意由他来说清楚珠海的详细地址和账号。那个人对着话筒念，念完，刘旭行即刻关掉手机。任凭田玉跃怎样拨打，只有一句话：“您拨打的电话已关机”，“对方已不在服务区”。

终日威风八面的田玉跃，今天却在甄小怀、刘旭行这两个比他年龄小得多、职务低得多的人面前，变得像个窝囊废，变得像块谁都能踩踏的垫脚石。只见他疲惫地微闭双眼，斜倚在门外墙壁上，活似一个等待路人施舍的乞丐。

甄小怀早在门缝里看到了刚才的一切，也基本听清了刘旭行电话的内容。于是，他插上门闩，迅速打开保险柜，取出一摞摞人民币和美元，装进了行李箱。又翻箱倒柜，查找一些属于他们这个团伙圈内的材料，随手放进了碎纸机。一切安排停当后，按响隐蔽的门铃，让一个贴身保镖从另一个侧门悄悄进来。

保镖瞅见行李箱，问：“老板，要出发吗？”

甄小怀没有回答，只叫他把碎纸机的垃圾倒掉，再让外面的保镖把门外的田玉跃打发走。田玉跃推了推甄小怀的门，没有推开，又敲了敲门，没人回应，他心里明白：这是甄小怀下的逐客令。只得悻悻离开。

田玉跃自己开着车，竟不知道此时该往哪个方向走。他的脑子已经乱成了一团麻。

去办公室吧？不行。很多工作在等待着他，汇报工作的人多得打发不完。这个时候，哪里还有心思管什么工作。

回家吧？也不行。老婆梅芫，已经跟我吵吵了半天，又哭又闹的，如果嚷嚷出去，这些年的心血不是白费了吗？

找个朋友想想办法？更不行。自从当了县长以后，早已不理人家，所以过去的朋友别说登门，见面连个招呼也不打，形同陌路。现在的所谓朋友无非是些相互利用的关系，你利用权力给我办事，我利用权力给你回报，维系交往的都是那个肉眼看不见的权力在中间起作用。权力就是块磁石，权力越大，磁场越强。

与甄小怀过去那可是铁关系，看看今天对我那个样子，真叫人心寒啊！还有那个刘旭行，离开的时候说是去广东找名医看病，已经带走二十多万的现金，怎么又要一百五十万呢？看病还用花这么多钱？可听电话里的声音又不像是有病，他葫芦里到底装的什么药啊！田玉跃越想越觉得自己像是刚刚经历了一场噩梦，越想越觉得当初不该有那么多超出正常的欲望。

可转而又想，不怕，他们不都是甄书记的人吗？说不定这对我正是个考验呢！甄小怀为什么朝我发火，甚至骂我？过去都喊我田哥的啊！要解决湖区乡的问题，他一个电话不就完事了？在这个省，甄书记的公子什么事还办不成，何必支使我呢？对，就是在考验我。再说那刘旭行，早不打电话，晚不打电话，单等我挨了甄小怀的训以后才打电话，这肯定是他俩在演双簧，一个骂着要马上解决房地产公司的土地问题，一个催着要立即划去一百五十万元现金。你看看，他们多么会联袂演出啊，差点儿没让我看出来。

利令智昏的田玉跃庆幸自己没有顶撞甄小怀，也没有拒绝刘旭行。想到这里，田玉跃的精神一下子又抖擞起来，他用手拍了一下脑门，自语道："要不是这脑瓜儿反应快，说不定又错过了让甄书记赏识的大好机会。"想想自己的年龄也不算小了，仕途上再不抓紧，就来不及了。

田玉跃自以为，这一宝又被自己押准了，中头彩得大奖是绝对不会有问题的。

他哪里知道，就在此时此刻，甄小怀已同保镖一起坐车离去，刘旭行正被赵小姐纠缠着呢。赵小姐开口必须先给一百五十万，否则，就要同刘旭行断绝往来并告发他。原来，湖东县那个曾经给他们提供别墅住的叶光，早把湖区发生的事当着赵小姐的面告诉了刘旭行。刘旭行也早料到可能不会太顺利，但出现这样的双方胶着状态是他没有想到的。而那赵小姐更是昼夜沉浸在发财美梦之中，听到这个消息，如同万箭钻心。她板起粉面，要刘旭行先给一百五十万，其他的以后再说。她心里盘算着，没有个五六百万，你刘旭行休想脱身，你的把柄在我手里攥着呢。田玉跃打着如意算盘的时候，刘旭行正在好言相劝赵小姐。

田玉跃车头一转回到了办公室，立即电话通知财政局宋局长，尽快按他提供的地址和账号划款。宋局长说："田市长，这么大的数额，必须经市长办公会研究，你我都没有这个权力。"

田玉跃急得眉毛着火，说："老宋啊，你不能想法变通一下吗？对方急着用钱。"

宋局长刨根问底："是哪位领导？"

田玉跃说："你最好不要打听这些事，目前对这个人还要保密。"

宋局长不听则已，一听反而笑了，说："现在不管干什么，花钱都要花到明处，即便是特事特办，也不需要保密呀！"

田玉跃更急了，放下市长架子说："宋局长，我的老大哥，你就帮我这个忙吧，这个人我确实现在不能告诉你。"

宋局长也不客气地顶了回去："田市长，别看党龄我比你长、年龄我比你大，但在领导与被领导的关系上，我是特别注意的，向来对你都是尊重的。财政局长，实际是市委、市政府让我来为咱全市管好钱、用好钱，说白了，不就是个算账先生管钱汉吗？但作为你个人的忙，财政局是有劲也用不上啊！我个人一个月就那些工资，离一百五十万差得太大，所以，不论从……"

"这是组织需要！请你立即办理，马上汇出！"田玉跃见老宋讲开了大道理，烦了，咆哮起来。

但老宋不为所动，哪怕田玉跃动了粗口。

田玉跃实在没辙了，一摆手，说："好吧，宋局长，不用再说了，其实你说得已经不少了。至于怎么办，我再想想办法。今天的事算我没说。”

田玉跃心有不甘地扣了电话，宋局长也心情沉重地握着电话愣了老半天。

“钱啊钱！”田玉跃像疯了一样，一个人在办公室不停地喊着。墙上的电子表，还像平时一样无声地跑着，可在田玉跃眼里，似乎今天它也在与自己过不去，眼看着一个下午就要过去了，气得他顺手抓起桌上的一盒曲别针，狠命地向电子表砸去。曲别针刷拉一下散了一地。他摇摇头，弯下腰，一枚一枚地捡着。

电子表面无表情地不受干扰地一秒一分不间断地跑着。田玉跃气得双手直拍桌子。无奈中，他又看了看自己手腕上那只雷达表，时间竟同墙上的电子表分秒不差。“我这是当的什么常务副市长呢！”自己竟然开始埋怨起自己来，撕扯着领带，把西装重重地摔在沙发上。

“今天如果不把钱送到，这一关我就是没有经受住考验。”他在告诫自己，也在给自己壮胆。

他抹了抹血红的眼角，又掏出纸巾，擦了擦汗珠儿，从三楼的办公室“腾腾”地跑下去，打开车门，迅速把汽车发动起来，踏上油门，朝着自己宿舍的方向疾驶而去。

当他快速打开自家的屋门，方知梅芫不在家。他掀开了被褥，找那藏在床下的钱箱。这一看不要紧，惊得他差点瘫倒，钱箱不知何时已不翼而飞。他的脸上顿时汗如雨下，身上的衣衫也湿透了。难道有窃贼？难道……

“放哪去了？放哪去了？”他边自己嘀咕边满屋寻找。枕头边上的一张纸条，让他明白了一切：玉跃，就在你离开家上班时，有人把我接走了。还是人家说得对，这里不是人待的地方。箱子和里面的东西，我已带走。相信咱们还有见面的机会。落款是并排的两个字：“呆呆”。

田玉跃第一次见梅芫这种落款，不知是让自己继续这样呆呆地混下去，还是说我们两个人如今走到这般地步都是呆子。他并不知道两个“呆”字放在一起，是“梅”字的另一种写法。

他来不及多想，便用梅芫的生日编号打开了保险柜，幸好梅芫可能因为走得过于仓促，只拿走了美元，几张存折还静静地躺在那里。田玉跃一把抓了出来，全部放在外衣的口袋里。可又一想，带这么多存折万一有个闪失怎么办？于是找出一张一百五十万的，其他的又放回了保险柜。

刚准备出门，墙上的穿衣镜差点吓掉了他的魂，明明是自己的身影，他还以为是溜进屋里的一个落水人。定睛一看，竟是自己，满眼血丝，满脸汗水，衬衣已粘在身上。他脱了衬衣，扔在沙发上，又从衣橱里找出一件干净的换上，便风风火火跑下楼，准备到银行去办理汇款。

车子快到银行门前时，他却把车停下了，不停地用手指拍打着脑门，懊悔着：差一点来了个一着不慎满盘皆输啊！多亏我还没乱了方寸。作为一个市的头面人物之一，整天在电视上晃来晃去，都成了明星，市民百姓大都认识，自己又分管金融工作，银行系统认识他的人就更多了。一个常务副市长，个人一次汇出那么多钱，存折上又是儿子的名字，那不就等于自我曝光吗！不行，先回办公室再说。

刚一上楼，秘书小袁就冲上来说："哎呀田市长，周市长从泉滨回来，让秘书打了几次电话，要找你到他办公室去一趟，说是有重要的事情商量。还说辛书记心脏病比较重，可能需要到京城做搭桥手术。"

田玉跃装模作样地说："家里有点事，儿子从国外刚回来，我去机场接了接他。"

"小雨回来啦?"

"回来了。"田玉跃心不在焉地回答。可话一出口，又觉得不妥当，但谎话说出口了，就得顺着往下编。于是又谎称："小雨是有意在咱机场转机，让我去看看他，快一年没见孩子了，可怜天下父母心啊！紧接着又随导师飞走了。不过，他让我尽快弄点钱汇到珠海，可能那边兑换美元容易。人家那里比咱这里开放多了。多年来，我们家特别是梅芫的爸妈，帮助我们存了点钱，为着供孩子上学用。这样吧，我到周市长那里去，你帮我把钱汇出去，反正银行的人都认识你。"

小袁打开存折一看，整整一百五十万！便问："都汇去?"

"是。"田玉跃不露声色。

小袁拿着存折就要往外走，田玉跃把他喊住，说："把存折放口袋里，那又不是宣传品，知道的人越少越好。"

小袁顺从地把存折放进了口袋，推门欲走，田玉跃又用喊声把他拽了回来："假如银行给你出什么难题，你就直接找他们的负责人。无论如何在银行晚上关门前把钱汇出去，千万千万！"自己担心的事和需要嘱咐的话，该想的都想到了，该说的也说到了。

田玉跃拍了拍脑袋，说："感谢上帝给了我这颗聪明脑袋，要不，一切都完了！”

聪明反被聪明误。就在田玉跃为这笔钱奔忙的时候，泉滨县公安局李局长正在向市公安局汇报湖区一案的进展情况。市局的负责同志感到事关重大，且又牵扯到省市领导，必须立即向省公安厅汇报。因为留在泉滨交代问题的飞达公司职员张经理，县局准备依法将其拘留，市局又不好轻易点头。

田玉跃从周市长办公室出来，精神显得好多了，脸上重新开始放光。原来是周市长接到省委组织部的电话，让他在这段时间里主持一下市委工作，政府的工作由田玉跃全盘负责。两人约好晚上一起去泉滨，送辛豪到北京的大医院。打前站的同志已经启程赴京，并联系好了医院和专家。

田玉跃坐在老板椅上，看了看表，又抓起电话，拨通了小袁的手机。小袁告诉他，确实像他预料的那样，银行值班人员要求他必须出示田小雨的有关证件，否则，拒绝汇款，没办法，正在与银行的负责人交涉呢。机灵的小袁，没等田玉跃同意，随手将手机交给了营业所的刘主任，说：“田市长亲自同你讲。”

刘主任惶恐地对着手机说：“田市长，都是我的工作没有做好。您请放心，没有问题。”

田玉跃打着官腔说：“好好干，以后有什么事可以直接找袁秘书，找我也行，我就喜欢同你这样爽快的同志交朋友。”

刘主任从来没有同这么大的官儿通过电话，满脸兴奋地把手机还给了袁秘书。小袁正准备收起手机，听到还有讲话声，便问：“田市长，您还有什么指示？”只听小袁一个劲地“嗯，嗯，知道了。”

小袁边揣手机边对刘主任说：“你知道田市长最后对我说的什么？”

“市长说什么？”

“田市长要我记住你的名字，以后有机会向行长推荐推荐，说不定会升上个一级半级的。”

刘主任此时激动得不知如何是好，本来就习惯于眨眼睛，这时眼睛眨得频率更快了，捣蒜般点着头说：“谢谢领导！谢谢领导！”

刘主任陪同小袁来到营业厅，不一会儿就把一切手续办妥了。小袁如释重负。

田玉跃详细询问了整个过程，满意地说：“太好了，太好了，一共三个人知道，而且你又说的是小雨他姥姥家的钱，那更说到点子上了。其实，就是他姥姥家的钱，我们两人一个月那么点工资，哪有钱存啊！好了，小雨的学费有保证了。”又夸了小袁几句。

本不抱什么希望的刘旭行意外地拿到了田玉跃的汇款，也赢得了赵小姐的信任。他兴奋地拨打起田玉跃的电话，结果是办公室、宿舍的电话没人接，手机也关了。无奈中他又拨通梅芫的手机，也没有人接听，再拨，也关了机。

刘旭行开始纳闷起来：田玉跃，有可能是在开会，难道梅芫也开会？转念一想，不对，她早就办理了停薪留职手续，晚上还开什么会呢？又一想，是不是出了什么事情？田玉跃这个人挺聪明的，不管办什么事都想得很细，按理不会有什么问题的。

想着想着，刘旭行额头竟渗出了汗珠。真他妈的！人常说做贼心虚，我这么个脆弱的心态，还能成就什么大事。他擦了擦汗，心里说：“我必须调整心态，调整心态！”

钱能通神，有了钱，自己才活得像个男人样，才有尊严。什么一切向前看，狗屁！一切向钱看。

刘旭行对阿黄说：“准备一下，明天咱们回泉滨。”阿黄刚答应“好”，他又吩咐道：“你抓紧弄几张医院的住院报销单，如果能有几张 X 光底片更好。”

“我早已找人了，开多大数目好？”

“这个还用问我吗？起码不能少于一百五十万吧！”刘旭行说。

阿黄“嗯”了一声，转身离去。

梅芫、甄小怀一起登上了飞往境外的国际航班。两人并排坐在普通舱的后边，从飞机起飞，到服务员送上饮料，一直在沉默着。尤其是梅芫，戴着一副深色眼镜，把坐椅调低，斜躺着，服务员问她喝什么饮料，她摆摆手，又送上小吃，她又摆摆手。此时她紧锁着眉头，脑海在翻腾，心脏跳得好像要跃出喉咙，她已经控制不住自己的感情。她思念田玉跃，更舍不得自己苦心经营的那个家，还有那个拥有相当实力的房地产公司。虽然去国外，可以同读书的孩子在一起，短时间可以说是陪读来的，可时间长了，又怎么对孩子说呢？假若有一天，孩子知道了这一切，他会用什么眼光看待我们呢？真的到了那一天，儿子不认老娘，愤然离去，我又该怎么办呢？尽管自己在美国曾待了两年多，那是为镀金而来的，几乎没有学到什么真东西，连日常英语会话也是结结巴巴的，更不用说医学术语了。再说，这么多年一直是跑里跑外忙挣钱，原来上大学学的专业也基本荒废了。想起自己的专业，她真的很后悔，真不如当初就在医院里干，清心寡欲，相夫教子，过个平安日子该有多好。要那么多钱有什么用呢？可是，这一切都不可能了。如今是有家难归，有子难靠。我到底该怎么办？想着想着，禁不住偷偷地抹起眼泪来。

正在喝着咖啡、嚼着蚕豆的甄小怀听到嘤嘤的抽泣声，用手推了推她说："梅姐，别难过，咱们躲过这阵风，再回来。如果再哭出声音来，说不定机上的便衣警察会把你盯住，下了飞机就会把你带走，到那时候，你再能哭也没有用。听我的，把精神振作起来，没有什么了不起，只要我爸没事，吉星就会重新高照。"

甄小怀的威吓与吹嘘还真有点灵，梅芫把座位摁回常态，这时，她感觉有点渴了，要了杯茶水，正了正身子，擦干了眼角，说："你早告诉我甄书记没有事，我早就放心了。说句实话，现在我最关心的就是他老人家。"

甄小怀说："你把心放到肚子里吧，我爸的后台硬着呢，不会有事的。这么多年那么些人告他，有哪个告倒了我爸？告一次提拔一次。这次我有预感，十有八九，我爸要转正了。不信，你走着瞧！"

梅芫听后转忧为喜，开心地笑了。这是从离家出走以来，甄小怀第一次听到她的笑声。

六神无主的田玉跃，上班时听部门汇报，常常脑子走神，汇报请示的问题，他不知作何回答，甚至胡说八道。一次，计生委汇报控制人口增长的措施，他竟说："管那么多干什么，我看百花齐放最好，不这样怎么出人才！"汇报解决农民增收问题，他竟说："我看最好的办法是让农民在土地上盖房子卖。"大家禁不住发笑时，他还得意洋洋："要敢想敢干。现在敢想的人还有一批，敢干的人在咱们省没有几个。我看，一个是省里的甄书记，一个是孙晓琪和我田玉跃。下面还有没有我不知道。"

秘书一听，吓了一跳，赶紧向参加汇报的同志说："田市长这几天非常劳累，刚才说的话都是有意逗大家乐一乐的，不是真话，更不是意见指示。"说完，又附在田玉跃耳朵上说："今天的汇报就到这里吧，你也该歇歇了。"

没等表态，袁秘书就让大家离开了田玉跃的办公室。汇报的人走了，袁秘书把门关上了，说："田市长，您今天是怎么啦？说话颠三倒四，连基本国策都不顾了。是不是到医院去看看？"

田玉跃两眼直直地看着他，跟个木头人似的，没有任何反应。袁秘书见田玉跃这个样子，真有点害怕了，他走上前去，对着田玉跃的脸说："我说的话，您能听见吗？田市长！"

田玉跃仍然没有反应，而且眼睛眨都不眨地看着他。

袁秘书慌了，匆忙打电话给市医院保健科。经医生诊断，像是神经受到了某种强烈刺激，有精神分裂症的先兆，建议立即到医院接受观察和治疗。

田玉跃被送进了医院。

魏树吾一直关注并指挥着田玉跃，虽然现在他人在另一个市，但仍照常指挥着他的帮派。见田玉跃按他的策划住进了医院，魏树吾有些自我陶醉了。于是给贾林打电话，叮嘱道："这段时间，千万不要与玉跃联系，你可以把我的话转告文林和有关同志，不能让任何人钻了我们的缝隙。"贾林忙不迭地应承着："明白了，明白了。"

魏树吾把该安排的事都已安排妥当了，便坐在沙发上哼起了《空城计》里诸葛亮的一段唱："我正在城楼观山景，忽听……"，正唱得起劲，口袋里的另一部手机响了，这是只有少数几个亲近的人才知道的号码。他已听出是甄小怀的声音，旁边还有梅芫的声音，知道两人已在西雅图安全住下，便说："这里一切正常，你们在那里安心休息一段时间，以后我再给你们电话。"因担心越洋电话泄露信息，魏树吾随即关了手机。

三十四

一路上忐忑不安的甄振怀刚回到省里，即被北京来的党风廉政建设检查小组请了去。白发苍苍的检查组组长，人称老部长的何东同志迎头给了甄振怀一个下马威。他说："听说你在许多人面前讲过，省里没有怕的人，谁也不敢伤你一根毫毛，有这样的事吗？这个话尽管说得蛮厉害的，却不像一名党的领导干部说的话，倒像是帮派头头的话。我不相信你这样级别的干部能说出这种话来，但反映的人又不是十个八个，那我只能作个问题对待了。坐下谈吧。”

甄振怀红着脸一边朝沙发的方向走着，一边考虑着如何回答老部长的话。只见他屁股刚刚触到沙发的一角，便满脸堆笑地说：“何部长，刚才您的话给我敲了警钟，尽管那句话我是第一次听您讲出来，但对我确实是终生受益。还是老部长爱护干部，要不，谁肯告诉我背后还有人造这种谣呢！”

甄振怀的能屈能伸那是有名的，别看表面上一副憨相，肚子尽是坏水。何部长来省里只有几天时间，就掌握了不少类似情况。于是，他有意再来激激这位不可一世的握有干部生杀予夺大权的甄副书记。他装作不高兴的样子说：“你怎么能说是别人造谣呢？怎么是今天我告诉你的呢？难道还要我把知情者找来与你当面对质吗？听我一句忠告吧，甄振怀同志，你的年纪还不算大，还要为人民工作若干年，你从企业一名普通职工成长为副省级的领导者，不容易啊！应当珍惜人民给予的权力，千万不能迷失方向。”

何部长这些话，分量是很重的，甄振怀能听得出来。他捣蒜一般地点着头，不论何部长讲什么，他都使劲地点头。点头的同时，脑瓜子里也不停地在转悠，思忖着如何对付这位威严的白发老者。甄振怀也一直在纳闷，自己安插了那么多耳目，可没有一个人提前告知何部长的到来，而且是直接冲着自己，像是审查嫌犯一样。

此时，甄振怀怀疑，是不是自己精心编制的关系网，已经到了网破线断的境地？如果真是那样，不仅几年的心血白费了，而且礼也白送了，钱也白花了，后果将会是很惨的。

甄振怀自责不该去泉滨，更不该为了能够多与裴尚蕊相处几夜待了那么多天，“因小失大，因小失大啊！”甄振怀有些后悔了。

甄振怀抬眼望着何部长，谦谦地说：“我听明白了您的意思，应当重视来自群众的反映。”何部长没有再问，甄振怀提溜着的心，这时也如巨石落地。

这位何部长已经从领导岗位上退下多年，眼下只有党风廉政研究会副会长的头衔。但不管干什么，只要组织安排，他总是认真对待，而且向来不徇私情。这次由他牵头，来此地检查党风廉政问题。出发之前，他便调阅了大量群众来信，其中涉及最多的当属甄振怀，而且反映的问题相对比较集中。组织上让他亲自了解一下甄振怀，有问题就把问题查清，没问题就要为敢于坚持原则、不怕得罪人的干部澄清问题，为他们撑腰。到省里几天，召开了几个座谈会，也接待了几位来访者，他们对甄振怀已经不是提什么意见，而是义愤填膺，是众口一词地控诉。尤其是文博局的几名老同志，为那位多才而正直的王实禾的病倒，声泪俱下地倾诉了甄振怀的阴狠和他身边人员的霸道。这几位老同志为了表示对自己所说的话敢于负责，连家庭住址、电话号码、个人姓名，一股脑儿地留给了何部长。

何东晚上在灯下翻看着那一大摞反映、举报甄振怀的材料，几乎都是真名实姓，有几件还摁了鲜红的血印。这位为党工作了几十年的老党员、老干部，摘下老花镜，指着那一叠一叠的材料，气愤地对检查组的同志说："党内竟有如此霸道、滥用职权的人，真是给共产党抹黑！如果不把这种人从党的队伍中清除，就会使群众产生误解，把党的干部队伍看反了。毒瘤啊！一个地地道道的毒瘤！"

检查组的同志完全同意何部长的看法。大家一致的意见是，先找甄振怀谈一次话，试探一下他的态度，再把反映甄振怀问题的来信一一调查清楚，然后再向上汇报。今天何部长亲自找甄振怀谈话，就是检查组深入展开工作的第一步。从甄振怀的表情看，何部长已清楚了他那紧张的心态。

于是，何部长又问："那么多人写信告你，是因为你坚持原则、捍卫真理得罪了人，还是以权压人、办事不公?"

刚刚沉下心的甄振怀对于这突如其来的问话，一时不知如何作答，便支吾起来："这个……这个……可能都有。不，不，因为我分管干部，提拔的人说好，没得到提拔的当然说不好了。"说完，又尴尬地"嘿嘿"干笑了几声。

何部长强压住心头的不快，说："你用不着这样遮遮掩掩，我是受组织的委托，想请你同我一起，把你的问题弄清楚。你不要有顾虑，应当以积极正确的态度，来配合我们的工作。"

"这个自然，这个自然。"甄振怀说完了这句话后竟没了主意，只想尽快离开这个老部长。他脑子在飞快地转动，不停地来回盘算，说："何部长，您的话对我都非常有益。我看您也别太累了，今天我先回去思考一下，顺便安排安排工作，明天我再向您详细汇报好不好?"

何部长说："想一想？也好。一定要想清楚，想明白。人活一辈子，要活个明白啊，对不对?"甄振怀见有脱身之机，立即站起来说："是，您说的对。"垂手向何部长鞠了个躬，转身离去。

甄振怀匆匆回到办公室，王秘书递上茶杯，他接过来，喝下一大口，长长地叹气，脑子里不停地思考着刚才发生的一切。想着想着，他冷笑了几声，随口说道："他妈的！差一点被那个老家伙唬住了，他们是临时组成的检查组，不是专案组，那个姓何的竟敢如此大胆和无礼地指责我这堂堂的省委副书记。好啊，我倒要看看你这老家伙能有多大能耐！"

说到这里，甄振怀如同有了提着自己的头发升天的能量。他亲自安排亲信，千方百计渡过检查组这一关。

当得知检查组将要通知田玉跃来省城谈话的消息时，甄振怀的心又揪了起来。正在这时，一个亲信用红色座机打来电话，告知目前检查组还只是了解情况，有点像处理来信来访问题，并不是对谁采取什么具体措施。甄振怀随即给田玉跃打了个电话，说："检查组找你来，肯定没有什么好事，你自己心里有数就是。这些人没有什么可怕的，在我们省也就是几天的事。你不是身体不好吗？就以这个理由搪塞搪塞。"

田玉跃胆怯地说："甄书记，我心里没底呀，不知他们想干什么？"

甄振怀说："管他们干什么呢，你就咬住一点，除了说自己和自己的家庭，别的人尤其是对我和身边的工作人员，包括刘旭行都不要提及。有我在，你还有什么可怕的？检查组是地道的'飞鸽牌'，咱们才是'永久牌'的。"

放下电话，甄振怀似乎又想起了什么，不得不再次拨打田玉跃的手机，没等田玉跃开口，便叮嘱说："如果他们硬逼你，你就继续待在医院里不出来。"

田玉跃心领神会，认真准备应付检查组有可能提问的材料。到了夜里，想睡也睡不着，一个人躺在医院里，总觉得这种屋子不如自己的那个家，假如真的有那么一天，自己的一切全被人揭穿，还能回到自己的那个家吗？这一夜他竟然两次被噩梦惊醒。

三十五

冬季日短，宋吉生从京城回来，下午还不到六点，天就擦黑了。他踩着初冬满大街干巴巴的落叶回到家，老伴端给他一杯热茶，他猛地喝了一口，大声地说：“你要烫死我啊！”

老伴又好气又好笑，说：“你这个老东西，我伺候你还伺候出毛病来了，不喝拉倒！”说着就要往回收杯子。

老宋偏不给，而是把杯子用双手抱着。他换了笑脸：“嘿，这样暖和手。”一会儿，老伴不跟他理论了，他摸起电话就找了张方平、张立人。“二张”不一会儿来到了老宋的家。

老伴分别给他们斟上茶水后，自己便离开了。凡是有人来找老宋说话，她总是躲得远远的。

送走了张方平、张立人，宋吉生的老伴从里屋走了出来，面对坐在那儿纹丝不动的宋吉生，老伴开始发话了：“老宋啊！千万不要听‘二张’奉承你的那几句话，依我看那才是真正的管闲事、穷折腾！”

说到这里，老伴便掐着手指头数算开了——往返北京的车票钱、住宿费，还有饭钱，加巴起来，少说也够咱两口子几个月的生活费。

宋吉生对此也不否认，只轻声说了一句：“咱们的工资也不能光用到吃饭上。”

这一说不打紧，老伴的火气也从嗓子眼里冒了出来，说：“不管用到哪里，也不能用到告状上去呀！咱们的事儿还少啊？”

“那叫告状吗？那叫为真理和正义而斗争！我参加工作这么些年，从来没做过一件对不起组织的事。”宋吉生毫不客气地回敬了老伴一句。

“什么年代了，你还想着斗争，你那不是成心在犯上作乱嘛！”

这一说，可把老宋气坏了。他厉声怒斥道：“你少给我扣大帽子，我犯的什么上？那些乌龟王八蛋能配作上吗？共产党的天下，为人处世应该是光明磊落的。我有权力向党组织反映问题！”

“你配作上，你怎么不上去呀？人家却是你们这些芝麻官的顶头上司，不叫上叫什么？你骂人家，人家还不照常当官？我告诉你宋吉生，不要老以为真理就你能坚持，公正就你能做到，就你的本事大，就你的素质高。拿眼瞟瞟，有谁像你这么傻呀，你赶快收起那一套吧！”

老伴一口气数落了这么多话，把个宋吉生气得七窍生烟，因为老伴从来没有责怪指斥过他，更没有使用过如此激烈的语言。

只见老宋双脚用力跺了一下地板，说道：“你这么拿我不当人待，好吧，你走你的阳关道，我走我的独木桥，请自便吧！”说完，把袖子一甩，“砰”的一声拉开了门，下楼了。老伴一看，可吓坏了，不是怕他跑出去，而是怕他一生气犯了高血压的老毛病。

在宿舍东边的小树林里，老伴追上了宋吉生。树上的叶子几乎落尽，安逸惯了的麻雀被宋吉生的高声咳嗽惊醒，扑棱棱地从这棵树飞到另一棵树上。他阴沉着脸，满腹心事地独自在小树林里来回走着。老伴上前一把拽住了他的棉衣，说："你怎么连一句不同声音也听不进去？"

"那叫不同声音吗？纯粹是讽刺挖苦！"

"我不狠一点说说你，咱们的后半辈子能安稳得了吗？你有多大能耐啊，管这管那的。现在人家谁不是都在扒拉自己的事啊。"老两口你来我往，大半个时辰过去了，谁也没有让步。

但不管怎样说，两人还是寸步不离，老宋快走，老伴便快跟；老宋慢下来，老伴也放慢脚步。走着走着，老宋忽地笑出声儿来，接着大笑不止。

老伴被老宋这突如其来的笑声吓蒙了：难道这老头子神经还出了问题？这样想着，便急步跑到老宋前面，推了一把说："你怎么啦？"

老宋见老伴吓得那个样子，心也软了："你还以为我犯神经呢，没有的事。哼，这种事我见得多了，这种话我听得多了，我的神经啊，早就麻木了。我是笑你亦步亦趋地跟着我，有什么好跟头？"

"我不跟你跟谁呀？都这么大年纪了，再跟也跟不了几年了，等走不动了的时候，只能动动嘴了。"老伴悬着的心放下了。

不知是触动了伤心处，还是预见到步履蹒跚的晚年，老伴竟呜呜地哭起来。这时的宋吉生，火气早就没了，他后悔不该对老伴发脾气。每当自己身处困境甚至是厄运临头的时候，安慰他的总是老伴，形影不离的也是老伴，整天是好言相劝，处处体贴入微，真真是患难夫妻。他拉着老伴的手，泪水不禁夺眶而出。还有什么可说的，两双泪眼，四行浊泪，一切尽在不言之中。

第二天早饭后，老伴见床头上放着一封信。一看信封上的笔迹，便知那是宋吉生的手书。"宋吉生除了当年与我恋爱时写过信，结婚后从来没见过他的信。"老伴寻思着，拆开一看，从心里头乐开了。信中是向老伴检讨，还把老伴夸成了一朵花。又特别说明这次为县里的大事抱打了一次不平，是最后一次，同时信誓旦旦地表示，从今日开始，不再过问县里的任何事情，要把全部时间和精力用在自己和老伴的身心健康上，力争健康长寿。又说什么四类人难长寿：德薄而位尊、智浅而谋大、力小而任重、言多而功显。信的最后是请老伴继续监督，严厉监督，即使最难听最刺耳的话都欢迎，都接受。

“这个老宋，说他犟吧，上了那股牛劲谁也拉不回。说他好吧，心眼儿就是实诚，认准了的理儿从来都不含糊。”老伴对着信笑了。

正在这时，张方平推门进来了，说是他想找老宋聊聊天。宋吉生的老伴索性把信丢给了张方平，说：“你看吧，宋吉生聊天的话都在上面，你好好看看！”

张方平好奇地接过了信，一看开头，便打趣说：“这么大年纪了，还写情书呀！”

宋吉生的老伴纠正道：“不是情书，是请监书，请求我监督！”

越说张方平越感到好奇，便毫不客气地把信看完。“原来如此啊，没想到这老宋过了知天命之年却又患上了气管炎（妻管严）啊！”

张方平想把信拿走，宋吉生的老伴上前夺了下来，说道：“这才叫隐私呢！给你看看是让你明白俺家老宋今后的心思，不是让你拿出去曝光。”

张方平笑呵呵地走出了宋吉生的家。

而此时的张立人正在湖区，同工程技术人员一道筹划恢复湖区生态环境的事。他是昨天连夜赶到湖区乡的。

三十六

刘旭行从澳门回到省城，得知上面来个检查组，甄振怀正在作检讨，吓得他连夜往泉滨赶，半路上接到甄振怀的秘书小王打来的电话，告诉他甄书记的工作可能有变动，据上面的人讲，可能要提拔到外省担任更重要的工作：“甄书记说了，上面有位领导对他印象很好，要咱们这些人安心大胆工作，尤其提到你刘书记，一定要把泉滨的事情办好，千万别出岔子。另外，还特别嘱咐，要你更多地关心裴尚蕊同志。”

王秘书的电话让刘旭行的心情一下子好多了，便当即表态：“请你转告甄书记，我一定把泉滨的工作做好，请他多多保重。”

刘旭行明白，王秘书是在转达甄书记的话，是在给我打气。于是脑子里便叠现出裴尚蕊的诸多影像。想着想着，便心生一计：既然甄书记这么关心她，干脆以转院治疗为名，将她送到省城的医院，让她离甄书记近一点，不是更好吗？

对，就这么办。他迫不及待地拨通了裴尚蕊的弟弟裴在民的电话，详细询问了裴尚蕊的病情，并安慰了裴在民几句。抬腕看了看手表，时间已经不早了，他嘱咐司机小汪，加大油门，争取早一点赶到市宾馆，休息休息再回泉滨。

刘旭行坐的是市驻省城办事处的车，司机小汪的家就住在市里，一听说要在市里住下，当然高兴了，说："谢谢刘书记，您真会安排，这样我就可以回家住了。"

刘旭行"嗯嗯"了一声，不再说话。

刘旭行草草吃了顿晚饭，抹抹嘴就回到房间给裴尚蕊打电话，可手机始终关着，无奈又把电话打给了裴在民，让他转告裴尚蕊立即转院到省城。他还撒谎说："我目前正在外地出席一个重要会议，如果裴尚蕊能够打电话，就用我的这部手机号码，时间只限于半小时以内，否则，我还要同一些领导同志谈话，忙不开。"

裴在民回答道："她讲话没问题，我马上去医院。但您也千万注意多休息，身体比工作重要啊！"

不一会儿，裴尚蕊回电了。刘旭行兴奋不已："你怎么样了？身体恢复得如何？"

裴尚蕊沉默半晌，才淌着眼泪说："刘书记，谢谢您。这么长时间没有见到您，您怎么这么狠心呀，让我好难过啊！"说着说着，电话那头已经泣不成声了。刘旭行安慰她："都因为我工作太忙，组织上又对我那么器重，让我出去学习考察了那么长时间。甄书记特别关心你，让我务必代他向你表示慰问。"

"可您连个电话也不给我打，把人家都想死了。"裴尚蕊撒起娇来。可一听刘旭行提到甄书记，裴尚蕊心情立马阴转晴，问道："甄书记他，他好吗？他现在情况怎么样？"刘旭行重复了秘书小王的话，并嘱咐她务必暂时保密。裴尚蕊破涕为笑，说："甄书记好，我们就都会好。刘书记您一定转告他，我身体好多了，不要让他老牵挂着。"

刘旭行着急地对裴尚蕊说："甄书记要你立即转院到省城，那里的医疗水平高，年纪轻轻的一定不要落下后遗症，来日方长呀！"

一听说到省城，又是甄书记安排的，裴尚蕊喜出望外。她说："在民开始告诉我，还以为他是有意让我高兴呢，您这么一说，那就是真的了。

那好，我今天晚上就走。”裴尚蕊还想说说心里话，刘旭行觉得时间已经不早了，他当秘书时就懂得，手机通话，只是快捷方便，并不保密，一旦让检查组盯上，麻烦就来了。于是，又婉言安慰了裴尚蕊几句，声称自己马上要同市委主要负责同志交谈工作，匆匆挂了手机。

一切安排停当，刘旭行又给甄振怀通了电话。甄振怀一听就来了火气：“你简直是乱弹琴，在这个节骨眼上，你让她来干什么？”听说裴尚蕊要到省城来治病，甄振怀心里便犯起了嘀咕：检查组还没有走，裴尚蕊如果再出现在他们的视线之内，那我甄振怀可怎么也说不清了。如果阻止裴尚蕊来省城，那又太不近人情，何况我与她又绝非一般的关系，不能伤了她的心。怎么办？事情到了这个地步，确实使他有点左右为难。

静思片刻，他对刘旭行说：“裴尚蕊同志是不是现在不来为好？我这一段里外忙得不可开交，最好等一等，过一阵……”

刘旭行已经听出了甄振怀的矛盾心理，马上接过甄振怀的话说：“不要等了，人家主动提出来去省城大医院治病，我作为县委书记，当然要支持了。况且医院、医生都已安排好了。至于您，我看没有必要出面，最多给她个电话就行了，她知道你工作忙，也会理解的。”

甄振怀觉得这样的安排，倒也不失为两全其美的好主意，随即说道：“那就随她的便吧。不要弄得沸沸扬扬。”

甄振怀放下电话，还是觉得不妥。世上哪有不透风的墙，万一让人家盯上，是会坏事的。这样想着，又拿起电话准备跟刘旭行说。可是心中又浮现出裴尚蕊曼妙可爱的样子，又把电话放下了，自言自语道：“来吧，跟我又没有什么关系。人家是治病，医院里的病号多着呢。”

刚准备看看桌子上的材料，以应付第二天检查组的谈话，电话铃又响了。他慢慢地抓起听筒，听出是孙晓琪，赶忙压低了声音问：“你那里的情况怎么样？”

孙晓琪告诉他，检查组已找到他，并问了泉滨的事。

“问泉滨什么事？”

孙晓琪告诉他，主要是最近班子调整的事。

“你是怎么对他们讲的？”

孙晓琪如实相告，说他给检查组讲，无论从程序上还是人选的配备上都没有问题。但他同时又告诉甄振怀，八仙会上定的事已全被市委否定了。

“这个时候最重要的是敢于坚持我们的那一套理念，他们能在这里待几天？省里的事情最终还是要靠我们这些人啊！市委就更不在话下了。”

接了两个电话，甄振怀已经心神不定，心乱如麻。他走到卫生间打开水龙头，把毛巾弄湿，再拧干，用湿毛巾拍拍头，再擦擦脸。据说这是甄振怀的爸爸传授给他的办法，现在已成了甄振怀的习惯，只要遇到难题，他都采用这种冷却的办法，使发热的头脑清醒冷静下来。

他走走，停停，拍拍，陡然来了灵感，一拍脑门：“有了，眼下只能采取这个办法了。”

三十七

县医院滕院长走进了张立人的办公室，说：“我到张县长那儿，他不在办公室，就跑到您这里来了。”此时宋吉生正坐在那里与张立人交谈。

滕院长赶紧又向宋吉生点头：“宋主席好。”

宋吉生说：“以后别叫我宋主席了，宋主席已送回家了，叫我老宋吧。”

滕院长不知道发生了什么事情，就说：“宋主席真会开玩笑。”

张立人站起来说：“请坐下谈。”滕院长坐下了，宋吉生便起身告辞了。张立人让他一起听听，他摇了摇头，说：“工作的事，以后再找时间谈。你们先谈吧。”

滕院长看来已经等不及了：“张书记，裴尚蕊常委昨天连夜转到省城的医院了，也没有告诉我们，她的弟弟裴在民只是说要到外面休息几天，今天一上班省城医院打电话索要病历，我们才知道是转院了……”

滕院长说着从提包里拿出了裴尚蕊的病历，问：“怎么办张书记，我们是把病历送去，还是由县委转交?”说完，两眼看着张立人，等候他的答复。看得出滕院长有些困惑：明摆着的，病快好了又要转院，这不是不拿我们县医院当盘菜吗?

张立人反问道：“你说该怎么办好?”

滕院长说：“按规定转院需要办理转院手续，一般情况下，我们院能治的病，如果个人提出转院，医疗费全部由个人承担……”

“裴尚蕊同志这种情况过去一般是怎么解决的？”张立人打断了滕院长的话。

“我们从来没有遇到这种情况，所以专门来请示。”滕院长一本正经地回答。

张立人想了想，说：“我看还是由医院抓紧把病历转过去，因为这是省城医院向你们索要的。至于县里怎么对待这件事，等刘书记、张县长回来后，由我向他们汇报，你就不用再为这事跑了。医院与医院之间还是要搞好配合的，这既是为病人负责，也是医生应有的职业道德。”

滕院长点点头说：“这样也好。那我就把病历转给他们。”张立人起身送滕院长至门外。

“喂，张县长，你跑到哪里去了？让我请示工作都找不到人。”送走滕院长，张立人随即拨通了张方平的电话。

“你少来这一套，该怎么办就怎么办吧，你请示我，我请示谁？”张方平笑着回应了一句。

“我说点真实情况。裴尚蕊同志转院到省城医院你知道不知道？”

“我知道不早就告诉你了吗？再说，嚷嚷我下台已有那么长时间了，谁还告诉我这些事呢？”

“刚才医院的滕院长来找你没找着，又跑到我这边来，说是昨天夜里裴尚蕊自己决定，由裴在民一手操办的。”

“唉，没办法，这个年头真货假货都有市场，我们有什么办法！随他们的便吧，说不定上面还会有人支持这么干，无非是县里财政多出点血，没钱再往上反映，我们还有啥招呢？再说，我现在已经不……”话筒里传来张方平无可奈何的叹息声。

“你又来了！那好，暂时先这样吧，刘旭行同志回来是不是你还要报告一声？”张立人问道。

“报告啥？他如果不问，咱俩谁也不要讲。我看人家对这事比你上心多了，不信？到时候咱们再看。”张方平忍不住笑了起来。

张立人有些纳闷，说：“你笑啥？”

“我笑啥？我笑你傻。过去常说要做革命的傻子，我看你确确实实把这个光荣传统继承下来了，将来说不定你是泉滨的唯一的傻子传人了。”

“傻子好，傻人有傻福。”张立人笑言。

“当当！当当！”一阵清脆的敲门声响起，张立人赶紧结束了通话。当他拉开门时，进来的竟是刘旭行。他惊奇地说道：“怎么是你呀刘书记！什么时候回来的？怎么事先也没告诉我们一声呢，身体恢复得怎么样？”

刘旭行边往里面走，边回答说：“刚回来，就来看看你们，听说张县长下乡了，就先看看你吧，感谢你们在我生病期间的关照，还替我把工作担当起来。我现在身体恢复得很好。”

“身体好了比什么都好。工作的事等方平同志回来再详细汇报吧。”张立人说道。

“不急，不急，县里班子的调整还不知道最后怎么敲定的，等真正定下后再说吧。”刘旭行有意装着自己什么都不知道，言外之意，班子的调整是市委的事，不满意找他们去。

刘旭行上推下卸的这套把戏，也是跟随甄振怀熏陶出来的。他经常对外炫耀：当领导的不管干什么事情，首先考虑是怎样保护自己，不往自己身上揽事。对这种“保护”的解释是：如果有人对他们的工作有意见，那是下面落实时没有按照领导的旨意办，借机狠批下面的干部；如果有人对他们的作风有议论时，甄振怀便大言不惭地抓住干部的不良作风表现，列举若干条，公开揭露批评，措辞严厉，甚至上纲上线，让媒体全文刊载、播报，并适时制定干部转变作风、严格自律的补充规定，红头文件下发，这样，不仅转移了议论者的视线，还表现了高级领导者除恶务尽的决心；如果有人对他们任免干部有意见时，甄振怀就大讲搞五湖四海、任人唯贤，坚决反对团团伙伙、任人唯亲，并在公开场合要求组织、人事部门必须讲原则，把好关，尽职尽责，隐含的是干部任免中出现的问题，那是职能部门的问题，与领导者本人没有关系。刘旭行能这样读懂甄振怀，当然也会照葫芦画瓢了。

刘旭行跑到张立人的办公室，是宋吉生亲眼所见，因为他们的办公室都是六七十年代的平房稍加装修而已。见刘旭行走了，他又迅即返回张立人的办公室，开门就问：“是不是那小子又在耍什么花招？”

张立人笑道：“宋主席同志，最好你先改改那不礼貌的称呼，人家还是县委书记，旭行同志只不过是不想让我们知道他的真实用心而已。”

“既然这样，那你为什么还一本正经听他扯那些谎话呢？”

张立人这次毫不掩饰地说：“我是在尊重他人的劳动。”

“尊重劳动？什么劳动？”宋吉生有点吃不准了。

张立人说："你没仔细想想，像旭行同志这次的事，想以谎话来掩盖事实真相，还要让我们相信，需要动多少脑子啊，说不定还需要找几个高参一起来谋划呢！付出如此的劳动，我能不尊重吗?"

"我可不赞成你这样虚与委蛇。"老宋说道。

"不这样，你又有什么办法？人家是一把手，是这里的一号人物，他要耍你，你就甘心让他耍嘛，只有听任他们糊弄忽悠，他们才能把防我之心放下来，说不定还会为他们的高明手段而陶醉呢！"张立人把埋在心里的话，实实在在地掏出来给宋主席听，还美其名曰：这叫以退为守。

宋吉生也大发感慨道："怪不得人家说如今官场就如同一个舞台，他们演，我们也演，尽管扮演的角色不同，可缺了哪一方面也不成为舞台了，这也应叫做联袂演出。"

张立人进一步阐释开来："耍人的演得逼真，被耍的更要演得活灵活现啊！扮演看客的呢，则要演得如醉如痴！这是在情况极不正常的时候，以牺牲个人来维持集体团结形象的一个不是办法的办法。"

宋吉生说："可这种戏演到何时才是个尾呀！如果让老百姓知道了，又怎样看我们这些当官的？这样的风气无时不在腐蚀着干部这个群体啊。"

"是啊！只能闷在自己的心里。我今天在你面前说了这么多毫无意义的话，等于咱俩谈了一次心。反正我要离开了，即使不让我提前退休，估计到了政协后，情况也会好多了。"张立人担心自己说了些不该说的话，便对宋吉生也像是对自己说了这样一番话。

宋吉生苦笑起来："但愿今后会好些。"

张立人刚刚送走了宋吉生，没想到刘旭行又返回到张立人的办公室，好像有些话还没有说完。他坐到沙发上，又开始询问张立人一些问题。只要张立人能够回答的，便据实回答，不好回答的，就说："等方平同志下乡回来后由他回答吧。"

刘旭行突然问："不知王实禾现在身体怎么样?"张立人一听，又是冲着他来的。可能因为有这么一位社会关系，刘旭行便果断地把张立人打入了另册。

张立人回答道："谢谢关心，听我妹妹讲，手术后这一段病情还比较稳定。"

"实禾同志，真不容易啊，他这一辈子。听说患了不治之症，是真的吗?"刘旭行假惺惺地问道。

“是，现在还在化疗。”

“毕竟他还年轻，而且又是他那个专业的拔尖人才啊！”刘旭行又假惺惺地说起关心的话来。

张立人只好说：“刘书记，你忙吧，刚回来就来我这里两次，又坐这么长时间，实在是……”

没等张立人说完，刘旭行便站起来说：“你要下逐客令了。”

张立人赶紧解释：“看刘书记你说的，请都请不到的人，哪能下什么逐客令，我是担心你的身体吃不消，身体刚刚恢复啊！”

刘旭行皮笑肉不笑地说：“说句实在话，咱俩尽管相处的时间不长，我可把你当成知己了，有些事还想问问你呢！在班子里，说掏心窝子话的人，真是不多，你是一个啊，在泉滨县我不问你又问谁呢？”

张立人面无表情，一言不发，静听下文。“裴尚蕊是怎么病的，你知道不知道？”

“不知道。”

“听说市委辛书记也病在咱们县，是真的吗？”

“是真的，我和方平同志都去看过，市里的周市长第二天也来看过，我同方平同志也去看过裴尚蕊同志，那时她的病情很重，正在抢救，只是透过病房的门玻璃看了看。以后，我又与方平去了两次，情绪不错。辛书记病情稳定后，就离开县医院了。”刘旭行一问再问，张立人一一作答。

刘旭行又问：“裴尚蕊还在县医院吗？”

张立人答：“听县医院滕院长说，已经转到省城医院了。”

“她没有向县里面汇报？”

“这个我就不太清楚了，反正方平同志也不知道这事。”

“怎么能这样呢？简直是无组织、无纪律！”刘旭行似乎有些气愤了。

张立人见状，说道：“刘书记，谁也不愿长病啊！裴尚蕊同志从来也没有得过那么重的病，心情是可以理解的。方平同志也说了，能尽快把病治好，多花几个钱县里想想办法就是了。”

刘旭行万万没有想到张立人会是这样的看法，也没有想到在他看来刚性有余、柔性不足的张方平也有这样的姿态。或许是事先思想没有这个准备，只见刘旭行瞪着眼睛看着张立人，嘴巴翕动着，有点不知所措的样子。

静了静神，刘旭行说道：“以后抽时间咱们再好好交谈交谈。我还有别的事，这次就谈到这里吧。”张立人随同刘旭行一同起身。

张立人立即给张方平打去电话，催他务必当天赶回，并转述刘旭行所言。谁知张方平却笑了："那是火力侦察，一切都是他们安排好了的。"

"怎么，裴尚蕊去省城治病，也是他安排的？"张立人心中不解。

"你不用再问了，等我回去，你就明白了。我们俩确实都不是人家的对手呀！我们太单纯了，太按规矩办事了。"张方平气呼呼的声音传了过来。

张立人放下电话，像是被人羞辱了，脸上顿时觉得火辣辣的。正准备铺下稿纸再写一份辞职报告，谁知拿钢笔的手竟然也打起颤来。他只好把笔放下，离开座位，在屋里走了起来。东一头，西一头，也不知往哪个方向走。

"我这是怎么啦？怎么啦？"张立人在问自己。他又拍了拍脑袋，自答道："真是修养不到家呀，看透了的要，我不怕。没看透的要，更要正确面对，无非是人家技高一筹罢了。"张立人似乎找回了点感觉，自嘲道："魂不附体的本意，我今天算是领悟到了，我刚才的表现就是那种症状。"

说着说着，自己禁不住笑了。笑罢，又摇了摇头。

张方平把裴尚蕊转院的前前后后，告诉了张立人。已经调整好了心态的张立人，似乎没有奇怪的感觉，只是说："他们的确有两下子，我只是把他们当成了正常人。看来，他们也把裴尚蕊要了。"

张方平有点不明白："他们怎么能要裴尚蕊呢？"

张立人说："你没想想，滕院长已告诉我们，裴尚蕊的身体已经康复，裴尚蕊本人也亲口对咱俩说过。再住省城医院，这不是折腾人吗？假若与甄振怀的传闻是真的，那不等于送货上门吗？"

"与甄振怀那档子事是假不了的，宾馆值班的经理看得清楚。"张方平说道。

"下一出戏还真不知他们怎么演了，说不定裴尚蕊这次能够充当主演呢。"现在的张立人显得一身轻松，仿佛在说一件跟自己十分遥远的事情。

"他们想怎么演就怎么演去。这些人只要有了票房价值，自己能捞到好处，什么丧良心的事都干得出来，我们还是多检点、多防备一点为好。"

张立人点了点头。表示赞同。

他们的谈话，在外人看来，仿佛是在说娱乐圈里的八卦事呢！

刘旭行找这个谈谈，找那个聊聊，不觉一周的时间过去了。甄振怀身边的人始终没有来电话，他感到了一丝异样，便把电话打到甄振怀的秘书那里。小王告诉他，不知为什么，首长这几天情绪不是太好，经常面壁发火，他偶尔进入办公室，都被甄书记的无名火骂了出来。所以这段时间自己也不敢轻易往前靠。

刘旭行打过这个电话，像泄了气的皮球，瘫软在椅子上，连站起来的劲儿都没有了。

刘旭行开始为自己准备后路。可联系了一个又一个“大款”，不是不接电话，就是有意躲避，联系了那么长时间，竟然毫无所获，特别令他气愤的是其中一位姓甘的副县长，原本是个镇办企业的小厂长，白道黑道都跟着掺和，就因为巴结上了甄振怀，没几年的工夫，转了几转当上了副县长，有一次让刘旭行提了装满大钞的皮箱给甄振怀。这次找他帮忙，谁知他竟正颜厉色说：“我从来都按原则办事，这一点你刘秘书是知道的。”说完，便把手机关了。

“到了今天这个地步，找帮忙的人不肯帮，送钱送物也没有门子了。怎么办呢?”刘旭行感到所有的路都突然变窄，甚至堵死了。他急得团团转。

正愁苦中，突然想起一个人来。这人便是刘旭行自认为属于铁哥们的京城办事处的夏主任。对方一面表示将竭尽全力，一面又提出若干困难。

刘旭行一听，预感情况不妙，平时夏主任可不是这样说话的啊，原来一个电话过去，不论是什么事情，都爽爽快快的。他暗自思忖：是不是这小子听到了什么风声，还是又有了更大的靠山?

想到这里，刘旭行装作无所谓却又语带威胁地说：“你看着办吧，反正这事成与不成，就看你肯不肯帮忙了。甄书记和我一向待你不薄呀!”对方没再多说话，只是“嗯嗯”了几声。

刘旭行急了，再拨，对方已经关机。“在关键时刻我要为甄书记帮个忙，可他妈的就是找不到能帮忙的人。这到底如何是好?”刘旭行喃喃自语，他已经无计可施，就这样枯坐着，一支接一支地抽着烟。

天色渐渐暗下来，窗外斑驳的树影也已变得模糊不清。晚饭时间已到，刘旭行还是一动不动地坐在那里抽着闷烟。手机的突然震动声，惊得他手中的香烟差点掉到地上。

刘旭行完全没有想到，竟是甄振怀亲自打来的。甄振怀要他连夜赶回省城，有要事相商，并一再叮嘱：“一个人悄悄地回来，不要对任何人讲。”

刘旭行一边答应着，一边脑子在转悠：如何才能骗过县委的人？一番思忖后，刘旭行披着夜色，空着肚子，带着满腹疑惑和不安，急急忙忙登上了火车。

三十八

甄振怀不安地在宿舍的会客室里来回走动着。地上铺的高级实木地板，今天怎么看都觉着碍眼，感觉坑坑洼洼的，就像铺了一层癞蛤蟆皮。而墙角的君子兰，一片叶子不知什么时候耷拉下来了，他没好气地一把给揪了下来。平时，他喜欢把茶根倒在花盆里，而此时看着那干巴巴的一堆茶根，很不舒服，甚至很厌恶，必欲立即除之而后快。

连夜赶回省城的刘旭行，马不停蹄地赶到甄振怀的家。这个家他出入过无数次，他对这里的一切太熟悉了，房间布置、物件摆设，包括特有的气味。但唯有这一次，觉得气氛不对。甄书记阴沉着脸，紧闭着嘴唇，看上去，他的鬓发又白了不少，头发原来是往后梳的，现在竟然跑到前面一小撮，刘旭行看着怪滑稽的，但又不敢贸然提醒。

刘旭行把在路上琢磨的自解燃眉之急的想法，一个一个地说给甄振怀听，甄振怀似乎并不满意，问："还有别的办法吗？"

刘旭行挖空心思地讲了恳求驻京城办事处的夏主任，讲了央求一个大公司老板赞助几百万上去打点，还讲了给实权人物选送宾馆漂亮的女服务员当家庭保姆等办法，甄振怀一边听，一边很不耐烦地直摆手。

刘旭行不解地问："过去我们不都是用的这些法子吗？管用得很，怎么现在突然间不行了呢？"

甄振怀冷笑着说："旭行呀，此一时，彼一时呀！过去是为了提拔，今天是为了消灾。提拔需要的是梯子，不送人、不送钱，怎么能搭起向上爬的梯子呢？如今消灾需要的是防火墙、挡水坝，要有不怕牺牲的人，才能完成任务。"

刘旭行听清楚了，但是没听懂，便问道："反正需要的都是别人，咱们自己是在幕后，又不能亲自出马。"

甄振怀哂笑道："算是被你言中了。提升自己，需要别人，而为了保护自己，就要打自身的主意。目前的困境，只有采用恶人先告状的办法，才能转移视线，转危为安。”

“怎么个做法？”刘旭行似有所悟。

“这次必须你亲自出面，动员裴尚蕊告我的状，就说我侮辱了她。”甄振怀说道。

这一说不要紧，可把刘旭行吓蒙了头，嘴张了好几张，也不知说什么好。这时，他瞅见甄书记跑到前面的那撮头发偏到左边了，而当他说出这些话的时候，他的脸形都变了。刘旭行不明白甄振怀的抉择。

但刘旭行知道甄振怀与裴尚蕊的关系不一般。这真戏假做，实在是太难了。刘旭行甚至想，甄书记是不是气糊涂了？

甄振怀见刘旭行那个作难的样子，又引导他说：“周瑜打黄盖，一个愿打一个愿挨的故事，成了千年佳话，今天我们为什么不能仿效呢？以假乱真也好，以真乱假也罢，让检查组瞎忙活去吧！不要怕说我侮辱她，最重要的是让她讲不出我的任何特征来。譬如，我是胖的还是瘦的？她只能说是瘦子，而我明显是胖嘛！说我是高个子还是矮个子？她只能说是高个子，说的越高越好嘛！因为在县里她也没有见到我，我整天忙于在基层、在群众中搞调查研究，她只能凭电视新闻来描绘我的形象。”每一个细节，每一句可能的提问，甄振怀都考虑得很详细，就如同一个大导演在给主角说戏，这场如何表演，那场怎样展示，一遍一遍地，不厌其烦。

刘旭行正准备记录时，甄振怀顺手从桌子上拿起了两张纸，说道：“都写在上面了，你自己琢磨去吧。不过，一定要想办法让裴尚蕊豁出去。否则……唉！翻身恐怕就难了。”甄振怀脸上现出一副为难甚至不忍的样子。突然，他站起来，在君子兰前停住，刚刚揪下的那片叶子被他踩在脚下。他两眼像锥子一样，扎向刘旭行，刘旭行禁不住打了一个冷战。“所谓养兵千日，用兵一时！”

心领神会的刘旭行，一面看着那两张纸的手谕，一面用颤抖的声音说道：“甄书记，您这个办法看起来有点绝，但确实是高招，只有善于逆向思维的人，才能……”甄书记的双脚已从君子兰叶子上挪开，君子兰的叶子被踩烂了，刘旭行赶紧弯腰把踩烂了的叶片拾起来，甄振怀往墙脚一指：“放那边，垃圾桶里。”

刘旭行捏着烂叶子走向了垃圾桶。看着躺在垃圾桶里的叶子，不知怎么他突然想起了裴尚蕊。

“不要再说了，你既然明白了，就抓紧去安排吧。”

刘旭行小心地把甄振怀的那两页纸折叠好，放进了自己的皮包内，说了声“放心吧，您的话我记住了，甄书记”，就匆匆离去。

甄振怀忽然又想起了什么，在刘旭行将要推门而出的当口，说：“一定要裴尚蕊装得像，最好是让她两眼红肿，头发蓬乱，好像有点神经错乱，这样，会使检查组更加信以为真。”

“这个……”刘旭行的话刚一出口，甄振怀便气急败坏地说：“关键时刻，懂得关键吗？对于我来讲其实没有多大作用，可你们还年轻啊，‘皮之不存，毛将焉附？’我与你，就是皮与毛的关系，你难道连这点道理还不明白吗？”

刘旭行一见甄书记火气上来了，便拍着胸脯下了保证：“我妈生我，就是为了您，没有您，哪有我的今天，更不用说明天了。别说这点小事，即使肝脑涂地，我也会……”刘旭行眼里有泪。

“你哪来那么多没用的话？不能意气用事，当断则断。既然什么都懂，就该多动动脑子，好好琢磨琢磨，把事情办好，办得天衣无缝。”甄振怀以不容置疑的口气说道。

刘旭行点头称“是”，正欲转身离去，甄振怀又把他叫住，反复叮嘱：“一定要记住是她来省里开会，我去看会议代表时，发现她长得出众，第二天便将她带到我住的宾馆房间谈话时发生的。”

“知道了，知道了。”

硬着头皮，刘旭行磨蹭着走进了裴尚蕊住的宾馆房间。见到刘旭行，裴尚蕊异常高兴，但接下来发生的一切，让她如五雷轰顶。

看着刘旭行端出来的所谓甄振怀的“锦囊妙计”，裴尚蕊两只拿信笺的手，情不自禁地哆嗦起来，信笺竟抖落到地上。她突然觉得房间仿佛变成了一个冰窟，自己像一条活蹦乱跳的金鱼，突然就被冻僵了，就那么直挺挺的，一时说不出话来。

刘旭行弯腰把纸捡起来，说：“不用太紧张，这件事办起来其实很容易。”说着，上前把坐着发呆发愣发懵也有些发怒的裴尚蕊搂在怀里，脸贴脸，很亲热的样子。但裴尚蕊依旧那么冰冷地僵硬着，没有任何反应，任凭刘旭行摆弄着自己的头发。

突然，裴尚蕊从刘旭行的怀里挣扎出来，一个转身，就势狠狠地扬起手，给了刘旭行脆生生的一巴掌。刘旭行顾不上摸一摸被打肿了的半边脸，两眼直勾勾地瞅着怒目圆睁的裴尚蕊。她已经失去了理智，他的脸也麻木了。

裴尚蕊没有再给他一巴掌，而是扑向刘旭行，刘旭行紧张地结巴着说："小裴……小裴……"，小裴一把夺过那两张信笺，用双手搓了又搓，直到搓成了小纸蛋，在手掌里掂量了掂量，冷笑一声，一仰脖子，放进嘴里咀嚼起来。

刘旭行此时方才回过神来，说："裴尚蕊啊，裴尚蕊，你这是怎么啦！"

裴尚蕊还是没有回应，只一个劲地嚼着那个纸蛋，像是在嚼口香糖，嚼着嚼着，"啪"的一声，吐在了刘旭行仰望的脸上，弄得刘旭行眉毛、鼻子、额头上全是浸着唾液的纸屑。刘旭行正欲擦拭时，不巧碰到床头桌的一角上，眼前火星乱飞。

刹那间，裴尚蕊眼前的刘旭行似乎变成了浑身是毛的四脚动物，刘旭行后面站着一个黑影子，青面獠牙，披头散发，像鬼魂，像魑魅，那是甄振怀的影子，那影子正像一大团乌云朝她罩过来……

刘旭行站起来，赶忙用手抹了一把，哪知这一抹，脸上的纸屑更多更黏了，裴尚蕊不看则已，一看竟然忍俊不禁，"扑哧"一声笑了。堂堂的县委书记刘旭行，顾不得再擦洗脸上的污物，反而上前把裴尚蕊抱得紧紧的，没经裴尚蕊同意，便咬住裴尚蕊那张刚刚吐出纸屑的嘴巴，狂吻起来。

聪明的裴尚蕊，此时没有拒绝，尽管她心里一直在骂"畜生，畜生！"但她心里更明白，那一巴掌打的是当今的县委书记，那一"啐"，啐的是当今省委分管干部的副书记的心腹秘书。如今谁要是得罪了甄振怀这个圈里的人，尤其又是泉滨县委的一把手，就如同政治上被宣判了死缓，说不准有一天甄振怀恼火了，这个缓刑就可能立即执行了。

裴尚蕊抑制着心头怒火，麻木地让刘旭行啃那两片既不会缺斤也不会少两的嘴唇。吻着吻着，刘旭行就有了股冲动，又提出非分之想，裴尚蕊用双手掰着他的两腮说道："累了吧，我的刘书记。我已经是属于你的了，任凭你怎么做，我都不会反对，只是甄书记要我告他的状这件事，让我怎能做得出来呢？"

说着说着，裴尚蕊竟然啜泣起来。刘旭行正准备上前给裴尚蕊擦拭泪水时，裴尚蕊又带着哭腔说道："你也是知道的，甄书记是非常爱我……"

话刚一出口，又立即纠正，“我是非常佩服甄书记的。”裴尚蕊现在也说不明白自己的话里有多少真，有多少假。她只知道说，又不停地说。

刘旭行说：“我们现在就是要把对甄书记的爱，不……是对甄书记的尊重，化为自己的行动，来个舍身救主呀！”

裴尚蕊听了，全无反应，刘旭行只好悻悻地坐下来陪伴着她。坐了一会儿，他又看了看裴尚蕊，只见她两眼呆滞，右手摆弄着自己被刘旭行揉皱了的衣角，左手攥着的拳头，松开了再攥起，攥起了再松开，完全没有了刚才哭泣时恼怒的神态。

刘旭行有心想与裴尚蕊再亲近亲近，又担心她反感，便默默地陪她坐着，心中却在思谋着如何让她按甄书记说的去做。刘旭行不停地看看裴尚蕊的脸和自己手表的指针，等待着裴尚蕊回过神来。可是，裴尚蕊依旧就那么把握着的拳头，松开攥起的动作来回做。为了不让服务员进来打扰，刘旭行按下了“请勿打扰”的按钮。

空气凝固了一般。刘旭行凑到裴尚蕊面前，悄声说：“亲爱的，不要想得太多。只要有甄书记在，有这棵大树在，我们都会坐享阴凉，都会前程无量。这一点请你一百个放心。”

裴尚蕊回过头来，扑闪着一双饱含泪水的大眼睛，看了看刘旭行说：“放心，放心，我是一千个放心，就是放不下我自己这颗心啊！你说得倒轻巧，你怎么不去舍身救主啊！”说着，竟号啕起来。

刘旭行说：“我的尚蕊同志！我不是没有条件吗？你不是美……”

裴尚蕊发怒了，像一头狮子：“一肚子坏水你！你怎么不让你老婆去舍身救主！你怎么不让你妹妹去舍身救主！你怎么不让你娘去舍身救主！你欺负我一个女人啊！”

哭声震得窗玻璃嗡嗡直响，急得刘旭行直冒虚汗，小声跟在裴尚蕊后面嘟囔：“别，别，别发火……”

刘旭行好说歹说，总算让裴尚蕊止住了眼泪。一看时间不早了，两人先后站了起来。裴尚蕊进了卫生间，把脸蛋重新粉饰了粉饰，刘旭行则站到了穿衣镜面前，仔细审视了一下挨了掴掌的那张脸。一切如初，真是来得快，去得也快。刘旭行见裴尚蕊从卫生间出来，略施粉黛，又是那般楚楚动人，便假装纯情地说：“你瞧咱俩多像一对恩爱夫妻，打也是爱，骂也是疼。”

裴尚蕊满面愁容地答道：“如果没有甄书记搞的这一套，咱们俩待在一块儿多好。”说着泪水又蓄满了眼眶，担心毁妆，强忍着没有流下来。

刘旭行掏出一张纸巾，轻轻地擦去了她眼角的泪花，说：“待甄书记眼前这个坎儿迈过去，我便离开泉滨，到那时候我一定同老婆离婚……”

裴尚蕊叹了口气说：“好吧，谁叫俺是女人哩！那我就等吧，可你说话一定要算数。”目光直视着刘旭行，期待着他的承诺。

刘旭行把小拇指头伸出来，钩在裴尚蕊的食指上，说：“不信，咱俩拉个钩吧。”

送走了刘旭行，裴尚蕊稍稍平复的心又犯起愁来。“要我告甄振怀，又让我不认识甄振怀，这到底是怎么一档子事呢?”裴尚蕊在苦苦思索着。过了晚饭时分，她也没有去用餐，仍坐在屋里发愁。直到上灯时分，服务员将饭菜送到她面前，她才想起了吃饭的事。服务员告诉她，是刘秘书电话通知的宾馆经理，说是如果没有吃饭，务必将晚饭送到房间。裴尚蕊知道刘秘书就是刘旭行，来到省城后，听到喊他的人大都称呼他刘秘书。

楼道里的脚步声近了，她侧耳细听着，直听到脚步声又远去了，然后是一片死寂。裴尚蕊觉得孤独像鬼一样无时不在笼罩着自己，在吸嘬着自己的骨髓。

人要活着，总要吃饭，不管眼前面临的是什么事，这饭还是要吃的，连那死囚，临刑前还吃饱喝足呢。裴尚蕊瞅着那碗鸡汤面与放在木盘里的一碟碟小菜，顺手抄起了筷子，端起碗便往嘴里扒拉着面条，可面条到了嗓子眼儿，却没滋蜡味的，怎么也咽不下去。

是啊，宽慰的话自古至今谁都会说，可那都是旁观者的远距离遥望，那是无关痛痒的。真要做起来却又太难太难了，谁叫人有思想了，行动又受思想的支配。如今心事重重的裴尚蕊，虽然听凭着刘旭行的肆意摆布，可她那颗早已被击碎的心，已很难愈合。说白了，当初靠上甄振怀这棵大树，只不过是为了给自己找一个靠山，在仕途的路上能走得顺当，升迁更有机缘和保障，这也是不得已而为之。可怜的裴尚蕊，可怜的裴尚蕊那颗至今不死的欲望之心。

木盘里的小菜中，有一碟是炸酥了的朝天椒。裴尚蕊用筷子夹起一个，放进嘴里，顿时辣得她直伸舌头，因为她从来不吃辣椒。这一辣可真灵，裴尚蕊用面条减轻着辣味，又借辣味吞咽着面条。辣椒还真能使人食欲大开，不一会儿，便把一碗面条吃到了肚里。尽管嘴里还残留着丝丝辣意，可肚子总算填饱了。裴尚蕊精神好多了，坐在沙发上，拿起了电视遥控器，按到省台卫视频道，正好是全省的新闻联播。看了一条又一条，都是省领导在这个会那个会上的讲话，要不就是跟着一大群人陪上笑脸视察，同县里的电视新闻一样，基本都是头头脑脑占据着屏幕，每天都是那么几个看似生动实则僵硬的面孔，每次都是那种不痛不痒不着边际的腔调，乏味极了。

裴尚蕊正准备换个频道，突然出现了甄振怀的镜头，她立即放下了手中的遥控器，坐起来，两眼紧盯着画面。只见甄振怀稀疏的头发，经过粉饰，油光光的，一丝不乱。鲜红的领带，配着那身浅蓝色的西装，显得很有派头。再看他讲话的姿态，那可真是神气十足，一会儿挥动着右手，一会儿又摇动着左臂。播音员夸张地配合着甄振怀举手投足的动作，播送着甄振怀讲话的主要内容。

甄振怀正在主持召开的是全省组织部长会议，他在大讲干部任用的标准和原则，并深刻剖析了干部任用中出现的种种不良现象，诸如拉帮结派，任人唯亲，不搞五湖四海，专搞小圈子，还有什么跑官要官、送钱买官、送房换官、送色讨官……揭露得淋漓尽致，批判得入木三分，场下不时爆发出阵阵掌声。

裴尚蕊看到这里，“咔”的一声关了电视，心里骂道：“好一个正人君子，讲的是人话，做的却是鬼事。甄振怀啊甄振怀，你可真是个名副其实的伪君子。”

裴尚蕊脑子里闪现着甄振怀、田玉跃、贾林、刘旭行、林一通……一个一个男人的嘴脸，都笑嘻嘻地向她靠拢，都闪着色迷迷的目光，一个个贪婪的样子令人作呕，她感到浑身直起鸡皮疙瘩。此刻，丈夫的影子也跟这几个男人重叠着，她对丈夫觉得有了一丝歉疚……

夜深了，裴尚蕊还在屋里走来走去，思考着甄振怀那个被自己嚼烂了的所谓“妙计”。他要我上告他，到了调查时，还要说不熟悉他。这不是明摆着把我往火坑里推吗？一个县委常委、乡党委书记，斗胆状告省委副书记，让局外人知道了，怎么评论我裴尚蕊呢？不是泼妇，也是神经病，是在自损形象，自毁前程。甄振怀为了他那顶乌纱帽，这次是想用我裴尚蕊的命来作豪赌的筹码。沾了我的便宜，还要把我逼到绝路上，甄振怀这个人真是连猪狗都不如，他的心真是比蛇蝎还要狠毒。我怎么过去就没看出来呢？

裴尚蕊越想越觉得不能按甄振怀那一套走下去，必须想一个脱身之计。于是，她拿起了手机，想起了甄小怀曾留给自己一个号码，“对，打给他，让他儿子给我出个好主意。”裴尚蕊边说边拨着那个号码，可怎么拨也拨不通。她不会知道，甄小怀此时正在地球西半边的沙滩上晒太阳呢。转而一想，怎么能找甄小怀呢？他们是一路货色，父子是一样的肮脏、龌龊、无耻！

裴尚蕊呆坐着，不免有些恐惧，甄振怀那张纸，自己已经毁掉了，她于是后悔不该毁掉那唯一的证据，因为剩下的全是刘旭行的传话，刘旭行如果矢口否认，我不是没事找事吗？自己还年轻，今后的路还很长，田玉跃、贾林都还在，他们应该对我还是好的吧？

留得青山在，不愁没柴烧，还是保住自己的现在所得最为重要。既不听从甄振怀的摆布，又要保住自己的既得利益。如今除了自己，谁都靠不住了，裴尚蕊今生从来没有用过这么多的脑子。

时针早就指向了半夜十二点，裴尚蕊还在屋里走着，走着，腿有些抬不动了，她又和衣躺在床上。头胀得难受，她就用手拍打着。翻来覆去，坐起躺下，一直折腾到天亮。

病恹恹的裴尚蕊赶快跑到卫生间洗把脸，面对着墙上的镜子，号啕大哭，她哭命运怎么如此残酷，原来镜子里映出的她，两眼红肿，神形憔悴，本来一头乌黑的鬈发，鬓角竟已出现了白丝。古人有一夜愁白头的传说，裴尚蕊一夜愁得鬓角渐白，这可是她的亲历。看来，古人传说不虚。

三十六计走为上。裴尚蕊一大早便溜出了宾馆，火速买了张车票，一个人悄悄地回到了泉滨。

裴尚蕊那一丝尚未泯灭的羞耻心拯救了她，让她脱离了甄振怀和刘旭行的虎口。

甄振怀从刘旭行口里得知裴尚蕊溜了，暴跳如雷，破口大骂。他先前精心设计的那一套以假乱真的计划又难以实现了，而转移调查组的视线又迫在眉睫。怎么办？甄振怀不得不重新谋划。

俗话说：兔子不吃窝边草。此时的甄振怀的圈子里已经没有别的草可吃，他已经无计可施了，只能在窝边找草吃了。于是，他又把刘旭行召到了面前，说：“裴尚蕊不辞而别，看来我们的这一招眼下难以奏效了，这个时候靠谁恐怕也难以靠得住了，只有旭行你亲自出马了。”

刘旭行说：“不知甄书记要我做什么事？”

“还能做什么事，只要能把我已做过的事包揽一下就可以了。”

“怎么个包揽法?”

“这还用问吗?你跟我做秘书这么多年，什么还不懂，什么事还没做过。你就把我那些个事，统统揽到你的身上，不就把我解脱了吗?”

“甄书记，有些我可以揽到身上，可有些直接到您家的干部，我不知怎么说好?”

还没等刘旭行说完，甄振怀便摆出一副无辜的样子说道：“送钱是你收的，不管送的什么都是你一手办的，我根本就不知道，我对自己的要求从来都是严格的，我管干部，不一身正气，怎么管！不严以律己，怎么做表率！这点事你还承担不了，这么几句熟语你还不会说?”

刘旭行额头上早已开始冒汗了，他不时地用衣袖拭去渗出的汗滴。他看到甄振怀的眉毛要竖起来，扭曲了的脸让他都有点认不出来了。

甄振怀破例地倒上一杯水，递给了刘旭行，刘旭行战战兢兢地接过了水杯，说道：“甄书记，最好您能说说都有哪些事，因为有些干部是直接同您打交道的，我确实不知道啊!”

“你在我面前可以这么说，在调查组面前就说是没有一个干部敢同我甄振怀私下来往。我在别人眼里是威严的和廉洁的。”甄振怀又一次提醒刘旭行。

“明白了，甄书记您本来就是非常廉洁的好干部。”刘旭行说出了甄振怀想说的话，自己这次真的要为主子豁出去了。

甄振怀高兴地拍着刘旭行的肩膀说：“只要有我在，你什么都不用怕。将来不管别人怎样对待你，甚至处理你，只要保住我，你还会应有尽有。丢失了的，我加倍还给你。放心吧，旭行!”

刘旭行拉着甄振怀的手说：“我早就说了，我妈生我，就是为了给您服务，别说承担点责任，就是甄书记要我去死，我也毫不含糊!”

话已说到这个份上，甄振怀还有什么心事放不下呢！只见甄振怀两眼凝视着刘旭行，好大一会儿才说：“是我培养的人，我没看走眼，我感到十分欣慰啊。没想到你如今进步得这么快。”

刘旭行虽然是第一次听到甄振怀谢他的话，但却没有丝毫激动，凭他在甄振怀身边工作多年的经验，此事非同小可，自己身上的担子何止千钧，说不定真要被开除党籍、蹲穿大狱了。

刘旭行低着头，哭丧着脸，离开了甄振怀的办公室，开始思考如何保甄振怀过关的事。刚才在甄振怀面前信誓旦旦表了态，让门外的风一吹，忽然就清醒了，他刚才的话好像是夜里的梦话啊。他吓得都有了尿意，赶紧往厕所走去。

做的坏事太多，接触不正派的人也太多，真有点老虎吃天不知从何处下口了。他的大脑在记忆的天幕上搜索着，整理着，终于想出了个大体排序，重点应把反映大的问题排在第一位，排在第二位应当是调查组正着力了解的问题，排在第三位的应当是多人知道或者参与的事，排在第四位的是个别人参与的事，排在第五位的是甄振怀身边工作人员知道的事，排在第六位的是只有甄振怀知道的事。有可能还会从其他方面露出马脚，也应做好准备。

刘旭行手里攥着笔，面对着翻开的记录本，回忆着，记录着……想着那一桩桩、一件件高度机密的事儿，刘旭行脑袋都快炸了。

一个县的外贸局长东窗事发，被当地的市级检察机关批捕，这是甄振怀那一年收获最多的一笔。那人被捕后，其家属跑来省城，找到甄振怀，让甄书记帮个忙尽快地放出来。甄振怀知道那里政法系统的一把手，个个都是六亲不认，于是，便打起了公安局一个副局长的主意。那位副局长是甄振怀的一个亲戚，文化水平不高，靠甄振怀这层关系，由一名普通警察，很快提成了县公安局长，进而又提到了市公安局副局长的宝座上。虽然案子是检察院办的，但执行逮捕和羁押，当时则由公安部门执行。于是，甄振怀让刘旭行给那个副局长打了一个电话，要他当夜务必赶赴省城，三人密谋的结果，先是悄悄敞开拘留所的侧门，再暗中通知逃跑。副局长领旨回来，假装查看拘留所的工作情况，将纸条悄悄塞到了一个监房。当晚那个嫌疑人便在事先安排好的侧门外面，上了等候在此的汽车，在车上换上西装革履，拿着早已买好的火车票离开了。后来，他们又通过关系网，转了几个地方，最后被送到了国外。

第二个人是某国有铂矿的矿长，一次送给甄振怀重达十几公斤的金砖一块，每个重达一公斤的金项圈六个，还有一皮箱的现钞，里面是人民币还是外币，不得而知，因为当时那个矿长说，皮箱的钥匙早已给了甄振怀，刘旭行的任务就是把皮箱交到甄振怀的手里。

这个矿长前几个月已被逮捕，其老婆、子女也未能幸免。这是一笔数额巨大的贿赂，不用说黄金的价值，就是那一皮箱钞票，少说也有上百万。这件事只有甄振怀、矿长和我本人知道，矿长他会不会说呢？不知进没进入调查组的视野？

第三个人是甄振怀的老婆的二舅的儿子，原来是个农民，后来在甄振怀的关心下，一步步爬上来。先是在乡镇供销社搞采购，后又当了副乡长、乡长。随着甄振怀的权力越来越大，此人官职也越升越高，最后当上了分管城建的副县长。由于此人掌管了旧城改造、拆迁、土地招拍挂等大权，一些不法房地产商蜂拥而至，将其老婆拉进了某房地产公司，他中学还没念完的女儿也成了房地产公司的挂名职员，不到三年，这一家便暴发了，给甄家先后送了两辆高级进口轿车。有一次甄振怀让刘旭行押着货车把那个人送的沙发、席梦思床垫拉回来，当那个副县长亲自交代给刘旭行时，从眼神里便看出了一些道道。沙发是普通布做的，床垫又那么松软，比起甄振怀家里使用的真皮沙发和高级席梦思，那绝对不是一个档次。这样的沙发、这样的床垫，怎么好意思送给甄振怀呢？甄振怀为什么又那般重视呢？过了几天，甄振怀又以质量问题让刘旭行把沙发和床垫拉走，刘旭行才明白了其中的奥妙。沙发内只剩下一个空空的框架，外面包的布套也被剪开，床垫也是如此。如果这里面全装的是钞票，恐怕数额就更大了。这个人三个月前也被逮了，全家人一窝端了。透露出的材料说，这个人就喜欢把钱装到沙发和床垫里。他会不会也吐露出来呢？我该怎么说？

第四个人是一个奇货进出口公司的总经理，这件事几乎路人皆知了。这个总经理将甄振怀的老婆聘为代理，凡是这个市的码头从国外进口的奇货，进港后每吨都让甄振怀的老婆有一定的提成。进口的数量哪一年不以百万吨计？也就是说，甄振怀的老婆不出半点力，一年即可坐获巨额收益。当地早有这样的话：货物从船上送进了仓库，钞票同时也流进了甄振怀家的钱袋。屈指算来，代理已经做了五年多了，这笔钱算起来，那可真惊煞财神爷呀！

只粗略地想了想，刘旭行就坐不住了，拿笔的手也有点不听使唤了。

“事太大了，太多了，不用累计恐怕也要掉脑袋哩！”刘旭行自言自语着，下意识地用手摸了摸脖子。

刘旭行脑海里闪现着自己曾经到刑场上看过枪毙犯人的场景。“砰”的一声枪响，人就一头栽倒在地，结束了。那样的结局，太可怕了，太可怕了。他想着想着，腿就软了，心就毛了，胆就怯了。

“我怎么能帮他承担呢？我哪有那么大的本事？再说，真的揽到自己的名下，调查组能相信吗？弄不好会自投罗网。”刘旭行此时说出这样的话来，不知是想逃避还是意识到了问题的严重性，只见他把手中的笔丢下了，掏出了香烟，一支接一支地抽着。

刘旭行的心情太沉重了。为保主子，早就准备了以身试法，可他转念一想，假如自己被法网套住，主子也难以脱逃，那岂不是赔了夫人又折兵？刘旭行称得上是甄振怀的铁杆死党，他现在想的不是自己所冒的风险，而是能不能瞒住调查组，能不能保住甄振怀的官位。他已经成为甄振怀身上的一个“器官”。

刘旭行的烟一支又一支，满屋烟雾弥漫，他全然不顾，一盒吸完了，又从包里取出一盒，烟灰缸里的烟头早已满了，仍在往里添加着。烟雾中，一张扭曲的脸隐约可见。

手机的阵阵响声，他似乎没有听见，一连响了几次，他才从沉思中回过神来，抓起手机，一听是裴尚蕊的声音，窝在心里的火气，霎时升腾起来，裴尚蕊刚喊了个刘书记，刘旭行便歇斯底里地发作起来：“你要干什么？甄书记那样信任你，我那样器重你，你却这样对待我们，你还是不是人？我瞎了眼了，你这忘恩负义的女人!”说完，把手机狠狠地摔在了床上。

裴尚蕊本来是想同刘旭行说说心里话，竟然碰了这样一鼻子灰。但裴尚蕊并没有生气，因为她早已预料到不辞而别的后果，只是没想到刘旭行没让她说一句话，便挂了手机。裴尚蕊需要表白，需要得到刘旭行的理解，尤其需要把自己一个大胆的想法告诉刘旭行，以表示自己对甄振怀仍然怀有好感。

刘旭行的手机又响个不停，心绪紊乱的他真有些不耐烦了，一看手机号码还是裴尚蕊的，火气就更大了，对着“滴滴”的手机声，骂道：“这个骚女人，她到底想干什么？”响了好大一阵子，刘旭行也没有接。越是不接，手机越是响个不停。

不知这阵阵手机声音是怎么惊醒了刘旭行，使他突然意识到，不能这样对待裴尚蕊，要拢住她，不能再让她节外生枝了。于是，他拿起了手机，非常和气地说：“对不起，裴尚蕊同志，刚才是我的一时冲动，请你原谅我，你千万不要往心里去。咱们不都是为了甄书记吗？”

裴尚蕊笑道：“刘书记，咱俩谁跟谁呀。你发火我理解，这个时候你只能朝你的编外老婆泄泄火气，还能对谁呀!”

刘旭行也笑着喊了一声：“亲爱的，谢谢你的理解。”

裴尚蕊又说道：“为了甄书记也不能牺牲我呀！我如果真的完了，那您怎么办呀，说什么我也要为您活着。我看哪，不如找一个层次高一点的人，主动找调查组交代问题，也就是甄书记说的‘苦肉计’。这样，既会得到检查组的信任，也能保证甄书记平安无事。”

刘旭行听到这里，傻笑道：“那帮人可不是好对付的，尤其是何部长和那个副组长王健，都是有名的刀枪不入的人，别说是你这点道道，我看再好的办法都没有用。到这个时候，我也不能不给你说句良心话，在共产党员的队伍里，像咱们这样的人也是‘另类’，如果多一点，今天就不用犯这个愁了。”

他没向裴尚蕊透露甄振怀让他当替罪羊的事。

“不管怎么说，总得想个高招呀，我觉得这样做，比原来那个告状的法好多了。”裴尚蕊在坚持。

不辞而别后，裴尚蕊心里惴惴不安，她庆幸自己的摆脱，但也担心因此带来的后果，于是，便想出了这么一招予以补救。

刘旭行此刻对裴尚蕊已是反感至极，他对裴尚蕊这番花言巧语早已听得不耐烦了。为了甄振怀，又不能把她推到对立面，只好强压怒火，勉强把她的电话听完。

三十九

张方平接近中午才从农村回到了县城，到办公室放下手提包，没顾上洗把脸，就跑到刘旭行的办公室。敲了几次门也没有动静，又推了推门，才发现门早已锁上了，这才不得不又来到了张立人的屋。

张立人正在清理物品，把一摞摞捆绑好的书籍码在墙边。张方平进来时，他正站在方凳上，准备摘下母亲亲笔给他书写的“实事求是”的条幅，条幅太高，他正翘着脚跟使劲地够着，回头见是张方平，从凳子上跳下来说：“你没去刘书记那里？”

张方平回答：“放心吧，准主席同志，我的组织观念还是有的，正因为刘书记不在，我才到你这里来。”

“不在办公室？”张立人有点不大相信。

张方平答道：“门都锁上了，还能在屋吗？”

“不可能吧，看他昨天同我谈话的样子，是很想深入了解一下这段的工作情况，也急于找你谈谈。再说，办公室的外门他从来也不锁，要锁也是锁里面套间的门。”张立人说。

张方平一边听着，一边抓起张立人办公桌上的电话。不一会儿，办公室李副主任推门进来了，张方平问道：“刘书记到哪儿去了？”

小李眨了眨眼，说：“可能是有急事出去了，我也不知道。”

张立人说：“书记的事情多，有些事情又来得急，说走就走，这也没有什么奇怪的，你也不用打听了，回去好好工作吧。”小李点了点头，很有礼貌地走了。

张方平有点不高兴：“小李是我找来的，我没让他走，你却把他打发走了，这有点……”

张立人接过张方平的话说：“我是在帮你说话，也不让小李为难。”

“这，怎么能这么说呢？”张方平似乎有些不理解了。

张立人满脸堆笑地说道：“刘旭行同志来来去去也不是一次了，几乎每次都有点神秘感，这次还能例外吗？既然书记不找你，你急什么呢？”

张方平回答道：“不是我急，是你还有小李催我早点回机关，要不，我还打算在下面多待几天呢！”

张立人说：“昨天是昨天，今天是今天，我是要你昨天回来，谁让你今天回来。”

张方平心里好像明白了什么：“我也不同你诡辩了。咱们说点正经的吧。”

“说什么？”

张方平坐下来，指了指墙上挂的那书法说道：“看来市里是不会答应你退休的，你还是要到政协工作，我在政府的工作也快结束了。这墙上的字就留给我保存吧，让伯母再给你写‘肝胆相照，荣辱与共’的内容吧。”

“你想得倒挺美，这是我母亲对我的训诫，打我从政那天起，就一直挂着，看见字，就像看见母亲慈祥的眼睛，我怎么能送给你呢！”

张方平见张立人动了感情，赶快改口说：“古有岳母刺字，今有张母题字，令人感佩。你保存等于我保存。不过，我还是想求伯母给我写几个大字，这个任务就交给你了。”

张立人说：“我会跟母亲说的，但必须你亲自出马。我母亲你又不是不了解，她从来不给不熟悉的人写字，她说不熟悉，乱写字，其实是不负责任，尤其是我们这些从政的人。现在社会上对当领导的传闻太多，出事的又不少，所以她只给好人写字。有些书法家，包括有些名气日隆的所谓大家，给这个官员题了，又给那个官员题，结果官员犯事了，进去了，你说你写的字，是不是沾上了晦气啊！对吧？我是说别人，估计你提出来，我母亲肯定会答应的。”

“这么说，我在老太太那里还有点地位？”

张立人眉毛一挑，说：“那还用说。我母亲经常夸你是个有良心的好官呢！”

“老太太给你的这四个字，是最有分量的，我们共产党人视若指针。请你让老太太给我也写这四个字吧。”

张立人承诺一定会尽早告知母亲。张方平这才满意地离开了。

当张立人小心翼翼地将墙上的字取下来时，县委办公室的小李跑来告诉他，市里接到省里的通知，最近几天可能省里要来检查组，让县里做好接待和汇报。

张立人接过电话记录看了看，说：“请你们抓紧按照张县长的意见向刘书记汇报。”

小李为难了：“张县长对我们也是这么讲的。可我怎么也联系不上刘书记。”

张立人说：“工作该怎么准备就怎么准备，比如住的房间、开会用的大小会议室、汇报的稿子等。如果要参观，准备去哪些地方，等等，办公室都要准备好。这样，一旦同刘书记联系上，便可马上着手安排。”

小李当即表示：“一定按张书记的意见办。”张立人今日听到“张书记”的称号似乎有点不大顺耳，因为市里已把他在县委这头的职务免掉了，尽管还没对外公布，可是现在哪还有保密的事了，尤其是人事问题，自己将到政协工作几乎是路人皆知。于是，他对小李说：“以后不要再喊职务了，就叫我老张吧。我在办公室当主任时，曾要求大家尽量不要称职务，最后连我自己也没有坚持下来。这叫积习难改啊！从现在开始，对我的称呼就改改吧。”

小李笑了笑说：“都这么叫，我看你也不要闹特殊了，连一把手喊下属都是这主任那局长的，你让我怎么改口呀。在一号首长没有改变之前，咱们就随大流吧。”张立人笑着摇了摇头。

张立人将整理好的书籍拉回了家。他弯着腰跟临时喊来的司机霍师傅一起，一趟趟地往家搬。母亲正站在写字台前挥毫泼墨，便问：“怎么连书也不读了？”

“不是，是我的工作有变动。”张立人搬了两趟，就气喘吁吁了，他看一眼母亲，信口答道。

老母亲对这类事，从来不多嘴。自从儿子加入党组织后，她就说过：今后把孩子交给了组织，当家长的就放心了。这是一位老知识分子的朴素情怀，也是一位老共产党员对组织的无比信赖。

母亲听儿子说了“工作变动”的话后，没有再问变动到什么地方，只是叮嘱了一句：“不管到哪个岗位，都要先做人后做事，都要好好学习。”

张立人像个小孩似的站到母亲的身旁，看着母亲吸气，悬腕，运笔，挥笔写着那几个遒劲有力的大字，回答道：“知道了。”

母亲抬起头，哈哈大笑说道：“都多大年龄了，还像个小孩子似的。”

正在房间里陪孙子看电视的父亲，闻听外面的笑声，走出来问：“怎么今天提前回家了？”

张立人笑着说：“爸，你怎么还没大老就开始犯糊涂了，你看看现在都几点了。”

父亲也笑了：“人老了，糊涂那是早晚的事，我现在还没糊涂。我是说，你从来就没有按点下过班呀。”

张立人听父亲这么一说，觉得还真是那么回事，自己干工作以来，从来没有星期天节假日，也从来都是眼睛一睁，干到熄灯。现在好了，他故作神秘压低声音对父亲说：“今后，我保证按时下班。”

“为什么？”

“我的工作变动了。”但还是没有说出变到什么地方。

母亲见父子俩在说悄悄话，便嗔怪道：“有什么保密话，你们到里屋说吧，我还写字呢！老干部书法比赛，他们非要我交一幅，我只好从命了。”

正在这时，儿媳妇下班回家了。她悄悄走到母亲身旁，趁母亲用笔蘸墨的间隙，凑到母亲耳边说道：“听外面的人讲，立人要到县政协当主席，不知是好还是不好？反正有人说可惜这个干部了，也有人说不管怎么样，也是个正县级，对张书记不坏，对县里的工作有影响。妈，是真是假呀到底？”

母亲停下手中的笔说道：“立人刚回来说是工作有变动，你看，书都捆回来了。”说着用笔指了指靠在墙边的几捆书，“但他没有说去什么地方。我看，他不说，你也不用问了。”

儿媳妇顺从地点了点头，便系上围裙，到厨房去了。

一会儿工夫，饭菜上桌。两盘热菜，还有一盘蒜泥拌黄瓜、一碗汤。张立人的妻子先把菜摆好，又把米饭一碗碗盛好，分放在五个人的座位前，解下围裙，走出了餐厅，轻声对婆婆说：“妈，先吃饭吧。”

婆婆瞅了一眼墙上的表，说：“好，你喊他们爷儿仨。”

老头子一听要开饭，便在里屋大声说：“知道啦，肚子已经发出信号了。”全家人高高兴兴地围坐在一起，尽享天伦之乐。

母亲用筷子夹了一口木须肉放在嘴里，咀嚼了一阵后说道：“我儿媳妇这烹调技术，不亚于餐馆的高级厨师了。”

说得儿媳妇不好意思起来：“妈，你都说到哪儿去了，咱们这不是在自家吗？人家高级厨师的手艺啥样我也没尝过。”

“立人，你在外面吃得多，你来比较比较。”母亲点了将。

张立人说：“我只在县宾馆和市里的几个宾馆吃过，会议饭不如家里的好，如果是陪上面来的领导吃饭，那咱家就没法比了。”

“那你说你媳妇的手艺比他们到底怎么样？”母亲非要立人现场给个评判。

张立人用右手摸了摸额头说：“比高的，肯定比不上，比低的那她肯定是高的。”

一句话，把张立人的父亲逗笑了，他干脆放下碗筷说道：“你看咱们的儿子，多会表态呀，既说了实话，也没贬低任何人。这就是官话。当领导当惯了，说话不偏不倚，哪个也不肯得罪。”

张立人有点受不了了似的，说：“我是实话实说，你让你儿媳妇说说，我说的对吧？”

没等父亲接茬，张立人的妻子笑盈盈地说道：“不用比了，我做的饭菜只要咱们家里人吃得可口，就行了。现在电视上专门有美食节目，我很注意看，咱们家里的饭菜以后还要不断变换花样品种呢。”

二老都乐了，说：“那我们就跟你享福吧。”

张立人的儿子这时也嚷道：“还有我呢！”二位老人瞧了瞧孙子，起皱的脸上乐开了花。张立人见此，也从心底里泛起甜蜜。

如此和谐的气氛，适宜说事。张立人对妈妈说：“我刚才在里屋告诉了我爸工作变动的事，首先说是好事，尤其是对我这种类型的干部，这种安排我非常高兴。”

母亲见儿子开了口，这才有点急不可待：“到底到哪儿去了呢?”

“刚才您让我来评价一下您儿媳妇的烹饪技术，我爸又对我的话作了点评，确实符合我的思想实际，我是从来不惹事的人，可有些事又始终缠绕着我。现在是说实话难，听实话更难，批评人那简直是大逆不道了。”母亲见立人如此严肃地说出这番话，也不急于问了，只在那里静静地听着。

“我确实想多为泉滨人民办点实事，在咱自己家里说，我也有点办事能力，可官场单靠能力和愿望，单靠埋头苦干、不图虚名是远远不够的，官场太复杂，上面必须有为你说话的人，没有这一条……”

母亲听不下去了，打断他的话：“咱们不需要这一条，当干部就是要为人民服务，公道正派是基本要求，如果是像你说的那一条，卖官鬻爵、阿谀奉承那一套，那同封建官吏又有什么区别?”

“妈，你的话我不会忘记，您的题字不仅挂在我的办公室里，其实也挂在我的心里。泉滨的干部群众对我这外乡人没有怠慢甚至非常友好，每次民主评议、民主推荐，我的票都是最高的，这也是我最值得欣慰的。这次班子变动，县里的干部，包括那些退下来的老同志，绝大多数希望我能担当政府的主要负责人，连张方平县长也专门向上反映，有几位老资格，还向市里写了推荐信。但结果是让我到政协任主席，让既不到年龄又不到换届的宋吉生主席下来。对于这个安排，应当是高兴的，但我又高兴不起来，主要是因为我的存在迫使宋主席让位，心里总有点不是滋味。宋主席才是德高望重的好干部。”

“不是在没明确谁当主席之前吉生同志主动提出退居二线吗?”父亲反问道。

“事实是像爸说得那样，可我心里总认为他起码应当干到届满。”张立人把与宋吉生交谈的情况，重复了一遍。

在张立人的家庭中，多年来自然形成的一位核心人物就是母亲，不论是什么事情，只要母亲有了明确意见后，父亲一般不会有异议。张立人曾笑称，母亲在家庭中的地位，是历史形成的。

母亲听了儿子一番陈述后，沉思了一会儿，说：“只要是组织的决定，个人没有理由不服从。我的看法是，既然组织这样安排你，自然有这样安排的道理，我们认真去对待新的工作就是了。你既然自己选择了这条路，不论什么岗位，都要义无反顾地走到底，每一步都要走对走稳。宋主席这样做，是为了大局，是他的高风亮节，你今后要多向他学习，假若将来有一天，组织需要你那样做，你也要愉快地服从啊。”

“以后的事远着呢！咱立人的年龄还早着呢。眼前的事，你说得挺好，我对立人也讲了类似的话。好吧，咱这顿饭简直成了谈心会了。”父亲笑着摸着小孙子的头。

母亲则把儿子喊到书房，只见案上一幅娟秀的行书只差盖章了。上书黄炎培先生的名言：事繁勿慌，事闲勿荒；有言必信，无欲则刚；和若春风，肃若秋霜；取象于钱，外圆内方。张立人细读之，知晓了母亲的用意。他替母亲重重地盖上了一枚鲜红的方印。

“这幅字也送给你吧。”母亲说。

四十

裴尚蕊从住处给张方平打来电话，说她从省城查体已经回来了。她还告诉张方平，目前身体状况良好，只是眼睛还有点炎症，可能是角膜炎，正点着眼药水，服用消炎药，待眼睛恢复后再上班。

张方平没问什么，也没多说话，只是礼节性地问候了几句。

检查组已经在泉滨县宾馆住上了，县里没有接到通知，市里也没人知道。一共来了三个人，他们是以游客身份住进了县宾馆的普通房间。那位六十多岁的王组长，特意安排了这次到县医院的微服私访。可他忽视了一点，如今处在信息时代，过去的老办法，在关系网面前已经黯然失色了，更何况被查的人和事又与甄振怀有关，指望在这个县搞出点名堂，可谓寸步难行。

甄振怀得知王组长已经离开了省城，心中是“十五个吊桶打水——七上八下”，他非常肯定地对刘旭行说：“肯定去了泉滨，现在你把我安排的那事放一放，抓紧回去，以便控制好县里的局势。要多留神，万万不可乱说话。市里那头，正好辛豪在北京住院，由我直接告诉孙晓琪，让他安排好人员。另外，田玉跃的病怎么样了？”

刘旭行回答道：“田玉跃的病是魏树吾让他假装的，进医院的第二天，就给我打了电话，在当时那种情况下，他只有装病才能摆脱困境。现在，他老婆梅芫住在美国，前些日子还给我来过电话，田玉跃现在正按医生的建议只上半天班，这位医生是梅芫的大学同学。如果有重要事情，他加班加点也可以。”

甄振怀笑道：“处在这个复杂多变的年代，人也越学越精了。你也要学着点。”

刘旭行点点头：“我知道了。”

市委副书记孙晓琪接到甄振怀的电话，知道检查组还要到市里去，到泉滨陪同检查组的事，就让田玉跃负全责。

孙晓琪来到田玉跃的办公室，见田玉跃趴在办公桌上一动不动，还以为他又犯病了，关切地问道：“身体怎么样了？”

田玉跃早已从刘旭行那里得知自己要去做的事情，但他又故意装作大病初愈的疲惫样子，摇晃着身子站起来，叹道：“这次大病一场，如果不是你们的关照，还不知要在医院躺到啥时候呢。现在，身体虽然还没有恢复到病前的状态，但病是没了。有什么活你安排就是了，这几个月可把你们忙坏了，又要工作，又要照顾我们这些病号。我得加倍努力工作，好好报答你啊！”

“哪里话，哪里话，咱们都是为了甄书记，还用客气嘛！”孙晓琪转而又说：“既然身体恢复得不错，就去趟泉滨吧，那是你工作过的地方。甄书记专门从省城打来电话，说是上面来了个检查组，需要市里去一位领导同志陪同，他指名要你去，我估计任务不轻松。你看怎么样？”

田玉跃非常愉快地接受了任务：“那里我太熟悉了，甄书记让我去是有道理的，一方面可以减轻我的工作量，另一方面我也争取叫检查组的同志满意而归。”田玉跃咳嗽了一声，又补充说：“我还可以陪检查组的同志多看看那里改革开放的成果，看看泉滨这几年的变化。我对泉滨那可不是一般的感情。我在那里当镇党委书记时，亲手种的白杨树现在比碗口都粗了。”边说边比量着。

孙晓琪见田玉跃情绪尚好，便放心地离去。

泉滨啊，泉滨，那是我事业开始的地方，一言难尽啊！田玉跃深呼了一口气，把早已准备好的行李让秘书提着，自己随手锁上办公室的门，司机早已发动了引擎，轿车直奔泉滨县城。

刘旭行下了火车就直接去了泉滨宾馆，急急忙忙找到宾馆经理，要求查找检查组所住的房间。

宾馆经理拍着胸脯说："绝对没有检查组来，别说是从省城来的，连从市里来的也没有。这段来旅游的人倒不算少，三三两两的没间断过。"

刘旭行满有把握地说："我估计就住在咱们宾馆，你仔细查查。"他分析，县城再没有其他像样的好宾馆，有几个部门只是设了内部招待所，一般对外也不营业，只有本系统的人才知道。"你把这两天的来客登记拿来我看看。"

幸好，县宾馆来客登记是从来不马虎的，只要住进来，别说住一天，就是落个脚也要先登记，这是多年来形成的规矩。刘旭行一页一页地翻着，当翻到第三页时，目光突然停住了，用手指着王健的名字，又指指身份证上标明的地址，说："就是他，他就是检查组的王组长。"

宾馆经理喊来前厅值班经理，值班经理回忆说："他们是昨天刚到的，没有在宾馆吃晚饭，今天吃了早饭就出去了，像是来旅游的，现在还没回来。"

刘旭行以命令的口气对经理说："赶快收拾好那几套大房间，回来就请他们搬进去。这事就交给你了，我马上还要到有关乡镇看看。"

刘旭行的车刚走到宾馆大门口，田玉跃的车正好也进来了。

办公室的人认识田玉跃的车牌，便对刘旭行说："刘书记，田玉跃市长来了。"

其实，刘旭行在火车上已接到田玉跃的电话，说他正往泉滨赶，没想到来得这么快。司机停下车，田玉跃从车里钻出来，主动同刘旭行握了握手说："怎么？你要出去还是回办公室？"

刘旭行说："我想去一下乡镇。"

"去乡镇？"田玉跃有些不大理解，现在是火烧眉毛的时候，还作什么秀啊？便说："我的意见，还是在宾馆里等吧。"

刘旭行环视了一下周围，见身边人员都躲得远远的，便悄声对田玉跃说："我估计，那个王组长是去了裴尚蕊所在的乡，我不放心，必须去看看，免得一些人再胡说八道。"

"那好。我怎么办？是不是就在宾馆恭候？"田玉跃以请示的口吻，征询着刘旭行的意见。

尽管田玉跃是市里的领导，但在甄振怀这个团伙中，他只能算得上是个大圈子里面的核心、小圈子里面的外层成员，刘旭行目前只是把他放在听候召唤的位置。小圈子里有小圈子的规矩，是另一条看不见的战线。

刘旭行说："那这样吧，你同宾馆经理一道把王组长他们住的房间查看一下，并做好晚上宴请的准备。把土特产做好就行了，一顿便饭。"说完往自己的小车走去。

临上车，刘旭行又回过头来嘱咐道："一顿便饭，谁叫我们县穷呢。也不要上酒，最多上几杯热豆浆。一顿饭，家常便饭而已。""家常便饭"四个字说出口的时候特意作了强调。

王组长并没有去裴尚蕊工作的乡，而是去了县医院。名义上是心脏不好，找医生看看，实际上他是想通过看病，了解一下裴尚蕊身体康复后又转院到省城的详细情况。王健在两位助手的搀扶下，挂了号，来到内科。值班医生听了听，又查了查心电图，说："可能是这段有点累，早搏比较清楚，但问题不大。"说完，就要开处方。

王组长好像不急于看病取药，这时倒问开了医生："看样子你过四十了吧？在医院工作多长时间了？"

医生瞪了他一眼："什么过四十，连五十都过啦。大学毕业就来了，工作快三十年了。"

听口音，王组长觉得有点像山陕人，便直言道："如果我没猜错，你肯定是山陕人。"

医生笑了，说："你还真长了双好耳朵，连是哪里人都听得出来。"

"因为我也是那里人啊，说话后面那个尾音太明显了。"

两人认了老乡，说话也就随便了。顺势又问了问县里领导是谁，群众反映怎么样？可这位医生，不肯多说一句话，只是低着头开着处方。

王组长急了，直接问起来："听说县里有个叫裴尚蕊的常委，前些日子也住进了这个医院，你知道不？"

医生警觉地看了看王组长，又看了看陪同的两位年轻人，凭经验，他猜测这位老者不是来看病的，而是来打听事儿的。

这位医生的父亲过去也是医生，因为"反右"时说了几句不是医生该说的话，而被错打成"右派"。他给儿子留下的家训，就是事要多知，话要少说，尤其不能说业务工作以外的话。所以，王组长想让他开口，那几乎是不可能的。连在"文革"那样口诛笔伐的年代里，他也从未随便说一句话，写一个字。这位医生是受过"内伤"的人，现实中好多人都受过这样的内伤，平时大都三缄其口。

只听医生缓缓地答道："你问的人和事，我都不清楚，因为我的责任就是给病人解除痛苦，康复身体。除此以外的事情，从来不听不问。"说完，非常有礼貌地站起来，对王组长说："您老走好，抓紧到药房取药。今后一定注意不要生气，不要累着。"他又指了指那两位年轻人说："好好照顾老人啊。老人有个好身体，比什么都好。下一位！"王组长只得告辞。

王组长他们根本就没去药房买药，而是直接去了院长办公室，拿出了介绍信和工作证后，滕院长热情地接待了他们。

王组长开门见山："裴尚蕊是什么病住的医院？她为什么被你们治好了病又转到了省城？"等等，一口气提了七八个问题。滕院长一时不知所措，只是一个劲地挠着头，好像头上生了虱子：怎么京城来的检查组，省里、市里、县里都没有人陪呢？他越想越觉得有些蹊跷，越想越让这位由军医转业到地方工作的院长对来访者的身份产生了怀疑。有心盘问盘问，可万一是真的，就会弄得彼此下不来台，但要是假的，就更应该警惕，现在的骗子太多，让人防不胜防。

为了稳住这三个人，他略施小计："你们先坐一坐，我去取裴尚蕊同志的住院材料，马上就回来。"说完，快步跑着出来，拨通了县委值班室的电话，报告了刚才遇到的情况。敏感的值班人员立即报告了正在下乡路上的刘旭行。

刘旭行与先一步赶到医院正在院中等候的田玉跃，在滕院长的陪伴下，走进了院长办公室。滕院长先向客人介绍了县委书记刘旭行，又介绍了市政府常务副市长田玉跃。

王组长正色道："不用介绍了，你们的情况我们都了解一些。这里是医院，不是县委会议室，有话以后再说吧。"

王组长又对滕院长说："看来你是很会办事的人，我们外地人求你帮忙，你可以置之脑后。"滕院长支支吾吾地说："不是那个意思，我还没来得及取病历，二位领导就来看望你们了。"

王组长气愤地说："你拿这样的话就能糊弄得了我吗！"军人出身的滕院长一听这话，也是气冲脑门，冲着王组长就说："从捍卫珍宝岛到保卫南疆，我见得多着了，如今哪有你这种办事的呢！"

王组长盯着他，突然哈哈大笑起来，笑得大家莫名其妙。

王组长环顾一下四周，指着老滕说道："我接受你的批评，但我也要批评你老滕几句，你自夸捍卫北疆保卫南疆，你那时不过是个卫生员，还有什么值得在众人面前吹吹呼呼的。”

滕院长惊了，瞪大眼睛仔细打量着站在面前的这位长得高高瘦瘦的首长。难道是他？老团长王健？但又不太像，当两人四目相对，眸子里的清澈，让他一下子认了出来，惊呼道：“原来是老团长啊！您怎么瘦得这么厉害呢?”

“做了胃部部分切除手术后，再没有胖起来。”两人越说越近乎，使原本吓得面如土色的刘旭行也渐渐恢复了常态，说：“原来王组长是滕院长的老上级啊，不然，刚才那过分的话着实让人受不了啊！不过，我还是要对滕院长说句话——不论在什么情况下，待人接物的事要处理得当，以礼待人。商量着办事，这也是甄振怀书记一再对党内干部要求的。”

“甄振怀同志难得有你这样的秘书，不管在什么情况下，都忘不了夸一夸自己的领导。”王组长笑呵呵地不无讥讽地说。

见到久别重逢的老首长，又闹出了这一段笑话，滕院长既内疚又激动，只听他颤声说道：“老首长，刚才实在是对不起……”

王健没让滕院长说下去：“军人的作风一点没变，你这个院长肯定干得很好。”在场的泉滨人纷纷称赞：“连年都是先进，还是多年的优秀转业干部和劳动模范。”

王健高兴极了：“什么这官那官，只要做好工作，让群众满意，比什么都好。滕院长在部队、在地方两次考试都合格了。我要向你学习啊!”

滕院长又像当年接受王团长的指示一样，立正听着。

站在一旁的刘旭行，坐也不是站也不是，脸上不时红一阵白一阵，好像王组长的话就是掴在自己脸上的巴掌，火辣辣的。

误会中的幸会，滕院长高兴，王健更高兴。他语重心长地对滕院长说：“往日的南征北战，今日的东奔西走，一个是为了消灭敌人，一个是为了惩治腐败。看来我们军队这个大学校出来的人，还是靠得住的!”说着，握了握滕院长的手，告辞了。

刘旭行快步走到王健的前头，想亲手去给王健开车门。谁知司机见刘旭行要找的客人找到了，机灵地从驾驶室出来，打开了车门，让王健、刘旭行一起进到车里。其他人，包括滕院长，一字排开，向着开动的轿车挥手，王健也在摇下的车窗里向外面挥了挥手。田玉跃的车紧跟其后。

当晚，滕院长便乘着夜色跑到王健那里，把自己知道的一切，向老首长一一作了汇报。

四十一

县政协一间空荡荡的大办公室里，裴尚蕊一脸疲惫地坐着。这个办公室是政协主席老宋刚刚腾出来的，张立人还没来得及往里搬。裴尚蕊从省城回来不久，一直想找张立人，电话不知打了多少次，就是找不到人。后来才知道张立人几天前已经搬出了县委，政协大会还没有开，所以他就整天待在家里，守着书本打发日子。

张立人这几天正坐在自家的小写字台前拟定写作提纲，准备着手研究市场经济条件下的干群关系问题，这是他早就想作的一篇大文章。题目出来了，自己又作了难。干群关系是当今改革成功与否的关键，也是上下普遍关注的焦点之一，选题比较新颖，若真正能写深写透，对从政者绝对有借鉴和启发意义。可他无从下笔，因为选题太敏感了，弄不好，不是自己给自己找难堪吗？张立人两眼盯着稿纸，思绪翻腾。

客厅里的电话铃不知响了多少次，他似乎没有听见，这时的张立人仍在沉思中。“当当”的敲门声，才使他回过神来，赶紧把门打开时，没想到门前站着的是宋吉生。

“原来是你呀，怎么也不打个招呼？”

“还打招呼，电话不知打了多少次，可总是没人接，只好劳动劳动我这两条老寒腿了。”宋主席笑着说道，“这几天怎么样？还没到岗，就体会到政协的清闲了吧？裴尚蕊到处找你，说是有要事汇报，最后跑到我家，求我帮忙找找你，她说无论如何也要见你一面。”

张立人摸了摸头，说：“她难道不知道我已经离开了县委？找我干什么？”

“不管干什么，人家既然找上门了，我看还是见见为好，需要做思想工作，你就做一做，有反映的问题，能答复的当即答复，不能答复的，就不谈嘛。老躲着也不是个事。”宋主席的话，已经十分明确，要张立人一定见见裴尚蕊。

这个要求尽管算不了什么，可落在张立人身上就难了。因为裴尚蕊同他本来就不是一股道上跑的车，无论从理智上，还是从感情上，都非同道。

再说裴尚蕊这个人，在张立人眼里那是唯恐躲之不及的人，又怎么可能与她单独谈话呢？不管从哪方面考虑，张立人都认为，裴尚蕊这个时候找他，绝对没有什么好事，自己也绝对不能在这个时候见她。

于是，他对宋主席说道："裴尚蕊现在还是县委常委，从关系上讲她是县委领导政协工作的一个成员，她见我显然不当，我要去见她也没那个必要。更何况我爱人已陪同父母带着孩子去了省城看望我妹夫，屋里只剩下我一个人，打死我也不能在宿舍里会见这种女人。办公室我现在还不便去。因此，我只能拜托宋主席将这个事辞掉。"

宋主席低头不语，好像是在思考张立人的话。片刻才说："我看这样吧，如果有什么重大问题需要听听你的意见，我就同你一起听听，地点就在政协办公室。"

宋主席的为人，张立人是清楚且佩服的，他不好再说什么了，算是默许。

裴尚蕊一脸心事地来到政协。她是在寻找，一旦事情闹大，县里能有个为她说句公道话的人，这个人，裴尚蕊选定了张立人，这次找张立人是百分之百的真心。她已经孤立无援。

"我去省里治病刚回来，想把一桩心事说出来，请二位老领导帮助拿个主意。"裴尚蕊上来就把话题挑明了。

老宋和张立人都没有吱声，静静地听着。裴尚蕊两只手不停地搓着，目光茫然，看出她心里很矛盾，很乱。她开始叙述由甄振怀授意的刘旭行亲自安排的那个告状计划。

老宋急不可待地发问："有这样的事？你照他们说的做了吗？"

裴尚蕊使劲地摇了摇头："开始答应了，后来一想这事也太过分了，我就悄悄买了张火车票连夜赶回来了。我现在心里特别害怕，不知他们下一步又要怎么折腾我了。所以，我实在没有别的招了，就请您二位帮我想个解脱的办法。平时我有对不住二位老领导的地方，在这里我真诚地说声对不起了。"话说出口，眼泪扑簌扑簌掉了下来，连忙把脸扭到一边掏出手绢擦。

张立人暗自惊诧，但他始终沉默不语。宋主席看了他几眼，他仍然低着头。

裴尚蕊望着张立人恳求道："张书记，您水平高，就帮我出出主意吧。"

张立人慢慢把头抬起来，对着宋主席说道："我看宋主席您把她约过来是找错人了，您和我这种身份怎么能过问这种事情呢？"

说得宋主席一时也不知如何是好了。

张立人又提高了嗓音对裴尚蕊说："裴尚蕊同志，我明确告诉你，甄振怀同志是我们省里的主要领导之一，刘旭行同志是我们的县委书记，他们怎么会做出你所说的那些不可告人的事情呢！作为下级，我们都有维护上级领导者形象的责任，可不能胡说啊！你说的这些权当我没听见。你也没有对不起我们的地方，请自重吧。"说完，连一句告别的话都没有，把门一甩，气冲冲地走了。

宋主席对张立人这番话，深感分量之重。接常理，张立人确实讲得不错，作为高级领导人，是不大可能做出这种低级龌龊的事情，说出那样类同流氓的语言。但话又说回来了，裴尚蕊是个年轻人，正是血气方刚的时候，她想进步，梦想更高的职位，她又怎敢冒如此之大不韪？难道她没有考虑到可能产生的严重后果？

宋主席越想越糊涂，不禁脱口而出："这葫芦里到底装的什么药啊！"

裴尚蕊闻之色变，眼泪如决堤之水哗哗地涌流而下。

宋主席见状，劝慰说："你的话不管是真是假，确实都不应该向我和张立人同志说。今天只能算是个私人交谈，哪说哪了。如果你还把我当成老领导，那我也不客气地说，这样的话绝对不应当说，不管受谁的指使。如果你非要说，就到管用的地方找管用的人说，那样，既能促成问题的解决，又能保护你个人。"

裴尚蕊一边擦着眼泪，一边泣不成声："给您添麻烦了，我记住了您刚才的话。但请您相信，我说的绝对都是真的。"

宋主席见裴尚蕊已擦干泪水，便将她送出办公室，自己又回到了马上就不属于他的办公室，拿起了电话。没想到一拨就通。原来，张立人回家以后，自己也察觉到刚才的言行有点不太礼貌，懊恼之余，不停地在屋里走来走去，也在不停地思考着。

电话铃一响，估计到应该是宋主席，没等老宋开口，他就开始道歉："对不起，刚才我有点急了，言谈举止有些失礼，您千万别在意。"

"你的看法是对的，说的也不错，只是那个不辞而别有点过了！"

"是，我知道有点不冷静。"

"你是不是认为这里面还有什么猫腻？"

“我倒没往那里去想，如果真是那样，就是明摆着的一个大圈套。”

宋主席说：“我从裴尚蕊的表情看，她肯定是受害者，不管背后有什么勾当，对她肯定是不利的。不然，她不会把这样丢人现眼的事情告诉我们。因为我们已经失去了使用价值，她买也好，卖也好，都没有实际意义。”

“不会那么简单。恕我直言，这毫无疑问是正义与邪恶的较量，因为您和我都是站在正义的一边。”张立人一字一板地说道。

宋主席只在电话里一个劲地“嗯、嗯”，最后说了一句：“既然问题是严重的，我们再抽个时间好好交谈交谈。”

此番对话，让张立人越发坐卧不宁。他突然感到一股阴森森的冷气从背后袭来，浑身骤然冷了起来。他赶紧拿起水杯，倒了一杯白开水，双手捧着，借此来暖暖快要凉透了的心。喝了一口又一口，还是觉得冷得受不了。

裴尚蕊说出那样的话，他压根儿就没想到。一个县委常委，尊严要有，道德要讲，可她连做人的起码的东西都不要，着实令人惊诧和鄙夷。

张立人不会想到，这是刘旭行得知林一通被市纪委请走后，主动与裴尚蕊取得联系，让她施展一下保护既得利益的绝招。因为刘旭行、裴尚蕊明白，张立人对领导人向来只知维护不会败坏，对班子里的成员只会尊重不会拆台。

张立人也不会想到，裴尚蕊会通过这种办法来寻求自我保护。她企图借用张立人这样的好心人，在关键时刻能站出来说句对自己有利的话。裴尚蕊虽然看准了张立人的这一“软肋”，却打错了自己的如意算盘。

电话铃又响起来了，张立人听出是张方平的高门大嗓，便大声说道：“我还以为你失踪了，这么长时间也没有你的消息！你在哪儿呢？”

张方平冲着话筒叹了口气，说：“说失踪也是真的，因为湖区乡又出事了，那里鑫鑫饭店的人包括亲属子女几十口子，聚集到乡党委的办公室，坐着不走了。”

原来，几天前镇上饭馆的职工听到了老姜被逮的传闻，便在经理的带领下，聚集到乡党委讨要吃喝款，谁知乡里的会计拒绝付款，理由是乡党委书记从没有安排这件事，何况又是多年的欠账，双方由此闹腾起来。

突发的事情一件接一件，张立人的心情也一天比一天沉重起来。看看正准备上的项目，想想张方平和那些为县里的发展任劳任怨工作的人，再想想自己，自从踏上泉滨这块土地，就把这里看成是自己报效祖国的用武之地，泉滨的山山水水，哪里没去过？村村乡乡，哪里没留下足迹？为了这片土地，为了这里的几十万人，可谓殚精竭虑，不管有多大的压力，都挺过来了，不论有多少困难，也都千方百计克服了。如今，整个国家都是加快发展的大好环境，周边县市都在铆足了劲上项目引外资，可泉滨这么个偏僻小县，却怪事不断，干扰不断，一个个机遇眼睁睁地从身边溜走了，真是可惜啊！说得严重点，我们这些管理者，不是口口声声说是人民公仆吗？何谓公仆？就是人民大众的仆人！你仆人不好好干活，主人就有权解雇你啊！

泉滨到底怎么了？俗话说“天高皇帝远”，但是这里虽说偏远了一些，可来来往往的干部却都是有权有势的呀！刘旭行同志从省里来，他有丰富的人脉资源、政治资源，争取几个大项目，应该一点问题没有。我是打心眼里高兴他来任职，认为人家居高临下，一个小小的泉滨不用费太大的劲儿，就会变个模样。但来了这么一段时间，除了个人不断作秀外，还没见干过什么正经事，就住进了医院。患病没办法，可身体康复后，还不来县里工作。重大决策没人作，想汇报工作都见不上，一个县若没有了主心骨，整个县的中心工作就会无所适从，发展的步伐就会放缓甚至止步不前，我们只能干着急啊。

越想越不明白，上面到底想把泉滨搞成个什么样？无事可为的张立人现在只能胡思乱想了，可能是思虑过重，自己感到有些疲倦。于是，倒在床上，舒展开四肢，静静地躺着。

一阵急促的敲门声，使刚刚躺下的张立人，显得有些不耐烦。难道是裴尚蕊又找上门了？他不想惹这身臊，装作没听见，任凭敲门声声急，仍旧躺着不动。他打算就这样坚持下去。

敲着敲着，门外传来几个男人粗犷的声音。他翻身下床，跑去开门，这时电话铃声再次急骤地响起。他顾不上接电话，快步把门敞开。

没想到，站在门前打着手机的竟是张方平，旁边还站着个陌生的瘦老头和一位年轻的小伙子。“对不起，对不起，我躺在床上休息，没听见敲门声，请进，请进。”张立人显得很不好意思，连声致歉。

张方平给张立人使了个眼色，陪着客人进了屋，先给张立人开脱，说：“不怪你，我事先应该给你打个电话，可这位王组长坚持不让打。我是从来都听上级话的人，你又不是不知道。”

张立人琢磨着，张方平说的王组长，一定就是这位老人了，他急忙到厨房里去取暖水瓶，张方平跟过来悄声说："我知道，你肯定是把我当成那个人了，假装听不见。不过，闭门可不是个办法啊！"

倒上茶，张立人双手捧给王组长，王组长就势来了个自我介绍。

张立人上前紧握住王健的手，说："欢迎您的到来。"

王健说："我们是来了解点情况。今天，刚与方平同志谈过，想请你也谈点个人看法。"

"我确实没有什么好说的，有些事情我经常与方平同志交谈，可以说，我俩的观点是一致的。"张立人知道深浅，不想多说什么。

张方平一旁急了，说："我是我，你是你，尽管看法一致，可你有你的见解。"

王健也用赞同的目光看着他。

"我真不知从哪里说起呢。"张立人有点老虎吃天的感觉。

王健说："就从裴尚蕊找你谈话这件事说起吧。"张立人只好如实地把与宋吉生一起接待裴尚蕊的事简要复述了一遍。

王健从两人的交谈和张立人的表述中，隐隐觉得这个张立人确实见解不一般，而且人很内敛、实在。怪不得走到哪里，都能听到为他鸣不平的声音。尤其是县直部门的负责人和一些退下来的老同志，对张立人的夸赞更是不绝于耳。特别是在处理矛盾纠纷问题，干脆、果断，机智、灵活，俨然一个英雄。可这位英雄如今竟没了用武之地。人品、能力、群众基础，样样摆在那里，为什么一次次不肯重用呢？这次民主推荐，票又是最高的，年纪轻轻的，安排到政协去，真是不可思议。自始至终，张立人闭口没有谈自己，没有说委屈，没有贬他人。不矜己功，不谈人非，这样的人才，难找啊！如果说来泉滨，不枉此行，就是发现了这样的一个人才。

越交谈王健越高兴，就像战场上发现了一名骁勇善战足智多谋的战士。于是，晚饭后他又单独约见了张立人。这一次，两人推心置腹，一直谈到深夜，越谈越投机。王健说到执政理念，张立人畅谈个人理解：立德、立功、立言，民生、民主、民心；王健说到为政技巧，张立人脱口而出清代魏源《默觚·治篇》中的名句：善斗弈者不视谱，善相马者不按图，善为官者不唯上，善理政者不唯书；王健说到执政者个人品格，张立人直言辩证施政：坚定但不固执，忍让但不软弱，活泼但不轻浮，谨慎但不胆小，果敢但不莽撞，自信但不自负，沉着但不寡断。王健出的每一个题目，他都回答得有理有据，既旁征博引，又从现实出发，直说得王健频频点头，暗自称道。

四十二

张方平紧锣密鼓地准备人代会的政府工作报告，座谈会一个接一个，自己也经常加班加点，与起草班子熬通宵，谁也看不出他要在这次会上卸任。他比平时忙多了，连他的妻子也说："职务都免掉了，还这么没白没黑地干，为了啥？还是早早考虑考虑你自己吧。"

张方平知道妻子心疼自己，就漫不经心地说："你别给我泄气，法定程序还没走呢，县长还是我，我必须把政府去年的工作总结好，把今年的事情安排好，要对得起自己的良心，对得起泉滨人民，不枉我为官一任。"说罢，又伏案推敲起报告来。

县委召开的常委会议，是对报告稿的最后敲定。张方平认真听取每位同志的发言，还不时地作着记录，报告稿让他用红、蓝铅笔修改了很多处。刘旭行对张方平这种工作态度确实没有想到，不免心里犯起了嘀咕：尽管我不希望他干县长，而且我早就想换掉他，可让人一告，还是没能动得了他。这次是把他逼下来的，剩下这么几天，工作倒来劲了。尤其是对我本人，不但没有对立情绪，而且还主动汇报政府工作报告的起草情况，在常委会前又把他亲自修改的一份送我审阅，让我有个准备。这一切，真不像是个即将离任的人干的，更不像没有到年龄也没到届就要下台的人干的。这个家伙不知又在打什么算盘？

刘旭行根本就不了解张方平的为人。张方平干工作从来都是这么个认真劲儿，每年人代会的政府工作报告，都是严格按照这个程序、用这种千锤百炼的做法完成的。他既不会表现自己，也不会去取悦他人，只是为了工作。这是他的政治本色，也是他的人生本色。他是个对工作追求完美的人，或者说，他是用审美的眼光来工作，再枯燥也不觉得工作是累赘，包括每个标点，他都要仔细推敲修正。

县人代会和政协会如期举行。张方平下台的消息也不胫而走。这可是泉滨政坛上的头号新闻，代表们会上会下议论纷纷，有些好事者正四处奔走，私下联络，准备要联名上书。

宋吉生获知这一情况，立即找到张方平，说："我的看法是，你要亲自找刘旭行同志谈谈。不然，既不到换届，你又不到年龄就下台，会让代表们产生怀疑。如果节外生枝，就被动了。"

张立人为政府工作报告最后一遍讨论稿中的一句话，正趴在那里与张方平斟酌如何修改。一听宋吉生这番话，不等张方平回答，就抢先发表意见："完全没有那个必要。方平下来是自己一再要求的，谁也不会犯那个神经。不过，为了保证会议开好，还是去做做代表们的工作，看这些代表是属于哪个乡镇的，就让所在乡镇的负责人做好工作，如果属于县直机关的，就让那里的召集人做好工作。"

宋吉生觉得也有道理，便说："立人这么一说，我就放心了。这几年真他娘的被吓坏了，换个一把手，就是一场灾难。这年头，就是不允许政治上的诚实者存在！我自己如今犯不上再惹他们了，就怕为方平下来这事再惹下什么麻烦。你看，连本来是常识性的工作方法，也都忘记了。"

张方平内心激动但表面平静地说道："多谢你的关心啊！不管怎么说，我们这些人自从大学毕业到今天，前进的每一步都是组织的培养，出轨越格的事，我们是不会干的，我们有我们的底线。经过这几年的折腾，我明白了许多道理，对任何人都不能有任何奢望，只有对自己想怎样苛求都没有问题。主席台上的名签自己主动拿掉了，从此默不作声，安享生活，也算是对泉滨最后的贡献吧。"

"什么贡献！"宋吉生没好气地打断他的话。

"退下来，腾出位子，这就是我最后的贡献。你老宋不也是这样想、这样做的吗？"张方平争辩道。

"我的年龄在那摆着，像你这个年龄就下来，我看是革命意志衰退，而不是什么贡献，少往自己脸上贴金吧。"宋吉生一本正经地说着，端起张方平递过来的茶杯猛喝了一口。

"还是不要上纲上线了，激流勇退，对泉滨、对个人都没有什么不好，你宋主席刚过五十已经给我们做出了样子。步你后尘，我们感到不胜荣幸。"张立人也学会说起俏皮话了。

"我也知道为官之道，贵在用忍，可我与方平不能比，我这个人修养不行，动不动好发火，没有制怒制静的修养，从年轻到老，脾气就是急，有时候甚至暴躁，往往在对待外部事务上，不该忍的咱忍了，却在该忍的时候爆发出来，得罪了不少人。在台上多一天，就是一天的不愉快，对别人对自己都不利。何必呢？退一步，于人方便，于己方便。再说我都是五十出头的人了，方平这点可比不了我啊。”宋吉生感叹着官场风气和个人优劣，城府大开。

张方平见他俩耍起了嘴皮子，开始只是静静地听着，感觉宋吉生还是对自己早退不理解。上次如果不是他爱管闲事，自己早就不用生那些闲气了。于是敞开心扉说：“宋主席，咱们今后再不要管那些与自己无关的事了好吗？上级领导看好谁就让谁干，那样多好多省心，又节省行政成本。谁干不是干？俗话说，强扭的瓜不甜，你也不是没有看到，我多干了这几天，市里孙副书记、县里的刘书记，个个都是一肚子不愉快，我只能而且必须更加小心谨慎地工作，这不是累心吗？真是想干不能，欲罢不忍啊。这几年我作的难还少吗？群众代表不知情，你们二位哪个心里还不明镜似的。说句真心话，退，是对我最好的解脱。”

宋吉生急了：“当初如果是让立人干县长，我就不会去上告，谁叫他们安排个大家都无法接受的裴尚蕊呢！”

“怎么不能接受？谁干还不一样？用木头刻个人摆在那里，地球还不是照常转嘛！更何况裴尚蕊是甄振怀书记亲自定的人选，尽管是少见的，却在泉滨产生了，那可是省委分管干部的副书记的一大政绩啊。”张方平显然有些恼火。

“你怎么说我也不会接受。如果真要叫裴尚蕊干县长，不是成了全县的一大政治笑话吗？”宋吉生仍旧不依不饶。

张立人见两人这么个争法不知要浪费多少时间，便劝道：“反正这次‘两会’也不打算选举新县长，不是说上面让刘旭行同志兼任县长，两副担子一肩挑吗？说是甄振怀同志有意让泉滨搞个试点。如果真是能搞好了试成了，那泉滨不仅是对全市，也是对全省作出了贡献。”

“好吧，好吧，以后的事与我和老宋都没有直接关系了，只是你这位即将上任的张主席，还肩负着参政议政的重要职责，松懈不得呀！”张方平平和地说，好像自己肩上的千斤重担已经落了地似的。

三人交谈间，已经到了召开预备会议的时间，便分头去了。

“两会”正准备转入下一阶段时，刘旭行接到市里的紧急通知，要他马上要到市委开会。大会主席团的工作，临时交给了张立人。因为张方平是县长，又是这次要辞职的县长，按惯例不能主持主席团会议。而由张立人来主持，虽然有点勉强，也还说得过去，因为在上次市委谈话后，他的副县长职务便在刘旭行的亲自督办下被免除了，如今是以政协主席候选人的身份列为主席团成员。好在主席团没有什么大事，按程序无非是听听讨论政府工作报告的情况。会议的下一阶段，市里明确通知：暂停讨论。张立人看了市委的电报，又看了刘旭行让他临时主持一下主席团的批示，惊得不知所措。

“张方平知不知道这件事呢?”

正想着呢，张方平推门进来了。张立人放下电话说道：“我正准备找你呢!”

“我也是要找你呀!”

“看电报了吗?”

“不仅看了，刘旭行还找我谈了话。”

“你怎么看这件事?”

“我看又不知是从哪里杀出个程咬金来。这次肯定不会是宋吉生，因为他已经心灰意冷了。能撼动上面的又能是谁呢?”

“我的看法，肯定与人事问题有关，但不一定会有什么人上去告状。说不定与裴尚蕊反映的问题有关联。”

“裴尚蕊反映的那个事，我觉得真有点像是演戏，不可能是真的，那娘儿们还不知道又想捣鼓点什么事呢。甄振怀再下贱也下贱不到她说的那个份上。照她这么一说，甄振怀那还算个人吗？那连猪狗都不如！简直就是魔鬼一个。更何况，如今市里说了算的那几个，又几乎都是甄振怀圈子里的人，不会做出不利于主子的事来。说不定刘旭行又要高升了。”张方平冷不丁儿冒出这么一句来。

张立人听了犹如大梦初醒：“哎呀！我怎么就没有把刘旭行同志向高处想呀！你的猜测可能是对的，刘旭行有可能要去市里担任组织部长，原来的部长听说最近又调走了。”

“操那些闲心干吗呀，只要让我顺利退下，平安着陆，我就什么心事也没有了。”张方平诚心实意。

“我也是这个想法，再过几年，我也到了你这个岁数，说什么我也要走你的路。”

张方平、张立人正在议论着，宋吉生又来了。他俩不约而同地站了起来。

“怎么突然情绪高涨起来了？是不是又焕发了权力的青春？”豁达是宋吉生的天性，即使在大家都在绷着心弦紧张等待的时候，他也是如此幽上一默。

“你听到什么风声了？”张方平故意问道。

“还问我听到什么了，不如我问你知道什么了？”宋吉生的反应够快了，“我只是说个人不要有任何想法，泉滨这次肯定有戏，要不，人家王健从北京那么远跑过来干什么？”

一提王健，张方平、张立人好像忽然想起了什么：“是啊，咱怎么就忘了他呢？”

宋吉生乐滋滋地分析道：“多吃了几年的米饭，差别就在这里。没有王健的到来，怎么会有今天人代会选举事宜的后延呢？我估摸着百分之百是他的作用。因为他了解的情况太细太多，关键又很真实。”

“如果真是王健的作用，那泉滨或许可真的要好了。”张方平情绪为之一振。

张立人没有言语，只在默默地听着两人的对话。宋吉生起身要走，他上去拉了一把说：“有些话还没有说完，你怎么能走啊？”

“反正我是已经下来的人了，不在其位就不谋其政了。”宋吉生有意诱导张立人开腔。

“谁还不知道谁呀，要说关心政界，我和方平都不如你。”张立人掏了句实话，也想通过这句话，激宋吉生留下继续谈谈，以便听听他的高见。

宋吉生果真又坐下了。“关键是你们要知道王健带领两个人来泉滨是干什么来了？从他们与咱这几个人谈话中涉及的人和事，可以猜个八九不离十。”

“这么看，这件事肯定与王健有关。他来调查那么长时间，看来像是为了一个什么案件。但这个人很会谈话，基本让你摸不着准星。”张方平说。

“再怎么会谈话，也能听出个子丑寅卯来。他不是去了医院吗？依我看，那是在调查裴尚蕊住院的事。又去了市里几次，据说是在了解田玉跃和他老婆开房地产公司的事。他还到湖区找了几个村的支部书记和村委会主任了解情况，亲自到湖区被损毁的现场看了看。这一切都说明了一个事：那就是，在查案子。”宋吉生掰着手指头数巴着，分析着。

张立人听到这里不免有些吃惊起来：“找我谈时，也从侧面问了裴尚蕊的为人和田玉跃的工作情况。如果真是那样，涉及的人就太多了。”

“党有党纪，国有国法。能把搞乱泉滨的人和事揭开，把这个脓根彻底剜除，咱们泉滨县就有救了。”宋吉生出言坦诚。

“我不同意宋主席的看法。如果真的是出了什么大案子，那泉滨真的要臭名远扬了。现在已经臭得不轻了，老百姓说是顶风臭十里，再臭那可没有人愿来咱这里干事了。”张立人在担忧中表明了态度。

宋吉生恼怒地说道：“凡事总有个是非曲直吧，咱们这个县弄成今天这个模样，谁还不清楚是怎么回事？共产党人最讲实事求是，如果王健这次真能把这病根祛除，那就是真正在为泉滨人民负责。谁也不希望今天这个领导落马，明天那个头头趴下，但腐败分子非要与党纪国法抗衡，又有什么办法呢？叫我看哪，不是泉滨臭，而是把持泉滨的人臭，比狗屎还臭！泉滨跌到了低谷，能带领泉滨人民走出低谷的人，那就是真正的共产党员！”说着，用手掌“啪”地拍了一下桌子。

张方平接过话茬说：“是啊，天要下雨，娘要嫁人，我们又有什么办法？只能随他们去吧。我现在唯一盼望的是，今后三天的县‘两会’能如期顺利结束，千万不要再节外生枝了。”

“但愿如此。”张立人也随声附和。

“好啊，好啊！你俩都这么个态度，我这个调研员，更不用格外操心了。”宋吉生做出个摆手再见的动作，拉开门走了。

张方平、张立人起身快步送到门外。刚要转身返回屋里，办公室副主任小李跑过来，说：“刚接到市委办公室紧急电话，市委辛书记正在路上，马上就要到泉滨来，请您二位出面接待。”

“这么说辛书记身体好了？”

“据说心脏放了几个支架，现在完全康复了。”小李回答，“还听说孙晓琪书记被免职了。”

“哟？人事变动还不小咪！”张方平多少有些吃惊。

“听说市委马上要召开县委书记会议，公开宣布。辛书记认为咱们县的情况特殊些，提出先把泉滨的事处理好后，再开全市的会。”小李又补充了这么 句。

张立人见小李知道的事还真不少，就说：“屋里谈吧，商量一下接待的事。”

还没有坐下，张方平就说：“怕就怕这一天，这一天果真来了。辛书记大病初愈，就到咱们县来，肯定又是县里的人事安排出了问题。”

张立人对着小李说：“你听没听到旭行同志的消息?”

“听到了，两种说法：一种说法是升调市里干组织部长，一种说法是刘书记一到市里就被双规了。不过，这可都不是正道的权威消息。”小李小心地如实汇报。

“不是正道的就不要说了，免得惹出事端来。”张立人保持着应有的警觉。

“我看这样吧，既然上级让咱俩出面接待，按规定我这个县长还有三天的法律效力，你那个政协主席还要等两天，正在节骨眼上啊。不管怎样，咱们还是要认真接待好。但有一条，咱们必须坚持‘两会’如期结束，否则，传扬出去影响不好。”张方平又对小李吩咐道，“你抓紧与县宾馆联系好，把房间的卫生好好搞搞。”

小李应了一声“是”，忙着落实去了。

张立人双眉微蹙，不知道辛书记的到来是个什么征兆。“这次的人事变动，肯定与腐败问题有关，孙晓琪在甄振怀眼里红得发紫，居然免了他的职，这就很说明问题呀。”

“我同意你的分析。我看那刘旭行也不会有什么好果子吃，说不定王健这次是专门来调查甄振怀的。前些日子我到省里去，吃饭时有个朋友还悄声说甄振怀正在宾馆交代问题呢。因为我听到议论领导人的事就害怕，所以就没敢细问。假若真是那样，问题可就大了。”张方平回忆道。

“咱们走吧，估计过一会儿辛书记也该到了。”张立人催张方平同去宾馆等候。

张方平一边往外走，一边打趣道：“看来你的官瘾还是蛮大的，市里打个电话让你出个面接待一下就这么积极，如果是市里的领导人当面交代个什么差事，说不定你那小腚溜轻的会飘起来。”

“看你说哪去了，咱们不是还有个组织观念吗。”

张方平、张立人一前一后，刚进宾馆的接待室，宾馆经理便慌慌张张跑进来，说：“辛书记的车马上要进门了。”

张方平、张立人起身赶到宾馆大门前迎候。辛书记见他俩站在门前，示意司机停车，提前从车上下来，步行到大门前。张方平、张立人快步上前与辛书记打招呼，询问身体情况，辛书记一边扯着一人的手，眼里放着光，说：“你们还跑来迎我啊!”

“您病刚好，就到我们县来，可能就是给我和立人一起迎接您的机会吧！否则，再过三天，我只能从新闻媒体上看到您了。”张方平因为这县长快要卸任了，也就无所顾忌了，所以，说起话来也不讲究得体不得体、用词得当不得当了。

辛书记听后没有吱声，同张方平、张立人一起来到房间。“辛书记您先休息休息吧，我和立人还要到人代会上照应一下。”张方平是想逃避。

“休息？休息还用得着跑到你们这个地方？你们二位都坐下，我有事同你们商量。”辛书记郑重其事地说。

张方平、张立人相互使了个眼色，一左一右坐下，静候辛书记讲话。

辛书记让服务员把热水瓶留下。懂事的服务员利索地退了出去。

屋里就剩下三个人了。辛书记先来了个开场白：“我从京城的医院出来，在市里没待几天，就跑到这里来，主要是想同你们商量一下泉滨的班子怎么办。”

张立人随即请求道：“是不是让宋吉生同志一块儿来听听？”

辛书记说：“不用了，我在电话里已经征求过他的意见。现在主要是听听你们二位的意见。”

张方平一听就急眼了：“恕我直言辛书记，市委的免职电报早就下了，我们的人代会还有三天就要选县长了，这都什么时候了还谈班子的事？”

张立人也觉着张方平说得在理，遂附和道：“是啊！人事变动的事，人大代表和政协委员都知道了，千万不要再变了，否则，那在群众眼里泉滨可真的没有正事了。”

辛书记没想到张立人也来硬的，便有意问道：“假若原来定的人选出了问题，怎么办？”

张方平抢先回答：“只要不触犯党纪国法，我们尽量将就着把‘两会’开完，这样也像是一级组织做的事情。要不然，那不是等着挨老百姓骂吗？”

辛书记把脸转向张立人，露出询问的目光。张立人说：“我同方平同志的看法一致，泉滨为班子问题已经闹了不少笑话，不能再闹腾了。”

“哦？你们二位都是这个看法？”

张方平说：“是！”

张立人也说：“是！”

辛书记微笑着说：“不用‘是’、‘是’的好不好？我的看法应该是

'不是'！"语气中透出坚毅和果敢。

"为什么?"张方平、张立人同声问道。

"为什么？回答也很简单，那就是个人与组织要分开。有的人盗用组织的名义，能叫组织的决定吗？所有这类的文件必须一律废除，因为那是非组织行为!"辛书记显然有些激动，说到这里时竟然用拳头狠狠地捶了一下茶几，茶杯晃荡了几下，里面的水都震出来了。张立人赶快起身抽出纸巾擦了擦。

辛书记接着说："公布你们这个班子，连我这个市委书记都不知道，即使养病，起码也要打个招呼吧？在家主持工作的周市长也不知道，这能叫正常吗？连常委会议都不开，能叫正常吗？现在田玉跃被省检察院带走了，刘旭行也被中纪委带走了，孙晓琪、魏树吾、贾林和文林都已被免职，正在接受调查。省委组织部已正式电话通知了我，刘旭行不再担任泉滨的县委书记。你们二位想想，市里多少事与泉滨有联系，泉滨为此耽误了多少时间!"说到这里，嗓音沙哑的他端起茶杯，呷了一口水。

张方平惊呆了，张立人沉默不语，两人都不禁倒吸一口冷气，默然以对。他们都不希望出什么事情，尤其是身边熟悉的人。可辛书记的话还能有假吗？这么多领导者犯错误，市里还好有辛书记顶着，泉滨的主要负责人可全光了，犯错误的、提前退的、转虚职的，党委、政府没有主事的人了。

张方平为了打破尴尬，小声说道："辛书记，泉滨弄成这个局面，我也有责任……"但辛书记依然满脸怒容，不说一句话。

辛书记放下茶杯，又问道："你们二位谈谈对这类事情的看法。"

"二张"互相谦让着，推辞着，辛书记有点忍不住了，说："到什么时候了，还谦让起来。立人同志先说吧。"

张立人很不情愿地说道："首先祝贺辛书记身体康复。"

辛书记一听，有点不耐烦了："你什么时候学会了这么一套。"

张立人信口答道："来到辛书记领导的辖区以后。"说得三人都"扑哧"一声笑了。

张方平插言道："这叫近朱者赤，近墨者黑呀！多亏市里问题揭露得还不算迟，如果再等几年，说不定洪洞县里真的没有好人了。"有些尴尬的谈话气氛似乎一时变得轻松了。

张立人倒是不离正题："既然旭行同志正在接受审查，性质一时难以确定，我们县人代会的议程最好不要再变了。”

“不管原来的决定是怎么出笼的，但我们下级和广大群众都认为那是市委的决定。为了维护市委的权威，我们只能这样，否则，凡是不满意的文件都产生怀疑，那今后的工作就更不好做了。失去了信任，也就失去了尊重，那样，上下级之间可真成了大问题了。”张方平马上表态，支持张立人的看法。

辛书记没有表示什么，只坐在那里边喝茶边听他们两人谈各自的看法。

张立人见辛书记不表态，又说：“市委的权威必须维护，但错误必须纠正。怎么个弄法，确实需要认真对待。”

他望着辛书记，辛书记倒忍不住了，笑着说：“你又把我出的题目还给我了，智商很高嘛。我告诉你们二位吧，我这次来，就是想听听你俩的看法，宋吉生也是这样向我建议的。因此，你们要实话实说，不要糊弄我。你说呢？张方平同志。”

张方平明白辛书记的意思。“我认为要解决泉滨县的问题，要从外面选调作风正、能力强又没有什么背景的人，来这里担当重任。依靠现有的人，是不大可能了，我本人已经搓揉得一点棱角都没了，张立人倒是个人才，问问他吧。”

“不用问，早就没有了，没有了。既然没让我提前退居二线，又让我去政协工作，那是我比较理想的地方。”张立人说完，又瞅了瞅张方平。

张方平说道：“张立人同志说的就是如今泉滨干部的整体现状。从外面调优秀的来吧辛书记，这是解决泉滨问题的唯一希望。”

辛豪认真听了二位的意见后，说：“郡县治则天下安。这样吧，我回市委商量商量再定，不论结果如何，你们二位都是从外面调进泉滨的，应当为泉滨的发展作出贡献。”说完，辛书记决定即刻返回市里。

张方平、张立人陪同辛书记步出宾馆，就在与辛书记握别的时候，张方平突然把辛书记拉到一旁悄声问道：“那我们的人代会和政协会怎么办？”

辛书记又把张立人叫到面前：“我看这样吧，人事问题暂时就不要讨论了，省委要求市委认真处理在我治病期间个别人盗用组织名义发生的人事任免问题。”

张方平一听，遂建议：“既然这样，还不如会议暂停，讨论完政府工作报告就宣布休会。反正一个县的范围也不大，什么时候需要开会，各乡镇在喇叭里一招呼，不用半天就召集起来了。”

张立人也帮腔说：“这样回旋的余地还大一些，不然，需要向代表、委员们说许多话，目前又没有形成统一的说法。”

辛书记听后，觉得现在他俩才算真正说到了正题，便说：“如果市委的正式决定来不了，就按你们的意见办，第一段完了就宣布休会。”

辛书记的专车绝尘而去，张方平却站在那里纹丝不动。张立人见状，以为他这段为起草修改政府工作报告和处理上访问题太过劳累，忙问：“是不是累了?”

张方平摆了摆手：“没事没事，我只是胸口有点儿堵得慌，在这里晒晒太阳吧。”说着，又用手指了指天空：“江北的这个季节，难得有这么好的太阳。”今天的确是个少有的好天气，天空一片蔚蓝，纤云不见，一丝风也没有，阳光照在身上，热乎乎的。

“是啊！寒冬季节，阳光还这么好。”张立人感同身受。

宾馆服务员见两位领导人站在太阳底下说话，便提了两把轻便椅子过来，张方平、张立人两人并排坐在椅子上，聊了起来。

“辛书记匆忙来咱这里，看来问题不少啊!”张方平叹道。

张立人低头捡起一个小树枝，在水泥地上随意划拉着。他说：“辛书记跑来是向咱们通报情况，他的话还能有假呀，泉滨的问题看来是很严重的。”

“我个人认为，这次能掀开这个盖子的，只有何东和王健，要不，辛书记也难以撼动他们啊!”张方平说。

“这次牵扯的人可不算少，否则辛书记不会对咱俩讲那样的话。”张立人低下头，继续用干树枝在地上划拉着，他写的是“泉滨”二字，写了抹去，然后再写，再抹去。此刻他想到了自己京城的母校，想到了自己的导师，想到了宁静的校园，他无比感慨地说：“真想有机会再到大学里去回回炉，认真地读几年书，不，哪怕一年也行，半年也成，那真是梦寐以求的。当年学的东西，基本都忘光了，现在是吃老本，老本也没大有吃头了。”

“是啊。我有时也想，人这一辈子一晃悠就过去了，能干事，也就那么几年。再过几年，精力就不济了。我现在都有点花眼了，看文件要戴老花镜。一开始不习惯，但不习惯也得习惯，这是自然规律，谁也无法抗拒啊。对不对?”张方平感叹韶华易逝，“有时呢，我甚至想回到老家去，承包一块地，盖上个茅草房，种一片果园，桃啊、杏啊、李啊，春天是花，秋天是果……”

“别那么理想主义了，没有那么悠闲。我也不是没想过，但真正去干了，又有一大堆的现实问题。比如说吧，到了老家，七大姑八大姨往你面前一靠，孩子上学啊、找工作啊、打官司啊、邻里纠纷啊，什么烦心事就都来了，你还想清静，清静得了吗?”张立人眼里透出一种无奈。

“我就是觉得累，有时躺下就不想再起来，就那么平躺着，什么也不想，睡上一天两天。把电话关掉，让谁也找不着。”

“身累，心更累!”

“我们是受累的命。有时到火车站，看到那些蓬头垢面的疯子在街头，傻呵呵地笑着，他们不知冷热，不知饥饱，应该不知道累吧?”

“累，这累到底多少钱一斤呢？有没有买的……”

……

“咱们是不是喊喊宋主席？听听他的老班长对他讲了些什么?”

张方平刚刚言毕，没容得张立人回答，一阵旋风突然刮起，霎时黄沙漫天蔽日，人已被笼罩在沙尘之中。两人急忙站起来，拍打着身上的尘土。

……

图书在版编目（CIP）数据

累/韩喜凯著. －北京：作家出版社，2011.7
ISBN 978－7－5063－5862－0

Ⅰ.①累… Ⅱ.①韩… Ⅲ.①长篇小说－中国－当代
Ⅳ.①I247.5

中国版本图书馆 CIP 数据核字（2011）第 073656 号

累

作　　者：韩喜凯
责任编辑：李亚梓
装帧设计：张晓光
出版发行：作家出版社
社址：北京农展馆南里 10 号　　**邮码**：100125
电话传真：86－10－65930756（出版发行部）
86－10－65004079（总编室）
86－10－65015116（邮购部）
E－mail：**zuojia@ zuojia. net. cn**
http://www. zuojia. net. cn
印刷：北京谊兴印刷有限公司
成品尺寸：152×230
字数：372 千
印张：23
版次：2011 年 7 月第 1 版
印次：2011 年 9 月第 4 次印刷
ISBN　978－7－5063－5862－0
定价：32.00 元
